中华人民共和国民政部最高荣誉奖

孺子牛奖获得者事迹报告文学集（2019）

民政部机关党委（人事司） 编

中国社会出版社
国家一级出版社·全国百佳图书出版单位

李绍纯

徐宝宏

袁建军

马建军

包石头

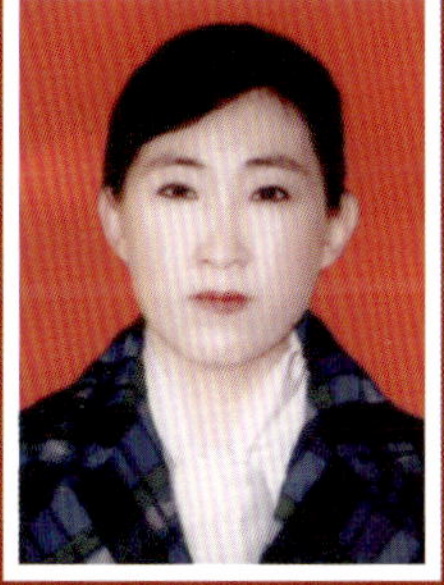
于素玲

李艳梅

高　环

王　刚

李银江

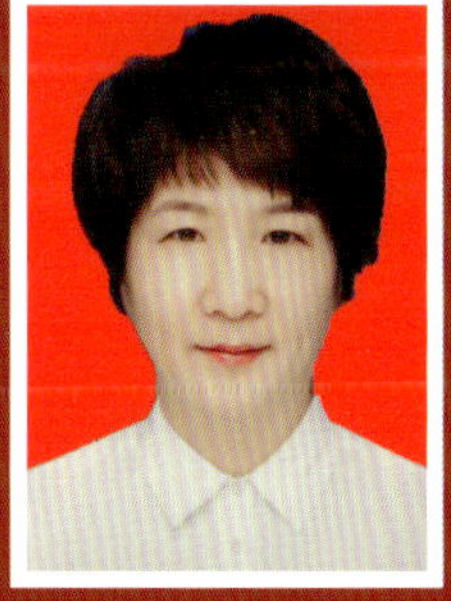
陈亚萍

孙国平

徐小萍

魏中山

辛沙沙

李　燕

刘德芬

唐江萍

费英英

李明英

项忠红

小热登

王胜林

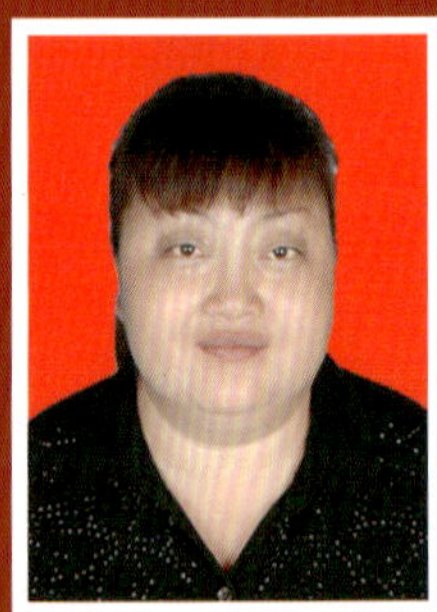

李春萍

扎西边巴

石小红

潘秀玲

窦　强

马中贵

王　俊

前 言

“孺子牛奖”是民政部最高荣誉奖，旨在表彰民政战线的杰出干部职工和对我国民政事业作出重大贡献的其他人士。自 1986 年设立以来，“孺子牛奖”及其代表的一往无前、踏实苦干、不图名利、勇于献身的孺子牛精神，鼓舞激励着一代代民政人前赴后继、忘我奉献。近年来，全国民政部门和广大民政干部职工深入学习贯彻习近平新时代中国特色社会主义思想和习近平总书记关于民生民政工作的重要论述，牢固树立“四个意识”，增强“四个自信”，切实做到“两个维护”，认真践行“民政为民、民政爱民”工作理念，不忘初心、牢记使命，锐意进取、扎实工作，在保障和改善基本民生、筑牢民生底线、构建和谐社会等方面都作出了重要贡献，涌现出了一批可歌可赞的模范人物和先进典型。今年获评“孺子牛奖”的 30 名民政系统干部职工就是其中的优秀代表。

习近平总书记多次指出，责任担当是领导干部必备的基本素质，有多大担当才能干多大事业。党的新时代组织工作路线也要求，大力教育引导干部担当作为、干事创业，在其位、谋其政、干其事、求其效。民政工作担负着最底线的民生保障、最基本的社会服务、最基础的社会治理和专项行政管理职责，是我们党赢得民心、夯实执政基础的重要依托，使命光荣，责任重大。正因为如此，要做好民政工作，需要广大民政干部职工认真践行习近平总书记“以人民为中心”的发展理念，始终把民生疾苦放在心上，把增进民生福祉的责任扛在肩上，勇于担当，无私奉献，在群众最需要的地方去解决问题，在发展最困难的地方去打开局面。正如本次表彰的模范人物，他们中有不畏世俗偏见、维护生命最后尊严的殡葬机构从业者，有虽非亲骨肉胜似一家人、为特殊困难群体营造温馨家园的福利供养机构从业者，有勇于实践探索、推动当地民政工作改革创新的领导干部，有白手起家筚路蓝缕、推动民政企业单位快速发展的带头人。他们的先进事迹，是民政系统党员干部学习贯彻习近平新时代中国特色社会主义思想、落实“民政为民、民政爱民”工作理念、新时代新担当新作为的生动实践，感人肺腑，发人深思，催人奋进，使我们受到强烈的心灵震撼和深刻的思想洗礼。

进入新时代以来，以习近平同志为核心的党中央对民政工作作出了一系列新部署，人民群众对民政工作有很多新期待。站在新的历史起点上，我们面临着切实履行民政工作“三最一专”职责作用、深化民政事业改革创新、持续加强基层基础工作、坚定不移推进全面从严治党等一系列重大机遇和挑战，新时代的民政事业必将气象万千、使命非凡。伟大的事业升华出崇高的精神，崇高的精神引领着新时代的担当，全体民政工作者要以这些模范人物为榜样，学习他们对党忠诚、信念坚定的政治品格，学习他们不忘初心、为民爱民的民政情怀，学习他们爱岗敬业、勤勉实干的奉献精神，学习他们严于律己、克己奉公的党性操守，始终坚持以习近平新时代中国特色社会主义思想为指导，进一步增强“四个意识”，坚定“四个自信”，坚决做到“两个维护”，切实践行“民政为民、民政爱民”工作理念，认真贯彻落实好第十四次全国民政会议精神，凝心聚力谋发展，撸起袖子加油干，全面推动民政工作改革创新，共同开创新时代民政事业发展的新局面！

编　者

2019 年 3 月

目　录

好雨无声

——记北京市民政局办公室主任李绍纯

清晨，阳光柔柔地透过窗户洒在正在办公室里忙碌的李绍纯身上。他坐在电脑前不停地敲着键盘，桌子上放着几页已经打好的稿子。看到一夜的成果，他不由得眯起了眼睛。站起来推开窗户，迎面吹来新鲜的空气，带着点点的凉意，让人感到特别舒爽。李绍纯洗脸刷牙之后，到楼下吃早饭。新的一天，他又要忙开了……

1967 年出生的李绍纯，仍像年轻人一样，抱着对事业的热情和勇于担当的精神投身到工作中，就像一架上紧发条的“永动机”。作为一干就是 27 年的“老民政”，转战民政事业的主流前端，无论区划管理、社会福利，还是局办公室的行政管理工作，他都努力创新求突破，力争让工作出彩。尤其在担任北京市民政局社会福利管理处处长期间，他不断推动出台民生保障政策和实施惠民重大举措，逐步形成具有首都特色的社会福利发展新格局，促进了社会进步和文明水平的提高，让全市数百万名老年人、儿童和残疾人享受到了看得见、摸得着的实惠，享受到了改革发展的成果，社会反响良好。

因为表现优异，李绍纯曾 6 次获得公务员三等功奖励，获 2016 年北京市“人民满意的公务员”称号、首都精神文明建设奖、北京市民政局党委“五好党支部书记”称号等荣誉。面对荣誉，他总是这样说：“我们民政干部的荣誉只有一个，那就是让人民满意！”

脚下总是起跑线

中华人民共和国成立初期北京城划分成多少个区？原 18 个区县建制和 300 余个街乡镇格局是怎样演变形成的？答案会在由北京市民政局与北京市测绘设计研究院联合编制的《北京市行政区划图志》（1949—2006 年）中一一揭晓。

这本国内首部以行政区划为主题的地方图志就与李绍纯有关。

“图志中有很多独家的东西，比如 1949 年北京市的军事管制区域地图，就是一位地图专家私人珍藏的，保存了 50 多年没给外人看过，这是第一次面世。”李绍纯说。

图志反映的是北京市 1949 年到 2006 年之间，市、区（县）、街（乡镇）三级行政区划变更和政区名称沿革情况。编撰者在两年中寻访了不少首次面世的珍贵图件，具有很高的收藏和研究价值。“也许大家还不知道，1949 年 1 月 1 日，在今北京地区成立了北平市政府，并初步划定了管辖范围，不过当时仍是以军事管辖为主。”李绍纯介绍说，同年 2 月 2 日，北平市被临时划分为 32 个区域，这也是第一次对北京市划分行政建制。

图志的出版，填补了北京市现代城市发展与管理历史研究中的空白。而且，它与以往由专家学者编绘的北京地区历史地图集不同，是由政府部门依据政府报批文件编绘而成，每段历史变更都有法律和行政依据，具有很强的权威性。而《北京市行政区划图志》只是李绍纯负责区划管理处工作时开展的一个项目。

说到行政区划，李绍纯用“有意思”来形容这一领域。“行政区划属于高端的上层建筑领域工作，深深植入经济社会历史脉络中，体现城市管理者的智慧。行政区划对于经济社会的发展具有重要的能动作用。适时适度地对行政区划作出符合时代发展要求的调整，既是党和政府履行领导经济社会发展职能的需要，也是提高和检验执政能力与水平的重要方面。比如，有人说北京四个城区合并为两个城区后没了崇文区和宣武区，丢了老北京文化。但殊不知东城区、西城区也是大有来头的。从历史眼光看，西城区是从最开始的编号区，通过西四、西单、宣武三区合并而来的，文化底蕴比单纯的宣南文化要厚重多了。”

从 2000 年至 2009 年，在区划管理处的 9 年，李绍纯经历了 6 个县改区、500 多个街（乡镇）调到 300 多个，参与了北京市行政区划总体规划。他还主持建立了市平安边界创建工作联席会议、市地名公共服务工程建设工作联席会议、华北五省市行政区划研究工作联席会议组织和市行政区划研究会，并推动出台了《关于开展平安边界创建工作的实施意见》《关于建立政区名称事项评审工作制度的意见》，制定了行政区划专家论证工作制度、界线联合检查工作制度等。

踏遍青山人未老，勘定边界功长留。而在这之前，李绍纯参与全国统一部署开展的各级行政区域界线勘定工作。通过核定法定线、法定习惯线、解决争议线的艰苦过程，北京市与天津市、河北省的 2 条省界和 40 条区县界以及几百条街道乡镇界全部勘定完成，用法律形式将其确定下来，从根本上解决了边界争议问题，为北京市的社会稳定奠定了坚实基础。

在李绍纯心里，边界图是最美的图画。“我的工作是通过实地踏勘、走访、协商，把边界线从原来的‘习惯线’变成‘法定线’。”李绍纯解释了这个让很多人都感到陌生的领域。虽然他说得很轻松，但实际上勘界工作需要大量走访调查，还要解决争议，过程可谓非常艰辛。

好在 1990 年大学毕业进入北京市民政局民政处（随后调整为基层政权建设处）工作之初，他到朝阳区民政局基层锻炼，一年的光景骑着自行车跑遍了朝阳区 47 个街（乡镇），参与了当年区里开展的大部分民政工作，随后又被委派到北京市地质研究所、北京市规划设计研究院开展区域管理体制研究，基层锻炼让人淬火成钢，李绍纯受益匪浅：“基层工作直面民生难题和诉求，问题复杂多变，求真务实才能‘翻山越岭’。两年的锻炼，让我获得务实精神，为以后的工作打下了扎实基础。”

界线的勘定不只是在谈判桌上，更重要的是在前期烦琐复杂的材料准备和收集工作中。为此，李绍纯反复学习相关文件和法规政策，吃透精神。为了搞清争议地区的情况，他和同事就到实地调查，有的界线在山脊处，镰刀、水壶、干馒头加盐炒的花生米是大家上山的“标配”。因为没有路，晴天一身汗、雨天一身泥，刮破衣服、磨破鞋子、跌破了皮肉，都是家常便饭。

勘界谈判前，往往是通宵达旦的准备工作，跪在床上核图、绘图成了“标配”姿势。“界线是用步子和尺子量出来的。我标图，我就要负责。现在多辛苦些，免得日后欠下一笔历史账。”作为勘界骨干成员，李绍纯亲历其中。解决争议线是棘手的，往往白天现场勘察，晚上双方协商，几乎所有的谈判技巧都得用上，一次会议下来，身心俱疲。而这样的协商会议，他不知参加了多少次，只记得参与了上千个争议地区的矛盾调处工作。数字无言，却是一个不畏艰险、勇于担当的行政区划工作者最有力的见证。

现在看来，李绍纯在北京市民政局基层政权建设处和区划管理处做的工作，虽然没有把成绩摆在公众面前，但却为北京市政权体系构建和城市建设与管理格局的形成打下了基础，强了筋骨。这种打底子的事情，虽不显山露水，但却是那种咬紧牙关努力的沉重活计。

时不我待　只争朝夕

开展街道养老照料中心和社区养老服务驿站建设、建立困境儿童分类保障制度、建立困难残疾人生活补贴和重度残疾人护理补贴制度……可能很多市民不了解，这些涉及民生的社会福利政策和制度，都是由北京市民政局社会福利管理处参与设计和制定的。

2009 年 8 月，已是正处级干部的李绍纯从北京市民政局区划管理处调整到社会福利管理处（以下简称福利处）工作。去福利处，是只有硬肩膀才能挑起来的重担子。福利处所负责的社会福利工作是民生重要领域，近年来一直处于改革前沿。

李绍纯接过前任的接力棒，率领 8 名同事在民生保障政策和实施惠民重大举措这根主线上大做文章。时隔多年，他初到处室时说过的话仍深深印在大家的脑海里：来福利处“三生有幸”，在福利处“埋头苦干”。

做社会福利工作，没有条件也没有机会懈怠。李绍纯的每个工作日几乎都是从处理文件开始的。每天早上 8 点坐进办公室的他，首先要处理的就是案头的文件。在这些文件里，有的涉及养老服务、困境儿童保障、残疾人士福利，有的是市政府或局领导批示下来的紧急文件，有的是从基层上报来的群众诉求、工作建议。

“每隔一两个星期，手头积压的工作就会非常多，最紧张的时候往往需要通宵完成。即使在平时，加班的情况几乎每天都会存在。”李绍纯说。

福利处参与制定的《关于加强社区养老服务驿站建设的意见》才刚刚出台，李绍纯和同事们又快马加鞭地设计相应的驿站管理服务标准及建设规划方案。可以说，整个福利处一直在高速运转，每个人都是从加班中摸爬滚打出来的，忙得不得了。

到底有多忙？“真是时不我待、只争朝夕。每个要出台的政策都是大的攻坚性文件，是‘硬骨头’，需要大家通宵达旦。晚上 6 点下班几乎没有，七八点下班是常事。有时周一上班，下班回家时已经是周四了。”曾任职于北京市民政局福利处，现任儿童福利和保护处副处长的乔伟圣不禁感慨：自己住在丰台区岳各庄社区，周五回郊区岳父岳母家，他得有三四年没在“庄里”看到过下山的太阳了。

可想而知以身作则的李绍纯有多忙！用这些老同事的话说，李绍纯熬夜都熬成精了，简直是旋转的风火轮。

说到加班，2015年到福利处挂职的小伙子唐光辉在一段时间内一直在思考一个问题：拼搏二字不写在纸上，不挂在墙上，但似乎有一股力量在推动着大家不断前进。“慢慢地我才发现，我们为之服务的对象，他们根本不看报告，他们只认结果，他们不看你写得多好、说得有多棒，他们只是掂量到手的实惠到底有多少，我甚至怀疑他们在用显微镜来衡量不同政策的利弊得失。”时间长了，唐光辉感受到这个处室的不同，这个工作的意义。他打了个比方，人体最舒适的温度是在36.5摄氏度左右，温度每高一度或者低一度，那都非常难受，而他们这群人拿捏的是人民群众日常生活的温度，把握的是人民群众安危冷暖的火候。一句话，就是一群“玩火的人”。正因为肩负着这样的职责，大家才会拥有这样无穷无尽的动力，对“五加二”“白加黑”这种工作常态没有怨言。

虽然政府不鼓励公务员持续性加班，但也是无奈之举。经济快速发展产生的社会问题，人口老龄化就是其中之一，而且形势非常严峻，这些老人所面临的养老困境背后是一个急需完善的中国养老服务体系。作为首善之区，北京市社会福利工作面临前所未有的挑战。

李绍纯记得，这几年，北京市社会福利类政策制度出台的速度明显加快。2015年以后一天处理十多个文件是家常便饭，政策出台的频率更是高，原来一年才出两三个，现在的节奏几乎是一个月最少一个，一年最多能出台一二十个。

要处理文件、要外出调研、要协调相关部门、要进行行业交流、要接待咨询……从早上8点到晚上6点的工作时间显然不够用。李绍纯常常在晚上6点以后才有时间和同事商讨文件的内容和细节。有时为了集中精力防止思路被打断，根本顾不上吃晚饭。“可以说，很多社会福利政策，都是晚上6点以后才‘生产’出来的。”李绍纯几乎每天都是晚上八九点钟以后才到家，喝一碗粥就当了晚饭。

社会福利领域的每项政策几乎都不是民政局或福利处单独制定的，要涉及多个委办局或相关单位，因此需要沟通和协调的细节特别繁杂。每个政策的出台至少要经历两至三个月的反复沟通，所以很多政策在李绍纯的手上都是同步周转的，“最多的时候一天要同时兼顾七八个正在起草的政策，脑子要不断转换‘频道’”。

虽然工作量大了很多，但李绍纯觉得，从政策出台数量的陡增，能看出政府对社会福利事业的高度重视、对保障对象需求的逐步满足，以及对北京市民生福利体系的不断完善。

由于标准高，李绍纯很难迁就低水平的工作质量，有人难免因此抱怨。“你不能决定太阳几点升起，但可以决定自己几点起床。你不能控制生命的长度，但可以增加生命的宽度。”每每他都这样说：“每个不同时期，总是有着不同的群众诉求以及由此产生的民生热点问题，这几年社会高度关注的养老服务、儿童福利、残疾人保障这些重点工作恰好属于福利处的工作。那么，就应该有时代责任感和使命感，以群众利益为重，群众利益所在就是工作所在，人总是要有些精神吧。”

行脚中触摸民生脉搏

始随芳草去，又逐落花回。没有芒鞋踏破的功夫，就无法通透。在李绍纯看来，行脚的目的在于触动，在触动中才能抓准民生脉搏。

所有政策的出台，都需要从基层寻找依据，从市民当中寻找需求。作为市级机关的干部，李绍纯的一天可不是只在机关中度过。

长年和老人打交道，李绍纯早就练就了一身跟老人“套近乎”的本领。走进社区、养老机构，他自己上手为老人量血压，找机会跟老人聊天，了解养老需求。这边老人说，郊区的养老院离家太远，儿女看望不方便，附近的医疗配套设施不健全，她不愿意住。那边院方负责人说，如果你建养老院，再建个医院，基本是以亏损为主，因为设备和人的成本很高，老人又没有那么大的门诊量，病房使用率……

李绍纯发现，养老院不方便就医，医院里又不能养老，老年人一旦患病就不得不经常在家庭、医院和养老机构之间奔波。这是老龄化社会中越来越突出的矛盾之一。加之，老年慢性病康复时间长，往往是治疗结束而护理、康复未结束，许多患病老人为了以防万一，把医院当成养老院，占床严重，使得大医院一床难求，真正需要住院的人反而住不进来。

但现实情况是，养老机构申请医疗机构执业许可非常困难。按照卫生部门的要求，申请医疗机构执业许可时，首先需要满足医务室的功能分区等硬件要求，比如要有抢救室、处置室、治疗室、消毒间等。有了医疗机构执业许可证，申请医保定点资质还需要漫长的等待。即便两项都申请成功了，能否招来有经验的医生，也是一个未知数，因为养老院的收入远不能和大医院相比。

自2014年起，全国各地都在积极探索破解养老与医疗体系分离的难题。国务院两次发文，提出“积极推进医疗机构和养老机构合作”“加快发展健康养老服务”，从国家层面政策出台的频率不难看出医养结合被寄予厚望。资本的“嗅觉”向来是敏锐的，也让“夕阳产业”迎来朝阳。李绍纯看到了未来北京养老发展前景，针对医养结合问题，他做起了研究。

人民有所呼，改革有所应。2014年8月，北京市民政局会同市发改委等9个部门联合出台《关于进一步推进北京市养老机构和养老照料中心建设工作的通知》，在医养结合、房产验收、消防审核等政策方面实现一系列重大突破。

这个《通知》明确规定，所有养老机构和养老照料中心，都要全部具备医疗条件，为老年人提供医疗服务。其方式可以多种多样，一是内设医务室或引入周边医疗机构的分支机构医疗服务；二是有条件的养老机构和养老照料中心独立设置康复医院等；三是与周边医疗机构签订合作协议，为入住老年人开展医疗服务。

养老机构和养老照料中心的建设，政府部门将按照“一事一议”的方式对养老建设项目进行审核。根据实际情况，对于手续不全的养老设施在保证自身安全运营的情况下，能够获得养老机构设立许可和市住建、消防等部门认可材料，使多年积累下来的瓶颈问题得以妥善解决。在此基础上，给予政策指导、纳入绿色审批通道并及时下拨资助经费等。

每一条都振奋人心！

2016年，在北京市民政局的规划里，未来五年，北京要建成1000家社区养老服务驿站。这项惠民工程也由李绍纯直接负责推进。

近年来，北京市养老服务的重点正在从大力发展机构养老向发展居家社区养老转变，居家老人在家庭和社区里养老到底需要什么服务？为了弄清老人的需求，他和同事们经常分头下基层，走进社区和老人家中寻求答案。

在大量调研的基础上，北京市创新构建“三边四级”服务体系，通过构建市级指导、区级统筹、街乡落实、社区参与的四级养老服务体系，重点依托街乡养老照料中心和社区养老服务驿站等服务平台，实现老年人在其周边、身边和床边就近享受居家养老服务。其中，社区养老服务驿站作为居家老人家门口的“服务管家”，是在居家老人身边、床边提供服务的重要设施。

为了建设社区养老服务驿站，李绍纯带队深入城乡社区先后调研 30 多次，和老人们拉家常，参加他们的活动，详细了解他们的生活需求。

西城区牛街西里养老驿站是各街道社区建设的上百家养老驿站之一。在这里，社区老年人花 20 元钱就能吃上一顿荤素搭配的营养餐，花 10 元钱办理会员卡，能在驿站享受包括理疗、看报、看电视及使用各种康复用具等服务。

“根据调研制定的驿站政策因为满足了市民需求，得到了大家的好评。”乔伟圣说，社区内的养老设施除了应当具备一些基本的日间照料、呼叫、送餐助浴等服务外，老人还迫切需要慢病管理和康复护理等看护类服务。比如，在家门口就能量血压、测血糖，由看护人员提供膳食营养提醒、心理慰藉甚至入户康复护理服务，等等。这些需求，都被写进了相关政策文件当中。

李绍纯要求福利处的每一个人，多体验一线工作情况，了解基层工作现状，将工作效果体现在惠民政策的制定实施上。可以说，陆续出台的养老服务业发展、公办养老机构体制改革、社区养老服务驿站建设等多项政策，无一不是通过与一线的“接地气”而确保了政策与群众需求相贴近。

在李绍纯的日记本里有这样一段话：“习近平总书记在调研时曾指出，‘感情是一个非常本质的东西，不带着感情去做接地气的动作，就是作秀了。有感情的同志下基层做工作，看得见、摸得着、体会得到，那是一种温度’。这种温度是对工作的热忱、是对群众的温情。”

一片丹心为“特困”

李绍纯的身上流露着北方汉子的“真性情”，工作中有着一股不服输的倔劲和“拼命三郎”的狠劲，让他在业内获得了赞誉。

干过民政工作的人都知道，做好民政工作有时候真的很难，难就难在一项政策的出台往往需要协调多个部门，需要在争取获得财政、人力社保、国土、公安消防等部门理解和支持上花费很大的心血。

俗话说，金杯银杯不如好口碑。李绍纯就是怀着为民服好务的信念，率领着同事们战胜了一个又一个困难。2015 年，福利处研究制定《养老照料中心建设意见》时，需要协调 10 余个委办局，光是协调其中一个单位，一个月内福利处的同志就跑了 10 多趟，而李绍纯自己跑了 5 趟。2016 年出台的社区养老服务驿站政策耗时大半年，为了文中一个关键表述，李绍纯前前后后打了十几遍电话，往往一个电话就得说上一两个小时。

“说起来容易，做起来很难，可谓‘九曲十八弯’。”让同事周洪敬印象深刻的是，2016 年制订养老服务人才队伍建设计划的时候，民政部门和人力社保部门就岗位补贴问题因意见不一致而僵持不下，李绍纯多次主持召开多部门协调会，就政策难点重点问题进行磋商，可人力社保部门一位处室负责同志始终对此有异议。李绍纯登门拜访协调，一五一十进行解释，才初步得到这位负责人的理解与支持。政策再次经多轮征求意见和沟通，最终才算敲定下来。

在唐光辉的印象中，为了能多争取一点财政资金支持，李绍纯带领他一道登门做解释说服工作。当来到相关部门后，李绍纯没有因为对方处长临时有事不能接洽而感到气馁，他就跟其他人拉家常、交朋友，从主任科员、到副处长、再到处长。每一次交流都是一次思想碰撞，每一次交流都拉近了彼此间的距离，最终凭着一股子韧劲说服了对方。事后，对方同志不解地问道：“又不是给你家要钱，怎么这样上心？”李绍纯回答得却很干脆：“我就是想为老人们办点力所能及的事儿，再说咱不也有老的一天嘛！”

北京市财政局社保处的一位同志曾私下开玩笑说自己快成民政局驻财政局特派员了。这虽说是一句玩笑话，但也从侧面客观反映了这些年两个部门间联系的密切程度。

为什么很多人眼里像这样难以协调的事，李绍纯总能想办法把它扛下来？作为第一责任人，李绍纯既要挂帅又要出征，遇到事不躲避，不嫌麻烦，找上门解决问题。难怪他的同事给他总结出解决矛盾“三部曲”：调查下基层，说明耐性子，处理快步子。绝招：死磕到底。

“通过政府引导协调和社会力量整合，不断出台和实施民生保障政策和惠民重大举措，目的很简单，就是让这些特殊困难群体受益而且满意。”李绍纯无心孤芳自赏，更无暇为自己喝彩。在他看来，政策背后，无不凝聚着福利处整个团队的辛劳，无不凝聚着相关委办局的智慧，无不体现着党和政府对百姓的关爱，这不是某一个人的功劳。

一系列顶层设计、一项项改革措施，无不折射出大写的“人民”二字，从这些具有建设意义的政策中也不难寻找答案。

在养老服务方面——

在全国率先出台《关于加快推进养老服务业发展的意见》，积极推动开展西城、朝阳两个区养老服务业综合改革示范区，东城、海淀两个区医养结合示范区等的试点工作，在全国开展先行先试。在服务范围上从包括居家养老、社区养老、机构养老在内的社会养老服务体系向老年文体、老年康复护理、老年产品研发销售、老年旅游等领域拓展；在服务供给上从政府直接办服务向政府重点购买服务、引导市场服务、激活社会服务转变。

制定实施《关于全面放开养老服务市场　进一步促进养老服务业发展的实施意见》，降低市场准入门槛，简化行政审批程序，完善价格形成机制，优化市场环境，积极引导社会资本特别是民间资本投资养老服务领域。

为增强养老政策的针对性和实效性，提高政府和社会资源的利用效益，出台《关于加强老年人分类保障的指导意见》，探索开展老年人分类保障和服务，综合考虑经济状况、生理心理、家庭结构、社会优待、社会身份等因素，将老年人划分为托底保障、困境保障、重点保障和一般保障四类群体。针对不同群体，采取不同的保障政策和帮扶措施，力求找准对象、找准需求、精准发力，实现精准施策、精准帮扶。

构建市、区、街道（乡镇）、社区（村）四级养老服务体系，出台《关于加强区级养老服务指导中心建设的意见》《街道乡镇养老照料中心建设三年行动计划》和《关于开展社区养老服务驿站建设的意见》，全方位、多层次满足老年人养老服务需求，使老年人能方便快捷地享受到助餐、助浴、助洁、助急、助医、康复护理、精神慰藉等居家养老服务。

出台《关于加快北京市养老机构建设的实施办法》，加大养老服务行业的政府指导和社会力量引导。在土地供应、税收减免、水电气暖享受居民用价方面不断降低社会进入门槛，给予养老机构建设支持、运营补贴和综合责任保险补助，减轻社会力量经营成本和压力。在政策引导下，北京连续多年养老床位年均建设在 1 万张以上，较好地缓解了日益增长的社会化养老服务供给矛盾，目前全市养老床位总数达到 12 万张以上。

积极推进公办养老机构体制改革。出台了《关于加快推进公办养老机构管理体制改革的意见》和评估、收费、公建民营等相关配套改革文件，引入社会资本，扩大服务范围，拓展服务功能，有效激活政府闲置资源。

出台《北京市困境家庭服务对象入住社会福利机构补助实施办法》，对低保家庭、低收入家庭、失独家庭服务对象、残疾人入住社会福利机构给予补助，发挥福利机构托底保障作用。

制定实施《关于加强养老服务人才队伍建设的意见》，积极拓宽养老服务人才来源渠道，加强养老服务技能培训学校建设，不断加强为老服务人才培养。

完善“医养结合”服务模式。制定《关于推进医疗卫生与养老服务相结合的实施意见》，探索突破居家上门医疗服务瓶颈，提供老年人社区用药便利，增强养老机构医疗服务能力，保证养老机构内老年人的基本医疗和康复护理需求，不断深化医疗服务与养老服务相结合。

在加快养老机构建设的同时，同步推进养老行业管理服务工作，将提升管理服务质量作为养老机构的生命线和持续健康发展的基础。颁布了《养老机构服务标准体系》等 10 余项地方标准，积极开展养老机构标准化体系建设和管理服务质量星级评定工作，促进养老机构的规范化、标准化建设。

在儿童福利方面——

完善困境儿童分类保障政策。出台《关于建立北京市困境儿童分类保障制度的意见》，按照优先保障、分类保障、体现普惠、政策衔接原则，进一步提高机构内孤儿弃婴生活费标准，将各类事实无人抚养儿童、低保家庭重病残疾儿童纳入生活保障范围。

下发《关于贯彻落实民政部〈家庭寄养管理办法〉的通知》，出台《促进家庭寄养儿童转收养工作意见》，对北京市公民收养儿童福利机构轻度病残孤儿弃婴的，给予养育费补贴和大病手术、社区康复、特殊教育等方面的福利服务保障。

在房山区建立国家级儿童福利适度普惠示范区。全面推进弃婴孤儿、困境儿童、困境家庭儿童和普通儿童分类救助制度，促进儿童福利事业全面发展。

建立《儿童福利机构儿童常见病患儿养护技术规范》《儿童福利机构儿童意外伤害防范》等制度，做好孤残儿童康复、涉外送养和早期教育等工作。

不断推动社会福利队伍建设，在儿童护理员全国技能大赛中连续三年取得团队一等奖，包揽个人前三名。

残疾人福利方面——

出台《关于全面建立困难残疾人生活补贴和重度残疾人护理补贴制度的实施意见》，聚焦精准福利，实现了困难残疾人群体生活补贴福利的全覆盖，全面维护和保障残疾人合法权益。

出台《关于加快发展康复辅助器具产业的实施意见》，瞄准制约康复辅助器具产业发展的薄弱环节和群众现实需求，加强政产学研用协同，推动康复辅助器具技术、管理、品牌、商业模式创新，坚持交流合作、需求导向、优化供给，提升市场竞争力。

制定 16 ～ 60 岁残疾人入住社会福利机构财政补贴政策，确保有需要的残疾人能够得到政府支持，实现集中供养。

制定残疾人福利设施建设专项规划，保证政府供给能够不断满足社会需求。

培养假肢和矫形器制作与安装人才，参加全国假肢装配师和制作师职业技能竞赛，选拔假肢人才，成立大师工作室。

问渠那得清如许，为有源头活水来。近年来，在李绍纯的积极参与和同事们的共同努力下，北京市社会福利发展改革进程明显加快，圆满完成“十二五”规划确定的 12 万张床位、百名老年人拥有床位 3.8 张的任务。仅 2016 年，福利处就顺利完成了 30 项绩效任务和市政府报告重点工作，出台或制定了 35 项惠民政策措施，在全国率先突破性建立起残疾人、老年人、儿童一体化的市、区、街道（乡镇）、社区（村）四级社会福利服务体系，在民政部考评各省、区、市民政工作中，北京的儿童福利工作名列第一，残疾人福利工作名列第二，养老服务工作被通报表彰。

咬定改革创新不放松

预计到2020年，北京市老年人口的数量将超过400万人。除了数量庞大的老年群体，还有儿童、残疾人等。福利处的每一项政策，都关系这些人的切身利益。

新征程，更加考验改革的决心和智慧。具体负责福利工作8年，李绍纯明显感觉到了思路的变化："现在是问题导向思路，从之前的政府想做什么、能做什么转变为问需于民，也就是想群众所想、急群众所急，群众需求什么我们才干什么，这是和供给侧结构性改革思路相一致的。首先要了解老百姓需求什么，针对需求端的问题，准确找到供给侧需要提供什么样的服务。"

以养老服务业为例，这是一个新兴的领域。此前，关注的焦点在于养老事业，由政府主导操办，而现在很大一部分要转向社会化、产业化，过渡到事业和产业并重，真正使养老服务业成为新兴发展的经济领域，即"服务夕阳人群的朝阳产业"。

建立儿童福利保障体系是李绍纯工作的另一个重心。"儿童福利体系就是要建立大的安全岛。"他介绍说，在儿童福利方面，过去只管孤儿弃婴，现在要对社会开放，为全社会儿童开展服务。

"更大的安全岛没有建立，小安全岛就会产生很大问题。"李绍纯举例说，前几年外地创办的弃婴安全岛引来了大量残疾儿童被遗弃，引起了很多争议，这实际上反映出儿童福利制度体系缺失的问题，在社会层面没有制定相应的保障体系。只有完善的儿童福利制度，有残障儿童的家庭才能养得起、治得起。在政府、社会的帮助下，家庭才能够过上正常生活，而不至于因为残障儿童造成整个家庭致瘫致贫。

李绍纯认为，老年人、儿童、残疾人士都是需要重点关注的群体，而福利处的主要工作就是保障这些人群特别是其中困境人群的福利，发挥对特困群体的政府托底保障作用。同时，推动社会化发展，引导社会力量共同参与构建首都适度普惠型社会福利体系。"这几年社会高度关注这些领域，给了我们机遇，作为公务员，我们就应该有时代责任感和使命感，敢于担当。看到群众切身利益得到了保障，自身的努力有了回报，我们再累心里也是甜的。"

说起社会福利工作，李绍纯总能娓娓道来。“自身有真本事，工作中才有底气。保持开阔的视野和创新的工作势头，就得不断地学习。因为社会福利事业正处于转型过程中，很多领域需要不断探索。”李绍纯经常这么说，也坚持这样做。

正是有着强烈的学习渴求和进取意识，这些年他走到哪儿，哪儿就是工作重心，难点工作聚集，同事们都说他命中注定要干创新的事情，要不断挑战难点工作。

将改革进行到底，在创新这条路上走下去，需要的不是一个人，而是一个团队。李绍纯深刻地认识到了这一点，总是想办法调动大家学习和创新的欲望。他认为，工作上的创新虽与知识储备密切相关，但更取决于学习力的强弱。

“为了保持长久的学习热情和主动性，福利处制定了共同愿景。”有关李绍纯的“学习经”，唐光辉张口就来：“学习是政治责任”“别让你的梦想跟不上你的脚步”是李绍纯的口头禅；敞开思想、深入交流，破除旧有的思维习惯，正视一己之短，积极学习他人之长，加强沟通合作的理念，把学习作为一种精神追求、一种生活态度；倡导在实践工作中变“分割思考”为“整体思考”，变“表面思考”为“本质思考”，变“封闭思考”为“开放思考”，力争把握事物间复杂的联系，多角度观察问题，克服单向思维。

针对福利处涉及业务门类多、专业性强、实操性强等突出特点，福利处还广泛开展“微型讲座”，邀请熟悉业务的工作人员专项开展业务知识普及讲座，以使全处同志及时掌握最新信息动态。

要说让大家脑洞大开、眼前发亮的还是定期召开的研讨会。会上，每个人就福利工作的热点难点问题各抒己见，坦诚交流，在激烈的争辩中达成共识，有效推动了福利工作的理论创新，尤其是在公办养老机构改革、养老服务体系建设等方面形成了一系列的新思想、新观点。

宝剑锋从磨砺出，梅花香自苦寒来。以改革创新的精神一往无前，就没有什么困难拦得住前进的脚步，在笃行“唯改革创新者胜”这条路上，李绍纯带着他的团队干得热火朝天。

一枝一叶总关情

李绍纯常说，做好民政工作简言之，一个字——情。即使当了别人所说的“领导”，李绍纯仍然不忘初心，谦和低调，又十分热情，脸上总是带着微笑。

唐光辉讲了一个故事：有一天，一行四个人到福利处咨询有关养老机构的政策，当时正值中午 11 点半。刚从外单位开会赶回来的李绍纯拿着水杯就直接走进会议室，唐光辉原以为他简单地跟对方聊聊就得了，没想到一聊就是一个多小时，完全错过了饭点。

"你知道吗？李绍纯处长跟对方说的第一句话是，对不起让你们久等了，其实他才迟到 5 分钟；对方问的问题特别多，我都听着不耐烦了，想进去把处长'解救'出来，可看到他还在那儿事无巨细地讲，真诚地建议对方'养老机构不要建太大'，我不忍心。"从玻璃门外看到这一幕幕的唐光辉顿时觉得自己的领导高大起来。

对李绍纯来说，政府鼓励社会力量参与养老服务，他们遇到问题需要引导，这是他的责任。

"责任"二字重千金，关乎群众利益的大事小情，李绍纯简直细致到"丝发"和"毫末"的程度。以下基层调研为例，李绍纯不仅走到老人中间，还走遍了全市的 506 家养老机构和 380 家新建的养老驿站。为了获得一手的真实信息，他从不打电话提前联系，一双运动鞋，一个背包，他往往会直接跟驿站里的工作人员以及入住的老人聊开了。老人吃得好不好、住得是否舒心；护理人员工作待遇如何、素质高不高；机构运行有没有难处、是否按政策执行……一聊就是半天。

作为民政社会福利领域的专家，李绍纯甘为应急处突、化解矛盾的急先锋。

2015 年 4 月的一天，来自各区的聋哑人在北京市民政局机关大楼门前聚集，不到 10 分钟，聚集人数已经是里三层外三层，再加上外围看热闹的群众，人数瞬间激增到了上百名。

然而，当天适逢北京市民政局全局在外召开处长以上人员参加的干部会，信访处和福利处留守人员出去接访，都被以不懂业务、级别太低为由挡回，上访人员目的很明确，要求面见市民政局局长，并且将父母为聋哑人的儿童纳入孤儿生活费发放范围。

为了尽快化解矛盾，维护稳定，相关局领导明确给李绍纯下达了处置任务：一是迅速处理危机，对聚集的上访人群进行依法安全疏散；二是尽快了解情况，找出对策；三是不能形成后续大的社会波动，力争不留工作尾巴。

临危受命，李绍纯在从会议驻地赶回局机关的路上，连续几个电话拨了出去，联系市残联相关业务处室的处长前来支援；联系处里的同事前往现场参与维护秩序，再三强调要细心、要有耐心。与此同时，不断思考着多种预案。

当他到达后，现场已充斥了一触即发的紧张气氛。他果断站在了上访群众的最中央，通过手语翻译向大家讲道：“作为政策制定者，我是对政策进行权威解读的最佳人选。请大家放心，我本人一定会以认真负责的态度公开公正地解决问题。”他提出，要求从上访人员当中选出 5 名代表进行对话，对话的前提是其他人员必须有序疏散。在双方僵持了 10 分钟后，上访人员陆续开始自行疏散。

经过耐心的解释和真诚的沟通后，聋哑朋友纷纷向他伸出大拇指，放心地离开了。在随后一周内，他主动协调市残联，采取一系列跟进帮扶措施，一场可能会产生较大影响的群体性事件得到了及时、有效的化解。

“秉持一颗公心干事，良心不亏、底气才足、看得才准。”事后，他本人进行了深刻反思和总结，并加强了政策执行以后的效果评估和政策解读工作。他在总结处理此次事件的报告中提到：民政工作就是民意的“晴雨表”。民政干部，特别是领导干部就是要“关键时刻不怕事，沟通领导讲清事，争取支持敢办事，协调处置干成事”。

如今，李绍纯的步履走得依然坚实。2017 年，李绍纯交流到局办公室当主任。众所周知，办公室工作无小事，常常是大事要事交织、急事难事叠加，犹如“山阴道上，应接不暇”，这也要求办公室工作人员必须是复合型人才。

李绍纯迅速进入工作角色，与团队共同努力，较好地发挥了统筹协调作用，保证了全局中枢系统的正常运转——

实现全局办文、办会、办事的统筹把握。一年间，保障部、市、局领导活动、会议约 2100 次，呈报局领导文件 3500 余件，转办交办局领导批示文件 1000 余件，制发公文 612 件，办理相关委办局会签文件 85 件，归集整理档案 1417 件，接待查档、调研档案 200 多人次。政务公开和政务信息报送，被市委、市政府“两办”采用 100 多条，其中 3 条信息被国办信息刊物采用。

数字背后又是一份沉甸甸的担子。在李绍纯的办公桌上放着几个日记本，上面记录了他在新岗位上的所思所想所悟。“政不言多须务实”“心底无私天地宽”“只要你把百姓始终放在心里，百姓就会把你含在嘴里”“不是我有能耐，而是大家能够齐心协力”“平凡人的寻常事，也许琐碎，也许乏味，但一样蕴藏着丰富的思想内涵和不平凡的业绩”……

“办公室工作看似琐碎繁杂，但也并非无章可循。”李绍纯用四句话总结：“提笔能写、开口能讲、问策能对、遇事能办。”

细爱无痕 温暖如初

担当既是一种能力，也是一种态度。李绍纯愿意给下属发展的空间和时间，也愿意将过往的经验分享给他们。在下属的眼中，李绍纯不仅仅是一位事事追求完美的上司，更是一个用铁汉柔情用心呵护每一名工作人员的老大哥。

这个团队这样评价李绍纯：他是领导，也是兄长。他不居功，不诿过，敢于承担责任；他当面敢于批评人，背后却保护人；他表里如一，从不隐瞒自己的观点；他是一个内心有温度的人！在他手下工作，踏实！

一个有温度的人，总让人感到温暖如初。

李绍纯爱才，更舍得下功夫培养人才，而且培养人才有道：做好新同志的“传、帮、带”工作，帮助新同志在较短时间内适应工作角色；采取“一对一”交心、自我对照检查、思想集中交流、专题组织生活会等方式，使每个人都明白自身存在的问题及成因；秉承开放思想，不遗余力为下属创造成长条件，提供各种学习、锻炼、荣誉以及独当一面的发展机会。

由于舍得培养、敢于推荐，近年来福利处 7 位普通干部中已有 6 位被选拔到其他部门担任处级实职领导。

李绍纯直言，关心下属对领导而言是一种很重要的修养！“池水”流动起来了，又吸引了更多人才加盟，快速的人员变动中工作质量始终保持了高水准。他还分享了与下属做朋友的经验：在闲暇时与大家谈谈时政、环境或者球赛，他们与你在感情上的呼应是很明显的。

温暖也彰显在细节之处——

令同事周洪敬感动的是，前两年，他在单位加班时突然感到头晕，不舒服。李绍纯知道后马上要求他去医院做检查，并陪着周洪敬到朝阳医院急诊，挂号缴费、联系医生……在医院一直陪护到了深夜两三点。

2016年，福利处有两位同志当了父亲，在得知孩子即将出生时，李绍纯主动向他们询问有什么困难，有什么需要帮助解决的事情，并且在工作任务安排方面适当给予照顾。当孩子出生满月后，他及时上门看望，送上全处同志的关心和慰问。

谈工作，谈同事，李绍纯滔滔不绝。谈家人，他却一下子沉默了。“面对工作，我问心无愧。面对家人，我却充满愧疚。”

乔伟圣回忆，有一年秋天，李绍纯的岳父住院做心脏搭桥手术，因为那一段时间福利处忙，工作连轴转，直到老人手术后都四五天了，他才抽空赶去医院探望。

“谁没有家啊，谁又不想踏踏实实、快快乐乐与家人一起过个生日啊。我们处长亏欠家庭很多。”唐光辉讲了这样一个故事：在一次他关上电脑准备下班回家时，看见处长办公室的门敞开一条缝，露出微弱的灯光。正当他犹豫进还是不进时，忽然听见里间屋传来一阵微弱的咳嗽声，他赶紧推开门走了进去，看见李绍纯以十分疲倦的姿态靠在沙发上，完全没有往日完成工作之后的那份悠然自得。随后，他在散落在地上的一张信笺纸上寻到答案，那是一封尚未完成的家书，记得内容大致是这样的：“我亲爱的孩子，此时此刻你早已入睡，可是爸爸却再次错过了你的生日，内心很是愧疚，仿佛看见你和妈妈那期盼的眼神。而我，此时唯有送上一句最最温暖的祝福。孩子啊，请原谅我吧……”寥寥数语却是浓浓的深情！

李绍纯的家，是人尽皆知的美满家庭，李绍纯很爱妻子和儿子，周末不加班的时候，洗衣买菜做饭都被李绍纯“包圆儿”，嘴上说是为了换换心情，其实是为了弥补对家人的亏欠。这段时间，在李绍纯的微信朋友圈里，只有寥寥四条信息，其中一条是他转发的一个小视频，他写道：“向大家推荐一部超级大片，出品人、导演、编剧、摄像、音效、字幕和后期制作都是我儿子。”作为父亲，李绍纯只能用这种方式来给儿子鼓劲儿。

“我的家人非常理解我工作的意义，他们自身能处理的事尽量不打扰我。”说起儿子，李绍纯很欣慰，“儿子现在上高三，学习成绩很好。儿子常对我说，我作为父亲最合格的地方在于他面临重要人生选择时能平和地分析利弊取舍，帮他作出自己的判断。我很受用儿子这么说。”

李绍纯向同事们说：“家对我们每个人都是非常重要的，但是我们作为民政干部，心里既要装着家人，更要装着百姓，有时候冲突了，难免要舍小取大。让人民满意，是我们做人做事的根本落脚点。”

党的十八大以来，习近平总书记多次对民政工作作出重要指示批示，要求要“怀着大爱之心、爱民之心”做好民政工作。

民政工作关系到千家万户的利益。李绍纯理解的“民政事业”，一是贴近群众，直接面对群众为群众服务；二是要对群众疾苦敏锐感知，怀有强烈的爱民之心；三是要有担当，无私无畏去帮助群众，勇于奉献；四是帮助别人的同时成就自己，洗涤心灵。

她陪你在寒冬看夕阳

——记天津市听力障碍康复中心副主任徐宝宏

一

1976 年的秋天，树叶刚刚开始变黄，有些叶子早早地落在了柏油路上。

公交车上坐着一个面色发黄、身形瘦小的女孩儿。她叫徐宝宏，刚 12 岁，和她并排坐着的是一个中年妇女。偏低的气温令小女孩瑟瑟发抖，车窗外的秋风越刮越大，她隔着玻璃，呆呆地看着那些随风飞舞的落叶。

中年妇女是街道主任，她领着家庭遭遇变故、成为孤儿的徐宝宏在天津西北角公交站下车，小女孩默默地低着头走着，迈着忽大忽小的步子，刻意躲避着地上的那些落叶，她怕把树叶踩碎了、踩疼了。

天津儿童福利院处在天津市闹市区的西南角，对那些有父母疼爱的孩子来说，儿童福利院几乎是“大隐于市”的寂寞，没有人注意这个机构的存在。而这一天，对女孩徐宝宏来说，这里将是她的家。她怯怯地走了进去，福利院的阿姨领着她走过了一条大大的通道。小女孩不敢抬头，她只听到风吹树叶的声音，地上零星有枯黄的杨树叶，她依然小心地躲过，不敢踩在树叶上，她怕听到树叶被踩碎的声音。

徐宝宏被领到了一座小楼里，上了二楼，安排在 45 号床。从此，这张床就是她的家了。刚到儿童福利院时，陌生的环境、陌生的面孔，周围和她一样的孤儿嬉笑打闹着，她感到特别孤独，难以融入集体。深夜，她蜷缩在 45 号小床上，睡不着，呆呆地看着窗外星月下的杨树在夜风中摇曳。睡不好又吃不下，没过几天徐宝宏就发烧了。儿童福利院的阿姨带着她去看病，一路上搂着她瘦弱的身子。在医院输液的时候，福利院的阿姨陪着她，给她读语文课本，告诉她福利院是一个热闹的大家庭，阿姨以后就是她的妈妈。

阿姨妈妈在徐宝宏生病的时候，每天帮她梳头，给她脸上搽香香的雪花膏，阿姨妈妈哼着歌子，样子很美，徐宝宏心里的冰河开始融化。一周后，徐宝宏身体恢复了，她主动帮助阿姨妈妈给小弟弟小妹妹们洗衣服、晾衣服，还带着他们玩游戏、讲故事、唱歌。徐宝宏常常受到阿姨妈妈的夸赞，她是儿童福利院里孩子们喜欢的好姐姐。

有阿姨妈妈的陪伴和鼓励，徐宝宏在儿童福利院度过了温馨的四个春夏秋冬，她已经长成了窈窕少女。

告别了儿童福利院，徐宝宏的人生将是怎样的？那个不忍心踩碎落叶的小姑娘，命运将会眷顾她吗？

二

1980年，徐宝宏来到位于天津市南开区卫津南路的天津第一老年公寓上班。那是一个初夏，穿着洗旧了的淡绿色“列宁装”，体重没有80斤的徐宝宏怯怯地走了进去，她看到院子里有老人在晒太阳，老人们的头顶上有刚刚长成的青涩的葡萄。

门卫里走出一个高嗓门的大爷，冲着徐宝宏喊：“你找谁？”徐宝宏低声说：“我来上班的。”门卫大爷不屑地上下打量着徐宝宏说：“这里又脏又累，就你，来这儿上班？”

这一问一答，一老一少，在命运的长河里定格。这位大爷此时不会想到，他面前这位瘦弱的少女，以后会是这里的领导，而且是他孤独的生命里最温暖的光。

老年公寓的科室领导看了看眼前瘦弱的徐宝宏，肯定地说：“你护理不了老人，先去行政科做勤杂工吧。”

徐宝宏把最心爱的“列宁装”叠起来放进柜子里，换上工作服，推着装满炉灰渣的推车吃力地从锅炉房出来，再费劲地倒进院子里的垃圾坑。刚开始，她推车不娴熟，常常翻车，推车上的热煤球渣子瞬间散落在地，翻腾的热浪夹带着灰烟直冲徐宝宏流着汗的脸上。然而她并不着急，用胳膊上的工作套袖擦擦汗，拿着铁锹一铲一铲地把煤球渣子铲进推车。一个月后，徐宝宏就掌握了推车的技术，她轻盈的身影成为在院子里晒太阳的老人们眼里的一道亮丽风景。那些耄耋老人，用他们那模糊不清的眼睛注视着这位花儿一样美丽的少女，他们仿佛看到了自己曾经火红的青春。

身为勤杂工的徐宝宏和门卫的那个倔大爷，同属于一个部门，这一老一少每天抬头不见低头见。倔大爷姓郭，徐宝宏见到他总是尊敬地喊一声：“郭大爷，您好。”这郭大爷呀，有时连眼皮都不抬，偶尔会和苗条俊秀的徐宝宏说一句：“你啊，抓紧调单位，这里不适合你，你撑不了多久。”

勤杂工的工作很繁杂，徐宝宏忙完了锅炉房的杂活儿，来不及喝口水，就又有加急的活儿跟上来了，她得把老人们的脏衣服收集起来，放在手推车里，从护理楼出来，推进洗衣房。然后分拣归类，放在洗衣工的手边，再将洗好的衣物搬运到手推车上，再推进库房，码放整齐。宽大的库房和堆码得高高的被褥没有使徐宝宏退缩，但角落中包裹的寿衣却时常让她战栗。这个年仅 16 岁的少女，每一天都会触碰到“生命结束”这个概念，她时常想起那些落叶。她依然保持着不踩落叶的习惯，那些隐隐约约的疼痛，让她告诉自己：“踏踏实实地过好每一天，把每一天的工作都做好。”

勤杂工勤杂工，不勤不杂可不行。每年雨季前，维修老年公寓的房舍时，徐宝宏连掺沙和泥的活儿也干过。

到老年公寓的第一年，徐宝宏也会在公休日偷偷跑回儿童福利院，她留恋在儿童福利院时的幸福时光，那里都是温柔的阿姨妈妈和可爱的孩子。老年公寓繁杂的工作和每天触碰到的生命结束前的气息，时常让她恐惧和退缩。

徐宝宏在阿姨妈妈的怀里委屈地哭泣，伸出双手让阿姨妈妈数做被子时被扎的针眼。这个时候，阿姨妈妈会温柔地告诉她：“人生就是有苦也有甜，不怕苦的人是强者，不怕苦才能有幸福感，因为自己看到了自己的坚强和勇敢。”

徐宝宏在勤杂工的岗位上一干就是两年。1982 年，18 岁的徐宝宏被分配到护理部，开始了一线护理工作。还记得那个看门的郭大爷吗？他从门卫岗退下来后，也成了老年公寓里的一名老人。

三

徐宝宏从儿童福利院的 45 号床，搬进了老年公寓的职工宿舍，宿舍里还有三位比她年长的姐姐，她们也是在儿童福利院长大的。共同的经历，让这四个姐妹组成了临时家庭，徐宝宏是小妹。她虚心地向姐姐们学习，很快地融入了这个临时家庭。陆续地，四个姐妹都恋爱结婚，徐宝宏也在 1986 年完成了婚姻大事，从此告别了宿舍生活，有了自己的家。记得结婚的时候，按天津民俗，要改口，婆婆用红纸包了一个改口红包，笑着递给了徐宝宏，穿着大红色新娘装的徐宝宏怯怯地喊了一句："妈，爸。"瞬间，徐宝宏泪如雨下。她内心如大海般汹涌，努力地克制着自己的情绪，她含着眼泪笑着，心想："我有父母了！"

结婚后的徐宝宏工作更不怕辛苦了。依然是那个瘦弱的身影，只是不再推杂物车，而是出现在护理床前，忙碌地服侍老人的起居，送食喂饭。

养老院入住的大多是孤寡老人，年老体衰，时常大小便失禁。徐宝宏开始向老护理员学习为老人擦洗，更换衣裤。刚接触护理工作不久，新的挑战来了。那一天是徐宝宏婚后上班的第一天，她把崭新的新娘装叠好放进柜子里，换上工作服，她的内心还是崭新的，带着新娘子的气息。她如往日一样，为每一位老人做早晨的擦洗。刚进门，就见到一位老护工拿着寿衣进来，跟徐宝宏说："这里你别管了，你先忙别的吧。"徐宝宏知道这位护工是体谅自己新婚。她轻声说："我来帮你一起为老人换上寿衣。"

老人去世了。因为老年公寓没有汽车，徐宝宏就从建筑工地借来排子铺上被褥，和同事们一起将清洗干净并穿戴整齐的遗体拉到附近的医院太平间存放。转天，又跟着殡葬车到火葬场，在火葬炉前看着老人火化，徐宝宏把一朵朵自己亲手折叠剪裁的白花扔进火炉，然后为老人抱骨灰盒。

抱着骨灰盒的徐宝宏内心充满了伤感，这位刚刚去世的李奶奶，前几天还和她说话呢，告诉她："孩子，能等到你结婚，吃你的喜糖，我真是高兴啊！"徐宝宏此时仿佛看见李奶奶满脸褶皱的脸笑得像一朵葵花一样，她用没有牙的嘴含着喜糖，口水流了下来，徐宝宏用自己的红手帕为她擦去口水。

在徐宝宏当勤杂工的时候，这个李奶奶就在老年公寓了。那个时候，徐宝宏不会做被子，手常常被棉线针扎出血来。李奶奶得知后，就手把手地传授她做棉被的技艺，她说："我啊，十多岁就帮我妈妈做被子，一家人的被子都是我和妈妈做的，每年一入冬，我们就已经把家里老少十几口人的棉被都做好啦。那个时候我们是四世同堂，我爷爷奶奶都是在家里安静走的。人啊，总有归去的时候，就像落在地上的叶子，化作春泥回归自然。"

徐宝宏怀里抱着的骨灰盒似乎变得温暖了，她一点也不害怕，伤感也渐渐退去。此时正值春天，街道上没有落叶，草地已经返青，一种勃勃的生机从抱着骨灰盒的新娘子徐宝宏身边弥漫开来。

四

老年公寓里很多老奶奶都喜欢徐宝宏。这些老奶奶各有本领，有的喜欢编织毛衣，有的喜欢绣花，有的喜欢书法、唱歌、跳舞，徐宝宏为了哄这些年迈的老奶奶开心，就常常说自己要学习她们的看家本领。她特别虚心，学习的时候还不忘夸赞这些离开家的老人。徐宝宏 12 岁进入儿童福利院，她知道失去家庭的滋味。每当看到老人们面露悲情的时候，她都会想方设法哄他们开心。几年下来，徐宝宏学会了织毛衣、绣花，她的硬笔书法也很棒，至于唱歌和跳舞那简直就是信手拈来，她和老人们一起唱他们那个年代的老歌，跳“慢三”。就这样，徐宝宏成为老人们心中的亲人。

还记得那个门卫郭大爷吗？他以前是一所小学的后勤工人，后来到老年公寓当门卫。老人孤寡一生，在老年公寓生活了 27 年。

郭大爷性情古怪，倔强异常，88 岁的时候还坚持自己出去买东西。有一次，他在外出买东西时右胯骨骨折。从医院治疗回来，经过徐宝宏和同事们无微不至的照顾，郭大爷奇迹般地康复了，能站立着推小车行走。平时郭大爷不吃猪肉，爱吃鱼，徐宝宏就在家将鱼、虾做好，给老人带来。每个季节，徐宝宏都要为郭大爷添置应季的衣物，每个生日都为老人准备蛋糕、唱生日祝福歌。

郭大爷对徐宝宏充满了信任和依赖。他在老年公寓里一直住到年近九旬才离开人世。他一辈子没有结婚，孤独一人，他把徐宝宏当成最亲的人，耄耋之年的他在人生最后几年，最大的幸福就是在院子里晒太阳，看着徐宝宏忙碌的身影进进出出。看着当年那个 16 岁的小丫头已经人到中年，有一天郭大爷问徐宝宏：“丫头，你是不是快退休了？”徐宝宏笑着说：“还早着哪。”郭大爷说：“你退休了我怎么办啊？”徐宝宏笑得更厉害了，说：“我退休了，也来这里照顾您，放心吧！”

听了这话，老人的脸上呈现出了少有的郑重。是多年焦虑的释怀？是追忆 80 多年的沧桑？还是捕捉那个当年站在院门口怯生生的柔弱女孩的身影？

2009 年 10 月，落叶的时节。深秋的寒风已有些料峭。那天，凌晨 4 点多钟，夜班护理员给徐宝宏打电话反映郭大爷突然身体不适，情况危急。徐宝宏匆忙起身打车赶到老人床前，见上老人最后一面，为老人最后又擦洗了身子，穿好寿衣。她充当女儿的角色，亲见老人遗体火化，为老人入殓骨灰，抱骨灰盒送终。

这一切或许是郭大爷未出口的愿望和徐宝宏默默的承诺……

徐宝宏在上班后的三十几年里，从未离开老年公寓。她和这里的所有老人都有感情，能为他们送行，她认为是自己的使命。每一次的告别，她都是从伤感回归到平静，春夏秋冬，花开花落，徐宝宏从一位惊慌失措痛失双亲的孤儿历练成了一位值得信任的退休职工养老院的副院长。她这三十几年，是用血和汗化作爱坚持下来的。有爱在，所有的累和苦都变成了一种惯性和从容。

五

如果不算在儿童福利院阿姨妈妈奖励的糖果、布娃娃等各种小礼物，徐宝宏因不怕辛苦、热情助人的品德而受到嘉奖是在 1982 年获得的老年公寓先进工作者的荣誉，奖品是一支钢笔。18 岁的徐宝宏感到无比光荣，她当天晚上是握着这支钢笔睡觉的。

从此，徐宝宏坚定不移地走上了一条奉献之路。在这条路上，充满了艰辛，她从未彷徨，也从不质疑自己的选择。

老年公寓最辛苦的部门就是护理三科，这里入住的都是生活不能自理的老人。徐宝宏主动要求到护理三科工作，领导劝她："你还太年轻，那里又脏又累还经常面对老人离世，怕你熬不住，等过几年吧。"徐宝宏说："现在正年轻，吃苦受累正是时候。"

1993 年，29 岁的徐宝宏由于工作出色，深受老年人的信任、同事的佩服、领导的重视，她担任了护理三科的副科长。1996 年，徐宝宏又成为护理三科的科长。在任职大会上，徐宝宏只简单地说了几句："我既不觉得护理三科苦，也不觉得护理三科累，能为辛苦一生的老人们服务，让他们感觉到有爱有温暖，我只觉得自己活得有价值！"台下是热烈的掌声，那个已经衰老的郭大爷坐在会场的最后一排，偷偷地哭了。记忆里那个 16 岁瘦弱的女孩，是他这一生中见过的最美的花，高贵又美丽。

老年人便秘是常有的事。看着老人痛苦难受的样子，徐宝宏时常用手将硬大便一点一点抠出来，老人感动得直哭。

每天下午 3 点，是给老人洗脚的时间。老人的脚因干裂而脱落皮屑，味道刺呛难闻，对护理员来说那是一种折磨。但徐宝宏可不觉得是折磨，她一边与老人聊天，一边帮他们洗脚、剪手指甲和脚指甲。有些老人的家属来了看到这一幕，敬佩地说："您真是天使一样的人啊！"

徐宝宏对待老年公寓的所有老人如父母一样，对老人有一种不是子女胜过子女的感情。她常常和年轻的同事们说："做人要有善心，老人们年轻时为祖国的建设作了贡献，现在老了，住到我们养老院，该是我们作出贡献的时候了。"

有的老人挑食，徐宝宏就经常早上带来煎饼馃子和大饼鸡蛋，或是其他零食送给老人，哄着他们吃东西。

马奶奶突发心梗、呼吸困难，老人无儿无女，她侄女来院后，决定放弃治疗，并做了老人后事准备。但是，徐宝宏不放弃，她带领三科全体护理员对老人精心护理，无微不至地照顾，终于使老人转危为安。老人的侄女在外地，看望不方便，徐宝宏就为老人拍照片寄给老人的侄女，告知老人情况。

李爷爷突发心梗，住院抢救治疗。徐宝宏时刻挂念着住院的老人，购买了牛奶、鸡蛋、水果到医院看望，看到老人痛苦的样子，心里很难受。20 天后，老人插着尿管、氧气管、胃管回到院里，十分虚弱，而且臀部长有 10 厘米大的两块褥疮。徐宝宏带领护理三科的同事们研究护理计划，对老人重点呵护，40 天后，老人身上插着的管子全部拔掉，身上的褥疮也好了。

每当这时，是徐宝宏最高兴的时候，她会情不自禁地哼着歌曲——那些老奶奶教给她的歌曲。有些老人已经不在人世，但每一次哼唱这些歌曲，徐宝宏都感觉她们在自己身边。

六

徐宝宏对待同事如亲人。身为科长的她，一点架子也没有。干活儿总是抢在前面，自己争着动手。在她面前，其他同事都不好意思偷懒。徐宝宏总是不厌其烦地、唠唠叨叨地向新来的同事讲授护理经验。在她手把手的指导下，新来的同事很快就胜任了护理工作。

这是一份神圣的工作。徐宝宏一直努力用心去做好，她怀着一颗真诚的爱心、无私的孝心，兢兢业业地工作在护老第一线，恪尽职守，脚踏实地，埋头苦干，大胆创新，把工作做得有声有色，多次荣获先进工作者、优秀个人、优秀共产党员等光荣称号，1992 年、1993 年、1996 年三次荣获天津市“八五”立功奖章，1995 年荣获天津市照顾社会孤老残幼活动先进个人，2005 年和 2009 年两次被评为天津市劳动模范，2006 年被评为天津市市级优秀共产党员，2007 年当选为天津市第九次党代会代表，2010 年和 2011 年连续被评为天津市“三八红旗手”，2010 年被评为天津市十行百杰百名杰出女性，2012 年被评为民政部优秀服务标兵，2015 年 2 月被评为全国“五一”巾帼标兵，2015 年被评为全国先进工作者，2016 年徐宝宏劳模创新工作室获得“全国巾帼文明岗”称号，2017 年当选为天津市第十一次党代会代表等。

一位新来的同事小李家住得较远，刚来老年公寓时每天要坐火车往返。徐宝宏为了让小李能够赶上火车早些到家，总是为他盯班，让他早走一会儿。其实，徐宝宏家里负担也重，她要照顾年迈的婆婆。看到徐宝宏经常顶班、替班，时间长了，小李也不忍心，就问："科长，您总是回家这么晚谁做饭呐？"徐宝宏说："顾不了那么多了，先把你的困难解决了再说。"

由于长年劳累，徐宝宏落下好几种疾病，她的身体越来越差，经常大把大把地吃药。

为老人洗澡是一件非常辛苦的事，有时老人洗着洗着大小便失禁，散发的气味很多同事都受不了。徐宝宏为老人洗澡一洗就是两三个小时，有好几次她都晕倒了，同事们扶着她到医务室吸氧，吸了氧有了力气，马上又回到洗澡间继续给老人洗澡。

护理三科入住的都是卧床老人，年老体衰，身不能动，腿不能走，需要经常巡视照顾。一部分老人脑子不清醒，说的话很是吓人。白天还好，一到夜里，真是练胆子。有时深夜，老人惊恐地喊叫，指着墙角说那里有一个小人……每当这个时候，徐宝宏都会像哄孩子一样，哄着老人入睡。徐宝宏从来不觉得老人们可怕，在她眼里，这些老人都是孩子。

夜里给老人换尿袋，老人面容消瘦，睡觉还半睁着眼，用昏暗的护理灯一照，那画面真是惊悚。小李从部队退伍来这里上班，有时他开玩笑地说："部队5年锻炼的大胆儿，到护理三科两年又给吓小了。"

小李在一次演讲会上发言：“我和徐科长一起工作两年，看着她就是这样默默无闻地工作，从不叫苦叫累。她取得了这么多的荣誉是和多年认真细致的工作分不开的。她这样的工作作风，对事业的追求时刻感染着我，感染着身边的每一位同事。我认为劳模之所以能在平凡的岗位上干出突出成绩，就是因为她始终有着为社会、为人民干好事的坚定理想信念。学习劳模就是要学习她的那种坚定的理想信念，我一定会向我们劳模科长认真学习，立足本职踏踏实实干工作，不怕苦，不怕累，为养老事业作出自己最大的贡献。”

七

社会人口结构的变化使得我国养老事业面临巨大的压力，社会渴求一批高素质的养老护理队伍。在天津市总工会和各级领导的关心支持下，“徐宝宏劳模创新工作室”应运而生，目的是把徐宝宏对老年护理工作永不衰减的情感和三十几年的护理经验作为创新工作室的灵魂和生命延续下去。

创新工作室于 2013 年 6 月成立以来，结合规范养老服务、创新技术、技能竞赛、岗位练兵等活动有序开展，力求于务实创新、思进思变。经过几年的努力，在提高护理水平、培养护理人才、推广护理知识和创新护理技能等方面都取得了显著的成绩，其强大的生命力和与社会需求的高度契合性引发了社会的广泛关注。

徐宝宏出身民政，在儿童福利院长大；奉献民政，把青春贡献给了“夕阳”；热爱民政，将事业渲染出风采。1980 年，徐宝宏走出福利院来到养老院，从此，她整日穿梭在养老院的每一处，推煤渣、洗被褥、为老人送菜喂饭、烧水洗澡、端屎端尿。烈日下，蒸腾的汗水浸透了衣衫；寒冬里，皴裂的双手洗遍了老人的衣裤。

在徐宝宏的用心照料下，很多老人度过了幸福的晚年。孤寡老人去世了，走得很安详，他们虽然孑然一身，但有徐宝宏这个女儿为他们送终。

在徐宝宏工作的三十几年中，她亲手为 200 多名亡故的老人擦身穿衣、整理遗容，使他们洁净、体面地离开了这个世界，100 多位孤寡老人的骨灰经过她的怀抱，带着她留恋的体温安葬。

按照天津的民俗，如果不是亲生儿女，为亡者抱骨灰盒要倒霉三年。起初，家人不理解，周围人回避，都怕染上晦气，而徐宝宏总是说：“老人们一生不容易，为国家的建设作出了贡献，他们没有儿女，我们民政工作者就是他们的儿女，理应向他们尽孝心，让他们安详地走好人生最后一段路。”

徐宝宏自参加工作就来到老年公寓，在长期卧床的老人身边守护了万千个日日夜夜，春去秋来，迎寒送暑，陪伴在老人身边，每天为老人喂水、喂饭、翻身、拍背、洗澡、洗脚、处理大小便。在平凡中坚守，执着自己的初心，就是她工作的常态；每每看到老人一张张绽放的笑脸，就是她最大的快乐。

正当徐宝宏意气风发地投入为老服务工作中时，2009 年，她不幸身患癌症，住进了医院。她也曾失望过，但是领导、同事给了她很大的关心、鼓励，多次到医院看望她，激发了她战胜病魔的勇气。在住院治疗期间，徐宝宏心中时刻牵挂着那些朝夕相处的老人。老人们也很惦记她，看不到她的身影很着急，经常委托工作人员给她打电话，“宝宏，你一定要坚强。赶紧好起来，我们离不开你”。因为心里放不下老人们，前后两次大手术她都是在化疗还没有结束的情况下就毅然重返工作岗位。祸不单行，大手术几个月后体检又查出糖尿病和痛风。徐宝宏乐观、坚强地面对疾病的折磨，没有休息一天，只用本就不多的业余时间积极配合治疗。

徐宝宏每天早晨七点三十分前都会准时出现在老人的床前，询问情况，协助当班人员喂饭、翻身，护理老人。下班时间还要对每个房间的工作进行查看，直到看到老人安稳了才会离开。单位离家远，她要坐公交车。在冬日，那就是披星戴月。

2013 年 5 月，徐宝宏发烧一周不退，5 天的液输了 3 天，病情刚缓解就回到单位。她把医生开的住院证明藏起来，向单位和家属隐瞒了病情。7 月，出现大出血症状，腹痛难忍，做手术后，她休息了一个半月就又出现在岗位上。

院领导考虑到徐宝宏已在护理三科工作了二十几年，长期过于劳累，加之她的身体状况不好，家庭负担也重，刚好养老院中层进行调整，就准备将她调整到其他科室。徐宝宏主动找到院里，坚持留在护理三科，坚守在最艰苦的岗位上。她说：“三科的工作我最熟悉，三科的老人我最了解，三科需要我，我的困难自己能克服。”

八

对待工作，徐宝宏不但出力，更是用心。为提高服务技能，她多年来专注研究老年人生活规律，悉心总结护理经验。经过多年努力，编写了《介护老人生活护理须知》作为护理规范和标准。将多年来护理工作中发现的问题、解决的方法和技巧进行总结，把整理床铺、喂水喂饭、大小便处理、晨晚间护理、更换衣物、饮具消毒、洗澡等 15 项日常护理服务工作，大到护理流程、小到喂饭的细节都划分出操作细则，明确了工作要求。不仅实现了护理交接班的无缝衔接，还减少和避免了事故及隐患的发生概率。一位因病住院的老人生了褥疮，回到养老院后按照徐宝宏总结的标准护理，仅一个星期的时间皮肤伤口就结了痂。

主动、精细、贴心的照料是徐宝宏对工作的追求。为追逐这一目标，她带领工作室成员将护理工作从注重事发时的反应和事后的跟进，延伸到事前个体的防范上。工作室为每一位老人建立了康复档案，对老人进行功能障碍评估，实行个案护理。她还结合多年照料卧床老人的经验，编排了“老人益智健身手操”，带领老人每天坚持肢体锻炼，取得显著成效。

使老人保持愉快的心情是一项重要的工作内容。徐宝宏工作室与天津师范大学合作，引进心理咨询与抚慰服务，免费为老人的心理健康保驾护航。每天定时开展文娱活动，组织老人一起猜谜语、投球、传球、下象棋、唱歌唱戏等，并将自己带来的小礼物作为奖品发给老人，增加老人参与的兴趣。为心情郁闷的老人讲笑话，转移注意力，引导老人开心。

培养对老人的感情是一门必修课，徐宝宏常常告诫年轻人：“老人为新中国的成立和建设奉献了一辈子，他们是祖国的功臣，现在将晚年交给了我们，我们有责任和义务让他们幸福快乐。”

深厚的情感氛围使养老院成为一个其乐融融的大家庭，这里没有什么特殊，只不过是爷爷奶奶多了些。在老人子女面前，徐宝宏带领同事尽量展示老人慈祥和可爱的一面，这也使一些老人的子女为之感动，进而感染了他们对老人的态度。经常有老人和护理员唠家常，讲述儿女来养老院看望的次数多了，待的时间长了。极尽平缓的语调掩饰不住开心和兴奋，昏花的老眼中充盈着对现实的满足。

每个月，徐宝宏都会带领工作室组织护理业务知识培训，老带新、师带徒，互帮互学。几年来，工作室培养了几十名护理业务骨干，带动了全院护理水平的迅速提升。

常人想不到的是，秉承的责任使养老护理员始终置身于欣慰和伤痛之间。对待老人如亲人，一旦老人离世，真如失去亲人。护理时间越长，感情越深，刺痛越重。在养老院，这种刺痛的频率相对于其他人要高得多。所以，自我心理调整也是养老护理员要掌握的内容。为此，徐宝宏要求护理员要控制好情绪，尽快走出阴影，用一如既往的温情穿行于老人之间，避免引发老人们的伤感。

徐宝宏坚持每月与同行业单位进行业务知识的交流和研究。其间，徐宝宏身患癌症，还在治疗期间，她依然坚持亲自对民办养老机构进行护理和管理知识培训，并担任多个民办养老机构的护理指导；每月深入社区，为社区居民介绍养老护理知识，为社区老人讲授老年人生活常识。

在一些社区，老人们聚在一起交流养生心得和经验，等待徐宝宏带领工作室团队来指导、解惑，这种等待成了一种美好，老年人的生活，因徐宝宏的到来而变得富有色彩了。

工作室还创立了虚拟养老院，深入 82 户居民家中，为这些家庭的老人提供国办养老机构的服务，向子女推广护理知识和技能，受到社区居民的欢迎。

“徐宝宏劳模创新工作室”成立多年来，已拥有天津市“十佳护理员”“优秀护理员”和天津市养老护理员职业技能大赛个人赛优胜者 6 名，在全市卧床老人护理队伍中获奖者最多。在他们的精心护理下，老人们甚至是卧床 12 年的老人从未产生过褥疮。工作室还是多个中学、大学和单位的社会实践基地，潜移默化地向社会、向下一代弘扬尊老爱老的传统美德。

在儿童福利院长大的徐宝宏，对党和政府怀有深厚的感情，那是一种永不质疑的情怀。她曾在入党申请书中抒发过自己的肺腑之言："您就是我的母亲！由于父母过早地去世，我成长于儿童福利院，是您把我哺育长大。我的每一个进步、每一丝成长，都是党的恩德，我感谢您！我努力工作、努力学习以报答党对我的养育之恩。我愿意追随您，跟您实现崇高的目标。"

徐宝宏将对党、政府和社会的感恩之心，转化为对老人的深厚感情，并将这种情怀投入护理工作中，以养老院为家，视老人为父母，待同事如亲人。

九

一次上夜班，院里一位双目失明的孤寡老人王大爷突然发病，徐宝宏急忙和同事把老人送到医院，经诊断为胃穿孔，情况危急，医院马上安排手术，需要家属签字，可是老人没有家属。

怎么办？在这个紧要关头，徐宝宏和医生说："我给签字。"医生犹豫地问她："你能承担责任吗？"徐宝宏咬着牙说："救人要紧。"随即就在知情同意书上写下了自己的名字。手术做完，徐宝宏又在医院陪护了老人三天三夜，直到老人病情稳定。

86岁的马奶奶患有习惯性便秘。有一次，连续几天没有大便。老人还患有严重的心脏病，自己用力担心心脏难以承受负荷。看着老人痛苦的样子，徐宝宏毅然用手将燥结坚硬的大便一点一点地抠出来。在为老人热敷、清洗的时候，老人已是泣不成声。她说："一生中只有两个人为我这样做过，一个是母亲，另一个就是宝宏你，这份情意我一辈子都忘不了。"

1992年，徐宝宏光荣地加入了中国共产党，干劲儿更足了。尽管家离单位很远，但是每天早晨不到7点她就来到单位，晚上要等到老人吃完晚饭才能放心离开，几十年来从没有懈怠。

2015年，徐宝宏被任命为天津市退休职工养老院（就是她一直工作的老年公寓）副院长，分管医疗护理工作。徐宝宏感觉身上的担子更重了。这个有着60年历史的国办养老机构，目前在院老人210人，其中年龄最大的98岁，平均年龄81岁。

中国改革开放40年，经济飞速发展，老百姓的日子越过越富裕，如果让大家本能地谈生活之忧，养老绝对首当其冲！现如今，我国60岁以上老年人口已达2.12亿，天津市老年人口就有215万，占全市人口的21%，养老形势异常严峻。

养老服务这个行业是新时代的关键行业，是国家惠老政策下的领军行业。这个行业需要更多的如徐宝宏一样的精英。

在管理工作中，徐宝宏一切从实际出发，注重科学化、制度化管理，组织制定了一系列规章制度，抓好业务培训工作，努力提高职工的服务水平和工作能力。

为了提高卧床老人的生命质量，减少他们肢体功能的衰退，愉悦老人身心，她提出了“生活照料与功能康复相结合”的服务理念。在生活照料过程中，鼓励老人运用自身残存的功能来完成翻身、下床、如厕等活动，以达到维持生理功能、促进机体恢复的目的。她经常组织老人开展各种健康有益的活动，每天进行折纸、健身球传接、手操、飞镖、棋牌等多种小游戏，还自费购置了小奖品激励老人，提高了老人的兴趣和参与的积极性。在组织老人进行各种康复锻炼的同时，还为老人提供“交心”服务。她坚持每天到病床前与老人们交流，倾听他们的叙述，满足老人情感需求，针对老人的心理问题，舒缓老人情绪，有的放矢地做好工作，并多次成功劝慰有轻生念头的老人以健康的心态面对生活。

每逢节假日，特别是春节、中秋等传统节日，徐宝宏都要和老人们一起过。她知道越是年节，孤寡老人越是喜欢热闹，越是期盼亲人的到来。记得有一年的大年三十，她查看老人房间时，发现马奶奶闷闷不乐。马奶奶无儿无女，别的老人被儿女接回家，一家团聚，其乐融融，她却孤单一人，情绪怎能不低落呢？为了让老人高兴，徐宝宏陪着老人过节，一起吃团圆饭、看春节晚会，直到老人入睡，她才静静地离开。30 多年里，有多少个这样的除夕夜，有多少个节假日、公休日是与老人们一起度过的，徐宝宏自己也数不清。她也想和家人在一起，但老人们渴求的目光，让她只能舍小家为大家。因为，全院 200 多位老人都是她的亲人。

徐宝宏说：“我只是做了自己应该做的，可是党和人民却给了我很多荣誉。”徐宝宏多次荣获天津市“三八红旗手”、优秀共产党员、市级劳动模范等光荣称号。2015 年，她荣获全国先进工作者，在北京人民大会堂参加颁奖大会，光荣地受到了习近平总书记等党和国家领导人的亲切接见。

面对这些纷至沓来的荣誉，徐宝宏感到了压力，常常在夜里睡不着觉，生怕自己做不好，辜负了党和人民的期望。但是她想，自己是一名共产党员，既然干了这一行，就一定要做好，就要敢担当、勇作为。

作为养老服务战线的一名老兵，徐宝宏感到自己从事的职业是光荣、伟大的，工作虽然平凡，条件虽然艰苦，但是却能够把党和政府对老年人的关爱通过自己的双手传递到每一位老人的心中，她的内心充满了自豪感。

徐宝宏常常想："自己是一名孤儿，是党和政府把我抚养长大，又把我培养成为一名党员干部，我再把这份爱奉献给老人们，这就是人间的真情啊！"感恩、报恩是徐宝宏持久不变的情怀，不忘初心、牢记使命，徐宝宏愿为老人们幸福的晚年生活奉献终生。

十

2018 年，一个秋天的清晨，已经 55 岁的徐宝宏漫步在天津市退休职工养老院宽阔的院子里。当年那棵槐树的树枝在秋风里摇曳着，似乎是在和徐宝宏打招呼。地上有零星的落叶，徐宝宏的步子很轻，还是不去踩干枯的树叶。将近 40 年了，她在这个院子里一直坚守，来来往往的老人并非是她生命里的过客，而是浩瀚夜空中的点点繁星。陆续迎来新的一批老人，次第送走一些老人，老人们生命最后的日子，都是在徐宝宏眼皮底下度过的。她对生命的理解是钢铁一般的沉着冷静，正是这种冷静让她打败了癌症的袭击。8 年前身患癌症，死亡离她很近，她只经过了短暂的恐慌，很快就恢复了这种沉着冷静。人生的长短，在她思想里有着不同于常人的诠释，多干一些事、多帮一些老人，这就是她活着的意义。不畏惧疾病、不畏惧死亡，淡定地迎接每天的日出日落。这位在儿童福利院长大的女性，她内心的强大，是常人难以理解的，就连养老院里的老槐树都充满了对她的敬仰，它们不会用语言表达，但是从秋风中树枝的摇曳中，人们似乎听到了赞美的歌声。

在 20 几平方米的"徐宝宏劳模创新工作室"里有一排书柜，里面整齐地摆放着徐宝宏近 40 年的护理日志。那些发黄的册子，记录了她为每一位老人做的一点一滴，那里记录的一字一句，都是一个个孤独老人的生活点滴。那些孤独的岁月，因为有徐宝宏的陪伴，变得温暖了。谁陪你在寒冬看夕阳？人生如四季，如果晚年是寒冬，徐宝宏便是寒冬里的一把火、一束光。她陪着你在寒冬里看夕阳。

55 岁的徐宝宏，从不吝惜燃烧自己，像烛火一样温暖和照亮他人，在那看得见、摸得着的光亮中，一位位老人，他们那褶皱的面颊露出了欣慰的笑容。

还记得美国前国务卿希拉里说的那个女人吗——“我给她提鞋都不配。”这个女人是诺贝尔和平奖的获得者特蕾莎，一个穷其一生帮助穷病孤弱，从不为自己着想的女性。1979 年，因为“对于每个人生命的尊重”，特蕾莎获得了诺贝尔和平奖。穿着一件长年穿着的不值一美元的印度纱丽，她走上了领奖台。

“这个荣誉，我个人不配，我是代表世界上所有的穷人、病人和孤独的人来领奖的，因为我相信，你们愿意借着颁奖给我，而承认穷人也有尊严。”

在文章的最后，套用伟大女性特蕾莎的话总结出徐宝宏用近 40 年的心血体现的思想观点：“孤独的老人也有尊严。”

在老年公寓忙碌了大半生的徐宝宏，没有更多的时间读书。也许，她并不知道特蕾莎是谁。然而，她却是一位有着和特蕾莎一样伟大灵魂的伟大女性。为了老年人活着的尊严，对于每个人生命的尊重，她为老年人照亮他们最后的人生之路。

她就是一头吃的是草，挤出的是奶和血的孺子牛。

当年，那个提着行李怯怯地走进老年公寓的 16 岁的瘦弱女孩，历练了近 40 年，成长为一位伟大的女性，高山仰止，令人敬佩。

革弊立新永在路上

——记河北省邯郸市殡仪馆馆长袁建军

殡葬事宜涉及千家万户，群众利益无小事。自从走上殡葬岗位，袁建军已经坚守了30个年头，先后从事过后勤、殡葬服务、殡葬执法、殡葬管理等岗位的工作，在推进殡葬服务改革、树立文明新风中默默奉献，尽职尽责，任劳任怨。工作每推进一分，袁建军的白发便增加一根，直至华发满头。

增减之间，方得始终。2012年3月，因工作表现突出，袁建军同志被民政部授予“全国民政系统劳动模范”荣誉称号；2015年12月，被民政部评为“全国民政行业第二批领军人才”。面对殊荣，袁建军说：“我是一名共产党员，要时时起先锋示范作用。世上没有完美的个人，只有优秀的团队，荣誉是属于大家的，但求让逝者安息，给生者慰藉。”

艰难转身走上殡葬岗位

20世纪70年代初，年仅8岁的袁建军跟随父母，从天津迁至邯郸支援河北地方经济建设。成年后，他成为轧钢备件厂的一名车工。那时正值改革开放初期，企业效益好，袁建军的工作人人羡慕。此时的他万万想不到，5年后，自己将走上一个让许多人都“敬”而“远”之的岗位。

每每谈及这段经历，袁建军都要提起当年领他入行的人——岳父刘同。作为邯郸市殡葬管理处的老干部，岳父时常向家人讲，世界上每秒钟都有人出生，每秒钟都有人死亡，这是自然规律，无从避免。我们能做的，就是让逝者安息，给生者慰藉，努力做“让两个世界的人都满意”的人。

1985年，岳父被诊断为癌症晚期，恰逢轧钢备件厂因经营不当效益滑坡，孝顺的袁建军为了减轻妻子负担，主动请缨调职，照顾岳父的饮食起居，一晃就是两年。

两年来，袁建军时常会接触到与出殡下葬有关的人和事，经常出入殡仪馆、火葬场，乃至纸扎店、香烛铺等。渐渐地，他对这个行业有了另外一种看法。

如果说医生是拯救生命的天使，那么殡葬人就是生命终结站里的天使。只可惜，在 20 世纪 80 年代，人们普遍不这么想。从事殡葬行业的人，小到人际交往，大到谈婚论嫁，大多受到社会各界的排挤和不理解，因此这个行业人数寥寥无几。这，也是岳父的一块心病。

“倘若你不去，他也不去，那这项工作还怎么开展啊！”带着岳父临终前的嘱托，顶着世俗的压力，不顾父母的强烈反对和亲戚朋友的劝阻，袁建军从事起了这份平凡而崇高的职业。就这样，1988 年夏天，袁建军正式成为邯郸市殡葬管理处的一名后勤工人，主要负责烧锅炉，保证单位供暖。3 年后，他进入业务科，参加骨灰堂的管理。直到 1998 年调至车队，袁建军才明白，真正挑战心态的时刻到来了。

回忆当年，初次进入太平间的各种细节在袁建军脑海里一一浮现。换好白大褂，戴上口罩和塑胶手套，用 84 消毒液给运送遗体的车辆全方位消毒后，在车队老师傅的带领下，袁建军第一次近距离接触冰冷的尸体。

那是 1998 年夏天，外面的太阳火辣辣的，但当袁建军第一次拉开遗体存放间那扇冰冷沉重的金属大门时，仍然感到不寒而栗。老师傅与袁建军一前一后径直走到一排冰柜前，仔细看了一下右上角的标签，然后说：“是她了，去把担架抬过来。”

此时此刻，袁建军心中咚咚作响。他深知，在殡葬管理处工作首先要过恐惧关，虽然早已做好了充分的思想准备，但是第一次直面死者，心里难免还是会害怕，但他没有退缩。

回来时，老师傅已经拉开了冰柜门。等冰柜里的雾气散去，袁建军也看清了死者的长相，是一位满头白发的老太太。老太太面色安详，眼睛紧闭，嘴微微张着，脸上呈现出死者才有的青灰色。老师傅向袁建军使了个眼色，示意将老太太抬上担架。“说一点儿不害怕那是假的。”袁建军永远忘不了那第一次的触感：冰冷的身体很僵硬，小小的个头死沉死沉的。

“这么害怕，晚上肯定睡不着吧？”当别人问起袁建军这个问题时，他总是嘴巴一抿，摇摇头说：“恰恰相反。不干不知道，接尸运尸的工作这么繁重，每天平均往返太平间、殡仪馆二三十次，经常顾不上吃饭，累得到家倒头就睡，哪还顾得上害怕啊。”

对袁建军来说，收拣意外去世人员遗体是最脏、最累、最辛苦的工作。尤其是在夏天的时候，尸体腐烂变质，在很远的地方都能闻到尸体发出的腥臭气味。

一天，袁建军接到任务去打捞一位溺水者的遗体。匆匆忙忙将殡葬车开到河边，跟队友赶到现场后才发现，由于尸体在水中浸泡时间较长，其表皮已经发白，整个人像“充气”一样膨胀。第一次见到这样的场景，袁建军有些不知所措。打捞过程更是困难重重，遗体表皮由于浸泡过久，有些地方出现脱离，一捏就散。最终还是几位热心市民帮忙打捞上岸，将尸体抬上车。至此，事主的身后事才得以继续办理。后来，应有关部门或逝者家属要求，袁建军经常对特殊尸体的现场进行处理，如卸吊、打捞、碎尸收拣、包装，传染病、高度腐变遗体的装封，以及遗体的室内外冲洗。

2003年，“非典”在国内迅速传开，牵动着无数人的心。它传染性强、病死率高，人人谈“非”色变。为阻挡病毒扩散，让逝者有尊严、安详地离去，袁建军和另外几名队员积极响应党和政府的号召，立即成立了专职服务小组，投入到紧张的工作当中。

当时医疗设施十分落后，但这些困难对专职小组来说都不算什么，随时可能出现的非典疫情、高浓度的含氯消毒液以及穿着闷热的防护服才是他们面对的最大挑战。

一次，袁建军接到任务，要去疑似疫情的隔离区接运遗体，这相当于与死神零距离接触。第一次进入隔离病区，袁建军心里难免发怵。而在夏季30℃以上闷热的环境中穿着密不透风的三层防护服，早已使他汗如雨下，因为缺氧造成的胸闷、气急等不适又不断考验着他的毅力。但强烈的使命感和责任感又给了他莫大的勇气，他努力克服着心中的恐惧和身体的不适，严格按照操作规范，一丝不苟地完成消毒、密封、抬运等一系列工作。

连续工作几个小时后，袁建军早已疲惫不堪。当他拖着沉重的步伐来到脱衣间，高浓度的含氯消毒液又呛得人眼泪鼻涕直流。在这种情况下脱防护服更是一个“艰难”的过程，每脱一层防护服至少要耗费30分钟。当脱完最后一层防护服时，他的全身早已被汗水浸透。袁建军不禁感慨：“每进一次隔离区就是一场战斗，没有亲身经历，难以想象其中的艰难和风险。但在战斗中磨炼了我的意志，让我变得更坚强、更勇敢。”

谈起工作，袁建军如数家珍。从事工作以来，时常是逝者家属半夜三更一个电话打来，他就得开着殡仪车到逝者家里去拉遗体，逝者家属操办丧事时还要负责开水车拉水、桌椅板凳的借出借进、殡仪馆卫生的管理与协调等，为逝者家属做好服务工作。虽然辛苦，但想到自己是一名共产党员，想到领导的信任，想到群众的需要，感到能帮百姓做点实事，为逝者家属解决点困难，袁建军心里还是很高兴的。寒来暑往，他就是这样在自己的岗位上，用奉献诠释着自己的人生价值，用辛勤汗水和实际行动，树立了殡葬职工的良好形象。

创新丧事无缝对接服务

太平间，本是生者逝去后的临栖寄身之所。然而，这本该安宁的净土却已逐渐成为一些人的圈钱工具。袁建军长年驾驶灵车往返医院太平间与市殡仪馆之间，看到这一现象让他痛心不已。

过去的邯郸，存放逝者遗体的太平间或停尸房，曾经长期存在于各家医院。它就像是一座小型殡仪馆，不单设有冷藏柜，还能提供遗体换衣、化妆等服务。

原以为遗体放在医院太平间收费会很低，不想却高得离谱。“到了太平间，至少要准备 5000 元。”最初听到医院太平间的工作人员开出丧葬一条龙服务的报价时，袁建军很惊讶，这里的殡葬服务竟然有这么多的隐性收费，而且暴利惊人。一些殡葬用品以高于成本价 5 倍甚至更高的价格出售。但逝者家属们由于当时的心情特殊，大多不会太计较太平间的收费。这让袁建军不禁感叹：“以这种方式挣逝者的钱，心里会踏实吗？”

随着工作年头的增加，袁建军渐渐了解到，事实上，医院太平间已经成为承包者的盈利行业。承包方向医院缴纳一定承包费，就可以成为医院太平间的具体经营和管理者，在太平间违规设立灵堂，倒卖殡葬用品，医院很少参与太平间日常的殡仪服务运营。承包者的目的在于赚钱，要求回报理所当然。在这种情况下，太平间乱收费现象逐渐产生，而且慢慢变成“行业内公开的秘密”。

然而，对于医院太平间的诟病远不止如此。袁建军经常听到住在医院周边居民的抱怨，几乎每天都能听到播哀乐、唱哀歌、为逝者哭灵，吵得人心神不宁，连睡觉都不安稳。最让人头疼的就是，按邯郸本地习俗，家属多在早晨出殡，特别是上班高峰，出殡家属披麻戴孝，成群结队走上街头，一路撒纸钱、放鞭炮，不仅造成交通拥堵，影响环境卫生，还有损城市的形象。

为什么丧事活动不选择在市殡仪馆举办呢？一个大胆的念头在袁建军的脑海中瞬间闪过：殡仪馆可以与医院无缝对接，让遗体在最短的时间内获得专业的殡仪服务，这恰恰是尊重逝者的体现。当时的邯郸市殡葬管理处殡仪馆位于南环路，不仅远离市区，避免了出殡时阻碍交通，最重要的是，作为公益性的事业单位，殡仪馆的丧事服务费用均低于发改委的拟定标准，可以大大减轻群众办丧事的费用。想到此，袁建军迫不及待地向时任邯郸市殡葬管理处的处长刘锐民提出了自己的建议。他万万没有料到，这次的建议受到了市民政局领导的高度重视，最后提交市政府上会研究。

为了满足全邯郸百姓的办丧需求，市殡葬管理处利用一个月的时间，对殡仪馆进行了改造，同时创新建立了殡仪服务中心。那个时候没有先例可参照，只有根据邯郸本地百姓的丧葬习俗和文化来规划改造场地。首先，将职工宿舍改建为骨灰寄存处和灵堂，只留下一间值班室。其次，在原先存放骨灰的地方建立了殡仪服务中心，内设 30 多间存尸房和守灵间，供逝者家属吊唁。

此后，邯郸市殡仪馆可以提供遗体存放、停灵守灵、追悼告别、遗体火化、骨灰存放等多种服务，只要家属拨打电话，医院提供死亡医学证明，殡仪馆的车辆和工作人员一个小时内就能到场，把逝者遗体及时运走。此举不仅减少了存放遗体的费用，也大大减少了扰民现象。

然而，想要实现丧事服务无缝对接，还差一步。

2005 年 4 月，经邯郸市人民政府决定，主城区内 22 家医院太平间全部勒令关闭，此后举行悼念活动一律集中到新建的邯郸市殡仪服务中心。

为了保证取缔工作顺利推进，公安、工商、城管、民政、卫生 5 家单位联合组织人员进行现场办公，确保真正做到关闭一间、取缔一间。袁建军也参与执行。

因医院太平间属于承包性质，涉及个人利益，关停取缔推进工作十分艰难。工作初期，联合小组分批约谈承包业主，晓之以理，动之以情，希望他们能够配合工作，将损失减到最小。由于与医院合作还未到期，部分业主对抗情绪严重，甚至常恶言相向。在一次谈话中，承包户是一个年轻人，情绪抵触、态度蛮横，多次要求高价违约赔偿未果，便扬言让袁建军“走着瞧”。

这仅仅是开个头。在取缔太平间的过程中，语言威胁、暴力打击报复和假借别人名头施压等，都是对抗分子的伎俩和手段。袁建军和联合组其他人员先是被一些社会“老炮儿”谩骂恐吓，后被承包户纠集十余人上前阻挠拦截，或者强行拉出去。恐吓者甚至拿着长刀、斧头，劈头盖脸一通乱挥，扬言威胁称：“你们要是敢来砸了我的饭碗，我见一次打一次，将来一定报复到底，让你们全家过不安生！”见状，保卫科报警清理了非法聚集在医院太平间门口的闹事者。

事情并没有就此结束。当天下午，袁建军外出办事时，被报复者盯上并一路跟踪。在悄悄摸清袁建军的家庭情况后，被取缔对象则直接通过恐吓信和恐吓电话威胁：“别把事办绝了，你家的住址、妻子在哪儿上班、孩子在哪儿上学我们都知道。”偏偏袁建军不是这种容易屈服的人，“这是我的工作职责所在，不得不为啊！”

就这样“跟打仗似的”，22 家医院太平间，联合小组一家一家关停、取缔。经过两个多月的集中整顿，主城区医院太平间终于彻底退出了历史舞台。终于，袁建军松了一口气，心中的一块大石头也放了下来。

勇破民营殡仪暴利积弊

1998 年，某投资商到邯郸市寻找投资项目。投资商经市场调查，预计殡葬的单项利润可达 300%。整容费、接运尸费、停尸费、守灵厅费、告别厅费、火化费、寄存费等，一具遗体大约能有 2000 元的收入。1998 年，邯郸市区人口就达到 80 万人，按照千分之六计算，一年就约有近 4000 人死亡。投资商曾估算每月将有四五十万元的经营收入。

2001 年 4 月，民营天渡殡仪馆开始施工，建筑面积约 50 亩，总投资 3000 多万元，是按照国家一级殡仪馆的标准设计建造的。但很快引起河北省民政厅和邯郸市民政局的关注，两级民政对这一项目联合叫停。最后，投资方决定放弃公墓建设，只兴建殡仪馆。2003 年 6 月，工程竣工；2004 年 4 月，天渡殡仪馆开始运营。

位于邯郸市南环路上的邯郸市殡葬管理处殡仪馆，1967 年建成，是一家公益性的国家事业单位。在天渡殡仪馆开业之前，它是邯郸市区唯一的一家殡仪馆。当天渡成为邯郸市第二家殡仪馆时，竞争开始了。

天渡殡仪馆一开业，就压低殡葬服务价格，意在垄断邯郸殡葬市场，获取更大的利润空间。天渡殡仪馆还和寿衣店老板达成协议，每介绍一笔业务，将能得到 50 元至 100 元不等的提成。通过多种方式，与市殡仪馆开展竞争，到 2004 年底，天渡殡仪馆的日火化量，一度接近邯郸市殡仪馆，每天火化尸体近 10 具。

火化量有所上升，但天渡殡仪馆的利润情况和投资者预想的差距很大。最初投资商想的是每个月收入 50 万到 60 万元，而事实上每个月只有五六万元的收入，连银行利息都没有钱交。

事实上，在殡葬行业里，火化其实并不赚钱，赚钱的是衍生的配套服务项目，比如寿衣、骨灰盒等，但当时这些服务大多在死者进殡仪馆之前在医院太平间就完成了。

2005 年，邯郸市政府取缔 22 家医院的太平间后，天渡殡仪馆的经营情况仍没有好转，而市殡仪馆的生意却好得多。前来料理后事的人站满了院子，有的祭台前甚至还排起了队。而再看此时的天渡殡仪馆，整个大院却是冷冷清清。天渡殡仪馆的老板对此十分着急："我现在亏得是一塌糊涂！这个殡仪馆投资是 3000 多万元，我从银行贷款了 2000 多万元。我现在每个月就要亏损十几万元。"因为没有生意，天渡殡仪馆连每个月工人的工资都赚不回，他只好经常从外地的其他产业抽调资金到邯郸，维持运转。

医院太平间取消后，"天渡"的业务不升反降。这并非是因为医院和民政部门有利益关系，只是一种行业习惯。医院并不强制死者家属必须将遗体送到邯郸市殡仪馆。只有在家属没有联系殡仪馆而委托医院联系的情况下，他们才通知邯郸市殡仪馆。"天渡"的失败，主要还是因为当初把这个行业的利润设想得过高，投资过大，而邯郸当时的经济水平并不高。民营殡仪馆以利润为唯一经营目的，自然难以维持，会选择放弃。再者，天渡殡仪馆到邯郸市的距离比到市殡仪馆远约 4.5 公里，对普通邯郸市民而言，还是愿意选择近一些的殡仪馆。

这个民营殡仪馆的兴衰落败，袁建军目睹了全部过程。整个事件中，有两件事让袁建军对殡仪馆是否应该私人经营秉持否定态度。

第一件事：当年"天渡"开始营业前，"天渡"老板曾找到邯郸市殡仪馆，提议"联手"提高殡葬费用。当时物价局规定拉尸费每人 160 元，"天渡"定价为 300 ～ 500 元。为了保证利益，"天渡"老板积极示好，建议市殡仪馆提高拉尸费至每人 500 元，双方"合伙平分市场"，但最终没有谈妥。

邯郸市殡葬管理处作为公益性事业单位，殡仪馆为了保证治丧群众的满意度，是不以营利为目的的，始终严格按照物价部门规定的收费标准来收费，不随便提高殡葬服务价格。但民营企业却不顾政府部门约束，两者出发点不一样。正所谓，道不同不相为谋。

第二件事：袁建军曾看到过这样一篇报道——某市一个被判刑的犯人在保外就医期间去世，由当地的民营殡仪馆出具了火化证明。没想到时隔两年，这个人却"死而复生"再次犯案被逮捕。经查实，这个人正是通过 10 万元高价购买火化证明，最终由民营殡仪馆实施了造假。而那样的事情在国营殡仪馆就不会发生，严格按照"提供死亡证明、核验遗体、查验死者身份证、家属确认"

的顺序，一个环节一个环节来开展。袁建军坚信，民营建殡仪馆会产生很多弊病。出了事，谁去监督？

于是，邯郸市民政局在2005年10月，开始和有出售意向的“天渡”接触。此前，“天渡”已和数家民营企业有过接触，但均未达成收购意向。在收购谈判的时候，袁建军作为殡葬管理处的代表之一参加了谈判，起到了至关重要的作用。

谈判初期，“天渡”老板狮子大开口，一上来就要七八千万元。在经过评估部门预估后，半年内历经16次谈判，“天渡”被邯郸市殡葬管理处以3000多万元的价格收购。

国务院《殡葬管理条例》规定，国家建立基本殡葬公共服务制度，涵盖遗体接运、暂存、火化、骨灰存放、生态安葬5项基本服务项目，并在价格方面实行政府定价管理。至此，邯郸市再也没有民营建殡仪馆的案例。

量身打造“殡葬一条龙”

自20世纪90年代被提上日程的邯郸机场建设工程，因种种原因停滞了10年，直到2002年市政府与东方通用航空公司签订合作协议后，才重新启动邯郸机场建设。

邯郸机场位于邯郸市西南11公里邯山区马头镇，机场占地2000余亩。飞行区各项工程于2006年上半年全部完工，并于当年5月16日通过行业验收。航站区工程于当年12月4日顺利竣工验收，邯郸机场通航在即。

依据《民用机场飞行区技术标准》第一百六十六条，在机场障碍物限制面范围以外、距机场跑道中心线两侧各10公里，跑道端外20公里的区域内，高出原地面30米且高出机场标高150米的物体应当认为是障碍物，除非经专门的航行研究表明它们不会对航空器的运行构成危害。

于是，位于南环路上的市殡仪馆因火葬场的烟囱和长期燃放高空爆竹而不得不重新选址。

此时的袁建军已经任邯郸市殡仪馆馆长。迁馆工程的重任，就顺理成章地落在了他的肩上。

2007年3月5日，接到市政府通知，要求市殡仪馆搬至北面，与扩建之后的天渡殡仪馆合二为一，成为新的“邯郸市殡仪馆”，工作必须在5月1日前顺利完成。

位于南环路的老殡仪馆馆区和停车场加起来近 40 亩，不仅要把烟囱炸掉，要将所有设施搬迁完，还不能影响全市百姓丧事活动的正常开展，要用一个多月时间全部完成，真是难上加难。

袁建军明白，自己的工作生涯中又一场硬仗开始了。

为了保证各项工作有条不紊地顺利开展，袁建军将工作进行了明确分工。旧馆搬迁方面，首要工作就是骨灰堂 1 万个骨灰盒的迁移，将每一个骨灰盒按位置设计编号排好，编好一部分就赶紧往新馆搬，骨灰盒位置必须一一对应，老馆放什么地方，新馆就放什么地方；新业务开展方面，按照之前的职能分工，遗体火化间还负责遗体火化，灵车组负责遗体拉送，地点全部改在新馆；新馆功能完善方面，最大限度地满足全市百姓的丧事活动需求。

从老殡仪馆的设施搬迁开始，袁建军坚持吃住在现场，吃饭换衣都是妻子送来。

忙起来的时候，真的连吃饭都顾不上。有时忙完了才想起没有吃饭，到了食堂先拿个馒头啃上两口，等着厨师把菜热一热。等菜热好了，袁建军咬着馒头就睡着了。

几次要去理发，正准备出门，突然一个电话打过来，问袁建军关于新馆的规划意见，理发的事就给耽搁了。有时候夜里袁建军想着，第二天早上一定回家换一件衣服，可是凌晨时分，电话又来了，有事情急着等他协调，结果又耽搁了。

渐渐地，袁建军看上去老了许多。不仅头发、胡子长长了，吃饭前洗了手，拿上馒头才发现自己的指甲也长得要命。

在袁建军的带领下，职工们没有一个叫苦叫累，硬是拼力苦干了一个多月，顺利完成了殡仪馆的搬迁任务。

但事情并没有结束。为了将新馆建成邯郸市综合性的殡仪设施，袁建军参考地方习俗，几经考察，多方征求意见，对殡仪馆的功能分区、建筑设计和绿化设计提出了更高更新的要求。

虽说殡仪馆已安抚了终结的生命，但是袁建军并不愿意这个地方只存在悲凉和忧伤。所以，这里就有了鸟语花香，有了亭台楼阁，也有了更多的温馨、神圣与灿烂。于是，袁建军给它取了一个美称：人生的后花园。

殡仪馆布局是殡葬文化的一种体现，对参加殡仪活动的人来说，殡仪馆深深地影响着他们的内心世界。因此，如何合理布局好人生的后花园，适当地应用一些景观元素，无论对生者还是逝者，都显得意义重大。

新殡仪馆的扩建建筑外立面采用了仿古建筑，设计典雅、庄重，具有文化特色，给每一位来此的百姓留下了深刻的印象。通过殡仪馆绿化的提升，主景树为柏树、龙爪槐，树种耐寒，庄严肃穆。针对不同的功能分区，殡仪馆还种植了菊花、月季等四季不同的观赏植物，营造出祥和、宁静的氛围。

完善后的市殡仪馆总体布局清晰合理，做到人车分流、生死有别、内外区分。改扩建后增设 24 小时服务和遗体存放功能，新增守灵区，满足遗体存放需求及家属守灵需求，增大了室内公共疏散空间，以求最大限度地弥补老馆的不足，满足殡仪丧事活动需求，既让逝者得到最大尊重，又使亲人得到最贴心的安慰。

此外，位于新馆院内，由民政部门兴办的邯郸唯一一家国有合法经营性公墓——紫山公墓，兼具低碳、文明、优美等特点，收费适宜，价格适中。

设施齐全了，服务也要跟得上。依照邯郸本地的丧葬习俗，袁建军量身打造了“殡葬一条龙”服务，主要有接运遗体、遗体停放、预约火化炉、预订告别厅、布置告别厅、遗体告别流程安排、火化、取骨灰、骨灰寄存安葬等，让家属安心、顺利地完成最后的告别。

袁建军一直认为，葬礼的目的是送亲人最后一程，让亲人不再留有遗憾。但这并不意味着花费巨大让丧礼成为活人的灾难，因此在选择服务时建议量力而行，能简就简，不要强求。同时，积极完善监督体系，职工经过培训考核后

方可上岗，严禁诱导家属随意花费，不让百姓多花一分冤枉钱。

从旧馆搬迁到新馆，整整 60 天时间，袁建军没有回家。不仅没有加班费，环境还很艰苦，停电的时候连冲包方便面的水都没有。朋友很不理解地问："你图什么呀？"袁建军一笑而过："越艰苦越能锻炼人。"

等到新殡仪馆所有的事情都办完了，袁建军的头发也全白了。从此，"小袁"变成了"老袁"。

移千年旧俗促文明办丧

丧葬文化在中华源远流长，是传统"礼"制文化的核心环节之一，受儒家、道家、佛家等思想的深远影响，以及不同地域的地理、历史、民风条件的差异，在社会发展的过程中，各地逐渐形成了当地特殊的丧葬文化习俗。

邯郸位于华北平原，是中原地区重要的产业城市和经济中心。民国时期，仍沿用旧俗，以土葬为主，盛行厚葬。新中国成立后，人民政府号召移风易俗，在推行火葬的同时，提倡文明、简朴、节约办丧事。经过多年的宣传，逐步形成了新的治丧程序和礼仪。

然而，一些殡仪馆内吹吹打打、燃放烟花的行为却屡禁不止。

为配合全市殡葬改革，积极倡导文明、节俭办丧，袁建军在对新馆的环境和服务设施进行改建时做了很多设想。

首先，在旧殡仪馆时，有一家人在火葬场燃放响炮，没想到爆竹上天没响，落地的时候炸开了，令人猝不及防，爆竹碎片瞬间把放爆竹的人眼睛给崩瞎了。类似情况还有很多。殡仪馆是治丧场所，场地较狭小，人员密集，车辆流量大。办丧期间，燃放鞭炮"漫天烟火"，鞭炮属易燃物品，极易引发火灾，伤害群众，损坏车辆，存在一定的安全隐患，加之有噪声，也污染环境，影响了周边群众的日常生活。为了实现环保殡葬、减轻家属经济负担、避免安全事故，袁建军决定，殡仪馆内及周边出入馆沿途范围全面禁止燃放烟花爆竹。不仅如此，按照河北省统一安排部署，殡仪馆内正在建设安装十二生肖祭祀炉，内设消烟除尘设施，以后将不允许个人露天焚烧。

其次，根据传统风俗，在亲人离世后，家属通常会通宵守在一旁，以示对逝者的追思，这一礼仪俗称守灵或护灵。为了避免在社区、家中守灵出现扰民现象，到殡仪馆守灵，成为越来越多市民的最佳选择。然而殡仪馆远离市区，且彻夜留守既不利于家属身体健康又存在安全隐患，因此，新殡仪馆的守灵厅建成后，每个守灵室配备两张接待桌，规定一律在守灵室办丧，且不许守夜。大部分丧属都比较通情达理，配合工作人员一起劝说本想留下来守夜的亲朋好友及时离开。许多来吊唁的丧属朋友也纷纷对殡仪馆不许守夜的做法表示支持。

最后，为进一步深化移风易俗，营造节俭、文明治丧的良好社会风尚，新殡仪馆内坚决摒弃丧葬陋习，馆中禁止封建迷信活动，有效保证殡仪馆的正常工作秩序，为逝者家属提供更好的治丧环境。以哀乐代替僧道诵经，以电烛代替香烛，以蜡果代替祭饭菜，以花圈代替锡箔纸钱，以遗像代替灵位，以黑纱、白花代替孝服，以默哀鞠躬代替跪拜磕头，公墓以顺序编号代替看风水等。

袁建军认为，整治治丧环境，倡导文明治丧和绿色殡葬，是创建文明城市所必要的。改建完成后，殡仪馆将以更好的环境、更好的服务，不断满足人民群众在殡葬服务方面的需求。他也提倡逝者家属能够配合工作，让邯郸人的葬礼更文明、更节俭、更庄严肃穆。

此外，为切实加强丧事活动管理，引导逝者家属简化治丧仪式，做到文明节俭治丧，市殡仪馆内实行禁止抛撒、露天焚烧纸钱，厅内禁止点蜡烛。

慢慢地，邯郸的丧葬习俗有了转变。这反映着邯郸人们思想认识水平有了很大提升。

以前，除了社会上的排斥，身边的亲戚朋友有的也不愿意与袁建军来往，至于婚礼是绝不会请他去的。近几年，随着人们思想观念的转变，殡葬工作者已经得到更多人的理解和认可。以前逝者家属看不起工作人员，对他们呼来喝去，冷眼相对。现在，逝者家属很尊重他们，也打心底里感谢殡葬工作者付出的劳动。

袁建军就是这样，从无怨言，不怕苦，不怕累，不怕脏，从不计较个人得失，常常一个人忙碌到凌晨一二点或三四点，他把殡葬工作当成自己的事业，全心全意为逝者家属服务，默默地战斗在殡葬工作第一线，他的敬业精神正日渐得到群众的赞誉、社会的尊重。

袁建军说，他会继续尽心尽力地把殡葬工作做下去，为逝者家属多做一些实事，送逝者最后一程，为家乡的殡葬事业奉献自己的微薄之力。

为了人民的嘱托

——记山西省大同市殡仪馆馆长马建军

在大同市民政系统，马建军是公认的标杆和榜样，48载的人生履历中，有军旅生涯的磨炼，有大学深造的历练，更有民政创业的锻炼。他总是干一行，爱一行，1989年转业到市民政局后，曾数十次受到市级以上领导机关表彰奖励。2001年12月以来，马建军先是受命于危难之时，担任大同市殡葬管理所所长，继而兼任大同市革命烈士陵园主任和大同市殡仪馆馆长及三个单位的党支部书记。他三副重担一肩担，一腔真情写春秋，把三个单位的工作搞得如火如荼，把三个单位的“蛋糕”做得又大又强。殡葬管理所跨入全省民政事业先进单位行列，革命烈士陵园荣获全市民政工作先进单位称号，殡仪馆由三级标准迈向了一级标准殡仪馆。而马建军同样是流光溢彩，光环耀眼。近20年来，他先后荣获大同市劳动模范、优秀共产党员、“双十佳”先进个人、民政工作先进个人等称号，并荣立一等功，成为全市民政人和各条战线的学习楷模和榜样。

三次受命：真诚为民挑重任

大同市民政局是山西省的一面旗帜，整体工作一直名列前茅。但是，由于历史和现实原因，同样呈现发展的不平衡。民政圈内人都心知肚明，市民政系统有三块难啃的“硬骨头”：一块是市殡葬管理所，由于管理不力，人心涣散，是个“乱摊子”，最难啃；一块是安置农场（后更名革命烈士陵园），由于治理无方，濒临解散，是个“乱坟滩”，不好啃；还有一块是殡仪馆，由于资金短缺，由三级标准向一级标准提升屡试不第，是个“老大难”，啃不动。如何啃下这三块“硬骨头”，市民政局历届领导班子都酝酿再三，筹划谋略，三个单位干部职工更是望眼欲穿，渴望求变。历史的机遇往往是偶然中包含着必然。随着时间的推移，这三块难啃的“硬骨头”，偏偏都让马建军遇上了。他三次受命，三度履任，尝尽酸甜苦辣，历经艰辛跋涉，都以真诚为民的情怀和辛勤劳作的汗水，为三个单位的持续发展带来了生机和活力。

第一次受命于危难之时，展示了敢抓敢管的魄力勇气。2001 年 12 月，大同市民政局党组经过几次筛选，左右权衡，决定让马建军担任大同市殡葬管理所所长职务。民政局领导深知，殡葬管理所近年来管理日益滑坡，工作直线跌落，人心涣散，一蹶不振。故而，一再征求马建军的意见和要求。马建军说："我是一名共产党员，又是一个民政工作者，一定服从组织安排，牢记职责，真情为民，奋发图强，创新求变，再大的困难也要克服，一定把殡葬管理所工作搞上去。"局领导了解马建军的性格，知道他有这股劲，只要他承诺的事，总会克服一切困难办成办好办出成效来。在局保卫科时，他敢抓敢管，内保工作井然有序，口碑甚佳。任市社会福利院副院长时，他大胆开拓涉外收养、帮孤助残、家庭寄养业务，屡受赞誉，成为全市的先进工作者和优秀共产党员。可是，殡葬管理所的现实状况，比马建军想象的还要差。12 月 17 日，分管副局长送马建军走马上任时，偏偏吃了"闭门羹"。一到殡葬管理所，院内收破烂的一拨又一拨，一片狼藉，楼上"铁将军站岗"，一人没有，只好返回市局，择日就任。12 月 24 日，再次到殡葬管理所宣布任命时，正赶上殡葬管理所对面一户逝者家属摆棺设灵、诵经唱戏。马建军当即问执法人员为什么不加干涉，"管不了，不敢管。说轻了，解决不了问题；说重了，不是挨骂，就是挨打。"执法人员的回答，让马建军大吃一惊。"今天既然碰上和殡葬管理唱对台戏的事，就非要把这个问题解决不可！"马建军此言一出，众人面面相觑，都跟在后面看新所长能使出什么新招数。不料，刚到摆棺设灵前，就遭到逝者家属挡道，且出言不逊地说："这是我们自己的事，不容别人干涉！"马建军心中自有"定盘星"，针锋相对地亮出两招：一招是理直气壮地严格执法，讲明查处违法丧事，既有国务院的《殡葬管理条例》，又有省市《殡葬管理办法》，干涉非法丧事是法律法规赋予的职责；一招是满腔热忱地文明执法，晓之以理，喻之以义，承诺为逝者家属提供全程的丧葬服务。经过一个多小时的耐心说服教育，终于做通了思想工作，当即撤棺罢灵，接受火化，并主动缴了罚款。马建军现场办公，让殡葬执法人员刮目相看，领教了新所长的胆识和魄力。马建军也从中感受到了殡葬管理的缺位和严格执法的滞后。经过 20 多天的调查了解，马建军摸清了殡葬管理所 5 个致命的症结，用他的话讲，叫作"工作环境居下游，管理水平属下等，执法队伍素质低，依法行政能力低，整体形象树不起"。看办公场所，仅有四间办公室，墙黑地乱窗不亮；看外部环境，院内破烂乱堆，秩序失控；看执法队伍，放任自流，一盘散沙，执法不懂法，执法不文明，形象打折扣。面对现状，马建军心急如焚，组织全体人员，认真学习讨论，寻求治所良方。有针对性地提出以提高素质为核心、以强化管理为重点、以严格执法为主题、以优化工作环境为平台，改革创新，优质服务，全面提升殡葬管理水平的工作思路。一方面，积极创造一流的工作环境，管理所办公由四间扩大到整层楼 23 间，马建军自己垫付和拆借资金 10 多万元，粉刷装修房间，购置桌椅沙发，清理院内闲人杂摊，一改“四间黑房子，破烂杂院子，一张破桌子，一个红戳子”的状况。另一方面，精心“充电”，铸造一流的执法队伍，成立了专项执法队，坚持周一、周四政治业务学习，深钻细研《中华人民共和国宪法》《中华人民共和国行政许可法》《山西省行政执法条例》《殡葬管理条例》《山西省殡葬管理办法》《大同市殡葬管理办法》等法律法规，提升干部职工队伍的思想业务素质和执法水平，开展了“我为殡葬作贡献，提高素质开新风”的主题活动，树立以民为本、为民解困，严格执法、文明执法的社会形象。同时，加强制度机制建设，建立健全了岗位责任制、考核制和责任过错追究制，加大殡葬改革宣传力度，疏通引导，扩大影响，当年就印刷宣传资料 2 万份、宣传册 5000 本，分发到街道、企业和群众中。2002 年，出师报捷，执法人员全天候蹲查堵监，出动了 3800 余次，查处非法运尸车 80 余辆次，棺木销售点 3 家，查处违法销售封建迷信用品店 45 家，没收冥币 100 余编织袋，非法土葬 34 起，全年火化 2026 具，城区火化率第一次达到 87.6%，火化区火化率提升了 20 个百分点。殡葬管理第一次打出了声威和品牌。

第二次受命于关键之时，展示了改革创新的胆识睿智。大同市人民公墓建于 1954 年，1980 年更名为安置农场。由于收容遣送站转变为救助管理站，与收容遣送相对应的安置农场面临命运的抉择，要么单位撤销，人员分流，要么另辟蹊径，创新图存。很长时间，农场无人问津，职工彷徨不安，人人自危，四顾茫然。2003 年，市民政局新局长履任不久，遍访下属单位。当来到安置农场时，只见一间破房子内，十几个职工围着一个破旧的电炉子。职工们满含热泪地说:“局长，救救安置农场吧，我们还想为民政事业使劲出力。”局长返回机关后，相继几次召开党组会议，决定公开选聘人才，救活安置农场。为此，局长代表局党组连续在全局干部大会上大声疾呼机关干部互相推荐和自荐安置农场场长人选。一段时间过后，没有一人敢去揭榜。诗云:“我劝天公重抖擞，不拘一格降人才。”为什么连一个农场场长的人才都降不下来？一种责任感和使命感驱使着马建军挺身而出，铁肩担重任。“共产党员勇当先锋，为了人民的嘱托，我愿意当安置农场场长！”局长和“一班人”被马建军“平常时期能看得出来，关键时刻能冲得出来，危难关头能豁得出来”的精神所感染和折服，对他增加了更大的信任。2003 年 11 月 24 日，局党组正式决定任命马建军为安置农场场长。马建军算得上一个铮铮铁汉，安顿好殡葬管理所工作，直奔安置农场。进门先看家底，办公区几间破烂房屋门可罗雀，4 ～ 5 亩地低洼错落，农场内 4000 余座坟茔无序排列，苗圃田面高低不平，缺草少木，怎一个乱字了得，怎一个穷字了得！当队伍集合起来后，马建军不由眼前一亮，人人身板结实，个个年轻力壮。“创新有章法，苦战能过关，只要大家齐心干，一步一层天。”马建军说，“我们一定要在这片乱坟滩上干出一片新天地！”三个月过后，安置农场旧貌换新颜，办公区 13 间房屋全部修葺一新，木门加门套，地面铺瓷砖，墙外挂瓷面，外扩 5 亩地搭起了蔬菜花卉大棚。苗圃内拣旧砖，自己动手盖起了值班房，凭人工筑起围堰，填平了 5 亩平均深度 6 米的大沟，建起 10 亩苗圃，植入 2 万余株松柏苗木。通过协调，新增 24 亩地，全场 50 亩地段分片进行了治理。2004 年 4 月，民政局局长检查工作时，简直不敢相信有如此惊人的变化，对这种创新工作大加表扬。趁此机会，马建军和盘托出了新思路“把安置农场改为革命烈士陵园”，马建军向民政局局长陈述说，大同是一个革命老区，是连续五连冠的全国“双拥模范城”。可是 2004 年以前，全市没有一座革命烈士陵园，安置农场内安葬着 296 名烈士和 262 名军队转业干部，如果改成革命烈士陵园，可划分为纪念广场、烈士墓区、军干墓区和市民墓区。这样，就会从根本上解决安置农场的命运问题。马建军的建议得到局领导首肯，也得到市政府重视，很快得到了批复。更名革命烈士陵园后，给单位带来新的发展机遇，干部职工积极性空前高涨。马建军更是乐此不疲，学会了做领导的工作，请局长同他一道多方奔走，向市政府汇报，争取支持，到市财政局协调，争取资金，赴太原送可研报告，争取立项。很快，筹措了 450 万元资金，新建拱桥一座，墓区门楼 2 座，业务室、接待室 120 平方米，硬化路面 1600 平方米，围墙 258 米，照壁一座，移植大型松柏树 108 棵，新增绿化带 3000 延长米，迁坟 1780 座，回迁坟 238 座，并将原位于永泰公园的革命烈士纪念塔搬迁到新址，举行了奠基典礼。一个新的爱国主义教育基地，成为一道亮丽的风景线。

第三次受命于转折之时，展示了致力发展的不懈追求。大同市殡仪馆建于 1965 年，设有办公室、行政科、业务中心、火化车间、车队、防保科，占地 30 亩，1999 年被民政部命名为国家“三级殡仪馆”。从 2002 年起，殡仪馆相继投入 272 万元，新建火化车间及配套设施，共占地 1586 平方米，安装上海申东 SSD-QY97 型中高档火化机 2 台，配备中档运尸车 3 车 3 轮，办公用车 2 辆，殡仪馆基础条件有了一定改善，但是，以现有的装备水平、环境条件和服务层次很难适应殡葬事业发展的要求。市民政局酝酿着殡仪馆标准由三级提升到一级的发展规划，酝酿着新的馆长人选，“一班人”选来选去，竟然还是马建军，这在大同民政发展史上尚属首次。正好应了一句话：好汉一个顶仨。找来马建军谈话，他还是那句话：“请局领导放心，为了人民的嘱托，我一定尽职守责，不辱使命，让殡仪馆标准上档次、管理上水平、服务创一流、环境大变样。”天降大任于斯人，斯人致力抓发展。到殡仪馆履新，马建军尽管有殡葬管理所的实践和革命烈士陵园的经验，但他更感到创业艰难百战多，殡仪馆由三级提升到一级，是一个重要的转折。为此，他和“一班人”认真寻找标准上档次的突破口、管理上水平的关键点、服务创一流的着力点、改善环境的立足点，提出了立足发展、创新求变的思路，以及实现人性化的亲情服务、宾馆化的先进管理、园林化的环境建设三大目标。制定了《优质服务及内部管理规定》，坚持以人为本，“对逝者讲文明，高抬轻放；对逝者家属讲礼貌，热情服务”，实行服务公开承诺，服务项目价格公开。改善了办公和工作条件，对办公楼进行统一装修，新建了食堂、澡堂。创建了幽雅祥和的环境，自筹资金 450 万元，硬化路面 2000 平方米，新修围墙 245 米，改造围墙 100 米，亭阁山石、花木苗圃、停车场，样样俱全。种植草坪 12000 平方米，各种灌木 1000 余墩，乔木 1000 株，绿篱 2000 延长米，草花 840 平方米，各种花盆 300 余盆，绿化面积占总面积的 60%，成为全市园林化示范单位，展现了国家一级殡仪馆的雏形，推出了一个全新的民政服务窗口。

2010 年，按照全市城市建设改造规划，市殡仪馆已列入迁建范围。殡仪馆的搬迁和建设涉及千家万户的利益，其特殊性决定了搬迁之前必须建成新的场所为群众提供殡仪服务。在市政府没有给任何启动资金的情况下，马建军为把这项利国利民的大事做好，经请示有关领导，积极奔走，多方联系，采取借一点、欠一点、贷一点的形式，才使这项建设需亿元的工程顺利开工。一年间，他以工地当家，回家次数不足 10 次。在这期间，他的妻子在单位突发疾病被送往医院，当时他想可能不太严重，没有到医院，直到医院要求转院到北京，他才意识到事情的严重性。妻子在北京做完手术后，没有等妻子出院，马建军就又回到了工地。2012 年 12 月，新建殡仪馆顺利建成。新馆按照国家一级殡仪馆标准设计建设，环境建设、硬件设施以及服务水平等方面均达到国内先进标准，新馆的建成使用也是大同市乃至山西省殡葬事业科学发展的一个重要里程碑。

马建军三次受命于危难、关键和转折之时，不辱使命挑重任，展示了真诚为民的风采。他说，民政事业是党的事业，作为一个党员，就要牢记宗旨，不忘人民嘱托，挑重担，干工作，别无他求。

几多奋进：为民解困抒情怀

马建军三次受命，把殡葬管理所、革命烈士陵园、殡仪馆三个单位搞得如火如荼。他说，民政事业事关人民群众的根本利益，肩负着人民的嘱托，从严执法是为民解困，强化管理是为民解困，优化服务是为民解困，拼搏奉献更是为民解困。四载光阴三次受命，几多奋进，他为的就是为民解困，不负人民嘱托。单位的同志们讲，马建军有多少次英勇搏击，有多少次艰苦奋战，有多少个感人肺腑的故事，数也数不清，讲也讲不完，可马建军为民解困的炽热情怀，大家都能感受到、体验到。

“治理和打击违法违规的人和事，从根本上来说是为民解困。”由于传统观念的影响，不少群众对殡葬改革不理解，固守“入土为安”的陈旧观念，对火化有不同程度的抵触情绪。有的同志对马建军讲，殡葬管理是一个惹人的差事，轻则得罪人，重则挨打受气。马建军说，大同市每年死亡人口约有 1.8 万人，如果允许无休止地到处建坟地，浪费木材资源，就会失去殡葬管理的自身意义。严格执法没有错，但更要文明执法。为此，他提出坚持“两手抓”的办法。一手抓宣传教育，他带领全所同志踏遍大同市内大街小巷，跑熟城郊一村一乡，风雨无阻地宣传法律法规，求得市民和村民的理解和支持。一手抓依法治殡，采取蹲、堵、查、监的办法，制止违殡违规的人和事。记得有一次，白洞矿一位老人去世，摆棺设灵，闹得沸沸扬扬。马建军闻讯后，带着执法人员急速赶去制止，逝者家属钻到小车下面不出来，围观群众越聚越多。面对这种场面，马建军沉着冷静，坚持严格执法的态度不变，文明执法的形象不丢。他苦口婆心地连续做了两个多小时的思想工作。精诚所至，金石为开。逝者家属终于被说服了，接受了火化。2003 年 6 月，杏儿沟矿发生矿难，30 余名矿工遇难。马建军又带领全所同志在第一时间迅速赶赴现场，协助处理矿难善后事宜。当讲明对矿难职工全部实行火化的意见后，矿难职工家属情绪激动，不少家属不同意火化。马建军还是晓之以理，动之以情，认真细致地做思想工作。“发生矿难你们悲痛，我们心里也不好受，使逝者安息、给生者以慰藉，是殡葬工作的宗旨，应该是我们大家的共同点。”马建军的一番话，说得大家心服口服，顺利对逝者实行了火化，产生了良好的宣传辐射效应。殡葬管理所全天候地蹲、堵、查、监，严格执法，文明执法，说服了近千名逝者家属主动接受火化，查处了近1500辆次非法运尸车，取缔了300余家违法棺木销售点和200余家违法销售封建迷信用品点。一手抓宣传教育，一手抓依法治殡，全市殡葬改革呈现了良好的态势，摆棺设灵的没了，诵经唱戏的少了，社会文明程度提高了。马建军说：“治理和打击违法违规的人和事，并没有和群众产生对立，反而得到了群众的理解和支持，解决了群众对殡葬改革认识的困惑，是实实在在地为民解困。”2011年，马建军在工作岗位上被送进医院，在医院时他仍时刻不忘工作，经常因为工作晚上悄悄打电话。在他出院的第二天，感到身体力不从心，提出辞去殡葬管理所所长职务，局党组考虑到没有合适人选，没有接受。他就这样坚持一直三个单位一起干，直到2012年8月，局党组考虑到他确实太累，才另选别人出任殡葬管理所所长。

“扑下身子艰苦奋战，就是用具体行动为民解困。”马建军挑任三方主帅，在艰苦奋战的实践中，道出了他的心理感受。他不是那种光说不练的天桥把式，也不是那种做表面文章、摆花架子的“客里空”。他坚信实干兴业，坚信艰苦创业，坚信建功立业。他跑前跑后，跑里跑外，里里外外都是一把手，逢年过节不休息，有时没日没夜连轴转，从来无怨无悔。人们说“马建军像个特殊材料制成的人，从来不知疲倦”。而马建军总是灿烂一笑说：“为民解困哪能分钟点！”革命烈士陵园的干部职工忘不了2004年3月那场韧性的战斗，忘不了马建军那敢打敢拼敢赢的精神。陵园苗圃原有5亩，经过村里协商，将5亩的一条大沟划给革命烈士陵园。这条沟平均深度达6米。为赶上植树季节，马建军雇来铲车，动员殡葬管理所和陵园全体人员铲土、整塄，平整土地。他和大家一起吃住在工地，穿着背心、短裤，挥锹上阵，大战40天，硬是把5亩大沟填满整平。正当植树季节，马建军劳累过度，发烧达39℃，仍放心不下工作。上班前，他在医院一边输液，一边给单位打电话安排工作，输完液又直奔工地和大家一起大干。职工们心疼地说：“马主任，你歇歇吧，我们一人多植几株，就把你替下了。”马建军说：“同志们连续战斗不下火线，我咋能临阵脱逃？！”硬是和大家一起又奋战了5天，在10亩苗圃里栽种各种苗木20180株。谁又知，这年7月连续两场暴雨，冲毁了护地塄，将苗圃淹了80厘米深，地面下沉，苗木倒伏，马建军感到如不及时排水、垫土、扶苗，就会冲击东面的墓区，冲毁西面的农田，他带领着陵园全体职工投入抢险战斗。他和陵园副主任靳双枝率先跳进受淹苗圃，疏通水道。喊破嗓子，不如做出样子。十几个人学着马建军的样子，都跳入过膝的水中，铲土围埂，垫土填坑，扶苗培土。白天突击10多个小时，晚上挑灯夜战4～5个小时，连干了3天，硬是靠特别能战斗的精神，保住了苗圃。

“敢打硬仗创一流的业绩，同样是为民解困作贡献。”马建军对此有独到的见解。军旅生涯磨炼了他雷厉风行的干练作风，17年的民政经历铸就了他真诚服务的品格。每次打硬仗他都是身先士卒，甘当一只“领头雁”。2005年1月春节，马建军为加快殡仪馆升级进度，他先是出外调运大型松柏树，后是带领50余名职工挖树坑，接着是移植、培土、浇灌，连续战斗了三天三夜。虽然他对松树过敏，身上泛起了一片片红块，但照样不下火线，一直到除夕的午夜3点多钟，才将108棵大型松柏树移植完毕。回到家里，马建军连累带病，躺在床上，出不了门。民政局局长获悉后，大年初一赶到马建军家，为民政系统的功臣拜年致意。别看马建军是一个很刚毅的人，可一见局长登门拜年，他感动得哭了。他说：“我仅仅做了一些本职工作，领导就这样关心我，高看我，我只能好好工作，报答父老乡亲和各级领导的关怀、支持。”这就是马建军，一个为民解困的“孺子牛”。

一腔热血：奉献于民写春秋

马建军真诚为民的事迹，不仅民政人钦佩有加，各级领导赞扬不断，广大群众也都是赞语不断。云城诗人被马建军的事迹所感动，以《骏马驰骋》为题，赋诗寄情，大加赞颂：

云城干才马建军，
三方挂帅跨征程。
一马当先涌真情，
马到成功报佳音。
为官常忧天下事，
春晖更显寸草心。
善当世间孺子牛，
无私奉献任驰骋。

对马建军来说，为民奉献是一种追求，是一种志向，敞开的是“心事浩茫连广宇”的宽广胸襟。他常说，每做一项工作，每办一件事，都要从大的背景去考虑，以群众满意为唯一标准。廉洁自律，群众看得见、摸得着，群众满意了，就是真诚为民。孺子牛吃的是草，挤出的是奶和血，就是一种奉献。奉献本身从大的范围讲，就是为民解困。马建军在民政系统无论做什么工作，都是一腔热血，奉献于民，以实际行动写春秋。

严于律己，打铁先得本身硬。马建军廉洁自律，清风明月。在单位，和职工一起排队就餐，从不开小灶。出外跑项目，坐火车，挤公共汽车，住的是低价房，吃的是普通饭。他身兼三职，东奔西跑，按说该更换小车，但他说：“能凑合就行了。”

严于治财，一分钱掰成两半花。马建军有点“抠门”，三个单位基础设施建设，投资就达 1.5 亿元，可他使用时，总要开个“碰头会”，把每笔用款向全单位公开。零星工程只要是自己能干的，就不发包，发动职工自己动手干，三个单位凭肩扛、人拉和手工干，节约了近千万元资金。

严格要求，队伍建设展形象。马建军担任三个单位领导后，组织全员参加了一个月的军事训练，学政治、学理论、学业务，提高干部职工队伍的整体素质。几年来，没有发生一起吃拿卡要等违纪行为，向社会展示了良好的品牌形象。

优化服务，真诚为民解忧愁。马建军从三个单位的不同情况出发，与领导班子共同研究制定了优质服务标准，实行阳光作业，设立了服务监督台、举报电话和意见箱，规范服务程序，实行“一站式”服务，做到了“一张笑脸相迎，一把椅子让座，一杯热茶暖心，一颗诚心办事”，没有发生一起应诉案件。对于群众的实际困难，想尽办法加以解决，共为困难群众减除火葬费和回迁墓费用 1300 余万元。同时，吸纳社会福利院 15 名孤儿在三个单位就业。

为了人民的嘱托，马建军真诚为民、奉献于民。他不懈努力，赢得了广大人民群众的高度评价和信任。马建军说：“自己很看重两句话：站起来当伞，为群众遮风挡雨；俯下身做牛，为人民鞠躬尽瘁。真诚为民，为民解困，奉献于民是无限的，我要一直走下去，因为这是为了人民的嘱托……”

奉献为民谱新篇

——记内蒙古自治区兴安盟民政局局长包石头

在内蒙古自治区大兴安岭西南部、科尔沁草原深处，有一个蒙古族干部活跃在民政战线上。2018 年 9 月，他刚从民政部组织的“藏区民政局局长两项政策培训班”讲课回来，就立即北上阿尔山市去组织启动《兴安盟发展健康旅居养老阿尔山论坛》。他就是这个性格，他就是这个脚步，他就是一个一心为民的人，他就是全国抗洪英雄、兴安盟民政局局长包石头。

包石头，1965 年 10 月出生在内蒙古科尔沁草原深处一个偏僻的山村，1986 年走上工作岗位，先后历任乡长、旗委副书记、共青团委书记、科技局局长、民政局局长等职务。多年来，他时刻牢记党的使命，无私奉献，在危难时刻挺身而出，不惜牺牲自己的生命去挽救群众的生命，作出了卓越贡献，为党赢得了声誉。他不辜负党的培养，忠于职守，坚决贯彻执行党的路线、方针、政策，不论走到哪里，走上哪个工作岗位，始终和党中央保持高度一致。他始终站在政治和全局高度，讲真话、办实事、破难题、攻难关，为兴安盟精神文明、物质文明、生态文明建设，以及脱贫攻坚、民政事业作出了贡献。

一

强化党建引领，助推民政工作和为民服务水平大提升，这是包石头爱党敬业的美好愿望。包石头既是兴安盟民政局局长，也是兴安盟民政局党组书记，他深知通过抓好党的建设助推民政各项工作的重要性。他是这样想的，也是这样做的。包石头在 2012 年 12 月担任兴安盟民政局局长以来，就一直把党的建设工作紧紧抓在手上，始终坚持通过强化党建引领作用，去提升为民服务水平。

6 年来，他通过亲自抓党的建设，不仅培养出了一支能打硬仗、打胜仗的一流党员队伍，更主要的是锻造了自身航行掌舵的能力。他为了带出一支讲政治、有信念、讲规矩、有纪律、讲道德、有品行、讲奉献、有作为的党员队伍，引领党员强化政治意识，保持政治本色，把理想信念时时处处体现为行动的力量，坚定自觉地在思想上、政治上、行动上同以习近平同志为总书记的党中央保持高度一致。他率领广大党员主动向中央看齐，向党的理论和路线方针政策看齐，做政治上的明白人。他带领全体党员践行党的宗旨，保持公仆情怀，牢记共产党员永远是劳动人民的普通一员，密切联系群众，全心全意为人民服务。加强党性锻炼和道德修养，心存敬畏、手握戒尺，廉洁从政、从严治家，筑牢拒腐防变的防线。始终保持干事创业、开拓进取的精神，平常时候看得出来，关键时候冲得上去的党员风采。包石头为了推进全面从严治党向基层延伸，牢牢把握全面从严治党、依规治党这条主线，从关键少数向广大党员拓展，从集中性教育向经常性教育延伸，把全面从严治党要求落实到基层的每一个支部，落实到每一名党员。包石头始终坚持带头讲党课。他不仅在机关讲，还到民政系统九个支部去讲。同时，他每年都坚持从实际出发，把党建工作同民政工作紧密结合起来，实现了社会救助体系更加完善，救助水平显著提高；社会福利事业快速发展，服务体系逐渐形成；社区条件逐步改善，基层民主自治功能更加明显；优抚安置政策全面落实，双拥创建成效显著；社会管理日趋完善，服务水平显著增强；自身建设进一步加强，行政效能更加显现。在包石头心目中，抓好党建工作，就是抓好民政工作的风向标。

包石头因地制宜、克服困难、狠抓社会组织党建工作，把党的主张贯彻到社会组织中，为意识形态领域工作的深入开展，为社会管理水平的提高提供了坚强的组织保障。他刚到兴安盟民政局时，兴安盟社会组织党建工作基础非常薄弱，社会组织普遍存在“小、散、流、杂、变”等特点，特别是社会组织中的党员流动性较强，在流动党员管理上存在较大盲点。很多社会组织负责人对党建工作认识不足，存在着“重经营发展，轻党建工作”的认识，致使在党建工作上支持不够，抓得不紧，管得不多，党建工作随意性大，甚至存在“有组织、无活动”等情况，导致党组织的一些基本制度流于形式，得不到很好的落实。对此，包石头高度重视，多次召开会议，研究部署社会组织党建工作，与组织部门和财政部门多次协商解决了机构、人员、编制、经费等问题，因地制宜，制订了切实可行的党建工作方案。2016年，制订并推进兴安盟社会组织党建工作“两个覆盖”专项行动方案，积极开展“三化一有”为主题的实践活动，紧紧围绕“五位一体”总体布局和“四个全面”战略布局，坚持问题导向，把握总体要求，推动兴安盟社会组织党建工作上台阶、上水平。在集中推进“两个覆盖”的基础上，持续推进党组织建设，巩固“两个覆盖”成果，建立了社会组织登记成立、年度检查、日常管理与党建工作同步工作机制，增强党组织凝聚力，发挥党组织的战斗堡垒和共产党员的先进模范作用，努力实现保证政治方向好、团结凝聚群众好、推动事业发展好、建设先进文化好、服务人才成长好、加强自身建设好“六个好”的工作目标。他积极协调有关部门，专门设立了建筑面积850平方米的兴安盟社会组织党群活动中心，为社会组织党员提供活动场所，传播党建理论知识，承办党内有关业务，提供党务政策咨询等服务。公开向社会招聘5名社会组织党建工作指导员，选派到无业务主管单位的社会组织负责指导党建工作，实现了党的工作全覆盖。他通过集中培训、专题讲座、交流研讨等方式，掀起学习党的十九大精神、习近平新时代中国特色社会主义思想和新党章的热潮，根据社会组织业务性质，开展了“诚信服务先锋”“党员先锋岗”“党员责任区”“党员服务窗口”“党员公开承诺”等活动，鼓励党员亮身份、比贡献，充分发挥社会组织党员的先进模范作用和党组织的政治引领作用。

二

突破难点，全面做好困难群众生活保障工作，这是包石头开展工作的切入点。

困难群众生活保障工作是做好民政工作的重中之重，这个问题解决不好，就会带来社会不稳定因素。为了做好这项工作，包石头先后深入全盟六个旗县（市）农村牧区和城镇开展调研工作，在调研中他发现很多影响和制约各项民政政策落实不到位的因素。比如，农村最低生活保障管理不够严格，优亲厚友，一些困难群众生活得不到保障；养老服务体系不健全；城乡社会救助和救灾工作不稳定。面对这些问题，他迎难而上，一个一个问题去解决。

他首先把社会救助与扶贫政策的有效衔接摆到首位，直接将打赢脱贫攻坚战作为一项重要的政治任务对待，表现出了极强的大局意识。他参加工作第一项任务就是驻村扶贫，一驻就是三年，他对群众的期盼有深切体会，对农村工作的难处有深刻理解，之后不论做什么工作、在什么岗位，始终把困难群众的脱贫愿望和期待与本职工作联系起来，把扶贫工作作为第一责任投入真情实意。到民政局工作后，他带领兴安盟民政系统干部职工深入贯彻落实习近平总书记扶贫开发重要战略思想和在十三届全国人大一次会议参加内蒙古代表团审议时的重要讲话精神，坚决贯彻落实自治区党委、政府和盟委、盟行署脱贫攻坚决策部署，认真执行精准扶贫基本方略，紧紧围绕贫困人口“两不愁、三保障”目标任务，全面落实脱贫攻坚民政工作任务，以全面实现民政各项职能与扶贫政策有效衔接为重点，坚持制度创新和制度衔接相结合，将加大投入和精准施策相结合，兜底保障和动态管理相结合，聚焦兴安盟 90 个深度贫困村，充分发挥民政部门在脱贫攻坚中的兜底作用。

经过努力，实现了兴安盟低保对象和建档立卡贫困人员的双向衔接，做到应保尽保、应扶尽扶。包石头任职 6 年来，每年都大幅提高农村低保保障标准与补助水平，确保了农村低保实际收入增幅高于全盟农村居民年人均可支配收入增幅，高于扶贫保障线和脱贫线；善用民政临时救助制度、特别救助金制度，对遭受特别重大困难，造成重大刚性支出建档立卡贫困人员开展急难救助，建立了对丧失劳动能力的建档立卡贫困人员的兜底政策。对未纳入低保、农村特困供养范围的 65 周岁以上、享受“家庭病床”政策，长期卧病在床、丧失劳动能力且生活不能自理的重度残疾（一、二级）建档立卡贫困人口给予每人每年 2400 元生活救助，兜住丧失劳动能力人员的生活底线，使他们的基本生活得到保障。提高了医疗救助的救助额度，将建档立卡贫困人员个人负担的合规医疗费给予 90% 比例的救助，上限提高到 5 万元，并大胆创新，将民政医疗救助报销加入医保系统定点医院结算和外转医院结算两个“一站式”结算平台。困难群众出院结算时，只需结算个人自付部分即可出院，基本医疗保险、大病保险、商业保险、医疗救助、政府兜底救助金额由“一站式”结算软件直接生成，使信息多跑路，让群众少跑腿，确保了救助对象方便、快捷地享受到各项政策，向贫困地区集聚各方力量。

三

创造性地落实中央和自治区困难群众保障政策，赢得群众广泛赞誉。包石头敏锐地发现了低保工作存在的低保对象认定缺乏统一标准、民主评定低保主观性太大、对低保对象平时监管不足等问题。他认识到这些问题的存在，阻碍了民政事业的发展，给民政部门造成了不良的社会影响。包石头上任的第一年，只要有时间他就到农村去，了解低保制度在实施中存在的问题，每到一地他都与村干部、困难群众座谈，倾听干部群众心声，了解基层真实的工作情况和实际困难，有多年乡镇工作经验的他能够在座谈中敏锐地发现存在的问题。在一年的时间里，包石头走遍了兴安盟56个苏木乡镇，收集了大量的实地调研数据，并据此拟定了民政部门规范城乡低保制度的工作思路。2013年和2015年，开展了两次城乡低保规范化专项治理工作，以群众反映强烈的“关系保”“人情保”“错保”“漏保”为线索，对低保存在的违规违纪问题进行全面排查梳理，使兴安盟低保规范化管理水平有了极大的提高。兴安盟城乡低保综合指标认定体系取代了城乡低保申请由村民评议小组确定是否符合条件的传统方式，通过综合评定量化低保家庭经济状况，简化了操作流程，维护了群众的参与权、知情权、监督权，保障了低保评定的公开、公平、透明，这种城乡低保认定方式得到了兴安盟社会各界和广大群众的一致认可，城乡低保规范化管理水平显著提升。

包石头善于利用互联网、手机微信功能，不断加强民政政策的宣传，设立兴安民政、兴安盟低保微服务平台公众号，进一步完善社会救助信息公开公示制度化建设。兴安盟民政局推动建立以嘎查村微信群为基础单位，依托盟、旗（县、市）两级建立的社会救助公众号平台，实现社会救助信息网络公示、群众自助查询、在线申请、政策宣传和疑问解答为一体的新型社会救助工作方式。此项工作获得了全国2018年度社会救助领域最佳创新实践成果奖。包石头在平时工作和会议上经常强调，要用好互联网、手机等新媒体，不断创新工作方式，也要趋利避害警惕网上不良信息。建立低保“微”服务平台，一是将收入测算与微信平台相融合，使家庭收入测算不再难，群众不需要填写姓名、身份证号等信息，可以直接使用核算功能，填写相关家庭信息，由系统按照公式自动核算出其收入情况。二是在“微”管理平台上建立了低保自助申请通道，群众通过自助申请功能，填写家庭成员基本信息和家庭经济状况，就可以提交低保申请，使低保审核审批全程公开透明。低保申请会即时反映到乡镇级民政工作人员的电脑端上，申请被受理后，“微”管理平台会自动发送信息到申请人的微信上，告知申请人的低保申请已被受理，并提醒申请人要带好哪些资料到何处进行资料审核。三是制作电子明白卡入户，使基本信息一扫便知。低保户通过扫描二维码可以了解自己享受低保的类别、每月发放多少低保金。民政、扶贫等帮扶部门可以通过扫描二维码了解低保户的基本信息、纳入低保保障范围的原因等情况，既使低保对象对自己的保障情况能够心知肚明，又使各级帮扶和监管部门入户查看时能及时了解保障对象情况，实现了低保明白卡的信息化升级。四是开发生存认证系统，使定期报告不再难。通过面部识别系统，确定低保对象的生存状况。兴安盟城镇低保对象按月报告生存状况，农村低保对象按季度报告生存状态。在每个月的20日通过群发手机短信的形式，提醒所有低保对象五日内需要进行生存认证，逾期将停发当月（季度）的低保金。低保“微”管理平台实现了家庭收入测算自动化、低保申请自助化、低保审核审批透明化、低保定期报告便捷化、低保对象信息公开化，使兴安盟低保管理精细化、规范化水平和群众的满意度得到了进一步提高。

四

永远把党和人民的利益放在第一位，抗洪抢险救灾工作面前，包石头一直冲锋在前。1998年夏秋，兴安盟遭受了百年不遇的特大洪涝灾害，包石头当时担任扎赉特旗阿拉坦花苏木苏木达。面对百年不遇的特大洪灾，包石头沉着应对，科学指挥，与干部群众一道，排除了一个又一个险情，先后救出被困群众461人。在危难时刻，他带领苏木干部，深入最危险的灾区，在受灾群众命悬一刻时，救出了最后10名牧民，他坚守誓言的果敢令人难以忘怀。同年10月，他被授予全国抗洪抢险英雄模范荣誉称号，受到党和国家领导人的接见。

到民政局工作后，包石头高度重视防灾救灾减灾工作。兴安盟地区易遭受低温冷冻、风雹、洪涝、干旱等自然灾害，灾害给人民的生产生活带来严重影响，农作物、草场大面积受灾，房屋损毁，基础设施受损，经济损失巨大。灾害发生后，包石头第一时间去往受灾最严重的地区查灾核灾，组织帮助受灾群众开展生产自救，力争把灾害损失降至最低，特别关注灾后倒塌严损房屋重建工作，尽快完成房屋恢复重建和危房维修工作，帮助受灾群众恢复正常生活。近年来，根据当地多灾易发的特点，为切实提高救灾物资应急保障能力，满足救灾工作需要，全盟新建了5个救灾物资储备库，其中盟级1个，建筑面积2700平方米，旗（县、市）级4个，每个800平方米。全盟救灾物资储备库建成并积极向上争取救灾物资，基本满足了救灾工作需要，能够保证灾后12小时内受灾群众得到食物、饮用水、衣被等基本生活救助。为规范应急救助行为，提高应急救助能力，减少灾害损失，修订完善了《兴安盟自然灾害救助应急预案》，明确责任部门和责任人，使救助工作有章可循，切实提高了预案的可操作性。建立健全灾害信息员队伍，完善灾情报送、查灾核灾机制。每年对全盟旗（县、市）、苏木乡镇、街道办事处、嘎查村和社区灾害信息员进行业务培训，提高灾害信息员业务能力和工作水平，确保全盟灾情报送及时、科学、准确。每年结合国家防灾减灾日和防灾减灾宣传周，积极开展防灾减灾宣传和应急演练活动，通过防灾减灾系列活动，使基层群众了解防灾减灾知识，掌握逃生避险及自救互救技能，切实提高群众的安全防范意识。深入推进综合减灾示范社区创建工作，全盟共创建全国综合减灾示范社区 11 个。规范救灾款物管理，坚持“分类救助，重点救助”原则，严格按照民主评议、登记造册、张榜公布、公开发放的工作规程，通过“户申、村评、乡审、县定”程序确定救助对象，全部通过财政“一卡通”形式直接发放到受灾群众手中，确保了资金发放的公平公正、公开透明和资金的安全运行。

五

以改革精神，推动养老事业发展，这是包石头的又一个创新举措。包石头胸怀“大爱之心、爱民之心”，带领全盟民政系统干部职工，忠实履行一名民政人的神圣职责，勇做民政事业改革的排头兵。全盟养老服务业发展存在公办养老机构“兜底”功能差、服务质量低、床位不足、安全隐患大、社会办养老机构脏乱差等诸多问题。面对问题，他没有退缩，深入旗（县、市）进行广泛调研，掌握实情后，提出一系列的改革措施，真抓实干，收到显著成效。

2014 年以来，根据各旗（县、市）实际，把基础设施差、管理不规范的 54 所乡办敬老院整合到区域性敬老院进行集中管理。经过整合，解决了养老机构点多、面广、成本高、管理不规范等诸多问题，养老机构的管理和服务水平显著提升。2014 年 9 月 27 日，内蒙古自治区五保供养现场会在兴安盟召开，全盟五保供养管理水平走在了全区前列。在此基础上，积极深化公办养老机构改革，先后在扎赉特旗阿尔本格勒、胡尔勒区域敬老院实行“公建民营”改革试点，为在全盟范围内构建政府公共服务和社会化服务相结合、市场化运作的养老服务新模式示范引路。兴安盟社会福利院、兴安盟光荣院在保证民政对象入住的前提下，将剩余床位向社会开放，既节省了财政开支，又满足了社会老年人的养老需求，运行效果很好，具有广泛的推广意义。兴安盟民政局与乌兰浩特市阳光心理健康咨询中心合作，每年从福彩金中列支 40 万元，专项用于入住老年人的心理咨询工作。采取集中授课辅导和个案咨询的形式主动上门服务，以解决入住老人的心理疾患问题。

包石头还积极鼓励社会资本投入养老事业发展，在充分调研的基础上，参与起草了多项政策措施，并积极向兴安盟委、行署汇报。先后出台了《兴安盟农村牧区养老幸福家园管理办法》《兴安盟老年人优惠优待政策》《兴安盟加快发展养老服务业优惠政策》。为积极应对人口老龄化，健全完善的福利保障制度和服务体系，努力满足全社会不断增长的养老服务需求，切实提高兴安盟社会养老服务水平，建设由盟、旗（县、市）、乡镇（苏木）、村（嘎查、街道办事处）四级分担的覆盖城乡所有老年人的养老惠老服务体系。一系列政策措施的落地实施，使兴安盟的养老事业得到了快速发展。全盟现有公办和民办养老机构 107 所，其中公办社会福利院 7 所、区域性敬老院 9 所、旗（县、市）中心敬老院 3 所；农村牧区互助幸福院 53 处、民办养老机构 35 家、日间照料中心 42 个、农村养老服务站 30 个。总计床位数 9675 张，五年内增加床位数 6000 张，每千名老人拥有床位数达 45 张。初步形成了以居家为基础，以社区为依托，以机构为支撑，以农村牧区养老幸福家园为重要组成部分的结构合理、功能完善、管理科学的社会养老服务体系。

六

关心关爱残疾人事业和流浪救助工作，这是包石头一直放在心上的一件大事。兴安盟老、少、边、穷的特殊地理位置，导致残疾人和流浪乞讨群体面很大，这些实际问题如果解决不好，很容易带来社会问题。

2013 年 7 月，内蒙古自治区荣誉军人肢残康复中心开展了一个 400 万元的救助项目试点：为肢残人员义务安装假肢。包石头得到这个信息后立即到呼和浩特去联系这个项目，并把康复中心的负责人请到了兴安盟。经民政部门统计，全盟只有 5 个人需要安装假肢。在这种情况下，康复中心负责人认为，兴安盟人太少，搞不了试点，决定把这个试点拿到呼伦贝尔市去。包石头一听着急了，他联合盟残联亲自下基层统计，结果，一统计数字惊人，有 100 多人需要安装假肢。就这样，兴安盟成为这个项目在全区的唯一试点地区。从那以后，内蒙古自治区荣誉军人肢残康复中心连续五年在兴安盟开展了为肢残残疾人安装假肢活动。5 年来，先后为 428 位肢残患者安装了假肢。

包石头在救助工作中，经常碰到白血病患者，由于没有能力救治，有的含泪离去，有的救治几年后家庭破碎，因病变成了特困户。面对这一实际问题，包石头千方百计寻找能够帮助这个困难群体解决问题的出路。后来，他听说美国生产一种治疗白血病的专用药，通过中华慈善总会免费发放。2013 年，他立即组织成立了兴安盟慈善总会，在内蒙古自治区慈善总会的大力支持下，成为中华慈善总会的会员单位。经过他的不懈努力，中华慈善总会在兴安盟设立了白血病药品发放点。这件事为兴安盟白血病患者解决了大问题，兴安盟 46 个白血病患者都免费得到了药品，每年平均每人能得到 52 万元的药品资助，延续了白血病人的生命，大大减轻了家庭的负担。

兴安盟是融林区、牧区、半农半牧区、农区和城市为一体的边远地区，这里的人们不仅贫穷、易患各种疾病，而且精神病患者很多，其中重度精神病就有 7300 多人。包石头在阿尔山市调研时，发现伊尔施一个村就有 100 多个重度精神病人。经过深入调查了解到，兴安盟之所以有这么多的精神病人，主要原因有三个：一是林区光照不足，容易诱发精神病；二是牧区荒凉人郁闷，容易诱发精神病；三是环境艰苦贫穷，有近亲结婚现象。为了解决这个问题，包石头千方百计筹集资金，通过不懈努力，申请开展一个 7000 万元的精神病福利院项目，这个项目于 2019 年开工，建筑面积 15000 平方米，有 500 张床位。

包石头是一个非常有爱心的人。他平时非常关注流浪救助工作。他深入基层调研时，经常在各旗（县、市）发现有流浪人员流落街头。他要求救助站的工作人员坚持每天巡夜到深夜 12 点，发现流浪人员及时救助。2016 年临近春节的一天夜里，包石头检查基层值班情况，在他回办公室时，发现盟行署大楼门前有一个人躺在棉被里，在寒冷的黑夜里没人管。到近前一看好像是一个病人，他马上组织救助站的工作人员把这个人送到兴安盟人民医院，一检查才发现，原来这个被遗弃的人被严重冻伤，四肢已经全部冻坏。医院诊治的结果是必须马上进行截肢手术，包石头听后毫不犹豫地表示救人要紧，医药费由民政出资。等到这个人经手术苏醒之后一问才知道他是科右前旗牧区放羊的，冻伤之后，家庭无钱医治，被遗弃到盟行署大楼门前。牧民出院后，被安全送回家中。此外，包石头还非常关心兴安盟儿童福利院的孩子们，大年三十时常跟这些孩子在一起过年吃饺子。目前，儿童福利院收养孤儿 35 名，最小的 2 周岁，最大的 20 岁。

传递党的温暖，构筑全方位救助管理保障体系，这是包石头真情爱民的诺言。兴安盟是省际和盟内外流浪乞讨人员重要流经中转地。一直以来，盟委、行署始终把城市流浪乞讨人员救助管理工作作为社会救助体系的重要组成部分，纳入党政班子考核之中。盟行署出台了《关于进一步强化生活无着的流浪乞讨人员等特殊群体救助管理的实施意见》，建立了联席会议制度，明确了相关部门的职责。在日常救助管理工作中，把精准救助作为根本目标，使全盟救助管理工作取得了较好成绩。首先，包石头充分发挥盟救助管理站的“头雁效应”，把救助管理站打造成温馨、干净、安全的救助之家。2017 年，盟救助管理站围绕受助人员“生活、学习、娱乐、医疗”等需要，更新了两台业务专用救助车；安装了高清监控系统，对受助区实施24小时全方位监控；进行了院内环境的绿化美化，重新装修了食堂、观察室，更换了沐浴器材、房门等，让救助对象入站后就能体会到家的温馨；对进站救助对象提供洗一次澡、换一次衣服、理一次发、谈一次心和做一次教育的“五个一”服务，提升服务质效。同时，还积极为基层救助管理站提供业务指导。过去，旗（县、市）救助站经办能力差、中央补助资金寥寥无几，救助管理工作边缘化。为解决这一难题，包石头创新资金分配方式，不单纯从救助数量分配资金，而是从实际需求出发，解决实际问题，给予旗（县、市）足够的救助经费开展救助管理工作。盟救助管理站采取“走出去、请进来”的办法，深入各旗（县、市）救助站，在规范规程、受助人员档案管理和提高经办能力等方面进行有效指导。他们还利用救助管理工作中遇到的特殊典型救助案例，以案说法。

创新救助方式方法，完善救助管理体系，这是包石头真情爱民的实践。主动救助，完善救助管理措施，这是包石头迈出的第一步。他把街头流动救助作为变“被动求助”为“主动救助”的突破口，安排人员和车辆开展经常性巡回救助。每年冬季开展“寒冬送温暖”专项行动。充足准备“御寒衣物、各类食品、饮用水、药品”等救助物资，安排救助车辆24小时巡回救助，随时做好突发疾病、突发情况的应急救助准备，确保流浪乞讨人员生命安全和合法权益得到保障。在专项行动中，全盟救助机构齐头并进，旗（县、市）民政局分管领导带头引领，深入一线、行动在前。妥善安置多位长期流浪的疑似精神异常的救助对象，多方努力落实了他们的户籍及相关政策待遇，让他们老有所养、病有所医。延伸救助，从源头上解决问题，这是包石头迈出的第二步。他对长期流浪的救助对象进行了深入了解，并与其户籍地政府相关部门积极联络，主动配合，将救助管理工作的难题各个击破。2017年3月31日，一位聋哑老人在兴安盟当地的高速公路上被巡逻交警发现。当时，老人背一个黑色双肩包，里面只装了少量衣物，没带任何身份证件。由于老人是聋哑人，又不识字，与其沟通有很大障碍，交警将老人护送到当地派出所，派出所又将其送到兴安盟救助管理站。工作人员先后两次请专业的手语老师与老人交流，老人还是无法表明自己家在哪里。工作人员在全国寻亲网发布寻亲消息，积极联络公安机关进行DNA样本比对，通过人脸识别检查等手段核查老人信息，结果再次落空。无奈之下，工作人员让老人观看电视节目、在网上浏览各地场景、特色习俗和美食等信息，希望以此确定老人的住址范围。在此期间，根据老人生活中所反映出的细节，四位救助管理站的工作人员带老人利用近 10 天的时间，前往疑似地确认住址，最终仍然徒劳而返。7 月初，拿到第二次 DNA 样本比对结果，均没有能与该老人的样本匹配数据。由于聋哑老人滞留在站已超过三个月，按民政部门的相关规定，经协调，救助管理站将老人安置到发现地的敬老院。后期，兴安盟救助管理站继续与有关部门积极协调，为老人解决了户籍问题，真正把延伸救助落实到位。提升寻亲服务，构建全方位救助体系，这是他迈出的第三步。包石头深知新形势下做好信息宣传工作对促进救助管理工作的重要性，因此，他下大力气切实加强了对信息宣传工作的组织领导。各旗（县、市）在市区繁华街道设置安放救助引导牌，公布了救助原则和 24 小时求助电话及救助站地址。通过兴安日报社主办的兴安日报官方微信平台、家在兴安微信平台、今日头条、美篇自媒体平台以及全国救助寻亲网、DNA 比对、公安协助查询等多种渠道，帮助救助对象寻亲并及时回家。通过全方位的宣传报道，人民群众对民政救助管理服务工作有了明确认知，积极配合救助管理工作的开展。

七

“三措”并举推动社区建设，是包石头抓民政工作的重中之重。

兴安盟地处大兴安岭中南段，是国家重点扶持发展的老、少、边、穷地区之一。近年来，随着经济不断发展，越发注重社会管理，坚持经济发展与社会管理工作同步规划、同步实施，加强领导、健全制度，特别是把社会治理体系创新的着力点放在社区一线，采取三项措施，实效明显。

通过几年的努力和实践，居民有了认同归属感。“三措”并举推动社区建设，一是阵地建设收拢了人心。兴安盟有城市社区 99 个，辖区人口近百万，但用“一间破房子、两张破桌子、三个老婆子”“守摊子、发单子、扫院子”来形容过去的社区工作环境及状况一点不为过。社区干部在居民心目中就是多事添堵，而今却不同了。王大爷是红通社区的居民，从领导岗位上退下来后，闷闷不乐，不是今天跟老伴拌嘴，就是明天嫌儿子不好。老伴说，社区活动用房建起后成了他的乐窝窝，早餐后忙不迭地走了，家里清静了许多。宇科社区每天都热闹非凡，图书室、棋牌室、健身房、书画室等，集聚了不少老年爱好者，特别是一楼大厅编练出的节目，经常参加有关部门举办的演出活动。社区活动场所建设，拉近了居民与社区干部的关系。光明社区郑德有老人说，工作了大半辈子，退下来后感到失落，没有什么地方可去而原工作单位又不愿意去，社区有第二次找到家的感觉，又给了老人与社会沟通交往的机会。从事多年社区工作的乌兰社区居委会主任尤凤仙说，过去社区干部入户摘调查真是门难进、脸难看、事难办，现在不一样了，老百姓很热情，什么事情都愿意跟社区工作人员唠一唠。2013 年以来，在盟委、行署的高度重视下，兴安盟城镇社区基础设施建设有了突破性进展，尤其在 2015 年开始，利用三年的时间，通过新建、改扩建、购置等方式解决了 31 个城镇社区用房问题，从根本上解决了兴安盟以往城镇社区基础设施建设相对薄弱的困难局面。目前，全盟共有城市社区 99 个，社区办公用房和活动场所都已达到自治区统一标准，占比 100%，其中：300 ～ 500 平方米的 11 个，500 ～ 2000 平方米的 79 个，2000 平方米以上的 9 个。社区基础设施建设日趋完善，“一站式”服务窗口与信息化服务相结合，科学网格化管理构建和谐社区。包石头一直强调，尽管兴安盟是贫困地区，只要群众欢迎和需要，就要想办法去做，而且一定要去把它做好。二是服务下沉使社区群众办事方便又快捷。服务下沉，聚集了人气。过去提起居委会在哪儿，多数居民不知道，现在连孩子都能告诉你。原因是有吸引不同群体活动的场所和快捷的办事窗口。文化部门在每个社区建起了文化服务站，定期组织辖区内的居民开展文体娱乐活动。卫生部门在每个社区建起了卫生服务站，经常开展寻诊问诊服务。警务室的建立使居民有了安全感。特别是社区服务大厅开设的窗口，几乎囊括了各个部门的业务咨询范围，居民足不出区就可以了解到自己所要办事的程序。有两件事让居民欢喜：第一件事是社会救助进入了社区。在社区里设立办事服务大厅，增加民政社会救助服务窗口，提供政策咨询、委托办理低保申请、申请临时救助等业务。第二件事是社区养老暖了百户千家。建起的日间照料中心，使社区内的老人们有了休身安心的场所，热情周到的服务，也使外出工作的儿女们安下了心。12349 社区为老服务信息平台，开通着 24 大类 100 余项业务，全天候为社区居民提供服务，并为每一位老人无偿配备了一部智能手机。老人在家拨打电话就可以享受订餐、家政、维修等一系列服务，发生摔倒意外事故时可按紧急呼叫键寻求帮助。三是提高报酬让社区工作人员干劲足。包石头在社区调研时发现社区工作辛苦、待遇低，难以留住人才，也稳定不了现有工作人员的心。为建设稳定高素质的社区工作队伍，每年投入专项资金提高社区居委会成员和社区专职工作人员的岗位报酬和津补贴，月人均增加 450 元。按照基础报酬、岗位报酬、津补贴和年限补助四项又进行了规范。其中：基础报酬在当地上一年度最低工资标准 1050 元的基础上增加一倍；岗位报酬主任月增加 500 元、副主任月增加 300 元、委员和专职工作人员增加

200 元；津补贴每人月增加 300 元；年限补助每人月增加 25 元。增加后的社区居委会成员和社区专职工作人员的月报酬待遇平均达到 2800 元，比原来的 1300 元翻了一番还多，并为他们每人缴养老、医疗、失业、生育、工伤“五险”。报酬待遇的提高，极大地调动了社区工作人员的干劲。不仅如此，还吸引了许多有志之士和大学生来社区工作。

多年来，包石头勤政为民，奉献为民，把全部精力倾注到了人民群众的事业中，把感情全部融进了人民群众的身上，把汗水流进了为民服务的点点滴滴中，在民政事业岗位上留下了许许多多的感人事迹。

她是夕阳中的一抹暖红

——记辽宁省盘锦市双台子区社会福利院党支部书记于素玲

夕阳中，她挽着老人的手臂，徐徐走在落叶缤纷的林荫道上。落日余晖投射在老人脸上，照亮一片祥和的微笑，她也由衷地笑了，笑得那么灿烂，如晚霞漫天。她伸出手，轻轻帮老人捋顺耳边的白发……她，就是辽宁省盘锦市双台子区社会福利院党支部书记、院长于素玲。她曾多次被评为辽宁省“三八红旗手”“辽宁省劳动模范”“服务群众好党员”“全国优秀党务工作者”。10余年里，她以福利院为家，不怕苦累，悉心照顾院里的老人们，在当地传为佳话。

勤跑腿儿、多付出，招商引资发展区域经济

2000年，于素玲任盘锦市双台子区建设街道铁西社区书记、主任。几年间，她凭着实干、热情、韧劲，为全区的招商引资工作作出了突出贡献。社区工作人员在她的带领下共引进企业33家，实现引资额4100万元，实现入库税金530万元。

在于素玲招商引资的突出成绩背后，有着许多感人的事迹。那时，铁西社区位于盘锦市的老城区　　双台子区，老城区这些年因多方面的原因，经济一直处于全市较低水平。为了实现全区的经济腾飞，招商引资成了全区工作的重点。作为最基层的社区主任，于素玲那几年也始终把这项工作作为一项中心工作来抓。她认为，招商引资、发展经济是改变老城区落后面貌的重要途径，也是兴街富民的最好出路。为此，于素玲总是带领同事们动员亲戚、朋友、同学，积极投入到这项工作中。

有企业才有投资，为了留住企业，于素玲出钱又出力。一家企业因缺少资金周转而犯愁时，于素玲带领社区的同事们集资12万元为企业解燃眉之急。2000年春节前夕，于素玲得知千辛万苦引来的一家规模较大的企业，由于在办

理手续时出了问题，不准备在双台子区注册，便赶紧去办事处找领导，想办法留住这家企业。路上，由于心里急，跑得快，于素玲一下撞到居民晾衣用的铁线上，强大的反作用力把她弹了回来，又重重地摔在地上，当即昏了过去。过路的居民发现了她，把她抬回办公室，她醒来的第一句话就是："不要管我，快到办事处，找张书记、卓主任，让他们想办法把企业留住。"说完，又昏了过去。当她再次在医院的病床上醒来时，第一句话又是问企业留下没有？经医生检查，她嘴唇裂伤，缝了5针，头部摔成蛛网膜下腔出血。医生要她住院观察两个月，可仅住了半个月，于素玲就又上班了。如今，她的嘴唇上还有明显的疤痕，同事们开玩笑说："于书记得了招商引资病。"有时，丈夫也埋怨她："招商引资差点把命送上，你图个啥？"她知道丈夫是心疼她。自从她到社区工作后，整天走街串巷，把精力和时间都放在了社区，很少有时间顾及亲人和家庭。对此，她内心充满愧疚。可当她看到引进的企业在双台子区兴旺发展、社区红红火火时，又感到由衷欣慰。

社区居委会每天都承担着大量的工作，于素玲认真履行社区干部的职责，把居民的矛盾纠纷化解在基层，防止了矛盾激化，维护了社区和谐。在社区道路工程改造过程中，由于社区内小广场的面积太小，要将一片草地清理干净改造为小广场。在修整草地的过程中，于素玲参与到工程队的劳动中，身先士卒与民工们一起顶着炎炎烈日起早贪黑地拔草拣砖，搬石开道……在持续的劳动中，她却积劳成疾，颈椎部位严重拉伤，加上她原有肩周炎的毛病，旧病新疾接踵而至，她却咬着牙硬挺着到了工程结束才去医院。

在社区没有于素玲不操心的事，东家婆媳不和了，西家邻里纠纷了，今天下水道堵了，等等，她都要跑去调解和解决。在调解纠纷时，她总是让双方换位思考，将心比心；在解决问题时，做到一碗水端平，慢慢地她在居民心中有了很高的威信。

不怕苦、不怕累，里里外外亲力亲为

为了带动社区工作者们积极营造和谐社区，于素玲以身作则，事事亲力亲为，早来晚走，巡查走访，把百姓当家人，记了十余本民情日记，把老百姓的事儿每一件都放在心上。"电话不关机，有问必答"，这是于素玲对自己的要求。"老百姓信任你，有事儿才找你，你不给好好办，还能叫百姓的贴心人吗？咱得对得起老百姓的信任啊。"于素玲说。

2002 年 5 月，于素玲肝部经常疼痛，患了血管瘤去北京手术前，正赶上社区 5 号楼的下水管道堵塞，脏水四溢，给居民出行带来了极大不便。原施工单位面临破产，根本无力受理。在这种情况下，于素玲推延了手术时间，在确定了由各户出资共同修建的方案，个别居民不认可拿钱时，于素玲又忍痛楼上楼下做工作，希望大家能够理解。在她的努力下，居民们都主动把钱送到了社区居委会，下水管道也很快修好了。去北京那天，50 多名居民自发赶到火车站为她送行。病痛都没能让她哭过，可这个场面她落泪了。她觉得群众的理解是对自己付出的最好回报。在医院等待手术的日子里，她听说医院所在社区管理工作搞得好，就让丈夫把人家的经验资料借回来看。虽然由于天气等原因手术没做成，但于素玲却学到了社区管理的好经验。返回盘锦的第二天她就又上班了。这样一拖再拖，直到 2005 年 3 月才在沈阳医大做了手术。瘤拿出来的时候已经破了，专家说她捡了一条命。于素玲出院在家休息时，通过电话与社区沟通，部署工作。不到一个月，她就又投身到了工作当中。

社区内下岗职工逐渐增多，于素玲心急如焚，带领下岗职工再就业又成了她的主要工作。

她对辖区内的下岗职工人数、经济状况、求职愿望和再就业状况进行了调查。针对社区内下岗女工多、年龄大、没有一技之长的现状，她多方筹措，先后建立了“三八服务站”“家政服务站”“就业指导站”，为下岗职工特别是女职工提供再就业培训指导。她还翻阅报刊、看广告，为下岗职工提供就业信息；对安排的每一名下岗职工，服务站还跟踪服务到适应新岗位为止。

为了让社区内的几位年纪较大、生活困难、就业无门的居民找到工作，于素玲带领同事们调动了各种“关系”。张素杰下岗后，一直找不到工作，身体又不好。得知此事后，于素玲找到了自己开烤肉店的朋友，说明情况，虽然觉得张素杰不符合自己店里的条件，但朋友还是被她的热心所感动，将她安排到后厨，月薪 800 元，还帮她的丈夫在钢材市场找到一份月薪 1000 元的工作。

尽孝心、服务好，她是老人们的“贴心小棉袄”

2011 年 11 月，因工作需要，于素玲到双台子区社会福利院任党支部书记。福利院收养的都是“三无”人员、“五保”对象和孤儿，他们大多性格孤僻、怪异，有的还患有疾病。起初，于素玲发现自己无法与他们沟通，为了尽快进入工作角色，于素玲每天早上班、晚下班，虚心向老同志学习，阅读老年人心理护理方面的书籍，陪老人散步、聊天，摸清每一个老人的脾气、秉性，了解老人的心理、想法，熟悉老人的喜好和需求。

于素玲不光孝敬老人，也真心疼爱孩子们。福利院里有 4 名孤儿因身患重病被父母遗弃，最大的 8 岁，最小的 2 岁。逢年过节，于素玲就会把孩子们带回家，让自己的孩子陪他们一起学习、游戏，并亲自给孩子们包饺子，做一些平时不常吃的美味，让他们感受家庭的温暖。带他们到商场，自掏腰包给他们买衣服。带他们到理发店理发、到浴池洗澡。于素玲还经常带着孩子们为院里的老人做力所能及的义务劳动，教导孩子们尊老敬老，弘扬中华传统美德。要常怀感恩之心，努力学习，自立自强，成长为自食其力对社会有用的人。

福利院孤儿中唯一的男孩党光明无比激动地说：“过去每逢放假，我们都和其他孩子一样，继续在孤儿学校待着。于妈妈来了之后，我们每到假期就回来，是于妈妈让我们有了家。这是我们做梦都不敢想的事情，但是现在梦想成真了。”

在福利院，于素玲被老人们当作“贴心小棉袄”，孤儿们叫她“党妈妈”。为了让福利院的老人孩子吃得健康、住得舒适、生活得开心，于素玲先后筹措资金修缮老人浴室，完善监控设施，购进大型工业洗衣机，改建晾衣房，建凉亭。食堂配备了饺子机、烙饼机，更新了冷藏柜、消毒柜。医务室聘请了有专业资格的医务人员，配备了消毒锅、氧气袋、急救药箱等医疗器械。各楼层走廊内张贴了喜闻乐见、通俗易懂、图文并茂的宣传板，让大家在欣赏图画的同时潜移默化地提高爱院、环保、文明意识。

福利院里的老人孟凡云说：“自从我来到福利院，于书记每天早晨都来‘问安’，在家谁来问呀！儿媳妇来接我回家，我说我可不回去，谁家天天中午四个菜啊！”

不怕脏、不怕麻烦，她把每一位老人都当亲人

除了管理好福利院的人员队伍，设备、饮食，于素玲始终把院里的老人们当成自己的亲人。2014 年 3 月，李桂霞老人的老伴血栓加重送去医院治疗，回院后基本上是半卧床状态。于素玲考虑到老两口身体都不好，就安排护理员 24 小时看护。

赵丽老人 73 岁，双目失明，来福利院之前老人一直心里不太踏实。入院后，老人体会到了完全不一样的感觉。赵丽老人有一个吃完早饭就小便的习惯。

有一天，恰巧护理员去给别的老人喂饭，赵丽就憋着等护理员回来帮忙，这时她听见脚步声，就喊一声：“小张？”“我不是小张，您喊小张做什么呀？”老人听出是于素玲的声音说：“我要小便。”于素玲说：“我来帮您。”还有一天，于素玲来到她房间，看到她床边便盆没倒，马上拿出去倒掉了。

现在，赵丽老人已经完全适应了院里生活，而且把于素玲当成了贴心人，她虽然看不见，但一听脚步声知道是于素玲来了，就特别开心。

李振友老人80岁，身体硬朗，说话响亮。他来院之前，自己走遍了全市的敬老院和福利院，最后选择了双台子区社会福利院。生活了一段日子后，李振友感觉自己的选择太对了。老人有一个长年坚持做老年健身操的习惯，于素玲看老人做得非常好，就让他当起了老年健身操教练，带领院里的老人们每天早晨做操。老人的长处得到重视，自己的余热得到发挥，非常自豪地说：“我现在活得有信心、有乐趣，开心、顺心，福利院就是我的家。”

赵兰英老人94岁，双目失明，但她说话很清晰。在问到于素玲对她怎么样时，老人双手拍着说：“于书记好呀，天天都看我，因我看不见，就用手摸摸我。人老了难呀，在这儿好呀，我的衣服里外一天一换，每天早上都洗头。”老人说：“只有听到于书记声音才安心，一天听不到于书记的声音，我就想她。我心里有她，她心里有我呀。”于书记对她的好、对她的关怀成了老人心中的依靠。

刘素英老人89岁，四川人。2013年9月的一天深夜，老人突然发病吐血，接到报告后，于素玲立即安排工作人员将老人送往医院。经过几天的抢救，老人仍处于昏迷状态，医院下了病危通知，说：“病人只能用输血来维持生命。”刘素英有一个养女，家庭条件不好，在得到医院的通知后，决定放弃治疗。而由于院里资金紧张，在交了两次住院费后再拿不出钱来。于素玲看着躺在病床上的老人，坚定地说：“刘姨身在福利院，我们就是她的儿女，只要有一线希望，我们就一定要想尽一切办法医治，不放弃，需要多少钱我来拿。”又经过几天的抢救，奇迹出现了，老人被从“死神”手中夺了回来。老人流着泪激动地说：“是于书记给了我第二次生命啊！我永远不会忘记于书记的大恩大德。”

宋真林老人75岁，老伴大脑萎缩，没有知觉。在家自己照顾挺费劲，便有了到敬老院的想法。儿女陪他选了好几个地方，自第一步走进双台子区社会福利院，老人就相中了这里，院里有鲜花、绿草、青菜、树木，楼里干净、整洁、清爽、无味，老人当时就决定选这儿了。

最让宋真林老人感动的是，针对院里大多数老人体弱多病的现状，于素玲专门召开会议，研究方案，制定食谱，每天早上给老人们炖骨头汤、鸡汤来增强老人的体质。科学的饮食真的有了效果，宋真林老伴的身体渐渐地好了起来，连臀部的大脓包也消失了。于素玲还天天来陪他老伴说话，按摩她的手，帮助恢复知觉，现在宋真林老伴的手已经能抓东西了。

新环境、新做法，福利院变成“温暖的家”

2017 年福利院乔迁新址，新址坐落在辽河新城，东依新城怡景小区，南望盘锦火车站，西邻城市之星，交通便利。占地面积 2.6 万平方米，建筑面积 1.4 万平方米，绿化面积 0.8 万平方米，床位 300 张，可为生活自理、半自理、不能自理的老人提供服务。2017 年 5 月 28 日搬入并使用。

与此同时，福利院引进应用物联网技术和智能信息技术，实现老人定位求助、跌倒自动检测、卧床监测、失智防走失、行为智能分析、自助体检、运动计量评估、康复训练等服务，打造智能养老新模式。智能化系统运行结构简单，易操作、易维护，减轻了护工劳动强度，降低了护理风险，减少了人力成本。

在于素玲多方奔走努力下，福利院与当地卫生部门联手，建立医养融合照护模式，为老人提供基础医疗服务，使老人小病不出院就能接受诊疗、治疗服务。福利院还设有健身室、书画阅览室、手工坊、康复疗养室等功能设施。在心理服务上经常与老人沟通，给予心理安慰；在文化生活服务上，定期开展丰富多样的文化活动，并邀请社会爱心文艺志愿者来院慰问演出。

与此同时，福利院代养社会老人、供养城乡特困人员。福利院真诚服务于社会，呈现出了管理有序、服务优良、儿童幸福、老人满意、团结拼搏、开拓进取的大好局面，创造了良好的社会效益和经济效益，逐渐成为传播正能量的窗口单位，得到了社会各界的认可。先后获得辽宁省民政厅养老机构达标单位，盘锦市学习郭明义先进集体、养老服务示范单位，盘锦市双台子区文明单位、先进基层党组织等荣誉称号。

除了抓管理，于素玲带领工作人员细心照顾老人们的生活。“在这里我有了家的感觉，这些闺女可好了，带我看病，给我买药。我吃得香、睡得香，是党的政策让我过上了好日子，我真的很幸福。”73 岁的蒋吉建说。

蒋吉建是 2017 年 9 月入住双台子区社会福利院的，曾经的生活贫苦与不幸在他的脸上留下了深深的印记。他无儿无女，因为一次意外失去了一条腿，行走困难，肾脏不好做过一次手术，还因为尿道发炎一直疼痛难忍。来到福利院的一年多时间里，福利院给他配备了轮椅、拐杖，方便他行走。护理员和院长还带着老人去了医院做检查。回忆着过去，对比起现在，老人脸上挂满了笑容：“以前我天天疼，根本没办法活动，也没人照顾我，到了福利院，这里像家一样，有人提醒我按时吃药，定期有人给按摩；冬天屋里有暖气，开春了，这些闺女还能推着我出去晒太阳，真是来享福了。”福利院给老人买了新衣服，衬衣、马甲、棉袄、袜子……“从里到外全是新的，这里还常常有好心人来慰问，给我们演节目，护理员孙玉梅经常陪我聊天，帮我剪指甲……可细心了。”蒋吉建说。

刚刚出院的刘文发老人患有心脏病和哮喘。原来在家时，就近的两个药店都搬迁了，感冒药都没处去买，更别说生病去医院了。刘文发无依无靠，到福利院一年多了，生病了有人能及时把她送到双台子区医院。福利院的工作人员帮助她办理住院手续，全程陪护，把她照顾得无微不至。于素玲得知她住院期间想吃饺子，还特意为她包好送去。为了饭菜能合她的口味，每天护理员都把福利院做好的饭菜送到医院病房里喂刘文发吃。

在福利院里，像蒋吉建和刘文发这样的老人还有几十个，这个特殊的“大家庭”里大多数是残疾、半自理、无生活来源、无劳动能力、无人赡养的老人。“没有爱心，没有奉献精神的人在福利院是待不下去的，我们的工作人员舍弃小家顾这个大家，用自己的一片爱心，24 小时守护在老人们身边，让他们在这里老有所养、老有所依，幸福地安度晚年。”于素玲说。

在于素玲的感召和影响下，有多位爱心人士参与了福利院的“助养老人计划”，他们常常来给老人们送食品、洗漱用品、床上用品等，进一步改善老人们的生活。不光如此，为了让福利院里的老人们能在晚饭后到院内散步、健身，双台子区政府特别购买了院内的各色彩灯、街灯，开展福利院亮化工程，为老人夜行提供方便。2018 年 3 月，福利院又购入了一批智能床垫，在老人们卧床休息时，能随时监护血压、心跳等各项指标，在电子屏幕上一一显示，为护工们更好地照顾老人身体提供依据。

抓党建、勤学习，党员队伍有了新面貌

双台子区福利院里的老人都是政府收留的“三无”人员，更多的是智障老人。“老人不愿待、职工不愿干”是当时福利院流行的顺口溜。

福利院最初只有 5 名党员，是一个名副其实的“小小党支部”。但于素玲

相信，就算是再小的细胞也要健康起来。她从制度建设入手，健全完善了党支部“三会一课”、组织生活会、班子和支部党员双述双评、党员活动日等40余项规章制度，把思想政治建设的“从严”要求落实到每一名班子成员和支部党员身上。

她还主动将入住老人中的老党员全部纳入党支部。老党员们党性很强，敢说、敢管，于素玲就组织他们成立“院务监督会”，参与院务谋划并对执行进行监督评价，老党员的余热得到了充分发挥，全院工作人员政治素质和业务素质得到了很大提高，老党员也找回了组织归属感。

她制作了“党员亮相台”、党务公开展板，开办了“廉政小广播”，每名党员“闪光”的镜头都会被记录下来。于素玲常说：“老人们生活品质提不上来，就是我们支部工作的最大失职。”于是，福利院的“老年幸福年、老年提高年”活动相继开展。伙食全部营养配餐，一日三餐不重样；重新装修老人浴室，安装暖风，购入太阳能热水器，配备休息床、安全扶杆；护理员全员参加民政部举办的养老护理员等级培训；聘请医院退休医生担任医疗护理室主任，确保“小病不出院，大病不耽误”；每周三次为老人放映电影；举办老年趣味运动会；组织老人春游、秋游；办起老年大学；组织各种形式的联欢会、老少同乐会、联谊会……老人找到了“无家胜有家”的感觉。

与此同时，面对楼道里、楼梯间多年沉积的尿渍污渍，她用铁刷子一点一点地擦拭，一个缝隙都不放过。7天的时间，用了16把铁刷子，磨破了膝盖，角落里刺鼻的臭气不见了。面对缺资金、缺物资的窘境，她与7家企业结成共建单位。老人的被褥定期更新，生活用品一应俱全。香瓜刚一入市，她自掏1000多元买来给老人尝鲜；重阳节时，她自费3000多元给老人包牛肉馅饺子；她自费资助福利院的儿童读书，自费给老人们添置衣物。她舍得在老人身上花费，却从没有公款请职工们吃过一顿饭，乱花社会捐助的资金一分钱……

她还发起“爱心奉献一小时”活动，每天利用一个小时与老人谈心、帮老人打扫卫生，整理床铺。她组织开展“让真情温暖老人心”亲情活动，在“母亲节”“父亲节”“重阳节”等节日，邀请老人家属、爱心人士在院里吃团圆饭。

王庆发老人性格孤僻、暴躁，她天天与老人谈心。老人发火时她耐心劝说，老人想吃鱼时她自己掏钱买来做好，最终用孝心感化了老人。宋桂云老人瘫痪在床，于素玲就经常去老人房间为她按摩，一做就是两个小时。老人感动地说：“就是亲闺女也未必能做到这样。”

勤思考、多用心，她让为民服务不空谈

作为一名基层人大代表，在参加会议审议有关议题和人大组织的活动时，很难做到对每一个事项、每一个方面都熟悉，所以她把更多的精力放在自己熟悉的社会养老领域。因为在福利院工作，所以她特别关注护理员的培训和老人们的保险问题，多次去其他福利院、养老院调查走访，了解老人生活的现状、意外伤害的处理情况等，在调查过程中遇到疑问时，她都细心了解，耐心询问。

随后，她把调研结果及自己的建议整理好及时提交给调研小组，及时向市人大常委会反映，引起了市人大常委会的高度重视，有力地促进了全市农村养老事业的健康发展。当选人大代表四年来，她先后在市人代会上提出议案、建议多条，大部分都得到了相关部门的认真办理，收到了良好的社会效果。

在工作中，于素玲无论要求什么、做什么，都是以身作则，率先垂范。她要求职工 8 点到，自己 7 点前就到；她要求大家处处严格，自己就事事抢在前头做。她常说："支部是脊梁，党员是标尺。"要想让福利院方方面面都像个样儿，必须发挥党支部作用，把党员们调动起来。

为了丰富老人的精神文化生活，于素玲专门为老人们请来书法家、绘画老师、手工老师，教大家学书法、学国画、学剪纸……邀请老年大学老师，组织老人们自编、自导、自演，开展文化娱乐活动；每逢有老人生日，就集体为其祝寿，唱生日歌、吃长寿面。2017 年，她还组织了健身操队、棋牌队、舞蹈队，让老人自娱自乐，尽情享受天伦之乐……通过这些活动，让老人的心灵得到抚慰，无忧无虑、开开心心地生活着。

于素玲实施员工以岗定人，以分数定奖惩，严格执行《绩效工资制度》《职工奖惩制度》《卫生监督检查制度》，月末汇总排序公示，实行末位淘汰制。设立了"和谐团队星级管理监督台"，强化每个人的务实奉献精神，切实做到工作有标准、考核有依据、奖惩有落实。她组织成立了培训基地，长年对社会上有想加入护理行业的人群进行培训，特别是解决一些大龄妇女就业问题。强化职业道德教育，认同"以爱相随、用心服务、以老为尊"的理念文化，对服务态度、服务质量力求完美，对老人力求包容。

于素玲制定了《福利院养老员管理细则》，评选老人代表进入院务管理委员会；组长、楼长轮流执勤；个人、寝室均实行五颗星动态管理；组织老人种

植蔬菜，打理花园、果园；积极开展“我运动 我健康”评比活动，形成了良好风气。

用真心、动真情，做好百姓代言人

2016年，于素玲被选为辽宁省人大代表，她深刻地意识到当代表并不是开开会、举举手那样简单，要做人民的“代言人”，要拿出有价值的提案，这才是一个合格的人民代表。

为了更好地扛起肩头的重担，她满心满脑地就是学习，想方设法地精熟业务，学习党的路线方针政策和宪法、代表法、组织法、选举法等法律法规，只要是能够从中汲取做好代表工作的营养知识，能增强工作本领的书籍她都看。在学习过程中，也遇到过很多“拦路虎”。有些知识生僻，身边的人也不懂，没法请教，她便报一个培训班学习使用电脑。除了自学之外，她还虚心向群众学习，跟群众交流谈心，到选民家中走访，认真倾听他们的意见和建议，收集整理后向有关部门反馈，跟踪处理过程。她积极向优秀代表请教，在参加代表活动的过程中摸索积累经验。

她认识到每一位代表的权利都是神圣而伟大的，不仅代表了自己的能力，也代表了人民的信任。只有尽心尽责，认真履职，才能配得起这份权利，才能对得起人民的信任。她把每次参加人大组织的会议、视察、调研、检查、评议和培训等活动，都看作是难得的学习机会，把做好每一项工作都视为对自己综合素质、工作能力的检验。人大召开的会议、组织的活动，她都积极参加，热情参与。通过多途径、全方位学习，她对人大代表的责任意识、公仆意识、法律意识有了更好的理解，对自己也有了更高的要求。

为了活跃老年人的文化生活，成立了老年大学。组织老人扭秧歌，每周一、三、五上午放电影，每周二、四、六开展书法、棋牌、文体活动。创办了“文化楼层”，让老人们看到院里的变化，提升全院的文明素质。

凡是要求工作人员做到的，她身体力行，率先垂范，用真情换真心。每个房间巡视，给卧床老人喂水，杯子脏了，亲自去洗。协助老人翻身，给老人按摩，做老人的思想工作。她把自己全部的心血都倾注在老人身上，只要有老人生病，她就守在床边。为了让老人们拥有一个花园式的环境，她带头拿着锹镐，铲地、植树、栽花、种院子，两个大手指因干活累成了腱鞘炎。于素玲常说：“老人的今天就是我们的明天”“只有你把老人放在心上，老人才能让你坐在台上。”她就是这样怀着对福利事业的满腔热忱，从点滴小事入手，用自己的真诚与爱心打动了身边的每一个人，得到了同事们的肯定。

汗水换来荣誉，“全国三八红旗手”“全国孝亲敬老之星”“辽宁省优秀党务工作者”“辽宁省劳动模范”“辽宁省‘五一’劳动奖章”“盘锦市第六届优秀青年”“盘锦市十佳社区主任”“盘锦市十大优秀女性”“盘锦市安置下岗女工再就业特殊贡献奖”。多年来，于素玲头顶上的这些光环，让人们看到的是一个活力四射的她，一个乐于奉献的她，一个不知疲倦的她，一个光彩照人的她。

送温暖、送关怀，让垂暮之阳不悲凉

身为院长，于素玲没有把自己凌驾于普通干部职工之上，经常以身作则。在她的带领下，全院职工时刻把老人的冷暖放在心上，经常走进他们中间了解情况、攀谈聊天，和老人们拉家常，消除他们心里的郁闷。逢年过节，也陪着老人过。天气晴朗的时候，带着老人一起外出踏青。老人们常说：“在福利院，我们感受到了亲情和温暖，福利院就是我们的家。”

89 岁的张惠珍老人突发中风，造成半身瘫痪不能自理。老人非常自责，经常跟她说：“对不起！又要给你们添麻烦了。我这把年纪了，给你们增加负担了。”为了消除老人的这种顾虑，于素玲经常开导老人：“正是以前您身体好没让我们过多地费心，现在您身体差了，我们更应该好好照顾您！您放心，我们知道您讲卫生，我们会每天帮您擦洗身子，保持清爽的。”

为了治疗老人身上的褥疮，于素玲经常跑到医院去请教，回来后亲自给护理员做示范，并每天和护理员一起给老人治疗褥疮。“三分治疗七分护理”，经过一个多月的不懈努力，老人身上的褥疮慢慢好了起来。为了避免老人再次长出褥疮，她带领护理员每天给老人定时翻身、擦身子，同时给老人开小灶，做病号饭，加强营养，增强老人的抵抗力。她自己也经常买些牛奶、蛋糕等营养品给老人吃。有一年冬天查房，她看到护理员戴着手套给老人擦洗身体，当时她试了一下水温，发现是温水，天气这么寒冷，用温水给老人洗澡肯定会着凉，她没有责备护理员，而是立即去打来热水兑进去，没戴手套帮老人洗澡。她的身体力行，使护理员意识到自己的错误。此后，为老人洗澡再没戴过手套。在院供养的老人都纷纷竖起大拇指，说没有见过她这样亲力亲为的院长。多年来，于素玲把福利院管理带进了新平台，入住率大大提升。在她的带动下，社会各

界爱心企业、团队积极捐款捐物，为双台子区政府解决了部分财政负担。

于素玲认为，孝，意味着回报。知恩图报，这是做人的基本准则。如果子女对给了自己身体的父母都没有感恩之心，那他又能回报谁呢？孝，意味着责任。“居则致其敬，养则致其乐，病则致其忧，丧则致其哀，祭则致其严。”这段话充分说明晚辈对长辈的侍奉关系。做子女的应该明确自己在家庭中的责任。孟子曰：“人人亲其亲，长其长，而天下平。”孝顺父母是宪法赋予每一个公民的义务。家庭是社会的一个细胞，只有家庭和睦了，社会才能和谐安宁。孝，意味着付出。长辈付出了毕生的心血，为了让长辈生活幸福，应毫无保留地为长辈付出一切。为了不让长辈操心，必须努力学习，不断完善自身；为了让长辈过上好日子，必须爱岗敬业，辛勤工作，孝顺长辈。

大发展、阔思想，信心满满促提升

目前，福利院可容纳 300 位老人。近年来，福利院通过融合“互联网 + 物联网 + 大数据 + 云平台 + 养老”技术，涵盖了接待管理、老人管理、服务管理、人事管理、床位管理、费用管理、库存管理、评估管理、统计分析等功能模块，家属可通过电脑或是 App 清晰明了地看到老人每天的身体情况、护理情况、日常活动、各项消费及可用余额，还能查看老人视频、照片，进行在线充值缴费，成为辽宁省首家智能化养老福利院，开启了双台子区智慧化机构养老新模式。

与此同时，作为党支部书记，于素玲充分发挥党支部的战斗堡垒作用和共产党员的先锋模范作用，充分调动干部职工的积极性。始终坚持政治学习制度，按期开展党务活动，经常组织业务培训，组织党员开民主生活会，集思广益，改进管理服务工作中的不足，使全院干部职工思想政治素质和业务素质有了很大提高，精神文明建设得到了进一步加强，更好地为老人服务。

2017 年，双台子区投入 110 万元对福利院的 12 个老人房间进行了试点改造，通过引入“互联网 + 物联网 + 大数据 + 云平台 + 养老”技术，将老人、老人家属、护理员、医务人员等无障碍联系在一起，以智能化代替人工化对需要关注的老年人进行实时数据采集分析与应急报警。为了掌握设备情况，于素玲和大家一起学习，不会就问，不熟就练。社会福利院当前使用的智能系统通过有线网络和无线网络进行连接，包括监护终端、数据收集分析模块、报警处理终端三大部分。其中，监护终端包括智能床垫、随意贴按钮、智能手环等设备，智能床垫可实现全天候无间断监测呼吸、心跳、睡眠、离床记录等数据，除在监控数据出现异常可发出报警外，周期性数据异常和老人离床20分钟以上时也会发出报警，监护人员可在第一时间发现问题，采取措施处置。于素玲要求护理员要眼勤、手勤、腿勤，服务老人不能怕麻烦。

福利院还给老人们配备了智能手环，手环除具备心跳等基本生命体征监护功能外，也具备报警功能，并配有GPS定位，方便老人在室外活动时应对突发状况。同时，护理员的胸牌、老人房间门前指示灯等设施也实现了网络互联，方便护理员在第一时间接到报警并准确找到老人位置。此外，各种智能设备收集的生命体征数据也可以作为医务人员开展医疗工作时的重要参考。

为了更好地服务老人们，于素玲组织全员定期学习，学习业务、学习操作、学习心理学，提升服务质量。福利院在管理服务上做到了让老人们小病不出院就可医治，并有专业人员照顾陪护，做到“医疗+养老”相融合的服务。同时，卫生服务站还为每一位老人建立完整而系统的健康档案，既帮助医务人员全面系统地掌握患者的健康问题及其患病的相关背景信息，也增进医务人员与老人的沟通交流，使医务人员作出正确的临床决策。通过长期管理和照顾病人，有机会发现病人现存的健康危险因素和疾病，有利于及时为病人提供科学规范的预防保健服务。“原来我这肩周炎总疼，颈椎也不好，总咔咔响，来了福利院半年多，天天下午有护理员给按摩，效果真不错，肩肘不疼了，颈椎也不酸了，幸福啊！”周莲玉老人说。

为了方便老人们的心理调节和法律咨询，于素玲东奔西走，四处联系，终于找到了专业的心理咨询机构和法律咨询中心，并让它们落户福利院，使得老人们能定期接受专业的心理咨询服务，遇到法律问题可以随时咨询，解决了老人的后顾之忧。

工作中，于素玲坚定不移地和党中央保持一致，坚决贯彻中央反腐败斗争的方针政策，坚持依法依纪工作。大局意识、责任意识、服务中心意识强烈。在重要工作和重大决策上，她作风过硬，吃苦耐劳，不畏权势，敢于碰硬。她以政治坚定立德、以廉洁从政立身、以爱民为民立本，坚持自重、自省、自警、自励，以身作则，言行一致，凡违反纪律和法律及超出原则的事，坚决不干，主动抵制来自各方面的不正之风，做廉洁勤政的表率。在个人品质上，坚持做到为人正直，坚持原则，严于律己，宽以待人，勇于开展批评与自我批评。她处处以集体利益为重，工作上顾全大局，从不计较个人得失，坚持扎扎实实干事，清清白白为人，自觉接受群众的监督。

无论是在本职工作的道路上，还是在人大代表的这条道路上，于素玲始终把自己放在人民公仆这个位置上，“急群众之所急，想群众之所想”，尽自己所能，争取做到最好！

于素玲，就是那夕阳中的一抹温暖的红！

担当诠释责任 奉献铸牢使命

——记吉林省假肢康复中心主任李艳梅

25 年了，从一个刚出校门对民政事业一无所知的大学毕业生，到吉林省假肢康复中心与吉林省颐乐康复中心养老示范项目的掌门人，李艳梅将自己最充实的一段人生钉在了民政基业上。

她以执着的信念铺陈着脚下的路，以青春激情见证着民政事业的发展，以善做善成的意志将生命融入工作，以百折不挠的毅力淬炼为民惠民的情怀。在她的心中，最美好的年华就是与事业一同成长，最坚实的人生就是初心永在善始善终。一路走来，她以工作历练心智，以信念成就梦想，用一个个坚实的脚步，印证着如何用担当诠释责任，用奉献铸牢使命。

把每一步都走踏实，用每一步砥砺初心

初心难忘。最初之心，就是好好工作，不负所学，不负青春，不负家人期望。毕业后来到吉林省假肢康复中心做劳资工作，对刚刚走入社会的李艳梅来说，民政事业宏大高远，而假肢康复则有意义却繁杂琐细。特别是劳资员的工作，既要熟练掌握行政条例，又要面对每一位同事员工。既关系到单位体制机制的顺畅运行，又涉及每一位职工的切身利益。管理上的政策条例既随时代发展而时有调整，又具有相对稳定的刚性原则。劳资员既要严格执行条例规则，又要兼顾每一位员工的利益诉求。这就要求在日常例行的工作中，吃透条例条文，熟悉每一位单位职工的履历和现状。好好工作，原本是最简单明了的愿望，却在实际工作中，让李艳梅体会到有多么烦琐复杂。

最深切的感受是没有捷径可走。李艳梅相信，这是她入门民政工作的必修课。好在年轻，好在好学，好在天生超强的记忆力。她将规则条文默熟于心，将每一份刻板的档案活化成每一位喜怒哀乐的员工同事。将条例中的人性关照

对应一个个各有所求的职工愿望。在单位体制与职工追求之间，李艳梅力争做到两相契合，多方认同。

好好工作的初心，在踏踏实实的学习与实践中，展现出一个个看似不起眼的常态工作，却直接保障了单位的良性运行与和谐氛围的局面。领导信任她，在每一次改革与调整的过程中，都会听取她的意见。员工们信任她，因为每一次涉及切身利益的当口，他们都相信李艳梅会设身处地为每一个人着想。领导没有了解到的，李艳梅会及时汇报提醒，员工们自己不知道的合理权益，李艳梅会为他们对应到位。就是因为她的心细如发，因为她的统筹平衡，赢得了单位上上下下一致的肯定，也赢得了单位管理上的顺畅和员工心态上的舒畅。

1996 年，为进一步深化省直机关单位住房制度改革，建立与社会主义市场经济体制相适应的新住房制度，实现住房商品化、社会化，吉林省下发了公房出售管理办法，吉林省假肢康复中心单位宿舍楼也在公房出售范围之内。这项工作涉及单位和职工的切身利益，别人都不敢接，单位领导找到她，刚刚参加工作 3 年只有 25 岁的她，怀着身孕接下了这项工作。作为第一批试点操作单位，没有任何经验可以借鉴。她一边吃透政策精神，一边协调相关部门做房子的地理位置和成本价测算。测算过程中她发现房子现有面积与测量面积不符，比测量面积小很多，她又找相关建设部门重新测量房屋面积，并分解到每家每户，为单位和个人挽回了经济损失。也正因为如此，单位信任她，职工也信任她，吉林省假肢康复中心成为全省最早完成公房出售改革的单位，得到省直机关住房制度改革领导小组的好评。

好好工作的初心，让李艳梅在实践中学到了很多东西。她懂得了在管理工作上，最难得的是人心，最可贵的也是人心。只有在自己的心里，装进每一位工作对象的心思，才能做到保障工作大局，激励员工热情。人心可为，人气可用，关键就在将心比心、暖心贴心、以心换心的工作，把每个人的意志和追求都凝聚在一起，成为事业发展的不竭源泉。

正是这些看似普通的条例条文、做表报表工作，让李艳梅收获了满满的信任和自信。她懂得了民政之路是工作更是事业，是责任更是使命。懂得了在民政基业上奔走的是一个个有血有肉、有志向有情怀、既平凡又不凡的人。与他们在一起，就相信自己是优秀群体的一员，相信自己与事业同行，走在了“民政为民、民政爱民”的大路上。

李艳梅爱上了民政，爱上了这条路和一同走过的群体。在这最初的基础实践中，她收获了经验，收获了肯定，也收获了赞许。自入职以来，李艳梅每年都被推荐为先进工作者、优秀党员。

而这一切让她觉得，就是再多的付出，也是值得的。

有信念斯有机遇，有担当斯有新局

2005 年，李艳梅被任命为吉林省假肢中心副主任，分管吉林省肢体伤残康复医院工作。在医疗体制和社会保障体制复杂多变的当口，肢体伤残康复医院面临着既要保证为伤残军人安装假肢、为残疾人员进行康复治疗及医疗保健服务，又要对社会开展医疗服务的双向业务；既要体现民政工作的公益性和政府社会保障的职能，又要开辟医疗服务社会，面向医疗市场自主经营的局面。双向业务面临着双向压力，李艳梅走马上任之初，正赶上多重问题叠加导致的效益日渐下滑，经营亏损严重。经营稳不住，职工的收入就稳不住。收入稳不住，人心就稳不住。一切仿佛都停滞了，都在观望，都在焦虑，都在期待。目光自然都盯在了李艳梅身上。

体制上的刻板和市场上的多变固然是陷入困局的因素，但李艳梅相信，直面严峻的现实，必须从凝聚人心入手，从改善管理入手。她与医院的各部门领导和职工谈心，以问题为导向，既分析现实困境中的外部因素，又从内部管理上想办法。既向体制改革要潜力，又向人心思变要动力。大环境也许一时难以改变，但小环境却可以盘活优化。人心齐了，心劲有了，李艳梅把大家的信心唤醒了。虽然资金紧缺，但信心比资金更有力量。她带领全院职工开源节流，自己动手，用有限的资金将医院装修一新。在整个装修过程中，李艳梅始终工作在现场。能调动各方资源的，她就四处寻求支持。能自己干的，她就和职工们一起上手。她相信，装修环境的过程，也是修复人心的过程。焕然一新的医院大楼对外展示的不仅仅是医院环境的提升，更是全院职工精神风貌的提升。

心劲鼓动着风帆，信心抓住了机遇。李艳梅工作在一线，吃苦在一线，率先垂范的工作作风感染了全院职工。为了让每个人都意识到自己的责任和利益所在，李艳梅在管理上充分民主，让每一个岗位都权责统一，让每一个职工都参与管理。她让财务把医院的成本分摊到每天报告给职工，职工每天根据收入情况自己算账，让每个人都站在当家人的角度考虑问题。这样一来，职工的心顺了，工作积极性高了，工作态度转变了，对待患者热情周到、服务规范，主动向市场寻求资源，用周到细致的医疗服务树立形象。

功夫不负有心人。李艳梅以不信东风唤不回的执着，以和全院职工共度时艰、苦熬苦干的精神，硬是把这样一个资金短缺、设备不完善、人才匮乏的小医院，从连年亏损，一变而为当年就扭亏为盈，且充满活力的二级综合医院。此后，医院补发了部分拖欠的职工工资，收入连续 11 年稳步上升，职工的工资也从以前发放 60% 到 100% 发放。

医院步入了正轨，如今已成为吉林省医保定点单位、长春市医保定点单位和吉林省新农合定点单位。医院下设内科、外科、中医科、妇科、肛肠科、康复科 6 个临床科室和电诊科、影像科和检验科 3 个医技科室，有医护人员 95 人，副高以上职称 8 人。多年来，医院按照大专科小综合的发展思路，以康复科、肛肠科和中医科为专科特色，通过引进人才和聘请专家坐诊，在长春市内三甲医院和民营医院竞争激烈的医疗环境下，争得一席之地。医院发展平稳，功能相对完善，服务专业规范，人性化、亲情化的医院服务体系已经形成。不仅为伤残军人提供了优质服务，社会影响力也日益彰显。医院医疗收入连续 11 年逐年攀升，从 2005 年的全年医疗收入 100 万元到 2017 年的 1200 万元，翻了三番。医院的肛肠科、康复科特色突出，在当地小有名气，在区域医疗系统中占有一席之地。2018 年初，借助《国务院关于加快发展国内康复辅助器具产业若干意见》文件精神，现在的省肢体伤残康复医院已经开始了改扩建工程，为打造医工结合为特色的东北三省综合康复示范基地做准备。

2011 年，李艳梅被任命为假肢中心党委书记，成为厅直属事业单位最年轻的正处级干部，并继续分管康复医院工作。李艳梅深知自己肩上这副担子的分量，上任后，她认真履行职责，从抓班子、带队伍入手，用党建带动提高党员干部队伍整体素质。她常说：“打铁还需自身硬，事业兴衰，关键在人，一个领导干部就是一面旗帜、一根标杆，领导的形象关系到本单位的精神面貌和工作局面，领导不是动力，就是阻力。”为此，她对单位的党务、政务、精神文明建设等一系列规章制度进一步进行完善，建立健全了党委集体议事制度、领导班子议事决策规则、领导干部联系群众、党员干部民主生活会制度等一系列规章制度，完善岗位职责，坚持用制度管人、管事。同时，强化制度的落实和督查，凡是拍板决定的事，坚决执行，凡是提倡职工做的，她首先从自己做起，不许职工做的，她坚决不做。党委成员无论工作时间还是业余时间，都能自觉地严格要求自己，平时做到分工不分家，补台不拆台，哪里工作重、任务重，力量就集中到哪里，工作有布置、有检查、有结果，做到了有令必行、有禁必止。由于工作表现突出，李艳梅先后被长春市卫生工作者协会评为优秀医院管理者，被吉林省直属机关妇女工作委员会和省直属机关工作委员会授予“省直机关三八红旗手”和“省直机关五一劳动奖章获得者”荣誉称号。

使命召唤担当，责任淬炼铁肩

2014年初，李艳梅被指派负责吉林省民政厅新建失能失智养老示范项目，即吉林省颐乐康复中心的筹建工作。虽然在民政系统工作了20多年，但如何建设一个规范的专业化养老机构，对李艳梅来说，却是一个全新的课题。更何况，吉林省民政厅高点站位，高标准要求，要建设一个以服务失能失智老年人为主，以养老与医疗服务相结合为特色，提供生活照料、康复医疗、专业护理、精神慰藉、临终关怀等服务于一体的机构养老省级示范项目。

项目太大了，标准太高了，对一直工作在假肢康复领域的李艳梅来说，这副担子显然是太重了。省民政厅领导要求，要对标国内一流的养老机构，要以专业化、规范化、现代化的标准，为今后全面展开的养老机构建设打造一个“样板间”。为此，厅领导提出在总体设计上，要体现四个特点：一是规模要大。项目总投资1.2亿元，占地面积5.4万平方米，建筑面积2.8万平方米，设计床位480张，由9栋单体建筑组成，是吉林省民政系统直接投资规模最大的养老服务项目。二是设施要先进。部分康复理疗的设备要从德国进口，配备的CT、彩超、DR、全自动生化分析仪等医疗检验、化验及康复设备，要做到在吉林省二级康复专科医院中配置最高。养老设施和室内外环境要在吉林省养老机构中做到最好。三是要体制创新。采取政府投资建设、委托社会组织运营的公建民营新模式，改变过去单一的公建公办的传统做法，体制要更活、效率要更高、服务要更好。既减轻政府运营负担，又保证项目的公益性。四是专业化要突出。计划设置8个功能区，要能够满足老人生活、休闲、娱乐、锻炼、医疗等多方面的服务需求。特别是要设立长春市颐乐康复专科医院，实现养老与医疗的资源共享，使“医养结合”成为中心的专业特色。

如此重的担子压在肩上，既让李艳梅感觉到责任，又激发了她负重前行，直面挑战的勇气。对于养老事业，她几乎是一张白纸。唯一能够支撑她的，就是一个共产党员的品格和信念。李艳梅知道，自己作为一名共产党员，在党的事业面前，必须抛弃一切顾虑，要按照习近平总书记的要求，勇于攻坚克难，苦干实干，在淬炼担当品格中争当实干“急先锋”。以“岂因祸福避趋之”的担当品格投入党的事业中去。只有这样，方能干出效果，干出实绩，干出人生精彩。

信念有了，勇气有了，接下来就是实打实、硬碰硬的克难攻坚。为了保证养老示范基地如期建成，发挥示范和带动作用，李艳梅和颐乐康复中心理事会成员一道，着手建设项目移交、设备安装、员工队伍招聘及培训和开业前的各项准备工作。为尽量缩短筹备时间、降低筹备成本，倒排工期，制订工作计划，移交工作和设备安装工作同时进行。工作任务重，她和同事们一道夜以继日，风里来雨里去。为了保证项目移交质量，她带着团队们上屋顶、下地沟、爬墙缝，查出包括土建、弱电、水暖等 10 个方面 2000 多个问题交给施工单位整改，为吉林省民政厅节省资金 300 多万元。在她的带领下，尽管人手少，整个移交工作仍保质保量顺利完成，筹备工作也提前准备就绪。2016 年 1 月 5 日，吉林省颐乐康复中心开始试营业，2016 年 10 月 18 日，该中心实现了高起点、高标准顺利开业。颐乐康复中心项目从立项、建设、竣工，到正式启动运营，历时 4 年多的时间。这期间，吉林省政府和省民政厅领导给予了高度重视和大力支持。从项目把关、资金协调、功能定位、管理方式等方面，亲临一线、亲自研究、亲自协调，帮助解决了很多难题。正式开业运营之时，省民政厅领导对李艳梅带领的运营管理团队在工程移交和运营筹备期间的工作给予了高度评价，肯定他们坚持原则，认真负责，默默奉献，在工程验收过程中认真查找问题并积极协调施工方改进。同时，为缩短筹备时间、降低筹备成本，统筹安排，坚持边验收、边安装、边调试、边培训，大部分干部员工连续几个月没有休过双休日、节假日，为中心的建设付出了辛勤汗水。

比筹建工作更较劲的，是正式运营后的体制构建与标准化管理。对如何管理一个养老机构还缺乏明晰概念的李艳梅，首先想到的是引进人才与借鉴先行者的经验。她从民政系统抽调 11 位专业人员，组成管理团队，并从中选派 6 名内设机构负责人，到全国养老示范基地上海第三社会福利院学习先进养老管理理念；从学校和社会招聘医、护、康、养方面专业人员队伍，进行专业知识和企业文化培训，为实现该机构全省专业养护示范做准备。

考虑吉林省民政厅筹建康复医院项目，旨在打造全省失能失智老人养医融合专业养护基地，树立吉林省养老服务业现代化经营典范，指导和带动吉林省养老事业健康发展的目标，李艳梅和运营团队在研究后将该机构功能定位在专业养老、专业医疗及示范培训三个方面。在全省事业单位分类改革的大背景下，为康复医院项目再申请成立事业单位已经不可能。为了拿出一个切实可行的项目管理办法，在省民政厅的指导下，李艳梅与筹备小组成员一道多方考察，实地调研，综合考虑项目客观实际，借鉴其他省份先进经验，最终确定了“由吉林省民政厅下属事业单位成立社会组织负责具体运营”的基本构架，并由民政厅下属事业单位吉林省假肢康复中心具体负责。省假肢康复中心代表吉林省民政厅负责康复医院项目的固定资产投入、维护及维修管理，资金由政府拨付。同时，假肢康复中心和一家社会组织共同出资申请成立民办非企业机构，负责康复医院项目的具体运营，民非组织实行独立核算，自主经营，自负盈亏。采取这种办法，既保证该项目的公办公益性质，又不给财政增加负担。按照该管理模式，李艳梅又着手写申请、跑手续，成立了吉林省颐乐康复中心民非机构，确定了内设机构职责，岗位工作内容及目标要求；组建了管理团队并送上海学习培训；制定了《领导班子工作规则》《工资管理办法》《内部考勤奖惩制度》《财务管理办法》等内部管理制度；在对养老机构及老人摸底调研的基础上，制定了《接待工作流程及照护服务标准》《护理等级及评估办法》《突发情况应急预案》。为了落实好《国务院办公厅转发卫生计生委等部门关于推进医疗卫生与养老服务相结合指导意见的通知》文件精神，建立“医养结合”的多层次养老服务体系，实现医疗卫生和养老服务资源共享精神，保证颐乐康复中心养医结合功能的实现，又协调长春市卫生局批准成立长春市颐乐康复医院二级专科康复医院，以老年病治疗和慢性病康复为医疗特色，下设内科、外科、中医科、康复科、口腔科五个临床科室和检验科、电诊科、影像科三个医技科室，以及内科疗区、康复疗区、中医疗区三个住院疗区，配备了 CT、彩超、DR、全自动生化分析仪等先进的医疗检验设备、化验设备及康复设备，为二级专科医院最高配置标准；组建了专业的医护康养团队，聘请省内知名专家坐诊，为院内老人开展医疗、康复服务，对社会开展医疗康复服务。医院的成立，为实现该项目“医、康、养、护”四位一体专业化养护目标奠定了坚实基础。

既要用心又要创新，既要实干又要会干

2015 年初，李艳梅被任命为省假肢康复中心主任，在主抓假肢中心全面工作的同时，还继续负责养老示范基地工作。作为两个单位的领头人，她肩上的担子很重。为了调动和发挥班子成员的积极性，她按照一把手“五个不分管原则”重新调整了分工，做到人尽其才；重新修订和完善了领导班子工作规则，自己带头遵守。为了提高班子整体管理水平和员工的业务素养，抓住开展“三严三实”教育的契机，她与班子成员一道更新观念，组织班子成员开展经常性的学习和交流，要求班子成员为全体党员干部讲党课，自己带头讲党课，通过

活动使班子成员的理论素养明显提高，依法依规行政的意识和能力明显增强，也使员工队伍服务理念进一步更新，服务意识进一步增强。同时，加强专业技术人员队伍建设，主动抓加速员工知识更新，提高队伍专业化水平，不断为事业发展培养力量。针对吉林省假肢康复中心仅是一个装配单位，没有假肢配件和产品的实际情况，为了适应假肢竞争日益激烈的市场环境，确立中心在省内假肢装配业的龙头位置，李艳梅带领领导班子成员与世界最权威的假肢服务商德国奥托博克公司反复磋商，开展深度合作，作为奥托博克公司在吉林省的特许经销商。为此，奥托博克公司先期为中心组建了销售队伍，免费培训专业人才，派德国专家开展义诊，中心又按照国际假肢矫形器接待环境要求，对接待环境进行了维修和改善，使中心的接待服务和高端假肢装配水平得到明显提高。

在社会养老服务体系建设的推进过程中，老年人的医疗卫生和生活照料需求叠加趋势显著，医养结合专业养老成为发展方向。中心从筹备之初，就将专业养老、专业医疗、专业护理纳入重点医疗保障工作中，同步开展、同步建设。李艳梅积极协调长春市卫生局等部门，在颐乐康复中心同址设立了二级专科康复医院——长春市颐乐康复医院，通过社会招聘、系统选调等方式，组建了医生、护士、康复治疗师团队，并聘请省内知名专家坐诊，提升诊疗水平。为寻求强大的医疗后盾，颐乐康复中心与吉林大学中日联谊医院签订了协作办院协议，委托其负责提供技术支持、人才培养，和为危急病人开通绿色诊治通道等合作。多种机制协同，为住养老人和其他社会病患提供专业化的医疗服务。同时，开通医疗定点及照护保险定点。为了减轻老人负担，颐乐康复中心协调省人社厅、市人社局和省市医保等部门，将老人入住和门诊分别纳入长春市长照险和医疗保险范围，符合条件的入住老人每月可享受床位费 + 护理费 80% ～ 90% 的报销比例，入住的失能失智老人每人每月可得到 3000 元照护补助，享受照护保险的入住失能老人个人平均承担的总费用不超过 1500 元。

李艳梅在颐乐康复中心的筹建与运营中深切地体会到，必须更新养老服务理念，提升服务水平，以规范化标准化来打造养老机构的新模式，并在全省示范养老服务的行业新标准。李艳梅带领中心管理团队先后到上海、浙江等地学习，结合实际制定了《入住老人照护等级分类及评估办法》《接待工作流程及照护服务标准》《照护收费管理办法》《突发情况应急预案》等规章制度和服务标准，在老人饮食起居和医疗护理等方面，做到人人职责明确，事事有章可循。确立了照护等级评估专业化。中心设有入住等级评估委员会，在老人入住前进行专门家访和健康评估，评估委员会由医疗、护理、康复等方面的专家和营养师等组成，根据入住老人身体状况确定照护等级，并量身制订预防性康复计划、照护计划、护理计划和膳食计划，确立了照护服务工作量化标准。中心规定，老人评估计划下达后，护理方案在老人入住后半个小时内必须执行，膳食方案在老人入住后的下一餐必须执行，预防性康复在老人入住后的第二天开展。日常清洗、翻身换药、喂水喂饭等生活照护工作量化到时间段，中心护理部和养服部负责监督和考核。确立了医疗康复护理服务规范化，医院康复治疗师每天按照老人个性化预防性康复计划指导和帮助老人做康复运动，中心专业社工师针对每一位老人的思想和精神状态，开展专业心理疏导，关注其思想和精神状态，使其适应新环境、缓解不良情绪，为老人提供各种精神慰藉服务。医院医生为每一位入住老人建立病历档案，为老人提供康复及养生保健服务，护士为压疮、鼻饲、导尿等特殊护理需求的老人提供专业护理，医生和护士对各病区的护理员提供专业指导，形成医生、护士、护理员三级共同管理模式。确立了餐饮服务专业化，营养师每周为老人制定食谱，食物以细、软、烂、热、淡为主，少食多餐。每顿正餐确保三菜一汤荤素搭配，辅助提供蛋奶、豆制品及水果，保证老人营养均衡。确立了人才培训职业化，指定护理部作为业务培训部门，负责新招聘护理员的岗前培训和护理员队伍日常业务培训工作。培训每月一题，长年坚持，为中心培养和储备了大量专业护理人才。

在李艳梅和她带领的团队努力下，吉林省颐乐康复中心的专业化养老示范带动作用明显，吸引了国内外从事养老工作的专家学者参观学习。2018 年 6 月，在上海召开的包括美、德、法、日等 18 个国家和地区 300 多名专家参加的第十三届中国国际养老辅具及康复医疗博览会上，李艳梅代表吉林省在会上做了“医养结合型养老机构的感染控制”主题报告，把省颐乐康复中心的医养结合管理经验向国际推广。在这次面对国内外同行的交流中，李艳梅阐述了颐乐康复中心探索全方位整合医疗与养老资源在实践中的体会，提出了颐乐康复中心当前的运营是把重点放在医养整合度的把握上。颐乐康复中心的医和养，已经不是各自独立的医疗和养护，不是在传统的养老院中设立了医疗机构就是医养结合，而是面对失能与半失能老人特殊的生理心理状态，医与养相互介入、相互支持、相互配合。保障医疗不是在养护提出需要时才介入对老人的治疗、修复和矫治。养护也不是在老人出现病征后才与医疗相衔接，而是确立了医养一体、相互依托、共同负责的机制。

为使这一机制在实践中得以体现，颐乐康复中心在六个方面设计了医养结合的功能定位，即医为养开展评估、医为养提供医疗服务、医为养开展专业护理、医为养提供预防性康复、医为养开展临终关怀、医为养进行专业人员培训。着力使医与养你中有我，我中有你。

在管理体制上，颐乐康复中心给每一位老人都确立了一名责任医生、一名责任护士、一名责任护理员和一张共同填写的信息卡。围绕着老人和这一张卡，医生与护士以及护理员在信息上共享、在责任上统一、在职能上一体。老人、医生、看护三位一体，零距离，零障碍，形成守护生命的共同体。

李艳梅提出，作为老人生命之秋的栖息之所，维护老人生命安全、为老人创造舒适的生活环境，让老人安度晚年是每一个养老机构的终极目标。如何做到医与养的深度融合，怎样在养的过程中发挥医疗的最大功能，构筑医为养服务、医养一体化的体制机制，是当今养老机构的管理者需要认真研究、不断探索的实践课题。

李艳梅在主题报告中提出，国家相关部门已经印发了《关于智慧健康养老产业发展行动计划》（2017—2020 年），指出要利用物联网、大数据、智能硬件等新一代信息技术产品智慧健康养老，这给了颐乐康复中心很大的启发。李艳梅已经准备在颐乐康复中心为每一位老人建立数据库，实时掌握老人的动态信息，并为每一位入住的老人建立影像和数据档案，为老人和亲属，为养老事业的明天，留下资料。

临终无遗憾，善终两相安。颐乐康复中心追求的医与养的深度融合，既是对老人生命的深度把握，也是对生命最后阶段的深度体认。医与养打破界限，将现代医学的精致化与数字化养老，与顺应生命老去的常情养护结合在一起，使医养结合的理念在养老功能上发挥出最大的效用。

一分耕耘，一分收获。在李艳梅及其团队的努力下，省假肢康复中心连续多年为伤残军人服务满意度达到 100%。2017 年，假肢康复社会收入突破了 2000 万元大关，达到历史最高水平。在制作技术方面突破了国际高端 CLG 米开朗基罗智能仿生肌电手的制作技术，标志着该中心假肢制作技术达到了国际前沿水平。省颐乐康复中心收养了 280 多名家庭难以赡养照料的失能失智老人，创新性地由专家评估小组为每一位入住的老人量身制订了一套预防性康复训练方案、日常照护方案、科学膳食方案和专业护理方案，并由专业团队负责实施，使入住老人真正做到科学养老、健康养老、幸福养老，得到了入住老人及家属的好评。中心实现了自主经营、自负盈亏，还探索总结出一套成熟的医为养在评估、医疗、康复、护理、培训、临终关怀等方面照护服务的管理经验向全省推广，为全省培训培养了一大批养老护理专业人才。2017 年，联合吉林省社会福利与养老服务协会出台了《吉林省医养结合养老机构服务质量地方标准》，编写了《养老护理员照护服务手册》和《老年人预防性康复手册》。通过探索实践，真正实现了创建之初省民政厅领导提出的打造机构养老省级示范项目的目标。

在奉献中升华价值，在耕耘中锤炼忠诚

中华民族历来崇尚奉献，民政事业召唤着一代又一代民政人，矢志奉献，忠贞不渝，以甘当"孺子牛"的勇毅接续奋斗，书写平凡而伟大的画卷。

植根于这平凡而伟大的民政事业中，李艳梅找到了正确的价值取向，找到了生命归属。她懂得了奉献才是人生的真谛所在，明白了奉献就意味着舍弃，意味着甘愿淡泊于功名利禄。无论是做最普通的劳资员，还是成长为单位的领导，李艳梅给人们留下的印象总是像初生牛犊一样敢闯敢试，像拓荒牛一样埋头苦干，像孺子牛一样甘于奉献。2014 年 5 月，颐乐康复中心在建设项目装修开展前要对设计功能审核，李艳梅的母亲突发脑梗住进 ICU 病房，婆婆又肺癌复发生命垂危。李艳梅白天上班，晚上去医院替换姐姐值班，为了不影响工作，她一直瞒着领导。婆婆去世时，因她在向厅长汇报工作手机静音，单位同事把电话打到了厅办公室，厅长才知道她婆婆的情况，但她仍隐瞒了母亲的病情。婆婆出殡那天，正是专家论证会召开的时间，专家都是从上海请来的且都已经订好了第二天返程的机票，她是专家论证会的召集人，厅长提出是否要把专家会向后推延，她坚决不同意，而是做婆家工作，把出殡时间提前，出殡一结束她马上赶到会场。论证会顺利召开，工地装修工作按计划展开。

奉献就是不求物质回报，不计个人得失，用真诚与无私标注生命的高度。在李艳梅看来，奉献的情怀最动人，奉献的价值最可贵。只有奉献的人生，才是有意义的人生。自己一路走来，每一次奉献都意味着对自己的提升，每一次奉献都充实了自己的生命，每一次奉献都成就了事业的进步。

"高度决定视野，尺度把握人生。"作为一名共产党员，李艳梅相信，理想与信念，奉献与担当，是镌刻在自己灵魂深处的红色基因，是共产党人的命脉所在，是担当使命的动力源泉。

新时代意味着新的挑战，呼唤着更大的担当。一路不知疲倦、不肯停歇的李艳梅，将自己的目光调得更高、更远。面对前面的路，她与自己的团队形成共识，在颐乐康复中心的运营管理中，要坚持高标准，打造医养融合型省级养

老示范单位新品牌。要发挥示范引领作用，带动全省医养融合加快发展。要把颐乐康复中心打造成功能示范、服务示范、管理示范的省级养老精品项目，打造成吉林省医养融合的新品牌。这就需要积极探索管理方式。颐乐康复中心虽实施公建民营，但福利性质未改变，为此，必须处理好政府托底与社会责任、部门监管与自主运营、保障基本与特殊服务的关系，为深化公办养老机构改革探索经验。同时，不断提升服务标准。加强制度建设，建立健全入住老人能力评估制度，实行分类分级医护管理。加强护理服务标准化研究，规范服务流程和服务项目，为全省失能老人养护提供标准。

颐乐康复中心在运营的两年多时间里，在医养结合体制机制、规则标准、操作流程等多个方面积累了经验。但在李艳梅看来，医养结合的理念，必须靠人才来支撑。统观国内外养老事业的发展趋势，借鉴发达地区先行者的经验，李艳梅有了更大胆的设想，她要创办一所专业化医养结合与临终关怀的教学与科研机构，将颐乐作为教学科研实践基地，将管理与运营的经验作理论化教学化的总结，为吉林省乃至更大范围的市场，培养专业化人才队伍。

吉林省民政厅对李艳梅的工作给予了充分肯定，并对她提出了更高要求。吉林省假肢康复中心医、康、养结合已经初具规模，有东北三省假肢企事业单位无法比拟和不可替代的绝对发展优势：假肢装配传统产业与世界一流假肢经销商德国奥托博克公司是合作单位，产品质量、服务能力和技术实力都属国内一流水平；下设康复医院拥有系统的康复诊疗体系、专业的康复技术和标准的服务内容，并与吉林大学第一医院和吉林大学第三医院形成长期合作关系，医工结合特色突出；老年人、残疾人用品销售平台搭建完成，销售网络遍布全省。按照《国务院关于加快康复辅助器具产业发展的若干意见》文件精神，考虑中心康复辅具事业发展需要，省民政厅决定在原有的基础上，改造新建综合康复楼。依托省假肢康复中心医疗、康复、辅具生产、康复及老年用品销售一体化产业优势，进一步整合优势资源，优化产业结构，拓宽服务渠道，进一步加强国际交流合作，深化与德国奥托博克公司的合作，设立世界前沿高科技康复辅具展示体验中心，引进国内外先进的假肢矫形器生产设备，打造国际一流的假肢及矫形器数字化车间建设示范。同时，建立以“互联网 + 技术市场”为核心的省内康复辅具网络交易平台，促进康复辅助器具科技成果线上线下交易。建立康复辅具研发平台，通过与大学和科研机构合作，将产业由加工制造环节向研发设计、市场营销、品牌培育等高附加值环节延伸；扩大康复医院规模，把康复医院进一步做大做专做强，将医疗康复和辅具康复进一步融合，打造医工结合典范。通过吉林省假肢康复中心的改扩建项目，努力打造东北地区产学研、医康养一体化的综合康复辅具康复产业示范基地。

这个担子，又压在了李艳梅的肩上。李艳梅深知，这是民政厅领导对她的信任。

不要人夸颜色好，只留清气满乾坤。民政人的埋头奉献，就是忠诚与信念、风骨与精神的真实写照。

好好工作，李艳梅的初心没有忘。把每一步都走踏实了，李艳梅的脚步没有停。以奉献为品格，以担当为己任，李艳梅的情怀没有变。她相信，秉持初心，秉持一个共产党员的理想与信念，在民政事业的大发展中，她的步伐会越走越坚实，越走越有劲头。

“拼命三郎”

——记黑龙江省绥化市殡仪馆馆长高环

黑龙江省绥化市，一座美丽的东北小城，地处松嫩平原腹地，素有“寒地黑土，幸福之城”的美誉。这里，民风淳朴，林茂粮丰，是全国重要的商品粮生产基地和绿色食品生产基地。

在绥化，作为全市民生社会建设“驾辕之马”的市民政局，坚持全方位实施“民政为民、民政爱民”的工作理念，为老百姓编织出了一张新时代暖心的服务保障网。

这张网，是那样的结实，那样的多彩，让老百姓唾手可得。其中有一处就是全市殡葬管理服务工作，每每提及都要说到一个人，这个人就是绥化市殡葬管理所党支部书记、所长高环。

业内人说她是民政系统的“拼命三郎”，社会群众夸她书写了绥化殡葬管理工作的传奇，组织上认定她是一位好党员 、好干部、好带头人。

“这副担子我来挑”

那是20年前，社会对从事殡葬工作的人士还有一定的偏见，常有一些微词。特别是女同志投身殡葬管理工作，更是说啥的都有。

1996年初，绥化市殡葬管理所领导班子调整，急需配备一名能力强的副职，人选是谁？市民政局上上下下拭目以待。

一时间，局机关的男同志中没有合适人选，市殡葬管理所内更是拔不出大个。人选问题让局领导为难了。

就在这个时候，民政局财务室会计、35岁的女干部高环找到局领导：“让我去试试这个岗位吧。”

高环的主动请缨，在局里和家里都引起了不小的震动。

局里人说：如果不是高环自己提出到殡葬管理所工作，局领导就是把局里的干部筛上一百遍，也不会让她去的。因为高环一是女同志，家里孩子小；二是财会工作一直干得不错，每年审计、财政检查，都给予很高评价，就凭这些，局领导也不会轻易让她去。

高环家里又是啥样？用“一下翻了天”来形容一点都不过分。

丈夫满脸狐疑：“你在局里犯错误啦？干不下去啦？”高环说：“没有。”丈夫说：“没有？那你就是发高烧烧出精神病了。”孩子埋怨妈妈：“你去做这份工作，我在同学面前怎么抬头哇！”亲友说：“那是个啥地方，干点什么不好？”朋友说：“那里阴气重，每天在那工作，对健康不利呀！”那几天，方方面面不停地向她泼冷水，劝她放弃这个念头。

面对亲人的不理解和友人的劝阻，高环一连几天，反复思考，觉得自己是一名共产党员，应该在殡葬管理所急需用人之际主动站出来。在市民政局里工作各方面条件是很好，是不争的事实，但自己就是喜欢把挑战作为人生追求，喜欢到艰苦复杂的工作中磨炼自己。想来想去，高环把到市殡葬管理所工作化成了自己的“执念”。

高环对亲人说：“我没有发高烧，也不是在原岗位干不下去，市殡葬管理所虽然条件艰苦，但那是党和人民的一项事业，是社会的一种特殊需要。我作为一名共产党员，只要组织上信任我，把这项事业交给我，我不但要去干，而且一定要干好。”

高环对友人说：“殡葬工作是个朝阳事业，男同志能干的，女同志也一样能干好。殡葬环境不可怕，只要自己心里有阳光就行。”

高环说服了亲人和友人，顶着世俗的偏见和压力，毅然决然地承担起这份平凡而又特殊的工作。

过去，高环到局里上班，从家到单位，前后不到 5 分钟。而现在，高环骑自行车则需要 20 多分钟。那时候设在市郊的绥化市殡葬管理所，有几百米的路况相当不好，一到下雨阴天，路面就泥泞不堪，别说骑自行车，就是单人行走都很困难。每遇阴雨天，高环就扛着自行车走，那些年夏秋阴雨天，高环已记不清自己摔了多少跟头，每次从泥水中爬起来，朝单位的方向看看，还是照样迈出前进的步伐。

夏天天长，黑天晚，对女同志来说，在郊外上班还好说。可冬天天短，黑天早，对女同志则是一个不小的考验。那时，市殡葬管理所没有通勤车，为了防止天黑发生意外，高环下班回家时，就把自己打扮成一个男人模样，无论天多黑，路多背，所里的职工们没听到她说一个怕字。

“抓工作就要找准突破口”

高环有一句口头禅：讲道理不是万能药，当领导的就要在关键时候有态度有办法。

是的，大千世界，几乎每一个单位都是既有不忘初心、砥砺奋进的人士，也有需要领导严管严抓，时时敲打才能有所作为的人士。

高环被任命为绥化市殡葬管理所党支部副书记、副所长后，在分管的工作中，先后遇到三件难事，考量她的胆识和担当能力。

第一件事：市级文明单位创建工作。高环接手后，首先从基础建设入手，从制订方案、谋划创建思路，到思想动员、责任分工，都拿出了创建模式。在推进创建过程中，高环发现，所内职工有不少问题需要解决。说一千，道一万，归纳起来是一些职工缺少干事创业的精气神。究其原因，无外乎三种：一是“麻木症”，对创建文明单位不关心，表现在思想和行动上是反应迟钝。二是“畏难症”，一些人认为，所内要解决的问题大多是长期历史遗留问题，多是“硬骨头”，过去多年未解决的问题，现在要解决谈何容易。三是“逍遥症”，有几个职工认为自己快要退休了，能应付就应付，能推的事情就推一推，不愿意再起早贪黑加班加点工作了，也不愿意规规矩矩上下班了。

面对这些情况，高环组织召开职工大会，先是讲述单位创建文明单位的意义。一句句有板有眼有棱有角的话，让职工们心里翻起了阵阵波澜：“绥化市殡葬管理所只有创出来的雄壮，没有等出来的辉煌。一个职工工作不靠谱，就会影响到整个单位不靠谱。”一时间，从班子成员到每一个职工开始自觉在任务重与时间急、要求高与进度快、压力大与工作累中不断“淬火”，在火热的工作实践中聚焦起争分夺秒的创建胆气。

在所内干部职工精气神抖起来后，高环组织大家按照文明单位创建标准，严察细照深究，查找短板不足，列出问题详单，敢于刀口向内刮骨疗伤。经过一段时间的努力，先后解决所内服务作风不优、规章制度缺失、工作流程打乱仗、少数职工回答逝者家属询问事情简单“冷暴力”等十多个问题。通过问卷调查，收到社会反映所内个别职工有收逝者家属小费问题的情况。高环弄清情况后，找到当事人，给他讲人活一张脸、树活一张皮的道理，讲清利害关系，并让其在所内职工大会上作出深刻检讨。首开先河的警示教育，在全所上下引起了很大震动，并收到了长久效应。

在创建文明单位的路途上，绥化市殡葬管理所经过顽强奔跑，簇拥进了春天的怀抱，市级文明单位的牌子第一次在所大门上熠熠生辉。

第二件事：市里在绥北路 12 公里处新建了殡仪馆，要求殡葬管理所、殡仪服务中心和殡仪馆合并一处办公，15000 个骨灰盒整体移位搬迁，不但要做到万无一失，而且必须做到零差错。

当时正值数九天，社会各界关注度空前，从原址到新址近 15 公里，怎么搬迁才能做到万无一失，对绥化市殡葬管理所是一个不小的考验。

高环领着职工首先设计出搬迁线路图，本着先难后易的办法，采取了统一发安民告示、分块分层分片行动的办法，每一个骨灰盒下架和上架，统一由所内工作人员认证，最后再由逝者家属签字验收留痕。前后 100 多天的时间，高环吃住在所内，带领职工分兵把口，不放松一个可能出问题的环节。

在这 100 多天里，高环每天都要遇到骨灰盒存放挑选位置的情况。有的人要表示表示，有的找到高环的好友来说情，本以为不会成问题，但最后都成了问题。对此，高环就是一句话："规则已经定了，并且在广播电视报纸上公示了，我不能破这个格。"

当整体搬迁结束，市委、市政府领导听到无一差错和无一投诉报告时，说应该给高环记上一功。

第三件事：2002 年前后，绥化社会上非法运送遗体车辆违规接运情况比较严重，市殡葬管理所几次治理，都未见明显效果。

高环接手分管治理这件事后，一手与司法部门协调沟通，集中推动开展打击非法行为；一手抓在各乡镇建立殡葬服务站，规范农村遗体运送车辆，并制定了殡葬管理执法文书，填补了市本级殡葬执法文书缺失的空白。有的非法运送遗体车辆业主见断了财路，不是打匿名电话恐吓，就是煽动群众说市殡葬管理所服务不周到。对此，高环一笑了之。有的友人问她下这么大功夫治理这个问题图的是啥？高环回答说："国家利益不容损害，群众利益也不容啃食。"

"我要把有限的生命用在绥化所的发展上"

高环时常给所里职工们讲这样一段话："人生好比一个土豆，有的人像土豆块，可以做大一点的事情，有的人像土豆片，可以做小一点的事情，只要你用力了，尽心了，就应该点赞。"

高环在自己的工作日志首页上写道：“作为一名所长，特别是党员干部，知行合一的综合能力决定自己的亲和力，直接影响着自己的凝聚力、指挥力。”

职工们看到，每天上班最早的是高环，每天下班最晚的也是高环。假日里，她几乎很少在家休息。每年的几个重大节日长假，她总是坚持天天带班。遇到家里有紧急事，回去处理完了马上就返回单位。对此，所内职工形成了这样一个共识：所里就是高环的家，所里的大小事情，她都时时挂在心上。

职工们包括退休职工一说到高环，都说她是一个有温度的领导。谁家有了红白喜事，她都尽心尽力帮忙料理。职工家中有人生病住院，她在第一时间到病床前嘘寒问暖。职工家有了困难，她总是出手相助，慷慨解囊。

高环对服务对象总是怀着一颗赤子之心，处处想群众之所想，急群众之所急，她把“民政为民、民政爱民”的工作理念践行在自己工作的每一个环节。

在工作中，高环配合所主要领导推行了五项服务活动，受到了社会各界的好评。一是一站式服务。她通过调查群众需求，在所里建立和完善了“殡仪服务全程引导、一站式办结”的服务管理模式。二是规范化服务。她组织制定完善了《岗位责任制》，实现殡葬行业“三统一”，即统一职工着装、统一文明用语、统一服务行为。三是公益性服务。为解决困难群众的实际问题，经多方沟通协商，2011 年 6 月推动市政府出台了《绥化市本级惠民补贴办法》，对低保、五保、“三无”人员和重点优抚对象免除两项殡葬基本服务费用，并于 2017 年实现了扩项和扩面，由免除两项基本服务费用扩展到四项殡葬基本服务费用全部免除，补贴对象范围也由四类增加到六类。近年来，累计为 4000 多名补贴对象减免基本服务费用 260 多万元，收敛无名无主遗体 70 多具，减免各项丧葬服务费用 80 多万元，使广大困难群众真切感受到了党和政府关注民生、惠及民生政策带来的实惠。四是便民服务。因市殡仪馆搬迁后远离市区，群众办理殡葬业务不方便，高环积极协调相关单位，在市区中心位置设置了殡仪馆便民服务站，为群众办理丧葬业务创造了便利条件。五是全天候服务。在遗体接运、遗体管理和群众祭扫期间，做到随叫随到、随到随接待，满足了当地殡葬习俗的需求。

高环夜以继日地工作，有段时间总感到身体疲劳不堪，白天在单位硬挺着，晚上回到家休息时，身体就像散了架，经常发低烧，饭量也明显减少了。丈夫急了，硬领她到当地医院进行了一次体检，结果让丈夫和高环震惊了：乳腺癌。

面对医院诊断结果，丈夫哭了，高环也哭了，自己刚刚四十几岁，正是家庭、事业都需要的时候，人生却有可能随时画上句号。

局领导、同事们和所里的职工纷纷到医院看望安慰高环，局领导还建议高环休息一段时间。

对局领导的安排，高环表示由衷感谢。对同事们的劝慰，高环装在了心里。

手术后经放化疗，她的头发脱落，身体极度虚弱。对此，她不灰心，不动摇，坚持与病魔作斗争。每天逼着自己多吃几口饭，坚持到室外进行锻炼。当身体刚刚恢复，高环又回到了自己的岗位上。

同事们都说高环的病是为所里发展累的，是长期超负荷工作累的，都劝高环每天来单位看看就行了，把工作部署完就回家休息吧。高环虽然口头答应了，人还是每天来得最早、走得最晚，加班带班没有少过一次。

高环在向市民政局领导汇报时说了这样一段话："我得了癌症，属于我的时间不多了，我要把有限的生命全部用在所里的发展上，给后来人留点纪念。"市局领导听完后，一时间语塞了，热泪溢满了眼眶。

"外地能做的，我们绥化所不但要做到，而且要做得更好"

绥化是农业地区，政府财力一直很薄弱，严格说是一个保开支都有困难的财政。当时，市政府出资建设市殡仪馆的时候，无论基础设备还是庭院环境，与先进地区比都有很大差距，与社会期待值距离也比较大。

2013 年 4 月，高环被市民政局党委任命为绥化市殡葬管理所党支部书记、所长。上任伊始，高环马上确定了自己的目标，就是要以党建为统领，以全面加强班子和队伍建设为重点，全力打好绥化市殡仪馆基础建设这一场硬仗。

厚植党的建设基础，这是高环走的第一步棋。高环紧紧跟随局党委工作节拍，在群众路线教育实践，"三严三实"专题教育，"两学一做"学习教育常态化、制度化教育等活动中，大抓党建工作上位，大抓作风整顿，以作风建设为主线，以转观念、转作风、转形象为目标，从班子成员做起，从每一名党员做起，从小事小节做起，着力锤炼党性、改变惯性、治理惰性，塑造全所新面貌，汇聚发展正能量。

高环要求全所党员在岗期间，一律佩戴党徽，做到"四多"，即"多一次观察、多一个笑容、多一句问候、多一分耐心"。平时，在工作中要带头践行所里倡导的"用真诚微笑与群众沟通，用文明语言把事情讲通，用实际行动把问题疏通"的"三通"服务宗旨。经过几年的考评，所里的党员普遍做到了。

党的十九大召开后，全所党员在高环的带领下，坚持深入学习习近平新时代中国特色社会主义思想，学习笔记达到万字以上。局党委开展政治理论测试，市殡葬管理所党员的答卷是较为出色的。

打造崭新的窗口服务形象，这是高环走的第二步棋。围绕不断强化阳光殡葬的管理服务机制，充分保障逝者家属的知情权和选择权，高环坚持对各项业务进行严格管理，实现了殡葬服务项目公开化、价格透明化、经营规范化。服务内容公开透明。严格执行省市物价部门核定的殡葬服务收费标准，实行微机化管理，阳光操作，推行“六公开”制度，把物价部门统一监制的服务项目、收费标准、服务内容、服务程序、服务承诺和服务监督全部向社会公开，设立意见箱和举报电话，接受市民监督。殡仪馆出售的丧葬用品均使用统一商品价签，做到一货一签，价签价目齐全，标价详尽准确，摆放位置醒目。为认真管好每一个工作环节，规范经营行为，以诚信服务取信于民，高环领着职工设立了业务洽谈、咨询岗位，为前来咨询者答疑解惑。采取“一对一菜单式”服务方式，协助逝者家属办理丧葬手续，让逝者家属自主选择服务项目，杜绝只收费不服务或少服务多收费现象。服务形式方便群众。全所开通 24 小时咨询服务，设置了文明角及各种标志，配备常用药品，为逝者家属提供临时医疗服务。另外，设置指示路牌及安全警示标语，引导群众有序开展祭扫活动。因殡仪馆、陵园距市区较远，市殡葬管理所在市中心位置成立了殡仪馆便民服务站，承担骨灰盒寄存费用缴纳、陵园墓穴销售及缴费、惠民补贴业务办理等工作，便民服务不收取任何手续费用，真正解决群众办理殡葬业务不便利等问题。高环推进落实殡仪馆免费提供撰写悼词、免费主持遗体告别仪式、免费提供祭扫场所、免费提供停车场地等服务，服务氛围温馨亲切。开展礼宾抬尸服务，解决了遗体抬运过程中，逝者家属无人抬运遗体问题。开展纸棺接运服务，解决了遗体抬运无处着手和病菌传播问题。与此同时，高环还在殡仪馆推行了遗体美容服务，在休息场所提供免费无线网络。

打好殡仪馆和公墓基础和环境建设攻坚战，这是高环走的第三步棋。基础和环境建设是硬骨头，资金从哪儿来，人们拭目以待。高环拿出了“三个一点”：就是向上争取一点，单位自筹一点，工程队暂时先垫付一点的办法，累计筹资 3000 万元，用以殡仪馆和公墓的提档升级。

绥化市群众惊奇地发现，市殡仪馆成了一个超级花园，各项服务比高档宾馆接待还要周到和温馨。从服务设备来看，投入 959 万元，购置新款遗体运送车辆 3 台、遗体存放普通冷藏棺 20 台、实木冷藏棺 10 台、双膛拣灰炉 4 台、环保尾气处理设备 9 台、骨灰盒寄存福位 4800 多个，增设遗体存放间 30 余间，改建骨灰寄存楼 850 平方米。2016 年，又投资近 600 万元，建设一处融休息大厅和遗体运送于一体的服务场所，解决了群众在室外恶劣天气条件下进行起灵操作和无处休息的问题。

高环认为，环境是殡仪馆的脸面，也是一面镜子，能映射出单位的兴衰与发展。高环请来园林设计专业人员，绘制出具有超前意识的示意图。按照图标，馆院先后建设了两处面积为 532 平方米的凉亭和休闲长廊，安装和维修院内路灯 204 盏，庭院绿化面积达 26000 余平方米，达到了公园化、园林化标准。为了解决群众在出殡和祭扫期间交通拥堵和停车难等问题，又扩建了标准停车场，铺设彩砖 12000 平方米、修水泥路面 9200 平方米、油渣路面 22000 余平方米，铺设排水管线 450 延长米。

与此同时，高环双管齐下，组织人力对市双龙泉陵园进行了总体规划和科学布局，从碑体的长度、宽度到墓间距、通道宽度、绿化带等，用细化的数字确保了公墓生态特性。

整座双龙泉墓园，背靠一条大岭，前望南泥河水，墓位依山傍水，整体有序排列，一排排松柏掩映着墓碑，朴素的花卉点缀其间。宣传墙上刻着孝文化，身处其中十分幽静。配套的车场、休息所等设施，有专人看护，方便群众随时来安葬、祭扫。在边角闲置地和绿化带内建设各品种小型墓穴、树葬墓，既提高了现有土地使用率，又因小型墓穴、树葬墓占地面积小，成本投入少，销售价格低，深受群众欢迎。

为减少骨灰二次葬、散埋乱葬等违规现象，在陵园建设了骨灰墙，共设 434 个位置，成了人们节地生态安葬之选。

命运多舛、病魔无情。2016 年 4 月，高环乳腺癌突然复发。这次，职工们一致认为高环不能再上班了，肯定会离岗休息了，然而高环在做完大手术还未拆线的第八天就办理了出院手续，拖着虚弱疲惫的身体又出现在单位。职工们围拢过来，见高环脸色很不好，说话也没有底气，都落下了心疼的眼泪。有个朋友听说高环又上班了，直接问她："你这是图啥呢？"高环回答说："单位还有不少急事要办，我要抓紧时间呢。"

有的职工说，高环简直是在玩命啊！这时，高环只是会心地一笑，淡淡地说："让逝者有尊严地安息，这是我的责任，更是我的义务！"

是的，殡仪馆有很多事等她拿主意，等她领着干。高环第二次出院后，筹资近 80 万元，建设了殡葬信息化管理系统和独立机房，搭建起统一的收费管理服务平台，实现了数据互联互通。同时，又组织制定了各类服务协议，推行殡葬清单式服务，由消费者自主选择签字确认。

高环通过采取抓开源节流、增收节支，满足群众不同消费水平需求等举措，单位经济收入也由2012年的1290万元，提高到2017年的2700万元，实现连续五年大幅创收的好成绩，创造了历史新高。

“一切荣誉都是大家努力奋斗的结果”

高环有几句话，谁听了都会久久不忘：优秀是一种养成，认真是一种态度。作为一名所领导，能够奋发工作，严格自律，知敬畏知廉耻知取舍，看似谦卑，日积月累即可“不怒自威”。

高环，在全所上下之所以说话好使，就因为她处处自律，处处都带头。

这些年，市殡葬管理所荣誉室各种奖杯、奖旗和证书越来越多。

市级的有：2014年获得“绥化市五一劳动奖状”“绥化市三八红旗集体”称号。

省级的有：2015年获得“省级文明单位”称号，在黑龙江日报报业集团开展的“黑龙江社会信誉公众评价调查”活动中获得“黑龙江省公信力最佳单位”；2016年获得黑龙江日报群众满意调查评价活动“黑龙江省优质服务金奖单位”称号，在黑龙江日报报业集团开展的“黑龙江省社会信誉公众评价调查”活动中获得“解民忧 惠民生——服务人民群众满意单位”称号；2017年获得“省级文明单位标兵”称号。

国家级的有：2014年获得民政部授予的“全国殡葬工作先进集体”称号；2016年获得民政部授予的“全国殡葬工作先进集体”称号；2017年获得“全国文明单位”称号。

高环本人2013年获得年度模范党务工作者称号，2014年获得年度市直机关优秀共产党员称号，2015年获得绥化市第六届劳动模范称号，2017年被评为绥化市“十大杰出女性”，同时被授予绥化市“三八红旗手”荣誉称号，2017年获得“黑龙江省第十二届劳动模范”荣誉称号。

面对这些荣誉，高环淡淡的一句话诠释了她的心声：“这是党组织的信赖，是全所职工们共同努力奋斗的结果。”

高环忠诚于殡葬管理这项庄严而神圣的事业，忠诚于一名共产党员对党的赤子之爱，忠诚于人民对她的希望和期待。

当有人问起高环成功的秘诀时，她说：“干事业要有恒心，对改革发展要有决心，面对困难要有信心，处理问题要有公心和耐心，对群众要有真心，对功名利禄要有淡泊之心。”

是的，正是在这种崇高信念的支撑下，她才在困难面前不低头、在成绩面前不停步、在病魔面前不畏惧，拼搏向上，干事创业、创先争优，使绥化市殡葬管理所走出了一条改革创新、健康发展的辉煌之路。

二十年无怨无悔，二十年风雨兼程。如今，高环以高昂的斗志、满腔的热情向着更高的目标攀登！犹如一头在高原驰骋的羚羊，向着更美好的发展前景不懈地奔跑！

为了生命最后的尊严

——记上海市龙华殡仪馆业务科副科长王刚

位于上海市区西南的龙华殡仪馆，每年有近3万名逝者在这里与亲人做最后的告别。一代又一代殡葬职工在这里默默坚守，只为守护生命最后的尊严，王刚就是其中普通而又平凡的一员。

业精于勤　成就工匠

1997年，一个平常的夏日。临近中午，天空的烈日放射出炙热的光芒，伴随强厄尔尼诺效应，上海进入了“蒸笼天”模式。

学徒工王刚走进化妆间，十六七摄氏度左右的温度，没有减轻他对酷热的坏印象：“师傅，这天真热！”师傅没有理会他，只是朝他说了句：“跟我来，搭把手。”王刚心头又惊又喜，等了近一个月，终于要“上手”了。来不及多想，赶快跟随师傅来到工位前，这是一位久病离世的高龄老人，骨瘦如柴，身体紧紧蜷缩在一起。

“把双手复位！”师傅命令道。王刚有些迟疑，但伸出去的手还是触碰到了老人的手指，手指僵硬，冰得瘆人。那种又硬又冷的感觉迅速透过指尖传遍全身，王刚打了个激灵。回过神来，他一直在心里告诫自己，不要怕、不要怕、不要怕，但手指还是不听话地微微发颤。师傅慢慢握起那只冰凉的手掌，放在王刚手心里：“握住他，才会有温度。”照做，那种透骨的寒意，竟奇迹般地消失了。王刚内心有些得意，也深有感触。但师傅心里却犯了嘀咕，又一个“菜鸟”！这个“菜鸟”能干多久？毕竟从化妆间进进出出的年轻人太多了，没多少人能坚守到最后。

时间给出了答案。

21年来，王刚一直奋战在遗体化妆、整容、修复工作的第一线，未曾离开这个岗位一步；21 年来，先后获得了全国民政系统劳动模范、全国民政行业优秀技能人才、民政部领军人才、民政部技能大师工作室带头人、全国“五一劳动奖章”、首届“上海工匠”等多项荣誉。

1 万小时成就专家。王刚从“菜鸟”成为行家里手，背后是时间的浓缩，辛勤的付出，智慧的积累。

那是一个午后，小女孩不幸从 19 层高楼坠落，幼小的面容上出现了让人不忍直视的创伤，小脑袋也变了形，年幼的生命仿佛是被厄运硬生生挤出身体之外的。女孩刚过 8 岁生日，正是享受爸爸妈妈万般宠溺的时光，却遭遇了这样的不幸。女孩母亲哭晕好几次，醒来就只剩下喃喃自责：“都是我的错！都是我的错！我女儿爱漂亮，不能让她这样走！”父亲也是泪水涟涟地无声悲泣。

当时的整容技术，只能将外表伤口简单缝合起来。王刚用了最小的美容针，细细密密地缝合伤口，以满足父母愿望，但收效甚微。告别时，王刚看到母亲紧紧地搂住女孩那小小的身体，用颤抖的双手抚摸着女儿面部每一寸被缝合后的伤口。近两年，虽然看到过无数生离死别的场景，但这一幕，仍然让王刚潸然泪下。

据统计，中国每年非正常死亡人数超过 320 万，还有因各种疾病离世者，容颜都与生前有了很大变化。工作中，王刚也接触到很多因火灾、车祸等事故死亡的逝者。

面对逝去时不完整的面容，家属所承受的心理冲击特别强烈，由此产生的心理创伤，也会直接影响到家属后期的心理修复。这也促使王刚开始从另一个角度思考整容技术的未来：如何能够让逝者面容恢复如初，让最熟悉的样子永远定格于家人心中。

谈何容易！殡葬行业作为传统服务行业，长期以来缺乏科学学科体系的支撑，没有先例可循。而遗体整容修复又涉及人体结构、解剖、病理、防腐等多门学科。医学专业的大学生，要掌握解剖至少也得两到三年的专业学习。要掌握这么多交叉学科的内容，难度可想而知。

越是难，越要干，这就是王刚。为了掌握人体结构，王刚先是在墙上挂起了人体结构图，后来干脆买来了人体模型、头骨模型，一有空就把自己关在书房里，钻研人体分部、结构分科、器官系统……狭小的屋里到处都是书、资料和模型，过道里也满是他拼接的模型。

人体的奥秘是无穷的。知道人体结构“是什么”，并不能直接解决遗体整形整容“怎么做”的问题。学得多了，王刚发现了自己的“局限”在哪里。刚从人体结构学中走出来，一头又钻进了书的海洋。解剖、病理、防腐等学科都进入了王刚的视野，他像海绵一样吮吸着书中的知识。白天一有空，就捧着书看。碰到难题，就记下来。晚上、周末，就到上海医科大学去“蹭课”，一“蹭”就是两三年。时间长了，很多老师都知道了这个“编外学生”的存在，也被他的勤学好问所感动，经常给他“开小灶”。

那时候，他家的灯，总是熄得很晚。王刚喜欢安静，夜深人静时，是他思维最活跃的时候，也是干得最起劲的时候。看书久了，就去做试验、做塑形、画素描；乏了，就去散散步、看看明亮的星空。就这样，一个个难题，在一个个深夜，找到了破解之法。

王刚说：“长期从事遗体整容行业，确实影响了我的人生观。我会觉得时间特别珍贵，能在有限的时间内帮助更多的人，陪伴逝者走完人生最后一段路，我觉得这是非常有意义和有成就感的一件事。”

是啊，时间是太珍贵了。从一定意义上说，时间就是生命，生命就是时间。在 21 年的职业生涯中，王刚把自己的时间浓缩、聚焦在遗体整容整形事业上，终于结出了累累硕果。无数逝者在他的妙手下，找回了“最初的容颜”，无数家庭因此获得慰藉。

这就是遗体整容整形的魔力，时间与灾难可以无情地剥夺生命，但不能带走生命的尊严和美好。王刚，用自己的时间，去重现逝者生前的容颜。虽无法逆转，但却能抚慰逝者家属的心灵。

2002年，上海市民政局决定选拔一批防腐整容青年人才赴加拿大学习深造，但选拔条件非常严苛，只有培训成绩优秀的学员才能拿到“入学资格”。14门专业课，还有1门法语。恰逢业务高峰，连续加班加点的王刚患上了重感冒。上课时，他左手吊盐水，右手记笔记。就这样硬撑了两周。终于等到考试结束，王刚不出意外地成了优秀学员，拿到了“入学资格”。

临行前一周，妻子邵燕频繁出现恶心、头晕、呕吐等症状，王刚敏锐地觉察到“我要做父亲了”。妻子妊娠反应非常强烈，王刚犹豫了。作为丈夫，于情于理，都应该陪伴妻子一起度过这段特殊的日子。他有不舍，也有顾虑。但善解人意的妻子给他鼓励，让他放心，家人会照顾好自己和孩子，让他安心学习，把握难得的机会。就这样，王刚离开了孕期的妻子，远赴加拿大玫瑰山学院进修学习。

半年的学习，给王刚带来了巨大的心理冲击。加拿大有非常系统的遗体整容防腐技术体系，还有先进的理念和成熟的技术设备。而国内相关技术尚处在探索阶段，有些领域还是“空白”，存在不小的差距。

回国之后，王刚一门心思扑在遗体整容防腐的技术研究上，他想把“空白”填补起来，想把与发达国家的技术差距拉近。白天，他利用工作空余做实验；晚上，上网查资料、做笔记。家里老人生病了，他没空；妻子产检，他没空；儿子打预防针，他还是没空。白天上班、夜晚自学，有时候还有“说走就走”的突发紧急任务，他的时间不属于家庭。他对家人非常吝啬时间，但在工作上却完全不同，若有人为了工作找他，问他有没有时间。他的答案总是“有”！妻子虽也有抱怨，但更多的是理解。妻子知道，王刚性子倔强，不把事情做好，是不会罢休的。

纸上得来终觉浅，绝知此事要躬行。遗体整容整形，会碰到很多“疑难杂症”。实践中遇到的问题，要向书本请教；书本中得来的知识，又需要回到实践中去检验。

有一次，上海一位知名人士遭遇车祸，整张脸都塌陷变形了。家属提出，能不能为逝者留下完整的面容。在当时的技术条件下，很难在短时间内达成目标。

难度高、时间紧！当时正在钻研整形技术的王刚，干劲正足，于是主动请缨，根据家属提供的照片进行遗体修复。那一晚，王刚整整对着照片，看了三四个小时，静心观察皮肤的质感、光泽、色彩，在脑海中还原逝者的面部结构。王刚说："根据照片去琢磨平面光线的错觉比例，在自己脑子里做逆向透视，能够快速找到人物的面部特点。"通过观察，王刚决定大胆使用骨骼复原技术，利用金属支架、连接器将颅骨破碎的骨骼进行固定和连接。同事们都有些担心，名人知名度高、影响大、时间紧，破损面积大，修复难度太大了。

王刚心意已决。他对人体骨骼结构已经了然于胸。人体颅骨由 23 块骨头组成，分为脑颅骨和面颅骨两大部分，骨头之间都由接缝和软骨组成，形成连接。在试验中，他曾经多次成功复原过整个颅骨。一开始，王刚尝试从颅盖骨部分进行试验，可以完全复原，而且表面十分光滑。再将复位范围扩大，复原后破损的面部可以恢复到本来面貌的六七成。

即便如此，他依旧承受了巨大的压力。一方面，同事们的担心不无道理。另一方面，新技术在实践中的运用这是第一次，如果不能成功，也会给单位带来负面影响。

抛开一切顾虑，放手做！王刚卸下心理包袱，直奔工作主题。紧张的工作开始了，循着试验的成功路径，从脑颅骨到面颅骨、从固定到连接再到复原，修复工作进展得异常顺利。最终，这位上海滩上的知名人士，在王刚的巧手下，恢复了往日的奕奕神采。

成功的经验有多么宝贵，失败的挫折就有多么刻骨铭心。一次，王刚碰上了一具高度腐败的遗体，面目全非。家属要求尽快举行追思仪式，并希望化妆师能尽最大努力还原面容。通过十几个小时的努力，信心满满的王刚，换来的却是家属的一盆冷水："这是我们的父亲还是我们的兄弟？"原来，家属提供的是逝者 60 岁时的照片，离世已经 80 岁高龄。虽然存在很多客观因素，王刚还是很受打击。打那时起，王刚就意识到，遗体整容整形既要有技艺的支撑，还需要科技的助力。

2004 年到 2006 年间，王刚和同事们承担了不少赴外地殡仪馆的技术援助工作。此时，他发现，一旦发生重大灾难事故，遗体量太大，往往无法及时处理，纵有一身技艺，却奈何"时不我待"。"因此，当时我们有一个强烈的念头，就是希望找到一种办法，既能保证遗体复原程度，又能便捷操作，节省时间。"王刚说。

于是，王刚注意到了当时刚刚兴起的三维扫描技术。他将受损的遗体部位进行三维扫描，通过电脑进行数据恢复，从而获得逝者的面部轮廓虚拟模型。然后用三维雕刻机将模型雕刻出来，后期再用手工进行面部细节上的操作，最后制作成模型，移植到遗体上。

在钻研整容技术近十年后，2010 年，由王刚领衔的“王刚遗体修复工作室”挂牌成立，他也被业内誉为“国内遗体整形第一人”。

然而，王刚依然不满足，三维扫描虽然较此前传统工艺节省了大量时间，但依然存在后期手工操作时间较长、材质单一等问题。他渴望有一种技术，既能够最大限度地恢复逝者原貌，又能比三维扫描节省更多宝贵的时间。他说：“做遗体整容整形，就是与时间赛跑，时间越短越好，因为遗体本身随着时间的推移，一直在变化。所以，对我们而言，时间是永不结束的挑战。”

长期以来，王刚把属于闲暇和家庭的时间，浓缩在技术钻研上，用坚韧和坚持，用发自肺腑的爱心，一次又一次努力还原逝者“最初的容颜”，一次又一次努力缓解生者内心的“不可治愈”。自己也从青涩的学徒工，成长为技术能手，蜕变为行业翘楚，练就了一身扎实超群的技能和“绝活儿”。

科技引领　开拓创新

2017 年 3 月，王刚作为民政行业高技能人才，获评享受国务院政府特殊津贴待遇。一个是普通殡葬工人岗位，一个是国家级专家荣誉，这两者的距离实在遥远。但这又是现实，是王刚的“绝活儿”，将两根看似难以相交的平行线，拉到了一起。

遗体整容整形，被称为殡葬行业的核心技术。而在整容整形中技术难度最大的，又数水泡遗体和焚毁遗体，堪称是水与火的考验。

水泡遗体之难，就在于腐败水气泡。溺水之后，机体内各种腐败细菌大量繁殖，产生毒素，导致溶酶体膜破裂，具有强大消化能力的酶顺势进入细胞质，促使脂肪、蛋白质加速分解，产生器官组织自溶现象，释放出具有强烈臭味的毒性气体，这些气体迅速扩张到表皮和真皮之间，形成腐败水气泡。如果处理不好腐败水气泡，遗体的整容整形就无从谈起。

王刚和同事们经过多年的研究和总结，提炼出了水泡遗体处置“五步法”：快速消毒防腐—遗体消肿—平稳缩形—创伤修复—修正肤色。2015 年 6 月 1 日，突发“东方之星”客船倾覆事件，打捞出水面之后的遗体，出现“巨人观”现象。这时，就特别考验整容师的功底，化学试剂的剂量、操作手法的轻重、染色程度的深浅，每一步都是关键，每一步都是难关。

在多年的研究中，王刚形成了“独门秘籍”：他调配出的试剂，能够使原本发紫发青的肌肤均匀变回原状。这项技术，在“东方之星”善后援助中，帮助同事们成功修复了“巨人观”遗体。

火灾遗体则是更大的考验，因为这是一项“无中生有”的工作。严重的火灾，可以将血肉之躯焚毁，只留下炭化的躯干。有一次，某汽车公司高层车祸事故，三具完全炭化的遗体，给复原工作带来了巨大难题。工作室的同事们有点无从下手的感觉。一个个传统方案，都被推翻；一个个难题，都拿上了桌面。最后，还是王刚一锤定音，必须做！而且要采用全新的技术方案。他提出，根据逝者生前体检报告和照片，用手工雕刻的方法，雕刻出 1∶1 的头像模型，然后再用接近皮肤质感的材料进行翻模。

说起来容易，做起来难。法医学界的传统办法是根据颅骨推测身高。而整容整形，则需要根据照片和身高数据，去反推身体和面容比例。法医学只需要推算身高、体重，整容整形则需要整体复原。

最核心的工作还是要王刚做，推算整个身体和面容的比例。拿出数据，然后建模。为了赶进度，他们通宵达旦地工作，日间与家属反复沟通、确认模型，夜里翻模、上妆、种植毛发……

第一次翻模的时候，脱出来的模型脸部表面有气孔，“这样不行！重新来过！”王刚毫不犹豫。第二次脱模的时候，左侧鼻翼位置有裂痕，第三次脱出来的模型，耳朵衔接的地方不够完美，就这样一次不行两次，两次不行三次，直到翻出了最完美的模型为止。

为了让逝者的面容更加生动逼真，还需要种植眉毛和头发，王刚小心地用镊子夹起平均不足一厘米长的毛发，比对脸部特写照片，仔细研究眉毛的深浅和走向，足足花了七八个小时，眉毛和头发终于纤毫毕现地呈现了出来。

最后一个环节是模型植入，为了让伤口隐形，需要把修复材料涂抹在伤口上精雕细刻。细微之处他都自己操作，他总是希望逝者的面容可以更真实、更安详，让亲属在与他们道别的时候少一丝牵挂，多一丝安慰。

这样高难度的工作，每年都会碰到。时间充裕时，可以做得很完美。多数时候，就没有那么充裕的时间去反复测算、建模、重塑，遗憾在所难免。这又让王刚想起了那次“失败”的经历，他深深地明白，遗体整容修复还处在“手艺活儿”的阶段，还有很多瓶颈有待突破，时间、个人能力、操作工艺、标准保持等，迫切需要导入科技的力量，来打开新的局面。

如果说手工整形是手艺，那 3D 打印遗体修复，则是技术。技与艺，各有所长，又各有所短。只有两者深度融合，才能推动遗体整容修复长足进步。

其实，从 2009 年起，王刚就开始了技术探索。他运用骨骼复原技术和胶原填充等技术还原逝者容颜，并通过计算机三维扫描、虚拟成像、定点测量，通过 3D 雕刻机，迅速刻出面部轮廓，形成一个“定制面具”，覆盖在脸庞上。这一创举，加快了遗体整容的速度。

2016 年，王刚领衔的全国首家“3D 打印遗体修复工作室”在龙华殡仪馆成立，利用创面扫描、电脑三维建模，采用分层加工、叠加成型的方式，逐层增加材料来生成 3D 打印实体，再通过植入毛发、妆面修饰等技术完美再现逝者生动仪容，达到逝者面容重塑高精度复制效果，修复相似度可达 95% 以上，且花费时间可缩短到两天以内。

对此，中国科学院上海技术物理研究所研究员舒嵘博士高度赞赏：“我觉得他们对 3D 打印技术的应用是非常超前的。第一，它是这个行业核心技术的一个突破，真正把遗体修复技术，从原来的手工化，一步迈向了数字化；第二，未来经过大数据的积累，可以建立一个属于亚洲人脸型的数据库，可以说这是殡葬科技的　次革命。”

王刚和团队研发的各类技术，很多已经在国内殡葬行业得到应用，也受到了同行的认可。值得欣慰的是，上海殡葬在核心技术方面的探索和创新，也得到了国际同行的认可。前国际殡葬协会主席特蕾莎女士，曾多次带领国际同行参观王刚工作室，并给予了很高评价。

王刚也不无骄傲地说：“十几年前，我们与西方发达国家的差距是很大的，现在这种差距正在逐步缩小，甚至在某些方面我们已经开始领先。”2002 年在加拿大所承受的心理冲击波，仍在他内心深处泛着涟漪。他从未忘却，一直在努力追赶。

日常工作中，王刚做得最多的还是遗体整容化妆。就拿化妆来说，虽然没有特别高深的技术，但只要用心，就会有新突破。在工作中，他发现，人体直立和平躺时的表情肌分布有所变化，在化妆过程中，就要考虑平躺的特点，来构思和勾画轮廓，如果按照站立的感觉去化，就不会呈现出理想的仪容。

遗体化妆，不是要画得多漂亮，而是要画得像。王刚拿起一个化妆箱，只见各种颜色的底霜加起来有近 30 种之多，而这还只是“底霜大军”中的一部分。

王刚说：“这是底妆，有固体、液体、膏状、粉底液、粉底霜等，它的功能主要是根据逝者的肤色，进行色彩调配，当逝者肤色发黑、发黄、发紫时，就需要用褐色底妆去调和，这样才能呈现出正常人一样的肤色。”只有每一个细部都到位了，才能画得像，才是逝者亲属心中真正的“漂亮”，也才能从内心感受到亲人最后的温情。

王刚说，现代殡葬服务，还可以做得更加温馨精细、更加人性化。在王刚的推动下，工作室结合殡葬惠民工程，推出了“表面低价修复”的服务项目，让“特殊整容”项目，在价格上，降低到“普通整容”价格水平，让更多家属有能力选择让逝者“体面离世”。

在王刚眼里，每一具遗体都是有生命的。遗体对温度和湿度，十分敏感，也会通过自己的“语言”表达自己的不满。“生气”时，肤色会转变；“伤心”时，体液会渗出……看似是简单的清洁保湿、整容化妆等工作，但却需要静下心来仔细观察，用心去体会和聆听，皮肤的颜色质感、光泽以及气味……读懂遗体，才能更好地服务丧户。内心有温度、手上有温度，冰凉的遗体也会配合，也会有温度。

遗体整容化妆工作，也潜藏着危险。各种类型的遗体，携带着各种细菌和病毒，如果不留心，就有可能被感染。更揪心的是，如果徒手接触遗体，继而进入生活区，用水、用餐、洗脸，就会发生严重的公共污染。对此，王刚在工作室推行“六步洗手法”，主持讲座，进行手卫生知识培训，被同事戏称为“龙华首席手卫生专家”。

21 年来，王刚通过孜孜不倦的学习、锲而不舍的努力，练就了一身过硬的为民服务本领，也带领团队，不断突破着遗体整形整容技术的瓶颈，推动殡葬核心技术不断创新发展。

无私大爱　援外施助

王刚和上海殡葬应急救援团队先后参与全国各地30余次善后援助工作，行程近4万公里。2004年赴江西上饶协助处理在阿富汗遇难的工程人员遗体，2006年“6·16”安徽马鞍山化工厂爆炸，2009年津巴布韦货机失事机组人员遗体处理，2012年“4·22”沿江高速特大交通事故，2014年“8·2”昆山粉尘爆炸，2015年“东方之星”侧翻，2015年“8·12”天津港大爆炸，2016年“7·20”金山水上飞机撞桥事故……每一次重大特大事故善后处理中，总能找到他们的身影，总能感受到他们身上所蕴藏的感人力量。

2015年8月12日22时51分，位于天津市滨海新区天津港的瑞海国际物流有限公司危险品仓库发生火灾，百余名消防官兵和港务消防队员及民警，悲壮逆行，积极组织扑灭火灾。不幸发生了，23时34分06秒发生第一次爆炸，23时34分37秒发生第二次更剧烈的爆炸。正是这两次爆炸，165个鲜活的生命消失了。事故发生后，中共中央总书记习近平作出重要批示，要求“做好遇难人员亲属和伤者安抚工作……”灾情就是命令，王刚和援助队再次踏上征途。

这是一群最可亲可敬的人，19岁的消防队队员小王的日记让部队首长泣不成声：“今天，我庄重地递交了入党申请书。作为一名消防战士，危险性不言而喻。为了人民的生命财产，我随时准备牺牲，体现我的人生价值。”

英雄的事迹，深深感动了王刚。他也知道，自己的工作对于安抚亲属有着特殊的意义。于是，王刚暗下决心，一定要尽一切努力完成任务，告慰英雄！

但困难特别大。19岁的英雄遗体只剩下三块骨头和一堆骨灰，是DNA比对才把英雄的遗骸聚在一起。凭着仅有的一张照片，捕捉每一个细微的面部特征。在面部塑形的十几个小时里，跟逝去的英雄面对面注视着彼此，身边的空气仿佛都已凝固。

巨大的爆炸冲击波和燎燎火舌已经将战士遗体侵蚀得难以辨认。王刚小心翼翼地清理着身体表面的焦炭，对损毁的四肢进行拼接、缝合、整形、防腐、包扎。两个多小时后，烈士的躯干出来了。最关键的是头部和五官重塑，王刚拿着照片，不断思索如何还原烈士的面部结构。操作台前，王刚与烈士几乎脸贴着脸，现场安静极了。油泥在手心揉搓的声音、汗水击打地面的声音、人的呼吸声和蚊子的“嗡嗡”声，都清晰入耳。鼻子、嘴唇、耳朵，相继成功塑形。就在大家都认为已经大功告成时，王刚又细心地开始为烈士“再造”青春痘。

直到凌晨，王刚终于直起了腰，整容、化妆工作全部完成。

两个半小时后，王刚返回殡仪馆，为英雄补妆、铺花，点上比较明显的四颗痣。当战友看到自己的兄弟安详地睡在灵床上，脱口而出：“就是喜子！就是我们的兄弟！”

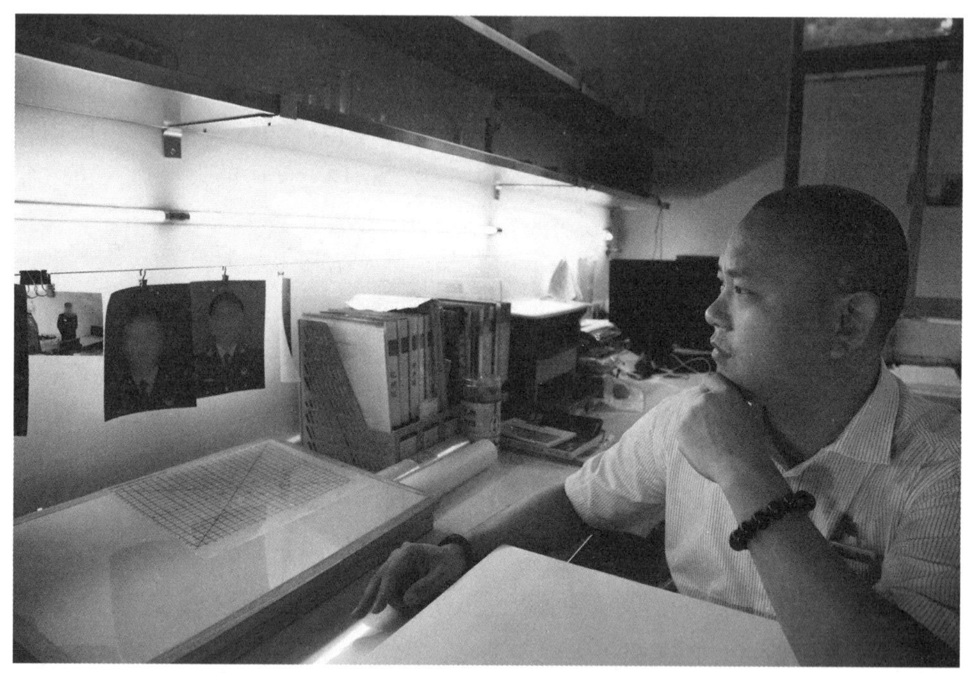

那几天里，每天入眼的都是残缺的躯体，入耳的尽是发自烈士亲属们的悲泣。记得，一天晚上，王刚刚为一位战士做完修复工作，还没来得及喝上一口水，就被告知有另一位消防战士的遗体第二天一早就要举行告别仪式，希望能够得到他的帮助。王刚二话不说，马上动身，在看到遗体后发现状况确实不容乐观。经过研究和讨论，防腐整形工作立即展开……当修复效果呈现在家属面前时，家属们再也抑制不住激动的泪水。他清楚地记得一位阿姨从人群中走出来，满眼泪水，紧紧地握住他的手说：“谢谢你将我的儿子还给我，谢谢你让我能再见到他最后一面！”就这样，在经历了 19 个昼夜后，10 位消防战士，在他们的手中成功地找回了“最初的容颜”。

王刚感到，实际效果并没有自己预想的那么好，时间、环境、材料、工艺等都有限制，还留着深深的遗憾。时至今日，王刚工作室还挂着英雄的照片，这是王刚对自己的激励和鞭策。

2012 年 4 月 22 日，沿江高速常熟段，一辆载着 33 名乘客的上海大巴与正常行驶的货车相撞，共造成 14 名乘客罹难。

王刚带领工作室成员火速驰援。老天不帮忙，天气开始回暖，温度和湿度，都对未经防腐处理的遗体产生了副作用，强烈的视觉和嗅觉刺激，始料未及的简陋操作条件……难度超过了他们的预期。面对惨状，普通人恐怕难以想象。

这又是一场与时间的赛跑。客观环境对遗体保存修复非常不利，如果不快速处理，遗体状况会加速恶化；远在上海等待亲人消息的家属，对王刚和同事们是无声的催促和号令，驱动着他们。

修复工作，整整持续了十几个小时。在第一场修复工作刚结束不久，团队接到上海指挥部电话指示开始第二场修复工作。几乎没有合眼，又带着疲劳，开始第二场赛跑。时间一分一秒地过去，逝者的面容逐渐清晰起来，苍白的脸上重现红润，甚至连表情都被王刚还原出来了。

当远在上海焦急等待善后处理的遇难者亲属看到自己亲人安静地躺在鲜花之中，好像厄运从来没有伤害过他们。一个孩子说："这是我爸爸！连表情都很像。"

事后，一位遇难者家属在微博中写道："我只是真的舍不得，舍不得爸爸变成一盒灰！谢谢龙华殡仪馆，谢谢王刚师傅，你们把爸爸因车祸受损变形的脸庞修整好，让他离开时保持了最后的尊严。"

谁会知道，在这次和时间的赛跑中，王刚已经20多个小时没有合眼了。回到上海，劳累交加的王刚病倒了。但他说："我们的付出是值得的，通过我们的工作，能让家属感到哪怕是一丝抚慰，我也觉得很开心，这就是我们的价值所在。"

青藏高原，蔚蓝的天空，挺拔的雪山，圣洁的白雪，是无数人心中的圣地。有人向往，也有人畏惧。王刚是后者。

从小学习绘画的王刚，也曾经一度渴望在圣洁的高原，用画笔记录下最美的风景。但一次黄龙景区的旅游经历，让他彻底断了这个念头。飞机刚在黄龙机场降落，还没走多远，高原反应如期而至，头痛欲裂、呼吸困难……整个旅程还没到一半，王刚便"铩羽而归"。因为这次"不愉快"的经历，心直口快的王刚还差点得罪了西藏的朋友，朋友盛情邀请他去西藏旅游，王刚脱口而出："我高原反应厉害，打死我也不会去。"

2016年10月的一天，王刚接到馆领导电话，要派他赴西藏执行紧急援助任务。王刚二话没说就答应了。他急急忙忙赶回家收拾东西，妻子一看就明白了，又是紧急援助，就随口道："去哪里？"王刚说："拉萨。"妻子一听，慌了神："你高原反应厉害，你不知道呀？"王刚说："我知道，但必须去。"妻子还是不甘心："能不能换别人去？""不要说了……我是党员，单位有需要的时候我不带头谁带头，谁都可能有高原反应！”说完，拿起行李和工具箱，踏上了征途。抵达重庆机场的时候已经深夜，但王刚没有停歇，便又搭上了飞往拉萨的航班。这次，王刚心里没有畏惧，只有使命。

一下飞机，熟悉的感觉，涌上头来。顾不了那么多，直接驱车赶往拉萨西山殡仪馆。来到操作间，形势不容乐观：逝者身体大面积的机械伤，骨骼破碎不堪，修复难度很大。

王刚和同事们，争分夺秒，制订遗体修复技术方案，迅速开始防腐处理和修复工作。拉萨海拔比黄龙还要高，虽然差距不大，但高原反应似乎来得更加猛烈。头，紧一阵慢一阵地疼痛，呼吸，深一口浅一口地调整，每一个动作都变得异常地艰难和缓慢，甚至每完成一项操作后都需要停下来喘息。

一个小时过去了，五个小时过去了，十个小时过去了……从额头到鼻子，从嘴唇到耳蜗……整整 18 个小时，三位英烈的遗容逐渐恢复了自然安详。

就在王刚和同事们准备继续投入第四位英烈的遗体修复工作时，当地的民政局领导担心王刚高原反应症状恶化，强行命令他休息和吸氧。

英烈们英灵未安，吸氧室里的王刚如何安心休息得下，经过了短暂调整，第二天一早又投入紧张的工作中。

但是刚过一会儿，身体再次亮起了红灯，翻江倒海般的咳嗽猛然袭来，大脑一片混沌。王刚手头的修复工作紧急叫停，马上派车送他到医院进行全面检查。1 个多小时的车程后到达西藏第一人民医院，经过检查确诊，是严重的高原反应，并伴有脑水肿等症状，医生说必须留院治疗。

那一晚，十分难熬。45 公里外，同行的上海市劳模徐军正在担纲原本计划两个人做的修复工作，王刚知道这其中的难度。在病床上，他既自责又有牵挂，自己为什么不能抵抗高原反应？徐军独自担纲的修复工作进展是否顺利？他无法安心，也无法入睡！只能通过微信视频、电话和照片，继续探讨技术解决方案，最终在预定的时间内完成了任务。这是一次成功的团队作战，三人团队，七个日夜，完成了七位英烈的生命妆容，还承担了丧事策划等工作。

当地领导向王刚、徐军、刘凤鸣三人团队竖起了大拇指，献上了洁白的哈达。当哈达挂上脖子的那一刻，王刚身上的痛苦仿佛瞬间消失了。洁白的哈达，象征同饮一江水的藏沪情谊，也象征对逝去生命的完美告别。

21 年来，王刚的足迹，印在祖国很多地方，每一次都带着使命和哀伤，每一次又都收获了抚慰和赞赏。他用自己最大的努力换取了家属们的安慰，也用自己所有的力量让那些故去的人能“从容远行”。

带教团队　新人辈出

在一次又一次的紧急援助工作中，王刚越发意识到团队建设的重要性，他说:“在大型救援工作中，遗体修复是一个系统工程，如果所有环节，都有能手，就能节约宝贵时间，大大提升修复效率。”因此，从“王刚工作室”成立之初，他就把带团队、建队伍作为核心任务之一。

在带教过程中，王刚创造性地利用启发式教学、情景模拟、结构化研讨、“头脑风暴”等形式开展带教活动，提升团队的创造性；开展专项课题研究，做调研、数据分析、撰写论文，提升团队的理论知识水平；开展内部技能比武，为成员制订专项技能发展规划，提升团队的业务水平和操作能力。“工作室”，不仅仅只是一个传统意义上的“传帮带”平台，更是一个孵化创意、培养人才的研究平台。在良好的氛围和机制作用下，各类人才崭露头角。

对死亡的畏惧，以及特殊的环境氛围，会在一定程度上，对职工和家属造成心理伤害。王刚知道，这是“人之常情”，但也需要科学干预和调适。在他的引导下，工作室成员常燕蓉，开始自学心理学知识，并考取国家二级心理咨询师资质，还成立了“心理抚慰工作室”，为职工和家属提供心理咨询服务，开展生命文化教育。王刚说:“就像《殡葬人手记》中说的那样，殡葬工作，耕耘的是情感的沃野。而心理学，就是耕耘这片沃野最好的犁铧。有时候，技术难以解决的问题，通过心理辅导，也有可能收到不错的效果。”

除了常燕蓉，28 人的团队中，还涌现出张斌斌、陈钰等一批技术尖兵。这些青年才俊，个个都身怀绝技。他们中有人考上了遗体整容高级工、技师，有人荣获了“全国殡葬工作先进个人”荣誉称号，还有人在全国性赛事摘得桂冠。这是“王刚工作室”的“群星闪耀时”。在这里，更多的“王刚”正在茁壮成长。

王刚说，殡葬行业整体的进步，需要全社会的关心，更需要行业本身的自觉和自为。

近年来，工作室申请成立了殡葬教学实习基地，一批又一批殡葬专业大学生，在这里实践检验自己学习的成效，也把新理念、新技术带回去。王刚作为工作室带头人，会亲自拟订实习方案，并根据实习情况和各自特点，为实习生“量身定制”带教方案，还邀请毕业生参与最核心的 3D 打印工作，毫无保留地把经验和技术传授给他们。王刚说:“殡葬专业大学生是这个行业的未来，是行业的明天，我们不能藏着掖着，他们进步了，行业才会有更强的发展后劲。”有学生在实习报告中写道：“在王刚身上，我能看到上海工匠的技术高度，也能体会到民政孺子牛的精神高度。”

的确，人才是殡葬事业发展的关键。行业需要更多的“王刚”，需要更多培养“王刚”的学习交流平台和载体。

这些年来，王刚一直在身体力行。他积极参加国家职业技能标准《遗体防腐师》制定工作，编写教材，出版《遗体修复》专著，把经验上升到理论和标准层面。参与全国性赛事的竞赛拟题、培训，通过远程教学、实地讲学等多种形式，进入民政院校殡葬专业开展“名师带徒”工作，不遗余力地将自身所学，传播到更广阔的范围，造福更多的人。

胸怀大爱、为民爱民，这既是王刚矢志坚守的职业信条，也是王刚坚定前行的动能。

平凡与不平凡，是一对孪生子。始终恪守为民宗旨，始终胸怀爱民情怀，纵使平凡，也能闪耀出不平凡的夺目光彩。

百姓身边的当家人

——记江苏省盱眙县桂五镇敬老院院长李银江

2018年6月26日，在民政部组织的“民政为民、民政爱民”主题宣讲活动中出现了一个熟悉的身影，他身着白衬衣，黑裤子，腰间系着一条已经明显有些老旧了的皮带，面带微笑，在现场观众的热烈掌声中，径直走向宣讲台。聚光灯下的他格外精神，胸前的党徽折射着璀璨的光芒。可别以为现在讲着普通话的他是多么有经验，其实在走上讲台前，他一直都是操着一口浓浓的家乡话，为了方便宣讲，保证大家能听明白，他专门拜访主持人，一字一句地纠正发音，一夜一夜地反复练习，一个星期竟然改掉了多年来形成的说话习惯。这样的他是可爱的，也是坚韧的。他不是别人，正是扎根丘陵山区近40年的基层党员干部，如今是江苏省淮安市盱眙县桂五镇敬老院的院长——李银江。

时光回到1986年5月20日那天，通过盱眙县公开招聘考试，李银江卸任桂五乡四桥村村支书，成为桂五乡民政会计，风风火火地踏上了民政服务之路，一走就是32年。回忆当初的选择，他说：“到盱眙县桂五镇从事民政工作，我很庆幸自己的选择。基层民政与困难群众走得最近，承担着托底线、救急难的重任，选择这条道路虽然很艰辛，但也很纯粹。因为这个选择，让我有机会成为五保、空巢老人的‘亲儿子’，乡村孤儿的‘好爸爸’，流浪人员的‘家里人’，复退老兵的‘参谋长’。”

黑土地中走出的时代楷模：要做一个有口碑的人

桂五镇原名西高庙乡，1956年为纪念革命烈士李桂五而更名。

李桂五1929年考入上海新华艺术专科学校，并加入中国共产党。1929年，受党组织的派遣，回到家乡盱眙，从事地下工作。1932年4月，中共盱眙县委遵照中共长淮特委的决定，组织西高庙农民武装起义，成立了盱眙红军游击大队，但不久即被“围剿”，李桂五英勇就义，时年27岁。

李桂五在盱眙活动时，李银江的父亲李学仁属于外围组织，在李桂五就义后转入地下。1946年，李学仁随解放军开赴山东途中，首长丁凤亭说，你家老父亲弟兄三个，只剩你这一根独苗了，你回去吧。由五家村民作保，李学仁回乡务农。1949年以后，李学仁成为“历史上有污点的人”。

李银江1957年农历二月初二出生，两岁遇上三年自然灾害困难时期。因为父亲是“历史上有污点的人”，上中学后，红卫兵没当上，推荐上大学的机会自然更没他的份。回到生产队务农，民兵都没资格当。有一个生产队干部当着他的面羞辱他：“我的屁股都比你的脸干净！”李银江听了，立志要干出点人样来。

1977年5月，李银江当上生产队会计；1979年2月，成为生产队长；1980年10月，入党；1983年1月，李银江成为四桥村主任；1984年2月，当选村支书，被评为“盱眙县农村经济发展带头人”。拿到县委县政府颁发的奖状时，李银江十分兴奋：“我连一个民兵都没捞着当，今天竟然能受到县委县政府的嘉奖！”之后，李银江又作为党代表参加了盱眙县第七次党代会，作为桂五镇唯一的农村党员代表，他感到无比自豪。

做了两年零7个月的村支书，在考上民政会计，成为“公家人”后，李银江到镇政府（时为乡政府）上班的第一天，父亲李学仁按捺不住激动的心情，一个人跑到镇政府门前的街上来回走了三趟。晚上，李学仁跟儿子说“你能有今天，是我们李家几代人都不敢想的”，嘱咐他“一定要做一个有口碑的人”。

殡葬改革后禁止土葬，李学仁就跟儿子说：“银江，你抓殡葬这一块，我和你妈死后你要带头火化，千万不要给我们偷埋了，那样你工作不好做。”

李银江一直记着父亲的话，“一定要做一个有口碑的人”。

乡镇民政办主任岗位属于公务员，民政会计是事业性质。2000年，桂五镇民政办主任退休以后，这个岗位就一直空缺。16年来，“民政会计”李银江实际一直在干民政办主任的活，虽然有点名不正言不顺，但李银江“不图名不图利，自己照样做事”。

每年，经李银江的手分配下发的扶贫助困等资金接近上千万元，没有一点“小辫子”，确实不容易。李银江总结大半生，自认为做到了不为情所困，不为权所累，最重要的是不为钱所诱惑。

桂五镇民政办也承销福利彩票，2011年底快要结算时，还剩12张福利彩票没卖出去，李银江决定用销售手续费买下，以便结算。没想到，刮开后，发现其中一张中了25万元大奖。办公室里只有他一个人，如果他悄悄让亲友拿去兑了，不会出现任何问题。但是李银江马上给镇长打电话报告此事，镇长还笑他：“你别吹了！”得知情况属实，镇长让他立刻向镇书记汇报。镇书记问李银江打算如何处理，李银江毫不犹豫地说，捐给镇财政，用于扶贫帮困。

2012年7月，一位连云港的公墓材料供应商通过网络购物的方式，给李银江寄来了一些他孙女爱吃的零食和一条硬壳中华香烟。李银江收到物流公司给他的包裹时很纳闷，因为他不会在网上购物，但是这个包裹上的地址说明这确实是寄给他的。后来，他看到了寄件人是一位姓卞的老板，这才想起来寄件人是和自己有过公墓材料供应往来的一位老板。他立刻致电质问该老板：“你怎么想起来干这种事呢，这不是助长不正之风吗？”该老板回复这是惯例，很正常的事情。李银江反驳道：“每个人都有自己的‘法律’，别人怎么做我不管，但是对于我来说，给老百姓办事，不该收的钱不收，这就是我的‘法律’。”

多年来，李银江拒绝的红包不计其数，小的200元，大的上万元。有人问他，难道就没有动心的时候吗？他哈哈大笑道：“我又没有啥不良嗜好，工资已经足够一家人花的了。老百姓办事，跑了很多趟了，我不该也不能要这些钱。”他从没统计过自己这些年一共退了多少红包。谈起周围的人对他退红包的看法，他说：“有的朋友说我‘傻’，还有人说我胆子太小，对这些话，我毫不理会。”

李银江不贪一分钱，敬老院这么多年的开支，都由李银江在敬老院组成的一个采购小组去采购，包括他的妻子都是义务帮忙。李银江的妻子韩素珍经常到敬老院里帮忙，为了更好地照顾老人，2017年她跟随李银江一同搬进了敬老院，和敬老院的老人们同吃同住，从“兼职”变成了“全职”。不仅没有工资，还要跟其他入住老人一样，每个月交600元的伙食费。

韩素珍说：“我有时候心里很气，在这里劳碌，吃饭还要交钱。老李劝我说‘你交点生活费，你在这里就是照顾我的，我心里踏实，我拿的工资我们老两口够用的，儿子他们也都有工资，也不用我们操心’。他经常这样劝我，劝了几次后，我就待下来了。”

李银江的儿子在部队，儿媳是教师，加上妻子和孙女，一家五口，三个人拿工资，家庭年收入11万余元。他说：“在农村，比上不足，比下有余，我们又不追求奢华生活。”

近年来，李银江先后被评为“中华孝亲敬老楷模”“江苏省最美基层干部”“江苏省民政系统创先争优先进个人”“江苏省五保供养工作先进个人”“江苏省十佳文明职工”，荣获“江苏省五一劳动奖章”。

2015年，李银江荣获第五届全国道德模范提名奖，10月12日赶赴北京，在等待中央领导接见的时候说道："我是一个标准的农民的儿子，儿童时代赶上三年困难时期，我自己一步一步努力工作，明天居然能受到领导接见……"再次回忆起自己走过的路，李银江失眠了，"什么叫'钱'啊？我现在得到这么高的荣誉，比什么都值！"

2016年6月22日，中共江苏省委宣传部在南京授予基层民政工作者李银江江苏"时代楷模"荣誉称号。

2017年，李银江作为淮安市基层人员代表，当选为党的十九大代表，与淮安市委书记姚晓东、涟水县委书记王向红一起作为江苏省代表团的成员赴京。

超乎寻常的有情：给五保老人做孝子养老送终

李银江任乡民政会计时，到岗不久，乡里就交给他一项重要任务——筹建敬老院。

1986年6月6日，乡里圈了一块4.2亩的荒地，乡党委副书记、乡长吴永康对李银江说："你干，干就踏踏实实干，就在这个地方干出一个样子来！"李银江接下任务后，第一件事就是跑到街上，花四块二毛钱，扯了一块重约一斤六两的塑料薄膜，在荒地边上搭了个小棚子。他吃住在这里，从筹建敬老院材料的购建、工程的招标、质量的鉴定，到最后把关验收，忙了近3个月。同年9月25日，他在荒地上建起了11间平房，8间当宿舍，3间当厨房，还有一座有4个蹲位的厕所。

房子好不容易建起来了，没想到"想让老人来这里住，可费老劲了"！30多年后，李银江还颇有"往事不堪回首"之慨，"老人有恋土难移思想。他看我来做工作，让他来敬老院，他说你这个小家伙，不到30岁的人，你给我骗到敬老院，我来了，好了，我巴不求得（巴不得），如果不好，我回不得家乡见不了爹娘（意为没脸见人）！"甚至有人还问"什么叫敬老院"。李银江一咬牙，向五保老人保证："你们到敬老院来，包吃包住，有病包瞧，我就拿你们当父母，我就是你们的儿子，给你们养老送终！"他跟老人约定，到敬老院过上几天，吃几碗饭，睡几天觉，如果觉得不好，他立刻找车把他们送回来。就这样，连哄带劝，做足了思想工作，老人也打听，都说李银江这个人做事还是比较实在的。终于，抱着试试看的心态，第一批来了7个五保老人。1986年10月1日，桂五镇（1986年7月，桂五撤乡建镇）敬老院如期举行了成立仪式，李银江兼任院长。

1987年11月8日，李奇山去世。这是在桂五镇敬老院去世的第一位老人。李银江在敬老院设了灵堂，戴上黑袖章，守灵三天，还把妻子带过来，磕头、烧纸。出殡的时候，按照当地风俗，请来吹鼓手，给逝者引路。

也许有些读者不能理解李银江做这样的事究竟有多重的分量，无法体会他这样做要顶着多大的压力。其实，在农村，这是比天还大的事。

当时，李银江的老父亲就有点疙瘩："银江啊，我跟你妈还没死呢，你倒先给人家做孝子戴孝守灵了！"李银江说，他当初答应过给人家做儿子的，现在就必须像儿子给"父亲"料理丧事的规矩去操办。

他又抚慰老父亲："大大啊，我现在就是戴黑袖章，等你们百年之后，我给你们戴大孝（披麻戴孝）！"

30年来，先后有66位老人在桂五镇敬老院去世，李银江一直遵照承诺，为每一位去世的老人"做孝子"。

李银江还专门设了追思堂，每逢清明、冬至、春节，他本人必去祭扫。平时闲来，他也会进去看一看，回忆回忆老人的过往。他要让活着的五保老人看到，敬老院就是一个大家庭，他们活着，有家的温暖，他们"走了"，也会有人磕头，有人献花。

李银江感觉，这么多年，好像有电波，随时随地发射到他的脑子里——"李银江你要注意，那边有个老人需要帮助！"接到"信号"后，他饭不吃，也一定要先把这个事情落实了。

超乎寻常的"无情"：扒了别人1000多座祖坟

2012年，桂五镇招商引资5亿元，拟开发石鼓山，建设太阳能发电站。十亩荒山上有坟357座，投资商要求在2个月之内全部迁走，不能影响工期。这个项目开发成功后，每年将为桂五镇产生四五百万元税收，还有几百万元土地租金。镇党委、政府十分重视，开会研究，把迁坟任务交给了李银江。

上门做迁坟户的工作是一件十分难办的事。想把357座坟墓在2个月之内迁走，谈何容易？要知道，在农村，"动祖坟"是大忌，你刨人家祖坟，人家跟你拼命都有可能。怎么办？李银江独自到山上转了一圈，"357"这个数字就是他一个一个数过来的。357座坟中，有6座是李俊家的——祖父母、父母、伯父母。李俊何许人也？用白话小说里的话讲，"是本地一个大财主"，在城里做生意，曾经跑到镇政府打过一把手镇长，因为他认为镇长办事不妥。

李银江决定先啃下这块“硬骨头”。

他打电话给李俊，说：“老大哎，石鼓山招商引资开发，要迁坟，有你家6座，你有空回来看看啊？”他话还没说完，李俊就火了：“银江，你这是什么意思！”李银江好说歹说：“不管怎样，老大你先回家来一趟，我们谈谈。”

土生土长的李银江很清楚，在农村做工作，讲清政策讲明道理是一方面，更重要的是要“懂礼数”。

那天上午，李俊来电话，说他马上出发，李银江说：“好，我在供仙阁等你。”李俊听完后，愣了一下。

李银江自己花钱在桂五街上最高档的饭店供仙阁订了包间，备下好酒，请了6个人作陪——李俊的3个同学、3个亲戚。

酒过三巡，李银江说：“老大哎，在家靠父母，出门靠朋友，今天政府把迁坟这项任务压到我头上，我数过了，总共357座，你家最多，一共6座，你能不能带个头呢？今天把你同学请来了，把你表弟、姨弟、堂舅也请来了，目的就是一个，就是想请你给老弟一个面子。怎么弄呢？我们都姓李，你爷爷奶奶跟我爷爷奶奶一样，你的父母跟我父母一样，你的大爷大妈跟我的大爷大妈一样，现在政府有这样的要求，我们带个头，好不好？”李俊说：“你都这样说了，怎么弄呢？我生意忙，那这样，明天一早就动手！”李银江端起酒杯一饮而尽，心想这下抓到大鱼了！

李银江连夜把挖掘机准备好。他知道，“刨祖坟”这个事给再多的钱，一般人也不愿干。第二天一早，他带上敬老院几个年纪轻一点的五保老人，先用挖掘机把上面的坟丘挖开，再用人工细心地扒出棺材，打开盖，跳进去，一块一块拣出遗骨，装进骨灰盒。没有朽坏的、装不进骨灰盒的遗骨，按当地风俗，用被面包上。

六个骨灰盒，只有李俊一个人。李银江说：“老大，你把你大大、妈妈捧着，我捧四个！”两人捧着六个骨灰盒，去镇里公墓安葬好。

李俊家这6座坟一迁，其他就好办多了——李俊家都迁了，你家不迁吗？！

当时正值七八月，是高温多雨季节。李银江一家一家跑，晚上做工作，做通了，天明就带上几个五保老人去迁坟。最多的时候，一天之内迁了22座。碰上雨天，“浑身糟得像个泥猴子”。

就这样，用53天时间，把357座坟全部迁进了公墓，李银江又黑又瘦，不成人形。

提前7天，把这样一件事情搞定，受到投资商的点赞。

而让镇委镇政府领导更佩服的是，李银江迁了357座坟，居然没有一个说李银江坏的，没有一个到镇政府闹的，没有一个要额外补贴的！

李银江说，我做工作，不管他姊妹6个、8个，不达到各个都同意，我不会去迁，毕竟是挖人家老祖坟，有一个工作没做通，人家打到乡政府，闹到乡政府，怎么弄？

后来，开发林山，6000亩山头上有864座坟，也是李银江带五保老人如期迁完的。

做任何工作，都不会一帆风顺，农村工作尤其难做。遇到困难的时候，李银江一个人在办公室或是家里掉眼泪，然后，自己擦干眼泪，再去干。

最不懂“江湖规矩”：建公益性公墓“扰乱市场”

2003年，盱眙大兴招商引资，李银江也有招商任务。有一次，他到南京跑了两天，毫无头绪。在中央门车站附近找了一间30块钱一晚的私人小旅馆住下。他想，招商引资不成，能不能自己回家干点什么呢？

辗转反侧，他想道：桂五镇多丘陵，当地老人去世后，散葬在各个山头上，对森林防火非常不利；有些山地黄沙、玄武岩多，利用率低，还有很多荒山；更重要的，有不少老百姓反映“死不起”“葬不起”，墓地贵、丧葬用品贵。想到这里，李银江有了主意。

回家后，李银江就给当地党委、政府打报告，请求开发公益性墓地。有领导担心：“你公墓建起来以后，能有去世的人去下葬吗？”李银江说：“那就发展当中求生存，生存当中求发展吧，反正我又不要你党委、政府给一分钱。”

李银江选了一块公益性公墓用地。

公墓建成后，复员军人、伤残军人、烈属、重残户和低保户等一律免费，其他本地居民购买，仅需付略高于成本的费用，利润用于绿化、看护和维修。虽然还是有人乱埋乱葬，但是经过艰苦的努力，现在去世后进公墓终于成了绝大多数居民的共识。

自2003年以来，桂五镇已建成4个公益性公墓，共有3500个墓穴。2010年，淮安市普及绿色殡葬，李银江又率先建起了两栋安息堂。李银江很自豪：“在全淮安市，乃至全江苏省，公益性公墓没有比我们发展得好的。”

方港村的王义军，外号“王大个子”，在厦门经商，成了百万富翁。其母亲病故之后，他打电话问弟弟和妹妹，妈妈的墓地怎么买的。弟弟告诉他，就在当地镇上公墓买的。他回到家以后，说："2000元钱？不要不要！"后到县城里重新买了一块5.8万元的墓地。李银江受到刺激，"桂五镇老百姓的钱，怎么能送给那些外面的商家呢！"于是，他们在国家政策允许的范围内，建造了一些质量相对较好的墓穴，供百姓选择。

老百姓反映"死不起"，除了嫌墓地贵以外，丧葬用品价格也贵。李银江调研发现，丧葬用品的差价惊人！例如，一个骨灰盒，进价200元，市场上可能会卖到800元、1000元甚至1500元。民政部门不能要求商户限价，但是可以通过市场行为调节。于是，桂五镇敬老院开始经营丧葬用品。

有镇外一个经营丧葬用品的个体商户打电话给李银江，说"你做得过头了"，他不相信李银江没有"小辫子"，表示要举报李银江。李银江说："你可以直接把电话打到我们盱眙县纪检委去，好不好？"

最讲"江湖义气"："分外"的事也毫不推诿

2017年的一天，李银江经过某村，看到一户人家门前围满了人，知道有事情发生，马上赶过去。民警看到他立刻说："太好了，你来了，这个事情就交给你了！"

原来，洪兰（化名）的丈夫因抑郁症自杀了，留下三个女儿。洪兰在打工过程中认识了一个妻子病故的男人，一来二去，两人有了感情，领了结婚证。这一天，两人举办婚礼仪式，男方的车子来接洪兰，洪兰要把三个女儿一起带走。而孩子的爷爷奶奶认为自己的儿子已经不在了，更舍不得三个孙女离开，坚决拉着孙女不放。因此，邻居打了110，警察来了，也无可奈何，一家人哭成一片。

李银江先把洪兰拉到一边，说："洪兰，你今天办喜事，也算一个新人，你一定要把三个孩子带着，好看啊？"

洪兰很委屈："他们两个老的七十大几了，能带孩子吗？我自己生的，我不带着啊？"

"孩子是你生的，不错，那就不是人家儿子生的了？人家失去了一个儿子，你再把三个孙女带走，一下子失去四个亲人，换作是你，受得了吗？万一老人想不开，出了什么事情你这一辈子能安心吗？"

"那你说怎么办？"洪兰问道。

"你今天一个人跟车子走，高高兴兴把喜事办了。过三天也行，过五天也行，你再回来接孩子。你不要到家里带，你到我办公室，我负责把三个小孩交给你！"

"你这样讲，行，我相信你！"

洪兰的工作做通了，李银江转过来找两位老人："老爹老奶，你们的心情我可以理解，但是，你们这么大年纪了，身体又不好，能把三个小孩带大吗？洪兰说了，她不要了，三个小孩都丢给你们！"

两位老人很为难："那我们哪负担得了啊？"

李银江马上说："我跟洪兰讲好了，她今天一个人走。过几天回来，小孩愿意跟她走，你们就让她带着。反正也不远，就在一个镇，你们想孙女了，随时去接。她如果不给，我去把小孩接过来，她不让带，我抄她的家！"听李银江这么一说，两位老人也想通了。洪兰坐上汽车，嘟，开走了。

处理农村这些事情，李银江的经验是：人在气头上，是一根"钢条"，你要想办法把他盘成"面条"，这时候你还不能动手，继续把他调成"糊涂糨子"（糨糊），然后就好办了。

李银江排了一下，桂五镇38000多人口，民政工作对象在10000人左右——聋、哑、瘸、痴、呆、盲，死人的、失火的、生灾的、害病的，再加上60岁以上老人。哪怕一天有20个人找他，就够他忙的了。但是，"最远的村，离镇政府25里，他们走山路跑来，咨询政策也好，处理问题也好，你不给人家一个完满的答复，人家能满意吗？"所以，"我们民政工作做得好，保一方平安，促一方和谐，做得不好，书记、镇长怎么有精力抓经济工作？"

48岁的章海燕，21岁时因手术造成高位截瘫，与腿部残疾的丈夫育有一个女儿，家庭十分困难。2014年，李银江在助残活动中认识章海燕后，把她请到敬老院看大门。章海燕第一次领到工资后，"这么多年第一次敢抬头看人了"。2017年，李银江让她做现金会计，谈起第一天坐到办公桌前什么感觉，章海燕说："飞起来了！"

几十年来，李银江有两样东西从不离身，一是"民情日记本"，二是"民情联系卡"。每户群众的困难他都详细记在"民情日记本"上，每走访一户都会留下"民情联系卡"。

"在民政的路上，前方可能有很多困难，但困难是死的，办法是活的，只要努力，就一定会成功。"——李银江的"民情日记本"中写着这样一段话。

30多年来，李银江坚持用"民情日记本"把全镇五保老人、孤儿、残疾人、特困户、退伍军人、军烈属和受灾群众的基本情况、存在的困难、生活需求和反映的问题一一记录下来，事情办好了、困难解决了，就在事项后面画个钩。日记本上记录了李银江几十年来处理的各种成功的、失败的村事案例，李银江至今还时常拿出来翻阅，总结经验。以“民情日记本”为教案，处理村民事务，已经成为李银江做民政工作的一个好方法。“农村的工作，一加四等于五，二加三也等于五，虽然答案相同，但是过程却不一样，在变化中如何灵活、机动地处理问题很重要，灵活的工作方法是基层工作最关键的一环。”对来镇里工作的年轻人来说，李银江的“民情日记本”还发挥了“传帮带”的作用。李银江通过“民情日记本”指导青年人如何开展工作，如何了解乡镇民情，“民情日记本”成为青年人的学习模板。几十年来，李银江已记录了38大本厚厚的“民情日记本”。

他的“民情联系卡”正面是姓名等信息，背面印了16个字：扶贫帮困，排忧解难，牵线搭桥，矛盾化解。这就是他的服务内容。从用名片开始，他先后印了25000张，还剩不到2000张。“人家的名片给老板、给朋友，我就给我的服务对象。”他的手机24小时开机，随时处理“警情”。日久天长，老百姓都说他的电话就是110、119、120。所以，要问李银江哪一天最忙，他也不知道，哪天都忙，忙本职工作，也忙更多“分外”的工作。

他是桂五镇的“消防队长”：有难事第一个就想到他

桂五镇一位退休干部说，李银江就是桂五镇的“消防队长”，哪里有火，一个电话，李银江就会去救。确实是这样，在镇里，党委、政府遇到难事和难以化解的矛盾，第一个就想到李银江。

1999年2月，四桥村班子“塌方”，镇委让李银江到四桥村兼支部书记，到2000年5月，把班子配齐，使各方面工作走上正轨。

2002年11月，林业村村委会主任意外死亡，村民议论纷纷。镇党委、政府让李银江到林业村兼了一年主任。

2004年4月到2008年5月，李银江又到方港村兼任支部书记。几年中，李银江筹集了近30万元资金，修好中心路，“大汽车走在这中心路上都一样跑”。方港村四个小组农业用水非常困难，李银江牵头建了一个电灌站，现在还在用着。最棘手的，村里有28亩地，被前任书记口头协定交给四户人家耕种，收成好，私下给点好处，收成不好，一文不交，群众意见很大。通过几次群众代表会，李银江把这28亩土地从四家手里拿过来，公开招标，给本小队一个邵姓人员承包，为村里集体经济增加了一笔稳定收入。

2011年8月28日，桂五镇发生一起两家灭门凶杀案，七尸九命（其中一个死者怀有双胞胎），最大的72岁，最小的6岁。案子影响太大，局面很难控制，镇里让李银江参与工作组，负责前方指挥，处理各种事务。忙了三天三夜，终于做通相关工作，7具遗体运达殡仪馆，准备第二天火化。

晚上回到家，李银江已累得站不起来了。洗了把脸，他哑着嗓子让妻子去买一套小女孩穿的衣服，再买一个发卡。妻子不解，李银江告诉妻子，被杀死的小女孩，和他们的孙女同龄，他看到孩子满身血污，实在不忍。他说孩子是无辜的，他要给孩子打扮得漂漂亮亮的。

第二天一大早，李银江带着妻子来到殡仪馆，把小姑娘的遗体从冰库里抱出来，兑了两盆温水，用毛巾慢慢把脸润开，一点点洗干净，把沾满血污的小褂子用剪刀剪掉，换上新买的衣服，夹上发卡……

其中一家15岁的女儿李婷（化名）当天不在家，逃过一劫。李银江哄着李婷，和她一人一个，捧着她爸爸妈妈的骨灰盒，来到墓地。在烈日下，陪着她哭，做了近三个小时的工作，才得以把骨灰安葬。至今回忆起当时的场面，李银江还是泣不成声。

丧事忙完，已经开学了。李银江带着党委介绍信，把李婷送到学校。报好名，给她把床铺好了，一直蹲在墙角默默流泪的李婷一把抱住李银江的腿，不让他走：“大伯，我怎么办？”李银江明白了，星期天、节假日，李婷有家也不敢回，在学校，需要钱、需要东西，找谁去？

李银江告诉李婷，以后，他的家就是李婷的家，敬老院就是李婷的家。从此，李银江把李婷当女儿一样待，连化妆品都考虑到。李婷数学不好，李银江给她找老师辅导，直到高中毕业，李婷考取了大学。桂五镇敬老院先后抚养了6名孤儿，目前3名已成家立业。

他是最不安分的敬老院院长：看到什么好的都想尝试

在办院初期，如何管理好敬老院是李银江一直思考的问题。把敬老院办成老人们自己的家，让老人像管理自己家里的事务一样管理敬老院的想法在他的头脑中冒了出来。于是，李银江召集全院老人举行了民主选举大会，推选出4名身体健康、思想积极的老人，加上3名敬老院工作人员，组成了“院务管理委员会”，引导入院老人参与敬老院日常事务管理。李银江还把敬老院工作进行了分组，工作人员和五保老人混合编组，管理着敬老院的大小事务。每个月还定期召开全体院民会议，向老人们公开敬老院的账务，并且对院里的一些管理和决定征求老人们的意见。

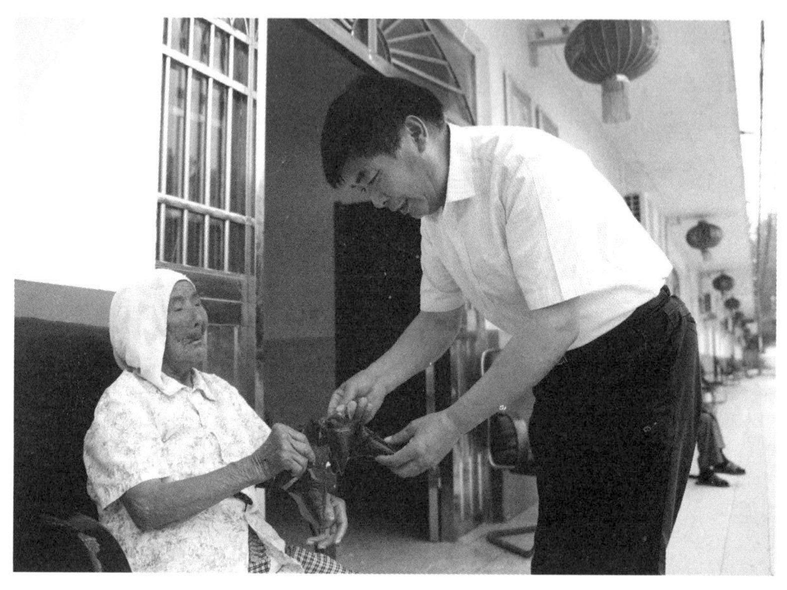

“明天早上吃包子、馒头、鸡蛋，管不管啊？”

“管哎！”

“中午要吃什么？”

“白菜烧肉、胡子汤……”

第二天一大早，桂五镇敬老院的工作人员老穆便骑上三轮车带着五保老人老陈、老张赶到镇上大超市采购回了敬老院当天的伙食：肉 5.91 公斤，每公斤 19.6 元；鸡蛋 6 公斤，每公斤 11.8 元……这份账单由敬老院会计验收后，贴到了食堂门口的公示栏上，向全体老人进行明示。老陈和老张两位老人是桂五镇敬老院“院务管理委员会”采购小组成员，和敬老院工作人员一起做好采购工作是他俩必备的“功课”。

国家拨的钱花到什么地方去了？这两天伙食是什么？民政部门拨的物资该怎么分配？这些问题在一般的敬老院也许只有院长最清楚，不过在桂五镇敬老院，老人们也像知道自己的事情一样，心里有一本账。

此外，根据敬老院里发生的情况，李银江还会组织召开“民主生活会”。虽然处理的都是老人们之间芝麻绿豆的小事，但李银江却将其作为引导老人逐步改变生活陋习、追求健康生活方式的“主阵地”。

“孙波在我住院期间撬我柜子，把我的香油偷走了。”周贤兵老人气鼓鼓地反映。

“我没吃你香油。”孙波老人回应道。

“老周，你的香油孙波都放我房间里了。”周兰英老人说。

5 月的一天，每月一次的民主生活会在桂五镇敬老院如期召开。这不，会议刚开始又一起老人们之间的小纠纷就上演了。

“事情大家伙都知道了。下面大家说说，老孙这么做对不对啊？”院长李银江将话语权交给了五保老人。

“老孙撬人家柜子肯定不对了。”

“老孙又没真把老周的香油吃了，没啥大不了的。”

五保老人们各抒己见、各执一词。

“私自撬开他人柜子，如果是以非法占有为目的盗走他人财产属于盗窃罪。如果没有非法占有，但涉及他人的隐私，属于侵犯隐私罪。”李银江借机为老人们普及起了法律知识。

“啊，原来这么严重啊！”老人们恍然大悟，老孙更是羞愧得头也不敢抬。

“老孙，我知道你也不是真的想要老周的香油。这样，你给老周的香油还回去，再向人道个歉，以后可不能再这样了。现在是法制社会，大家可不能随着自己的性子乱来。”李银江恩威并重地说。随着一声“对不起”，两位老人握手言和。

牵线搭桥，让夕阳之花绽放光彩。“一辈子打光棍，老了还能找个伴，我这辈子知足了，感谢李院长。”纪凤如在婚礼上动情地说。

69 岁的纪凤如，已是敬老院里有十几年院龄的“老资格”了。原来，当年 40 多岁的纪凤如，没老婆没孩子，一个人在家中生活。镇里道路扩宽，老纪家的房了面临着拆迁。工作人员上门动员，老纪提出想去敬老院生活。可 40 多岁根本不够入住敬老院的条件。院长李银江来到老纪家，“来敬老院可以，但你才 40 多岁，可不是来享福的。你不是没地方住嘛，这样，我们包吃包住，再发你工资，你来敬老院做服务人员吧。你看行不行？”“行。”于是，光棍汉纪凤如搬进了敬老院，种菜、跑腿、洗衣、喂饭……纪凤如忙活开来。眼看着，老纪 60 岁了，符合五保老人政策，李银江正式将老纪纳为了“院民”。2006 年，敬老院请来了一个新的炊事员张玉平，离异。张玉平一个人承包下了食堂烧饭、打扫卫生的活计。纪凤如看着她一个人不容易，总是有事没事帮着她忙活忙活。两个人日久生情，走得越来越近。为了让他们名正言顺地走到一起，李银江牵线撮合，并为两人在敬老院举办了一场婚礼。截至目前，敬老院先后有 9 对老人结成夫妻。

2014 年 9 月，江苏省民政厅安排李银江到香港特区考察敬老院，他 7 天跑遍了香港 7 家养老机构。

在回来的飞机上，李银江就琢磨开了。香港的 7 家机构，其实硬件都不如桂五镇敬老院。与香港相比，桂五镇敬老院在三个方面存在巨大差距，一是运行模式，二是内部管理，三是护工服务理念，“我回来把这三个短板给它补齐，我们敬老院发展后步宽宏！”

李银江觉得，内地的敬老院基本属于等米下锅，政府给多少米就煮多少饭，甚至有些不法分子还会偷去一些米，五保老人只能进所在地的敬老院，不能自由选择。但香港不是，一个老人这个季度可以在这个敬老院待着，对这个敬老院服务态度、生活水平、居住环境不满意，下个季度就可以“跳槽”，到另外一个敬老院去。内部管理，内地敬老院的规章制度是统一规定的，与敬老院的实际情况有脱钩现象。

此外，内地的护工，特别是农村，绝大多数执行国家最低工资标准，所以有些护工出工不出力。香港的敬老院，比如中午供应什么菜肴，有稀饭、干饭，还有哪几种面条，都在电子屏上显示，让老人自己选择。有的老人身体不便，选好了，管理员输入电脑，回头护工按时送到床头。

李银江决定，回来就学人家的模式发展桂五镇敬老院！

他紧锣密鼓地打了报告。有人好心劝他，都快 60 岁的人了，多求平安，不要搞什么创新了。李银江不听，2014 年 12 月 20 日，就在敬老院门口挂出了“桂五镇区域性养老服务中心”的牌子，探索市场化养老之路。

没想到，牌子挂出第五天，就有人找上门来。一个老太太骨折，吃饭需要人喂，上厕所裤带都解不开。李银江想：“这是我的第一笔生意哎，我要以服务为主，不赚钱！”他跟老人的儿子说：“行，你把她送来，我们给她喂饭，伺候她洗澡，每月 600 块钱。”三个月后，老太太病好了，回家了。

第二笔“生意”，是一个 90 多岁的老头。他吃得太好了，便秘，于是一到吃饭，家人就劝，不能多吃哎，吃了拉不出来。没办法，家人来找李银江，李银江一听，说：“行，把他送来，一个月 1300 块。”老人的儿子在上海工作，收入不错，不嫌这个价格贵。李银江找了一个年轻一点身体好的五保老人：“一个月给你开 800 块钱护理费，你来把他照顾好！”五保老人很开心，按照李银江的吩咐，买来 50 斤山芋，用玉米面烧山芋粥，猪油炒小青菜，一个星期，老人便秘通了！老人有精神了，骂他的儿子：“你就不孝顺，在家给我吃的什么，让我拉不出来！”老爷子不肯回家，更愿意在敬老院住着，自此就在敬老院住下来了。

截至目前，桂五镇敬老院已经收养了26名社会老人。李银江根据老人的身体情况及家庭经济状况，酌情收费，经济条件差的就少收点。有能力做护工的五保老人积极性也很高，有时需要服务的人少，还要排班，几个护工轮流伺候一名老人。

敬老院门口还有一块牌子——桂五镇残疾人供养中心。其实，他聘用章海燕，也是从香港学来的。刚看到的时候，他很吃惊：“哎，他们怎么用残疾人呢？！”仔细一琢磨，对了，有些工作普通人能做，残疾人也能胜任，用残疾人，就是一种积极的救助。

桂五镇敬老院经过几次扩建，目前占地面积34.5亩，前面一个小院子，种了花草树木，后面还有一个大院子。放眼望去，一片片稻田青翠欲滴，在微风的吹拂下，泛起阵阵波浪；一畦畦蔬菜含绿绽放，在阳光的照射下，展现勃勃生机……这是桂五镇敬老院“农疗基地”的真实写照。

进入敬老院的五保老人，原本都是农民，一辈子劳动惯了，突然没事干，容易生病。李银江想，敬老院后面不是有地吗？于是就挂了一块牌子——“农疗基地”，他提议种菜种粮，以院养院，让老人活动一下筋骨的同时，还能自给自足。这一提议得到大家的一致响应。很快，李银江带领老人利用院内空地，开发出2亩菜地、8.5亩粮田。五保老人愿意种地的，来种一片玉米，种几棵辣椒，量力而行。菜长好了，按劳动成本卖给敬老院食堂。

“没劳动的时候，这病那病，浑身不舒服，自从到‘农疗基地’里干活后，每天在地里浇水、施肥、除虫、除草，既能锻炼身体，又能吃到自己种的菜，自己种菜自己收，感觉精神好多了，病也少了。这‘农疗基地’，果真疗效显著。”说起“农疗基地”，老人杨明干乐呵呵地拉着来访者参观他的劳动成果，只见空地上已长出绿油油的菠菜，煞是可爱。

看老人们干得这么欢，李银江又在院里开发了4亩左右的活水鱼塘，让老人们养起了鱼虾。

“我们一辈子生活在农村，闲不住，现在没事干点活，既可以锻炼身体，又能吃上放心的绿色食品，实现了自给自足。更重要的是，让我们觉得自己还没老，对社会还有用。”五保老人们笑着说。

在敬老院中大力发展庭院经济，实行以院养院，不仅提高了敬老院老人们的生活水平，还让五保老人通过自身劳动取得更高的获得感，在基层民政事业的良性发展上进行了有益探索。

32年过去了，李银江从“小李”变成了“老李”，敬老院却变得“年轻”了，经过四次改造扩建，占地从4.2亩扩展到34.5亩，房子从200平方米增加到2650平方米。2017年3月，李银江到了退休年龄，可是老人们离不开他，他也离不开老人们，经组织上同意，李银江继续任桂五镇敬老院院长，但他坚持不拿一分钱工资。

用李银江自己的话说，“辛辛苦苦几十年，我没有升官没有发财，但是，我活得值得，活得潇洒，活得心安理得！现在，我李银江走出去，当地老百姓对我很尊重，我也觉得自己清清白白、坦坦荡荡。我61岁了，身体很好，‘三高’一个没有，哪块也不疼。每天睡四五个小时就够，不抽烟，不打牌，最大的快乐就是帮助别人解决困难。退休前，组织上找我谈话，当时我就表态，服从组织安排，我愿意义务为民政事业作奉献，因为，我还有一个名字叫共产党员！”

新时代爱心使者

——记浙江省复员退伍军人精神病疗养院院长、党支部书记陈亚萍

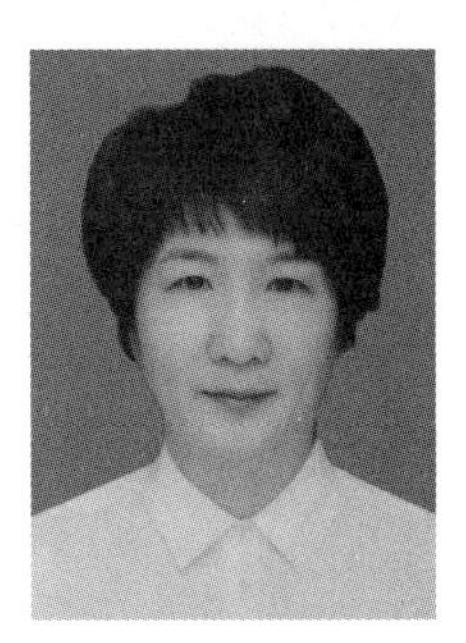

历史的天空风云变幻，岁月的江河激流匆匆。唯一不变的是，殷殷志士以非凡的毅力，在众人并不熟知的领域默默耕耘，“种植”希望，“种植”幸福。

她始终用自己的心，扑于民政工作；用自己的情，寄予民政工作；用自己的身，力行民政工作；用自己的行，践行共产党员的党性和品德。她有魄力，敢担当；有思想，勇创新；有爱心，精业务。

她 30 载凝神于一点，聚力于一处，她把对民政精神卫生事业的执着追求，凝聚于默默无闻的日常工作中。领导表彰，看作鞭策；群众赞誉，视为激励。把求实精神凝于血液，将创新意识化作行动。

她讲政治、一心向党强初心，谋发展、一张蓝图绘到底，干实事、心系患者谋福祉，抓队伍、以身作则重廉洁。她用自己的实际言行，充分体现了一名民政工作者的职业操守和人格魅力，全面展示了一名领导干部廉洁担当的良好形象，永葆一名共产党员忠诚执着的政治本色，是一名赢得广大群众一致好评的新时代优秀民政干部。

她就是被广大患者和群众誉为“爱心使者”的浙江省复员退伍军人精神病疗养院、宁波市精神病院院长、党支部书记——陈亚萍。

她始终坚持“民政为民、民政爱民”工作理念，保持民政干部良好的工作状态和精神风貌，立足本职发挥一往无前、踏实苦干、不图名利、勇于奉献的“孺子牛”精神，凭借着自身的努力和坚韧，自觉克服重重困难和压力，雷厉风行，开拓创新，从当初一名普通的精神科护士成长到现在的医院院长、党支部书记，历经 30 年奉献、勤奋、敬业、创新的心路历程，在努力提高自身业务水平的基础上，一路探索，勇往直前，带领着团队，不断创新新形势下精神疾病医治、康复的新途径，探索出多专业融合社会化职业康复等新模式，书写一个又一个传奇，将医院从小变大，由弱变强，推进医院“跨越式”发展，打

造一个行业新品牌，成为全国精神卫生领域的标杆。

30 载情展新颜

每当人们提到精神病院，最先浮进脑海的，可能是特殊的病人、昏暗的病房和铁丝高墙等可怕场景。然而，当你踏入位于浙江省宁波市江北区童家村的浙江省复员退伍军人精神病疗养院、宁波市精神病院那一刻起，以往固有的印象都被眼前的美景一扫而空，院区内绿树成荫、鸟语花香，康复农场四季蔬菜、瓜果飘香……各式各样的作物整齐地“列队”在农田、大棚。

浙江省复员退伍军人精神病疗养院、宁波市精神病院是隶属于浙江省民政厅和宁波市民政局的一家三级乙等精神病专科医院。两院实行对外两块牌子，对内一套班子的管理模式，主要为全省复员退伍军人精神病患者、宁波市“流浪、救助、慈善、低保”等精神障碍患者以及社会各类精神障碍患者提供医疗、康复、司法鉴定、失智老人照护、巡诊、心理卫生等各类精神卫生保健服务。其中，省院的主要职能是为全省优抚对象提供精神卫生医疗保健、巡诊、健康宣教、疗休（养）、康复等服务。现有在职职工 343 人，开放床位 600 张，下设重症精神科、慢性康复科、老年医学科、临床心理科 4 个临床亚专科室 9 个病区、8 个医技科室和 17 个职能科室。

35 年前，医院地理位置地处偏远，环境设施简陋，这里没有一位科班出身的护士，医生也多是当时的“赤脚医生”。毫不夸张地说，那个年代，写信邮寄至医院，10 封信里有 9 封会被投递到另一家医院。当时对于患者，也就只是照顾好他们的衣食住行。

1989 年，刚毕业的陈亚萍走入了浙江省复员退伍军人精神病疗养院，从此与白大褂为伴，与同事为友，与患者为亲，开始了栉风沐雨 30 载的精神卫生职业生涯。

在陈亚萍的带领下，医院过“二甲”，冲“三乙”，1 年一个新变化，5 年一个新台阶。如今的医院早已今非昔比……医院管理更加规范，医疗质量显著提高，医患关系进一步和谐，医疗服务流程更加合理，医疗环境更加舒适、优美、温馨、优质，医院已步入了健康、快速、持续发展的快车道。

励精图治勇担当

陈亚萍的身份是多元的，她是卫生专业技术人员，是医院社会化精神康复学科带头人，更是院长、党支部书记。在院长这个岗位上，陈亚萍是全方位、全职能的管理者。她说，医院工作千头万绪，这需要领跑者立足大局，当好掌舵人。

长期以来，由于民政医院的功能和定位模糊不清，导致了医院在很长一个阶段处于封闭、保守的状态，学科建设停滞不前、专业技术人才后备不足，医院和职工的价值无法得到真正意义上的体现，这严重阻碍了医院的发展。

1996 年，陈亚萍被任命为医院副院长时，针对医院业务和管理上的许多棘手问题，迎难而上，敢于创新，敢抓敢管。在领导和同事们的关心支持下，凭借着自身的毅力，努力克服了各种困难，短时间内就完成了从专业技术人员到管理干部的转型与蜕变。

由于德才兼备，群众威信高，2006 年底，陈亚萍被任命为医院院长。在新的工作岗位上，她广泛吸收先进管理经验，认真梳理医院发展思路，充分发掘医院优势，根据民政医院的自身特点，主动作为，大胆实践，开拓创新，探索出了一条适合民政医院发展的创新之路。

她坚持以马克思列宁主义、毛泽东思想、邓小平理论、“三个代表”重要思想、科学发展观、习近平新时代中国特色社会主义思想和党的十九大精神来指导医院发展工作，带领班子对医疗改革进行深入探索，建立了“科技兴院、质量建院、人才强院、诚信立院”的战略方针。她在“十一五”期间，健全修订各项规章制度，狠抓医疗质量管理，整合医院医疗资源，拓展医院发展空间。在对医院各项工作进行深入调研的基础上，又统筹规划了医院的“十二五”“十三五”发展目标及措施。她带领团队以等级医院和各种创建活动为契机，多次修订工作职责，完善各项规章制度，进一步规范服务流程，做基线调查，提高精细化管理水平。在上级领导的支持下，医院插上了腾飞的翅膀，规模逐渐扩大、品质不断提升、医疗质量不断增强、行业地位不断巩固。

然而，这个过程的艰辛是常人难以理解的，也是难以言说的。

在她刚上任院长不久，曾有人说，陈亚萍是一个“疯狂的女强人”。作为隶属于民政系统的医院，只要按要求完成“托底工作”就好了，但她却不走寻常路、平稳路，偏偏要提出争“二甲”创“三乙”这样的大目标，这让早就习惯过安稳日子的职工们大为惊愕。以当时医院的实力，与专业医院竞争，无异于以卵击石。而她坚信发展才是硬道理，倘若裹足不前，终究会被淘汰。

2007 年，在争创“二甲”医院评审期间，她顶着巨大压力，身体力行，牢牢抓住医院发展重要节点，始终保持忘我的精神状态。在整整半年时间里，她每天与全院干部、职工一道加班加点、不辞辛苦。经常忘记吃饭时间，直到买来的饭菜没了热气才匆匆塞进几口，便又继续投入工作；夜晚灯稀人静的时候，在办公室有她忙碌的身影。通过大家的共同努力，医院最终顺利通过了浙江省卫生厅二甲精神病专科医院的评审，成为浙江省民政系统第一家有了等级的医院。

此后，为了争创三乙精神病专科医院，从 2012 年开始，她认真研究、分析评审标准，充分论证、全面部署、组织各项工作任务，牺牲大量业余时间与假期，无论多苦多累，她从不放弃。通过全体员工的共同努力，扎实工作，在她的带领下，医院的整个团队工作凝聚力、执行力、战斗力显著增强。在短短两年的时间里，医院完成了从二甲精神病专科医院晋升到三乙精神病专科医院的目标，成为浙江省唯一一家通过三级医院评审的民政医院。

当医院软件和硬件满足不了患者日益增长的就医需求时，陈亚萍和她的团队排除万难、连出重拳，翻建 2 号住院楼，扩建门诊康复医技楼，美化医院环境。目前，又一项总投资 2.71 亿元、总面积 3.56 万平方米、设有床位 500 张的扩建工程拔地而起，2018 年底竣工投入使用。医院还引进了一大批先进医疗设备，实行“一人一诊室”，优化就医体验，完成了全院 HIS、LIS、PACS 管理系统升级，建立了远程会诊平台，便民和惠民服务内涵不断扩大，精细化服务不断升级，群众的认可度和评价得到大幅提高。

面对医院学术经验缺乏、人才队伍后备力量不足等发展瓶颈，陈亚萍和她的团队积极争取上级部门支持，坚持人才兴院、科技强院的理念，从巩固软实力角度出发，采取“软硬”兼施的方式，严格用人条件和标准，把好招聘关、培训进修学习关和聘用关，确保人才队伍的高素质；深化人事改革，明确岗位设置和职责，畅通人才招聘渠道，有针对性地吸纳新鲜血液，尤其是医院目前紧缺的医疗专业技术人才，为医院的学科以及科研建设发展提供动力和源泉；努力为员工发展搭建平台，通过助理制、重点岗位优先制以及同工同酬制等形式，支持鼓励帮扶优秀的年轻专业技术人员、优秀的编外人员、优秀的特殊岗位人员和想干事业的老同志干事创业，在资金投入、学习提高、科室设置等方面给予最大限度的保障支持，以激励大家共同提高，平衡发展；着力加强特色专科建设，重点向精神疾病重症防治、慢性康复、临床心理、老年医学四大专科分层发展，从原来单一的普通精神科向老年医学和精神康复医学等重点学科成功转型。同时，重视外聘专家在医疗业务和学术方面的“传帮带”作用，力争在技术等方面寻求突破，形成良好的学习氛围，有效提高员工的价值感和归属感，营造良好的人才成长环境。

由于她工作思路清晰，医院的功能定位进一步明确，医疗服务范围进一步扩展，成为同行业的佼佼者。在她的带领下，医院荣获了中华医学会“2015年度精神分裂症回归社会杰出贡献奖”，先后被评为全国民政系统先进集体、全国社会工作服务标准化示范单位、浙江省民政系统行风建设示范单位、省级优抚达标单位、省一级社会福利事业单位、省平安医院、省绿色医院、省文明单位、浙江省优秀志愿服务组织、浙江省首批社会工作专业人才实训基地、宁波市文明单位、宁波市一级花园式单位、宁波市群众满意基层站所先进单位、宁波市精神卫生工作先进单位、宁波市优秀志愿服务组织、宁波市工人先锋号、宁波市“慈善之星”“热心公益事业兰花奖”等数十个各级各类荣誉称号。同时，医院还被中国社会工作协会、中国残疾人康复协会精神残疾康复专业委员会、中国残疾人康复协会心理卫生协会、浙江省康复协会精神残疾康复专业委员会、宁波市医学会精神分会、宁波市心理卫生协会、宁波市医学会心身医学会等组织吸收为理事单位。

她先后荣获了宁波市民政局先进个人、宁波市精神卫生工作先进个人、宁波市民政局优秀党务工作者、宁波市直机关工作委员会优秀共产党员、全国民政系统先进工作者等10多项荣誉称号。可以说所有这一切，无不倾注了医院管理团队，特别是“掌舵人”——陈亚萍的智慧和汗水。

在成绩和荣誉面前，陈亚萍总是淡然处之，她说：“持之以恒地做了分内的事，这将激励我们继续为民政医院事业的发展作出更多努力。”

精益求精树榜样

陈亚萍是一位善良、正直、率真、豁达的女性，她的身上充满了正能量。曾有同事这样评价陈亚萍，“陈院长十分敬业，目光十分敏锐，工作十分严谨，对自己和职工十分严格，榜样的力量十分突出。”这五个“十分”，充分凸显了陈亚萍在医院职工中的威望。

她的五个“十分”体现在对每一项工作的决策和要求方面，也体现在提高自身综合素养和对职工的思想教育方面。正如她所言："细节决定一切。"

她将心血全部倾注于民政工作，对患者、对医院、对社会兢兢业业，无怨无悔，她的敬业精神是有目共睹的。她很少有双休日、节假日，经常顾不上吃饭、休息，长年累月，夜以继日，从不间歇。有人心疼她，劝她："陈院长，歇歇吧！这样下去，你要垮的！"陈亚萍微微一笑，平淡地说："谢谢，没关系 。"

2009 年 11 月，中国社会工作协会康复医学工作委员会举办的全国医院管理高级论坛确定在医院举行。当年 10 月，正在紧张筹备会议的陈亚萍，家中突遭重大变故，至亲的意外诀别让她备受打击。但很快，理智战胜了情感，大爱胜过了小爱，她默默擦干眼泪，全身心投入会议筹备工作之中。在那段沉重的日子里，她化悲痛为力量，以繁重的工作化解心中的伤痛和精神上的压力。会议如期举行，并取得了圆满成功，令会后得知情况的全国同行们深受感动，纷纷为这位坚强的女性报以热烈的掌声。细心的同事发现，一夜之间，陈亚萍头上多了很多白发。

每年的夏秋两季，宁波都会遭遇多个大大小小级别不同的台风天气。每次得知预报台风天气后，陈亚萍都会在第一时间提醒医院各部门要严阵以待，做好防台防汛准备，并走遍医院的各个角落，将各项防御措施落到实处。2013 年，宁波遭遇了特大台风"菲特"，医院也受到了严重影响。在台风肆虐期间，陈亚萍始终驻守在医院，与广大干部职工齐心协力，共渡难关，保障了住院病人和工作人员的人身安全，使医院的损失降到了最低。直到狂风有所缓解，她才稍稍休息片刻，吃饭时还不忘叮嘱职工："要继续关注天气预报，时刻保障好病人的衣食住行。"

作为领导干部，陈亚萍深知自身综合素质提高的重要性，尽管行政管理工作繁忙，但她仍坚持认真学习，努力充实和提高自身的政治理论水平和专业水平，不断增强自己驾驭全局的能力。为切实提高医疗科研水平，她拓宽视野，身体力行，努力探索新的医疗科研课题，积极推动医院新技术的发展。2008 年 9 月，她克服各种困难和压力，凭着对精神卫生专业的执着和热爱，考上了同济大学的研究生，攻读临床医学硕士学位。她说："希望以自己的学习态度来带动周边的员工，使全院的学习风气得到进一步改善，使职工的精神面貌和学术水平受到社会的肯定。"

陈亚萍积极向全院职工灌输"民政为民、民政爱民"工作理念，努力为职工提供学习和锻炼的机会，特别对有能力的年轻员工，搭建适合的平台，历练提升他们各方面能力，并对职工的学习态度、言行举止、政治理论水平不失时机地提出建议和指导，使职工不断提升能力素养，充分发挥自身潜能。在她的努力下，医院人才队伍不断充实，学科建设水平不断提升，广大职工的自身价值得到了充分体现。

她的严谨和细致不仅体现在剖析医院管理工作上，还体现在她对干部职工的思想政治工作中。

“踏踏实实做人，清清白白做事”，这是陈亚萍为人处世的准绳。她坚信淡泊明志、无欲则刚，坚持感恩、善良、正直、清廉的处事态度，管好自己，管好家人，管好员工。

作为医院党支部书记，她认真贯彻党的重要路线方针政策，坚决维护党中央权威，在思想上、政治上和行动上始终与以习近平同志为核心的党中央保持高度一致，不忘初心，牢记使命，知行合一。

她以身作则，以上率下，经常携领导班子成员深入一线、深入群众、深入实际，真抓实干，对重要情况、矛盾问题了然于心，重要举措亲自部署，重大方案亲自把关，关键环节亲自协调，将上级精神和部署与实际工作相结合，完善各种制度建设，强化监督力度，规范各种工作流程，提高医院阳光服务的能力。

陈亚萍以全面从严治党为行动指南，强化组织领导，全面加强班子建设，严格落实一岗双责，强化党风廉政建设，注重教育，警钟长鸣，不断增强干部职工讲纪律、守规矩和廉洁自律意识，保证了“将廉政布置在第一阵线，将腐败阻止在第一时间”，营造了风清气正的氛围。在她的领导下，医院至今未发生一起违法违纪违规情况，无重大安全责任事故。在国家卫计委办公厅组织开展的医院满意度调查当中，医院门诊患者满意度在宁波市排名第一。

陈亚萍敬业爱岗的专业品质、细致的工作作风、锐意改革的管理风格和热忱为民的人格魅力，充分显示了一个现代化民政管理工作者的执政水平和管理风格。

鞠躬尽瘁知心人

在工作中，陈亚萍一丝不苟，对待职工十分严格，让职工对她望而生畏，这种畏惧更多的是对她的敬重。在生活中，陈亚萍是一个用心、用爱去凝聚每一个人力量的知心院长，她对下属的关心也是无微不至的。她每年都要对困难职工家庭进行走访，把职工关心的重点问题作为自己管理工作的“第一考虑”。她的好，被医院职工看在眼里、记在心间。

前不久，一名职工的孩子突发重疾，因宁波医疗技术有限，便前往上海住院治疗。到了上海，正值周末，一时找不到床位，也联系不上医生，职工和家人心急如焚，不知所措。当时，陈亚萍因病刚接受完手术治疗在家休息，可是在接到该名职工的求助电话之后，不顾病痛，立即帮他联系上海的医院和相关专家，直到孩子顺利入院得到了有效医治，才松了一口气。发生在陈亚萍身上的如此事例不胜枚举，但对她而言，这是极为平常、极为普通的事。职工无论有什么困难，只要找到她，她总是第一个伸出援助之手，想办法帮助解决。

2007年，医院得到了第一笔住房补贴资金。当时由于医院资金不足，无法同时满足全院职工的需求，考虑到部分退休职工尚未享受到实物分房的福利，陈亚萍提议将住房补贴资金优先分给退休职工。在陈亚萍的影响下，全院职工理解了老员工为医院发展作出的贡献，并达成了共识。

平时，如果有退休职工生病住院，陈亚萍都会亲自探望，实在没空，也一定会电话慰问并委托工会同志代为问候。每年重阳节，除特殊情况，陈亚萍都会亲自带队上门看望退休职工，详细了解他们的日常生活情况和身体健康方面的问题，并送上节日的祝福。

近几年，医院发展迅速，很多老职工都有返院看看的愿望，陈亚萍获悉后，立即邀请他们返院，共同回顾医院的历史变迁，并承诺今后尽量每年都邀请老职工来院相聚。一位退休多年的老职工说："我退休20多年了，医院还记得我，看到医院从当年的几间平房到现在的高楼，变化好大，发展好快，作为退休职工，我也感到很自豪。而且，好多姐妹退休后都没见到，这样的聚会，让我们都很感动。"陈亚萍的做法不仅让老员工感受到了集体的温暖、关爱与尊重，还在全院树立了尊老敬老、尊师重教的良好氛围。

在大家看来，陈亚萍不仅关心关爱职工，更懂得如何去发挥职工的特长，知人善任，人尽其用。为了能使大家心情舒畅地工作，不懈怠，不放松，不止步，精神振奋，同心同德，心往一处想，劲往一处使，形成合力，她一碗水端平，一视同仁，做到公平、公正、公开，使全院上下形成了团结、奉献、求精、务实的良好工作氛围。

曾当选第十二届宁波市人大代表的孙春玲，1985年至今就在院区从事一线护理工作。2018年底，她就要退休了，然而依然坚持在一线值守夜班。"到了我这个年纪，说句实话，想'轻松点'，没人会质疑什么，但我愿意这么执着地干，就是冲着陈院长，这些年，她太不容易了。"孙春玲动情地说。

陈亚萍执政为民的明晰思路和对职工的关怀备至得到了全院干部职工对她的支持与信任，增强了医院的凝聚力、战斗力和创造力。在她的积极推进下，医院一系列新亮点应运而生，医疗服务水平不断提高，社会效益及病人满意度逐年提升。

天道酬勤化“使者”

30年来，与陈亚萍同时入职的同事们，有的下海经商，有的转行发展，唯有她始终坚守在浙江省复员退伍军人精神病疗养院、宁波市精神病院，一干就是30年。陈亚萍总是说：“要用心去做好每一件事，他人的快乐就是我们最大的幸福。”这是一名在民政医院工作岗位上辛勤耕耘的普通工作者，用30年忠诚实践和无私奉献兑现了对精神卫生事业的庄重承诺。

陈亚萍在深入调研实践的基础上，针对患者实际，结合行业特点，探索创新一整套前瞻性、创造性、操作性较强的精神康复服务新体系，她怀着一颗赤诚之心，化身为“爱的使者”，真诚为人民群众提供全方位全周期的精神卫生服务，赢得了社会各界和广大患者的一致好评，医院综合满意度达98.5%。

作为民政医院，医院承担了110、120和市救助站等部门送来患者的救助任务。陈亚萍及团队牢记“医者仁心”，不歧视、不推诿，用真爱换真心，大力倡导人文关怀，坚持社会救助和医疗救助并重的原则，全方位开展困难群体救助工作，切实为构建和谐社会和安定团结作出贡献。据统计，医院每年收治困难群体患者1000多人次，其中一部分通过医护人员精心救治后重返家园，过上幸福生活，真正让精神病患者及其家庭充分享受获得感、幸福感、安全感。

打造社会化职业康复新模式——

近年来，精神疾病的发病率急剧攀升，紧张、焦虑、抑郁等负面情绪困扰着很多现代人。由于精神疾病病程多迁延，病情反复，常会造成显著而持久的功能损害，并带来沉重的社会负担以及家庭负担，这让陈亚萍充分认识到了探索精神病人康复之路的迫切性。

从2009年开始，针对精神障碍患者社会功能退化、适应技能缺乏、社会支持不足、生存质量差以及社会肇事肇祸率高等情况，陈亚萍带领团队，在传统精神康复的基础上，积极探索多专业融合、医院和社区融合的模拟社会场景康复模式，并率先将社区治理理念运用到精神障碍患者的社会化康复中，让患者在康复中重新接触社会、了解社情、学习处理问题的能力，提高自信心和对问题产生的预见能力，加强宣传，提高社会对精神病患者的理解和支持力度，努力打通精神障碍者回归社会的“最后一公里”，为他们更好地回归社会、有尊严地重返社会、真正融入正常生活奠定基础。

“我们要帮助他们真正回归社会，像正常人一样幸福生活。”这是陈亚萍坚守的初心。在她的影响下，医院有个不成文的约定，医院不叫“院区”，而叫“社区”。这里是医院，但更像是社区，这里没有病人，没有歧视，充满了关心与支持；这里的“居民”可以在超市、画社、烘焙房、食堂、农场等辅助岗位实现“就业”，医院工作人员都尊称他们为“休养员”；这里培育出了很多“艺术家”和“工匠”，成为特殊群体心灵的港湾。

“在院区，陈院长一直倡导削减医生和患者之间的‘界限’，以同伴、盟友关系相处，并躬身力行。”康复科负责人高爱菊这样说道。

休养员老郑，今年刚满50周岁，目前担任康复助理。他已经想好了，要在这个岗位上干到退休。除了能帮到病友，让他恋恋不舍的，是院区的氛围，他说：“我们真的就是一家人。”

10多年前，大李在老家曾摆过水果摊，患病几度复发后，被家人送到院里接受长期康复治疗。医院的社会化职业康复模式让他有了展现自我的平台，康复科根据他的实际情况，让他当上了医院阳光超市的“老板”。几年来，他不仅白白胖胖、心情舒畅，还带领两名休养员把超市生意经营得红红火火。

除了在阳光超市，在医院的洗衣房、护理、食堂、农田劳作、缝纫、烘焙等模拟生活场景和辅助就业岗位上也随处可见休养员的身影。与固有印象中精神病人被关锁与禁锢不同，经过康复评估的休养员在田间地头劳作、在星空画室里挥毫、在烘焙房里烤面包……他们上班、下班，吃饭、“回家”，如同社会中的正常人一样。

在医院工作人员的带领下，这些休养员还可以在宁波市各大社区开展手工艺作品爱心义卖活动，可以“走进大自然”开展写生活动，去大型超市体验真实生活。医院“遥望的星空”画社还精心挑选休养员的绘画作品，在院内院外举办画展，给休养员提供了一个展示自己、提高自信的机会，同时也达到一定的康复治疗目的。

多年来，在陈亚萍的领导下，医院帮助一批又一批精神障碍患者回归社会、找回自我。在陈亚萍的影响下，宁波城市职业技术学院师生、专家学者、画家、社工都纷纷加入医院文化志愿者团队，并带动亲朋好友争相加入。他们每周四下午定期到医院给患者进行现场指导。原生艺术志愿者们抛弃了传统的、为正常人设计的教学方法，不涉及绘画基本手法、风格塑造等方面的知识，转而为患者提供空白的画纸和充足的画具，让他们在完全自由，不受任何绘画技法、知识限制的情况下进行绘画。在文化志愿者的启发下，休养员们2000多幅精彩作品相继诞生了。

“我今年72岁，住院十来年了。我是从两年前开始画画的。”一位老年休养员自述说，“开始的时候老是担心画得像不像、好不好，后来在老师的指导下，我心里想什么就画什么，画画就是画自己想的东西。试了老师的方法以后，我感觉画画让我很开心。高兴了我就画蓝天和花朵，不太高兴的时候我就画伸手不见五指的黑夜，是医院让我找到了存在的价值。”

对此，国家卫计委疾病预防控制局相关负责人赞叹说：“每次看到他们的作品，内心都充满难以名状的激动和惊奇！这些流淌着的艳丽色彩是他们内心世界的表达，是他们在用丰沛的情感向这个世界诉说苦闷、愿望和希冀。在这些灵动、丰富、充满艺术气息的作品前，你很难想象这些创作者是常人眼中的精神异常者，很难想象他们在经历了人生的混沌和磨难后仍然对世界报以热烈和向往。陈亚萍和她的团队创造了一个把精神障碍患者变成抽象画家和手工艺人的奇迹，树立了一个行业典范。”

2017年2月，在陈亚萍的倡导下，医院康复科将原生艺术创作与社会化职业康复相结合，成立了医家阳光家园，主要依据“优势视角”去挖掘精神障碍患者的艺术天赋与创作潜能，以他们的艺术创作为基础，大力开发文化创意产品，逐步构建“原生艺术文化衍生品创作与推广”平台，先后组织开展48次专题活动，与20余名国内外知名专家、多家高校以及社会各级服务机构建立了志愿服务关系，共开发了20余种文创系列近万件文化衍生品。活动得到近千名精神残疾人士的积极参与，让无数患者重燃希望，让无数家庭从中受益。同时，成功注册了“心之语”品牌，使手工作品与原生艺术创作原创画作完美融合，开设“精益求精”微店，开通了线上、线下产业化推广平台，对所有产品进行分类、包装、销售，使产品实现商业化、价值化。与宁波市慈善总会建立了新产品推广合作，被江北区政府列入政府优先采购单位，产品被列入政府优先采购产品目录。2018年9月，医院“心之语”精神障碍者文创产品入围“浙江省文创助残创业创新比赛十佳项目”。

2017年7月，医院在宁波博物馆主办了“原生艺术与精神康复高峰论坛”，同时还主办为期15天“看见你的声音”精神障碍患者原生画与文创产品展。其中，50多位精神障碍患者创作的原生画被宁波市博物馆收藏。陈亚萍在论坛上说道：“通过原生艺术展，在大众和特殊群体之间构筑一座桥梁，让大家‘看见’精神障碍者‘内心的声音’，分享和创造更为平等、包容、尊重的环境。”当西班牙著名画家卡洛斯·莫瑞·沃兰迪斯看到这些特殊人群的画作时，不禁竖起大拇指赞叹道：“They are my teacher!”（他们是我的老师！）如此大型的精神障碍患者原生艺术展首创国内先河，受到了各界的广泛关注和好评。

2015年，“遥望的星空”荣获了“宁波市杭州商会杯”第三届公益项目设计大赛三等奖；2016年9月，陈亚萍及其团队荣获了中华医学会颁发的“精神分裂症回归社会杰出贡献奖”。医院社会化职业康复模式先后被《浙江法制报》《浙江民政》《宁波日报》、宁波电视台等主流媒体采访报道，并被全国广大同行熟知和推广。

首创社会工作“跨专业合作”新模式——

针对国内社会工作本土化、职业化起步晚的特点，以及医院社会工作人才队伍建设的需要，在扎实推进医院常规性工作的基础上，陈亚萍大力扶持医院的社工工作，以社会化管理理论为指导，以“医务社工”为突破口，带领团队努力探索和实践社会工作发展的创新之路，建立起了专业社工、医生、护士、护理员等多方联动的“跨专业合作”平台，并作为民政医院公益服务特色的重要举措，使医院的医务社会工作在发展中起到了专业化、规范化的示范引领作用。到2016年，医院已建立起了一支由社会工作师牵头的集医疗、护理、管理、心理、康复专业人员于一体的医务社会工作团队，基本实现社会工作服务在医院的全覆盖。

陈亚萍将“助人自助”的专业价值理念引入院内各项工作中，打造独具特色的精神康复服务社工文化，积极开展社工论坛等活动，为院内社工搭建一个互相交流、互相提升的平台，以此来拓宽思路，相互学习，取长补短，不断提升自身的实践操作能力。以个案工作、小组工作和社区工作等社会工作专业方法，积极开展病人出入院服务、康复治疗服务、医患沟通协调、社区服务等多个项目，在有效缓解患者及其家属的负面情绪、排解患者心理干扰、提高患者的自我管理和社会适应能力、帮助患者争取社会资源、促进医患关系和谐等方面，突显出社会工作服务的“润滑剂”作用，进一步提高了医院的服务管理水平和服务质量。

为使患者能早日回归社会，通过改变患者生活场域，将医务社工的工作范围扩大至家庭和社区，建立一套从医院到家庭再到社区的一整套服务模式，即“医院—家庭—社区”三位一体模式，使医务社工的发展向更加专业化、职业化的方向迈进。2013 年，医院获得了“首批全国社会工作服务示范单位”荣誉称号；2016 年初，获得了“浙江省首批社会工作专业人才实训基地”称号。

在多年工作经验的积累下，陈亚萍深刻认识到，社会工作是一个大操盘，要干好这份工作，需要有巨大的力量才可以。个人的力量是非常弱小的，只有群众的力量才是真正巨大的。要做好社会工作，不仅需要上级领导的大力支持，全体员工的齐心协力，还需要广大社会力量的共同参与和努力。她以无私奉献的崇高品质和爱岗敬业的人格魅力赢得了来自社会各界人士的关注和支持。

有一回，医院一名工作人员前往机场接待国内精神医学界的资深专家吴文源教授。他看到 70 多岁的吴教授，脚有些浮肿，经询问得知，教授是刚刚结束一个研讨会便急忙坐夜间航班飞来的。他便问道：“吴教授为什么这么急赶来？”吴教授说：“你们陈院长太不容易了，只要是她开口，我就无条件来。”这样无私支持和帮助医院的专家学者还有很多，对这样的评价也是经常听到。

陈亚萍还以多种形式引导、发动、凝聚义工开展志愿服务，建立社工引领义工开展服务、义工协助社工改善服务的“两工联动”运行机制，提升志愿者服务水平，进一步拓展社会工作专业服务范围，增强社会工作专业服务效果。

2012 年，医院与宁波大学科技学院艺术分院合作，建立了志愿者实践基地，开展志愿者专业服务和教学。每年约有近一千人次的志愿者来院参加志愿活动，有效弥补了医院社会工作人员缺乏、活动单一的不足。2013 年，医院以创建“全国社会工作服务示范单位”为契机，与宁波工程学院开展交流合作，建立了社工实习基地，为医院社会工作人才培养注入专业化因素，不断提升医院社会工作的理论水平和实务能力，也为高校社工专业毕业生提供了一个专业实习的场所，实现了医院社工和高校专业学生专业技能的“双促进、双提升”。

在陈亚萍的支持下，医院成功举办了两届全国社会工作论坛，并成为“上海大学社会学院社会工作系教学实训基地”，通过交流合作，实施强强联手，实现医患和谐、学科进步的双赢成果。参会者普遍反映，医院创造了独具特色的医务社工发展新模式，为全国社会工作同行提供了系统、规范、科学的实践范本，社会化工作不仅走在了全国前列，社工发展模式还值得向全国推广，真正为构建“健康中国”作出了贡献。

搭建失智症照护示范平台

针对社会老龄化带来的失智老人照护需求增高、原有专业照护模式单一、照护机构缺乏、家庭无所适从等现象，陈亚萍带领团队充分发挥医院医养结合专业特长，积极研究、设计、承接课题，撰写论文，通过“请进来、送出去”

的形式加强养老服务团队的培养，加强同国内外专业养老机构团队进行合作交流，探索出了一套优质、高效的老年护理照护新模式，为社区和养老福利机构提供帮助和指导。2013 年，医院与宁波市心理卫生协会共同承办了“失智老人关爱项目”。她组织相关专家编写了科普图书《失智老人照料手册》，于 2016 年正式出版发行；组织举办了三期宁波市失智老人照护培训班，还以医院名义承担了宁波市质监局失智失能老人标准评估的任务，至今已为各社区提供失智症评估 3000 余人次，深受广大患者及家属的一致好评。

与此同时，通过宁波市关爱失智症项目，医院先后成立了“失智老人关爱中心”和“失智症照护人员培训基地”，搭建失智症照护示范平台，通过发挥医养结合专业特长，采取科学的诊断治疗、专业化康复训练和人性化服务来科学完善老年医学科的医疗、护理规范，探索出一套优质、高效的失智症分级照护模式。同时，在规范失智症诊断的基础上，提倡非药物认知干预训练，实施失智症分层照护工作新体系，主动为社区和养老福利机构提供专业帮助和技术指导。积极与高等院校及企业合作，提高老年医学医养结合方面的科研水平，《失智症分层照护研究》获得了宁波市协同养老课题立项（市级课题），于 2018 年 9 月结题。迄今为止，医院共为宁波 6 个县（市）区提供照护指导 1200 余人次，培训照护者 1000 余人次，为宁波特殊养老服务提供了专业指导和业务保障。

此外，陈亚萍开拓多种渠道，在精神卫生日、世界睡眠日、重阳节等节日，带领团队深入社区、公共场所、企事业单位，开展宣传活动，发放公益宣传手册、宣传图片、资料，并利用主流媒体，扩大宣传面，有效提高广大市民对老年失智症的科学认知，唤起社会对老年失智症的关注。

厚德载物行公益

十余年来，陈亚萍带领医院团队在精心做好职能和专业的同时，也在用心做公益。她充分利用院内医疗资源优势，借助院外社会各界力量，创新载体，丰富内涵，将医院工作覆盖面不断拓展、延伸，并积极参与社会各项公益活动。陈亚萍说：“要用心去做公益，他人的快乐就是我们最大的幸福。”她是这样说的，也是这样做的，她以实际行动使公益理念深入人心。

通过设置惠民床位、调控和规范医疗收费减轻困难患者经济负担、定期推出各类义诊、免费健康讲座、健康知识展览、“送医送药进社区到农村”等便民惠民项目，努力践行“民政为民、民政爱民”光荣使命。

近10年来，医院每年定期组织专业人员赴农村、社区、街道、海岛及边远山区开展各种医疗帮扶工作，积极响应上级“关爱功臣，永葆光荣”号召，派遣医疗专家赴全省各地为优抚对象提供上门诊疗服务。

2018年5月，宁海县的70位老兵乘坐专车来到医院接受全面体检。65岁的退伍老兵陆永金在医院里得到了每一位工作人员的热情接待、精心检查以及精确诊断，医生还耐心提醒注意事项，医院真诚的服务让老人非常感动。他说道：“我从来没有做过这么仔细的体检，也没有享受过这么细心到位的服务，非常感谢国家对我的关心，感谢医院的认真负责，做了检查之后，对自己的身体也放心了。”

从2006年至今，通过流动门诊巡诊、微心愿认领、集中体检等形式，医院的服务足迹遍布金华、嘉兴、绍兴、衢州、宁波、舟山、丽水等全省各地区，行程3万余公里，通过优抚巡诊活动服务全省优抚对象6000余人次，发放各类健康宣传资料1.2万余份，为优抚对象建立了动态的健康档案，使困难群体得到了及时有效的医治，并享受同等优质的医疗待遇，彰显了民政优抚医院人文品质，树立了医院良好的社会形象。

在陈亚萍的倡导下，2010年，医院成立了“学雷锋志愿服务队”，人员组成包括医疗、护理、康复、心理、社工、行政后勤等各个岗位。在医院乃至省、市各类大型活动中，都会看到该志愿服务队“红马甲”的身影。例如，中韩慈善事业发展研讨会、宁波首届国际健康养老服务业博览会、宁波首届国际健康养老服务业博览会、浙江省优抚对象巡诊、宁波山地马拉松比赛、原生艺术与精神康复高峰论坛、历年征兵体检等活动。据不完全统计，每名志愿者平均每年参加志愿服务时间超过100小时。该志愿服务队先后荣获“2012年度宁波市优秀志愿服务组织”“2012年度浙江杰出志愿服务集体”“2013年度浙江省优秀志愿服务集体”等荣誉称号。

在陈亚萍的引领下，医院进一步整合各方资源，争创人民满意医院，积极响应政府“最多跑一次”改革，给广大患者提供更优质的服务。

2016年6月，医院入驻宁波市海曙区民政局实施的“公益一条街”建设项目，她积极组建专业团队，在宁波公益街创办了“绿洲心灵医家”社会心理援助公益机构。这是一家集精神卫生防治、心理咨询与治疗、EAP、心理危机干预、精神康复指导、心理服务项目推广、心理培训及康复产品展示于一体的综合性心理健康公益机构。该机构坚持“助人自助、为心护航”公益理念，积极为广大市民提供各类便捷、优质的心理健康服务，目标是打造成心理援助“81890”平台，帮助不同人群疏导各种心理问题。机构开业至今共计服务1万余人次，深受广大市民好评，综合满意度在全市始终名列前茅。

医院还与宁波市十余个社区建立了合作联系，通过“院社联动”模式，不定期派遣社会工作者赴社区开展精神卫生方面的服务和援助；与多个村镇结对，持续开展“困难群体帮扶”活动，通过医疗求助、助学结对、物资捐赠等方式送服务、送爱心；与企业事业单位建立联系，开展心理援助项目，定期为企业员工开展心理帮扶工作和咨询服务；每年组织开展无偿献血活动……

坚守梦想立潮头

2019年是机遇与挑战并存的一年，医院3.56万平方米的扩建工程将落成并正式启用，社会化精神康复专业化、产业化模式已经形成，一条新的“凿空之旅”正在开启。

陈亚萍说：“我们的‘居民’不仅能看到一片花海和绿色植物，还能在荷花池边赏花逗鱼，对他们的康复肯定有更大的帮助。而我们的精神家园也将继续为精神障碍患者搭建更多的庇护基地，为广大职工提供更多科研培训平台，使这片充满阳光和希望的热土发挥更大的作用和价值。”

在陈亚萍心里一直有一个美好愿望，那就是“在这里，不再有患者，他们是可以自食其力的劳动者；在这里，不再有歧视，他们是共同创造价值的员工；在这里，不再有孤单，他们是我们团队的盟友；在这里，不再有彷徨，他们是美好明天的开拓者”。

在陈亚萍心里还有一个美丽的蓝图：以“保职能、强业务、提实力”为宗旨，调整“大专科、小综合”功能定位，把医院建设成为集医疗、康复、教学、老年护理、科研、残疾人托养、技术指导于一体的现代化民政专科医院，更好地满足广大群众不同层次的医疗服务需求，更好地落实习近平总书记在党的十九大报告中提出的“坚持以人民为中心，坚持在发展中保障和改善民生”“实施健康中国战略”，带领团队奋力向现代化一流民政医院目标阔步迈进，在实现中国梦的新征程上交出更加精彩的答卷！

转业不转志　退伍不褪色

——记安徽省合肥市军休四所党委书记、所长孙国平

担任了17年军休所所长，他没休过一次公休假；

离休干部去世后家人“失联”，他为逝者洗身、穿衣，甘当“孝子”；

80户离休干部生活区煤气管道老化，他带领技工大干两个月，让老人们用清洁能源洗上了“热水澡”……

岗位虽小，却勇担重任，他是离休干部依赖的“勤务员”。

17年前，孙国平完成了从野战部队副团长到军休二所副所长的岗位转变。17年来，孙国平在主持合肥市军休二所和军休四所的工作中，用润物细无声的大爱为每一位军休干部谱写出动人的奉献乐章。55岁的孙国平把军休干部当亲人、当长辈、当兄长，老干部的“合理需求”，老干部的“别样困难”，都成了他工作的动力与源泉。

20年军旅生涯——

心系国防　笑对转业

现任合肥市军休四所所长的孙国平在闲暇之余，常会想起36年前，他光荣加入中国人民解放军第二炮兵（现火箭军）的场景。

那时，在战友眼中，中等个儿、国字脸的孙国平做事雷厉风行，走起路来像一阵风，说起话来像连环炮似的。

在部队期间，孙国平似乎有使不完的干劲，通过解放军这座大学校的培养，1986年，孙国平光荣地加入中国共产党，后考上军校，当上排长、连长、团后勤处长、副团长，在山沟里一待就是20年，先后两次荣立三等功。

最令他记忆犹新的，还是23年前，发生在驻地的那场特大火灾。熊熊火光中，他成为“逆行英雄”，为抢救人民生命财产不怕牺牲，被当地县委县政

府嘉奖。

1999 年，孙国平被 80305 部队评为农副业生产先进个人。那些年间，人们记住了他为祖国的国防建设舍小家顾大家，默默奉献。2002 年，担任野战部队副团长的孙国平家庭困难，在部队的关心照顾下，他顺利转业到地方工作。

既有扎实的专业水平，又有过硬的军事管理才能，孙国平得知组织部门把他分到民政部门工作时很满意，“因为民政部门是专为老百姓办实事的，民政为民，民政爱民。”孙国平说，“自己可以大干一场，为家乡的建设奉献一切。”

当民政局的领导找孙国平谈话时，要他到军休所任副所长，他却一度被“官衔”吓住了。在部队干了 20 年都是在基层，本想什么职务都不要，只要能在局机关当一名办事员就满足了。孙国平说，当他的要求与组织安排冲突时，经过激烈的思想斗争，他还是坚决地服从民政局党委的决定，到合肥市第二军队离休退休干部休养所当了一名副所长。

合肥市军休二所成立于 1985 年，基础设施比较落后，内外环境比较差，工休矛盾比较大。曾与孙国平共事的军休所工作人员回忆，孙国平从 2002 年当副所长起，虚心地向老所长杨前政同志学习，虚心地向其他军休工作人员学习，深入休干家中了解情况，嘘寒问暖。

他把历年来的军休法规找来认真研究学习，迅速地由一名野战部队的指挥员转变成了一名军休工作者。

这一干就是 13 年。

2004 年 4 月，孙国平主持军休二所的全面工作，军休二所各项工作一年一个台阶，稳步向前发展，由一个后进单位一跃成为各方面都全面发展的先进单位，先后两次荣获市区级文明单位，三次荣获局先进基层党组织，四次荣获市级文明单位、卫生先进单位，被评为安徽省民政厅文明窗口单位，荣获和谐军休家园称号，被授予安徽省行风建设示范单位。

2009 年，该所荣获全国民政系统先进单位，孙国平本人 2006 年被合肥市委评为优秀党务工作者，2007 年 12 月被安徽省民政厅和安徽省军区政治部评为安徽省军休系统先进工作者，2012 年 3 月被民政部、人力资源和社会保障部授予全国民政系统先进工作者，2014 年被民政部、中国人民解放军总政治部授予全国军休系统先进个人。

17 年军休时光——

老有所养　病有所医

在军休所工作的几年间，孙国平没有休过一次公休假，就是双休日也坚持值班，坚持到休干家里问长问短，一天没见到军休干部就好像生活中缺少了什么，真正是休干晚年生活的贴心人、两个待遇的落实人、合法权益的保护人。

病，是每个军休干部无法回避的“痛”。如何更好地实现离退休干部群体“老有所养，病有所医”这一愿景，成为孙国平就任以来第一道考题。

2010 年，离休干部胡竞清因病在解放军 105 医院住院，当时医院下了催款通知，因胡老子女下岗较多，家里没积蓄。当时，孙国平从民政局开会回来，遇上胡老的儿子胡岚，问情况，胡岚称医院来了催款单。孙国平把胡岚叫到办公室坐下，找来会计说明情况，财务人员说所里只有 5000 元紧急备用金。为了尽快救人，孙国平当即拍板让胡岚打了借条，把所里仅有的钱借给他，解决了胡家的燃眉之急。

对于全所十多位精神伤残的休干，孙国平更是倾注很多的精力。“他们的困难更多，家庭情况更复杂，大多数都已经组建家庭，子女也比较小，既要协助他们治好病，也要经常调解他们的家庭矛盾。”孙国平说，因精神疾病退休的休干沈力（化名），爱人没有工作，儿子还在上小学，父母都在经济相对落后的农村，妻子对生活非常悲观，沈力犯病时有暴力倾向。

一天，沈力的爱人到所里说沈力在浴池洗澡时病犯了不出来，孙国平立即带领工作人员到澡堂找到沈力，并与工作人员一起将他送往合肥市精神病院住院治疗，并及时做他妻子的工作，讲医院治疗与家庭护理的重要性。

对于长年慢性病在家静养的休干，孙国平都定期上门看望，让医务人员量血压，查查心脏供血状况。

军休干部因病住院时，他也带着所里工作人员到病房亲自看望，问病情，问家里还有什么困难，需要所里提供哪些帮助。“遇到病重的休干，孙所长帮助他们树立信心，鼓劲打气，战胜病魔，并及时与主治医生沟通，以便了解住院休干的病情和思想状况，及时帮助他们排忧解难。”合肥市军休四所的工作人员说。

老有所养　幼有所教

在“勤务员”孙国平的“字典”里，所里的离休干部不仅要“病有所医”，还要全方位照顾他们的子女，做到“幼有所教”。

伤残病退休干史国启因脑出血突发病逝，妻子来自农村，没有工作，留下两个双胞胎儿子都只是上小学二年级。安葬好史国启后，孙国平心情异常复杂，眼前常浮现他们一家孤儿寡母的情况，以后的日子可怎么过？

“作为一名军休所长，一定要帮助他们渡过这个难关。”孙国平暗下决心，他先后找到了局里安置处，找到了史国启原部队，发动全所人员募捐，按军休政策立即落实好遗属生活待遇，使他们有了稳定的生活来源。

他还鼓励史国启爱人李庆荣办好“小饭桌”。这样一来，既可方便照顾好自己的孩子，也可增加自己的收入。

如今，两个双胞胎儿子都品学兼优，都有参军报国的理想，李庆荣的脸上也露出了久违的笑容，对未来的生活充满希望与信心。

在部队时就患上抑郁症的汪建华，有个贤惠勤劳的妻子，儿子也非常懂事，老汪一犯病，妻子就哄着他到所里来。

丈夫到了所里，妻子的心就踏实了。孙国平总是耐心细致地与他谈心，说部队生活，谈家庭情况，谈身体状况，鼓励他重拾生活信心，每次来都满意而归。老汪的妻子说，得知他们一家时常需要接济，孙国华及时召开党委会，对她的家庭情况进行研究。

“他建议我们家在所门前开个活动早餐点，这样一来，既增加家庭收入，丈夫也能帮我搭把手，同时也增进了夫妻感情，由于家庭和谐稳定，孩子的成绩也上去了。”老汪的妻子说。

每逢春节、八一建军节等重大节日，孙国华都带领全所工作人员手提肩扛将慰问品送到休干家中，连水都不喝一口，休干称孙国平和工作人员比自己的亲生子女还亲、还管用，在休干家中最需要的时候，他总是第一个出现。

老有所养　老有所依

生有所养，未必老有所依。在十余年的干休时光中，孙国平见惯了人情冷暖，也凝练了一颗仁爱之心。“孙所长时常教育我们，作为一名军休工作人员，要真正地把休干老人当作自己的亲人。”合肥市军休二所一名工作人员说。

对于这句话，孙国平做到了身先士卒，身体力行。

2009 年 2 月 3 日，离休干部刘新胜在解放军 105 医院去世，护工与家里人联系不上。医院打电话通知孙国平，他立即叫上副所长陈光裕赶到医院与护工一起做好老人的善后工作，帮着老人洗好身子、穿上衣服。此后，刘老的家人也赶到了现场。他与陈副所长陪着家人将刘老的遗体送到殡仪馆，忙完这一切，天已经亮了。

当日上午，孙国平又带着工作人员到家中吊唁，讲解休干病故政策，询问家里有何要求。让逝者家属暖心，逝者安息。

2014 年 1 月的一天凌晨，退休干部张成云因病在安徽省武警总队医院病故。接到亲属的电话后，孙国平立即叫上副所长盖幼平，直奔武警总队医院老人住的病房，此时老人的遗体正被殡仪馆的担架接走，孙国平、盖幼平与殡仪馆的同志扶着担架送老人最后一程。此后，又与张老的亲戚一起赶到殡仪馆，协助办理后事，逝者的亲属深受感动，紧紧地握着两位所长的手不松开。

休干贾慧因病转诊到上海长海医院，孙国平及时向局里打报告，派副所长姚明雄代表所里前去看望与慰问。在贾大姐病重期间，孙国平带领副所长盖幼平、卫生所负责人陈宗华医生先后三次到医院看望慰问，鼓励她战胜病魔。孙国平握着贾大姐的手，贾大姐戴着氧气罩使劲地点点头。

遗憾的是，无情的病魔于 2015 年 4 月 30 日还是夺走了贾大姐 65 岁的生命。4 月 30 日正好是双休日，正陪同爱人照顾岳母的孙国平，接到贾大姐亲属电话，立即通知盖幼平副所长和其他工作人员，孙国平一路小跑找出租车，向省立医院贾大姐的病房奔去……

老有所养　老有所乐

西园生活区住着 80 户离休干部，很多人是冒着枪林弹雨走过来的。不过，因房屋建得早，他们的房子质量都不高，水电气都不能配套。

孙国平一心为公，时刻维护着老同志的切身利益。2005 年，军休二所积极向上级争取经费，对西园生活区一楼下水管道彻底更换，一改过去下水三天两头堵塞，四周臭气熏天的局面。此外，还对四周的绿化进行重新规划，使环境更加优美。

2006 年，西园 80 户离休干部生活区煤气管道老化，存在严重的安全隐患，合肥市燃气集团对整个室内外管道全部拆除更换，孙国平向民政局领导和军休处领导汇报，与合肥市燃气集团协商工程施工方案，军休所及时召开党委会和全体休干会议，成立施工领导小组，在部队当过工程师的管委会主任许建章，在部队当过财务处长的陶兴中对整个工程全程参与，把好质量关、审计关。

当合肥市燃气集团将预埋主管道放入开挖好的沟里准备填充土方时，孙国平与许建章发现原计划是球墨铸铁材料，怎么变成了塑胶材料，他们及时与施工方交涉，最终施工方按照合同重新更换材料，并诚恳地道歉。

经过他们的跟踪监督，全部改用合同规定的材料。如今，西园片区的天然气管道再没有出现任何问题，连施工方都说“你们工作太认真了”，简直是“火眼金睛”。西园 80 户休干住户的房屋是 1984 年建的，整个室内线路老化，设计时没有考虑到要使用空调等家用电器，且当时使用的是导电性能较差的铝芯线。休干家中故障频发，随时都有可能发生火灾事故。孙国平在 2007 年初的工作计划中将其列入军休二所当年十大事件之首，在全体休干的大力支持和局军休处的帮扶下，80 户休干室内线路改造的材料由个人出，工时费由军休所出，施工方包工不包料，属于清包。

军休所成立的施工领导小组成员中，除了有懂工程的许建章、懂财务的陶兴中，还增加了西园片区支部书记邢二文全程参与。在施工中，休干子女不在身边，孙国平带领所里的工作人员，帮忙搬家具、挪家电，以方便电工师傅施工。整个工程整整持续了两个月，大多数时间都在双休日进行，孙国平和工作人员没叫一声苦、没喊一声累。80 户休干房屋的安全隐患消除了，家中安全了。

2008 年，由于西园片区住的都是离休干部，随着年龄的增加，身体状况整体来讲越来越差，尤其是冬天，因天气寒冷，患心脑血管疾病的人比较多，又因合肥处于江淮之间，冬天比较干冷，给休干的生活带来了诸多不便。

孙国平时常在想，怎样才能改善这些老同志的生活质量，因为合肥市区已经改为大量使用清洁能源天然气，如果能给每一位离休干部家中装上一台燃气锅炉，不就能减少离休干部冬天心脑血管疾病的发病率了吗？休干冬天也不用到大澡堂洗澡了，冬天在家热乎乎地生活不就更加方便了吗？

为此，孙国平又一次找到了分管军休的黄茜副局长和军休处的倪娜处长，两位领导到军休二所调研多次，也深入休干家中询问情况，最后要求二所提出具体实施方案，上报民政局党委研究。

军休所召开全体工休人员大会公布具体实施方案，并征求老干部的意见，所里只负责每户客厅两个卧室管道及锅炉的费用，超出部分由休干家庭自费，整个过程由合肥市燃气集团负责施工。2007 年冬季到来时，整个工程全部完工，最终西园片区离休干部全部用燃气锅炉取暖洗澡。

“老同志及其家庭那个高兴劲就甭提了，这一项目给他们的生活带来了很大的方便，离休干部的心脑血管疾病明显减少。可以说，这个项目是安徽省军休系统第一个也是唯一一个。”孙国平自豪地说。

老有所依　老有所学

17 年以来，无论是酷暑严冬还是节假日，军休干部只要有困难，孙国平总是第一个出现在现场。随着年龄的增长，孙国平学到了更多的知识，自身积攒的“技能包”也越来越多，既能当处理矛盾的“和事佬”，也能当上门维修的“技术工”。身体力行，真正体现一个共产党员的价值。

2008 年，离休干部李泽华老伴去世已三年，四个子女都各自成家生子，无暇全方位照顾老人，经熟人介绍，李泽华认识现在的老伴。两位老人有共同语言，生活相互照应，李老生病住院，老伴 24 小时陪伴在身边喂饭喂药，从不嫌弃，等到李老身体稍微好点，就拉着李老到外面散步，李老的精神得到了极大的安慰，身体恢复得很快，见到人们脸上露出了久未见到的笑容。

然而，四个子女轮番到家里来，反对老人再婚。李老找到所里反映情况，所里先后四次召开会议，孙国平对李家的问题进行了分析，组织李老的子女学习老年人权益保障法、婚姻法以及军休干部的有关规定，对他们晓之以理、动之以情，深入细致地做好他们的思想工作，使他们感觉到自己做法欠妥，纷纷向老人承认错误，李家又回到欢乐和谐的幸福家庭。至今老伴对李老照顾有加、无微不至，李老外出她都是拿着小凳子、水杯一起陪伴，让李老享受着真正的夕阳红生活。

离休干部徐汉贵去世后其老伴宁淑琴独居，有时候小儿子回家来照顾。随着老人年岁升高，生活完全不能自理。四个子女为老人的养老问题和房产问题闹矛盾，所里多次到老人家里调解，先后三次将他们召集到所里开会。针对他们家庭矛盾的根源以及老人养老问题，在听取宁老的想法和子女的意见后，本着公平公正的原则切实维护老人的合法权益。最后，四个子女一致同意将老母亲的晚年生活安排好，等老人百年后再讨论房产问题。

孙国平常说：“喊破嗓子不如干个样子。”一次，离休干部何万里家中燃气锅炉水压不够，他带着管理员徐肖锋前去检查，一不小心踩上一个易滑的东西，左脚后跟造成轻微骨裂。如今，每到阴天下雨，都会阵阵酸痛。离休干部苑老家中水管坏了，所里水电工家中有事无法前来，孙国平提着扳手工具到苑老家中帮助维修，苑老感到很吃惊，“所长还会这一手？”

邢二文、王兰茂等休干家中，孙国平也都上门维修过，所办公室主任程克明是水电工出身，孙国平常常陪着他，给他打下手，深入休干家中维修水电气，顺便解决休干邻里纠纷。例如，休干王铁、张仁堂与蒋其梓三家，孙国平每家都去过几次，最后程克明亲自维修，孙国平分别做休干的思想工作，三家的矛盾化解了。

作为单位的一把手，孙国平严格遵守党的纪律，有坚定的党性，他严于律己、廉洁奉公，干一行爱一行。他时常对工作人员说：作为一个军休工作者，一定要熟悉各项规定、各种标准，要成为这个行业的行家里手，一定要勤于学习，善于学习，不断总结积累。他对自己也是这么要求的，虽然是党委书记、所长，但他始终将自己看作普通一员，对军休法规、政策都非常熟悉，对休干的各种待遇标准都熟记于心。

每年新接收军休干部在工资重新审核的时候，孙国平都要把关，政工审、财务审，他还要一一过目。他常说，军休干部在部队干一辈子，退休待遇不能搞错，一错就是错下半辈子。既不能多一分，也不能少一分。在推行军休干部医疗改革、住房改革两大难点时，孙国平多次召开军休人员大会，反复学习上级的文件规定，要求工作人员熟练掌握政策标准。2015 年 5 月 11 日，合肥市民政局推荐孙国平为民政部第二批行业领军人才，他深深地感谢领导的信任与关心，坚决表示不参与这项评选活动，把机会让给年轻人。

老有所依　老有所爱

孙国平从担任军休二所所长起，就常常思考这样一个问题：军休所接收的都是从部队退下来的师团职干部，都是经过党和部队教育培养出来的党的干部，虽然离退休了，但他们时刻关心着党和国家的大事，时刻关注着社会经济的发展，并不是只知道到月领退休工资，只顾着自己的小家，也想着退下来为社会作贡献，实现老有所为，如果干休所能搭起这个平台，一定大有作为。

在所党委的号召下，由所管委具体操作，2007 年所管委会主任陈宏胜一次性为老家巢湖市栏杆乡陈四湾捐资 2 万元，用于修建村公路，各地电视台跟踪报道了陈老的事迹。这一年，休干捐资肥东县陈集乡4000元用于打水井，为肥西县小庙镇李原原、沈成成两位困难家庭的孩子每人捐款2000元，使她们像正常家庭的孩子一样完成小学阶段的学业。2008年，陈宏胜老人又用2万元买了5台电脑，赠给家乡巢湖市栏杆乡陈四湾小学，所两委成员又通过安徽省希望工程办公室，推荐四名贫困大学生张霞、胡俊玲、刘玉文、李林接受捐助。

2014年，孙国平在合肥市军休四所工作时，于2015年春节与军休四所两委会代表，所书法小组成员到肥西县官亭镇看望四所扶贫结队共建点，给那里五户困难家庭（主要是因病因残致贫）的孩子每人2000元。书法小组娄玉银、邢国政等同志给农民义务写春联，深受农民朋友的喜爱。所有这些爱心捐款都是军休四所工休人员自发捐出的爱心款。2008年四川汶川大地震和2010年青海玉树大地震，四所工休人员累计捐款15.2万元。此外，2012年在肥西官亭镇文化站建立一个农民书屋，深受农民朋友的喜爱。在每年六一儿童节和春节前组织休干代表和所两委会部分成员到肥西官亭看望每位孩子。六一儿童节给每位孩子1000元和部分学习用品，春节给每位孩子2000元，并听取这些孩子的成绩汇报，这么多年从未间断。有的孩子大了，镇里再推荐最困难且品学兼优的孩子。孙国平任四所所长时继续把这项爱心活动传承下去，并有所发扬，先后与安徽省希望工程办公室建立了联系，请其推荐受助对象。

2016年初，军休所召开两委会、军休大会统一思想，休干表示在保留传统的基础上再将爱心项目扩大。当年就给姚学洁等4名贫困大学生每人捐款5000元。2017年，又给2名贫困大学生每人捐款5000元。

2017年11月，军休所委托两委成员与合肥市蜀山区爱心团队组团到安徽省金寨县希望小学，给那里仅有的9名孩子每人300元。2018年10月，休干代表除了在六一儿童节看望官亭5名困难家庭的孩子，给每人送去1000元，又给安徽大学大一新生张孟、安徽医科大学大一新生窦春艳两位贫困生每人捐款5000元，老同志还承诺如两位孩子品学兼优将帮助他们直到大学毕业。这爱心的光荣榜分别挂在军休四所淠河路、官亭路、绿园三个休干活动室墙上，将一年年地挂下去，让军休四所的爱心接力棒一代一代传下去，让老有所为这句话真真切切地落实在行动上。

孙国平深深感受到，随着国家经济的发展，党和政府的关心，休干们物质生活上都不存在问题，主要是精神文化上。所里将丰富军休文化作为重要工作内容之一，广泛组织开展各种文化体育活动，充分发挥休干自身才能，成立各种球类、太极拳、合唱队、跳舞队等适合老年人活动的文体班组。

太极拳活动小组、跳舞队经常应邀到社区、敬老院参加义演。2016 年，军休所组织 70 人合唱团代表安徽省军休所到南京参加东部战区纪念红军长征胜利 80 周年活动，并取得了较好成绩。如今，军休所各种活动不断，重大节日活动内容更丰富，像一个其乐融融的大家庭。

老有所依　老有所信

孙国平说，作为一个党员，一个 32 年党龄的基层干部，要时刻听从党的召唤，坚决服从组织安排。

2014 年 12 月 28 日，孙国平告别了二所的全体工休人员，到军休四所工作。初到四所，他深入休干家中，到工作人员办公室，到所里两委成员家里，找他们谈心，迅速进入工作状态。

军休四所是合肥市最大的军休所，人数最多。工休人员有 380 人，且休干大多来自安徽省军区系统，全省 85% 以上的军分区司令员、政委都同时在这里，休干职务高，居住集中，工作人员比较少，在编人员只有 11 人，其中 2 人担负其他任务。

工作上既有压力也有动力。孙国平充分调动每位职工的主观能动性，把每个职工的作用发挥到极致，与两位副所长相互支持，配合默契，与班子成员交心通气，遇事沟通商量，全所风清气正、对待军休干部有情有义，工休和谐，军休管理工作有板有眼，休干各项活动有声有色，全所呈现稳中有升的局面。

孙国平常说：一个共产党员、党的干部，要扎根基层，乐于奉献。只要端正方向，淡泊名利，踏踏实实、兢兢业业也能实现美好的人生追求。情系军休干部、情系国防，敬老服务也能干出一番事业。

孙国平深信，一个单位的建设一把手很重要，一个单位班子的思路往往决定一个单位的出路。2004 年 4 月，根据局党委安排主持军休二所的全面工作后，他就带领一班人提出“建设一流的领导班子队伍、带出一流的职工队伍、打造一流的环境设施，为休干提供一流的服务水平”。

当时，所里的综合楼是 1984 年建成的，房屋老旧，休干活动场所狭小，配套不齐，功能不全。休干楼前没有任何活动休闲场所，甚至连干休所的大门也是扁铁焊的，用手一拉，铁锈直往下掉。

凭着在工作面前不服输的劲头，在老所长杨前政的指挥下，具体由他牵头，主动和上级部门汇报并取得了支持，他带领管理员等一帮人，到市场搞调研，了解各种材料、各种器械和办公用品的价格、质量。他邀请街道社区的领导到休干楼前现场查看，到休干家中征求意见，然后拿出了一整套符合所里实际，非常接地气的方案，所党委一致通过并报上级部门批准。通过三个月的苦干实干，所容所貌焕然一新，会议室、台球室、阅览室、麻将室和书画室齐备，工作人员的办公条件得到了改善，办公设备有了质的飞跃，局军休办来看后非常惊讶，要求各军休所前来参观学习，这对全所工作人员的精神面貌产生了很大影响，工作人员更加树立了信心、鼓足了干劲。2004 年，他带领职工买来黄沙、水泥、石桌凳和部分室外健身器材，全所 12 名工作人员亲自动手，又从市场上请来两名瓦工师傅进行技术把关，硬是干了一个星期，一个 160 平方米的室外健身场所建成了，配备了崭新的石桌椅和室外健身器材，休干及家属子女茶余饭后，可以在这里打打牌、下下棋、做做手工活等。

通过一年多的精心准备、苦干实干，四所“五室一场”配套齐全，各项管理工作井然有序，被安徽省民政厅授予“文明窗口单位”。随着形势的发展、部队改革步伐的加快，军休改革也有条不紊地向前推进。根据市局军休处的统一安排，军休所对口接收武警部队退下来的休干，单单安徽省总队武警医院一次就交来 40 多名医生护士，该所由原来的 80 多人，一下增加到 260 余人。原来的会议室根本不能用于上大课进行政治教育，各种活动场所显然跟不上形势的发展变化，旧的矛盾解决了，新的矛盾又来了。

孙国平带领休干代表到市军休一所电子工程学院片区、军休五所炮兵学院

片区，看一看这两个所部队是如何对口支持军休所的。通过调查研究，他带领武警退下来的老首长到局军休处反映单位发展建设存在的困难和所里下一步发展的方向，上级领导给予很高评价并表示会大力支持和配合。此后，他又和老首长一起拜访总队老干部部门和部队分管老干部首长，请求部队对干休所给予支持。

孙国平在工作中善于总结，他得出“扎实基层当表率，引领创新作贡献”的五点心得：

一是加强组织建设，充分发挥党委的核心作用。

孙国平担任军休所所长后常说一句话：单位建设如何提高，主要靠抓好一个班子，即所党委班子；带动两支队伍，即党员队伍和工作人员队伍。

单位的创新发展离不开所党委的坚强领导，离不开全体职工的共同努力，更离不开军休干部的大力支持。所党委一直坚持“深怀敬老之心，共谋发展之路”的思想，紧紧依靠职工、依靠党委班子凝聚集体智慧，在所党委的领导下，充分发挥各支部和党小组长的作用。

二是建章立制让服务管理进一步规范起来。

孙国平深知制度是管理的前提，管理是落实制度的手段，服务是制度与管理的具体体现。从 2004 年主持军休工作以来，他主持制定了《军休二所财务管理规定》《军休二所车辆管理规定》《军休二所医务室管理规定》等，完善了军休四所的《规章制度职责汇编》《军休安置政策问答》《标准化管理方案》《各科室精细化服务细则》。他坚持用制度管人，按职责办事，在促进工作规范化、制度化的同时，着力于服务工作的标准化、精细化。做到在制度面前人人平等、一视同仁，各项工作做到年初有计划、有目标、有安排，年中有检查，年终有验收、有考评、有通报，形成层层抓落实的良好局面。

三是打好理论基础，不断提升创新能力。

孙国平深知认真学好理论，尤其是党史、历史、哲学等知识，不断进行知识积累的重要性。因为干休所多是军队退下来的高级领导，具有较高的理论水平和管理能力，与他们沟通交流，谈政治、谈军事、谈形式不能是门外汉；召开党委会、召开年终总结大会、上党课没有一定的理论基础是不行的。

从习近平治国理政的系列讲话精神到党章、党规、宪法的学习，都要原原本本地读，原汁原味地学，在学的过程中要认真地记，认真写好每一篇心得体会，写好每一篇发言稿。作为一名所长，学习业务、掌握政策法规是必备的条件之一。有了理论知识和专业知识，创新能力也就水涨船高。创新要有一定的胆量，如果墨守成规、因循守旧，把自己锁在保险柜里是很难有所作为。这是他 17 年军休工作的深刻感受。

四是演好主管角色，提升管理决策能力。

孙国平深知，不管是哪一级领导都需要有管理决策能力。没有管理决策能力，没有担当意识，肯定是当不好领导的。具备决策担当的能力需要智慧、勇敢与远见，需要有想象力、预见力，需要有较强的洞察力和准确的判断力。在决策的时候既要尊重规律又要利用规律，既要顺应民意又要引导民意，既要立足现实更要超越现实。

在干休所所长位子上的每一次决策、每一次拍板都有一种深深的责任感。每一次为军休干部解决实际问题时，心里总是感到美滋滋的，每一次拍板担当，不是简单拍脑袋，是作为一个单位负责人的科学决策，是把党和政府对军休干部的厚爱生根开花结果。

五是两袖清风一身正气，让党员形象“亮”起来。

孙国平作为党委书记、所长，带头执行中央八项规定和省、市各项规定。他克己奉公、严于律己、作风正派，所里各项经费开支都阳光操作，按照民政局核算中心的要求不打折扣、不搞变通，自觉接受军休干部监督。凡涉及经费使用，军休干部管委会都全程参与。他经常说，打铁要自身硬。凡是腐败分子，都是思想上放松了自己、作风上放任了自己，最后走到犯罪的深渊，对自己、对家庭、对领导同事、对国家犯下了不可饶恕的罪行。做人无论走到哪里都要干干净净、踏踏实实，金杯银杯不如服务对象的口碑！

当前，孙国平正带领全所同志认真学习党章、党规，学习习近平新时代中国特色社会主义思想，宣传贯彻党的十九大精神。他深知，以习近平同志为核心的党中央对军休工作高度重视，军休工作正面临深层次的改革与发展，面对新常态、展望新未来，他将继续带领全所职工抛洒汗水、鼓足干劲，续写辉煌，开创军休工作更加美好的明天！

做常人不敢做的事

——记福建省龙岩市新罗区殡葬管理所所长徐小萍

殡葬行业是为逝者服务的，每天在为人的最后行程准备行囊。在福建省龙岩市中心新罗区，殡葬管理所的职工每天的工作就是外出接尸、殡仪服务、为遗体更衣、火化、化妆、骨灰寄存、公墓管理等，每年约火化 3300 具遗体，在清明节要接待几十万人次。每年的除夕夜，他们接运遗体忙到天亮，根本谈不上与家人吃团圆宴、观看春晚。一年 365 天，他们没有节假日，全天 24 小时值班，随叫随到。他们的领头人，就是退伍女兵——徐小萍。

徐小萍表面看上去娇弱柔美，内心却坚强刚硬、积极上进。要说她的与众不同，就是“做常人不敢做的事”。

第一次，她选择当兵

第一次人生选择，徐小萍去当了兵。她曾经在江苏省徐州市第 12 集团军担任通信兵。“刚刚入伍的那几个月，每天的训练强度都很大。特别是一次饥饿雪地行军训练，当时下着大雪，从凌晨三四点开始，在雪地里艰难前行，训练七八个小时后才能结束。虽然辛苦，但是对我意志力的培养有很大帮助！”徐小萍打趣地说，现在她能扎根殡葬基层，与她 3 年部队生活中培养出的坚韧不拔的性格有着很大的关系。

也是因为在部队曾经有过担任新闻报道员的经历，徐小萍积累了一些文字功底。她因撰写的一篇关于女兵故事的报告文学，在《解放军报》头版头条发表，被原南京军区授予三等功一次。现如今，她还致力于把深厚的文字功底与殡葬文化深度融合，带着对殡葬领域的思考笔耕不辍。

如果说第一次的人生选择有些出人意料，毕竟还是令人羡慕的。但是，她的第二次选择，却让人大跌眼镜。

第二次，她选择到殡仪馆干殡葬工作

1996 年，退伍后的徐小萍被安置到福建省龙岩市新罗区民政局。2007 年 3 月，她主动向领导提出“想结束机关生活，到别人不愿意去不敢去的殡葬岗位工作”。至今，徐小萍都清晰地记得当时她跟局领导毛遂自荐时的对话。

徐小萍：“局长，我想申请调去殡葬管理所工作。”

局领导：“你敢跟死人打交道吗？”

徐小萍：“我已经把最恐怖的情景都设想了，我有心理准备。还有，局长，您怕蛇吗？”

局领导：“……”

徐小萍：“我连蛇也不怕。在部队那会儿，有几个男兵拿蛇吓唬我，我都没被吓到。”

局领导：“……”

之后，徐小萍如愿调整到新罗区殡葬管理所担任所长。许多熟悉她的人都为她的“跳槽”感到诧异：“父亲是南下干部，家境也不算差，怎么会到那个地方工作？”她的这个决定也引来了家人的强烈反对。她的母亲说：“就算给我每月 2 万元的工资也不去干这种工作！”她的丈夫“警告”说：“下班回家之前必须把工作时穿的衣服换掉才能进家门。”

尽管亲朋好友集体反对，对徐小萍选择这份“另类”的工作都表示不理解，但大家都拗不过她的那股韧劲儿，也只能作罢。

新官上任“四把火”，彻底颠覆老观念。

徐小萍到殡仪馆入职后，很快便进入角色，她至少烧了四把“火”。

第一把“火”：收回殡仪服务超市，由殡仪馆自己经营。徐小萍入职殡仪馆时，正值殡仪服务超市承包给私营老板的合同即将到期。私营老板有继续承包之意，但因为长期以来私营承包产生了一些负面影响，上级民政部门希望能够收回。徐小萍便同那位私营老板谈判、斡旋，能够接受的条件接受，不能接受的条件拒绝。收回殡仪服务超市的第一年，收入便达到 100 万元，超过私营老板上交管理费的好几倍。

第二把“火”：对班组长实行竞争上岗。徐小萍提出这个想法后，整个殡仪馆都感到特别新鲜，什么竞职演讲，什么脱稿演讲，听都没听说过。竞职演讲那一天，尽管一些殡葬职工演讲得结结巴巴、面红耳赤，但都把演讲稿的内容讲完了。当时，个别老职工对此有异议，认为“殡仪馆只要有力气，能抬尸，会火化，就行了”。徐小萍为此纠正道：“新时代的殡葬职工，不能光有力气，还要有文化底蕴。”从那以后，徐小萍经常在殡仪馆里举办演讲、读书会、道德讲堂等活动，彻底颠覆了老职工的观念。

第三把“火”：裁员。那一批裁员，共裁了 5 个人。有因为年龄问题的，有因为工作问题的。裁员文件宣布后，整个殡仪馆炸开了锅。随即有领导说情的，有职工指责的。徐小萍说：“当时自己的头很大，压力很大，也有借机写不实举报信件的。那一段时间，自己还经常接到纪检委、检察院的问询，确实有些身心俱疲。”但她最终选择坚持下去。

第四把“火”：承诺“谁收红包，谁下岗（待岗）”。徐小萍要求全体干部职工作出“谁收红包，谁下岗（待岗）”的书面承诺。徐小萍没有给老职工们讲纪检方面的大道理，而是给他们耐心解释说：“一方面单位已经给大家发放了应得的工资待遇，另一方面如果拿红包拿惯了，遇到困难群众给不起红包的，势必会给困难群众脸色看，保不齐谁都可能遇到落魄的时候。”这样朴素的语言终于打动了那些老职工。

除了要面对家人和朋友的不理解，除了要承担因为改革给自己带来的各种不实举报，徐小萍还要忍受工作上的种种不适应。但坚强的她选择强迫自己接受挑战，尽快上手。

徐小萍讲述了她如何尽快让自己上手，既要当好领导，又要熟悉一线工作的十几个小故事。

第一个小故事：接运腐烂遗体。2007 年 5 月，刚刚入职不到三个月的徐小萍就与外勤接运人员一起到红炭山处理一位空巢老人的遗体。老人去世多日之后才被邻居发现。徐小萍看见工作人员把老人高度腐烂的遗体从房间里抬出，看到他们如此从容，徐小萍忍住呕吐，也上前帮忙整理，还用白布给老人包裹住了遗体。

学会处理高度腐烂的遗体，如今在徐小萍看来，这只是殡葬从业者的基础课之一。还有比高度腐烂的遗体更难处理的案例，都一一被她经历了。

第二个小故事：寻找尸块。有一回，在一个爆炸现场，她和同事们努力从废墟中捡回死者的残肢断臂，为的就是尽量为死者保留全尸。到处都是黑不溜秋的残垣断壁，空气中弥漫着烧焦味。

第三个小故事：收敛跳楼遗体。有一回，临时接到一个自杀跳楼案件。当时，单位负责接运遗体的职工全部都有外出接运任务，一时半会儿赶不回来。

那边的现场，警察又电话催个不停。徐小萍直接带着两个帮手来到现场。现场血淋淋，死者夫妇面目全非，不堪入目。她和同事们一起把死者夫妇的遗体收敛好。“那是一幢电梯房，邻居产生了怕意，硬是不同意我们坐电梯，可是那两具遗体实在是有些重量……”徐小萍无奈地说。后来，她通过同邻居交涉，“躲迷藏”般地将两具遗体用电梯载了下来。

“其实我当时也很害怕，但这是我的本职工作，我必须挑战一下自己。”徐小萍说，在经历了这几起事件之后，她面对“特殊”尸体再也不畏惧了。

学会坦然面对“特殊”遗体，徐小萍认为这要比做“活人”的工作简单得多。既是为逝者服务，同时也是为生者服务，这就是殡葬工作的双面性。

第四个小故事：向骨灰盒祭拜。有一回，单位一处存放有几百个骨灰盒的骨灰寄存楼因为年代久远，存在坍塌危险，需要把所有骨灰盒转移到另一处骨灰寄存楼。经过集体讨论后，单位也在当地主要报刊进行公告，一定期限内由家属自行搬运骨灰盒，超过期限的，由单位统一搬运骨灰盒。公告期结束后，共有 300 多个骨灰盒需要由单位统一安排搬运。徐小萍给全体干部职工布置工作任务，每人要搬运 9 个骨灰盒，要求轻拿轻放，不允许损坏骨灰盒。她自己也不例外，也领到搬运 9 个骨灰盒的任务。她快速率先完成搬运任务，其他职工也都迅速跟上，最终，300 多个骨灰盒都被顺利地搬移。当年的清明节，有一个家庭前来祭拜时，发现亲人的骨灰盒被搬动了，认为极大地影响了他家的风水，便吵闹起来。徐小萍听闻后，急忙来到现场，向家属解释原因，但是家属不依不饶。徐小萍最后想了一个办法，替家属向亲人的骨灰盒鞠了三个躬。如此之后，家属才平静下来。“学会忍受委屈，学会用不同的方式化解家属的怨气，这也是做好工作的一门学问。”徐小萍秉持这样的观点。

第五个小故事：学会拣骨。2009 年底，徐小萍所在单位新购置一台高级拣灰炉。有一回，恰逢火化工非常忙碌，高级拣灰炉火化好一具遗体需要拣骨。看到火化工实在忙不开，徐小萍便戴上口罩和手套，拿起工具帮助火化工一起拣骨。家属看到所长帮助拣骨，多少感到有些诧异。当时正好是夏天，火化炉冷却后，仍有几百摄氏度高温，尽管大汗淋漓，但徐小萍很欣慰，因为她学会了如何拣骨。

第六个小故事：在骨灰里寻找弹壳。有一回，一位参加过抗日战争的老同志逝世了。老同志的儿子告诉徐小萍，父亲的身体里还留有当年参加战争时无法取出的子弹，想找到这枚子弹留个念想。徐小萍完全能够体会这位儿子的心情，细心地在老同志的骨灰里一点一点地寻找弹壳。当老人的儿子从徐小萍的手中接过这枚已经高温火化变形的弹壳时，心情十分激动。

第七个小故事：夜巡公墓。为了督促检查公墓管理安保工作，徐小萍有一次在凌晨两点上公墓夜巡。公墓树木花草较密集，四周确实有些阴森，不时还传来几声动物的叫声。随行的同志有些害怕，徐小萍却没有丝毫恐惧。

第八个小故事：给遗体搬“新”家。徐小萍到殡仪馆后，看到当时的冷冻库破旧不堪，已是危房。冷冻库的位置正对着悼念厅，时常有参加告别会的群众会不经意间看到冷冻库里法医在进行尸检，吓出一身冷汗。面对这种情况，徐小萍下定决心要拆旧建新，另选位置重建冷冻库。新冷冻库建好后，正式投入使用的那一天，徐小萍从旧冷冻库将一具具遗体搬运到新冷冻库。虽然那天很累，但是徐小萍的心里很高兴，她为自己能够如愿完成给遗体搬“新”家的任务，感到欣慰。

第九个小故事：解决“老赖”遗体火化难问题。因为各种原因导致遗体长期冷冻不火化，严重占据冷冻库空间的问题，这是全国很多殡仪馆普遍存在的问题。为了解决这个问题，徐小萍多次跟上级民政部门、政法委沟通协调，最终建立了政法委联席会议制度，专题研究开展“老赖”遗体强制火化工作。如今，每年召开一次由政法委、公安局、民政局、法院、检察院等部门联席参加的强制火化工作会议，通过集体研究的方式，确定将条件成熟的“老赖”遗体通过报纸公告、家属函告的方式，公告一批，火化一批，较好地解决了“老赖”和“无主”遗体的火化工作，解决了长期以来困扰殡仪馆工作的一大难题。

第十个小故事：劝说拦路逝者家属。有一年国庆节期间，某个乡镇发生了一起死亡三人的交通事故。悲痛欲绝的家属相邀在一起，在这个乡镇所在地的一处道路进行拦截，造成当地交通受阻。徐小萍接到指令后，带着工作人员来到事故现场。徐小萍配合当地党委、政府积极劝导逝者家属，表示遗体接运到殡仪馆后，丧属仍旧可以随时前来探望遗体，并表示会冷冻照看好遗体。经过十多个小时的积极劝说，逝者家属才同意让殡仪馆把三具遗体载走，拆除了阻拦道路的物品。

第十一个小故事：我只收下红包袋。如果因为殡葬服务非常到位，逝者家属为了表达感谢之意，硬要塞给工作人员红包，如何处理？徐小萍也多次遇到这样感性的问题。一次，因为徐小萍和职工加班加点为一位逝者服务，逝者家属感动之余，给徐小萍和另外几个职工送了红包，并一再表示：这红包是我自愿的，请一定收下。徐小萍一再婉拒，那个逝者家属明显有些不高兴了。面对这种左右为难的情况，徐小萍想出一个办法，那就是：“你给我红包，我以我特有的方式收下你的心意，将红包里的钱抽出交还给你，我只收下红包袋。”见徐小萍执意只收下红包袋，逝者家属最终也只好收下钱。“遇到感性问题，还是需要理性地处理。”这是徐小萍始终坚持的工作观点。

第十二个小故事：企业家捐赠汉兰达。“每每看见那辆汉兰达，我都感到身上的重担，一定要干好殡葬服务工作。”徐小萍嘴里说的那辆汉兰达，是当地一位著名企业家捐赠给徐小萍所在殡仪馆的。那一回，那位企业家的岳父逝世，徐小萍带领职工为逝者服务好每一个环节。因为周到的服务、细心的安排，让那位企业家十分感动。感动之下，直接赠送了一辆汉兰达，希望能够帮助殡仪馆上山下乡宣传火化工作，提高本地火化率。“我们服务的每一个环节，在逝者家属眼里都是‘旁观者清’。逝者家属的眼睛就是一面明镜，服务得好坏，他们看得一清二楚。”徐小萍强调说。

娓娓道来的这些小故事，徐小萍认为自己都有大收获。要么丰富了一线工作经验，要么改造了自己的人生观和价值观，要么学会了如何处理复杂的事件，要么锻炼了胆量。“喜欢思考和总结，是我最大的爱好！”徐小萍如此评价自己。

2009 年，徐小萍的父亲去世。她的家人和朋友到殡仪馆参加葬礼，亲历了外勤接尸、殡仪服务、为遗体更衣、火化、化妆、骨灰寄存、公墓管理等殡仪馆的日常工作内容。

“可能是因为感同身受，从那之后，家人和朋友对我的工作更加支持和理解了。”有了亲朋好友的支持和理解，徐小萍更加全身心地投入到殡葬工作中。

徐小萍曾对同事们说：“我们这些人生终点站的文明使者每天都面对死亡，面对哀伤和泪水，我们的心里必须充满温情和爱。对于逝者家属的伤痛，我们要将心比心，把每一个逝者家属都当成自己的亲人，对于他们的任何一个要求和愿望，我们都要尽自己最大的努力去满足。”在这样一种工作准则要求下，徐小萍和她的同事们展示了他们对本职工作高度的责任感。

——对待高度腐烂的遗体，他们从容面对。

——对于凶杀、交通事故等非正常死亡的遗体，他们认真捡拾散落四地的肢体和器官，保存完尸。有时山路陡峭，几乎是抱着才能抬下。

——对遗体更衣、洗尸时，常常一接触到尸身，尸身上的皮肤就一层一层脱落，他们还是认真地给遗体冲洗，换上干净衣服。

——火化后，在骨灰里发现变形熔化的金银首饰，拾金不昧地寻出送还。

——一个追悼会的全过程，他们的亲情服务常常要完成三四个角色的转换。帮助丧家布置会场，帮助主持仪式，帮助购买所需物品等，服务员的角色、逝者家属的角色、领导的角色，这些看似简单的事却实在不容易做到……

以上这些都是徐小萍倡导的人性化亲情服务的一个缩影。殡葬服务对于她来说，已不仅仅是一份职业，对生命的尊重和关怀，对生活的感悟和热爱，使这份工作显得既神圣又庄严。

除了开展亲情特色服务，徐小萍坚持改革，建立以人为本的科学管理理念。她制定了便民服务举措，如24小时提供接尸服务，无偿给逝者家属提供热水，设置群众休息室，在悼念厅和骨灰领取处增设便民椅等，印制《殡葬服务指南》，在收费处、悼念厅、火化岗位设置引导员和殡葬司仪，主动引导逝者家属进行治丧。在具体工作中实行服务项目“点菜单”制，逝者家属不用找熟人，不用发红包，就可以顺利完成接运、告别、火化等所有程序，既便捷又省心，实现了“只需一个电话，其他事交给我们办”的“一站式服务”承诺。

她建立了服务质量跟踪反馈制度，群众办完事后对殡仪馆各岗位职工的服务质量和廉政情况进行打钩，确保杜绝职工冷硬推诿和吃拿卡要现象，以热情周到的服务，消除逝者家属的悲痛和不安。

她对骨灰盒实行科学采购，骨灰盒既有上千元的产品，也有百元以下产品，满足了不同消费群体尤其是困难群体的丧葬需求。她积极响应惠民殡葬政策，实现了困难低收入人群火化政府买单。此外，热心公益事业，每年由单位垫付几十万元资金，用于涉法涉诉遗体和无主尸体的处理。此外，还推出壁葬、艺术葬、树葬、花葬等新型丧葬形式，引导逝者家属文明办丧。

改革和服务措施的推行提高了徐小萍所在单位为民服务水平。单位先后被福建省民政厅授予福建省第五届、第六届、第七届“文明行业创建工作示范点”，被福建省精神文明建设指导委员会授予福建省第六届、第七届“文明行业创建工作示范点”。

徐小萍本人也于2009年11月被民政部授予“全国优秀复员退伍军人”称号，受到党和国家领导人的亲切接见。2010年4月，被福建省龙岩市委、市政府授予“龙岩市劳动模范”称号。2013年4月，被福建省委、省政府授予“福建省先进工作者”称号。

如何看待自己取得的这些荣誉和光环，徐小萍说：“那是党和政府对我的信任，把本职工作做到最好，是我对党和政府最大的回报。”

第三次，她选择当一个有思想有深度的殡葬从业者

在殡仪馆工作了10余年，常有人问徐小萍一个问题：“你还在那里吗？怎么还没换岗位？”她淡淡一笑地说：“我在这里已经扎根了。”殡仪馆给人的印象基本上是肃穆压抑，但在徐小萍身上，感觉不到她有任何心理阴影和思想阴影。她之所以愿意在殡仪馆扎根，是因为这个岗位确实也让她实现了自己人生的“救赎”。她认为，自己的人生观和价值观都得到了升华。

如果说，10余年前初来乍到的徐小萍，满脑子想的是如何迅速让自己在殡葬岗位上上手，经过了10余年历练的她，如今想的就是如何让自己成长为一个有思想有深度的殡葬从业者。

徐小萍始终注重加强政治理论学习，提高政治思想觉悟。她坚持以邓小平理论、“三个代表”重要思想、科学发展观和习近平新时代中国特色社会主义思想为指导，深入学习贯彻党的十八大、十九大精神及习近平总书记系列重要讲话精神，在思想上政治上与党中央保持高度一致。

除了殡葬本职业务，徐小萍积极参加驻村蹲点活动、精准扶贫活动和基层党建指导活动，为当地困难群众脱贫致富和挂钩村的全面发展献计献策。2018年，她撰写的关于精准扶贫对象的宣传报道《精准扶贫对象的笑脸》在当地党报发表。她撰写的党建论文《关于促进机关体制机制创新问题研究》也获得当地机关党工委的奖项表彰。

殡葬行业是常人觉得神秘而又不愿多做了解的行业，从事这个行业的人往往会遭遇一些“特殊”的待遇：不能参加朋友的婚礼、满月酒等喜事宴会，避免出现在公众面前，忌讳在他人面前谈论工作……

在这样一种被格式化的境遇面前，徐小萍显得很不安分，因为她时常在公众面前“出镜”，还经常带着殡葬的话题去参加演讲比赛。她参加的群众路线教育演讲活动和爱岗敬业演讲活动，均获得奖项。她置身于殡葬行业但又不局限于殡葬行业，让人有种耳目一新的感觉。“殡葬界其实有许多复合型人才，我这是向他们看齐！”徐小萍虚心地说。当然，她也的确是这么努力地去实践的。

对于“忌讳在他人面前谈论工作”这个话题，2017年，徐小萍当选为龙岩市第五届人大代表后，她认为这个观点应该得到改变。“人大代表这个圈子很

广泛，有领导，有高级知识分子，有企业家，有一线工人。既然当了人大代表，就不能当聋子和哑巴，就应该要为殡葬业发声。”徐小萍经常为殡葬发声，倡导推广绿色殡葬、倡导移风易俗。她在2017年写了一篇关于在殡仪馆附近增设公交站点的议案，希望能够方便市民到殡仪馆办事。这份议案很快得到市城建局、市公交公司的答复，他们表示会在城市规划中考虑安排在殡仪馆附近增设公交站点。2018年，龙岩市酝酿出台《龙岩市文明行为促进条例》，身为市人大代表的徐小萍又积极呼吁，希望能够把推广树葬、花葬等节地环保生态理念列入条例相关内容。“该呼吁的就要呼吁。”徐小萍如是说。

除了市人大代表身份，徐小萍还有一个鲜为人知的身份——剧作家。这样的身份让人再次感到惊讶。徐小萍以创作电影、电视剧剧本的方式，打开另一扇窗户，让更多的人了解殡葬从业者的精神意义——视死如视生。

徐小萍把自己创作的剧本称为“死亡三部曲”，其中包括电影剧本《天国列车》、30集电视连续剧剧本《解剖刀下的告白》和惊悚题材电影剧本《阴婚新娘》。

在殡仪馆工作10多年的她每天都要面对死亡，面对哀伤和泪水，亲人送别的情景更是历历在目。她说：“工作的点滴，是我创作的源泉。”

她的电影剧本《天国列车》中描述了这样一个片段：一位年轻的母亲在失去孩子后悲痛万分而不能自拔，于是找到了一位殡葬师。这位殡葬师听闻她的故事后给予她精神上的帮助，将她孩子的遗体放进了一个子宫形状的陶罐里，置入箩筐后挂于树梢，让母亲认为孩子的灵魂因此得到了升华，帮助这位母亲从丧子的阴影中走出。

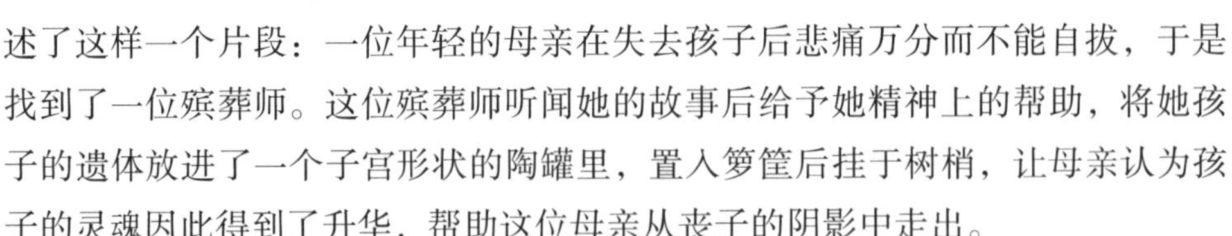

徐小萍说，这一故事创作的灵感源于她的亲身经历。有一次，殡仪馆的工作人员发现一位意外死亡的女性死者在入殓前额头上有个小洞。出于职业的责任感和对死者的尊重，工作人员想办法将其额头的小洞口填平了。

“对我们而言，这样一个小小的举动只不过是我们工作的一小部分，根本不值一提，但死者家属感激的言语让我们更深刻地认识到这份职业的特殊意义。”徐小萍说，经历这次事情之后，她萌生了创作《天国列车》的想法，希望通过这部电影的创作唤起人们对于这份职业的理解和尊重。

电视剧本《解剖刀下的告白》里有很多情节也与徐小萍的所见所闻有关。徐小萍回忆说，有一年发生一起失足少女在性交易过程中被嫖客杀害的事件，那名少女才 15 岁。法医在殡仪馆对少女遗体进行尸检时，徐小萍在场。

“这件事深深地触动了我，我决定把这一情景写进剧本，希望通过这个情节加深人们对于人性的感悟与尊重。”徐小萍说。

创作电影剧本《阴婚新娘》的灵感也来自工作实践。有一年，某省发生了偷盗、倒卖尸体顶替火化的真实事例。后来，徐小萍将这一情节写进剧本里，鞭挞了这一丑恶现象。

在“死亡三部曲”的创作阶段，“白天忙工作，晚上写剧本”成了徐小萍的基本生活模式。写剧本又苦又累，许多人都认为她只是一时兴起，可能半途而废。但对于有着 3 年部队经历和 10 多年殡葬经验的徐小萍来说，“坚持不懈”是早已锻炼成的品格。之后，徐小萍还创作了多部微电影剧本，其中一部关于励志题材的微电影《宅女出关》已经搬上了荧屏。

徐小萍说：“致力于当一名有思想有深度的殡葬工作者，这是我的工作目标！”现在，她经常在自媒体发表一些跟殡葬相关的文章。她先后发表的文章有《殡仪馆开放日到底应该开放什么》《天使降临人间》《学会临终关怀，让生命了无遗憾》《滚蛋吧，病魔》《人生花园和人生后花园》《2008 到 2018，中国殡葬这十年》等多篇与殡葬相关的文章，都引发热议。一些圈外人士读了她的文章后，表示对殡葬工作充满理解和尊重。一些年轻人看了她的文章后还表示希望能够加入殡葬队伍，成为殡葬行业的一员。能够通过这一方式让更多圈外人了解、理解殡葬工作，这让徐小萍感到满足。

“殡葬行业总体还是缺乏人才，他们需要专业的教育和高尚的情操。只有这样，殡葬工作才可以少受非议，才会得到应有的尊重，地位才会真正得到提高。”徐小萍表示她愿意在这些方面多做一些有益尝试：“我希望自己能够为殡葬事业的发展贡献智慧和力量。”

对于未来有什么想法，徐小萍认为就是“学习，然后超越”。她认为，殡葬里的学问博大精深，有殡葬文化、殡葬伦理、殡葬科技、殡葬艺术、殡葬营销、殡葬教育……每一门学问都够她学习很久很久，她脚下的路还很长很长……

七尺炉前的“老白杨”

——记江西省南昌市殡葬管理处火化机械维修工兼火化工魏中山

作为殡仪服务的最后一个环节，火化师对逝者最大的尊重和对家属最好的安慰，就是以谨慎的态度、娴熟的技能进行火化操作，送逝者安静、体面地走完最后一程，最终为逝者家属奉上一捧“象牙白色、没有任何杂质”的骨灰……

从一名只有初中学历的维修工，到自学成才荣膺“全国技术能手”；从七尺炉前的一线火化工，到省市劳动模范、全国殡葬工作先进个人……多年来，作为生命最后的“摆渡人”，南昌市殡葬管理处火化师魏中山诸多荣誉加身，但他始终扎根在这个特殊的岗位上。

22 年间，他用娴熟专业的技能，勤奋踏实的工作，任劳任怨、无私奉献的精神，在送走无数远行人的同时，也践行着共产党员的初心和誓言。

生活艰辛

1977 年 8 月，魏中山出生于江西省奉新县赤岸镇黄城村的一户普通农家。

在读初中二年级时，魏中山的父亲不幸去世，生活的重担一下压在了母亲身上。因为失去了经济来源，初中毕业后，魏中山不得不辍学，进入工厂打工维持生计。为了能有一份谋生的活计，魏中山进入专门制造火化机的江西南方火化机械厂，成为一名电气修理学徒工。

1994 年，全国许多殡仪馆都开始安装或更换新式火化机，此时刚刚参加工作仅半年的魏中山也跟随师傅来到河南，为平顶山一家殡仪馆安装新的火化机，这也是年仅 17 岁的他第一次出远门。

这一次的经历，魏中山到现在都记忆犹新。

从安装到正式点火运行，一台火化机的安装需要两个月的时间。原本以为只是单纯地安装调试机器，但来到平顶山，魏中山看到当地的施工条件后就打起了退堂鼓——他和师傅在安装新的火化机时，殡仪馆其他的火化机还在不间断地工作着，看着一具具遗体被送入火化机，让从来未曾直面遗体的他感到非常害怕。白天，魏中山跟着师傅在车间安装火化机，晚上师傅在火化车间休息，他就独自一个人到车间外的工棚睡觉。

面对生活的艰辛，魏中山并没有太多的选择。如果继续留下，一个月 30 多元钱的收入能够在很大程度上减轻家中负担；一旦回家，没有技术的他只能靠种田为生。

最终，在师傅的劝说下，魏中山留了下来。从 1994 年到现在，魏中山在殡葬行业一干就是 24 年。“留下，赚钱改变生活。”这就是他入行时最朴实的想法。

特殊人才

从跟着师傅学习，到独自上门安装，在南方火化机械厂当学徒的两年里，魏中山学会了火化机的整套安装、调试、运行流程。尽管只有初中学历，但肯钻研的他在技术上已经可以独当一面了。

1996 年，南昌市殡仪馆申报了全国首家“一级殡仪馆”，不仅要增加火化机的数量，还要增加一系列的配套硬件。而魏中山也被南方火化机械厂派驻到南昌，成为厂家驻点员工。

南昌市殡仪馆早期使用的部分火化机型号老旧，经常出现机械故障。在驻点工作的前几年，魏中山不仅要负责安装调试新的火化机，还要帮着维护旧的火化机。5 年的驻点时间，让这个曾经害怕面对遗体的年轻人成为南昌市殡仪馆不可或缺的　员。

2001 年，魏中山从南方火化机械厂辞职，正式进入南昌市殡仪馆，成为一名编外聘用人员，凭着钻研肯干，他在这里成为火化机械专业技术人才。为了让他能够更安心地工作，2008 年，单位以特殊人才引进方式，解决了魏中山的后顾之忧。这也是至今，南昌市殡仪馆唯一一个以特殊人才身份留下来的人。

加班加点

从事殡葬行业的人都知道，殡仪馆最累的就是火化车间，全年无休假，24小时服务。按照南昌市当地治丧习俗，骨灰在中午12点前必须下葬。因此，每天早上6点至9点之间是火化车间最忙碌的时段，一旦火化机出现问题就必须在最短时间内进行处理，不能耽误骨灰下葬时间。

在领导和同事的眼里，单位少了谁都行，就是少不了魏中山。

为了能够保证火化机的正常使用，只要是值班的日子里，魏中山早上5点就会来到火化车间，开始为一天的工作做准备。预先调试火化机，有问题及时检修。用他的话说，只要有火化任务，他就必须在场，不能因为火化机出故障而再次伤害到逝者家属伤痛的心灵，影响到单位的声誉。

2007年12月的一天，夜2时许，一阵急促的手机铃声使熟睡中的魏中山猛然惊醒，他立刻意识到可能是有任务。当天深夜，从医院送来了一具遗体，逝者不是本地人，按照逝者当地的丧葬习俗，家属希望能尽快火化遗体，以便赶在清晨6点之前将逝者的骨灰带回老家下葬。

在办理完火化手续后，火化车间的值班工作人员将遗体推入了4号火化机。然而，刚刚启动20分钟的火化机突然停止工作，值班人员一边向家属解释，一边立即打电话给魏中山，希望他能赶来检查维修。

接到电话后，魏中山顶着严寒，骑着摩托车从家里赶到火化车间。经过检修，原来火化机是因为油路管线堵塞，导致油枪堵塞故障。魏中山立即拆除了油枪、疏通了堵塞的油路、排出了管道内的空气，不到20分钟就将机器重新启动。

而这样的事情，在魏中山24年的工作当中不胜枚举。

正是这种高度的责任心和使命感，主动加班加点维修成为他的家常便饭，确保了火化设备在每年火化8000多具遗体的情况下没有发生过一起安全生产事故。

勤奋钻研

在许多人的印象中，火化师的工作只是站在火化机前按下电钮。但大家不知道的是，为了按下这个电钮后火化机不出现问题，火化工还要不断自我学习。

努力钻研专业知识是魏中山养成的一个良好习惯。“既然选择了火化机械维修这一行，就要干好，就要用能力说话。”这是魏中山最朴实的想法，也是他一直践行的人生信条。

近年来，随着殡葬行业的发展，火化机械的智能化程度越来越高，有的设施还需要触屏操控，这在操作和维修上对火化师提出了更高要求。为了熟练掌握新的维修技术，只有初中文化的魏中山再次捡起了书本。在他的值班室里，《三菱 FX 系列》《西门子 S7-200 系列》等 PLC 可编程控制器培训及视频精讲丛书堆积在办公桌上，翻开书本，密密麻麻记录着各种各样的公式和程序代码。

不仅如此，他还买来电脑自动化、单片机原理等方面的专业书籍，利用工作间隙和点点滴滴的业余时间，刻苦钻研工作原理、程序编译、能耗控制、机电维修等专业知识，枯燥的学习对他而言却是乐在其中。自学搞不懂的地方，魏中山就自费在机电学校进行研修，经常请教老师和同学，遇到有新的想法立即动手试验，并对试验结果进行系统总结。经过几年的刻苦钻研，他终于完全掌握了拣灰炉工作原理，克服了维修技术的瓶颈和难点，大大提高了自身的综合素质，为更好地服务于殡葬事业奠定了充足的技术基础。

为了进一步改进火化机械工艺水平，减少故障和维修成本，“钻劲”十足的魏中山不断摸索，努力思考，对拣灰炉设备进行了重新编程，带领团队对实践操作中的每一个数据进行详细分析，计算科学合理的火化时间，调整入口进氧量，改造油枪角度，充分利用热风管的循环二次供热原理，有效提高炉膛温度，遗体单具耗油量由原来的 30 公升降至现在 8 ～ 15 公升。仅此一项，每年为单位节约用油成本达几十万元。

发明创新

工欲善其事，必先利其器。火化车间最重要的设备就是火化机，虽然不同厂家生产的火化机在性能上相差无几，但在现场使用中，还要根据使用条件进行调整。

按照《遗体火化师国家职业标准》的要求，火化师是一个技术含量比较高的工种。要做一名合格的火化师，必须跟设备磨合到位，要逐炉分析，多琢磨，积累经验，根据炉膛冷热、遗体状况等不同情况调整火化机的操作。

火化机在出厂前，厂家会对每一台设备设定统一的喷油量、含氧量、油枪角度等各种参数，多数情况下可以应对正常工作。在一些早期的火化机型号中，这些参数不可更改，只能被动使用。尤其是火化机在工作时会产生烟雾，正常情况下烟雾排放可以达到国家标准。但如果炉膛内氧气供应少，或者遗体、随葬品水分过多，在燃烧时排放出的烟雾就很难达到环保要求。

在正常工作时，火化机的液晶显示屏上，炉温、炉膛负压等数据不停跳跃、变化，可以直观地看到机器的工作状况，但要进行实时修改，就必须完全掌握火化机的整体工艺流程之后才能得以实现。于是，魏中山在自学编程之后，又开始涉足电路流程的改造。在南昌市殡仪馆现有的 9 台火化机中，有 5 台火化机已完成了改造，工艺流程都由魏中山自主创新、自我完善。

在一些极端条件下，火化机械如果仍旧按照厂家设定的参数运行，就可能出现烟气排放不充分、耗能增加甚至火化机临时停机的问题。根据工作中遇到的实际情况，魏中山创新工作思路，对火化机进行了风机管道并联，对步进电机控制系统进行了改装，大幅降低了故障发生概率。

有一天，厂家的技术人员上门更换零件，看到改装后的火化机时惊讶不已，随后不少厂家就开始推出安装了风机管道并联系统的火化机。这让魏中山感觉欣喜，自己的小发明居然能够倒逼厂家模仿他的“小改动”。

技术能手

随着业务能力越来越精湛，2015 年，通过层层选拔，魏中山第一次站上了由民政部主办的“全国首届遗体火化师职业技能竞赛”决赛现场。在通过“火化准备、遗体入炉、遗体火化、骨灰处理、火化设备保养与维护、培训指导和业务管理”等多个方面的技能考试后，魏中山从来自全国 27 个省、自治区、直辖市的 54 名选手中脱颖而出，取得了第三名的优异成绩，获得了“特等奖”及“全国技术能手”光荣称号。2017 年，魏中山再次凭借精湛的遗体火化（特种仪器维修）技术，入选南昌市首届“洪城工匠”。

要适应新形势和新环境下殡葬服务行业的要求，就必须具备优良的政治素质和过硬的业务技能。现在，已经成为“师傅”的魏中山一直信奉这样的一个理念：让组员做到的，自己先做到；让组员干好的，自己先要干好。他特别注重对组员技能培训的学习，增加知识面，增强业务技能，使大家更好地掌握火化设备的原理及基础维修、养护常识，减少对设备的损耗和维修成本。

魏中山常说：“我是农村的孩子，没有别人家的优越条件，所以我更要努力奋斗，我希望自己生活幸福，但幸福只有靠自己劳动才能创造。”幸福生活靠奋斗，奋斗本身是幸福。简单的话语，折射出一个劳动者最质朴的幸福哲理。

模范带头

2011 年，魏中山光荣地加入中国共产党。作为党员，他更是处处模范带头，脏活累活抢着干，急难任务第一个上。

殡仪馆全年无休假，24 小时对外服务，他们要随时满足群众的治丧需求，经常是饭还没吃完就干起了工作。过去的火化车间环境恶劣，高温作业、机器噪声、烟呛熏燎、灰尘飞扰，他经常要爬进炉膛烟道里进行清理，一进一出满身都是灰尘。为了缩短家属等候骨灰的时间，他经常在炉盘还红着的时候就动手拣骨，手脸烫伤时有发生。

盛夏季节的室外气温高达 38℃，火化车间内的温度更是高达 50℃以上，整个火化车间热浪滚滚、气味刺鼻，魏中山从未叫苦叫累，“环境越差，火化机越容易出问题”，这样的想法每天都萦绕在他的脑海中，一日一检查，三日一检修，一周一大修，因而主动加班加点维修保养火化设备已成为他的家常便饭。

由于殡仪馆遗体火化量大，火化机膛内每天有许多灰尘，不定期清理就会影响进氧量，不仅拖延了遗体火化时间，还浪费了大量油料。要清理炉膛内的灰尘就必须钻进去，哪怕在冬季，炉膛内的温度在停止工作五六个小时并用鼓风机不断冷却的情况下都在 40℃左右。一旦发生中暑或遇到耐火砖坍塌等突发情况，后果不堪设想。

作为江西省劳动模范、火化车间的“老师傅”，魏中山总是主动请缨，忍着窒息的闷热、臭气的熏蒸，把粘在炉膛和烟道四壁的油污、烟渣刮下来，再进行修理，爬出来时满身是油污和烟尘，完全成了一个“黑人”。有时候，遗体棺椁里的随葬品，如收音机电池、酒壶等，以及逝者体内的心脏起搏装置，在火化时 800℃以上的炉温还会引发爆炸。

多年来，尽管头上、手臂上早已“伤痕累累”，可魏中山都是淡然一笑，缝针的伤口一好，立马又投身到维修工作中去。他说，作为火化工，必须不怕脏、不怕累，头脑要时刻保持清醒，对工作不能厌烦。

群众认可

遗体火化前，魏中山都要先观察火化机组运行是否正常，然后让鼓风机吹风，最后再放入柴油。运行过程中，还要根据遗体的燃烧情况，进行供油，而炉膛一旦燃烧起来，温度则在 600℃～1000℃，每开一次检查，火焰靠近脸部的温度就接近 100℃。正常的情况下，10 分钟观察一次，来来回回要看七八次。

一分耕耘，一分收获，魏中山用辛勤的汗水、炽热的情怀、执着的精神、诚恳的服务，在这个“冷僻”工种里，凭借着突出业绩，得到了省、市民政部门的肯定，同时也得到了全国殡葬同行和治丧群众的认可，多次被评为全国、市级、单位先进工作者。

2010 年，魏中山获得南昌市劳动模范（先进工作者）称号、全国殡葬先进个人；2012 年，被评为南昌市创先争优为民服务标兵；2013 年，被江西省人力资源和社会保障厅授予“江西省技术能手”、江西省第二届“福彩杯”民政行业职业技能大赛遗体火化师一等奖；2010—2014 年度连续获得南昌市民政局先进个人；2015 年，被评为全国殡葬工作先进个人、江西省优秀共产党员、江西省劳动模范、南昌市优秀共产党员……

在这些荣誉背后，是魏中山在本职工作中兢兢业业、任劳任怨，同事遇到疑难问题，他总是主动帮忙，从不计较个人得失，时时处处想着单位，想着集体，时时刻刻为他人做好表率，默默地在殡葬一线奉献着自己的青春和智慧。

情系逝者

殡仪馆工作特殊，每天要面对死亡，要面对痛苦和悲伤，常常会遇到各种各样的遗体，魏中山总是带着感情、爱心和责任，对待每一位逝者及其家属。

如果遗体装在纸棺里，火化师只需要将纸棺抬到轨道上，按下按钮，纸棺便会自动传送入炉内。如果遗体没有装在纸棺里，火化师则要手工将遗体包扎后再送至轨道上，隔着手套，他们还能触摸到遗体。

无论如何，他都会把逝者完好地抬上遗体传送带，让逝者保有最后的尊严。

一个炎热夏日的午后，一位因肝腹水病故的逝者，送到了魏中山的面前。火化车间室温高达 50℃，尸臭味伴着天气的热浪阵阵飘来，陪伴的家属都掩着口鼻避而远之。在处理患有肝腹水的逝者时，稍微一用力，肝腹水就会从嘴里流出来，魏中山轻手轻脚、不慌不忙地把遗体轻轻放到炉膛坑面上，小心翼翼地整理好逝者衣物。此时，遗体渗出的积液溅到了他的衣服上，他坦然处之，全不在意，悉心营造那份亲人离别的肃穆庄严，让在场的家属十分感动。

还有一次，公安部门送来一具在河里浸泡了两天的遗体，由于长时间在水里浸泡，遗体膨胀体积变大，无法进炉火化。魏中山赶紧拿来白布将遗体悉心整理好。浸泡后的遗体重量将近 200 多斤，他和同事们一道将遗体扛上了遗体传送带，小心翼翼地推进炉膛。魏中山平时总是说：“生命是平等的，在人生的终点站，我们更应该怀有悲天悯人之心，让逝者有尊严地离开。”

多年来，魏中山的服务得到了群众的认可和好评，许多逝者家属被他的服务而感动，有的拿出礼品、红包表示感谢，但均被魏中山婉言谢绝。他经常说，既然选择了殡葬行业，就应该用最好的服务让逝者安息，给生者慰藉。

亏欠家人

作为轮班制的火化工，许多人可以利用节假日回家，魏中山却从不要求休息。魏中山的家人都在老家生活，单位领导也常劝他趁着节日回趟老家，可他总是说：“回家我也不能安心休息，不如让我在单位，更踏实。”即便在春节期间，火化量比平时要少很多，魏中山也会主动留在南昌，为机器做保养或者为同事顶岗。只有在大年初一时，他才会回去看望父母，同时让手机保持通畅，以便随时可以接到电话。

在殡葬基层，除夕之夜值班是家常便饭，但魏中山年年都放弃与家人吃年夜饭的机会，主动申请值夜班，让其他同事回家过年。那年除夕夜，又是魏中山值夜班，电话铃突然响起，一名患有传染性疾病的患者在医院去世。按照相关要求，病人的遗体需要立即火化。魏中山二话没说换上工作服，开始安排登记、接收遗体、开炉门、传送遗体、关炉门、点火、拣骨灰……

事情处理完，已是午夜时分，新的一年眼看就要来临，看着天空中五彩缤纷的烟火，魏中山的除夕之夜又在单位度过……魏中山把满腔的热情和精力都倾注在了殡葬事业上，几乎没有属于自己的假期，在家人身上欠了很多“账”。妻子常“抱怨”，这么多年来，他很少有时间陪孩子，也从来没有带家人出去旅游过。儿子考上高中那年，还是娘俩一起去了一趟北京旅游。但是这么多年来，看到组织对丈夫的信赖，同事对他的认可，妻子也渐渐理解了，“他的工作特殊，单位离不开他，家里的事只能我多做一点”。

“还有什么能比家人的理解与支持更让人欣慰呢？”魏中山说，有了家人的这份理解和支持，再苦再累自己都会无怨无悔地走下去。

忍受偏见

现实生活中，由于社会文化传统的偏见，让从事殡葬行业的人似乎“低人一等”。许多殡葬从业人员的亲戚、朋友等会回避与他们交往，魏中山也不例外。出于避讳，除了家人及最要好的朋友，其他人都不知道他的工作，他在各种场合也尽量不说出自己的职业。朋友的喜事，他也委婉拒绝，以免给别人带来心理上的负担。

有一次同学聚会，魏中山没有接到通知，他知道有人忌讳，不愿意见到他。一些亲朋好友知道他的工作性质之后，也逐渐与他疏远了，逢年过节的互访少了，亲友间的问候和关切不见了。有时候好不容易见上一面，别人都不愿意跟他握手，有的甚至故意躲避。魏中山说，他理解社会对火化师工作的偏见，除了静静地微笑，他一般不主动跟人打招呼、握手。春节时，除父母、岳父母和自己的兄弟姐妹，一般都不外出给人拜年。回家后，没有特别重要的事情，一般不去其他人家串门，而是尽量想着法子好好照顾自己的家人。魏中山说，生离死别的场景见多了，心态会平和不少。

魏中山最放心不下的，是正在上高中的儿子。为了保护孩子在校不受排斥，魏中山刻意隐瞒了自己的职业，在家长职业调查时只填写“民政局”。而且，他也不让儿子带同学到家中做客。

让魏中山特别高兴的是，学校老师在家访后得知他在南昌市殡葬管理处工作，不仅没有偏见，反而在学校的班会上告诉所有学生，“他是一个伟大的人，从事的行业是一个伟大的行业。”这件事让魏中山津津乐道了很久。

温馨守望

失去亲人，对任何一个家庭来说都是难以承受之痛，在送别逝者的最后一程时，火化师与逝者家属之间的沟通十分重要。“你好！欢迎！再见！请留步！”在殡葬行业中，这些词语都是禁语。在那样的场景里，和逝者家属沟通很容易出现问题，一些家属的情绪往往难以自控，稍不注意就可能发生冲突。为此，殡葬行业对礼仪规范、文明用语和行业禁忌语言都有明确规定。

让活着的人感受到温馨服务，让逝者从从容容离开人世，说来容易，做到十分难。为了这一目标，魏中山认真观察分析，将心比心，进行换位思考。把逝者当亲人，把送行的服务对象当知己，一言一行，都严格要求自己。

同时，为了最大限度地缓解逝者亲友的悲痛，消除家属等待时的不安情绪，避免因服务不周加重逝者亲友的痛苦，魏中山还要引导他的同事们在殡仪服务中，用人性化的亲情服务来最大限度地减轻逝者家属的痛苦。说到做到，他言传身教，身体力行。他和同事们除严格坚持规范着装、文明谈吐、动作庄重等标准服务，除了对逝者尊重，还尽量与逝者家属进行情感沟通，充当他们的朋友。

遗体火化是殡仪服务的最后一站，在火化车间里，他也经常会面对逝者家属的“情绪失控”。每当这时，他都只能默默忍受。

善意谎言

在殡葬行业，有个不成文的规矩，遗体一旦进入火化流程，没有特殊原因不能更换火化机。但谁也不能保证火化机械运行永远不会出现故障，这也就要求魏中山必须在火化机出现问题时，现场随机应变，以防止给家属带来更大的悲痛。

有一次，魏中山接手了一具遗体，装载遗体的纸棺放上传送带之后，因遗体体形偏胖将纸棺胀开，导致纸棺在履带传送两次后仍无法到达指定位置，不能执行前进操作，这时就有家属非常激动。见此情景，魏中山立即将纸棺重新用布条包扎好，调整传送带和纸棺的位置，随后顺利地将纸棺送入火化机，化解了一场危机。

还有一次，在进行遗体火化时，魏中山感觉火化机工作时间过长，但控制屏上并没有显示异常状况。为了保证安全，魏中山冒着高温绕着机器检查，最后发现是火化机主枪燃烧机的油风调节不配备，炉内含氧量不足导致燃烧不充分，如果不及时调整，火化时间会比预定时间延长很多。此时，按规定已经不能停机检修，而家属又正好来询问骨灰何时能够出炉。为安抚家属情绪，魏中山一边紧急调整机器设定，一边和家属沟通。最终，遗体火化还是在预定时间内完成了。

人生感叹

当遗体进入火化机，炉门慢慢关闭时，大厅里的哭声就会响成一片。尽管看惯了生离死别的场景，每当这个时候，站在火化机旁的魏中山心里都不好受。在他按下电钮的那一刻，他都会在心中默念：“一路走好。”

每年，经过魏中山火化的遗体有几千具。即使见惯了生死，一旦遇上“白发人送黑发人”，仍然会让魏中山感到难过。多年的工作让他感悟到，应当珍惜生命，珍爱家人，关爱身边的每一个人，并且简简单单、开开心心地活着。

“最美”不需要血与火的考验，也无须惊天动地。24 年来的默默奉献，从不索取的工作态度，魏中山凭着一颗执着的善心和无私的大爱之心投身于殡葬事业，把情揉进了 365 个日日夜夜的平凡中，把爱撒在了为逝者家属服务的细节里。他就像一棵“老白杨”，用挺拔的身姿，矗立起人生价值选择的最高坐标，展示出鲜活的精神力量和人格魅力，谱写着南昌殡葬工作者最美丽的篇章。

用女儿情怀　素描别样美丽

——记山东省济南市殡仪馆入殓师辛沙沙

"芸芸众生，来来往往，有生有死，有死有生。"当你明白了这个道理，并坦然面对它的时候，你就会知道，生亦伟大，死亦庄严。生命的尽头，总得有人来值守，辛沙沙就是那个值守的"天使"。她用美丽的青春，坦然地抚摸生死的温度，为死亡描绘最柔和的生命线条；她用女儿般的情怀，诠释了一名民政工作者的艰辛和执着，给予逝者家属最后的慰藉；她用娴熟的技巧和倾情的服务，为逝者留下永恒的美丽。

辛沙沙，山东济宁人，2012年毕业于北京社会管理职业学院现代殡仪技术与管理专业，目前是济南市殡仪馆"女子整容班"的一名90后入殓师。服务在殡葬第一线，辛沙沙用实际行动践行着"奉献、担当、团结、向上"的济南民政精神，坚持学习、追求理想，保持着殡葬工作者特有的坚韧和执着，用实际行动向全国树立了"90后入殓师"这一响亮的殡葬服务品牌，谱写着济南民政人的华彩篇章。

家境贫寒　自立自强

辛沙沙的家在距离济南市一百多公里的济宁市汶上县次丘镇的一个农村，她还有一个哥哥和一个姐姐。父母都是本本分分的农民，靠种地和养鸡为生。沙沙小时候住的是那种不分卧室、客厅的老房子，吃、住、招待客人都在一个屋里，兄妹三人都没有单独的卧室。等长大一点，沙沙就和姐姐把房间单独挂了个帘子，这就算是姐妹的私密空间了。

生活在农村的父母，现在仍住在阴暗潮湿的窝棚里。在刚与沙沙接触时，沙沙说自己是因为热爱这份工作才选择入殓师这个职业。可是从她闪烁的目光中能感觉到，她选择这份工作似乎另有隐情。也许，沙沙父母破旧的窝棚住所，就是她不愿说出的隐情吧。沙沙说，窝棚冬天比较寒冷，她的取暖方式就是去鸡棚捡鸡蛋，通过干活使自己暖和一点。她说，晚上自己不敢喝水，因为上厕所会很冷。沙沙的父母具有山东农民的优良传统和生活习惯，辛勤劳作，生活简朴，含辛茹苦地把兄妹三个养大成人。一家五口虽然过得并不富裕，但生活在消费水平较低的村子里还算过得去。

谁知天有不测风云，在沙沙要中考那年，家里发生了变故。家里养的鸡突然得了病，大批量地死亡，她的母亲因为年轻时操劳过度，这时积劳成疾病倒了，需要天天花钱吃药，父亲又不幸被人欺骗欠下了 2 万元外债，主要靠养鸡收入供应哥哥、姐姐上大学的学费也成了问题……那个时期，沙沙的家庭一下陷入了困境。看着父亲与上门讨债的人发生争吵，沙沙内心深感父亲的不易。她很想给这个家出一份力，但又无能为力，自己感到非常愧疚和无奈。沙沙说，那个时候，自己一度变得很颓废，并决定放弃学业。她跟父母说，自己不打算上高中了，直接放弃学业去打工挣钱，缓解家庭的困难。俗话说，母子连心。细心的母亲很明白沙沙的心思，只是生活的无奈让她迫不得已打算放弃上学，能感觉到这不是沙沙的真心话，女儿内心还是想上高中的。她告诉沙沙，要彻底改变困境，上学是正路，砸锅卖铁也要供沙沙上学。那年，沙沙是拿着借来的学费走进高中课堂的。

也就是从那时起，沙沙觉得钱对于一个贫寒的家庭是多么重要，并暗自发誓，一定要好好努力学习，将来好好赚钱，回报父母。成长在并不富裕的家庭，更懂得努力的重要。沙沙说，自己知道钱重要，但她并不崇拜金钱，更看重的是靠自己踏踏实实的努力、靠良心付出去赢得价值。在高中和大学期间，沙沙一直是一边学习一边做兼职打工挣钱。她忘不了高中暑假跟姑姑去青岛服装厂打工挣钱的情景，繁重的工作、闷热的环境，几次都让她想要放弃，想想家里状况，她咬牙坚持干完了两个月，当两个月的工资 1800 元钱发到手上，沙沙激动得泪流满面，她为自己可以通过努力帮助父母解决困难而欣喜。大学时，沙沙一边上学一边在服装店打工，力所能及地为贫寒的家庭，为日夜劳作的父母回报一份孝心。

结缘殡葬行业　选择并非易事

日本电影《入殓师》讲述的温情故事，曾感动了无数观众，其对生者的赞美及对逝者的尊重，也让辛沙沙认识了入殓师这一特殊行业，萌生了对这个行业的憧憬。

辛沙沙与殡葬行业结缘，是在 2009 年夏天。那一年她正读高三，一天偶然从报纸上看到了一篇关于遗体整容师的报道，当时她十分惊讶，一直以为人去世后就直接火化，没想到还有这样一群人帮助逝者体面地走完人生最后一程。正是这好奇的一念，让她决定以后报考遗体整容师这个专业。高考结束以后，沙沙的成绩并不是很理想，高中暑假外出青岛打工的经历，让她开阔了自己的视野，一心想走出大山的沙沙，发现了曾在报纸上看到的、让她惊讶的北京社会管理职业学院正好有这个专业——现代殡仪技术与管理，而且她的分数恰巧可以报考这个学校。虽然知道这个专业属于殡葬行业，但沙沙还是决定报考，她很渴望看看外面的世界。

父母知道辛沙沙的想法后，都极力反对。母亲对她说："我们含辛茹苦把你拉扯大，供你读书上大学，你不给争脸不说，还要去干那么晦气的工作，你叫我们今后怎么抬头做人。"父亲警告说，沙沙要报考遗体整容师，就不给交学费！一些亲戚朋友知道后，也都来劝她："你一个大姑娘干什么不行，干吗非要和死人打交道，将来你会后悔的！"面对家人的反对和世俗偏见，辛沙沙还是固执地认为，"世上工作千千万，殡葬工作也是工作，总得有人干"。最终，她还是瞒着家人报考了北京社会管理职业学院现代殡仪技术与管理专业。

上学以后沙沙发现，这个专业和自己想象的不太一样。"我们应该学了这个就是负责管理的那种，当时我也没有想着做的工作那么基层。"因为专业名称上面有管理两个字，沙沙一直认为自己以后会从事档案管理工作，没想到大一的课程就是观摩车祸现场。

血腥的场景，让沙沙无所适从，沙沙想换一个专业，但特别麻烦。要重修专业课，还要多交一年学费。一听交 8000 元学费，她就又犹豫了。这 8000 元，对于这个贫困家庭来说，可不是一个小数目。想到自己的父母，为了供自己和哥哥、姐姐读书，在家没日没夜地工作，8000 元可能让父母的生活更加艰辛，沙沙放弃了。但是在学校听到的一件事让沙沙很高兴，她听人说，殡葬行业因为其特殊性，全年无休假，工资相对要高一点，这使沙沙下定了干这行的决心。为了给沙沙和哥哥姐姐交学费，给妈妈治病，沙沙的爸爸在外欠下了 40 万元的外债。沙沙父母住的窝棚冬冷夏热，每次回家都让她心里不是滋味，如果有了钱，父母可以住进烧炕的瓦房里；如果有了钱，妈妈可以像正常人一样走路；如果有了钱，父母再也不用没白天没黑夜地干活。沙沙想挑起家里的重担，用自己的努力改变家庭的命运。她明白，自己不能不优秀，学好专业才能有好的就业机会。

沙沙在毕业论文中这样写道：社会在不断探索中发展，发展的道路虽崎岖但前途是光明的，殡葬行业的发展道路亦是如此。以前，殡葬是一个社会地位较低的行业，是很多人不愿提的行业。随着社会的进步，殡葬行业的发展，人们来到殡仪馆所感受到的不是以往的沉闷心情，取而代之的是慰藉。现代和谐的殡葬文化观，应以更能体现生命的价值，体现对生命的敬畏和敬重来实现，是对逝者与生者的双重尊重与双向抚慰，逝者更有尊严，生者更受感染。使人们通过高尚的生命意识和圣洁的丧葬理念感受到生命的可贵，从而更加珍爱生命，更加热爱生活。沙沙正是基于对殡葬文化的潜心研究和殡葬行业发展形势的理性分析，才有了后来扎根殡葬行业的意志和决心，并逐步成为走向大舞台的 90 后女子入殓师。

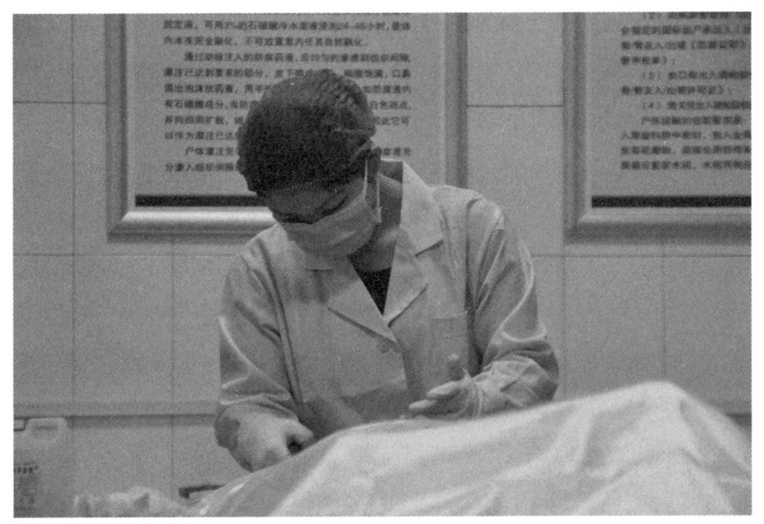

从事殡葬工作的都知道，正常死亡的人好安葬，非正常死亡的人难送行。作为一名殡葬职工必须以高超的专业技术，让逝者的生命有一个美丽的谢幕，尽可能缓解逝者家属失去亲人的痛苦，给生者以心灵的慰藉。辛沙沙认为，有好的专业技能才能更好地服务生命，赢得逝者家属的认可。为此，她一方面认真学习业务理论，另一方面积极在实践中总结探索，使自己的遗体化妆整容技术得到了质的提高，得到了广大逝者家属的充分肯定，成为济南市殡葬系统的业务技术骨干。她刻苦钻研业务技能，目前已考取了高级遗体整容师资格。她说："实习期间，我们科室的王中力，是手把手带我的师傅，从事殡葬工作 30 多年，师傅对特殊遗体的整容塑形很是拿手，只要答应家属将特殊遗体恢复，就能让家属满意。在他的带领下，我在实习期间的技术有了突飞猛进的提高。他带我做特殊遗体的整容整形，耐心地讲解每一个细节，科室里其他师傅也都很乐意把他们的经验传授给我，这也使得我进步很快。”沙沙坦言，自己在专业技能上离馆里的老师傅还相差甚远，但自己一直在努力学习业务技能。下班后，她认真学习有关专业书籍和视频资料，自学雕塑塑形知识，还打算接触一下遗体解剖和素描头像艺术。她说，工作以来，单位安排的外出业务技能学习，让她看到了自身的差距，也让她感到压力和紧迫感。为了不断缩小差距，她总会利用业余时间，钻研这个行业。

不惧偏见　默默坚守

有句古语说得好：“三百六十行，行行出状元。”关于殡葬行业，古代文献很早就有“棺木行”的记载，但自古以来大多都是男性从事这项工作，女性干得很少，特别是从事遗体整容工作的女性就更少了。“只要人一旦停止呼吸，身体各部分机能都会迅速衰竭，带着各种排泄物的体液会从各个气孔流出，刺鼻的气味也会同时散发出来。入殓师就是在这样恶劣的条件下，还生者一个干净安详的遗容。”辛沙沙直言，当时的冲动也好，选择也罢，但真正从事入殓师这份工作，可不是想象中那么简单的一件事情。她内心挣扎过，也犹豫了很久。尽管她在农村长大，却有着开明的思想，“观生死未必不是一件有意义的事情”。最初，这份职业给了她很多美好的憧憬，但真要把它当成今后谋生的手段，她在思想上有过很多挣扎。最终，辛沙沙还是咬咬牙，硬着头皮在学校的安排下，来到了济南市殡仪馆实习。实习期间，沙沙认真努力，老职工评价她“工作时，全神贯注、沉默不语、好学上进；闲暇时，机灵活泼、欢声笑语、兴趣广泛”。2012 年大学毕业，辛沙沙被济南市殡仪馆聘用，正式成为一名职业入殓师。

沙沙说，在选择殡葬行业前，对家人的反对，对亲朋好友的不理解甚至世俗的偏见，她是有思想准备的。但仍让她想不到的是，人们对殡葬行业的偏见竟然如此之深，特别是对个人生活带来的深刻影响，是她始料不及的。到殡仪馆工作后，她忽然觉得自己的生活圈子变小了，参加同学朋友聚会的机会明显减少了，大家在一起聚餐也不叫自己了，正常的人情交往也越来越淡了！好不容易找到一处满意的房子，房东知道情况后也以各种理由拒绝了。回家探亲时，也很少有人主动打招呼了，有的甚至故意躲着她。她突然发现，自己除了工作竟然一无所有，像一个犯了错误的孩子，竟这么不受人待见！

对于沙沙做的这份工作，她的父亲一直很头疼。“过去都是男人做这个工作，小女孩没听说过做这个工作的。就是觉得从思想上和老传统上过不去。”父母心里有数，闺女的这个工作，在农村要是被人知道了，肯定会被嫌弃。用妈妈的话说，恐怕嫁都嫁不出去了。别人问闺女去哪儿上学了，刚开始还回答得有底气，去北京上学了。可若别人问学的什么？就不好继续实话实说了。后来，沙沙就告诉妈妈，你就说学的会计吧。沙沙家在农村，思想比较传统，很多人对殡葬行业有偏见。上大学的时候，沙沙为了让父母抬起头来，选择了和父母一起对村子里的人撒谎。“我爸说我学会计，说了三年。”毕业的时候，由于想要离父母近一点，沙沙回到了山东。这一次，沙沙还是选择了撒谎。“你们就说我在民政局上班就行。”沙沙的谎言，让这个在村子里不起眼的家庭，一下子受到了关注。“当时那种眼神感觉都不一样，就是别人挺羡慕的，挺高看你一眼的。觉得真体面，真好。”

曾经因为贫穷而自卑的一家人，因为女儿的谎言，让很多人都很羡慕。一开始，沙沙也会因为欺骗了别人而觉得内疚。但是，看到自己的父母因为这样的谎言感到高兴，她也就没说什么。2013 年，济南电视台给沙沙做了一篇关于 90 后入殓师的报道，令沙沙没有想到的是，自己的谎言，竟然被戳穿了。沙沙撒谎的事，在村子里传遍了，比撒谎更令人嫌弃的，是她从事的这份工作。

2014 年的那个春节，是沙沙工作后的第一个春节。正月初一，沙沙和其他人一样去拜年，但是她感受到了邻居的一种嫌弃。本来是给人拜年的，却被人婉拒了，沙沙明白了自己在别人心目中的位置。这个年，沙沙几乎不再出门。爸爸看出了她的心思，索性就陪她一起去。谁知道等待父女俩的不是亲戚、邻居的热情款待，却是一个个摆好的火盆。亲戚们都说，跨了火盆，才能让沙沙进门，他们想通过封建迷信的方式带走他们认为的在沙沙身上的晦气。

其实，当沙沙第一次走上工作岗位的时候，她并没有那么从容，她很是犹豫。“其实我最初不想做，害怕。”里面是冰冷的遗体，外面是回头的路，站在门口的沙沙，知道自己回头还来得及。一旦做了这个工作，就永远无法摆脱别人的眼光了。但是，想到自己家庭的困难，沙沙强迫自己走了进去。“我不得不干，我想多赚点钱给他们。自己也不愿他们担心，让他们以后也能过上好日子，我就是这么想的。”房间里的恐惧和血腥味，最终被她的执着所击倒，沙沙还是选择了这项工作。“师傅当时就问，你害怕吗？我进去之前，别人就告诉过我，她说你进去的时候别说自己害怕。你害怕的话，师傅可能就不太想要好好带你。然后，我就硬着头皮说不害怕。”

沙沙至今都记得自己第一天工作之后的感觉。“我第一次接触逝者的时候，那个场景现在想想都有点怵得慌。”第一天，沙沙就遇上了一个从车祸现场搬来的遗体。逝者的脸被机器绞成了两半，眼睛陷进去了，睁着，还没有做整容的那种状态。那时的沙沙才 22 岁，那样血腥的场面是从来没有见过的。“师傅当时正给还流着血的逝者做缝合，我的心一下子就凉了！”在她还没反应过来时，师傅就喊：“来，沙沙，帮我抱着点他的头；沙沙，来，帮我洗一下这块毛巾。”那是沙沙第一次用手去触摸遗体。因为车祸的撞击，逝者头颅破裂，沙沙要用毛巾把逝者头颅上的血和脑浆一点点擦干净。做完这一切，沙沙觉得自己的双手，从此和别人不一样了。中午餐厅里做的肉菜，让她难以下咽，她拿着饭盒的手冰凉。不仅如此，由于火化遗体，殡仪馆里会有一种特殊的味道，这种味道，让她全身难受。回去之后她就赶紧洗澡、洗衣服，印象中洗了好几个小时，那是一种血腥味，混着肉烧焦的味道。还有一种什么味道，沙沙也说不出来，反正不好闻。沙沙的同事发现了沙沙的反常，但是，此时的沙沙，完全处在自己的世界里，不能自拔。尽管同学多次叫她，“我说等会儿等会儿等会儿，然后我还在里面洗着呢，我洗完之后，就换上自己的衣服，感觉还是不太对劲。”沙沙说自己就是一个普通的女孩，“我就是一种心理感觉，就是想洗，就感觉哪个地方接触到了，我就想要洗哪儿，洗好多遍都感觉洗不干净，是一种心理作用吧。”回到家以后的沙沙，对白天发生的事，一直不能忘怀。“当晚我就做噩梦了，又是摆花圈啊，又是告别的啊，就在灵堂里边，我也跟着哭。场景特别真实。感觉那段时间自己都快神经衰弱了。”梦中的情景，让沙沙觉得和现实是如此相似。死亡带来的恐惧感，越来越强烈。噩梦整晚伴随着沙沙，在噩梦中惊醒的次数越来越多。为了避免做噩梦，沙沙竟然强迫自己不睡觉。可是一个人的房间，也会让她不安，晚上的她不敢去洗手间。可是为了父母，工作毕竟还要进行下去，沙沙就这样忍受着心中的煎熬，每天在殡仪馆面对冰冷的遗体。

出生意味着生命的开始，死亡反衬出生命的宝贵。作为“生命摆渡人”，辛沙沙每天都要直面死亡，为逝者化妆整理仪容。辛沙沙直言，这份职业给了她很多别人没有的经历。无法想象，第一次接触遗体，内心挣扎，手指碰到遗体，那种冰凉直抵心里。“说不怕那是假的，能不害怕吗？可怕也不行啊，非正常死亡遗体，不可能把遗体往旁边一扔就走，只能硬着头皮上。就像打仗一样，上了战场哪有再逃脱的道理？”她是这么说的，也是这么做的，就这样一天天坚持了下来。

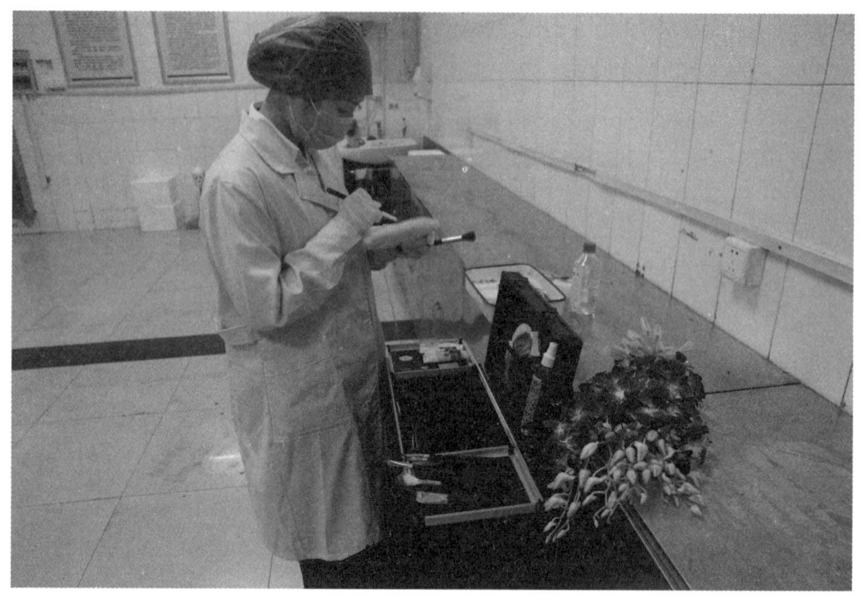

对于殡葬工作，人们总是有这样那样的偏见和不解，对殡葬工作者“敬而远之”。但当辛沙沙谈及自己的工作时总是面带微笑和自豪。在辛沙沙看来，逝者不是一具没有生命的躯壳，而是和生者一样有尊严。殡仪工作可以让逝者安息，让生者得到慰藉，是一份神圣高尚的职业。工作中，沙沙和同事们经常会遇到诸如交通事故、腐败变质、非正常死亡等特殊遗体，有时连家属都躲得远远的，不愿靠前。面对这些不忍目睹的遗体，沙沙和她的同事们就一遍遍地擦洗，一点点缝合，整容化妆，直到逝者家属满意。

在沉重的世俗偏见面前，在冰冷的现实面前，辛沙沙也犹豫过、苦恼过，甚至动摇过。她曾经不止一次地问自己：“当初选择殡葬专业是不是太冲动了？是不是我的选择真的错了？我还能不能不改初衷继续坚持下去？”就在此时，一位干了十几年殡葬工作的老同事看出了她的心思，他找到辛沙沙，对她说：“现在有一些人对殡葬工作存有偏见和歧视，那是他们对我们的工作不了解造成的，越是这样，越需要我们用自己的行动去宣传它、干好它，争取他们的理解和支持！”殡仪馆的领导也语重心长地对她说：“人的追求有高低之别，但职业没有贵贱之分，只要我们去努力，殡葬工作照样可以干出一番事业，实现人生价值！”在领导和同事们的关心鼓励下，辛沙沙及时甩掉思想包袱，坚定了干好殡葬事业的决心。就这样，多年来，不管碰到多少困难，受过多少白眼，历经多少苦累，都没有改变辛沙沙选择殡葬事业的初衷！

顶住世俗的偏见，选择殡葬行业不容易，而克服对尸体的恐惧和不适，对一名殡葬职工特别是对于一名女殡葬职工来讲更加困难。一次又一次特殊的遗体整容任务使辛沙沙懂得，殡葬工作同其他工作一样，同样要有“大爱之心”，只要视逝者为亲人，只要在工作中心里时刻想着如何减轻生者的痛苦，就能正确面对服务对象，消除恐惧和不适！

作为一名殡葬职工必须以高超的专业技术，让逝者的生命有一个美丽的谢幕，尽可能缓解逝者家属失去亲人的痛苦。近年来，辛沙沙一方面认真学习业务理论，另一方面积极在实践中总结探索，不断提高遗体化妆整容技术，得到了广大逝者家属的充分肯定，成为济南市殡葬系统的业务技术骨干。2013 年清明节，国家、省、市多家媒体以“90 后入殓师，让逝者体面离去”等为题对沙沙进行多次报道。爸爸妈妈看到自己女儿的报道后，对女儿工作的看法有了很大改变，妈妈在电话中说：“闺女，你喜欢就好好做，这是行善积德的事。”电话那头的父母不仅没有阻止她，还对她做这个工作有了自豪感，有了父母的支持，沙沙心里踏实了很多！

只为人生谢幕时的美丽

众所周知，殡仪馆是一个人生命中的最后一站。每一位逝者，无论他生前是精彩辉煌，还是平淡沉沦，都要为他体面地送上最后一程，这就是一名殡葬职工的神圣职责。“让已经冰冷的人重新焕发生机，给他永恒的美丽。”这是日本著名电影《入殓师》中的一句台词，也成为这名90后女入殓师的座右铭。

沙沙说，从事入殓工作需要承受很大的心理压力。“以我的亲身体会来说，当你被家属信任，被师傅信任，让你独自去完成一具特殊遗体的整容、整形；当你得到家属的感谢、师傅的赞扬和大家的认可时，那时就会产生强烈的成就感和自豪感。”几乎每个人都会惧怕死亡，看到逝者往后退，这都是大家的正常反应，自己也不例外。

在辛沙沙的讲述中，入殓师这个职业并不简单，最棘手、最难的就是遇到非正常死亡的遗体，“因为需要清创、缝合、整形、塑形，这个过程复杂又漫长，其间还夹杂着各种生理反应。有时碰到给腐败变质、臭气熏天的遗体化妆，真的很难喘得上气，于是只能憋一口气画一下，憋一口气再画一下。”然而，这并没有让辛沙沙退缩，穿上工作服，走进工作间，拿起整容工具，辛沙沙就像是一名“神医”，让逝者的容颜渐渐恢复，“我会祝福逝者一路走好，尽自己的所能让他们恢复容貌，让他们体面地离开”。

沙沙刚入职不久，就接触了这样一位逝去的人，她让沙沙改变了入职初期的恐惧和忐忑。那是一位24岁刚大学毕业的年轻女孩，却不幸在车祸中遇难了，脸上也有多处划伤，但这仍然掩盖不了她生前的美丽。女孩的父母提出让一名女入殓师给他们的女儿化妆，殡仪馆领导考虑到女孩父母的要求，打算推荐沙沙去做整容。接到这个任务后，沙沙忐忑不安，不知道能否让家属满意。但是看着女孩逝去的容颜，再看看女孩父母因丧失爱女从肺腑之中迸发的哀伤之情，那一刻沙沙下定决心一定要还女孩生前最美的容颜，让她的父母看着她生前的模样与她告别。于是，她对照女孩生前的照片，采用不露出针脚的组织皮下缝合。由于破损严重，用了一下午的时间还是没有完成，晚上回到家里沙沙心急如焚，草草地吃过饭后，就忙着翻阅资料，比较着她生前的照片想解决的办法，计划着第二天的工作，最终确定了棉质纤维塑形的方法，就这样竟躺在床上和衣睡着了。第二天醒来，沙沙匆匆赶到单位，按照前一晚的想法进行了操作，竟然很顺利地完成缝合。头部缝合完毕后，沙沙给女孩换上她生前最喜欢的衣服，在修复好的脸上抹粉底、擦粉饼、涂口红、擦腮红、画眉、画眼线，一道道工作程序一丝不苟，然后仔细给她梳理好头发。渐渐地，经过沙沙的手，女孩本来苍白的脸上仿佛映出了她曾经的美丽。虽然这一切，往生者无法感知，但她的每一个动作都体现着对生命的敬重，对生者来说，是体恤入心的一个感知过程。当家属看到整容完毕后的效果，满含泪水不停地感谢时，那一刻沙沙忽然感受到了自己工作的意义就在于：虽然很辛苦，但是觉得很值得、很有成就感。沙沙是一个普通人，却被赋予了一项很有意义的工作。她的工作不仅有责任，更承载着爱和良知。“通过我的服务，逝者的生命旅程画上了圆满的句号，而生者也在这个过程中得到了心灵的安慰。”

后来，在带班师傅的指导帮助下，沙沙开始慢慢地适应这种特殊的工作环境，渐渐地开始为遗体整容。但真正让她完全克服恐惧和不适的，是在 2014 年 4 月 21 日受领的一次遗体整容任务。那天，专运科从河里打捞起一具高度腐烂而且已经变形的无名女尸。因死者身份不详，直到 7 月 5 日才被家属确认，确认后家属要求为逝者整形化妆，举行告别仪式。按要求，高度腐烂遗体和传染病遗体需立即火化，更别说整容了！那天，当工作人员打开冰柜时，女孩的母亲压抑了许久的情感在那一刻完全释放了，整个楼道回荡的都是母亲的号啕大哭。慢慢地，母亲的哭声沙哑了，整个人瘫坐在冰柜旁边，守着自己的女儿，父亲一句话也没说，浑身抽搐着，一直默默地流泪。过了一会儿，父亲跪下了，跪向工作人员，他说：“求求你们，求求你们了，给俺闺女化化妆，穿上俺从老家给她带来的衣裳吧，俺妮从小爱打扮，俺不想让她这样走，俺不想让她这样走。”沙沙和同事们搀扶起父亲，劝说：“大叔别这样，别这样，好好商量，好好商量。”“求求你们，求求你们让俺闺女好好走、好好走。”那一刻，沙沙看到了许多工作人员在偷偷抹眼泪，真的是不忍心让家属留有遗憾，殡仪馆的领导也决定成立一个由沙沙牵头的特殊整容小组为其做防腐整形。话说着容易，但活干起来困难可想而知。由于遗体已经在冷藏柜里冷冻了两个多月，整容前要经过解冻，解冻后的遗体高度浮肿，骨肉分离，腐臭难当，别说清洗遗体，就是站在整容室门口都会被呛得呕吐。即便是穿着隔离衣，戴着防毒面具，那阵阵的恶臭和福尔马林的刺鼻气味仍然抵挡不住一阵阵恶心。作为此次任务的牵头人，沙沙起到表率作用，与女子整容班的其他同事一起完成任务。7 月的天气异常炎热，就是穿着夏装人也会大汗淋漓，更不用说穿戴着全封闭的隔离衣和防毒面具了！沙沙和姐妹们承受着常人难以承受的困难，克服技术难题，用手一点点清理着遗体脱落的肉皮，缝合因腐烂而裂开的皮肉，然后运用四腔灌注防腐法往逝者的腹腔、胸腔、喉腔、颅腔注射防腐液进行遗体防腐处理。遗体防腐完毕后，沙沙拿着脱脂棉蘸酒精清洗逝者的面部，打上粉底，用粉扑扑匀，涂一些腮红，再稍微擦上些口红，渐渐地逝者脸上映出了她生前的容颜，整个工作用了整整 3 天时间。将近一个星期，整个楼道里都弥漫着刺鼻难闻的气味。当家属看到逝者变得那么宁静、安详，看到自己的亲人能如此体面地离去，含着热泪向沙沙和她的同事道谢。沙沙感到很欣慰，她们用自己的付出换来群众的信任，用辛勤的汗水换来了家属的满意。也正是那次为遗体整容，让沙沙懂得，殡葬工作同其他工作一样，同样要有“大爱之心”，只要视逝者为亲人，只要在工作中心里时刻想着如何减轻生者的痛苦，就能正确面对服务对象，消除恐惧和不适！

2014 年 7 月的一天凌晨，济南市发生了一起交通事故，一辆工程车与一辆电动车相撞，一名女子倒在工程车的左前轮和左后轮之间，头部遭到工程车车轮碾轧，当场身亡。专运科的孙德刚师傅和施建师傅赶到事故现场收敛遗体时才发现女子的颅骨已经被车轮挤压变形，头骨与躯体分离，这种惨烈又悚然的场景，就连在殡仪馆工作近 20 年的孙德刚师傅也很少遇到。现场正在号啕大哭的逝者丈夫告诉孙师傅，他的妻子今年才 28 岁，曾是一名环卫工，天天在外忙碌，为了能给 4 岁的儿子多一点关爱，妻子刚辞去了环卫工的工作，来到一家食品厂上班。可是，刚进工厂就被派到夜班。儿子为了见到母亲，每天早晨都会蹲在家门口，等待妈妈回来。而如今，孩子却再也等不到她了！为了让妻子体面地离开，为了让儿子不留遗憾地再看妈妈最后一眼，丈夫请求殡仪馆无论如何也要将他妻子恢复到生前的模样，这样他也心安了。孙师傅心中没底也不敢当场答复他，说：“先回馆里看看再说吧！”就这样，女子的遗体被送到了济南市殡仪馆女子整容班姐妹们的面前。正所谓“正常死亡的人好安葬，非正常死亡的人难送行”。普通整容相对容易，可面对碎尸、头部粉碎等，要进行修复处理，持续时间长、难度大，要做好整容工作，必须有极大的耐性、胆量和高超的技术。整容班的姐妹们深深为这位富有责任感的年轻爸爸感动了，马上投入工作。她们将遗体身上的血渍擦洗干净，缝合身体部位的伤口。对损伤严重的头部进行整合，姐妹们忍受着刺鼻的血腥味慢慢整理，将颅骨碎片一点点拼凑、打孔、填充、连接、植皮、缝合，经过一昼夜的紧张工作，十几道工序下来头部缝合终于完毕。她们又给年轻的母亲换上她生前最爱的一套小西服外套，还别上了一枚玫瑰胸针，然后在修复好的脸上细致地打粉底、上腮红、涂唇彩，修饰眉毛和眼线，最后仔细给她梳理好头发。经过她们的手，年轻母亲本来苍白的脸上恢复了光泽，静静地躺在由白菊、黄菊、百合、康乃馨、玫瑰交织而成的花床上，宛如熟睡一般。第二天，当逝者的丈夫抱着 4 岁的儿子来送别这位年轻的母亲时，孩子看着躺在花丛中的母亲，依偎在爸爸的怀里突然说：“妈妈睡着了吗？妈妈身边有好多花，好漂亮啊！可她为什么不跟我们说话呢？”听到孩子童真的话语，在场的人都跟着哭了。那一刻，沙沙感受到了自己工作的意义：“虽然很辛苦，但是很值得、很有成就感。我是一个普通人，却被赋予了一项很有意义的工作。我的工作不仅有责任，而且更承载着爱和良知。通过我们的服务，逝者的生命旅程画上了圆满的句号，而生者也在这个过程中得到了心灵的安慰。”

后来的日子里，沙沙慢慢调整自己的心态，用心去为经手的每一位逝者整容化妆，有因病去世的小孩、有因爱殉情的青年、有跳楼自杀的民工，这些逝者在芬芳的年龄离开了人世，沙沙在叹惋的同时，又对化妆间外放声痛哭的家属有更多同情。她不断地告诫自己，这是逝者人生的最后一程，一定要好好对待，才能对得起自己的良心。从那以后，沙沙慢慢地喜欢上了为逝者整容化妆，从内心里也慢慢接受了这份工作。

随着时间的推移，沙沙的付出得到了回报。有的家属，事后专程向济南市殡仪馆赠送了“不辞辛劳真情服务民众，贴心爱民共建和谐社会”的锦旗以示感谢，这面锦旗悬挂在女子整容班的休息室里，时刻激励着女子入殓师们更好地为群众服务，争当服务排头兵。她们也经常接到 12345 市民服务热线转来的感谢信和家属的感谢留言。对于这些，沙沙认为不是单纯对入殓师工作的感谢，也是对入殓工作的认可和理解。这也说明虽然社会有偏见，但是人们也在逐渐改变这种偏见。由于对沙沙事迹的报道越来越多，慢慢很多济南市民知道了济南市殡仪馆有一名 90 后女子入殓师，越来越多的家属要求由女性入殓师给逝者整容化妆。

心有所属　择善而行

2014 年清明节，济南市民政局在济南市殡仪馆组织开展了“走进民政看殡葬驻济媒体开放日”活动，曾获得过“泉城十大杰出青年”“最美齐鲁民政人”“全国最美青工”“全国青年岗位技能能手”等一系列荣誉的辛沙沙引起了媒体的关注。济南电视台在黄金时段以“90 后入殓师，让逝者体面离去”为题对以辛沙沙为代表的济南市殡仪馆女子入殓师做了系列报道。一时间，辛沙沙的事迹成了家喻户晓、市民茶余饭后讨论的话题。这给沙沙的生活带来了不少烦恼，高校学生、社会单身人士，甚至中介红娘都纷纷打来电话，撰写书信，进行情感轰炸，让沙沙很是无奈。辛沙沙笑着说，或许是太“出名”了，前几年自己一直是单身，“说实话，做我们这行的，不太好找对象，我的很多大学同学都转行了，现在还在坚持干这行的连三分之一都不到”。三年前，同事也给她介绍过两个对象，但还没等她主动跟人家“坦白”，对方就知道了，然后就不再联系了。后来，沙沙也想开了，“我觉得两个人在一起，重要的应该是人品素质，既然能接受我，就得先接受我的工作”。谈到自己的择偶标准，沙沙说要支持她的工作，两个人相互理解，就足够了。

辛沙沙性格外向，也很健谈。可就是这样一个性格开朗活泼的姑娘，生活中却很少有朋友愿意和她来往。辛沙沙说，大学同学学这个专业没什么避讳，然而高中和初中同学知道自己干这行后，聚会啥的很少叫她了。“认识的朋友有时聚会，我一般也不去。我们这个职业整天面对的是冰冷的遗体，外界消息相对闭塞。聚会时，人家都聊自己的工作，外面的繁华，我们能聊啥，跟人家聊给遗体整容？”沙沙无奈地说。在沙沙看来，入殓师是一份阳光的职业，“逝者去世之后其实是很安详的，并不像大家想象的阴森可怕。”她说，如今父母的态度已经不像最初那般抵触，希望能够得到社会大众更多的理解，“我善待每一位逝者，用心做好每一个妆容，感觉是在做一件善事。我从来没觉得自己的工作见不得人，如果自己都不能接受自己的职业，别人更不会接受。今后，我也不会因为婚姻问题辞掉工作。”

沙沙说，受工作影响，自己的个人情感问题曾一直进展得不是很顺利，而沙沙也一直在期待能接受自己职业的另一半出现。

最终，一个阳光大男孩在一个偶然的机会走进了沙沙的生活。两人已于2018年9月16日修成正果，完成婚姻注册登记，走进了婚姻的殿堂。沙沙的伴侣家在聊城，他比沙沙小几个月，做医疗器械方面的工作，是家中独子。两人在健身房健身时结缘，因经常一起参加健身活动而慢慢相识。在两人认识的前三个月，沙沙明显感觉到这个男孩对自己的好感和喜爱。面对男孩的执着追求，沙沙却没有打算接纳。一是本不想找个比自己年龄小的，二是之前的几次相亲大都因自己的职业不欢而散，自己也不再相信这次会和以前有不一样的结局。于是，沙沙就找到男孩说了自己的工作不是在民政局，而是殡仪馆，并且还是入殓师。她希望通过说明自己的真实工作性质，打消男孩的追求。男孩听到后，认真地说，在殡仪馆上班是很正常的一份工作，他看中和喜欢的是沙沙这个人，能够接受这份工作。就这样，两人一谈就是三年。沙沙说："我们之所以能够在一起，主要是两个人为人处世的方式和价值观是一样的，他虽然家境一般，但很上进，我们坚信幸福是奋斗出来的。他人品好，能包容我；他喜欢替别人着想，跟他在一起我感到安全而舒服……"

走向国际舞台——参加新一代圆桌对话

2018 年 6 月，辛沙沙作为第八届中国国际殡葬设备用品博览会"新一代"圆桌对话邀请嘉宾，在交流会上分享了自己选择殡葬行业的初衷，并诉说了自己不惧偏见、不断奋进、不断成长的心路历程，充分展现了济南民政人的良好风貌。

会上，辛沙沙表示，自己当初选择殡葬行业是想通过自己的努力，进一步改变人们对殡葬行业的传统认识，提升服务品质，以温馨高质的服务，尽可能消除人们观念上对殡仪馆的印象。通过让逝者家属参与其中，从而缓解他们内

心的悲伤情绪，转而更多地给逝者留下一些温馨的回忆，不至于回忆起自己的亲人内心有那么大冲击。

辛沙沙自 2012 年从事殡葬行业工作以来，工作中会遇到并参与一些特殊遗体的整容、修复工作。济南市殡仪馆在 2006 年就成立了女子整容班，它的成立意在不断满足广大市民办丧服务的要求。女子整容班得到了广大群众的认可，通过女性的温情服务，不断满足逝者家属的办丧要求，女子整容班的服务品质越做越好，形成了济南市殡仪馆的一个特色品牌。

辛沙沙在描述未来殡葬行业远景时说，新时代，就得有新思想，未来人们对殡葬行业的理念、认识和需求，与今天将会是截然不同的！任何一个习俗都有一个兴起和演变的过程，不变的是：人们对科学、对文化、对生命和对人的基本权利的尊重。自己作为一名从事殡葬行业的女性，有责任、有义务去弘扬社会公德、遵守职业道德，把服务结果变成服务对象的一种心理满足、一种精神抚慰、一种诚挚感激、一种相互依附、一种真切信任，达到讴歌生活、缅怀故人的目的。在未来，她会用轻柔的动作，娴熟的技巧，全身心的感情，甘做生命摆渡人，让逝者留住永恒的美丽。

干一行就要干出一些成绩来。在实践中去研究、去思考、去执行、去创新！用实际行动去改变传统习俗和观念，让更多的人去传达新的理念！改变行业在公众中的形象，以此提高殡葬服务单位的社会满意度。

感恩奋进　硕果累累

“入殓师是一份阳光和神圣的职业，我很喜欢现在的工作，这是在做一件善事。”辛沙沙说，这份工作的神圣感同样影响着自己对于生活的感悟，面对生死离别，更容易让人懂得珍惜所拥有的美好事物。辛沙沙有着如花般灿烂的笑容和青春洋溢的个性，她用女性独有的温柔去对待这份神圣的工作，把每一位逝者都当成自己的亲人，她用自己的真诚和手中的工具，让逝者有尊严地离去，给生者以慰藉。她从一名普通的殡葬工作者，成长为山东省的先进模范代表，这与她的努力是分不开的。

辛沙沙一直用最执着敬畏的心、最唯美的肢体语言，倾注所有情感，为死亡描画最柔和的生命线条。在生离死别的时刻，她用轻柔的动作、娴熟的技巧、全身心倾注的感情，使逝者有一个最完美的终结。辛沙沙说：“做这一行后，不觉间已看淡了生死，人生并不方长，生命也有意外。我对天地、阳光、雨露怀有感恩，人生如寄，珍惜当下，每一刻都要过好。”每当在工作中遇到自杀身亡的年轻人，看到他们家人悲痛欲绝时，沙沙总会为他们感到惋惜。“我觉得生活中没有什么是过不去的，这么草率地结束生命很不应该，即使我能为你做一个整容，但终究抚平不了亲人的悲痛。”

谈到对生命的感悟，辛沙沙分享了她写的一首小诗。

无题

如何让我表达自己的情感
恩泽的雨露无尽蔓延
生命的长度可以计算
我们是否要拓尽生命的宽
生命是道单行线
不虚此行别遗憾
殡葬一线虽辛苦
为民服务我为先
奉献彰显人性美
担当展现责任强
团结凝聚力量大

向上积极又雄壮
两个世界都满意
我们方能开心颜
人物虽小却大爱
生命方能价值显

在大多数人的眼里，殡仪工作只不过是简单的体力劳动，没有鲜花和掌声，也没有荣誉和地位，更多的是社会的偏见和人们的歧视！但是，入职6年来，辛沙沙凭借自己“干一行、爱一行、钻一行”的韧劲，利用自己的专业特长，刻苦钻研，不断创新，在同事的配合下使单位整容防腐技术取得了突破性进展。在各级领导的关心爱护下，她的萤火之光正在散发出更加强大的生命力，一群志同道合的殡葬人在弘扬“奉献、担当、团结、向上”的济南民政精神道路上越走越顺，越走越好。

2014年9月，辛沙沙光荣地成为山东省“大爱民政”先进事迹代表；2015年1月，荣获“泉城十大杰出青年”称号；2015年4月，荣获“全国最美青工”称号；2016年6月，被共青团中央授予“全国青年岗位能手”称号；2017年8月，荣获“最美齐鲁民政人”称号；2018年4月，获“山东省先进工作者”称号。父母对她说：“闺女，你喜欢就好好干，什么工作干好了都一样。”有了父母的支持，沙沙心里踏实了。现在，她已经从工作中找到了定位，更深深地爱上了这份事业。她用信念力量书写着生命价值的篇章，她用坚定的步伐引领着新时代殡葬人不断前进，她是新一代殡葬人的缩影！

虽非亲骨肉　依然父母心

——记河南省郑州市儿童福利院院长李燕

“感谢郑州市儿童福利院的李燕院长，给了孩子一个重生的机会。感谢郑州市儿童福利院各位老师，给孩子专业的训练，让孩子有了一个开心温暖的学校生活，学习知识和生活技能，让孩子有了新的梦想和希望！世界因你们而更加美丽！感谢你们这些爱的使者！”

豆豆全家感恩敬上

这是2018年9月26日，郑州一位市民送到郑州市儿童福利院院长李燕手里的感谢信。接过这封信的时候，李燕又一次没有忍住泪水，和豆豆的妈妈紧紧地抱在了一起……

今年53岁的李燕，不仅是两个孩子的妈妈，更是850名孤残儿童的妈妈。从2006年8月负责筹建郑州市儿童福利院，2008年3月担任郑州市儿童福利院负责人至今，为了“虽非亲骨肉，依然父母心”的初心，她倾尽心血和智慧，在郑州西南郊的荒地上建起了一座孤残儿童的庇护所。十年时间，郑州市儿童福利院实现了从无到有、从小到大的跨越式发展。

被孩子们亲切地唤为“院长妈妈”的李燕，先后被授予“郑州市三八红旗手”“全国优秀儿童福利院院长”“全国民政系统劳动模范”等荣誉称号，三次光荣当选中国共产党河南省、郑州市党代会代表，两次当选河南省妇代会代表。

较真的创业者

为了使孤残儿童和其他小朋友一样，在祖国的同一片蓝天下健康幸福成长，按照党中央的部署，2006年，民政部启动了“儿童福利机构建设蓝天计划”，提出用5年时间，在全国每个地级以上大中城市建设和完善集抚养、救治、教育、康复、特教功能于一体的儿童福利机构，新增孤儿安置床位约5.7万张。

通过全面改善儿童福利机构设施条件，完善功能，推动我国儿童福利机构由单纯养育型，向养育、医疗、特教、康复及技能培训等多功能型转变，使儿童福利机构成为儿童福利的资源中心和管理中心，为有需求的儿童提供规范化、专业性的福利服务。

乘着“蓝天计划”的东风，2006年春天，郑州市委、市政府提出将孤残未成年人单独养护的意见，并明确要求“建全国一流儿童福利院”，并把郑州市儿童福利院的新建工程列入当年市委、市政府向全市人民承诺办理的“十件实事”之一。8月，市领导到中原区须水镇常庄村召开现场办公会，研究解决问题，确定了郑州市儿童福利院的选址。8月26日，郑州市民政局党委研究决定，由刚满40岁的李燕牵头成立筹备小组，筹建郑州市儿童福利院。

项目立起来了，办起来却并不是一帆风顺的。要在年底前主体完工，实现市委、市政府的承诺，李燕说，她当时觉得最缺的就是时间。“从8月26日到12月31日，短短的几个月，要完成土地划转、工程方案设计、项目审批手续、项目规划手续、工程招标、开工手续办理等等，谈何容易！”

副院长侯晓学当时作为筹备小组的成员，经常跟着李燕在工地上奔波，他清楚地记得，为了争取时间，不影响工程进度，李燕随身背的包里，每天都装着两个馒头。跑审批手续，她没有别的办法，就是一个“泡”字：领导很忙，各职能部门事情也很多，办理相关手续时，时间很不确定，她就死等。有一次，她为了办一项资质手续，提着包在相关领导的办公室门口死等。等领导开完会，她拿到领导的批示，马不停蹄地赶到相关职能部门的时候，已经接近下班时间。工作人员当时就回复：“今天不能办理了，明天再来吧。”急得李燕眼泪都快掉下来：“你要下班你走吧，反正我是不走了。你就把我锁在里边吧。”工作人员看她那样坚持，也实在拿她没办法，赶忙抓紧时间加班加点帮她办理了手续。

正是靠着这股子较真的劲头，两个月后，工程所有手续全部办齐。2006年11月18日，郑州市儿童福利院新建项目一期工程正式开工。市发改委大项目办负责人都很惊讶：“你们真不容易啊！按照常规办理，明年7月你们能开工就不错了，从来没见过这么快的！你们是咋做到的？”

咋做的？背后的艰辛只有李燕自己知道。从8月26日接手筹建工作开始，李燕就没有了上下班和节假日的概念，每天早上6点起床就开始忙，晚上经常十来点才到家。有时为了协调关系，即使到了晚上十一二点，也毫不犹豫地开车奔向外地。

所有的辛苦和劳累，在李燕看来，只有一个理由：“这座福利院承载着党委、政府的重托，关系着孤残儿童的幸福和未来。我们一定要把它建起来，并且要建好。”

有一次，李燕到现场察看施工进度，一不小心把脚崴了，脚脖子立马肿得老高。送到医院后，医生说要打石膏，她坚决不肯，只在家躺了一天，第二天就让爱人陪着一瘸一拐又到了工地。

熟悉李燕的人都知道，李燕原本也是一个很爱美、很讲究的人，可在筹建福利院的那几年，李燕根本顾不上打扮。胳膊里挎个包，包里装着干粮，鞋子没有一双干净的，脸也是黑乎乎的。有一次，到市民政局办事，一位熟悉的领导看到李燕的样子吓了一大跳。

可不得吓一跳吗？4 个月的时间里，她瘦了 10 多斤，本来就又高又瘦，乍一看更吓人了。瘦，并不仅仅因为在工地上的辛苦，还因为办理各项手续时的奔波。在办理手续时，常常会涉及很多费用，凡涉及国家、省、市对福利项目有减免规定的，她一项不落地申请；没有政策的，她也要积极争取，有时为了办一个减免事项就能跑上十几趟。郑州市儿童福利院项目分两期工程建设，在李燕的奔走呼吁下，仅一期工程的征地配套费、建设配套费、人防费、绿化费、墙改基金、文物勘探费、审图费等，就减免了近 200 万元。

2008 年 3 月，郑州市儿童福利院一期工程完工交付使用；2008 年 4 月 9 日，第一批社会招聘的人员陆续到岗，开始接受军训和业务培训。大家原本以为会休息几天的李燕，却在军训的第一天就“全副武装”地出现在大家面前。军训很辛苦，每天 5 点起床，6 点开始跑步，整整一周的军训时间里，李燕一直和 45 名新员工吃住在一起。

2008 年 4 月底，全体员工结束实习开始上班。包连云是当时第一批入职的工作人员，上班的第一个任务让她记忆深刻：种草、种树！“当时来一看就傻眼了，一个院子里杵着几栋楼，院里几条路，满院子杂草，没有一棵树。”

建全国一流的儿童福利院，连棵树都没有怎么行？李燕开始四处“化缘”，找爱心企业捐献树苗、草皮，还得带上条件，点名要最容易成活的、养护成本最低的。自己能干的，绝对不花公家的钱，不请外面的保洁公司，自己打扫卫生；不请外面的绿化公司，自己戴上手套种草、种树！

一群刚毕业的小姑娘，哪里干过这种体力活？第一天拿着铁锹不怎么会用，不少人双手都磨出了血泡。可看着院长最早一个来、最后一个走，比谁都休息得少，大家也都不再抱怨，平整土地、种植草皮、挖坑栽树，一直忙到脱了棉袄、换上单衣……

2008 年 5 月 28 日开园那天，这片曾经的荒地，已经是一个干净整洁、草青花艳、绿树成行的小花园。

在福利院里，李燕的较真是出了名的，从坚持了十年的例会制度就可见一斑。

在郑州市儿童福利院，每周一的例会是雷打不动的。九个科室的负责人，周五的下午必须给李燕交上一份打印好的汇报材料，详细说明本周工作开展情况和下周工作安排。第二周周一上班，各科室负责人还要挨个儿具体汇报：哪项工作完成了，完成得如何；哪一项没有完成，原因是什么；本周的重点是什么，具体思路和措施是什么。听完汇报，李燕会对每一项具体工作进行点评，指出工作重点，提出修改意见，明确具体要求。

“尤其是安全工作，李燕几乎每周都会检查。”侯晓学说，院里多为孤残儿童，智力不全、行动不便，一旦发生安全事故，后果不堪设想。院里将平安建设工作与科室、部门和个人的评先晋级、工资待遇紧密挂钩，筹资对消防系统、监控设施进行改造升级，层层抓落实、保平安，开园至今从未发生过安全责任事故，为孤残儿童打造了一个平安幸福的家园。

正是缘于这股子较真的劲头，十年来，李燕带领这个团结奉献、务实善学、开拓创新的团队，孩子从开园时接收的 150 人增加至 850 人，职工人数从开园时的百余人发展到目前的近 500 人，固定资产从开园时的 3300 万元增长至 1.3 亿元，形成了抚育多元化、医疗规范化、康复专业化、教育科学化、安置社工化的专业服务体系。

十年来，在李燕和同事们的努力下，郑州市儿童福利工作从零开始，走向了全国先进。

爱哭的女院长

郑州市儿童福利院的孩子们，是一群特殊的儿童，如何为他们营造一个健康成长的良好环境，是李燕和同事们的初心。

也正是因为有这份责任在肩，开园后的工作，一点都不轻松。虽然只有从郑州市社会福利院转来的 150 多名孩子，但是他们的身体状况非常糟糕，有的肢体残疾，有的心智不全，有的病情危重，有的孱弱不堪。看着这些孩子，身为母亲的李燕一次次地抹眼泪，连着几天吃不下饭、睡不着觉。“我就一直在想，难道我们只是给他们建一个漂亮的房子吗？我们应该给他们一个怎样的未来呢？”

这时，无意间在网上看到的一篇报道，让李燕找到了自己努力的方向。

2006 年 5 月 30 日，在杭州市儿童福利院，时任浙江省委书记的习近平向孤残儿童分发慰问品，还到宝宝组看望孤残婴儿，祝福孤残儿童节日快乐。习近平说，儿童福利院要本着“虽非亲骨肉，依然父母心”的精神，在注重孤残儿童的膳食营养和娱乐活动的同时，积极开拓儿童特教和康复领域，从各方面尽力帮助孤残儿童。

“虽非亲骨肉，依然父母心”。短短十个字，一下子说到了李燕的心坎里，这不正是自己要做的工作吗？李燕为自己和同事们定下了作为孩子“父母”的目标：一定要让他们过上正常孩子的生活！

李燕和同事们开始深入了解每一个孩子的情况：从来源到经历、从身体到心理、从喜好到习惯，不放过一个疑问、不漏过一个细节。然后一个人一个人地制订护理、治疗、康复、教育、安置计划。

一边是工作的不断细化，一边是孩子数量的不断增加，工作量可想而知。人手不够，他们由四班倒改三班倒、由五天制改六天制；技术跟不上，就请专家、送外诊……李燕始终坚守着一个信念：让每一位孤残儿童都能得到呵护、拥有幸福！

有了坚定的信念，再苦再累也甘之如饴。每天早上，李燕总是第一时间来到孩子们的房间，向他们问好，同工作人员一起给孩子们喂奶、喂饭、洗澡；每天晚上，她都在下班后再来到孩子们的房间，抱抱这个、拍拍那个，一直等所有的孩子安睡才会离去。

李燕的心思，甚至细致到一些让人意想不到的细节。比如，存放孩子尿布的桶，一开始用塑料桶，不但容易坏，阿姨们每次拉着走的时候声响特别大，影响孩子休息。她就召集各科室负责人开会，研究桶应该多大更合适，用什么材质更好……

财务科的张瑛华是 2008 年入院的第一批员工，负责办公用品、生活用品的采购，她清晰地记得六年前让她愧疚的一件事。2012 年夏天的一个深夜，她被李燕的电话吵醒了。晚上院长去孩子房间，看到几个孩子身上被蚊子咬了几个包。一问才知道是因为窗户的纱窗烂了，于是打电话让我第二天赶紧买一些纱窗给换上。

“浑身都是大红包啊，有几个孩子都把包抓烂了，哭得喘不过气，有了伤口又不敢抹风油精。你想想，如果是咱自己的孩子，你会不会心疼？”张瑛华在手机里听到了李燕呜咽的哭声。“院长是真心疼孩子们。”张瑛华说。

这些年来，李燕经常把孩子带回自己家里照顾。她的儿子女儿争着带孩子们玩、搂着睡觉，八十多岁的婆婆把孩子们当自家人，老公主动承担做饭的任务。当被问到为什么的时候，她说：“我是他们的妈妈，为自己的孩子这么做不是应该的吗？”

而在一天天的付出中，她也收获着一次次的感动——

2012 年，福利院救助了一个两个月大的孩子郑建皓。初步检查发现，孩子可能因为食道闭锁手术后护理不周，造成整个胸腔感染，伤口化脓、皮肤溃烂。李燕见到孩子的时候，孩子已经奄奄一息。李燕含着眼泪，沙哑着嗓子招呼医疗康复科的工作人员立即将孩子送医院抢救。经过近两个月的治疗，孩子暂时脱离了生命危险，但情况依然危急，医生说治疗只能如此了，让福利院带回去护理。看着孩子蜡黄的小脸、听着孩子虚弱的呼吸，李燕不甘心：“他是一个孩子啊！咋能放弃呢？”她很快联系上北京某基金会的朋友，在这位朋友的帮助下，孩子被连夜送到北京，随后又辗转到美国接受治疗。后来，小建皓在美国治疗期间，还被一个美国家庭收养，病情好转，开始了新的生活。

李白德是一个下肢瘫痪、大小便失禁的孩子。由于身体原因，12 岁了还没有上学。看着孩子渴望读书的眼神，李燕就一遍遍地跑学校、跑教育局。孩子不能自理，她答应安排专人陪护；轮椅进不了教室，她把无障碍通道修到了学校……孩子终于如愿以偿地进了课堂，高兴得小白德专门画了一幅《给妈妈洗脚》送给李燕。如今，这幅画已成为她办公室一道亮丽的风景。

2013 年 5 月 11 日，在“中国梦想秀”郑州招募站圆梦舞台上，出现了一个特殊的组合——“德范组合”。李白德现场展示了国画 3 分钟速写的才艺，配以孤残儿童范广照作词的背景歌曲《爱的天堂》，成功晋级，喜获“梦想之星”殊荣。在场的主持人和梦想观察团嘉宾几度哽咽。如今的李白德，已经在上海找到了工作，开始了独立自主的生活。

在郑州市儿童福利院，与李白德和范广照类似的孩子还有很多。他们受身体条件限制，有的智力完好，但小脑运动功能受损，书写和语言表达存在障碍；有的身患脑疾，长年累月与病魔抗争……他们做梦都盼望着，能像正常的孩子一样，干自己喜欢的事，成为对社会有用的人。

为了帮助这些孩子实现梦想，福利院所有的“妈妈”“爸爸”无时无刻不在坚守着，付出了常人难以想象的努力。

“上德不德，是以有德”。十年来，李燕和同事们坚持“儿童优先、生命至上”的原则，加大救助力度，提升业务服务水平。在李燕看来，“这是一个充满希望的家园，在这里，每一个孩子都会得到最贴心的照顾。在这里，一个个生命奇迹在上演，一个个蝶变传奇被书写”。

有爱，真的就会有奇迹。2018 年，郑州市儿童福利院的三个孩子参加郑州市残疾人运动会，获得三个田径项目一等奖！

“抠门”的带头人

在郑州市儿童福利院，几乎所有的科室负责人都不愿意跟李燕出差，大家异口同声地谈到李燕的一个“毛病”：“太抠门！”

李燕的确“抠门”。福利院办公室主任孟艳娟是一直坚守在福利院的第一批员工之一，她说：“李燕当了十年的院长，出差从来不坐出租车。”

一开始，跟着李燕出差的同事都会不自觉说要打车，但每次都会被李燕驳回去：“地铁安全、经济，还不堵车，为啥要打车？”包连云至今还记得，2016 年 4 月，他们去广州参加康复器材博览会，从宾馆出发刚好赶上早高峰，他们勉强挤进地铁，一扭头才发现李燕没有挤进来，几个人只能和她约好在地铁出口集合。

远的话，坐地铁；近的话，就一定是步行。“省钱、锻炼身体，还能看风景。”李燕的理由总是很充分。至于吃的，就更简单了。孟艳娟说：“院长最喜欢吃的就是凉皮、米线、酸辣粉。不管到哪个城市，都少不了这‘老三样’。”

“福利院的钱，都是孩子们的救命钱，每一分都得花在孩子身上。”这是李燕经常挂在嘴边的一句话。她是这样说的，也是这样做的。张瑛华介绍说，目前，郑州市孤残儿童基本生活费标准为每人每月 1750 元，郑州市儿童福利院严格执行“专项管理、专款专用”的财务制度，做到不挪用、不挤占、不平调，确保资金全部用于孤残儿童食品伙食、衣着被褥、日常用品、文体教育及医疗康复等项目。

对自己，能抠则抠；对院里的兄弟姐妹，李燕却很大方。

“福利院的工作，很多时候就是凭着良心在做。我是院长，不能因为待遇问题让员工寒心。”从十年前招聘第一批工作人员开始，李燕就积极找政策、想办法、定机制，提高员工工资待遇和生活福利，增强大家的归属感。“五险一金”等国家政策规定，年休假、产假等国家法定福利制度，严格执行、一视同仁；工资待遇不搞“一刀切”，完善绩效考核奖励机制，与大家的日常表现、专业技能水平和养育康复教育等工作实绩挂钩，多劳多得、按工取酬。十年来，郑州市儿童福利院的员工队伍一直非常稳定。

如果是孩子需要的，那李燕更是一点都不抠。

郑州市儿童福利院收养的孩子中，98% 为残疾或患病儿童，其中脑瘫儿童约占 70%。为了让孩子享受系统、专业、多元、科学的康教服务，李燕带领工作人员超前规划，加大投入，不断夯实硬件基础。不但设置了作业室、大运动室、传统捏脊按摩室、吞咽室、语言训练室、蜡疗熏蒸室、理疗室、引导式教育室、水疗室、针灸室、矫形器制作室等 15 个专业的康复功能室，还在走廊里安装扶手，在过道里添置常用康复器材，让残疾儿童时时处处都能实现康复训练，就连室外也购置了多种康乐设施和日常认知设施，便于孩子课外康复训练。

为了系统观察孩子康复变化，李燕安排专职人员整理完善纸质档案和电子档案，为每一名孩子建立康复病例，从孩子入院的接收档案到三甲医院的病历档案、每年的体检档案等，内容涵盖孩子康复的点点滴滴。从详细、系统的综合评估到合理、有效的康复计划以及环环相扣、严谨细致的康复训练，甚至孩子康复变化的照片等，档案内容全面完整。

郑州市儿童福利院每年都会选派康复师到北京、上海、南京等地参加康复技术知识的培训，提升专业技能；定期或不定期邀请学院或医院的康复专家到院进行技术培训或指导。郑州市儿童福利院的康复专家还根据工作实际编写了 10 万多字的《简明儿童康复手册》，将多年的康复经验进行提炼归纳，成为极具实用性的工具书；紧扣国际统一标准，自主编制了一系列《评估细则与标准》，实行按年龄分段的评估指标，突出了儿童的个性化，受到同行一致认可；采取传统的针灸、小针刀、推拿等手段，开辟了小儿脑瘫康复的新途径；与医疗机构合作，利用中药制剂治疗脑瘫，并成立中药康复试验班，开辟脑瘫康复新路子……

2011 年，郑州市儿童福利院被民政部确定为全国第二批“脑瘫康复训练示范基地”。“十年前，我们只有 2 个医生、3 个护士。”医疗康复科科长陈春燕见证了福利院康复事业十年的发展。据她介绍，目前，郑州市儿童福利院先后与河南中医药大学第一附属医院、郑州大学附属郑州中心医院等国家三甲医院建立了合作关系，建成了拥有 30 多名专业康复师、十多个功能康复室、占地 2000 多平方米的康复中心。七年来，先后为 1200 余名脑瘫儿童进行了科学系统的康复训练，康复有效率达到 80%，有 820 名孩子经过术后康复被国内外家庭收养。

李燕为孩子们想的、做的，一直都没有结束。

孟艳娟说，有一件事至今想起来仍觉得后怕。“以前孤残儿童被送到院里，都是院里的医疗室做检查，然后根据孩子的病情分到合适的部门抚育。”

2012年初的一天夜里，福利院接收了一个一岁多的弃婴，李燕查房的时候，医疗室的医生正在帮孩子抽血做检查。孩子大哭大闹，李燕就抱着孩子进行安抚。但是因为孩子哭闹得太厉害，医生一个没注意，抽血的针头滑了出来，掉在了李燕的胳膊上，孩子的血顺着针头流在了李燕的胳膊上。当时李燕并没在意，只是用纸擦了擦，但随后孩子的检查结果，让她大吃一惊：艾滋病！当同事都替她担心的时候，她只是淡淡地说：“没事！”其实她内心非常忧虑和担心，不仅担心她自己，更多的是担心这个孩子以后怎么办？再有这样的病例工作人员的安全如何保证？

“福利院的孩子，大多来历不明，身体状况不明。而我们医疗室的水平有限，如果新来的孩子有恶性传染病，我们又没能及时发现，那对全院的孩子来说，就太危险了。”正是这一次的风波，让李燕下定决心与医疗机构合作。

2012年5月31日，郑州市儿童福利院“天使驿家”——新收养儿童救治病房在郑州大学附属中心医院正式揭牌。其初衷就是将服务关口前移，使新接收的弃婴（儿）先到中心医院进行专门的留观和救治，同时接受全面的传染病筛查，待孩子生命体征稳定后再接回福利院养育。该病房同时还担负着全院重症儿童救治的职能，为儿童的生命健康提供了更为坚实的保障。

在“天使驿家”的医疗中心，专业医护人员日夜为孩子的健康守护，一次次让处在生命边缘的孩子转危为安。同时，通过实施“明天计划”、办理儿童医保、加强国内外慈善合作等措施，在省内、国内、国际开辟了多条就医的绿色通道。六年来，累计投入资金近3000万元，救治患儿4000余人次，实施手术300多例。

十年来，李燕和同事们花费几十万元三次把病危的郑少东从死亡线上拉回来，并最终为他找到收养家庭，实现了孩子“回家”的梦想；项巾倩、张霞、高远、王钰文四个姑娘已经结婚生子，李燕从“院长妈妈”升级为“院长姥姥”；使法洛氏四联症心脏病患儿郑无名重获新生；为数次遭遇遗弃的郑寅辉重拾母爱……

十年来，李燕和同事们，先后救助过千余名孩子，使100多名残疾孩子重新站立，让一个个受伤的心灵重燃希望……

爱“折腾”的院长

李燕是一位在实践中不断学习、勇于创新的儿童福利工作带头人。

2012年10月，郑州市儿童福利院二期工程顺利完工。福利院新增建筑面积2万平方米，床位数也翻了一番。全院占地面积达到80余亩，建筑面积近3万平方米，床位数830张。生活照料区、专业功能区、后勤服务区、休闲活动区、景观绿化区等布局科学，供暖系统、热水系统、消防系统、无障碍设施等配套完善，集中养育、类家庭养育、医疗康复、特殊教育等功能齐全。

“风疾才能知草劲，云开足以见山高”。当大家都以为工作已经走上正轨，可以按部就班缓一缓的时候，李燕却毫无顾忌地“折腾”起来了。

“我们要让孤残儿童回归家庭，享受亲情，健康快乐成长。”尽管对这些朝夕相伴的孩子恋恋不舍，李燕仍坚持自己的观点，“家庭是儿童最大的福利，再好的机构养育也替代不了家庭的温暖。让孩子回归社区、回归社会，这是最优的选择。”

为了让孩子回归社区、回归社会，李燕一刻也没有停下“折腾”的脚步。

郑州市儿童福利院建院时间晚，工作标准却并不低。一开始，李燕他们就瞄准国内先进院作为学习榜样。孤残儿童家庭寄养模式，就始于李燕在上海、天津等地的考察。

郑州市伏牛路与汝河路交叉口附近一小区有一个三口之家：一对夫妇和他们的女儿。9年前，两岁的重度脑瘫孩子圆圆住了进来。现在，“一家人”过得其乐融融。

圆圆是郑州市儿童福利院的孩子。她的“妈妈”闻女士今年50岁，报名成为寄养家庭后，迎来了圆圆。她还记得圆圆初到家时，“不会坐，身体特别软，像两三个月的婴儿”。为照顾好圆圆，闻女士辞去工作，每天都带她做康复，慢慢地，圆圆生活基本能自理了，性格活泼可爱。“在圆圆的记忆里，这里就是她的家。”

郑州市儿童福利院寄养科科长李小燕说，福利院的孩子大多是被遗弃的残疾孩子，家庭能帮助孩子们克服因身世、身体原因带来的自卑情绪，感受到来自“爸爸”“妈妈”的爱。

为了让寄养家庭中孤残儿童的生活更有保障，郑州市儿童福利院会根据每个孩子的生活自理情况以及残疾程度，给予每个寄养家庭每月不低于1000元的生活补贴。同时，孩子使用的尿不湿、奶粉等生活必需品，都由福利院免费提供。

截至目前，郑州市儿童福利院共有300多名孩子寄养在普通家庭中。院里还先后在寄养儿童相对集中的三十里铺和荥阳王村两个寄养点建立了康教中心，走出了一条以康教中心为依托的家庭寄养新路子，使孤弃儿童在享受家庭温暖的同时，可以就近到康教中心享受良好的康复、教育等服务。

有的孩子进入“寄养家庭”，还有的孩子到了“类家庭”。

郑州市儿童福利院内，枝繁叶茂的梧桐掩映着一栋红白相间的六层建筑。这就是院内寄养儿童居住的社区。

敲门声响起的时候，闫美玲刚做好午饭，沙发前面的茶几上摆着四盘菜，有肉、有蔬菜、有鸡蛋。茶几四周围着七个孩子，闫美玲的丈夫郑观营抱着其中年龄最小的孩子坐在沙发上用勺子一口一口地喂饭。

在大多数人的印象中，福利院里长大的孩子对于“爸爸”“妈妈”和“家”的认知都很陌生，常年陪伴在他们身边的只有福利院里的阿姨。郑州市儿童福利院“类家庭”的养育模式，让百名孤残儿童在特殊的“爸爸”“妈妈”关爱下找到了家的温暖。

王小雪介绍，像这样的“类家庭”，这里有32户，共220个孩子。当初，李燕从媒体上了解到“类家庭”这个概念后，就迫不及待地开始了尝试。2009年，工作刚刚步入正轨的郑州市儿童福利院就向社会公开招募，选择家庭和睦、身体健康、四五十岁的夫妻，在院内照顾寄养孩子。孩子的花费由财政出资，这些父母也会领取一定补贴。

“‘类家庭’主要适合10岁以下、身体情况相对健康的孩子。孩子们像正常家庭的孩子一样，上学、回家，平时参与超市购物、手工义卖等活动，有助于他们身心健康发展，成年后更好地融入社会。”李燕说。

每年，郑州市儿童福利院都会收留二三百个被遗弃的婴童，有些身体健康的会被好心人收养，身有残疾的就由福利院养大。院里给这些没名字的婴童起名字，男孩子都姓郑，女孩子都姓周（谐音“州”），每年院里都会选两个字给他们排“辈分”，孩子们生活的这个“类家庭”社区，也被大家亲切地称为“郑周大院”。

为了帮助更多的孩子更好地回归社会，李燕把他们送进了福利院的特殊学校里。

“如果不是因为有了这个学校，也许我永远也圆不了进入课堂的梦想。”14

岁的脑瘫女孩小娥说。小娥是不幸的，她因为患有脑瘫被遗弃，之后一直在郑州市儿童福利院生活。随着年龄增长，她想上学的愿望越来越迫切，由于脑瘫导致她运动、书写甚至语言等都存在一些障碍，这也成为她进入社会学校的“拦路虎”。帮助小娥圆梦的，是郑州市儿童福利院附属特殊教育学校的正式投用。同时圆了上学梦的，还有福利院110名学龄孤残儿童。

2013年，在李燕和同事们的努力下，郑州市人民政府正式批准在儿童福利院设立特殊教育学校。这是河南省第一个开办在社会福利机构内、由教育部门批准并认可的正规学校。和社会上很多学校相比，这个学校似乎有点“另类”：它不是应试教育，不会追求升学率；它的速度似乎“慢”了许多，不会每天都“填鸭式”地教孩子很多东西，而是给了学生们更多可以自由发挥想象力和创造力的空间。

上午11时30分，下课铃声响起，教学楼内一下子热闹起来，孩子们拥出教室，坐着轮椅的小娥也在同学们争相帮助下来到了教学楼下面。此时福利院里的生活老师早已在教学楼前等候多时，像“爸爸”“妈妈”一样用温暖的笑容迎接自己的孩子们回到各自的生活区吃饭，午休。

郑州市儿童福利院特殊教育科科长刘丹介绍说，5年来，儿童福利院建设了以特殊教育学校为主体的教育体系，年龄上涵盖了从婴儿到青少年的所有年龄段，内容上涵盖了早教、幼儿教育、盲童教育、培智教育、职业教育、普通教育等，开设了生活语文、数学、自然常识、体育、美工、舞蹈律动、编织、陶艺、家政、种植等近20门课程，实现了全院适龄儿童教育全覆盖的同时，还接纳了一批社会上的残疾儿童免费接受教育。

而社工型儿童福利机构的建设，更是李燕的大胆探索。

在工作中，李燕和同事们对原有的社会工作方式进行主动变革，逐步形成了以专业社工为主导、以儿童安置为主线、以满足儿童需求为主体的个案管理工作模式，进一步理顺了社工与收养、社工与寄养、社工与养治康教等业务的关系，促进了养、治、康、教、置五个专业的协调配合，促进了收养、寄养等安置工作的科学高效，促进了养、治、康、教等服务的及时有效。

儿童福利院培养并建立了一支由40余人组成的专业社工队伍，通过宣传培训、岗位设置、机制创新、项目带动等措施，着力推进“社工理念普及化、社工方法专业化、社工活动常态化、社工服务项目化”，使全院向“社工型儿童福利机构”转变。

2016年5月，郑州市儿童福利院被中国儿童福利和收养中心确定为“儿童福利机构社工专业服务模式示范项目院”。按照社工专业服务模式的理论要求，结合实际，确立了“以专业社工为主导、以儿童安置为主线、以专业评估为抓手、以专业服务为保障”的专属工作模式。李燕多次在全国会议上做典型发言，介绍郑州市儿童福利院的经验做法。

李燕和同事们探索的脚步一直没有停歇过。

儿童福利院结合现有工作模式，成功研发了综合业务管理信息系统。该系统包含个人中心、公文公告、物品管理、儿童信息管理、综合查询、专业服务等版块，涵盖全院工作的方方面面，实现了儿童入院、接收、转移、服务、安置等过程的信息化。通过儿童安置信息和专业服务信息的互联共享，确保将每个儿童的个案管理和专业服务动态过程都能得到及时了解和掌握，大大提高了工作效率和信息透明度，便于对孤残儿童提供更优质、更快捷的服务。

在李燕的“折腾”下，儿童福利院逐步探索出了“打造六个中心、构建一个体系”的发展路径。以打造“弃婴、孤儿收养安置中心，残疾儿童康教中心，家庭寄养服务中心，社区家庭指导中心，社工人才培养中心，社会资源整合中心”为抓手，以完善儿童养育、医疗、康复、教育、技能培训等功能为基础，构建了一个以儿童回归家庭、融入社会为目标的全方位服务体系。

有担当的民政人

十年儿童福利工作，李燕看到了太多的孩子因为疾病等原因被家庭遗弃，成为孤儿。孩子们身体和精神上遭受的多重伤害，让李燕非常痛心。“如果我们能提前帮助这些家庭，这些孩子也许就不会被抛弃，毕竟家庭才是孩子最好的成长环境。”

正是因为这样的目的，郑州市儿童福利院拓展服务，增强示范辐射作用，积极为社区特需儿童开展康复训练，真正实现资源共享，使资源利用达到最大化。李燕经常进社区、跑乡村，摸排情况、开展帮扶。近年来，儿童福利院先后收治社会残疾儿童几十名，这其中就包括写感谢信的豆豆和小蕊，并对市民开放康复场所，免费提供康复技术、场地、设备等。

2011 年底，脑瘫患儿小蕊的妈妈给李燕写了一封信。她在信中说，因为小蕊，丈夫和她离婚了。为了照顾小蕊，她也没法工作。这么多年照顾孩子，身心疲惫，几次都想到了死，但是又担心她死了以后孩子怎么办……她希望李燕能帮帮她。

按理说，这种情况并不在福利院的工作范围内，但李燕还是按照信上留下的地址，主动找到了这位妈妈。李燕在院里发起捐款，还为小蕊送去了轮椅和生活用品。

这件事也让李燕开始思考：小蕊这样的家庭还有多少？能为他们做些什么？

随后，福利院在社区开展的调研证实了她的隐忧："这些儿童患有唐氏综合征、自闭症、脑瘫、智力发育迟缓以及其他病症，他们的家庭或因为经济拮据，无力负担高额的康教等费用；或因为家人朋友和社区邻里的忽略和歧视，心力交瘁；或因为康教知识的缺乏，力不从心、茫然无措。"

在李燕看来，如果缺乏必要的支持和帮助，这些家庭一旦陷入贫困和危机，丧失生活的信心，孩子就会错过最佳康复期，甚至还会出现弃婴、流浪儿童事件。

也正是为了预防这一事件的发生，让困境儿童在原生家庭中快乐成长，李燕带领团队致力前移服务关口，积极探索职能转型，将院内优质的医疗、康复、教育等专业资源辐射到更多的社区困境儿童。

正是为了帮助像小蕊这样的孩子，2012 年，李燕争取到郑州慈善总会的支持，成立了义务为困境儿童及其家长提供交流和成长的平台——"蓝手杖家长俱乐部"。

"'蓝手杖家长俱乐部'就是'社区家庭指导中心'这一理念的具体实践，这也是福利院服务关口前移的重要举措，更是福利院职能转型的积极探索。"李燕解释说。"蓝色"是博大的色彩，是包容的色彩，是民政的代表色彩；"手杖"是行动不便者的支撑。

"蓝手杖家长俱乐部"以"社工 + 义工"的方式，发挥儿童福利院的资源、经验、专业等优势，通过招募儿童特教、康复、心理专家以及经验丰富的困境儿童家长组建志愿服务团队，通过提供专业培训、社会资源共享、志愿者结对帮扶等措施，将儿童福利向社区延伸，为家长提供康教培训、儿童成长指导、困境儿童个案处理、心理和婚姻咨询等服务，为儿童提供个案评估、康复训练计划、夏令营活动等服务，帮助他们重树信心、改善境况，服务社区困境儿童及家庭。

李燕提出的"平等、尊重、接纳、共享"的服务理念治愈了不少困境儿童家长受伤的心灵。一位家长表示："以前，亲戚朋友都瞧不起我们，到了俱乐部我们有了回娘家的感觉，这里没有歧视、偏见和排斥，平等、自由，我们感到很舒服、很温暖、很安全，自己的尊严得到了维护，真的挺感动的。”

一项项精心设计的全方位支持计划为困境儿童家庭送去了最好的福惠：设立康教中心和社区困境儿童援助中心，设置咨询和求助热线，提供咨询服务；组织开展特殊儿童抚育、康复、特教、技能等专业班；组织儿童参与社区体验类、公益类、交友联谊类活动等；邀请儿童教育专家、心理咨询师、社工等开展家长成长沙龙，提供心理辅导和情感支持；结合家长需求，外请专家按季度举办主题式培训班；对困境儿童进行个案跟进和辅导，提供社工介入和转介服务；为社区残障儿童及其家长提供康教咨询和辅导；建立残障儿童康教资源室和家长图书室，提供外借和分享服务；联合社会和高校志愿者团体，开展社区宣传和公益倡导活动。

蓝手杖家长俱乐部成立至今，先后组织专题讲座、成长沙龙、社区活动等百余次，开展康复、特教辅导 2800 多个学时，直接受益特殊儿童家庭 300 多个。通过一系列慈善活动，有效缓解了困境儿童的家庭矛盾，让众多困境儿童的成长环境有了较大改善，也让家长们在友好、共通的交流环境中变得越来越乐观积极，社会反响良好。该俱乐部还荣获首届中国公益慈善项目大赛铜奖、第四届郑州慈善风云榜“风云志愿服务奖”。

2016 年，国务院《关于加强困境儿童保障工作的意见》出台，看到这个消息，李燕非常激动，她说：“我们蓝手杖家长俱乐部多年的探索实践没有白费，终于等来了国家政策的支持。”为了构建更大的平台，她主动找到市民政局领导说：“把市儿童福利指导中心的重任交给我们吧，我们愿意担起来！”2017 年，郑州市儿童福利指导中心在郑州市儿童福利院挂牌成立，在李燕的努力和推动下，市县乡村四级困境儿童服务保障网络很快建了起来。

位于郑州市中原区的白鸽社区儿童之家，就是在 2017 年 10 月由郑州市儿童福利院、郑州市儿童福利指导中心和中原区绿东村街道办事处白鸽社区联合共建的试点。儿童之家充分发挥社区儿童权益保护中心作用、社区培训基地作用、社区儿童活动平台作用，为社区内儿童提供服务。

如果说蓝手杖家长俱乐部项目是李燕和同事们爱心的蔓延，那么李燕主动承担为全省儿童福利事业发展作贡献，则彰显了一个省会福利院院长的责任和担当。

2011 年，郑州市儿童福利院被确定为河南省孤残儿童护理员培训基地，义务为河南省福利机构培训护理员等专业人才，7 年来累计开办各类培训 20 余期，培训学员 1800 余人，这些人已经成为全省福利事业各条战线的骨干和中坚力量。

2016年底，河南省民政厅准备把起草儿童福利机构服务管理地方标准的重任交给郑州市儿童福利院，李燕毫不犹豫地答应了。同事们都不解地问李燕：“咱们院的工作任务已经这么重了，为啥还接那么多额外的任务？”李燕语重心长地说：“咱们是全省福利机构的老大哥，事事处处都得带头！”就这样，福利院很快成立了标准化领导小组和标准化编写小组，并于2017年起草完成了《儿童福利机构专业服务基本规范》和《儿童福利机构安全管理基本规范》两个河南省地方标准。

这种责任和担当，在实践中还在不断延续。

利用民政部脑瘫康复基地和特殊教育学校这些平台，李燕主动把资源向外拓展，免费为社区残疾儿童和其他福利机构儿童提供康复训练和特殊教育；为了让服刑人员和吸毒人员的子女得到妥善安置，李燕为了孩子的利益，抛却了个人的顾虑，主动担当，将这类儿童纳入儿童福利院的接收范围，既解决了法律执行的后顾之忧，又实现了儿童权益的保障。

永葆一颗仁爱之心

2014年1月28日，农历马年春节即将到来之际，习近平总书记来到呼和浩特市儿童福利院，看望在那里入住的儿童。

李燕说，当时她就在电视机前，看到总书记到模拟家庭向代养妈妈握手问好，鼓励聋哑女孩王雅妮和放假“回家”的大学生闫志净好好学习，并伸出大拇指向她们学习哑语“谢谢”；在排练室，看孩子们边做手势，边唱起《感恩的心》。她的眼泪又一次夺眶而出：“总书记向福利院所有职工致以新春祝福，说你们很辛苦，做的事情积善积德，很有意义，党和政府、人民都感谢你们！总书记对我们的工作评价这么高，真的很感动。”

在那一次考察中，习近平总书记动情地说，有一颗感恩的心很重要，对儿童特别是孤儿和残疾儿童，全社会都要有仁爱之心、关爱之情，共同努力使他们能够健康成长，感受到社会主义大家庭的温暖。

如今，习近平总书记的这句话已经被郑州市儿童福利院铭刻在办公楼的大厅里。李燕说，这是她继续做好工作的动力。

2018年，民政部办公厅印发《关于开展孤弃儿童养育情况大排查的通知》，全面贯彻习近平总书记关于坚决打好防范化解重大风险等三大攻坚战的重要指示，坚持以人民为中心的发展思想，牢固树立安全发展理念，强化“民政为民、民政爱民”工作理念，要求各地落实《中华人民共和国民法总则》《中华人民共和国未成年人保护法》等法律赋予民政部门的职责，切实维护好广大孤残儿童的合法权益，防范化解儿童福利工作领域的重大风险隐患，全面提升孤残儿童保障水平，不断提升孤残儿童的获得感、幸福感。

“按照国家、省、市三级民政部门的要求，我们通过大排查，全面掌握孤残儿童养育基本情况，并将相关数据全面录入了全国儿童福利信息管理系统，实现了对郑州全市孤残儿童养育基本情况动态掌握，防范化解了儿童福利领域存在的重大风险漏洞。”李燕介绍说，在此基础上，通过完善相关规章政策，健全相关标准规范，正努力将郑州市儿童福利院打造成为理念先进、管理规范、养治教康服务齐全、具有示范引领作用的儿童福利机构，持续提升儿童福利工作制度化、信息化、专业化水平，不断改善孤残儿童养育质量。

“儿童福利院的孩子是一个特殊的群体，他们年幼体弱，身患残疾，因为各种原因被家庭遗弃，但党和政府没有放弃他们。”李燕说，为孤残儿童营造安全无虞、生活无忧、充满关爱、健康发展的成长环境，是家庭、政府和社会的共同责任。做好孤残儿童保障工作，关系儿童切身利益和健康成长，关系千家万户安居乐业、和谐幸福，关系社会稳定和文明进步，关系全面建成小康社会大局。

十年来，李燕和同事们，日复一日不离不弃，用爱的坚守，让这里有了欢声笑语，生机勃勃。从最初开园时接收郑州市社会福利院的 150 名孩子，到目前的 850 人，郑州市儿童福利院已经成为郑州市孤残儿童生活、学习、康复、教育的温馨家园。十年间，累计救助收养各类困境儿童 4500 多名，通过国内外收养、寻亲、成家立业等方式，先后让 1148 名孩子圆了“回家”梦。

十年来，李燕和同事们，秉承开门办院资源共享、汇聚爱心广结善缘的理念，先后与郑州慈善总会、郑州市红十字会、春晖博爱儿童救助公益基金会等 30 余家慈善机构开展项目合作，与郑州儿童医院等十多家单位建立共建关系，以冠名等形式吸收社会捐赠，利用网站、微博、微信等平台招募志愿者，平均每年组织爱心活动 500 余次、接待爱心人士 2 万人次。

十年来，李燕和同事们坚持“儿童为本 服务至上”，用辛勤和汗水让这座充满爱的小院儿发展成为全国民政系统“群众满意窗口单位”、全国民政系统行风建设示范单位、民政部脑瘫康复训练示范基地、民政部孤残儿童护理员培训基地、民政部社工人才队伍建设试点单位、全国涉外收养工作先进单位，河南省一级优等社会福利机构、省级文明单位、省五一劳动奖状集体、省三八红旗集体、省扶残助残先进集体、郑州市平安建设基层创建示范单位等。

“民政部日前出台的《儿童福利机构管理办法》，更是进一步明确了儿童福利机构的服务对象、服务内容、内部管理、保障与监督等，这为我们今后的工作指明了方向。”李燕介绍说，2017 年，民政部课题组曾到郑州市儿童福利院专题调研，基层单位也为《儿童福利机构管理办法》的出台贡献了自己的力量。当前，郑州市儿童福利院的重要工作就是认真学习《儿童福利机构管理办法》，为 2019 年 1 月 1 日起贯彻落实《儿童福利机构管理办法》的各项要求部署打下坚实基础。“我们将坚持儿童利益最大化，依法保障儿童的生存权、发展权、受保护权、参与权等权利，不断提高儿童生活、医疗、康复和教育水平。”

李燕说：“我从来不后悔自己的选择，过去的十年是我人生最精彩的十年、最有意义的十年。我常和同志们讲：是这些孩子将我们会聚到了一起，有幸成为同事，我们应该感谢他们，要为他们做更多的事，不抛弃、不放弃每一个生命，让每个孱弱的生命活得更有尊严。”

上善若水，大爱无疆。

李燕和同事们的工作仍在继续，他们在努力使改革发展成果更多、更公平地惠及孤残儿童，为孤残儿童健康成长营造良好环境，确保每个孤残儿童都能享受到党和政府的关怀和温暖。

留得芬芳满人间

——追记湖北省公安县麻豪口镇农村福利院原院长刘德芬

她是偏瘫老人的拐杖，她是无臂孩子的双臂，喊一声丫头她就成了女儿，扯一下衣襟她便成了妈妈。她一辈子走不出那座乡下的福利院，因为在那个特殊的群体里，抱团取暖她就是火，生火做饭她就是家！

——题记

一个先进典范，一部优秀歌剧

“我有一个家，家在大树下，夏天有绿荫，冬天挡风沙……我有一个家，家在蓝天下，阳光照心扉，雨露润新芽……”

2018 年 3 月 16 日晚，民政部机关和直属事业单位 800 余人在北京天桥艺术中心观看了民族歌剧《有爱才有家》演出。他们无不为剧中主人翁 23 年如一日，以柔弱之躯、用仁爱之举，为孤寡残幼撑起一个家的事迹所感动。

这部剧从江苏全国第三届歌剧节、武汉全国巡演首演，一直走到全国歌剧艺术殿堂——北京全国优秀民族歌剧展演，每一场演出，都有抹不尽的眼泪、停不下的掌声。每到一处，都有当地民政工作者纷至沓来观看演出。

这部歌剧的主人翁原型是湖北省公安县麻豪口镇农村福利院原院长刘德芬！

刘德芬生前 23 年如一日坚守农村福利院院长岗位，认认真真做好每一件平凡小事，点点滴滴用真情实感，诠释了人间无私大爱，成为“民政为民、民政爱民”的先进典范。

一座三国古城，一片上善热土

刘德芬的故事发生在荆江南岸的湖北省公安县。

公安因三国时刘备而得名。这里水柔山翠，民风淳厚，流传着很多古代“义不负心，忠不顾死”的美好传说。深受晚明“公安派”袁氏三兄弟良好家风浸润，接受过20世纪末“舍小家，顾大家”抗洪精神洗礼，将懂感恩、知回报、乐善好施视为做人标准，品德示范，代代相传。忠诚、崇善、尚义的文化土壤和人文品质底蕴深厚。走出了一批批文化名人，也造就了一批批平民英雄。

其实，刘德芬不是出生在公安县这片热土上。18岁那年她从邻县嫁到公安县裕公乡赵家村，成了一名退伍军人的妻子。

婆家家大口阔，兄弟姊妹就有10人。长嫂如母啊，刘德芬尽量将嘴边的饭让给长身体的弟弟妹妹吃，但即便这样家里人还是吃不饱。刘德芬是20世纪60年代的高中生，结婚前她对田里的农活一点也不在行。结婚后，她不得不每天跟在乡亲们的身后出工挣工分。别人半天完成的活，她要天黑了才能干完。别人两三个小时就能锄完的地，她得用上大半天。家务事她也不会做。刘德芬遭到邻居们的嘲笑。丈夫在镇上工作常年不在家，她只好把这一切藏在心里。刘德芬没有沉沦颓丧，她不得不将写字读书的习惯藏起来，专心学习田里的活、家里的事。每天天不亮就起床，一刻也不停，勤扒苦做。邻居们见了来帮她，公公婆婆也手把手地教她。没过几年，刘德芬就成了方圆几里的能干媳妇。

由于刘德芬有文化，把隔壁邻里的事，当成自己家的事，村里选她当了妇女主任，后来还介绍她入了党。那时，她一想到自己从一名外乡的弱女子变成能干的媳妇，不但当上了村里干部还入了党，心里是满满的感动。她越来越感到，这里的乡亲是多么包容，多么善良。家门前东清河的水是那么甜。于是，她心里就想着为这里的乡亲多做点事报答他们，尽到一名共产党员应尽的职责。

一所农村福利院，一个温馨的家

那时，农村的计划生育政策特别严格，妇女引产、结扎，她总是守护在她们的身边，刘德芬用自己的真诚不光感动着想超生的妇女，更感染了一大批想超生的男人。

由于刘德芬这个妇女主任当得十分称职，原裕公乡党委书记罗长喜就找她谈话："乡福利院换了几个院长都不行，院民们意见很大，把照顾老人的活交给男同志我真是不放心。你是全乡最优秀的妇女主任，也是一名合格的共产党员，请你把这副担子挑起来，这也是组织上经过慎重考虑的……"

刘德芬永远不会忘记当初踏进福利院的那一刻。一条尺把宽的便道旁，几十名穿着破烂的院民站在没膝的杂草中夹道"欢迎"她。刘德芬走进四壁漏风的院民宿舍，瘫痪在床的老人用呆滞的眼神看着她，床上的屎尿味直冲鼻子，角落里几个痴呆院民流着涎水拖着鼻涕……

想到自己以后每天要面对的是一院子的老弱病残，刘德芬就在心里打了退堂鼓。从来不给她工作上泼凉水的丈夫也说："福利院那里我知道，男人都弄不好的地方，你一个姑娘嘎（家），哪里来的活？"

院里有一位老人看出了刘德芬的心思，有一天夜里，70 多岁的袁克正老人带着一帮老小来到了刘德芬寝室，拉着刘德芬的手流着泪恳求："刘院长，你可千万不能丢下我们这帮老小不管啦！"正是这句话，触动了刘德芬内心深处的那根弦。她想起多年前无助的自己，想起曾经帮助过她的那些乡亲……往事历历在目，她苦过，真不想别人再苦了。这一屋子无依无靠的老小，是多么希望有人能伸出手来拉他们一把。乡里派自己来，就是要把这帮没有亲人的人照顾好啊。看着一屋子恳切的、哀求的、可怜的眼神，刘德芬那颗善良的心被打动了。没想到，她这一留就是 23 年。

裕公乡福利院是乡里所属的单位，刘德芬这个院长没有正式干部编制。福利院所有经费来源从乡里的"三提五统"中产生，刘德芬一年干到头领不了几个钱。严格意义上讲，刘德芬仍是一个农民。

为了节省院里开支，刘德芬舍不得花钱请临时工，所有活就她一个人担着。每天睁眼是事，闭眼也是事，刘德芬整天还乐呵呵的。她把院里的事编成一段顺口溜：柴米油盐酱醋茶，零用加餐五八腊（端午、中秋、春节），床帐被子衣鞋袜，吃药点灯加理发。院民说她是卫生员、护理员、炊事员和饲养员……

为改善院民的居住条件，刘德芬一边积极争取上级领导的支持，一边四方求援，终于为福利院增加了两栋新房：一栋食堂，一栋宿舍，宿舍是给孤残孩子住的。她一直想把小孩跟孤寡痴呆老人隔开，不想对年幼的孩子们产生不好的影响。她希望孩子们能有一个阳光的生长环境。因为刘德芬自己就很阳光，她那么累，却从来不叫苦，她有时一边给院民做饭还一边唱上几句花鼓戏：“手拉风箱，呼呼地响，火炉烧得红旺旺……”

要想改善生活，就得自己生产。刘德芬带着还有劳动力的院民开荒，硬是一锹一锹挖出了沟渠，一砖一砖垒起了围墙，十亩的荒地都成了良田，福利院生活有了新的来源，院民的生活水平得到逐步提升。裕公乡福利院开始有了家的样子，院民们开始有了家的感觉……

1998 年 8 月，上级下达了分洪转移的命令，裕公乡福利院属于分洪区的虎东区域，在开闸放水前，所有人员必须转移到安全区。一听到要分洪，院里请的几个临时工都赶紧回了家。

下午 5 点多，周围的村民都已经转移了。一院子无依无靠的老小围着刘德芬痛哭：“我们怎么办？”

刘德芬安慰他们说：“你们放心，我就是拖也把大家拖到安全区。”她一边组织院里老小收拾必要的生活用品做转移的准备，一边四处联系寻找交通工具。当时已是分洪转移最紧张的时刻，附近的汽车、农用车都投入到转移工作中去了，刘德芬这才想起福利院里还有一辆旧板车。

实在没有别的办法，刘德芬就交代有劳力的院民，先将不能动的老人抬到板车上面，再搬必需的生活用品。

刘德芬在前面拉车，院民在后面推，一步两步，刘德芬吃力地向八里路外的安全区挪。

那一夜，他们不知来来回回多少趟，直到第二天早晨，刘德芬才把一院老小全部转移出去。看到忙碌一夜的刘德芬双手双脚打满血泡，鲜血浸透袜子，院里的老人们心痛地说：“丫头，你歇会儿吧。”刘德芬摆摆手，硬撑着身子说：“不要紧，大家折腾了一夜都饿了吧，我来做早饭！”可这时，刘德芬才发现慌乱中做饭的大锅没带上。她顾不了老人们的劝阻，强忍疼痛，又急急忙忙往回赶。当她头顶着重达几十斤的两口大锅，深一脚浅一脚往回赶时，由于视线被挡，她只听到一阵摩托车的马达声，就被狠狠撞翻在地，痛晕了过去。

也不知在地上躺了多久，她的意识才清醒过来。她想用双手撑地站起来，可是感到肺部一阵剧痛，又重重地跌了下去。后来，直到裕华村两名村干部在

最后检查人员转移时，才发现她并把她紧急送往医院。本来医生要求她住院观察一周，可在第二天，她就恳求医生让她出院，回到了裕公乡安全区，她实在放心不下福利院的老老小小，牵挂着他们的衣食住行和安全。

刘德芬1991年初到裕公乡福利院当院长。1992年，裕公乡福利院被裕公乡委员会、人民政府授予“两个文明建设先进单位”称号；1993年，被荆州地区行署民政局评为“一级福利院”，被裕公乡人民政府授予“先进单位”称号；1994年3月，被公安县民政局授予“先进单位”称号；1994年，被公安县人民政府授予“先进单位”称号；1995年，被荆沙市民政局评为“示范福利院”，被湖北省人民政府授予“先进农村福利院”称号；1997年，被荆州市民政局授予“先进农村福利院”称号；1999年，被公安县民政局授予“先进农村福利院”称号。

2000年，刘德芬个人被荆州市民政局授予“荆州市农村福利院建设先进工作者”荣誉称号。

2007年3月，裕公乡福利院与麻豪口镇福利院合并，组织上再次决定由刘德芬担任院长。

23年里，无论在裕公乡福利院还是麻豪口镇农村福利院，刘德芬总是能用自己的耐心、细心和爱心，为孤寡残弱幼撑起一个温馨的家。

一群残弱的老人，一个孝顺的女儿

刘德芬把福利院的老人都称“姆妈”或“爷”，她不仅对他们以父母相称，更是以父母相待。

院里的孤寡老人不光上了年纪，有的还患有老年痴呆，他们大多不讲卫生，经常不洗澡，全身散发难闻的气味。他们有的还性情怪僻，不能对他们说重话。

刘德芬就叫他们“爷”“姆妈”哄他们开心，哄他们洗澡。每次给他们洗澡都要把他们当小孩，或背或抱。

人老了枯瘦，给他们擦洗必须轻轻用力，那些长年卧床不起的老人要格外小心。用力过重，身上的皮就会擦掉一块。久而久之，她总结出一套经验，给卧床老人擦洗身子要准备三条毛巾：一条是打湿的，一条是半干的，一条是全干的。后来，她请了护理员，但老人们不让护理员擦洗，说他们戴着手套洗得不舒服，因为刘德芬院长给他们擦洗从不戴手套。

新入院的老人对集体生活不习惯。74 岁的老人邹银享就喜欢在房间里烧点小灶，墙被熏得黑漆漆的，床上的被褥揉成一团，房间总是乱糟糟的，最重要的是存在安全隐患。有一次，刘德芬小心翼翼地说：“邹爹，我来帮您收拾一下吧，收拾干净了，才像个家的样，您住着也舒服啊！”邹银享一听就火了：“我这么多年，都是这样过的。”说着，蹲在房里用来煮饭的木堆上抽起闷烟。刘德芬走过去，扶着邹银享说：“您小心，别摔着。您没儿没女，我就是您的女儿，以后给您尽点孝心。”邹银享一听更加激动了：“如果我有儿女，还到这里来吗？”刘德芬意识到自己不小心说错了话，懊悔之下，扑通一声跪在了邹银享的面前：“邹爹，您要不认我这个女儿，我就不起来了。”看到院长给自己下跪，邹银享愣住了，心中的坚冰慢慢融化了，后来他渐渐开始学会整理房间，学会讲个人卫生了。很多老人都是被刘德芬的细致和耐心所打动的，慢慢地他们都改变了多年的生活习惯。

人老了，肠胃就弱，院里的老人最常得的就是急性肠胃炎。双目失明的 80 岁老人陈志英、89 岁的邱老爹和 93 岁的袁正安老人都先后患过急性肠胃炎。每次发病都是深更半夜，没有车辆，刘德芬就把他们背往卫生所。在途中，刘德芬常被大小便失禁的老人弄得一身屎尿，但她顾不得自己身上脏，到医院后先打水给老人擦洗换衣，老人们感动得老泪纵横，说她比亲丫头还亲，医护人员也被她感动了，说亲丫头对自己父母也没有这么好。

刘德芬过去在生产队当过卫生员，稍微懂点医学知识，土方子也知晓一点。同时，刘德芬自己也琢磨出了一些偏方，有时还真的药到病除。比如，冬天老人们生了冻疮，将氯霉素水加青霉素粉调出的膏剂每天擦，几天就好了。长年卧床的老人长褥疮，用绿药膏加上贝母膏擦特管用。

88 岁的王婆婆，背上长了脓包，用药很久都没好。有老人说王婆婆的这种脓包就是快死的征兆，这种包一上身必死无疑。刘德芬试了很多种方法都没用，最后就每天早晨起来不漱口，嘴里含隔夜的茶，在脓包上吮吸，一口一口把脓吸出来，坚持吮了半个月，王婆婆的脓包居然真好了。

据说早晨起来不漱口，嘴里含隔夜的茶起到的是消毒杀菌作用，这只有刘德芬想得出来，用嘴吮吸脓包刘德芬也真做得出来。

“人见白头愁，我见白头喜，多少年少人，不见到白头！”刘德芬说，人人都有老的时候，要好好对待老人。她先后将 20 多名无自理能力的孤老接到福利院。

周场村老人陈志英终身未育，81 岁时被抱养的儿子赶出了家门。刘德芬得知此事后立即赶到村里，同村干部协商后办理入院手续，把老人接到了福利院来供养。老人逢人就说：“是丫头做了好事，我才真正享受了人间的福！”

为了丰富老人们的文化生活，她每年都要请来湖南花鼓剧团以及县内的演出团体为老人们进行文艺演出。每年的重阳节，都要组织一台大型的“最美夕阳红”节目。每逢有老人过生日，她都要亲自煮上一碗长寿面，封个红包。每逢传统节日，都会为老人们做上糍粑、豆皮子、甜酒汤圆等传统食品。

除此之外，她还很关心和倾听老人的心声。院里 72 岁的吴守秀暗恋 74 岁的徐敬庭，两位老人都是孤老，经常在一起谈天说地，性格很合得来。吴太婆的爱难于启齿，备感苦恼。细心的刘德芬发现这一秘密后，便主动当“红娘”。在她的撮合下，两位老人喜结良缘。当时，她特意给这对新人写下一副对联：“八旬结良缘，福寿两双全！横批——白头偕老！”至今，这副对联还被福利院珍藏着。

孤老最担心的应该是身后事吧？没有人收拾，没有人抱遗像，怎么办？

福利院老人离世前唯一想拉的就是刘德芬的手。老人们希望刘德芬能给自己擦身子，当孝子，热热闹闹送最后一程。

刘德芬会在老人去世前做好准备。等老人咽下最后一口气，刘德芬用毛巾在老人胸前抹 3 下，背后抹 4 下，然后为老人穿好寿衣寿鞋。送往殡仪馆的途中抱着老人遗像走在前面的必定是刘德芬。

23 年，福利院先后去世了 65 位老人，刘德芬当了 65 回孝女。

一帮孤残孩子，一个慈爱的亲妈妈

刘德芬不仅是孤寡老人的好女儿，还是孤残孩子的好妈妈。由于公安县尚没有儿童福利机构，麻豪口镇农村福利院也承担了部分孤儿的养育任务。

福利院的每一个孩子，健康的也好，残疾的也好，都是刘德芬的心头肉。

孤残儿童们刚进福利院时，性格都非常孤僻、自卑、敏感，不愿与人交流。为了使孩子们免受或少受刺激，刘德芬给院里的老人们做工作，要求老人们与这些孩子相处时不提伤心事，不伤自尊心。 她还多次到学校与老师和同学们沟通，为的是让孩子们得到更多的关爱。她自己则要求与孩子们走得近些再近些，尽量用母爱去解开孩子们的心结。

1999 年冬，年仅 9 岁父母双亡的岳民被刘德芬接进了福利院。进院两个月，他没有主动与人说过一句话。别的小朋友都把刘德芬叫“刘妈妈”，唯独他从不叫她。经过仔细观察，刘德芬发现岳民与沙场集镇上一个叫陈浩的小伙伴关系很好。她就亲自到陈浩家，邀请陈浩周末时多到福利院和岳民一起玩。有时看到陈浩穿了一件新衣服，刘德芬就找他的父母打听清楚，然后上街给岳民买来。得知陈浩每天早上是在餐馆吃早餐，刘德芬就与餐馆老板联系，为岳民吃早餐买了“月票”。经过刘德芬的感化，小岳民渐渐地开始与她交流，不讲卫生、爱骂人的毛病也改了不少。

2000 年六一儿童节那天一大早，刘德芬带着为孩子们新买的衣服，来到他们的宿舍。其他的小朋友都高高兴兴地换衣服，准备和刘妈妈一起上学，唯独岳民面朝墙壁，不肯下床，新衣服也被他丢在地下。刘德芬捡起衣服，正准备给他穿上，不料岳民一转身，啪地一巴掌打在刘德芬的脸上，“老子不穿就是不穿”，被岳民一巴掌打得眼冒金星的刘德芬，此时也真想大声地斥责他一番，但转念一想：孩子不会无缘由地发脾气，准是心里有事。于是，她强忍着委屈的泪水，依然柔和地对岳民说：“新衣服你不喜欢我们等会儿去换，快下床，我送你们去学校。”当天晚上，陪孩子们吃完晚饭，刘德芬牵着岳民的手，来到河边和他谈心。“告诉刘妈妈，早上为啥要发火？”“每年六一，都是妈妈给我买新衣服，送我上学，现在爸爸妈妈都不在了，我好想他们啊！”看着哽咽的岳民，刘德芬心一酸，泪就出来了：“孩子啊！人死不能复生，从今往后，我就是你的亲妈妈。”说罢，刘德芬一把将泪流满面的岳民抱在怀里，母子俩在河边痛痛快快地哭了一场。此后，小岳民就像换了一个人似的，成了学校和福利院交口称赞的好孩子，也开始喊刘德芬为“妈妈”了。

在镇卫生院当护士的胡梦芳也是刘德芬一手抚育成才的孤儿。胡梦芳进院时只有 7 岁，刘德芬每天给她梳头洗脸，辅导作业，晚上还将她带在身边睡。孩子也很争气，初中毕业后考取了荆州卫校，可 6000 元学费把刘德芬难住了。无奈之下，刘德芬只好用自行车驮着孩子挨村挨组找村干部“化缘”。有一天晚上 10 点多，当娘儿俩骑着车沿着高低不平的土路往回赶时，不小心连人带车滑到了路边的水沟，污泥浊水沾满了母女俩全身。连日来的奔波，加上心中的委屈，胡梦芳向她哭道：“刘妈妈，讨钱丢死人啦，这个卫校我不上了，就留在院里帮你照看爷爷奶奶们吧！”刘德芬耐心地给她做思想工作：“好孩子，讨钱读书不丢人，你不把书读好，辜负了帮过你的这些叔叔伯伯那才丢人呢！”就这样，6000 元讨到了，孩子上了学。在此后三年的学习期间，学费、生活费全部由刘德芬筹措。毕业前夕，刘德芬又四处奔走，帮孩子在镇卫生院找到了工作，使胡梦芳一出校门就有了工作。现在每当谈及此事，胡梦芳都由衷地感激刘德芬：“不了解内情的人根本看不出她不是我的亲妈妈，刘妈妈的恩情，我就是几辈子也还不完。”

在所有的孤残儿童中，刘德芬最疼的就是高度唇腭裂的女婴刘中华和无臂女婴刘二华。

出生仅两天，还没来得及洗去身上的血污，刘中华就被父母狠心遗弃。看着这个脐带沾满血迹，体重才两斤多，连哭都不会哭的唇腭裂女婴，刘德芬心疼极了，她迅速把孩子送到医院检查，医生却告诉她，这个孩子因胃肠道发育不全不能进食，根本养不活。可在刘德芬眼里，这是一条生命啊，无论多么卑微多么孱弱，她都有生存的权利。倔强的刘德芬打定主意一定要把中华养活……

接下来的日子，对中华来说是经历重生的日子，对刘德芬来说却是不舍昼夜的磨难。每天，刘德芬都要十几次、几十次地给中华滴食糖水、牛奶，渐渐地中华能睁眼了，能吞咽了，每天的进食量从最初的 1 滴、2 滴增加到 10 毫升、

20 毫升。满月的时候，中华的脸上出现了鲜见的婴儿红，体重长到了 3 斤多，眼瞅着老鼠一样的孩子奇迹般地活过来，刘德芬快活得像拾回了一个宝。

中华活过来了，但唇腭裂依然是她命运中的一道坎。中华 5 岁那年，刘德芬从国家给予残疾孩子医疗救助的“明天工程”中为她争取到一笔手术费，唇腭裂修复需要经过 3 次大手术，第一次从住院到出院共用了 13 天。13 天，相对一个普通人也许只是一个瞬间，但对中华和刘德芬来说是一个漫长到近乎残酷的过程。手术后的中华特别好哭，一哭就要刘德芬抱。刘德芬为了不让中华哭裂伤口，便整天把中华抱在怀里不停地给她讲故事，给她唱歌。好不容易熬到中华睡着了，刘德芬又要打饭洗衣，缴费拿药……不休不眠的 13 天，操劳的 13 天，刘德芬的体重锐减了 11 斤。后来，中华又先后做了两次手术，从福利院的丑小鸭变成了小天鹅。

女婴刘三华送来时仅有两个月大，没有双臂。进院当天就高烧不止，口鼻流血。刘德芬立即抱送到医院抢救，一直守到凌晨两点孩子脱险才缓了一口气。比起抚育其他孩子，抚养刘三华要付出更多的努力。为了让孩子一直快乐地成长，她“哄”刘三华说自己是她的亲妈妈，整天把三华带在身边，甚至到县城开会也是经常一手挎着包，一手抱着三华，只为孩子能跟着吃上一顿平时院里吃不到的饭菜。因为没有双臂，三华穿衣吃饭都不能自理，刘德芬从她 3 岁起就教她用脚吃饭，用脚写字，常常憋得孩子哭，她也心疼得直哭。

刘德芬不仅教会三华用脚穿衣、吃饭、写字，还为她谋划了久远的未来。2013 年 5 月 8 日之前，荆州籍残奥会游泳冠军江福英与刘德芬还不相识。为了认识江福英和她的教练，刘德芬只身带着三华闯进了江福英的婚礼。她以一个不速之客的满腔真诚，以一个残疾孩子的所有寄望，感动了江福英和她的教练。刘德芬说：“我的孩子如果真的学到了一门技艺，她的命运就会改变了。”此情此心，亲生的母亲也不过如此。小三华何其不幸，刚来到这个世间便遭亲生父母遗弃；小三华又何其有幸，碰到了人世间最好的“妈妈”！那年暑假，三华如愿进入湖北省残疾运动员游泳训练馆，成为江福英教练的“得意门生”，学会了蛙泳、蝶泳、自由泳……三华未来的目标是进入国家队，进军奥运会！三华说：“长大了我一定要给妈妈拿金牌，以前我骄傲地告诉别人妈妈是院长，将来我要让妈妈高兴地说她的女儿是冠军！”

虽非亲骨肉，依然父母心。这些年，刘德芬和院里的职工一共抚养了 49 名孤儿与残疾弃婴。现在，他们有的已经成家自立，有的参加了工作。这些孩子无论走到哪里，福利院都是他们永远的家，刘德芬也是他们永远的“妈妈”。

一个未了的心愿，一幅美好的图画

刘德芬似乎从来不属于那个有着自己丈夫、儿子、儿媳、孙子的家，在儿子张军的记忆中，她回家的日子屈指可数。刘德芬有时实在太想孙子了，风风火火地跑回来想跟孙子亲近一下，但她不敢用平日里给老人洗头洗澡、擦身换衣而长满灰指甲的双手摸孙子的脸。她只好用嘴去亲孙子的屁股。孙子恋奶奶，刘德芬陪孙子睡到半夜，又不放心福利院的老小，蹑手蹑脚地偷偷跑了回去。后来张军告诉自己的儿子，奶奶只有待在福利院守着那些老人孩子，她才睡得安稳、睡得踏实。

刘德芬在家里过年也总是很有趣的。记得有一年大年三十，刘德芬将唇腭裂女婴刘中华和无臂女婴刘三华带回了家。这两个孩子一进门，吓得孙子大哭起来，原本喜庆欢乐的过年气氛多了几丝沉闷。老伴说，过年就应该讲点禁忌，一家人团聚带她们来干什么？就因这一句话，倔强的刘德芬却较起真来。于是，她赌气带着两个孩子回福利院去了。

又有一年，刘德芬带两位患有白癜风的孤老婆婆回家过年，老人脸上一块块花斑，吃饭时一双惨白吓人的手让家人看了有些不舒服。儿子张军说，早知这样，这顿饭就安排到餐馆里去吃了。就因为这句，刘德芬把张军狠狠训了一顿，叫他不要看不起老人。

刘德芬对张军讲："人与人能在一起是要缘分的，夫妻是缘分，孩子是缘分，兄弟姐妹是缘分，我和福利院的老老小小也是缘分。他们来到福利院，我就要善待他们，你们也要善待他们。"

后来，刘德芬将院里的老人和小孩带回家过年，全家也都小心翼翼，生怕怠慢了。张军给儿子发红包，也会给带回来的孤儿红包。久而久之，刘德芬的家就成了一个特殊的家，院里的孤儿把刘德芬叫妈妈，又把她老伴叫爷爷，把她女儿叫姑妈，把她儿子叫小爷。善良的刘德芬是想给孩子们一个家的温暖，至于称谓，她说："孩子长大了，自然明了。"在这个特殊的家，水浓过了血，善良超过了亲情。

一个普通的人家，孝敬一双父母，带好一个孩子都不容易，刘德芬却对近百名老人尽孝，对几十个孤儿给予母亲般的爱。刘德芬的儿女们看在眼里疼在心里，他们也劝过母亲从福利院退休，在家里安享晚年。但是，只要儿女们提起退休的事，刘德芬就非常生气。她说："我离不开他们，他们也离不开我了。"

儿子张军知道母亲心脏不好，时常要输氧，就花一千多元买了氧气瓶送去。张军的手机从不敢关机，二十四小时为妈妈开着。他每天都要给母亲打一两个电话，有时哪怕只讲一句话，听到母亲平安就是安慰。每年端午、中秋、重阳等传统节日，刘德芬都要给福利院老人、孩子加餐。每当这时，女儿、媳妇便会赶来为母亲灶前灶后帮忙。刘德芬收养的两个弃婴上学了，周五接孩子回福利院、周一再送孩子去学校的活就全落在了张军头上。这些年，刘德芬围着福利院的老小转，全家人却都围着刘德芬转。

天不假年，人生无常。为福利院老老小小日夜操劳的刘德芬却一病不起了，她被确诊为肺癌晚期。亲人们心里悲痛不敢当她面哭，他们只好隐瞒真相在刘德芬面前强颜欢笑。

在医院治疗的四个月里，亲人们围在她病床前，端茶倒水，喂饭喂药。家里人盼了好多年一家人能够团团圆圆，没想到最后却是这样。

刘德芬病了，老伴张盛梅才有悉心照顾的机会。从 1971 年结婚以后，他俩从来是聚少离多。他想起妻子当年嫁过来时，是那么年轻，那么漂亮；他想到自己患胃病时，是妻子每晚烧三瓶开水，用毛巾给他敷胃部，家里的母鸡下了蛋，妻子捧来热乎乎的蛋花汤帮他补充营养，调理身体；他想到了从乡里下班回家，天黑了门上还是一把锁，妻子带着三个孩子依然在田垄间摸黑干活。

妻子能干啊，福利院那么多老人她一个个悉心照顾；妻子要强啊，福利院里有干不完的活，可她没有一句怨言。

可再能干再要强，最后还不是累倒了，何曾享过一天清福？

四个月疼痛一百二十多天的煎熬。刘德芬虽然病倒了，但她每天都在与病魔搏斗。刘德芬想再站起来，回到她用半生心血一砖一瓦筑好的农村福利院。

刘德芬派女儿张洁去代管福利院，还要求她每天用电话向自己汇报院里的情况。

刘德芬手术当天，张洁实在不放心就赶到武汉。第二天，刘德芬得知福利院有一位老人过世了，逼着张洁立马赶回去。张洁还是放心不下母亲，刘德芬却说："以前这时候应该是我守在灵前的，你无论如何要替我去磕头。"张洁和爱人不敢怠慢，风尘仆仆地往家赶，到家已是下午5点多。

如果不是母亲患病，如果不是日夜守候在母亲病床前，也许张军至今也难以那样深切地理解母亲，理解母亲对农村福利事业的热爱。母亲病重期间仍然三句话离不开福利院，她要在新建成的院民宿舍楼顶上插几面旗帜，她要在院民宿舍里铺塑胶地板；猪圈很破了要想办法维修一下；院里种的樟树爱掉叶子不好搞卫生，以后要换着栽其他品种的树；黄山头福利院失能老人特护房快修好了，等病好了，也要修一个；福利院要搞好，政府光给钱还不行，政府还要给福利院安排几个懂专业护理的人来，职工比院民还老哪行……张军看着日渐消瘦的母亲，心里流着泪。

虽然刘德芬的病已经没有回天之力，但她的思维依然缜密。她是一个踏踏实实做事的人，她对福利院想得太多、太长远，只是唯独没有想过自己的健康。

有一天，张军正喂母亲喝药，刘德芬脸上出现了痛苦的表情，额头上也冒出了豆大的汗珠。张军知道，此时母亲正在忍受着疾病带来的巨大疼痛。看着强忍着痛不肯哼出声的母亲，张军心如刀绞，从小被母亲教育要诚实，从记事起就没说过谎话的张军平生第一次对母亲撒了一个善意的谎言。他说："妈妈，你快好起来，你出院后我和妹妹把你在农村福利院的工作经验出一本教科书，就叫《农村福利院的操作流程》。"刘德芬听后高兴得像个孩子，兴奋地给他讲农村福利院要如何管理，哪些地方要改进，哪些方面要加强，哪些投入要加大……

刘德芬在去世前一个月，虽然儿女们向她隐瞒了真实病情，但刘德芬看着自己的身体一天不如一天，她隐约意识到了什么，就把女儿张洁叫到床前，"逼"着女儿接下自己的班。张洁原本经营着一家广告公司，母亲央求她去照管福利院，原以为只是代几天班，不承想这却是母亲最终的安排。她委屈地哭着对母亲说："小时候您要我拼命读书，长大了您让我拼命工作，我都按照您说的做了，您现在又要我接您的班，过您一样的生活，这不是我想要的！"刘德芬苦口婆心地开导女儿："娃呀，不是我硬要你接这个班，是院里的老老小小让我放心不下，你就帮我一回，谁叫你是我的女儿呢！"直到今天，张洁的耳边依然回荡着母亲的再三叮嘱："娃呀，你要把我福利院的这面红旗弄倒了，把院里老小没照顾好，你就是罪人。不管你累也好，苦也罢，一定要记住，那些老人就是你的爹妈，那些孩子就是你的儿女……"

刘德芬还让家人把中华和三华接到病床前，她拉着中华和三华的手，当着儿女的面“托孤”：“今后，这两个可怜的孩子就是你们的亲人，你们要当自己女儿一样照顾好她们。”张洁看到母亲在最后时刻心里牵挂的居然是没有血缘关系的小孩，委屈得大哭起来：“妈妈，你只想到她们没有了妈妈，可是你走了，我们又去哪里找妈妈！”委屈归委屈，儿女们从来都不会违逆母亲的心愿，何况这是母亲最后的嘱托。刘德芬去世后，甚至墓碑上孝子（女）后面也刻上了中华和三华的名字。孝顺孝顺，孝者为顺，就像这些年刘德芬以仁为孝来善待老人一般，儿女们也选择了以“顺”为孝来支持母亲。

弥留之际，刘德芬最后的心愿仍是“想再回福利院看看”。临终前一天，虽然已经讲不清话了，但她仍对丈夫和女儿说“要回去……”当女儿听不清，问她：“是不是想回曾埠头的家？”她用力摆头并摇晃身体，直到女儿问她：“妈妈，是不是想回福利院？”她才使劲地点头。

时间定格在2013年秋天，万木萧肃，天地同悲，刘德芬走了。23年，为福利事业操碎了心的她终于可以歇歇了；23年，没有回过一趟家的她终于回家了。

老伴抱着她冰冷的双脚，老泪纵横：“你就不能再等几天，等我把你脚上的最后一块老茧剥下来了再走吗……”

噩耗传到福利院，老人、孩子们失声痛哭。老人们哭得肝肠寸断：“狠心的丫头啊，你怎么说走就走，让我们白发人送黑发人啊，你走了谁来给我们养老送终啊！”她这一走，好多人如老年丧子；她这一走，好多人似幼年丧母；她这一走，好多人内心没了依靠。

中华和三华几天几夜不吃不喝，再次失去了母爱的她们如离群的孤雁……

灶台还在，洗衣盆还在，锄头还在，水桶还在，刘德芬却不在了……田里的菜长得郁郁葱葱，圈里的猪肥肥壮壮，老年公寓已开始装修，宽宽的阳台、设计合理的房间，其中融入了刘德芬提出的诸多人性化的细节考虑，让这座公寓更加充满温情……一切的一切如此美好，可那个把孤寡弱残的收容地变为了真正人间幸福院的刘德芬永远也看不到了。

一个好人啊，一个好人

捧出一颗心来，不带半根草去。刘德芬走了，口袋里没有一分钱，也没有任何存折和金银首饰。家人去福利院清理她的遗物时，只有几件旧得不能再旧的衣裳，稍好一点的两件都是儿女们买的，只有出门或开会时她才舍得穿上，床上的被单被套全是领回的奖品。至今，她想到北京去看一看天安门，看一看毛主席遗容的愿望也没有实现。刘德芬没有给家人留下任何财产，唯一留下的，是满满一麻袋她生前获得的“全国孝亲敬老之星”“湖北省十大敬老楷模”“荆州市道德模范”“最美公安人”“公安县楷模”等 50 多个县级以上表彰的荣誉证书。这是她辛勤劳累一辈子，这个世界给予她的评价和回馈。

刘德芬去世之后，公安县民政局将她树为先进典型，号召全县民政干部职工向她学习。县委、县政府作出了《关于深入开展向刘德芬同志学习的决定》，并组织专班收集整理她的先进事迹材料；各乡镇和县直单位以演讲等形式讲述刘德芬的感人故事；县电视台制作了《好人刘德芬》专题宣传片。全县各行各业掀起向刘德芬同志学习的热潮。湖北省民政厅、荆州市委、公安县委等相继作出了深入学习刘德芬先进事迹的决定。

真诚感染真诚，善心点燃善心，大爱延续大爱，刘德芬的事迹形成了强劲的道德感召力量，唤起了全社会的道德共识。全县上下形成了“见先进就争，见红旗就扛”的氛围，各乡镇农村福利院更是以“好人刘德芬”为榜样，牢记使命，不忘初心。相继有孟家溪福利院、黄山头福利院被评为“省模范福利院”；章田寺、闸口、章庄铺等 10 多所福利院被评为“荆州市十佳福利院”。县众信养老服务中心被全国老龄工作委员会表彰为“第二届全国敬老文明号”，毛家港镇福利院刘秀兰荣获“全国敬老爱老助老模范人物”荣誉称号。

刘德芬走了，但在刘德芬的无私大爱和奉献精神感召下，一批批福利院工作人员像她一样自愿投入对老人和孩子的无私奉献中。

今年 61 岁的谭显德就是其中一位。从 44 岁进福利院以来，谭显德就一直跟着刘德芬照顾老人，耳濡目染，渐渐从一个“大老粗”变成了另一个“刘德芬”。陪老人聊天说话，给老人剪指甲、端茶递水、喂药，为老人换床单。老人们的每一件事，谭显德都记挂于心。除了要照顾福利院老人，谭显德每天还要照顾两个脑瘫患者，空闲时间还要干农活，喂猪食，兼顾生产。谭显德说，跟着刘德芬 10 多年，学到了很多，虽然她走了，却留下了太多的精神财富。 在刘德芬的影响下，谭显德以院为家，在院工作 17 年，从未在外过过夜；17 年来，他去过最远的地方就是荆州堂兄家；父亲去世了，他赶回家给父亲磕了三个头，把父亲丧葬后事托付给兄弟和儿子，连夜赶回福利院。在他心里，福利院早已成了他的家。

刘德芬走了，可在她曾工作过的民政系统，在福利院行业，涌现出了成百上千个“张德芬”“李德芬”“王德芬”。

毛家港福利院的刘秀兰，是刘德芬生前的好朋友、好战友，也是刘德芬式的好院长。为了提高老人的生活标准，她带领员工上街卖小菜，下农户田里拾棉柴，还到打米场去装粗壳，干苦活、干重活。为了让生者安心、死者安息，每年大年三十晚上她都去墓地祭拜在福利院去世的50多位老人，清明时节去给他们插青扫墓。生活在院里的老人们非常感动，他们说："我们活着有人管，死了还有人管，真是太幸福了。"她还为老人改建了公共浴室、卫生间、医务室，安装了监控器、床头呼叫器、烟雾报警器、安全扶手等一系列安全配套设施，建立了老年书画室、老人娱乐室，修建了"冬暖工程"综合用房和特护区，让重病老人真正享受到安全、舒适、温暖的特殊照护。为了解决老人看病难的问题，还和当地卫生室签订了上门服务协议书，需要到镇医院看病的有专车接送，到县医院住院的派专人陪护，让老人时时刻刻都有安全感。

刘德芬走了，但她的亲人们把按照她生前的方式做人做事、延续她的大爱精神当作对她最好的怀念。

刘德芬的女儿张洁先是接替刘德芬在福利院工作，后因皮肤严重过敏不得不选择离开。虽然到了外地工作，但无论多忙她都会抽空到福利院来看看，每回手里都是拎着大包小包。她知道爹爹、婆婆和孩子们最喜欢什么、最需要什么。而周末接中华、三华回家，送三华去进行游泳训练也已成了刘德芬儿子张军的必修课。

至今，刘德芬去世整整五年了，人们仍然没有忘记她。她仍是远在上海新家的中华梦里的妈妈，她仍是游泳训练中心学习的三华的精神力量，她仍是儿女们做人做事的标尺，她仍是民政系统的榜样，她仍是公安这片首善之地的道德标杆，她仍是温暖世道人心的最好典范。

2017年11月23日，民政部党组书记、部长黄树贤在湖北省民政厅报送的《民族歌剧〈有爱才有家〉资料目录》上批示："刘德芬同志是民政系统涌现出来的优秀典型，是基层民政工作者的杰出代表。她虽然于2013年离开了我们，但是她的先进事迹、高尚品格和大爱情怀，将永远教育和激励着我们全心全意做好党和人民的民政事业。要认真学习贯彻党的十九大精神，大力加强民政系统优秀典型的宣传教育，像刘德芬同志这样的故事要经常讲，充分发挥先进人物的榜样作用。"

2018年3月16日晚，以刘德芬为原型创作的大型现代歌剧《有爱才有家》，在北京天桥艺术中心上演。料峭的春风中，人们从首都四面八方、各自工作岗位赶来观看。"全国孝亲敬老之星"刘德芬以院为家、敬老如父母、爱孤胜子女的深情至爱感染了所有人，剧场自发响起多次掌声，许多人默默擦拭滚落的泪水。

“老吾老以及人之老，幼吾幼以及人之幼”。刘德芬用中国传统女人的美德，用最质朴的行动完美践行着这句古训。虽然清贫，虽然平凡，但她的孝心感天动地，她的爱心义薄云天！她留下的无形财富，德馨耀华夏，芬芳满人间！

为了生命的尊严与重托

——记湖南省长沙市第三社会福利院主任医师唐江萍

作为一名医生，她有一颗仁心；作为一名改革者，她有一颗痴心；作为一名党员，她始终不忘初心。即使身患癌症，她还是念念不忘自己37年如一日为之奋斗的医护一线，用自己的爱心和匠心撑起精神病患者的一方晴空，她就是全国优秀共产党员唐江萍……

1981年，22岁的唐江萍就职于湖南当时的零陵地区精神病医院。

她捧着精神病学的书籍苦读，和精神病人谈心聊天。

别的白班医生早早下班了。这个新来的临床医生，除了吃饭睡觉，所有时间都待在病房里。

之前她从没接触过精神病人，经过几个月，感触颇多。

“他们外表和我们一样，脑袋里的想法不一样。”

“他们有自己的世界，别人进不去，自己出不来。”

“一般人生病了，会受到家人朋友的百般呵护。精神病人却被歧视，丧失人格尊严，多可怜。医生是他们的依靠。”

于是，这个瘦弱的姑娘紧紧握起他们的手。为了生命的尊严和重托，一转眼间，四季轮回37载。

医者仁心
“37年，那双无助的眼睛始终闪烁”

作为一名女知青，唐江萍在恢复高考那年考上了大学，成了十里八乡的大名人。父母更是觉得脸上有光，逢人便夸自家闺女刻苦发奋、孝顺懂事、长得漂亮。

然而，随着女儿毕业参加工作，父亲却一反常态沉默了。1981 年 9 月，作为恢复高考后首届医疗专业本科毕业生，唐江萍从衡阳医学院医疗专业毕业了。同学们大多数都去了综合医院，她和几位同学则被分配到湖南零陵地区精神病医院。

在父母看来，大学生是天之骄子，去哪里都是香饽饽，为何偏偏要去精神病医院工作？跟综合医院相比，那里条件待遇不好，发展空间不大。而且，精神病治疗没个标准，精神病人发起病来还不自知，伤己伤人事件时有发生。

“有工作就干，好好干。”唐江萍是那种想得不太多，习惯顺其自然的人。尽管父母心里有一千个不情愿，她还是服从学校的分配，简单收拾了几件衣服，告别了父母，只身一人去单位报到了。

尽管过去了 37 年，唐江萍依然清晰地记得自己第一天去上班的情形。费尽九牛二虎之力找到偏僻的精神病医院，院内坑坑洼洼，几栋低矮的平房很是破旧，屋内阴暗潮湿，病房铁门紧锁，病人在房间里鬼哭狼嚎……与其说是一所医院，不如说是一座监狱。

唐江萍小心地跟着前辈老师进入病房。

精神病医院的查房和综合医院很不一样。

综合医院的医生，根据病人的具体病情，头疼、脑热、胃痛、腿酸，望闻问切，测量数值，判断病情，确定处方。

而精神病诊断呢？“体温多少、血糖多少、血压多少，你没法用这样的数值来判断。”老师告诉唐江萍，要和病人交流，了解病人内心的活动，进而作出诊断。

唐江萍跟着老师，学习如何跟病人交流。

“我是总统！我是美国总统！”一个中年男病人兴奋地不断大声重复着。

这是说什么胡话呢？原本有些紧张的唐江萍“扑哧” 声笑出来。除了“美国总统”，还有“飞天侠”，唐江萍被逗乐了，笑了一整天。

随着了解的深入，好笑变为同情。

精神病症状有多种，但状态都一样：深陷痛苦的泥沼，无法自拔。

唐江萍的病人里，有的患有被害妄想症，觉得自己一直被跟踪，有人要害自己，在饭里下毒，整天恐惧不安；有的有幻觉，只要醒着就看到有汽车撞向自己，痛苦不堪；有的发病时，力气大到几个大汉都无可奈何；有的性情多变，无端就拳打脚踢、高声咒骂；有的荒诞离奇，居然啃食自己的手指，或将污秽物笑嘻嘻地作为礼物递给你。一根筷子、一把勺子，都能成为他们自残或者伤人的工具……

“看着是疯疯癫癫，听着是胡言乱语，但是把他们所描述的情景放到自己身上，换位想一想，真是可怜。”唐江萍很心痛，怎么会有这么一群人，长得和自己一样，可是脑子里想的完全不一样？

她开始探寻原因和解决的方法。

她向书本找答案，厚厚的精神病专业书籍，一个星期就读完了。“还觉得自己慢，恨不能一天读完。”想到晚上急诊多，能学的经验多，她就每天待在病房里，直到睡觉才离开。

她经常和病人聊天，观察他们。

他们快乐吗？痛苦吗？他们愿意这样活着吗？唐江萍一边看着病人的表情、动作、情感反应，一边思考。让她觉得痛惜的是，这些病人仿佛在另一个世界里，教育、劝解、鼓励这些常规方法都无效。最令人难受的是，那些颠三倒四、言行无状、目光呆滞的表现，吞噬着为人的尊严。

在她的脑海里，始终有一双无助的眼睛在闪烁。

那还是她当新手医生的日子。一天，唐江萍从医院门口经过，突然听到一阵急促慌乱的喊叫。

“不要，我不要，我不要进去！”一个高个男子仓皇奔跑，医生、护士，还有看上去是家属的人紧跟上来。挣扎拉扯中，男子一个不稳，摔倒在门边的煤炭堆上。

这时候，唐江萍才看清他。他很年轻，不到20岁，相貌堂堂。这个年纪，本该意气风发，笑容爽朗。可现在，他衣衫不整，满身污垢。赶上来的家人大声训斥，男子躲闪扭动，眼神无助而哀伤。

“生病了，不是应该被关心，被疼爱吗？他却被训斥、被责怪、被追赶，在众人面前狼狈不堪。”可是家人也很无奈。非精神类的疾病，药苦可以加糖，疼痛可以鼓励，悲伤可以安慰，对待一个癫狂而不自知的人，又有什么良策呢？

唐江萍看着困兽一样的男子，心口隐隐作痛。可怜的男孩，本应在校园里展露指点江山的书生意气，或在某个工作岗位挥洒建功立业的智慧和汗水，可就因为得了这个病，走上了一条混沌糟乱、毫无尊严的人生异途。更为可悲的是，他自己却无所知、无所能、无所助！

“他们和我们一样是人，却这样可怜，我们应该理解帮助他们。”那一刻，唐江萍坚定了自己的人生选择：“精神病人也是人，因为上天的不公，他们已经受尽苦难。面对这些苦难，我怎能忍心转身而去呢？我应该留在这里，尽自己所学所能，为他们解除痛苦，给他们关爱关怀，使他们保有做人的尊严，让他们的人生也能出彩！”

那双无助的眼睛，成为她坚守 37 年的动力之源。

调到长沙市精神病医院工作后，她仍然秉承着这种精神。

日日夜夜的坚守，让她摸索出一套与精神病患者和谐相处的有效方法，那就是，“用慈悲之心善待他们，用忍耐之心包容他们，用感恩之心珍惜他们”。

医院曾收治了一名怀孕的河南籍流浪精神病患者娟子。娟子被送来的时候，严重腹泻、浑身脏臭。“看病要紧。”唐江萍连鼻子都没捂一下，直接为病人诊治。考虑到吃西药对胎儿不好，唐江萍开了中药处方。医院没有中药，又位置偏僻，交通不便，她就每天下班后往返步行 8 公里到中药房买来中药，煎好再喂病人。

中药一服服喝下去，娟子的腹泻治好了，孩子也健康平安地出生了，而唐江萍的鞋子也跑坏了。

当时身边的人七嘴八舌地议论说：“干吗那么认真，不就是一个精神病人嘛，孩子的父亲都不知道是谁呢！”唐江萍却欣慰地说：“母子平安就好。每个生命都是可贵的，娟子虽然是精神病人，但她也有生个健康宝宝的权利。而孩子，更是何其无辜。”

医院还曾收治过一位患妄想症的病人，他总觉得有人在自己的饭菜中下毒，一直拒绝进食。唐江萍担心他这样长期不进食，会承受不了抗精神病药物的副作用，总是耐心地劝他吃饭。

有一天，唐江萍端着饭碗准备劝他吃饭，这位病人突然端起饭碗扣在她的头上，饭、菜、汤洒了唐江萍一身。第二天，为了让病人相信饭菜没有毒，唐江萍自己先吃一口，再喂他吃一口。

就这样，唐江萍整整“陪吃”了 3 个月，直到病人的情况好转。

“我要在这里过一辈子。”谭奶奶是一位精神分裂症患者，家人被折磨得濒临崩溃。后来，谭奶奶感动于唐江萍和医护人员的精心照顾，痊愈后仍不愿离开。这一住，就是 6 年。

“姑姑发病的时候，会砸东西、扔便盆，照顾她的医生护士都被她泼过屎尿。”让谭奶奶的侄女感动的是，医生、护士从来不抱怨，清洗干净以后，照样和和气气地跟谭奶奶说话。唐江萍事务繁忙，却会在谭奶奶发病时日夜看护，为神志不清的老人喂水喂药，还会抽时间陪谭奶奶和其他老人玩玩牌、下下棋、锻炼身体。

“这样的事情太多了，说也说不完。”长沙市精神病医院副院长与唐江萍共事 29 年的沈雪芝说。

在当住院医师期间，除了吃饭睡觉，唐江萍几乎整天守在病房，给病人喂饭喂药、穿衣洗澡，陪他们聊天，教他们了解精神卫生知识，帮助他们重建自信。担任行政职务后，再忙她也坚持巡查病房，与病人“拉家常”，听他们“唠叨”。

37 年来，她挨过无理取闹的辱骂，受过莫名其妙的殴打，身上常有皮肤破损和各种瘀伤。最初一同入院的同事们各寻出路，几乎都调离了精神病医院，只有唐江萍坚定地在这条道上勇往直前。

专业素养、管理能力出色的她，多次获得调离机会，却不愿离开。“有 100 种理由可以让我放弃，但总有第 101 种理由让自己坚持。”

唐江萍说，精神疾病患者是社会上最弱势的人群之一，人们歧视他们，唯恐避之不及，但这些工作总要有人来做。

这个对于自己的人生“顺其自然”的人，却总想为处在社会边缘暗角的精神病人改变命运。她身先士卒、身体力行，让“待病人如亲人，视老人如父母”的理念在医院深入人心。

改革痴心
“非我不可”，刚柔并济抓管理搞改革

创建于 1952 年的长沙市第三社会福利院，最初叫长沙市生产教养院神经病患者临时管理所，1964 年改称长沙市精神病人疗养院。

1986 年，它迎来了发展的拐点。当年 11 月，疗养院正式更名为长沙市精神病医院，开始对外收治社会精神病人，实现了由“少医少药的管理机构”向“以治疗为主的医疗机构”的历史性转变。

然而，这时才成为“医院”的长沙市精神病医院，除了名字，内里还是完全一副“管理所”的做派。

上班第一天，唐江萍目瞪口呆。

“医护人员不穿工作服，病历书写随意。严肃认真的交班早会，吃早饭的、坐在桌上的、聊天的都有，开得跟茶话会一样，念交班报告还互相推托。”这哪叫医院！

改革，必须改革，这是必由之路！

1990 年，院领导班子决定设立质量监督控制办公室，全面严管医院各项工作。问题是，谁来当质控办主任？

这可是得罪人的差事。管理所松散的“传统”岂能一朝一夕改变？许多闲散惯了的老员工本来就对改革诸多不满，处处设阻。破旧立新之路，必定坎坷艰难。

院长张慧没想到，瘦弱文静的唐江萍揭了榜。

唐江萍跟院领导说了两点：

第一，医院一定要规范，必须规范，统统要整改，非做不可。

第二，一定要她来做，非她不可，因为她最执着。

“也不知道哪里来的自信！”回忆起当时的情景，唐江萍笑了。

于是，轰轰烈烈的质量监督控制行动开始了。从严格规定上下班时间到病历书写，从病房卫生到食堂清洁，每一项，唐江萍都制订了规范，不合格的就重做，违规的就扣分扣钱。

改革与阻力总是结伴而行。

尽管唐江萍十分注意工作方法，尽量做到处罚合情合理，但依然无法避免怨声四起。

受约束最多的是医生们。

唐江萍做事仔细，有些医生仅规范书写病历这一项就经常被扣分。老资历的刘衡（化名）恨得牙痒痒，要给唐江萍来个下马威。

一天下班后，大伙都准备坐班车回家。刘衡突然暴吼着冲到唐江萍面前，伸手就要打人。

“我都是按规矩做的，每次要改什么，也都是和你们有商有量，有什么不对吗？”唐江萍义正词严。刘衡最终被众人劝走。

回到家，刚刚还临危不惧的唐江萍觉得委屈极了。丈夫还在永州，孩子又小，委屈没处说，她把录音机开到最大声，一遍又一遍听自己最喜欢的钢琴曲《命运交响曲》，渐渐平静下来。

第二天，唐江萍再次把制度向员工公示。“觉得不合理的地方，请提出来，我们再商量修改。都同意了，我还是像以前一样，严格执行。”

她果真执着。

凭着这股韧劲，唐江萍越干越出色，1994 年被提拔为业务副院长。2002 年 6 月，唐江萍被任命为长沙市精神病医院院长。

1987 年到 2002 年，长沙市精神病医院发生了巨大的变化。但由于先天不足，仍面临技术力量薄弱、公共经费紧缺、基础设施陈旧、医疗设备落后等诸多困难。

刚接手时，唐江萍认真盘点了医院的“家底”：养老业务刚刚起步，入住人数最多只有 40 位老人；自愿戒毒每年只有 49 万元收入。最困难时，医院账上只剩 1800 元存款，职工津补贴拖欠近两年未发。

医院步履维艰，前途不明。

正在唐江萍一筹莫展时，丈夫被中组部组织的博士服务团派往江西任职。江西省委组织部两次登门给唐江萍做工作，希望她能支持丈夫工作，一起去江西省一家三级医院任副院长，并承诺优厚的待遇。“给一套 160 多平方米的房子，还有装修费、安家费及科研启动基金等。”

起初，唐江萍也想过与丈夫一起前往江西发展，那样就可以一家团圆、共聚天伦，儿子也能在母爱与父爱的双重关怀下健康快乐成长。

然而，面对组织的信任和干部职工的殷切期望，她坚定地留了下来，并作出掷地有声的承诺：“要做就要做强，要干就要干好！”

如何带领团队走出困境？深谙医院实际情况的她，经过认真的分析研究，认为当前机遇和挑战并存：

第一，作为民政所属福利医院，应该可以争取到各级政府更多的政策支持，有着其他医院所不具备的有利条件；

第二，虽然过去业务开展得不理想，但同时说明发展提升空间很大；

第三，虽然单位职工有技术、有文凭的人不少，但整体积极性和能动性还没有调动和挖掘出来，说明可以深入挖掘潜力。

于是，唐江萍提出争取政策支持、拓展新业务、激发人才活力三项改革举措，并决定以对外整合资源、对内改革创新“双轮”为驱动，实现精神卫生、老年医疗呵护、自愿戒毒“三驾马车”并驾齐驱目标。

说干就干！唐江萍积极申请为医院更名，于2003年2月获批更名为长沙市第三社会福利院（同时保留长沙市精神病医院院名）；将自愿戒毒中心搬到韶山路，让社会资本参与运营，当年便实现150万元纯利润，稳稳占据长沙自愿戒毒市场的“半壁江山”。

她带领医疗团队开展“快速尿液毒品检测”科研课题研究，获得两项国家发明专利授权并获湖南省科技成果奖。与部、省、市科研合作项目10多个，为科技强院奠定了雄厚基础。

她积极争取财政拨款，争取到长沙市人民政府每年150万元财政拨款支持，使福利院的生存有了基本保障。之后，她又四处奔走，通过民政部、中国老年基金会、国家发改委等途径争取到资金1.5亿元。

有了资金支持，六栋病房楼和一栋门诊综合大楼拔地而起，院内绿树成荫、碧瓦长廊、庭院错落，大楼内设施齐全、整洁干净，还升级换代了医疗设施设备，大大改善了病人的医疗、康复和生活条件。

“硬件”上来了，“软件”也得跟上。

唐江萍延续之前刚柔并济的管理风格，主导了一场新的变革。

她发起医院建院以来首次中层干部竞聘，在长沙民政系统率先实行全员竞聘上岗、双向选择、择优录用的用人制度改革，使一批年富力强、有专业知识、责任心强的员工走上中层管理岗位。

她通过改革经济分配制度，理顺责、权、利关系，合理拉开效益工资档次，使按劳分配的原则得到了真正的体现。

“管得不晓得多细，严得不可理喻。”副院长沈雪芝当时是精神科护士长，通过竞聘成为总务科长。好长一阵子，听到唐江萍的声音，她都绕着走，怕被批评。

当了院长以后，唐江萍仍坚持每月进行一次行政查房。病人的被子厚度合不合适，手凉不凉，窗户角落有没有灰尘和蛛网，都要看。

“做任何决定之前，都要想想，这么做对病人好不好，而不是自己方不方便。”与唐江萍共事的29年，这是沈雪芝听得最多的一句话。

“病房里少了一个枕头她都能发现，病人的发型她都要规定。”沈雪芝说。以前，流浪病人没有家人管，所有事情都由医院负责。工作人员为了省钱省事，常常不论男女统一剃光头。但唐江萍认为，即使是精神病人，也要保持他们的良好形象。她要求男病人不能剃光头，女病人的发型要有女性特征。

严不忘理，严中有情。

老员工王英（化名）工作不到位受了批评闹情绪，其丈夫到医院找唐江萍质问。唐江萍耐心与其丈夫交流、讲道理。了解到王英家很困难，唐江萍把她列入困难职工名单，年底给她发放补贴金，又鼓励她好好工作。深受感动的王英从此努力工作，后来还被评为先进个人。

司机班班长陈正凯的爱人是精神病患者，他自己也不幸患上重病，女儿恰好又面临高考。唐江萍倡议全院干部职工捐款，组织职工轮流上门帮扶。她从这个家庭自立自强的角度出发，建议陈正凯的女儿陈晶报考医药学校。毕业后，陈晶成为医院紧缺的药剂科专业人才，担负起了家庭的责任。

面对职工的感谢，唐江萍说：“谢谢你们在医院最困难时支持我。”

如今的长沙市第三社会福利院，已从单一的精神病人收容收治中心，成为老年呵护、精神卫生、自愿戒毒三大业务并行的综合型福利院；病床由原来的300张发展到2000张，形成“一院三址”格局；住院服务对象从最初的200余人增至2000余人；福利院收入从2002年的470万元发展到2013年突破亿元；职工福利待遇以每年10%的幅度增长。

在唐江萍的带领下，全院职工艰苦奋斗，获得“全国敬老模范单位”“全国爱心护理工程建设基地”“湖南省示范社会福利机构”“长沙市文明标兵单位”等殊荣。

“根据流行病学调查，我国各类精神障碍患者患病率高达15‰。”面对庞大的精神病患者，唐江萍在全面推进医院改革的同时，大胆探索精神病人救治新机制、新模式。

2006年，她以市政协委员的身份积极提案呼吁，促成长沙市政府建立精神病人免费救助制度，通过购买医疗服务的方式，对全市精神病人免费提供上门巡诊和发药，重症精神病人住院全免费。

这项救治制度实施10多年来，长沙市精神病患者肇事肇祸率锐减80%以上，有效维护了公共安全。

播撒爱心

“授人以渔”，培训演习帮病人重返社会

唐江萍的身体力行，感染着医院的职工。

“精神病人不比一般病人，行为难以预料，医护人员常常受伤，相处融洽的难度很大。”护士盛薇2002年进入福利院工作，2010年调到精神科二病室。她曾亲眼看到叫病人起床的同事被无故扇了一个耳光。

但再“胡闹”的病人，看见唐江萍，就安静了。

“唐院长面对病人，总是带着微笑，语气温和。她对病人都很了解，病人愿意跟‘熟人’说话。”

唐江萍进病室时，病人都会围拢过来，跟她问好，和她握手。几乎每一个人，唐江萍都能叫出名字，跟他们拉家常，这让病人很高兴。病人说些不知所云的话，她都耐心配合，正确引导。

盛薇学着像唐江萍那样对病人，渐渐也和病人“熟”了。不过，小意外还是难免。一次，一个狂躁的病人抓伤了盛薇。让她没想到的是，其他几个病人马上跑过来保护自己，还“批评”伤人的病人:“盛护士对我们这么好，你怎么能抓伤她呢？”

被抓伤没有哭，盛薇却被病人感动得眼中泛泪。

甚至，好几位病人还在盛薇的带领下，通过义卖自己亲手做的串珠，为患白血病的小男孩果果筹款2000多元。要知道，一个60元的泰迪熊钥匙扣，有500颗珠子，他们要用一个星期才能做好。

“这还不够。”唐江萍欣喜于职工的改变、病人的改变。但要为精神病人改变命运，这才刚起步。

“医院越好，技术力量越雄厚、公共经费越富足、基础设施越完备、治疗手段越发达、护理服务越人性化，对病人的未来就越有利。”她把医院的发展进步与病人的人生前景结合起来。

社会老龄化问题加剧，医疗养老严重不足。唐江萍敏感地捕捉社会需求，根据福利院技术优势，开办了全国首家集“医疗护理、生活照料、康复训练、文化娱乐、心理治疗、临终关怀”于一体的老年呵护中心，平均每年收治500

多个病人，累计收入达3500多万元，成为全国“爱心护理院”示范工程。

2014年，老年呵护中心又开设了生命关怀科，专门接收生命只剩下3～6个月的重症临终病人，从医疗、心理、社会等多方面为病人及家属提供服务。

生命关怀科让望城区白箬铺镇的陈志义老人感受到家的温暖。

2014年4月，陈志义老人的老伴李霞芬开始不记得事情，自理能力减弱，直至卧床不起。医生诊断是不明原因的脑器质性疾病病变，没有有效治疗方法，宣布老人的生命剩下不到两个月。

绝望之时，陈志义听朋友说，长沙市第三社会福利院收治其他医院不肯接收的病人，而且对病人非常好。

陈志义的肺不好，需要同时住院。老年科主任黄艳红在8间双人病房都被预订的情况下，紧急协调，腾出了一间双人病房。

李霞芬只能靠鼻饲维持进食，每4小时一次。护士们怕陈志义太劳累，主动承担起凌晨3点和夜里11点的喂食工作。有一次，陈志义出去锻炼1小时，护工生怕老人在哪里摔了没人知道，特意出去找他。老人的女儿想感谢黄艳红，给了她2000元钱，她却悄悄把钱存到李霞芬的诊疗卡里，让老人一家感动不已。

老人需要关怀，年轻的康复精神病人也需要呵护。

有些病人病情稳定了，但因为长期住院，和社会脱节了。如何帮助精神病人回归社会，是唐江萍一直思考的问题。

“不少已经年迈的父母，每每看到自己的儿女不知世事时，总会在一边叹气甚至默默垂泪。”唐江萍最害怕看见患者父母绝望的眼神。

“我们百年之后，谁来照顾他们？”面对患者父母屡屡提及的问题，唐江萍多年来一直在苦苦思索良策。与其等待被照顾，不如创造一个新天地，让他们学习基本的生活技能。

2007年，在香港嘉道理慈善基金会的帮助下，唐江萍创立了全国首家公益性精神康复会所——长沙心翼会所。

在这里，只要是有意愿的精神病人，都能免费成为会员，享受职业训练、心理疏导、行为矫正等服务，并重新获得友谊、重新回归家庭、重获教育或就业机会。

每天一早，会员们各自前往不同的部门“演习”：文书部忙着编辑《心翼月报》，就业部负责整理资料、联系过渡就业岗位，生活部忙着洗菜、切菜，文宣部则组织会员看书、画画……

这里的每一个岗位都是模仿真实的工作岗位而设。会员们在这里接受某一个工作岗位的训练后，完全可以胜任社会上同一类岗位的工作。

通过种种措施，心翼会所激发出会员原来丧失的一些生活技能。比如，有的会员常年自闭在家，会所就先让其学会独立出门、搭乘交通工具等，然后逐步让其独自出门买菜、还价、确定菜谱等，让他们一步步走向正常的生活。

到心翼会所以前，80 后张林（化名）焦虑、自闭，不敢出门，也不会照顾自己。在熟人的介绍下，她成了会所会员，在会所餐厨部工作，每天跟着会所职员一起上街，买菜，做饭。

刚开始，会所职员不理解，为什么要带着他们一起去买菜？“可能一个正常人半小时就搞定的事情，带着他们要耗上几个小时。”

但唐江萍认为，“授人以鱼不如授人以渔”，就是要培训他们的自理能力，让他们自己会坐公交车，会买菜会做饭，甚至会讨价还价。

后来，张林不仅病情好多了，自理能力也提高了，做一桌一二十人的饭菜完全没问题，还会考虑荤素搭配，营养均衡。

“我是会所的第一批会员，这里是我的第二个家。”杨阿姨曾患有社交恐惧症，最怕和人打交道，甚至常常因不愿意出门而与家人发生争执，导致家庭关系紧张。来到会所后，职员发现她擅长做面食，总是给她鼓励。“烙饼、包饺子、擀面条啥的，每次我做的，都被吃完了。”此后，杨阿姨还教其他会员做面食，生活上也越来越自信。

现在的杨阿姨，不仅可以自己一人出门搭乘公交，还找到一份门诊楼楼层保洁员的工作，家庭关系也大大改善。

“谢谢唐院长，给我们一个‘家’。”会员李丽（化名）曾患有严重的精神焦虑症，在这里找到了被需要、被尊重的感觉，病情逐渐缓解。

经过几年时间发展，会所发展会员 685 名，已有 580 多名会员参加过渡就业或实现独立就业。这种康复模式被列入长沙市社会管理创新三个成功案例之一，并录入国家行政学院编写的《创新社会管理的生动实践——社会管理探索 100 例》。

唐江萍还充分发挥社会工作在病人康复服务中的积极作用，成立“康复之友”俱乐部，搭建起医院、医务工作者与家属、病友的沟通桥梁，使 700 余名精神障碍者直接受益。

最让唐江萍觉得欣慰的是，病人的内心世界开始慢慢向好转变。

2014 年 8 月，第四届精神康复会所亚洲会议在日本举行。会上，心翼会所会员、患有精神分裂症的小馨向来自日本、韩国、印度等国家和地区的 200 多名精神康复会所会员，分享了自己的康复故事。小馨落落大方的演讲、现场创作的书法“笔有千秋业，书暖一寸心”，赢得了热烈的掌声。

不忘初心

“一心为公”，堂堂正正做人，清清白白用权

对待病人，唐江萍温和可亲。但在诱惑面前，她则铁面无私。

这些年，长沙市第三社会福利院的经济收入实现了腾飞式增长，年业务收入早已过亿。作为一院之长，手中权力覆盖经济业务、项目建设、人事调整、物资采购等方方面面，利益纠葛也随之而来。

但，唐江萍始终有自己清醒的坚守。

一方面，她从心底体恤这些病人家属的不容易，大多数精神病患者家庭都很贫困，即使是物质不缺乏的家庭也因家人患病变得不幸；另一方面，是她对“一心为公”的执着，对自己感情的珍惜。

“在我眼里，对病人的好是发自内心的，是无价的。如果我收下 20 个鸡蛋或者 200 块钱，意味着这个好只值 20 个鸡蛋、200 块钱。”在唐江萍看来，收礼物就是在玷污自己的情感。

当她还是住院医师时，常有患者家属出于感激而送给她土特产或小红包，

她都一一谢绝。有人说她太过认真，她却说："人家一个精神病人，战战兢兢找你看病，你问人家要鸡蛋、花生，你吃得下去吗？人家送一个红包给你，你如果拿回去买东西，心里亏不亏？"

医院最受关注的利益链是药品采购，而唐江萍却是让药贩子们无可奈何的人。

曾有药贩子跑来找她，说要给她巨额的回扣，却被她喊保安轰出了办公室，气得药贩子当面骂她"木脑壳、不懂味"。

有一次，在医药公司上班的表妹找到唐江萍，希望表姐多采购她所在公司的药品。没想到，唐江萍让她吃了闭门羹。表妹哭哭啼啼地向亲人们告状，指责唐江萍"无情无义，六亲不认"。

有的供药商向拒绝合作的唐江萍发过恐吓短信，说出"找黑社会的人毁你容""一生不让你好过"等极端用语。

但唐江萍无动于衷，坚决按政策办事，只是在上下班途中，尽量与他人结伴而行。"那些字眼，看得人心惊肉跳，还是会有点害怕。但我仰不愧于天、俯不怍于人，行得正、坐得直，心里坦荡荡。"

有一次，唐江萍到北京开会，请同学帮她在网上买一张火车票。

同学大跌眼镜："你一个院长出来开会，还要我帮你买火车票？那些医药公司的人难道不是争着抢着帮你买吗？"

唐江萍笑了："我都是自己买啊，今天忙不过来，你在网上帮我操作一下，我付你钱。"

同学很是不解："为什么不让他们给你买？"

唐江萍回答："你不知道，我不让别人买。能够给你买机票、买火车票的公司，都会要你用他很多药，是需要你的'回报'，需要你的利益交换的。世上没有免费的午餐。"

在门诊大楼的招标承建中，很多亲戚、朋友、熟人上门要求"关照"，带着红包来联络感情的人络绎不绝，但都被唐江萍挡在了门外。

"这个门不能开，一旦开了，就没法再关上！"

唐江萍坚定地说："你签一个字，药贩子给你 1 元回扣，他会在药价上提高 5 元乃至 10 元，对于很多已经因病致贫的精神病患者家庭来说，无疑是雪上加霜；项目承包商给你一个红包，那就是你一辈子受他控制的炸药包，导火索随时会在你身边拉响。我决不能让人牵着鼻子走！更不能拿权力做交易、谋私利！"

与金钱相比，唐江萍更爱惜自己的名声，与富足的生活相比，唐江萍更向往自由的生活。

堂堂正正做人，清清白白用权。“爱惜羽毛”的唐江萍以一颗公心维护了集体和患者的利益，维护了共产党员、白衣天使的崇高形象。

有一位与唐江萍打交道多年的纪委领导感慨地说：“唐院长面对诱惑，洁身自好，有一种滴水穿石的修为、云淡风轻的定力，既保护了自己，也为单位树立了榜样。”

翻开唐江萍厚厚的荣誉证书：全国民政行业首批领军人才、中国老龄事业发展基金会“敬老功臣杯”模范院长、湖南省践行“三严三实”的好干部典型、湖南省创先争优优秀共产党员（记一等功）、湖南省民政厅“社会福利院管理先进个人”、长沙市道德模范、长沙市“十大最美女性人物”、长沙市妇联“三八红旗手”“巾帼建功先进个人”……

2016年，在沉甸甸的荣誉证书上，唐江萍又获得了一个“烫金”的殊荣：全国优秀共产党员。

职工们常常感慨：“唐院长为服务对象、为医院发展磨破了嘴皮、踏破了鞋子，却从未为个人、子女、家庭的困难去求过人、谋过利。”

“做一个好的医生、做一名称职的党员，这都是在履行自己的职责。我只是做了自己应该做的。”唐江萍淡淡而语，却字字铿锵，“立足本职，不忘初心，这是我的光荣使命。”

收获真心

“看着他们好，一切的付出都值得”

事业蒸蒸日上，荣誉纷至沓来，长期积劳成疾的唐江萍却病倒了。

常年超负荷的工作，使唐江萍瘦弱的身体开始频频发出警报。面对高血压、心脏期前收缩，甚至赫然写着病危警告的检查结果，她却因忙于医院的各项事务，而对治疗一拖再拖。

直到 2015 年 8 月，唐江萍感觉身体百般不适，到医院检查，右腺肺癌的诊断结果犹如一道晴天霹雳，无情地击中了她。

远在大洋彼岸的弟弟力邀她去美国接受治疗。

9 月，对医院和病人舍不下、放不开的唐江萍，不得不启程赴美。

离别前，院里的医生护士们自发组建了一个微信群，取名“望月”。

“唐院长最喜欢《望月》这首歌，我们也想告诉她，虽然大家身处地球两端，但只要她抬头看看同一个月亮，就知道我们在牵挂她。”

病魔来势汹汹。生理上的痛苦，心理上的摧残，让大家都为她捏一把汗，唐江萍却再次展现了她开朗顽强的心理特质。

她积极地配合医生开展化疗放疗。此后的日子里，她经历了 35 次放疗、6 个疗程化疗的艰难历程。每次等待结果的过程，对于她来说，都是一次痛苦的煎熬。病情发作的时候，连喝水、说话都痛。

微信群里的她，却总是报喜不报忧，看起来精神奕奕。“身为精神科医生，平时总是劝病人和家属要乐观坚强，我自己怎么能垮掉？”

面对群友“好久没听到你的声音，想听你唱首歌”的请求，她调整状态，隔着千山万水，给大家唱了 首《我的祝福你听见了吗》。

化疗和放疗，那是一种极其痛苦的治疗过程。“就像喝下一杯硫酸，然后用手搅动，全身的每一个细胞都疼。”恶心呕吐、肠胃绞痛，连抬手都是一件费力的事情……

唐江萍却主动跟医生提出加强放疗力度。

“那时，我只知道这场硬仗非打不可，我还要回来工作，我不允许自己进入绝望的情绪里。”事后回想，唐江萍平静地说。

为了分散注意力，她看书、撰写感悟、听音乐、逼自己运动，与病魔抗争的她，还不忘电话里开解周围的人不要为她担心，并通过视频跟同事开玩笑说要以她为戒，做好工作的同时要锻炼好身体。

在这股信念和意志的支撑下，她咬牙坚持完成了高强度的治疗，治疗效果和精神意志被美国医生评价为“Amazing（奇迹）！”

在治病期间，唐江萍悉心研究美国精神病医院和心理会所发展情况，她希望能为患者提供更多帮助。“希望能有更多人关注精神障碍患者，帮助他们回归社会，为他们的家庭送去福音。”

2015 年 12 月底，唐江萍完成治疗回国。带回国的唯一“礼物”，是一沓关于美国精神病医院和心理会所发展情况的学术资料。

“你是去治病的，不是去考察学习的。”副院长沈雪芝向她抱怨。

“我是个医生，既然去了，就该把人家的好东西学回来。”唐江萍回答得很坦然。

唐江萍生病外出治疗的消息，一直都瞒着其他人，尤其是病人，但总有细心的病人注意到了她的长期“旷工”。

有一次，几位病人跑到沈雪芝的办公室，追问唐江萍的“下落”。怕影响病人的康复情况，沈雪芝只得骗他们说：“唐院长要出国学习一段时间。”病人听完，有些失落却温柔地说：“请你转告唐院长，我们都很想她，盼着她能早点回来。”

当天晚上，沈雪芝将病人的话转告唐江萍，唐江萍的心里既感动，又安慰。“一直觉得自己是在单方面地付出爱，很少能从病人那儿得到爱的反馈。但看着他们在医护人员的照料下，一点点找回曾经的自己，就觉得一切的付出都是值得的。”

传承匠心
言传身教，为精神病人撑起一片蓝天

回到单位，唐江萍再次以饱满的精神状态投入工作岗位，让身边的人既敬佩，又心疼。

半年后，唐江萍的右肺又长出新的阴影，迫使她不得不放下手中的工作接受手术，切除了右中下肺叶。

从医治他人，到被他人所医，从站在病床前照顾病人，到躺在病床上被人照顾，这样的经历，唐江萍视为财富。

她更深刻地理解了生命的含义，珍惜所拥有的一切，珍惜与家人在一起的日子。“以前的柔情，都给了病人。以后的柔情，我要分出一部分用来弥补自己亏欠的家人。”

对一个女人而言，做好一个孝顺的女儿和儿媳、贤惠的妻子、慈祥的母亲是不容易的事情，更何况是一个在事业上奋力拼搏的女人。

丈夫到江西任职时，儿子刚进入初中，自己接手的福利院正在经历着一场大刀阔斧的改革。工作和家庭的压力让她备感艰辛。

但她挺过来了，用柔弱的双肩挑起了医院和家庭的大梁。她把父母从老家接到身边，一方面让他们帮忙料理儿子的生活学习，一方面也方便自己对父母的照顾，让老人安享天伦之乐。

不久，婆婆因患癌症住进医院，对负荷满满的唐江萍来说，无疑是雪上加霜。她每天奔波于单位、家庭、医院。婆婆病重时，她几乎每天晚上都守护在病床前，喂婆婆吃东西，陪婆婆说话，帮婆婆擦洗，直至婆婆静静地离开人世。

缺席了儿子童年时期太多的陪伴，一直是唐江萍心里的痛。为了抢救病人，两岁儿子摔得鼻青脸肿满脸是血，却被晾在一边连哭都不敢；烧得一手好菜的她，在儿子高考期间，却忙得只能让孩子吃冰冷的盒饭；为了医院发展经常加班加点的她，却几乎没有时间陪儿子。

年幼的儿子曾经写过一篇日记，说妈妈心中只有工作没有他。充满稚气的字眼，在唐江萍心里烙下深深的愧疚。

让唐江萍欣慰的是，在她的言传身教下，长大的儿子慢慢理解了她，懂得了什么是爱、什么是责任、什么是担当，很少让父母操心，最终也成为了像父母一样治病救人的“白衣天使”，将她的“匠心”传承下去。

“小时候不理解妈妈，现在自己当了医师，才明白背后的艰辛和付出。”儿子的话语，让唐江萍很欣慰。

就这样，病情严重了就去治疗，病情缓解了就回归工作……面对癌症晚期的重大生死考验，在工作、治疗的不断转换中，2017 年 9 月，58 岁的唐江萍终于迎来了新院长的上任，卸下了肩上的重担。

在她多年砥砺前行、开拓创新打下的坚实基础上，新任院长接过“接力棒”，推动医院走向新的辉煌。

2018 年 10 月 11 日，作为湖南省精神障碍社区康复工作的先行者，长沙市精神病医院被授予“湖南省精神障碍社区康复服务孵化基地”称号，成为全国首个精神障碍社区康复服务孵化基地。

通过基地，湖南将孵化更多的社区康复机构，培育更多的服务组织，培养更加专业的康复人才，帮助精神病人重拾信心、回归家庭、融入社会，开启美好人生。

而长沙正以心翼会所为蓝本，大力推广社区精神康复模式，目前已发展9家专业社区精神康复机构，注册会员约1500名，构建“医院—会所—社区”三位一体网络，形成独树一帜的社区精神康复体系。

同时，长沙正深入探索肇事肇祸及流浪精神病人救助管理工作的新内涵，创新推动“社会化、综合性、开放式”的精神障碍社区康复服务工作，让精神病人群体活得更有保障、更有尊严。

……

37年的倾情奉献，磨砺了唐江萍坚忍的意志，也带走了她青春的容颜。然而，她用自己的爱心、坚韧，爱岗敬业、创业革新，谱写出一曲新时代女性刚柔并济、无私奉献的赞歌。

如今的她，是长沙心翼会所顾问。她将更多的精力、更多的时间用来照顾病愈后即将步入社会的会员们，帮助他们重获生活的信心，推动更多人理解、包容、接纳他们。

“祝你生日快乐，祝你生日快乐……”

长沙心翼会所里，唐江萍跟会员们围聚一起，吃着生日蛋糕，唱着歌。

这是病友们温馨的家，也是她付出了不知多少心血与汗水的地方。

他们笑着，她也笑着。

背过身去，她悄悄哭了。

身上的痛楚，渐渐控制住了。心里的酸楚，该如何释放呢？

“希望你们今后的人生，没有歧视，没有痛苦，只有快乐。”唐江萍望着这些正为未来生活积极努力的病友，心里默默地说。

而她，将继续燃烧自己，尽己所能给他们帮助和陪伴。

这一切，都是为了生命的尊严与重托。

一曲人文关怀的颂歌

——记广东省深圳市宝安区社会福利中心保育部副部长费英英

“护理员对老人、对孩子来说，都是非常需要的。”

——节选自习近平总书记2018年10月24日视察深圳的讲话

本文主人公——深圳市宝安区社会福利中心保育部护理员费英英从事的正是习近平总书记讲话中提到的护理员的工作。

彷徨、徘徊

2002年6月，年方19岁的费英英入职刚刚开业不久的深圳市宝安区社会福利中心，从事孤残儿童护理员工作。与她一同应聘而来的还有18位姐妹，但是由于工作的特殊性，她们在不到三个月的时间里都陆陆续续地离职。

面对姐妹们的离职，费英英此时心里也是五味杂陈，充满惆怅。

树木无声，树木有知。福利中心院内的数棵大王棕树似乎感觉到了费英英心中的惆怅，它们注视着费英英，她是不是会成为第十九位跳槽离开福利中心的呢？

费英英似乎也感知到了大王棕树们在注视着自己。一种下意识，促使费英英靠近了一棵大王棕树，她摩挲着大王棕树那笔直坚硬、挺拔向上的树干。她在想：看得出来，大王棕树已经愉悦地在福利中心扎下了根，可我要扎根福利中心谈何容易？更遑论“愉悦”二字！

不过，此前，费英英还是有过“愉悦”的感觉的，那是她跨出大学校门，热血沸腾直奔改革开放前沿城市——深圳。

2002年3月，在民政部重庆民政学院社区康复技术与管理专业学有所成的优等生费英英，婉言谢绝父母在家乡浙江湖州为她安排的好工作，毅然应聘到深圳，进入宝安区社会福利中心，从业于福利中心的孤残儿童护理部。

然而，问题来了。它在于费英英所从事的是孤残儿童护理员的工作……

从来没有在费英英的视野内出现过的孤独儿童的形象，如今清晰在目，对于豆蔻年华的她，其刺激的程度可想而知。尤其是在不到三个月的时间里，同时入职的18位姐妹相继离职，费英英的心理承受能力也已接近底线，她不得不慎重思考去与留的选择。

首先，费英英还是想到留，可是要留下来的诱惑力着实不大。其时，福利中心给费英英定的月薪是800元，若在福利中心就职，还得靠父母的接济。这个，费英英觉得可以在乎也可以不在乎。但有一点是由不得费英英不在乎的，那就是她的工作对象——一群被遗弃的孤残儿童。他们当中，脑瘫无知觉的、残疾行动不便的、耳不聪目不明的、更有那极具传染性危险的，凡此种种，不一而足。若干此行，朝夕与残疾儿童“交集”，吃喝拉撒，无穷无尽的琐碎……日复一日，月复一月，年复一年，循环往复，她能扛得住吗？那种繁重的工作负担，那种永久的精神压力，她能坚持下去么？

费英英自问无答……

转行，或者像其他18位姐妹一样，彻底跳槽离开福利中心。

其实，转行也好，跳槽也罢，费英英想，自己还是颇有“资本”的。

费英英就读大学时是非常勤奋的学生，除专业优秀之外，还怀揣康复技能证、文秘资格证、计算机等级证、办公自动化上岗证四证在身。所以，费英英想，眼下，可以有两种选择：其一，找福利中心领导要求换岗，干个文秘，准保称职；其二，要求调离中心，自己是民政学校毕业，可以不离开民政口，到婚姻登记处应该也是可以的呀。

这一切，无疑是费英英自己的想当然，不过，她倒觉得越想越充满自信，调与离，没有什么不可以，没有什么不应该。

其时，福利中心的领导见员工相继离职，也曾想过强留，但转念一想，若强留，能留人却难留心，只好作罢。不过，很快，领导发现费英英居然还没有走，费英英竟然还置身保育部。

领导想，是不是就势劝留一下费英英，但仔细一琢磨，此举并非上策，试想，若是费英英思迁，离开福利中心也就是一两天的事了，若是不走，劝留岂不是多余。

说来奇怪，费英英尽管满脑子盘旋着“调与离”，却没有迈开脚步马上去找福利中心的领导而是伫立在保育部数位孤残儿童面前久久凝视……那神情说不清是要表达——孩子们，对不起了，我也要和你们再见了；还是表达——孩子们，我费英英该不该走。于是，费英英的脑海中出现另一种声音：18 位同事走了，我费英英就一定要走吗？18 位同事没有留下，你费英英就不能留下吗？费英英，你是谁？当初你不是雄心勃勃要到发达地区的深圳来闯荡，来成就事业的吗？难道在民政部门护理孤残儿童就不是事业吗？

此刻的费英英，彷徨、徘徊，徘徊、彷徨……

毕竟，此时的她，还只是一个年方 19 岁涉世未深的姑娘！

顿悟反转

去与留，费英英陷入两难，既不能立即选择“留”，又不能立即选择“去”，一个晚上一个晚上的失眠，费英英的脸上现出憔悴之色。

“大王棕树们”惊异地发现，费英英居然没有离开福利中心！她虽然脸色不佳，可还是照旧领着一群孤残儿童在自己周边活动。偶尔，还能听到费英英浅浅的笑声。

实际上这笑声是出于职业的本能，这时的费英英是笑不起来的，她仍然在去与留的选择中挣扎。

当难换的时间继续往前推移时，一桩事情的发生，成了费英英人生职业选择的一个重要拐点。

2002 年 7 月的一天，费英英受福利中心领导的安排，带一个叫宝新奇的孩子去医院体检，从未知道爸爸妈妈是谁的奇奇跟着不知是妈妈还是姐姐的费英英来到医院大厅。突然，奇奇发现一个同龄的小朋友左手被爸爸牵着，右手被妈妈拉着，一幅温暖至极的亲情画面，人性的本能立时激发了奇奇的羡慕与渴望。于是，奇奇止住脚步，贪婪地紧紧盯住那个亲情画面，良久，奇奇突然仰望着费英英发问：“英英姐姐，我为什么没有妈妈？”

其实，刚刚奇奇关注那个亲情画面的一幕，费英英已经看在眼里，此时闻言，费英英顿时怦然心动，禁不住鼻子有些发酸，她爱抚地摸了摸奇奇的头，随即俯下身子将奇奇抱了起来，用自己的脸亲切地贴着奇奇的小脸。

这一刻，人性光辉灿然，母爱的光辉灿然！费英英一瞬间忘记了自己才年方十九，未婚未育。她哽咽着对奇奇说：“奇奇，你有妈妈，英英姐姐就是你的妈妈……”说毕，费英英浑身感到血脉贲张，禁不住眼泪夺眶而出。奇奇闻言，用一双小手紧紧地搂住费英英的脖颈，他虽尚未用语言称呼费英英为妈妈，但他幼小稚嫩的心里，似乎觉得从今天起费英英姐姐就是“妈妈”了。

奇奇自此有了“妈妈”，乖顺多了，笑声多了，虽然，奇奇还尚未直呼费英英为“妈妈”。

三天后，费英英正在为小朋友分饭菜，她感到身后有人在拉动她的衣角，回头一看，是奇奇，他仰着头向费英英微微一笑，声音有些怯怯地：“妈妈——”

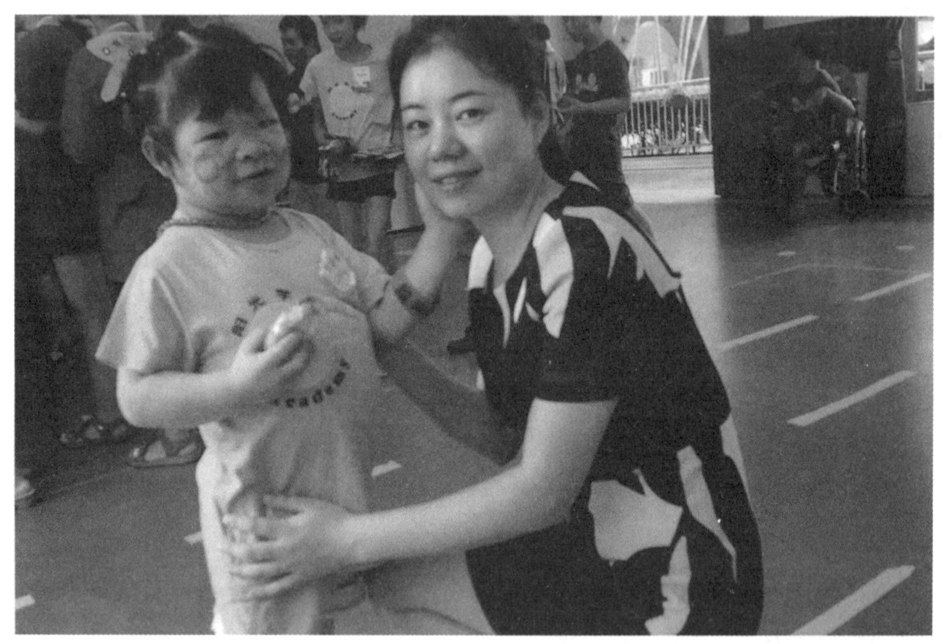

费英英无数次叫过自己的妈妈，此刻，奇奇竟称呼自己为“妈妈”，这是多么神圣的一刻。

费英英与奇奇没有血缘关系，却成了奇奇另一种意义的母亲。奇奇叫费英英为妈妈，费英英理性上来不及有任何思考要不要接受，感情上却一万个已然接受，“哎……”费英英柔爱地应声而答。奇奇口中喊出的“妈妈”，她认为是世界上最动听的声音，也是世界上最美好的称呼。

也就是那两个“最”的引发，费英英陷入深度的理性思考。

费英英想，奇奇今天称我为妈妈，就是渴望妈妈般的母爱。其实，何止一个奇奇需要母爱，福利中心的孤残儿童哪一个不渴望母爱，哪一个不是“嗷嗷待哺”，我费英英难道可以抛下与奇奇同样遭遇的孩子们不管吗？

经过一番思考，费英英眼前豁亮起来。她铁下心，决意在福利中心做一名孤残儿童护理员。

抉择已定，这可不是一般的抉择，费英英觉得有必要向父母，甚至奶奶告知这一抉择，她希望家人能理解、支持，给她以力量。

初获成就

远在浙江湖州的家人的信息反馈过来了，父母表示赞同女儿的选择，费英英的奶奶，总是直言护理孤残儿童是积德行善之举。

于是，费英英真的是愉悦地在福利中心待下来了，中心领导不失时机地对费英英作了一番勉励。

费英英得到了家人的支持，受到了领导的鼓舞，她便以饱满的热情，精神抖擞地投入到孤残儿童全方位的护理工作之中。

理论上讲，费英英大学学的是康复专业，是科班出身，做护理，能够做到应对自如。然而，费英英面对的是孤残儿童，经常遇到令人措手不及的情况，琐碎艰难不一而足。举个例子来说，脑瘫患儿喂饭咬勺子不吞食，洗澡时四肢僵硬，仅此两点，护理一个脑瘫孩子的艰难就大大超出人们的想象。

尽管如此，费英英任劳任怨、每天重复着那些劳作。

春夏秋冬，耕耘收获。

每每看到孤残儿童在自己精心护理下取得的哪怕是一点点的进步，费英英便惊喜不已。

且了解一下有哪些小小的进步——行动不便的孩子能迈开一两步、言语障碍的孩子能说一两句话、脑部积水的孩子能活泛一两个眼神、腰部乏力的孩子能坐直一两分钟……

费英英和蔼可亲、笑容可掬，真像妈妈一样细心、耐心、科学护理着那些残疾的生命，孩子们的些许进步，她便欣慰不已。

每当孩子们脸上泛起笑容，于明媚的阳光中活跃在色彩斑斓的福利中心院落里时，费英英的心里就充满了一种特别的幸福感。

费英英的付出得到了一份丰厚的回报。那就是福利中心的孩子们统称为“英英姐姐”。

调皮的孩子常常会在费英英护理另一个孩子的时候，悄悄猫在费英英的身后，玩弄“英英姐姐”的秀发，口中一声又一声喃喃地念道：英英姐姐……英英姐姐……

可以想象，那是何其动人的画面。

每天，“英英姐姐”的童声荡漾在福利中心，孩子们高兴时会叫，有需求的时候会叫，传递出的是信任，是眷恋。

宝安区福利中心的孩子全是没有父母之爱的弃儿，来到这里，统统姓宝，费英英能在近百个姓宝的孩子中叫出每一个孩子的名字。

费英英护理孤残儿童过程中一片博爱,其实还有一个“专爱”的小故事……

那是一个夏天，福利中心接收了一名女弃婴。小女婴出生不久，体重不到一公斤，小头小脸还没有成年人的拳头大，福利中心的护理员疼爱地称之为——老鼠妹。这倒不是什么贬义的称呼，更大程度上是对孩子凄楚伶仃的一种无奈和疼爱。

费英英被安排一对一护理老鼠妹。乍一相处，费英英见老鼠妹如此孱小，心疼如刺，她决心不仅仅要做老鼠妹的姐姐，而是要彻头彻尾地做老鼠妹的妈妈。

自此，费英英与老鼠妹朝夕相处，老鼠妹因为早产，发育情况十分糟糕，费英英便用学过的专业知识，用科学的方法照料喂养。老鼠妹身体小、体质差，费英英就特别注意保温，不让她受凉，一次又一次特地用童车载着老鼠妹，带她到福利中心院内大王棕树旁晒太阳。

老鼠妹消化能力不足，小头小脸小胃口，一次只能吃 20 ～ 30 毫升牛奶，费英英就采取多次喂养，每隔一小时喂老鼠妹一次；老鼠妹体小还娇气，经常睡不安稳，费英英就不厌其烦抱着老鼠妹，哼着歌、拍着她哄她入睡。

福利中心护理员三班倒工作制。有时费英英已经下了班，不是她当班，还惦记着老鼠妹。多少次，费英英会不由自主在自己休班时又跑回保育部逗老鼠妹笑，引得老鼠妹咯咯开心。

功夫不负有心人。费英英对老鼠妹格外的护理，取得了非常好的效果。老鼠妹身体日见健康，脸色红润，在福利中心 10 个月体重居然达到了 10 斤，老鼠妹已然不是老鼠妹了，成了一朵小鲜花，笑起来格外动听。

老鼠妹可以回归社会了。

老鼠妹自然也姓宝，她以花花的芳名被一个爱心家庭收养。

花花被人收养，能回归社会，是福利中心的成功，更是费英英优质护理的硕果。费英英自然是既高兴又有着依依的不舍。

花花临行前，费英英用最好的沐浴露为花花沐浴，花花通体透香。费英英给花花穿上漂亮的衣裳，眼前的花花一如“小公主”般美丽可爱。费英英明眸中噙着泪，忘情地紧紧搂住花花，喃喃地唤一声“花花”、又唤一声“老鼠妹”，“花花、老鼠妹……老鼠妹、花花”交替呼唤着。费英英的泪水潸然而下，她的泪脸贴着花花粉嫩的小脸，久久地，久久地……

在场的福利中心领导、费英英的同事、好心收养花花的夫妻，无不为之动容。

花花就要离开宝安区社会福利中心了，费英英想到，应该再喂一喂花花！

费英英的手从未颤抖过，此刻却抖瑟着握小汤勺的手为花花伺喂在福利中心最后一顿甜米糊。

一勺勺甜米糊喂进了花花的小口，一阵阵甜蜜温暖着花花幼小的心灵。

诚然，费英英是不舍花花离开福利中心的。但她后来转念一想，便释然了：一时不舍，可以理解，但保育部的职责就是要使更多身心健康的孩子回归社会，那正是福利中心另一个方面的重要价值取向。

当然，这一价值的取得，一个费英英是完成不了的，需要众护理员同心同德，共同协力方能达到。

费英英通过“老鼠妹”这一事件，对“孤残儿童护理岗位”的社会意义有了更深刻的理解。

特殊奉献

中国人的悠久习俗，儿女不管离父母多远，传统春节都要尽可能回到父母长辈身边过年，千里甚至万里跋涉亦在所不辞。

深圳是典型的移民城市，“来深建设者”的队伍浩浩荡荡。不过，春节前夕的深圳却是全城空空荡荡，绝大部分来自全国各地在深圳的务工人员都备足了年货飞奔故乡而去。

费英英其实也是“来深建设者”。她的春节却大都没有奔赴浙江湖州老家去与亲人团聚，而是主动要求留在深圳，留在福利中心陪孩子们过年。

其间有一年的春节，费英英过得是刻骨铭心。当时已近春节，宝安区社会福利中心张灯结彩，春联、灯笼、彩色气球将整个中心装扮一新，浓浓的年味弥漫其间，孩子们脸上一个个放出异彩。

除夕已至，福利中心一片欢腾，费英英领着孩子们吃啊、唱啊、跳啊，其乐融融。

就在这欢乐的时刻，一位不足一月的女婴因先天心脏病发作，脸色铁青。

得知消息，费英英急步冲到小女孩儿跟前，一把抱起，直奔中心的车辆，十万火急催着司机师傅迅速送孩子入院救治。

尽管送女孩儿的汽车，以最快的速度赶到了深圳市第二医院，但急诊的医生脸上流露出失望的表情，告知费英英，孩子病情严重，可能会不治。

费英英央求医生：“大夫，一定要全力救这个孩子！”

医生回答：救死扶伤，是我们的天职所在，只要有一线希望，我们就会竭尽全力的。

一番必经的抢救流程后，小女孩儿居然没有成为“不治”。医生告知费英英：小女孩儿暂时脱离危险。不过，情况也不乐观，仍需密切观察。

费英英明白医生的意思，不过，孩子尚在万家喜庆的人间，她内心已经非常欣慰。

冬令的深圳还是有些许寒意的，费英英找来两个玻璃奶瓶，灌上 50 摄氏度的热水，用小毛巾包好夹在小女孩儿的腋下，以保持她身上的体温。

费英英抱着孩子打点滴。

病房的窗外，除夕夜喜庆的鞭炮声一阵阵传来，然而，病房却是费英英和小女孩儿的两人世界，相对无言、寂静无声。

费英英给孩子喂牛奶，由于患有唇腭裂，每次只能喂 10 毫升，多了会溢出唇外。费英英一手抱着孩子，一手持续不断给她喂着牛奶，双眼紧紧盯住她可能变化的小脸。

不知道过了多久，渐渐地，费英英似乎听不到病房窗外的鞭炮声，只能听到自己和小女孩儿的心跳声。又不知从什么时候起，费英英的泪水一滴滴跌落到孩子的脸庞上，点滴、牛奶、泪水无声地交织在一起。小女孩儿静静地躺在费英英怀抱里，静静地。不知过了多少时间，小女孩儿永远静静地走了。

午夜两点，小女孩儿在费英英温暖的怀抱中安详地永久长眠……

孩子没了心跳，没了呼吸，顿时，费英英感觉自己的心也被掏空了。

接下来，就是费英英亲手为小女孩儿做最后一次特殊的“护理”……

费英英如同小女孩儿还活着一样，细心地为她洗澡，换上新衣。小女孩儿到另外一个世界去了，费英英竟如抱着活着的她一样，深情地凝视着，说着她根本听不到的话——孩子，你解脱了，也好，就这样去吧。

这也是费英英最难以忘怀的一个除夕之夜。

福利中心的大王棕树在中心院落扎下了根，费英英也如大王棕树般地在福利中心扎下了根。春夏秋冬，晴日雨天，大王棕树们日复一日地都能看到费英英在福利中心忙碌的身影。

宝安区社会福利中心的孩子，90% 或残疾，或病患。照料他们不仅要有爱心，更要格外细心，方能体贴入微。

费英英全身心投入到孤残儿童的护理中，忘我的程度令常人难以企及。

福利中心有个孩子叫小观山，4 岁被遗弃，初到中心时，患有脑积水，照料他，极其费劲。费英英费心、费劲护理小观山，二者之间渐渐形成了最好的默契。

久而久之，小观山便对费英英特别依赖，而费英英又何尝不格外惦记小观山。

那是一个初秋的下午，费英英休假，中心来电话告知费英英，小观山病情突然加重，要立刻去医院手术。不及领导细说，费英英放下电话便立即赶来中心送小观山去医院。

手术后，小观山昏迷未醒，身上插着引流管、打着点滴，费英英守护在小观山身边，彻夜未眠。

翌日，正是中秋佳节。白天整整一日，费英英形影不离继续守护，然而，小观山还是没有醒过来。费英英细心地为小观山洗脸、更换衣服，用棉签蘸水湿润小观山的嘴唇。已经熬到了中秋节午夜，费英英又困又饿，来医院时因为匆忙，未备食品，费英英只好不断地喝白开水充饥。

邻病床的家属见状，问费英英："姑娘，这孩子是你弟弟吗？你家里其他的人怎么没来？"

费英英一时无语……

但见那问话的家属向费英英递上一块月饼并关切地说：姑娘，吃块月饼吧，今天是中秋节。

今天是中秋节？英英闻言大惊，连忙打开一直照看小观山未看过的手机，发现有 17 个未接来电，全是远在家乡的妈妈打来的。

费英英急忙拨通母亲的电话，听到母亲的声音，费英英失声痛哭……每逢佳节倍思亲，费英英是懂的，她哽咽着喉头，带着哭腔说："对……对不起了，妈妈……我一直在照看中心一个生病的孩子，忘了今天是中秋节。对不起，女儿连个节日问候的电话都没有给你们打……"

说来，真的难以置信，费英英照顾小观山竟忘我到了这种程度，但千真万确，费英英就是忘我到了那种程度。

中秋节的数天后，小观山出院了。

福利中心院落的大王棕树们看到了极其疲倦，但又极其开心的费英英领着小观山回到了福利中心。

此事，在福利中心引起极大反响。中心主任兼书记的陶隽召开全中心大会，表扬费英英：如此爱岗敬业，如此忘我奉献！

冶炼成钢

1987年央视春晚歌手费翔演唱的《冬天里的一把火》感染过无数的听众。

费英英出生于1983年，《冬天里的一把火》歌曲流行的时候，她还是不足五岁的稚童。因为到处有人传唱，或许小小的费英英还是听过的。

我们不妨再重温一下《冬天里的一把火》几句经典的歌词……

“你就像那冬天里的一把火，
熊熊火焰温暖了我的心窝。
你就像那一把火，
熊熊火焰温暖了我，
你就像那一把火，
熊熊火焰照亮了我……

费英英也有一把火。她的一把火“燃烧”在福利中心孤残儿童身上，熊熊的火焰温暖着孩子们，照亮着孩子们，那团熊熊的火焰更是化为了对党的民政事业的无限忠诚。

民政工作是党的事业的一部分，福利中心的职能是党的事业的具体体现，费英英清楚地懂得这一点，她在想，如果自己是中国共产党的一分子去从事党

的事业，那该多带劲。

基于此，当费英英决心扎根在宝安区社会福利中心，立志终身从业孤残儿童护理工作后不久，她就向中心党组织表达了要早日加入中国共产党的愿望。

费英英积极向党组织靠拢，得到了中心党支部的肯定。支部书记陶隽动之以情、晓之以理，循循教导费英英应该如何加深对党的认识，明确接受党组织的考验，陶书记强调说，关键一点，要在自己的岗位上体现出入党积极分子的优秀表现。自此，费英英便以共产党员标准严格要求自己。

费英英以早日加入中国共产党为目标，踏踏实实在自己的岗位上起到表率作用，见名利就让、见困难就冲，无怨无悔地工作，大公无私地奉献，把自己美好的青春与党的事业、与自己具体的岗位融为一体。

中心党支部可喜地看到了费英英目标坚定、表现优秀，进步非常快，离组织的要求越来越近。

经过党组织长达 4 年的考验，2006 年 3 月，费英英光荣地加入中国共产党，成为深圳市宝安区民政系统第一位劳务工党员。

福利中心院落内的大王棕树吸大地之乳汁，得阳光雨露的抚育，已然茁壮成长。费英英得党的阳光雨露沐浴，也已经茁壮成长，大王棕树们虽然不知费英英已经是一名光荣的共产党员，但却觉得现在每天看到的费英英，身姿更为矫健，脸上的笑容更为灿烂。

陶书记对费英英的成长感到由衷的高兴，费英英是个好苗子，陶书记对入党后的费英英更是加以鞭策，激励费英英在福利中心有更大的作为，不负共产党员光荣称号……

踏石痕

费英英已经取得不小的进步，在一片赞扬声中，费英英谦虚谨慎，戒骄戒躁，特别注重强化自己与同事形成团队的合力。

现任宝安区社会福利中心保育部部长梁语休说，费英英团队意识强，不仅自己护理工作做得好，还特别能带动其他护理员也做得好。

侯平瑞、吴燕葵两位护理员是费英英的同事，她们说，费英英拥有《高级孤残儿童护理证》，专业技术过硬，并且长期在护理第一线，实践经验非常丰富，做护理工作更是得心应手。而且，费英英对其他护理员的传帮带是诚心诚意，护理员遇到疑难问题求教费英英，她总是不厌其烦地教她们。

梁语休部长说，费英英担任保育部副部长后，更加注重带队伍，注意保育部的团队建设。

作为一个部门，宝安区社会福利中心保育部是单位的老先进集体。梁部长告诉笔者：她觉得费英英与保育部其他护理员的关系就有如月亮和星星的关系，星星是月亮照亮的，但又因为群星闪烁而使月亮更明亮。在保育部，费英英的优秀带动了全体，而全体的优秀又使费英英更优秀。

何以为证？

2017 年，费英英所在的保育部获“广东省巾帼文明岗”荣誉，同时获“全国青年文明号”殊荣。“文明岗”“文明号”，费英英是创岗人、创号人，但她的背后无疑是保育部护理员们的集体烘托、铺垫。

据统计，费英英在宝安区社会福利中心护理员岗位 16 年，参与照顾 1500 多名孤残儿童，其中有 800 名孩子恢复身心健康，被爱心家庭收养，这是个辉煌的数字。这数字后面，有费英英个人的呕心沥血，更有保育部全体护理员的集体奉献。因为他们都是在共同地燃烧“冬天里的一把火”，把熊熊火焰的温暖、光亮带给了福利中心所有的孤残儿童。

采访中，现任宝安区社会福利中心陶隽主任与笔者交谈。

陶主任说：费英英在中心从事孤残儿童护理工作 16 年，时间变化，空间没有任何变化，一如既往坚守在那个特殊的岗位上，平凡的岗位作出了不平凡的业绩，作为当代年轻人，的确难能可贵，因此，她获得的一系列荣誉也是当之无愧——

△“2007 年宝安区优秀共产党员”；

△ 2007 年宝安区“爱心楷模”；

△ 2007 年宝安区“十佳道德模范”；

△ 2008 年深圳市优秀共产党员；

△ 2008 年鹏城先锋奖；

△ 2008 年广东省五一劳动奖章；

△ 2012 年“全国民政系统劳动模范”；

△ 2012 年“全国青年岗位能手”；

△ 2012 年“广东省杰出青年岗位能手”；

△ 2014 年“全国青年岗位能手”；

△ 2015 年“全国先进工作者”；

△ 2016 年“广东省南粤楷模”。

费英英一路走来，贡献多多，荣誉满满。作为宝安区社会福利中心的员工，费英英是优秀员工；作为中国共产党党员，费英英是优秀党员。

2017 年，费英英当选为中国共产党第十九次全国代表大会代表，是深圳市三位代表之一。

在北京，费英英参加党的十九大，置身人民大会堂，当国歌响起，费英英激动得泪流满面……

聆听习近平总书记所作的党的十九大报告，费英英特别关注报告中社会民生的内容，费英英认为，报告对于社会民生的论述，为社会福利事业描绘了发展的方向，她尤其记住了——“幼有所育”“弱有所扶”。

尾　声

2018 年 10 月 24 日上午，是令费英英终生难忘的日子。

是日，习近平总书记在深圳改革开放展览馆参观“大潮起珠江——广东改革开放 40 周年展览”后，接见推动和参与改革开放的广东省全省代表……

代表人数只有屈指可数的 20 位，费英英非常荣幸地名列其中，也是入选的唯一女性代表。

说起来，这是费英英荣幸地与习总书记第三次见面了。

第一次——2015 年，费英英荣获全国先进工作者，在人民大会堂受到习总书记集体接见。

第二次——2017 年，在党的十九大会议期间，费英英作为十九大代表在人民大会堂聆听习总书记作报告。

这次是第三次。此刻，习总书记又在眼前，亲切可敬……费英英按捺着一颗激动的心，向习总书记汇报——

总书记好，我叫费英英，我是深圳市宝安区福利中心的一名员工，主要负责孤残儿童护理工作，也是在广东深圳这种开放包容的氛围下成长起来的基层一线的劳动者。

2017 年有幸当选十九大代表，在北京人民大会堂，聆听了您的报告，很激动，回来之后，立足岗位践行“幼有所育”“弱有所扶”的十九大精神，努力为孩子们做好服务工作……

习总书记听了，连连点头。他亲切地对费英英说：“护理员对老人、对孩子来说，都是非常需要的。希望你们认真地学习，提高专业技术能力，为孩子、老人和有需要的群众提供更多更好的服务，感谢你们！”

“感谢你们！”出自习总书记之口，面对的是民政部门护理孤残儿童的护理员费英英。总书记所说的“感谢你们！”无疑是包括了费英英以及全国护理员同行们。

总书记的“感谢”二字，分量不轻！

要使我国真正建成小康社会，就必然要对那些“孤、残、疾”的特殊人群施以人文关怀，关注他们的生存状态，而福利机构护理员所做的一切正是这一关怀最直接的体现。

一曲人文关怀的颂歌，应该献给人文关怀杰出的践行者费英英，但更应该献给全国万万千千个费英英的同行，他们也像费英英一样，以一种博爱的情怀在孤残儿童护理员岗位体现着人文关怀……

为孤残儿童打造温馨港湾

——记广西壮族自治区钦州市儿童福利院护理部副主任李明英

“我深深地感受到了国家富强带给我们的变化，特别是对孤残儿童的关爱越来越浓。”现年 44 岁的李明英是广西钦州市儿童福利院的一名孤残儿童护理员，在平凡的岗位上一干就是 15 年。从 2003 年成为市社会福利院小班的儿童护理员开始，李明英把全部精力投入儿童福利事业中。在她看来，为孤残儿童康复成长所付出的一切都是微不足道的，能够让福利院里的每一个孩子健康快乐成长，才能实现自身价值，才能感到快乐和满足。她像孩子们的亲生母亲一般，把爱全部奉献给这里的每一位儿童，把孤残儿童当作儿女般呵护。

初心：像雷锋叔叔一样乐于助人

1974 年，李明英出生在一个普通工人家庭，从小她便知道在党的帮助下才能过上平凡而幸福的生活。“在我还读幼儿园的时候，我们农场那里有个托儿所，我妈妈就在那里工作，每天都能看见她无微不至地照顾小孩子，穿衣服、喝水、走路、讲故事……”李明英说道。父母跟邻里关系很好，平日里大家互相帮助，父母就是孩子最好的导师。在父母的言传身教下，李明英内心也种下了一颗与人为善、乐于助人的种子。上学后，老师们经常教育学生们要做好事，“教室里贴着雷锋叔叔的画像，雷锋月的时候学校会组织我们搞清洁、去帮助他人。”回忆起年少时的经历，李明英说给她印象最深刻的就是雷锋叔叔，那时的她就想着要学习雷锋叔叔不计名利、助人为乐的精神，长大后当一名老师或者医生，这样就能帮助更多的人。

高中毕业以后，李明英步入了社会，开始了 10 年的自由职业生涯。在这 10 年里，她在工厂生产间工作过、摆过小摊卖东西……每天都在忙忙碌碌中度过，也经历了复杂的人和事，但始终没有被环境影响，依然坚持清清白白做人，踏踏实实做事。

2003 年 10 月的一天，朋友跟李明英说钦州市社会福利院正在招聘，她当时就想起母亲当年在托儿所工作时的情景，对这份工作的印象就是照顾那些孤儿的吃喝拉撒，心想着可以去试一试。于是，她便来到福利院应聘。“当时，有五个人去面试，有工作人员现场演示了如何抱孩子、换尿布、喂奶……”李明英说道，当时感觉这份工作好像也不难，虽然没能实现儿时当老师或者医生的梦想，但能在福利院里做一份帮助人的工作，她也满心欢喜。就是这样的一个契机，李明英开始了在这个岗位上的故事。

决心：这份工作我要坚持下去

福利院条件相对比较简陋，儿童也很多，一个房间里住着二十几个孩子，只有两个大人护理，负责这些孩子的日常吃喝拉撒，简单又烦琐，日复一日。工作后不久，李明英开始深深感受到压在肩上的重量，常常给一个孩子换尿布的同时另外又有孩子撒尿拉屎在裤子里了，被孩子们的屎尿弄脏衣服也是常有的事。从早到晚的工作让李明英忙得团团转，睡觉时，孩子的哭声仍不断回响在她的大脑里，有时会觉得自己是不是神经质了。

“工作累，待遇低，还坚持做下去吗？”李明英多次叩问自己内心，也在一瞬间产生过一走了之的念头。然而，当看到孩子们天真可爱的笑容、渴望关爱的眼神、哭闹撒娇的模样时，她的内心就一次次被触动，也越发坚定地认为，这份工作带来的不仅是养活自己的薪水，更重要的是和孩子们在一起的快乐。于是，她下定决心，好好干，即使再苦再累，也要帮这些孩子快乐健康地成长。

随着时间的推移，也因为有这些可爱的孩子相伴，李明英渐渐喜欢上这份工作。“虽然我只是一名普普通通的护理员，但孩子们的快乐是会传染的。每天看着那一张张稚气的笑脸，感觉没有理由不把他们照顾好。看着他们一点点成长，就感到无比的幸福。”李明英说道。记得有一个新收的孩子，叫民惜素，患有先天性心脏病和地中海贫血。孩子刚刚进来的时候只有一岁多，但脸上却带着与她的年龄极不相符的愁容。只要一看见有人靠近她，她就会用一种戒备的眼神看着。为了帮助这个心灵受到创伤的孩子，李明英经常让她待在自己的视线范围内，并不时地和她说话以解除她的戒备心理。在跟孩子交流时经常握着她的小手，通过肢体上的接触让她感到没有人嫌弃她。经常拥抱她，让她能感受到妈妈般的温暖。慢慢地，慢慢地，惜素宝贝的脸上终于露出了笑容，并且已经能够和大家有表情和肢体上的交流。经过一段时间的精心呵护，惜素宝贝已经回到了一个一岁多的孩子应有的模样，每天都有开心的笑容，并且能够到寄养家庭寄养，享受家庭的温暖。

还有一名唇腭裂的脑瘫宝贝民静雪，刚入院时的她月龄小、体质差、唇腭裂、食欲差、四肢肌张力高。针对孩子的情况，李明英制订了专门的喂养计划，先精心喂养好再进行康复训练。经过一段时间的训练，静雪的肌张力有所降低，手脚软了好多。到了静雪一岁的时候，她就能双手抓住木条台独坐在木箱凳上了。为了让孩子能够得到更适合的康复训练，2014 年 4 月，福利院又将静雪转到中班进行引导式教育。3 年过去了，静雪不仅能够使用助行器行走，还会唱歌和朗诵诗歌。有好几个护理员都说静雪和李明英长得有点像，对静雪说李明英是她的妈妈，孩子特别高兴。中班的护理员经常逗她："静雪，你妈妈在哪里？"她就会笑眯眯地用手指指向李明英的办公室。

"现在静雪都上学了，就在市里的一个学校。"说起静雪已经上学的事，李明英眼睛里满是妈妈对孩子成长的欣喜和爱。

触动：护理不只是管吃喝拉撒

福利院新收的弃婴经过精心照顾后不少都能被新家庭收养，也有少数脑瘫、智力障碍或自闭症的孩子一直在福利院生活。最初，李明英觉得，只要给这些孩子吃饱穿暖就行了，没想过要教他们什么。2004 年，某社会组织与钦州市社会福利院合作，引入了引导式教育理念。有经过培训的同事使用辅具让脑瘫孩子坐了起来。"那小班就在引导式教育小组的走廊对面，我每天上班时都看到护理员使用辅具让那些脑瘫的孩子坐起来，当时我还觉得很奇怪，这些孩子平时手脚都是硬硬的（经过培训后才知道是因为肌张力太高引起的），坐都不会坐，现在使用一些约束带和角凳居然坐起来了，感觉他们很厉害哦。"当时，李明英突然意识到，应该多学习康复知识，更好地帮助孩子们。

2007 年，福利院新收的孩子已经很少有普通的孩子，大多数都是残障儿童，其中大部分患有脑瘫、智力障碍或唇腭裂等病症。引导式教育在护理部推广使用后，护理员对孤残儿童的看法明显转变，大家相信只要不断努力和付出，孩子们就能更好地康复成长。李明英被大家推选成了小班组长，负责星星组（0 至 3 岁婴幼儿）的护理及康复教育。同事们反映很难给唇腭裂的孩子喂奶，很容易出现呛咳。李明英分享了自己的经验：慢点喂，奶液一定要从嘴角处慢慢流入，使大家很快就解决了这个小难点。很多护理员称赞，李明英比孩子的妈妈都细心、专业。

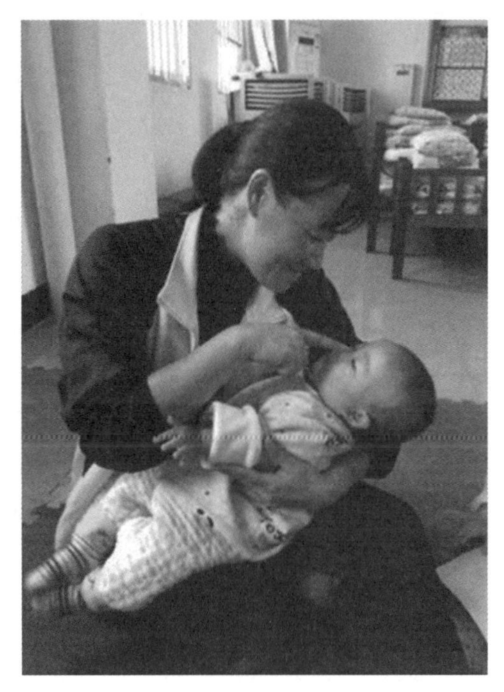

傲程宝贝是一个脑瘫徐动型的孩子，他刚到福利院的时候只有半个多月，那时候还看不出什么，再过了一段时间，就发现他跟别的孩子有些不一样：头控很差，手总是握着，腰也特别软，抱他坐起来时总是动来动去。李明英就特别针对他的情况进行训练：先练头控，有时间就多抱他，让他的头直立；俯卧位抬头；坐学坐凳时手打开抓住木棒并保持头直立。经过一个多月，效果就看出来了：孩子的头能够抬起来了，腰有力了，手也会打开了，不经常握着了。看到这样的变化，李明英的心里说不出的高兴，没有什么比孩子的进步和孩子脸上的笑容更让她欣慰的了。后来，傲程便转为家庭寄养了。“苔花如米小，也学牡丹开”，傲程的进步给李明英的触动很大，“原来，我们的工作真的不只是简单地解决孩子的吃喝拉撒，更重要的是我们开始从内心深处接纳这些残障的孩子。我相信，即使是脑瘫的孩子，只要我们不放弃，使用恰当的方法，就能让孩子向好的方向改变。”李明英不仅对脑瘫孩子的康复有了信心，也让她对自己的工作有了重新定位。她说，虽然福利院里有很多脑瘫的孩子，但她坚信，只要把引导式教育继续开展下去，就能让福利院的孩子和其他普通孩子一样拥有灿烂的明天。

创新：探索科学康复教育方法

2008 年，李明英听说可以考社工证时，不禁心里一动。在福利院工作，每天就是重复地做着同样的事情，这个职业让人感觉得不到别人的认可。虽然并不清楚什么是社工，但她依旧满心欢喜地报了名。从 3 月报名到 6 月中旬考试，这段时间里，李明英每天下班后都会很认真地看书，终于顺利地通过考试，取得了助理社会工作师职业水平证书。

除了考取社工证，李明英还积极学习电脑应用知识。“某社会组织在这一年资助了儿童部5台电脑用于引导式教育的开展，我们这些组长都不会使用电脑，于是，福利院就安排大班的冯怀虹班长教我们使用电脑的基本知识。”李明英谈到当时学电脑时的情景，“从开机、关机学起，当时感觉真的好难，有时候不懂键盘，不小心敲错了一个按键，又不懂怎么恢复，学五笔输入法太难了，后面我就用拼音输入法了……”经过冯怀虹的认真教导，儿童部里的每一个组长都掌握了电脑的基本使用方法，能使用Word和Excel制作课堂设计和儿童目标、小组目标等内容。

职业水平的提升，让李明英信心满满地投入到工作岗位中去。

2012年3月的一天，院里儿童部的陈彩美主任找她谈话，告诉她现在小班缺一名班长，大家一致推选她担任小班的班长。她当时心有疑虑，想到自己才当组长3年，而当班长要管3个小组，不仅是要照顾孩子，还要管理员工，担心无法胜任这个职务。知道李明英的担忧后，陈彩美语重心长地跟她说：“你到福利院快10年了，已经是老员工了，工作表现如何大家都看在眼里，现在大家一致推选你就是对你工作能力的认可，希望你不要辜负大家的期望，好好干，有什么不懂的就多问，会有一个月的时间进行工作交接和带教，做人要有上进心，要勇于挑战，不怕困难，相信你一定行。”受到鼓励的李明英大胆地接下了这个“担子”。于是，2012年4月，她成为小班的班长。

班长的职位责任重大，小班主要是婴幼儿的养护和早期刺激，一旦在这个阶段做不好，孩子就被耽误了。李明英经常与三名组长共同讨论怎样科学地制定出适合本组孩子的教案。为了充分调动组长的积极性，李明英会留给她们更多思考的空间，并且鼓励组长大胆尝试，寻找更适合孩子的康复、教育方法。“太阳组”的孩子大部分的认知能力在一岁半左右，梁老师在教小朋友认识头、肩、腰、肚子、膝盖的时候发现小朋友对“拍拍我的头”这首歌不感兴趣，可是却非常喜欢“小狗汪汪”这首歌，小手跟着比画，很是高兴。李明英就跟梁老师一起找原因，发现“小狗汪汪”这首歌比较短，比画的动作比较简单，小朋友都能跟着做，“拍拍我的头”有点长，内容也有点多，孩子对于腰和膝盖还没有概念，所以不感兴趣。找到原因后，李明英便和梁老师把“拍拍我的头”的中间部分删掉，将前面的内容填入后面再唱一遍。后来，小朋友都非常喜欢“拍拍我的头”了。李明英还经常与梁老师一起讨论脑瘫孩子的康复训练，设计出既适合孩子、又易于操作的方法。紫如宝贝有独立坐木箱凳的能力，但她就是坐不好，总是身体向前倾。经过讨论后发现，紫如宝贝平时坐脚凳时就有这个习惯，坐木箱凳时向前倾是因为前面有木条台，而且脚也没有固定好，没有踩平地。原因找到了，就有了解决的方法：让孩子离木条台远点，用绑带固定脚。虽然紫如的认知很差，但是她也知道要把腰挺直了，效果很明显，一个月后紫如已经可以靠近木条台坐好了。

“那一年还有一件事是让我感到兴奋的，儿童部有几名同事到广西儿童福利院参加孤残儿童护理员的培训及鉴定，我也知道了原来我们现在从事的工作是有一个明确的职业称谓的。从那一刻起，我对自己的工作又有了不一样的认识。”回忆起 2012 年时，李明英说自己工作能力的提升，一步步的成长，离不开院里的领导和同事的鼓励、帮助。陈彩美一直关注着她的工作情况，和李明英一起查找工作中遇到难题的原因，向她提出恰当的建议，并不断地鼓励她要学习新知识，特别是电脑知识。在陈彩美的鼓励下，李明英下定决心要好好学习电脑，因为家里没有电脑，她利用下班时间在电脑房里认真练习打字，练习文档和电子表格。当时，和她一起利用休息时间学习的还有儿童部的其他同事，在积极上进的氛围里，李明英获得了更大的进步。

同年 10 月，儿童部搬新家了，钦州市儿童福利院成立了，在院长杨海英的带领下，干部职工齐心协力，使钦州儿童福利事业不断发展壮大，孩子们也得到了很好的照料和发展。

耐心：让孤残儿童同样拥有爱

对于多数孤残儿童来说，学习生活技能不是一件易事，一个简单的动作往往要反复教，而效果微乎其微。有些孩子平时会莫名其妙地发脾气，却很难讲出生气的原因。李明英在每一次教孩子们时都非常有耐心，从来不打骂他们，让他们慢慢锻炼出自信心。

护理孤残儿童有苦有乐，不但要让孩子们吃饱、穿暖、睡好，还要用爱心去关心孩子的成长，从平时的生活点滴中引导他们树立自强自立的信心，真正帮助他们学会面对生活甚至独立生活。民俏荷宝贝刚入院时只有 2 岁，她是一个脑瘫小女孩儿，不会坐、不会说话，因为认生，不仅爱哭闹还不爱吃东西。李明英便特别关注她，吃饭时把她抱在怀里慢慢地喂，与她在情感上建立了亲密的关系。待孩子适应后，便把她放在特别凳上坐着吃，并告诉她：小朋友长大了都要坐着吃饭。其实，把俏荷放在特别凳上坐是功能康复训练的需要，她虽然是一个脑瘫的孩子，但为了她将来有更好发展，帮助她像普通孩子一样学坐、学站、学走路。自从和李明英建立了亲密的关系后，小俏荷就有点抗拒其他的阿姨喂她吃饭，李明英发现这个情况后，便有意识地逐渐减少和俏荷接触的时间，并告诉其他护理员，平时要多跟俏荷说话，特别在吃饭时更要多些沟通。经过一段时间的逐步适应，俏荷对别的阿姨喂饭已经不抗拒了，也适应了福利院的生活。

福利院里有很多脑瘫、智力障碍的孩子，虽然被遗弃了，但他们内心深处一样渴望与健康孩子拥有同等的父爱母爱。李明英带着同事们真正用爱心关怀这些孩子，把“养、护、康、教”有效结合，帮助一个又一个孩子走向了灿烂的明天。

使命：不放弃每一个孤残儿童

民清朵是钦州市儿童福利院里一名 5 个月大的小女孩儿，现在的她刚学会翻身，能够靠墙坐着。小清朵刚出生 3 天就到了福利院，那时候的她只有两公斤，全身黄黄的，肚子胀胀的，整个下肢都是硬硬的，脸上皱皱巴巴的，感觉一点水分都没有。护士阿姨给她抽血化验的时候，针口按压了好久都没有止血，把大家都吓坏了。那时候的清朵身体很虚弱，吸吮能力差。医生针对她的身体状况进行评估后制订了全方位的治疗方案。一个星期后，清朵的黄疸基本消失了；两个月后，孩子身上的硬肿基本没有了。在这几个月中，清朵喝奶后总是喜欢吐奶，营养的保证成了一个问题。作为班里的重点特殊照料对象，李明英带领十几个护理员对清朵进行了更细致更严谨的照料。他们为清朵申请使用早产儿奶粉，再加上医疗方面的对症治疗及精心照顾，清朵的体质有了很大改善，吐奶现象逐步消失，脸色开始变得红润起来，人也胖了好多。身体好了，精神自然也跟着好起来，现在的清朵脸上经常挂着笑容，只要有人跟她说话，她就会笑眯眯地，别提有多可爱了。

在钦州市儿童福利院，像清朵一样幸运的孩子还有很多。他们有的是早产儿，有的是营养不良，有的是低体重出生儿，有的是身体虚弱，都急需适量的高质量营养。“工欲善其事，必先利其器”。对于有特殊需要的孩子，仅仅有好的治疗、好的养护，是远远不够的，还要加入适量的高营养。李明英花了很多精力与某社会组织等慈善爱心机构联系，使院内的孩子们获得帮扶资助。“除了党和政府，社会上还有很多爱心组织和人士在关怀院里的孤残儿童，感谢这个世界有这么多愿意无私付出爱的人，孩子的生命会因为社会的爱更加精彩。”

李明英说道。

福利院的孩子没法跟家庭的孩子比，功能发展都会比家庭的孩子慢一些，情感需求更是难以得到满足，而0至3岁更是孩子成长的关键时期，所以早期刺激和情感交流就显得尤为重要。自从接触到奥尔夫音乐后，李明英感到利用奥尔夫音乐进行亲子教学非常有帮助，于是利用休息时间在网上查找资料，下载有关奥尔夫音乐方面的视频供早教老师参考。早教三个小组都开展奥尔夫音乐课，老师会逐个抱着孩子一起感受音乐的律动。虽然每个孩子只有短短一首歌的时间，但孩子们都非常高兴，不管是婴儿还是两三岁的孩子，都能看到他们眼睛里露出兴奋的神采。现在，只要听到熟悉的音乐，大一点的孩子就伸手要抱，因为他们意识里就是音乐响了要动起来。

在担任小班班长的时候，李明英不仅要在孩子的养育、护理、早期刺激及孩子的心理健康方面考虑和安排周详，还肩负着提高全班护理水平的责任。在工作过程中，她不仅积极参加院里举办的业务知识培训和院里安排到外地的学习培训，还利用业余时间参加育婴师培训。为了丰富孩子们的生活，李明英在网上查找资料学习音频、视频的制作方法，将孩子们平时参加活动的照片制成影音视频。看到自己的照片出现在电视上，孩子们都非常高兴。如今，大、中、小班在儿童生日会、节假日或文艺表演后都把相片制作成视频重复播放，让孩子们加深印象。

进步：积极向党组织靠拢争当先进

随着时间的推移，李明英在工作上越来越得心应手，跟同事、孩子们都相处得十分融洽。2013年4月的一天，院长杨海英和李明英谈心时对她说道：“明英啊，做人就要有追求，思想上一定要不断进步，只有在思想上把握正确方向，人才不会走错路、走弯路。工作是一定要做好的，但思想上也不能放松，也要进步，我们的党组织欢迎积极向党靠拢的人。”

杨海英院长是一名老党员，平日里非常关注儿童部的工作，经常进到组里和孩子们玩耍，给孩子们喂饭，对孩子们视如己出。同时，很关心员工，是李明英学习的榜样。李明英听了杨院长的话后，她想了又想，从前做自由职业，没有机会接触到党组织，如今与党组织的距离竟如此近，“我要加入中国共产党！”经过深思熟虑后，她有了一个郑重的决定。

有了决心，行动就要跟进。2013年4月18日，李明英郑重地递交了入党申请书。儿童福利院党支部和领导同事们都十分认可和支持她的决定，并时刻在思想上、行动上帮助她教育她，关注她的思想动态，向她介绍入党的条件和程序，加强教育和引导。陈彩美和李彪两位同志作为李明英的入党介绍人更是积极教育引导李明英在思想上坚定地向党组织靠拢，认真学习党的理论知识，党的路线、方针和政策，在思想上始终与党中央保持高度一致。李明英也时刻以党员的标准严格要求自己，一方面加强学习，提高业务能力，更好地为儿童服务；另一方面加强自身的素质修养，紧密团结同事，时刻牢记使命，做一个不计得失、勤奋上进的好员工。在大家的帮助和自己的努力下，2016 年 9 月 7 日，李明英被党组织接收为预备党员。2017 年 10 月 17 日，她顺利转正成为一名共产党员。“我当时怀着无比激动的心情，在党支部大会上庄严宣誓，当天晚上我失眠了，激动不已，今后的路还很长，要坚定勇敢地走下去。不能忘记党支部同志们的帮助和指导，不能忘记自己最初的梦想与决心。”李明英说自己实现了梦想，成为一名光荣的共产党员，从此多了一个身份，也多了一份责任，脚步也更加坚定了。

李明英一步一个脚印走到今天，离不开自身努力，更离不开领导的关怀和支持。其实，李明英成长过程中思想也有波动，有时候也会有消极情绪，比如：单位同事推荐她为先进个人时，她却推说自己还不够资格。院领导知道情况后，及时与她交流谈心，对她思想上存在的问题一一分析，鼓励她要克服困难，积极上进，不要停滞不前。市民政局领导对李明英十分关怀，积极推介以李明英为代表的一批民政系统涌现出来的先进典型，鼓励她继续发扬“勇于担当、敢于负责、乐于奉献”的精神品质，成为市民政系统的学习标杆。同时，钦州市总工会和钦州市委、市政府领导也到院里看望和慰问李明英，关心她的生活、工作和成长进步，对她爱岗敬业、无私奉献的精神给予充分肯定，对她在特殊儿童养育方面作出的贡献表示感谢。

各级领导的关怀和鼓励，使李明英深受鼓舞，思想上更坚定地跟党走，工作上更积极主动。2013 年 5 月，李明英获得五一劳动奖章。在钦州市总工会接受表彰时，李明英看到身边各行各业的优秀人才，更下定决心要更好地去工作、去奉献，让自己“配得上”这份荣誉。2015 年，李明英荣获广西先进工作者称号的同时，经民主选举还担任了福利院儿童部副主任职务。李明英深知，这份荣誉的获得不仅有院领导的正确领导和大力支持，还有儿童部这个团队的共同努力，这份荣誉绝对不是只属于个人的，作为儿童福利院护理员的一名代表，自己更要努力做好本职工作。

李明英获得自治区先进工作者后，市民政局召开李明英先进事迹报告会，邀请她到道德讲堂讲述爱岗故事。2017 年，她的先进事迹被拍摄成微电影《平凡的一天》在钦州党建 App 上播放；2018 年 3 月，她还荣登了中国好人榜。通过她的带头模范作用，进一步影响和激发了广大干部职工爱岗敬业、主动担当、乐于奉献的积极性和主动性。

探索：规范化安排孩子日常学习生活

2016 年，儿童福利院的特教部和康复部相继成立，儿童部也随之改为护理部，特教和康复有了专业的部门开展业务，护理部的压力减轻了不少，但是护理部的发展方向又是什么呢？作为护理部副主任的李明英不得不考虑这个问题，通过查找资料，细读儿童四大权利，终于找到了方向，那就是满足儿童成长过程中的需要，这个需要指的是正规和非正规的教育、游戏等等。除了特教、康复、社工等专业领域由专业人员开展，剩下的就是护理部要做的事情。比如，儿童生活自理能力的培养，大小便、穿脱衣服、叠被子、整理床铺、洗衣服、整理衣柜，等等。大班儿童白天要参加特教班的学习，晚上只有两名护理员，无法对儿童学习洗衣服进行一对一指导，有些儿童已经学会了洗衣服，但有时会偷懒不洗。为了解决这个问题，李明英专门针对洗衣服制订了详细的方案，内容从摸底调查到召开动员会，从推举男女生儿童记录员到实施阶段及总结。经常性地跟进及鼓励儿童记录员，让他们大胆督促应洗衣服的儿童，极大地调动了儿童记录员的积极性，还要求他们各自负责带教一名学习洗衣服的儿童，当班护理员适当予以跟进，解决了因为护理员人手少、工作忙无法带教的问题。

民惜芷是一名 8 岁的小女孩儿，她性格活泼开朗，聪明伶俐，深受阿姨的喜欢。听说院里要举办六一儿童节文艺会演，她很兴奋地报名，并积极地练习要演唱的歌曲。但因为节目太多，惜芷的节目被取消了。看到惜芷伤心的样子，李明英的心里也很难过。她敏锐地感觉到，这就是孩子的需要，像惜芷这样连坐都坐不好的孩子，他们也一样渴望到舞台上展示自己的才能。李明英笑着对惜芷说：“节目没有取消，你报的节目是我们护理部联欢会的，他们那个活动是院里开展的，不一样。”惜芷听后高兴地笑了。联欢会在孩子们的殷切期盼中如期开始了，18 个节目中有唱歌、跳舞和诗朗诵，共有 38 个孩子参加了表演，孩子们都开心极了，都希望下次还举办这样的活动。这次活动，收获了意想不到的效果，比如，志天宝贝平时说话声音很小，但这次他在舞台上，居然大声地朗读了《悯农》《清明》这两首诗，把大家都惊到了；5 岁的静雪宝贝，平时参加活动，时间长一点就会发脾气，但当天的活动进行了两个小时，而且天气还很闷热，她都没有发脾气。

为了配合院部开展的标准化试点建设工作，护理部积极开展引导式教育标准化试点工作，李明英作为《儿童福利机构特殊儿童引导式教育工作规范》标准主要起草人之一完成了起草工作。

通过开展引导式教育，依照工作规范，大中小班里孩子们的闲暇时间有了具体安排。通过课堂内外丰富的活动，把学习融入生活，孩子们掌握了生活技能、增长了见闻、提升了知识水平。

院里特殊儿童相比未开展引导式教育前有了明显的变化和进步，相当一部分孩子的性格变了，爱说话了，喜欢和同伴玩了，学会数数和识字了，学会自己做一些事了。孩子们从最初的被动转变为自己推着梯背架前行或独立行走，从开始的胆怯、木讷、孤僻转变为开朗、积极、乐于交流，从生活依赖工作人员转变为学会吃饭、穿衣、洗漱、如厕，生活自理能力、沟通交流能力、环境适应能力显著提升。据统计，院里目前接受引导式教育训练的儿童进食方面：能半自理 2 人、能自理 32 人；儿童如厕方面：能半自理 23 人、能自理 7 人；穿衣方面：能半自理 12 人、能自理 7 人；洗澡方面：能半自理 16 人；平地行走方面：能半自理 4 人、能自理 25 人。目前，该院共有 36 名儿童转入院内特教班学习，有 7 名儿童经引导式教育后转到市内普通幼儿园就读，有 2 名儿童经引导式教育转到市内普通小学就读。2013 年至 2018 年 5 月，共有 105 名儿童转入寄养家庭寄养，同期共有 109 名儿童被国内外收养家庭收养。而这些成绩，都是李明英和同事们奋力拼搏、不懈努力取得的。

协力：以全人理念提高服务质量

儿童的需求是多方面的，只有与各专业部门团结协作才能给予儿童优质的服务。为此，李明英积极与各部门沟通合作，如积极配合社工部做好寄养儿童回院暂住工作；对儿童情绪、行为问题与特教部、社工部积极沟通，应两个部门的要求积极配合工作；为有效提升上学儿童自我管理能力及生活技能，李明英与社工部分别在寒假和暑假对上学儿童的假期生活进行分工管理、密切配合，有效地避免了儿童在寒暑假期间无人管、无事做，不按时吃饭、生活不规律等现象。针对儿童疾病人数、月龄的变动及时与饭堂沟通，请饭堂给予积极配合；针对儿童的身体状况、疾病、饮食、情绪、行为等积极与医务室沟通，及时处理儿童有关健康的问题。

“美卉宝贝刚才拉了两次稀便，量多、黄色、水状，有腥臭味，已经报告医务室了。”有一天，小班的吴班长向李明英汇报了班里一名孩子的情况。李明英一听，马上走进儿童房，看到美卉宝贝躺在床上睡着了。李明英详细询问孩子的情况，吴班长说：“医生说可能是天气的原因，暂时先观察，被服要合适，让她床边隔离就可以了，换出来的衣物已经分开放了，也跟洗衣房说要分开洗了。”李明英又问：“美卉宝贝刚才吃得怎么样？医务室对她的饮食有没有要求？和康复人员说了她的情况了吗？”吴班长说：“她刚才的胃口不是很好，只吃了小半碗，医生说这两餐的饮食要清淡，要少量多餐，按需要喂食，要多补充水分。已经和康复人员说了，康复人员说既然她身体不舒服今天的康复训练就不做了，好好休息。还没来得及和饭堂人员说。”李明英一听，立即给饭堂主管许阿姨打了一个电话，告诉她美卉的情况，并说明接下来的两餐要给美卉准备一碗白粥和一些清淡的碎菜。在护理部、医务室、饭堂和康复部的通力合作下，美卉第二天就康复了。

院里现在推行的“儿童福利机构社会工作安置服务模式”，通过综合运用专业儿童社会工作理念、理论知识和方法技巧，按照社会工作服务流程，为孤残儿童从被福利院接收入院到安置评估再到安置服务计划及计划落实提供服务，促进护理、医疗、康复、教育等各专业与社工专业合作，让儿童得到妥善的安置服务。新入院的小婕宝贝和小依宝贝就享受到了这个服务模式，刚入院的一个星期由护理部、医务室、康复部和特教部分别对她们进行评估，然后由社工部组织这些部门进行讨论，对她们的安置从各个专业的角度考虑作出最恰当的安置服务计划。现在，小婕和小依安置在小班生活，医务室继续跟进两人的营养和身体状况，康复部预备对小婕和小依开展水疗。

热忱：希望未来儿童护理工作越来越好

为了让儿童参与到丰富多彩的活动，李明英对大中小班的闲暇时光和课余时间做了具体的要求，不仅有游戏、生活自理技能、安全知识学习、知识竞赛和技能竞赛，还有每天到周边观赏景物、捡垃圾和到市场学习购物等内容。通过这些活动，不仅让孩子们把学到的知识融入生活中提高生活技能，还在大自然和社会中学习知识，增长见识。随着福利院的发展，儿童的生活照料已经得到了较好保障，而 7 岁以上的孩子已经占到全院孩子的 71%，这些孩子基本上不是脑瘫就是智力障碍，儿童生活自理能力的培养迫在眉睫。作为负责业务的护理部副主任，李明英也在思考“作为照顾者，工作的重心也要进行适当调整”这个问题，经过护理部团队的不断讨论，大家达成了共识，不仅要努力提高生活照料服务质量，还要把早期教育、引导式教育融入儿童闲暇时光，把生活自理技能融入课堂和生活中。

通过一段时间的学习，朝胜、咏乐、秀晓等几个宝贝已经成为护理员阿姨的好帮手，他们不仅能够自己整理衣服，每天起床后还能自己整理床铺，帮助其他的小朋友折叠被子。志宁宝贝是重度脑瘫孩子，在学习方面他也不甘落于人后，虽然他四肢肌张力很高，但仍努力学习控制自己的双手，很艰难地把围裙折叠起来，得到护理员阿姨的表扬时，脸上开心的表情也感染了大家。通过对儿童自理能力的培养，孩子们在叠衣被、使用筷子和更换床上用品等方面都有了很大进步，让他们能够在学习中感受到自己是有用的，自己的事情也是可以自己做到的，增加了孩子们的自信心。

“在孤残儿童护理工作中，最难开展的恐怕就是大龄残障儿童的教育问题了。可能有人会说，教育问题不是特教部的事情吗？事实上护理员也有教育他们的职责，因为护理员担任的就是一个妈妈的角色，不仅要照顾着他们吃饱穿暖，还要教他们做人道理、生活技能、基本礼仪以及安全知识等等。”谈到大龄残障儿童的教育问题，李明英说，这项工作实施起来真的是困难重重，酸甜苦辣咸五味杂陈，有时让人感觉也很无奈，因为他们当中大部分都是脑瘫、残疾或智力障碍儿童，根本无法像健康的儿童一样正常地沟通和交流。学习生活技能对于他们来说也不是一件容易的事情，一个简单的动作往往要反反复复地教，但效果却是微乎其微。而有些孩子平时也会莫名其妙地发脾气，问他也不说原因，有时候说的原因又根本就不是那么回事。护理员中的每个人都要很有耐心，要像一个母亲一样不厌其烦地引导孩子重复完成那些适合自身发展的训练，让他们慢慢锻炼出自信心。

小蕾宝贝是一个智力障碍的女孩子，今年已经17岁了，原来让她跟着中班的邱阿姨学习拖地、擦灰等生活技能，在她学习了一个月后护理部开展了一次外出购物活动，参加的儿童主要是学习生活技能的孩子，小蕾也参加了。小蕾在购物过程中非常开心，在阿姨的指导下还买了自己喜欢的丝巾。但是回来后几天她就不肯再继续学习了，问她原因也不说，就是摇头不肯去了，问她想去哪儿？她说想去玩，去买东西。李明英耐心地开导她，并多次找小蕾聊天，比如问她过得怎么样？再问她，觉得每天这样好玩吗？当小蕾很小声地说不好玩时，李明英就告诉她，“没有人可以每天什么都不干就可以天天玩还有钱花，像阿姨这样每天都要上班呢，上班了才有工资拿，才可以有钱去买东西。”还问她，想不想到中班学习，或者要不要去洗衣房，可以跟阿姨学习叠衣服、叠被子。小蕾想了想，点点头。后来，小蕾到洗衣房跟着阿姨学习叠衣服、叠被子和晾衣服，几个月过去，洗衣房的阿姨还夸小蕾的表现有进步，没有乱发脾气了，阿姨教的时候也肯认真学，很不错。

目前，护理部的儿童共分为以下几部分：外出上学儿童、幼儿园儿童、上特教班的儿童，开展引导式教育和早教儿童及生活技能组儿童。对于外出上学、幼儿园和特教班儿童，护理部和社工部、特教部紧密合作，除了关注孩子们的学习外，还教他们学会生活自理；《儿童福利机构特殊儿童引导式教育工作规范》通过评审后，开展引导式教育和早教的儿童严格按照规范要求开展工作；生活技能组儿童重点教他们学会生活自理技能。除了学习外，在儿童的空闲时光和节假日、寒暑假都要安排相应的学习内容及活动，让孩子们能够在一个温馨、幸福的大家庭里快乐地成长。

“其实我只是一个平凡的人，在平凡的岗位上做着平凡的事，为了能够与时俱进地适应新的工作需求，不断提高自己的能力。”2016 年，李明英顺利取得了社会工作师职业资格证书。这么多年来，凭着对孤残儿童护理事业的执着追求，对业务工作的一丝不苟，对孤残儿童的关怀备至，李明英得到了孩子们的信任，得到了家人的理解，得到了领导同事们的肯定。

回首在孤残儿童护理这条路上走过的十五载，李明英无怨无悔，也深感庆幸，因为她深爱着福利院的每一个孩子。

护理一线“老黄牛”默默耕耘写春秋

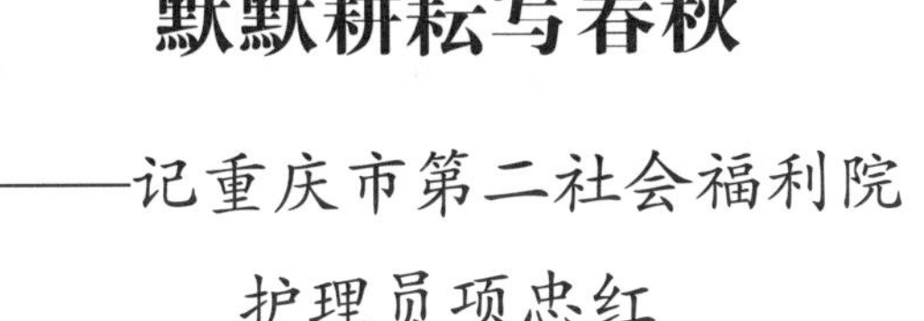

清晨7时许，重庆市第二社会福利院荷塘边那座绿树环绕、围着栅栏的院子里，总会回响着一声声“干爹”，声音此起彼伏。一个身着深蓝制服、笑容可掬的男子，穿梭于各间屋子，帮一群“大孩子”洗脸、刷牙、穿衣服。这座院子，是重庆市第二社会福利院精神病区，被病员们唤作“干爹”的男子，是该院的护理员项忠红。从18岁进入福利院工作，项忠红已经在平凡的护理一线奉献了整整37年。13500多个日子，他的双手粗糙了，他的面容沧桑了，但他的初心却从未改变。

37年前，他在老残教养院种下“初心”

1981年1月6日，农历腊月初一，天气阴冷，寒风刺骨。

冷风中，一个穿着满是补丁衣服的少年，背着一个洗得发白的挎包，穿着一双破旧不堪的胶鞋，从重庆主城核心区沙坪坝，辗转三趟中巴车，一路打听，来到当时还是郊区的巴南区百节街，找到了重庆市老残教养院（现重庆市第二社会福利院）。

他就是项忠红，当时年仅18岁。家中排行老幺的他，上头还有四个哥哥姐姐。项忠红是单亲家庭长大的孩子，母亲在沙坪坝一家纺织厂工作，一个人含辛茹苦地拉扯他们五个孩子。

生活的重担让项忠红很小就懂得人生的艰辛，特别能吃苦耐劳。初中毕业后，他当过棒棒、打过小工。一次偶然的机会，他听说重庆市老残教养院在招工人，就立马去求社区干部写了一封介绍信，独自一人从“城里”来到

“乡下”。

20世纪80年代初的重庆市老残教养院，地理位置偏僻，基础设施很差。荒野中刨出几条纵横交错的泥巴路，加上一道碎石头砌成的围墙，就是整个院区。楠竹划成竹篾编成围挡，抹上和着谷草的泥巴，就是居住的房子。一栋四处漏风的两层竹篾房，风一吹，吱嘎作响，摇摇欲坠，如同一位风烛残年的老者。这，就是项忠红当护理员的地方——特困老人休养区。

当时，教养院特困老人休养区住着50多位老人，其中一半是肢体或智力残疾，吃喝拉撒全靠人“伺候”。从小没见过爷爷奶奶、外公外婆的项忠红，看到一群缺胳膊少腿、目光呆滞、性格乖张的老人围着自己，心中涌起一种难言的恐惧和惊慌。

俗话说，万事开头难。令项忠红没有想到的是，这份工作的开头，更是难上加难：上班第一个任务是——倒尿罐！那时候，教养院每层楼只有一个厕所，只有蹲厕，没有马桶，行动不便的残疾老人，大便小便全靠护理员端着尿罐、屎盆接。

跟着师傅走进老人房间，一股难闻的、无法言状的臭味扑鼻而来，项忠红不由得掩住鼻子。昏暗的灯光下，一位脸色苍白的老人侧躺在床上，身上盖着厚厚的被子，嘴里咿咿呀呀不停地呻吟。项忠红躲在师傅身后，不自主地与老人保持着距离。

“小项，来，把这尿罐提出去倒了，洗刷干净。”师傅递给他一个尿迹斑斑的瓦罐，项忠红提在手里，特别清晰地闻到一股刺鼻的尿味，忍不住胃里一阵翻涌。他将尿罐提到旁边水田里洗刷干净后，将双手泡在刺骨的冰水里，搓洗了好久，仍洗不去手上那一股尿味。整整一天，项忠红都咽不下一口饭食。

挑战不仅仅如此。第一次上夜班，项忠红随师傅查房，发现二楼一位姓罗的残疾老人房门锁着。师傅让他拿钥匙打开房门。谁知，门刚打开，老人就扔出一只瓷碗，直接扣到了他的头上，一堆湿漉漉油腻腻的东西顺着头发钻进他的衣领里……那一刻，这个18岁的小伙子咬着嘴唇，泪水在眼眶里打转。

“这就受不了啦？这种事情多了去了！护理员的职责，就是伺候老人，全心全意，尽职尽责。打不还手，骂不还口，吃喝拉撒全都要照顾仔细，端屎倒尿都是你的活儿！”师傅说。

在师傅的言传身教下，项忠红慢慢接受了这份辛苦的工作。

由于他人年轻，嘴巴又甜，很快和老人们熟络起来。当他为卧床老人换尿布时，身体状况较好的老人会主动搭把手；当他被误骂受委屈时，一旁的老人会拍拍他的肩膀安慰他；当他端水送饭时，老人们会笑呵呵地说，“哎哟，我们可真有福气！”连称呼也从最初的“喂”“小伙子”变成了“小项”“忠红”。与生俱来的善良纯朴和温柔细心，让老人们很快喜欢上了他。

一个月后，项忠红开始独立值夜班。有一晚深夜查房时，他路过一位李姓老人的房间，突然闻到一股恶臭。推开房门一看，天啊！失智的李爷爷把大便拉在了床上、抹到了身上……第一次遇到这种“大场面”，项忠红惊呆了。他赶紧打来热水给老人擦拭身体，找来干净的被褥给老人更换，翻出干净衣服给老人穿上，安抚老人重新入睡。

忙完老人的换洗，时间已经不知不觉过去两个小时，项忠红累得快要瘫倒。不过，他惊奇地发现，遭遇如此场景，自己竟然没有反胃想吐。

望着床上酣睡的老人，看着刚刚收拾完大便的双手，项忠红突然明白了护理员的价值。他靠在走廊的木柱上，默默抽了一支烟，对自己说：“老人们需要我，我要用心照顾好他们！”

贫穷又低贱，他在生离死别中学会“坚守”

项忠红所在的特困护理组一共 10 个人，男护理员只有 3 人。项忠红外表憨厚，高大健硕，踏实勤快，抱卧床老人起身、给性情狂躁的失智老人喂饭、搬桌子扛椅子等脏活儿累活儿全都落在了他身上。而他，总是乐呵呵地接受。

护理员每个月有两次轮休，每次两天。但是，项忠红从来不休假。每天下班后，他总是留在休养区陪老人一起聊天、散步、看电视，遇到同事忙不过来，他总会主动前去搭把手。遇到节假日，他就端着个箩筐，帮老人们缝缝补补。

转眼到年底，已经在护理一线工作一年的项忠红回家休假，参加同学聚会。谁知，这次聚会，差点让他离开护理岗位！

“你工资也太低了！一个月才 32 块，连我们的三分之一都不到！”“年纪轻轻的，想不通你为啥要干这么低贱的活儿！”得知项忠红在偏远的巴南区百节街上班，而且还是一份“伺候人”的工作，同学们炸开了锅。他们多是纺织厂的子弟，打小就在一块儿玩，现在有的在工厂，有的在商场，有的在街道，工作体面，朝九晚五，工资也高出项忠红一大截。

最让项忠红受不了的，是同学们嫌弃他身上有一股“味儿”，不愿意和他亲近。项忠红明白，那是长时间和老人生活在一起，端屎倒尿、背抱拉扛留下的。他的心里无比难受。

“妈，我不想当护理员了，我要回来！我要到纺织厂上班，实在不行，当棒棒也可以！”回到家，项忠红忍不住抱着母亲大哭。对于这个幺儿，母亲自是又爱又疼，心中本就觉得亏待了他，自然是想都没想就同意项忠红去辞职。

那时，项忠红和一位名叫王远昌的老人最要好。王远昌 60 多岁，左腿残疾，没有安装假肢，只能依靠拐杖行走，爬坡上坎不方便时，项忠红便主动去背、抱，就像老人的亲孙子一样。

项忠红把心事告诉了王远昌。“小项，我舍不得你！你要是走了，我这个老跛子啷个办哟！我们这一群孤老头子啷个办哟！”拉着项忠红的手，老人眼中泛着泪光。

接下来的几天，王远昌“病”了，不吃饭，也不睡觉，躺在床上乱发脾气，老是说这儿疼那儿疼，非要项忠红陪着才安静，非要项忠红按摩才服帖。

项忠红知道他的症结，主动找他谈心。“王爷爷，我不走了，我要天天陪着你，跟你摆龙门阵。”王远昌听了，竟然高兴得像个孩子，一骨碌从床上爬起来，嚷着饿了要吃饼干。

项忠红不由得鼻子一酸。是呀，老人们无依无靠，多半身患残疾，生活不能自理，无法享受儿孙绕膝的天伦之乐，也无法享受正常人应该有的尊重，更需要护理员的关心、理解和照顾。不知不觉间，项忠红想辞职的念头，淡了很多。

最让项忠红心灵震撼的，是伤残军人李叶良的离去。当时，李叶良已经 80 多岁了，战场上受过伤，性格有些古怪，不爱与人交往，项忠红下班后总是陪他散步、看电视。得知李叶良喜欢下象棋，项忠红又主动“拜师”，变着花样陪老人解闷找乐子。

1982 年 7 月 6 日，重病三个多月的李叶良，已经连续好长一段时间咯血。项忠红端着瓦罐，搂着老人，接住他咳出的一团团比拇指还大的黑血，轻轻地给他拍背，希望老人舒坦一些。

“忠红，谢——谢——你！”“我就……就一个孤老头子……你……你让我……感觉……有——后——人！”老人靠在项忠红怀里，咳嗽，喘息，咯血……有一搭没一搭艰难地说话，竟然没有了呼吸。

抱着老人渐渐冰冷的身体，项忠红第一次真真切切地感受到“死亡”，不由得浑身发抖。但他很快克服了内心的恐惧，哆嗦着双手为老人擦洗身体，梳理头发，然后换上老人最喜欢的旧军装。

送老人到殡仪馆火化那天，项忠红哭得很厉害，一直拽着遗体不让火化。

那种心痛的感觉，就像失去了自己的爷爷。

事后，项忠红才知道，老人得的是肺病。这么长时间的近距离相处，项忠红从来没有戴过口罩，同事都担心他被传染。然而，在项忠红的心里，却是从未有过的平静。与老人离别的伤痛，远远超过被肺病传染的恐惧。当时的他，想得最多的是老人。

王远昌的挽留与李叶良的离去，让项忠红在日复一日的繁重琐碎中找到了工作的意义。他告诉自己，作为护理员，即使每天都是伺候老人们吃喝拉撒，即使每天都要给老人们端屎倒尿，即使得不到旁人的理解支持，他也要用心“坚守”这份事业，保持平和的心态，像晚辈一样关心照顾这群特殊的亲人。

孝亲展温情，他是相伴残年的“贴心晚辈”

重庆市第二社会福利院的特困老人，大都身体残疾或智力残障，他们可能无法正常行走，不知道白天黑夜，甚至连大小便都不能控制……项忠红知道，从上班开始，他面对的就是这样一个特殊群体。然而，更让他揪心的，是这些老人夜里生病。

20世纪八九十年代的重庆市第二社会福利院，基础设施非常落后，休养区与医务室相隔大约一公里，仅靠一条不到一米宽的泥石路相连，更谈不上安装电话、路灯。老人们要是在夜里生病了，护理员只能打着手电筒跑到医务室叫医生；遇到老人病情较重需要背到医护室时，护理员就只能把手电筒衔在嘴里。夏天潮湿的时候，还会经常遇到蛇等小动物“盘踞”在路上。

有一天夜里，刚过凌晨两点，项忠红按照惯例，完成了每隔一个小时的查房，坐在值班室准备看报纸。突然，咚的一声巨响，重物落在地上的声音打破了深夜的寂静。项忠红估摸着，刘昌永老人的癫痫病又发作了。

三步并作两步走，项忠红跑到老人房间。只见刘昌永蜷缩在地上，双目紧闭，口吐白沫，浑身发抖，不停抽搐。

项忠红赶紧将老人平躺，熟练地解开老人的衣领，把头扶向一边侧，避免分泌物流入他的气管；又顺手抓起一条毛巾，叠成条状，横放在老人上下齿之间，避免老人咬伤自己的舌头。

刘昌永的发病惊醒了同屋的祝爷爷。项忠红让祝爷爷照看好刘昌永，赶紧拿着手电筒跑到医务室叫医生。平时要走七八分钟的泥巴路，项忠红不到五分钟就跑到了。

休养区的老人大多患有风湿关节炎，每逢季节变化，老人们就疼得直呻吟。项忠红看在眼里，疼在心上，除了按时喂老人们服药，还找来废旧的输液瓶，装上热水为老人们热敷。如果老人们实在疼痛难忍，他就一路小跑到医务室请医生。一来二去，医生们竟然可以清晰地辨认出项忠红的脚步声，不等他出现在医务室门口，就已经收拾好药箱主动出门。

护理残障老人除了辛苦劳累，还随时会有生命危险。

一个夏天的午后，项忠红和往常一样，来到张顺财老人房间收拾垃圾。弯腰起身的瞬间，他毫无征兆地被精神病发作的张顺财从后面紧紧抱住。张顺财双手死死卡住他的脖子，一身蛮力让他无法动弹。项忠红喘不上气来，脸憋得通红。

为了不伤害老人，项忠红轻轻握住老人的双手，尽量让自己不要窒息。他尝试着移动身体，盯准一个空当，使出浑身力气，终于安全脱身，大声喊来了附近的同事。

“张大爷，看你瘦得像根干柴，没想到力气还这么大！还好我平时对你好哟，换作其他人，你是不是还要再使点劲儿？”张顺财清醒后，项忠红一边和医生仔细检查老人是否受伤，一边和老人开起玩笑，而老人根本记不得刚才发生了什么。

“他们发病时控制不住自己，根本就不晓得做了什么，伤害别人也不是故意的，我们要多理解才行。”看着同事关切的眼神，项忠红摸摸自己脖子上和手臂上的瘀青，轻松地开着玩笑，仿佛什么事情也没有发生过，继续去照顾张顺财老人。

《万善集》中有云：“物我一体，将心比心。”项忠红始终秉承“孝心献给老人、爱心献给残疾人”的服务理念，把福利院当成自己的家，把老人们当成自己的家人，把护理工作当作自己的“家务事”，哪怕每天面对处理不完的污秽物，每周 6 天、每天超 12 小时的工作量……

项忠红总是亲热地称呼老人们“老辈子”，把自己当成老人的“晚辈”。面对失能老人，他不嫌脏不嫌臭，寒冷的冬天即使双手长满冻疮也要及时为老人清洗污垢；面对失智老人，他总是耐着性子教他们吃饭、喝水，穿衣、穿鞋；面对精神残疾老人，他强忍着被误打的疼痛甚至误伤的危险，小心安抚他们的情绪……他希望用自己的贴心，给老人多一些舒适。

术业有专攻，他成为护理战线的“全能手”

护理工作是一个技术活儿，一名专业的护理员，必须具备过硬的职业素养和护理技能。比如看护对象的清洁卫生、睡眠照料、饮食照料、给药、消毒、急救、常见病护理、肢体康复，甚至闲暇活动、沟通技巧等，堪称“十项全能”。

当时，福利院里专业知识强、临床经验丰富又能以身授课的护理员少之又少，院里便将项忠红作为重点培养对象外派参加各种护理知识培训、护理实务操作观摩学习及护理员技能比赛。上百次培训学习经验积累下来，项忠红的专业技能越发精湛。

项忠红深知，护理操作细枝末节、纷繁复杂，即便是帮卧床老人翻身、给生病老人擦洗身体、喂残障老人吃饭这种看似简单机械的小事情，都有许多方法窍门，不仅需要系统专业的培训，更需要日常经验的积累。

世上无难事，只怕有心人。为了更好地做好护理工作，只有初中文化的项忠红，习惯随身带着小本子，无论是开会培训还是空闲聊天，不论是电视广播还是报纸杂志，只要是与护理技巧有关的知识，他总是格外留心。他还在旧书市场淘来了大量护理专业书籍，刻苦钻研专业知识，学习残疾人护理保健、康复按摩、褥疮防治、老龄病防治等护理技能，结合自己的工作体会，仔仔细细记录在本子上。

从事残疾人护理工作以来，项忠红使用过的笔记本达 30 多本，笔记累计近 45 万字。既记录着他在护理过程中了解到的老人的身体状况、性格特征和兴趣喜好，也记录着他自己总结出的针对不同老人的护理方法和关怀技巧，还有他在报纸杂志上学习到的护理按摩、褥疮防治等“秘籍”。

项忠红的“独门秘籍”，起到了意想不到的作用。

2001 年夏天，休养区接收了一位年过八旬的朱爷爷。由于下肢萎缩不得不长期卧床，又因疏于护理，朱爷爷全身长满褥疮，尤其是骶尾处，褥疮面积约两寸大，深至骨面。黄色的脓液覆盖着疮面，长满厚厚的一层绒毛，散发着阵阵恶臭。如果不治，放任褥疮继续恶化，会有性命之忧。

深谙护理技巧的项忠红主动承担起护理朱爷爷的重任，和同事一起为他制订了长期、中期、临时的个性化护理方案。

每天早晚，项忠红和同事坚持为朱爷爷全身温水擦浴，涂抹有抗炎收敛功效的中草药。为了观察朱爷爷的细微变化，项忠红每天都会在笔记本上仔细记录护理动态，并对个案的执行情况进行跟踪分析、修正、完善。

为了加强骶尾的护理，项忠红仔细地给朱爷爷剪除腐肉，冲洗伤口，坚持每隔两小时换一次药。腐肉散发的恶臭，有时连路过的人都忍不住掩鼻，但项忠红没有丝毫怨言。

功夫不负有心人。四个多月后，朱爷爷后背的褥疮明显好转，表面腐肉完全祛除。经过项忠红和同事们近半年的精心护理，朱爷爷大大小小的褥疮均愈合结痂，恢复健康。

朱爷爷的故事，不是个例。为了让部分肢残老人的行动能力得到一定程度恢复，项忠红努力探索新的服务模式，大胆提出“从单纯的封闭供养向开放的全面康复发展”的建议。

赵仁亚老人因摔伤致双腿失去行走能力，失去生活的信心，脾气也变得暴躁。项忠红和同事们为他“量身定制”康复护理计划，运用穴位按摩知识，坚持每天定时按摩，协助老人锻炼行走。老人受伤的双腿时常疼得钻心，加上年纪偏大，力不从心，不止一次想放弃。项忠红与老人并肩作战对抗疼痛，帮助老人从寸步难行到踱步慢行，直至能独立行走一小段距离。

经过项忠红和同事们近半年的精心护理，赵仁亚老人奇迹般地重新站了起来。老人紧紧拉着项忠红的手，感慨地说：“忠红，要是我有儿子，肯定都比不上你的孝心和耐心！”

“项大哥，你那个小本本真是宝贝呀，简直是《老年人护理工作大全》！”“莫说你的护理技术我们赶不上，你这份耐心恐怕我们也很难赶得上！”每次听到同事的赞扬，项忠红总是不好意思地摸摸后脑勺，默默地继续干自己的活儿。

车祸落残疾，他再三请缨重回护理岗位

寒来暑往，春去秋来，时间如白驹过隙。

发展中的重庆市第二社会福利院面积逐渐扩大到 150 余亩，房屋建筑达 2 万多平方米，绿化面积达 75%，破旧的竹篾房子变成了宽敞明亮的楼房，崎岖泥泞的小路变成了平坦宽阔的大道。

福利院环境优美，绿树成荫，鸟语花香，空气清新，长期集中收养社会“三无”残疾人四五百名，其中大部分是语言障碍、视力障碍、听力障碍、精神障碍、肢体障碍对象。

日复一日简单枯燥的工作中，项忠红已经深深扎根在护理岗位。他护理过的老人，多得自己也记不清。每天早上 7 点，未到交接班时间就去休养区干活儿，是项忠红保持多年的习惯。

一个夏天的早晨，从未请过一天假也从未迟到过一分钟的项忠红却没有准时出现在休养区。更让人意外的是，接下来的几天，休养区都没有出现他的身影。

“小项请假了吗？”“他是不是家里有事？”“他会不会是不干了？”老人们慌了神，到处打听项忠红的消息，生怕他熬不住辛苦辞了职。

老人们不知道，项忠红出了车祸。休养区一个肢体残疾的老人想吃冰粉，项忠红便趁午休空隙到街上帮老人购买，不幸遇到一辆高速行驶的小货车，来不及避让，被小货车撞伤，造成大腿粉碎性骨折。

项忠红打着石膏钢针躺在巴南区中医院的病床上，吃喝拉撒都需要人照顾。由于医院护理人员紧缺，福利院党支部特意请了专人护理项忠红，还为他送去了慰问金。

可是，项忠红根本“不领情”。他将护理他的人“赶走”，坚持让自己的家人照顾，还用福利院送来的慰问金买了衣物、水果、营养品，托人送给了休养区的老人们。

四个月后，项忠红身体逐渐康复，可以拄着拐杖行走了。但因为伤势较重落下残疾，不适合承担劳动强度太大的重活儿，医生建议他调整工作岗位。福利院领导考虑到项忠红的身体情况，便把他调到传达室，负责收发报纸、打钟报时。

老人们得知项忠红回到院里上班的消息，都坐不住了，一个个互相搀扶、拄着拐杖到传达室看望他，只想跟他说会儿话。

老人们关心项忠红的身体，但每次都被项忠红挡回去。“徐大爷，我不在的时候，你有好好吃饭吧？”“周大叔，你肩上的伤口还疼吗？拆线之前千万不能沾水，洗澡的时候更要注意！”“张大爷，您要是有什么需要就告诉小王，现在他负责照顾您……”项忠红依然像从前一样，絮絮叨叨地叮嘱老人们。

离开休养区，项忠红始终放心不下。下班后，他常常架着单拐，一瘸一跛地走一公里路到休养区，看看老人们的饮食起居，和老人们说会儿话，哪怕就是陪老人们抽支烟、下盘棋、看会儿电视，他心里也觉得踏实。照顾老人，俨然已经成为他生活中的一部分，就如吃饭、呼吸一样，一天都不能缺少。

杨思程老人，1997 年进入重庆市第二社会福利院。入院数年前就瘫痪在床，不仅生活不能自理，连排尿都很困难。

项忠红出车祸前，一直是他照顾老人，平日里如儿女一样端茶递水、端屎倒尿，每天晚上还要调好闹钟为他导尿。很多时候，项忠红伴着闹钟铃声起身来到老人屋内为他导尿，他却说尿不急，等项忠红回到隔壁宿舍躺下，那边又传来老人尿急的呼声。每天晚上，总要来来往往折腾好几回。

项忠红出车祸后，杨思程老人就交给一个年轻的护理员护理。不知是年纪大了还是心理原因，老人更是经常尿不出。

那天下午，项忠红拄着拐杖到休养区陪老人聊天，杨思程老人突然感觉尿急。旁边没有别的护理员，一时又找不到导尿管，项忠红一着急，丢下拐杖抱着 130 多斤的老人就往厕所跑。

“我还干得起！我要申请回休养区！”轻轻将排尿后的老人放回床上，项忠红脑中闪过一个强烈的念头，全然忘记自己身有残疾，自己的病体刚刚康复需要休养。

考虑到项忠红的实际情况，福利院领导没有答应他的请求，依然让他做传达工作。“我自己生过重病，更了解老人们的心情！”“我自己体验过被护理的感受，更懂得如何护理老人！”项忠红见领导不答应，就天天到办公室请缨。

拗不过项忠红的执着，也为了满足休养区老人的请求，福利院领导再三考虑，终于答应项忠红的要求，让他重新回到护理岗位。

2010 年，杨思程老人去世。临终前，老人紧紧拉着项忠红的手，老泪纵横：“忠红，我对不起你，如果不是我拖累，你不会拖着一身病痛再回休养区……”项忠红动情地说：“杨爷爷，是我离不开你们！我也不会做别的事情，就想好好照顾你们！”杨思程老人感慨，自己有多大福气才遇到项忠红这样一个比亲儿子还要亲的“儿子”。

不知不觉间，项忠红就这样在男休养区工作了 30 年。他把老人们当成自己的亲人，耐心地给老人们端水喂饭、洗脸擦身、穿衣穿裤、理发修甲、更换尿布，热情地陪老人们聊天唠嗑、开解心怀，遇到病情严重的老人，更是经常背来抱去。

面对这些丧失劳动能力、生活不能自理的老人，项忠红不歧视、不放弃、不抛弃任何一位，始终坚持换位思考，努力去理解他们因为贫穷、疾病造成的不便和担忧，切身去感受他们所承受着的痛苦和委屈，用真诚和包容对待指责抱怨，将委屈与劳累化为激情动力，让老人在生活中得到悉心照料，更让老人在精神上得到抚慰，日子过得滋润、舒心。

遇到老人之间发生矛盾摩擦，项忠红就与他们促膝谈心，为他们疏导矛盾、化解误会。他时常对老人们说：“大家能够相聚在福利院，就是一家人，是一辈子的缘分，应该多一些谅解，多一些珍惜，互帮互助把日子过得更好。”热心肠的话语，项忠红不厌其烦地重复了一遍又一遍，终于让孤残老人们曾经冰冷的心慢慢融化，慢慢打开心结、享受生活。

这些年来，由于乐于助人的热心肠、敏而好学的进取精神和熟练精湛的护理技巧，默默无闻的项忠红成了重庆市第二社会福利院的“名人”。在同事们心中，他是名副其实的“苦干家”；在领导的眼里，他是业务精良的“好帮手”；在老人们的床前，他是耐心体贴的“孝心儿”……一提到项忠红的名字，无论老人还是同事，都会竖起大拇指。2012 年，他被评为“全国民政系统劳动模范”。

组建新科室，他被“抢”去护理精神病患者

2012 年，重庆市第二社会福利院颐康医院成立精神科，专门收治患有精神障碍的休养人员。精神科成立初期，急需人手，特别是经验丰富的护理员。大家不约而同地想到项忠红，因为项忠红有整整 30 年护理老人的经验，能准确辨别精神分裂、癫痫等疾病发作的征兆，更熟练地掌握着各种急救技巧。

得知项忠红要换岗的消息，休养区的老人们“不干了”，集体找福利院领导“抗议”。新成立的精神科也拽着项忠红不放手，要求他必须去“老带新”，否则护理组无法运行。由于工作的实际需要，精神科最终成功“抢”走了项忠红。

面对精神病患者，项忠红早已不陌生，但护理对象从长辈变成晚辈，还是一个个身强力壮、精神失常、随时会发作的年轻人，这让项忠红一时间有些不适应。

也许是习惯，也许是不放心，即使是有一定自理能力的轻度患者，项忠红依然手把手地进行护理，从更衣洗漱到喂饭打扫，帮他们修剪手指甲、脚指甲。同事们开玩笑说他是“自己给自己找事儿做”，他总是憨厚地笑笑，不置可否。

精神病患者在药物控制下未发病时，行为能力与常人无异。有一些护理员让状况较好的患者自己洗澡，或是互相帮忙搓洗。

但项忠红总是走进浴室，教患者使用香皂、洗发水，给他们洗头发、搓背，陪他们聊天解闷。

有一天上午，项忠红如往常一样帮患者小况搓背，几个年轻患者吵吵嚷嚷挤在门口看“热闹”。项忠红扭过头，招呼他们离开。不知是不是这个不经意的动作刺激到小况，他啪的一个巴掌，重重拍在项忠红的脸上。项忠红的脸火辣辣地疼，顿时冒起五个清晰可见的指印，耳朵也“嗡嗡”作响。

“小况，又调皮呢！”“来，站稳，我们洗澡，你看，好多泡泡……”望着哧哧傻笑的小况，项忠红不但没有生气，反而怕他站不稳滑倒。项忠红仔细帮小况搓洗，贴心地为他穿好衣服，拖干净地上的水渍，再把他送回房间。

类似这样被患者误打的“事故”，不知发生过多少次。项忠红调入精神科后，经常被患者抓打、撕咬，身上时常有大大小小、深深浅浅的瘀痕。最难受的一次，是被患者掰断手指。

一天下午，患者小刘突然病发，狂躁不安，乱撕咬人。几个身材高大的年轻男性护理员立刻围了上去。谁知，平时瘦小的小刘竟力大如牛，异常彪悍，几个护理员合力都无法将他“制服”。

得知消息的项忠红急忙赶过来，小心翼翼地上前去，想制止他。谁知，丧失意识的小刘不管三七二十一，抓住项忠红的手指，啪的一声就给掰断了。事后几周，项忠红都只能打着石膏、绑着绷带上班，照顾这些患者。

精神科是一个独立的封闭式小院，分楼上楼下两层。楼上住着女性精神病患者，楼下住着男性精神病患者。100 多名患者的病区，仅有 10 个护理员照应。为了减轻女护理员的负担，大家商议，晚上就由男护理员值班，女护理员不必守夜。

考虑到项忠红年过半百，又出过车祸，身有残疾，精神科负责人建议他不值夜班，只负责白天的看护。

项忠红再一次斩钉截铁地拒绝了领导关照的“特权”，坚持 24 小时轮班制。他说，护理精神疾病患者任务本来就重，多一个人轮值，大家没那么累。况且，年轻的护理员们要谈恋爱、照顾家庭，就让他这个老头子多出点力。

爱心换真心，他被数十名患者唤作“干爹”

以情换情，将心比心，仁义值千金，是项忠红坚持的理念。

当时，救助兜底的精神疾病患者每人每天的伙食补贴仅为 10 元，这点钱很难让他们吃上自己喜欢的东西。为了节省开支，项忠红不厌其烦地找到福利院附近的一些蔬菜商和肉贩子，软磨硬泡将菜肉等价格降了 5 毛。为了买到更便宜、更新鲜的蔬菜，他不惜舍近求远，每天骑车到10公里外的城区采购。

经过朝夕相处，项忠红观察发现，精神疾病患者最大的满足就是“吃”。渐渐地，项忠红掌握了每个患者的饮食嗜好，时不时自掏腰包给他们“开小灶”。

有的患者嘴馋了，项忠红就到街上给他们买零食、水果；有的患者身体虚弱了，项忠红就在家里给他们炖鸡汤、鱼汤、骨头汤“改善伙食”；有的患者想吃小面，项忠红跑到街上去端。

项忠红每月工资仅有4000元左右，却拿出近1000元来给患者们买吃的，像宠着自己的孩子一样宠着那些患者，没有半点吝啬。那些患者感知到项忠红的善意和疼爱，都很喜欢他、依赖他。

易尊东是最黏项忠红的一个孩子。

一个冬天的夜里，值班室墙上的老挂钟不紧不慢地敲了十二下，项忠红疲惫地合上笔记本悄悄脱衣上床。头刚挨上枕头，忽然远处传来了易尊东急切的呼喊。

易尊东从小统合失调，智力发育迟缓，四十来岁却像个小男孩儿。由于长时间没有大便，使用开塞露也没见效，疼得在床上捂着肚子打滚。项忠红顿时睡意全无，一骨碌从床上爬起来，连棉衣也没顾上穿，穿上拖鞋便奔向他的病房。

看到易尊东痛苦不堪的样子，项忠红二话没说，挽起衣袖，用手指帮他一点一点地往外抠。由于体内压强过大，导致疏通后粪便猛地一下喷溅出来，弄得项忠红满脸满身都是。

第二天一大早，项忠红来到易尊东所在病房查房。没有想到，原本坐在床边嘻嘻哈哈的易尊东，竟然从床上跳下来，冲他亲热地喊了一声“干爹”！项忠红鼻子一酸，眼眶泛红，拍拍易尊东的肩膀，哽咽得说不出话来。

在易尊东的“带动”下，病房里平时习惯叫他“项师傅”“项大哥”的患者都纷纷改口，就连隔壁和对面病房的病患也跟着喊起来，项忠红一下子便成了几十个人的“干爹”。

精神科内，一声声“干爹”此起彼伏。项忠红听在耳里，暖在心间，深感肩上的责任重大。

不管狂躁抑郁症患者发病时多么疯狂地撕扯吼叫、自残打击，他都扛着、忍着；不管失能老人如何卧床多年、病痛缠身、大小便失禁，他都不嫌脏、不怕臭、不喊累，用手抠、用盆接，亲自擦拭、体贴服侍；不管帕金森综合征患者出行时多么大费周张、步履蹒跚，他都毫无怨言，一路搀扶……

精神科护士长张英开玩笑地说：“他们都管你叫‘爹’，可你根本就是他们的‘妈’，吃喝拉撒全管，一样都没落下！”

常年守清贫，他从未动摇当护理员的“初心”

护理工作异常辛苦，待遇较低，地位不高，项忠红更是将大部分时间都奉献给了护理对象。项忠红深知这份职业的艰辛，也知道越来越多的年轻人不愿意选择护理行业。但是，护理事业需要传承，那么多患者需要人照顾。于是，他将儿子送到重庆市儿童福利院，当起残障儿童护理员。

当上护理员的儿子，经过几年的岗位实践，开始慢慢理解父亲的早出晚归和辛苦操劳，更加心疼父亲手上大大小小粗糙的老茧。他每每提出假期带父亲出门放松，总遭到父亲的拒绝。

工龄已经 37 年的项忠红，每年有 15 天公休假，可他一次都没有休过。每次面对儿子的请求，项忠红总是心怀歉意地拒绝。他心里牵挂着休养区、精神科那些需要他照顾的人。

面对父亲的执拗，一向孝顺懂事的儿子，有时也会对项忠红心生怨气。

亲人和朋友都劝项忠红离开重庆市第二社会福利院，重新找一份体面、轻松且收入可观的工作，可他总是说“舍不得”。

尽管这是一副烦琐又沉重的担子，尽管时常遭遇旁人的误解和家人的埋怨，可每当看到服务对象脸上扬起笑容，项忠红就觉得踏实温暖，再苦再累他都心甘情愿。

从事护理行业 37 年，项忠红从来没有度过一个完整的周末，从来没能陪家人度过一个团聚的新年。对于家庭和亲人，他有着太多歉意和愧疚，对于重庆市第二社会福利院这个“大家庭”，对于那些身患残疾的老人和孩子，他却总觉得自己付出得不够。

真诚“传帮带”，他是 100 多名护理员的“师傅”

随着年龄的增长，项忠红意识到总有一天自己会离开岗位，但民政救助事业、残疾护理事业发展需要后继有人。

怀揣 30 多年“护理真经”的项忠红从不吝惜他的“积累”。面对福利院一批又一批新进的年轻护理员，他从一张张稚嫩的脸庞中看到了曾经懵懂的自己，他不遗余力地帮助指导新护理员适应工作，竭尽所能地避免他们走弯路。

30多年来，项忠红的“徒弟”没有断过，最多的时候，一个人带5个新手。无论是更换尿布、翻身清洗，还是修剪指甲、送粥喂饭，抑或观察病情、康复理疗，项忠红总是细致讲解，希望“徒弟”为老人们的生活提供全方位的照护。

徒弟们时常觉得项忠红啰唆，却又不得不佩服他的仔细。

一次“老培新”培训中，项忠红带领五六个新进护理员来到精神科一楼男病房区熟悉查房流程。从填写查房记录到应对突发紧急情况，项忠红近乎“碎碎念”地传授自己的经验。

走进103号病房，一股恶臭扑面而来。只见患者胡利民站在床边，将已从裤裆渗出的排泄物弄得身体上、衣裤上、墙壁上到处都是。

几个年轻护理员一脸尴尬，进退两难。

这时，项忠红不慌不忙，走上前去，轻言细语安抚胡利民的情绪，麻利地帮他换下弄脏的衣裤和被褥，打来热水仔细地帮他擦干净身体，用拖把和抹布清理地板和墙面……一切动作如此自然，就如照顾自己的家人一般。

安顿好胡利民，项忠红向徒弟们介绍患者的病情、病史和行为习惯。他语重心长地对年轻人说：“我们做护理员的，既是干体力活儿的男人，也是做细致活儿的女人，不管是精神状态较好的病员还是丧失了自理能力的病员，我们要一视同仁，像亲人一样关心照顾他们。”

由于常年和患有精神疾病的特困老人打交道，项忠红渐渐摸熟了精神病发作前的征兆，无数次通过准确无误的判断，及时地想好应对措施，避免了很多人力、物力、财力的消耗和损伤。因此，他是徒弟和同事们敬佩的“土专家”。其实，只有他自己知道，这些所谓的“经验”，都是他无数次挨打挨骂总结出来的。

为了让服务对象得到更好的照顾，项忠红大胆提出，对残疾对象实行分级分类管理，设立责任护理员、清洁护理员和康复护理员，护理人员24小时值班护理。在他的提议下，福利院明确责任护理员对责任事故、对象管理教育负责，清洁护理员对环境、室内、个人卫生负责，康复护理员负责康复计划的制订和组织实施。这样一来，管理更加规范，照料更加精细。

在项忠红的言传身教下，年轻护理员们迅速成长。经他亲手“调教”的徒弟，多达100余人，个个都是护理战线的“行家里手”。转业军人陈武就是项忠红成长最快的徒弟之一。

刚到福利院时，陈武不适应护理工作，也不懂得照顾患者的技巧，仅凭血气方刚想干一番事业。项忠红总是不厌其烦地找他谈心，陪着他查房，手把手给他传授安抚病人的技巧、观察发病的窍门、护理病人的“绝招”。

不到三年，陈武就成长为精神科病区护理组小组长。除了自己能游刃有余地护理病人，还帮助病人建立起排队等规矩意识，培养出问候、鼓掌、敬礼等文明礼貌习惯。

“捧着一颗心来，不带半根草去”。37 年来，项忠红无怨无悔地选择了护理员这个平凡却又温暖的职业，数十年如一日地以捧着真心、爱心、耐心、细心、责任心，像照护家人一样精心护理每一个服务对象。无论工作多么平凡琐碎、多么辛苦劳累，他始终如一头默默耕耘的“老黄牛”，坚守初心，勤勤恳恳，任劳任怨，将自己的一生奉献给特困老人、残疾患者护理事业。项忠红在平凡岗位的奉献与坚守，或许就是民政人心怀“大爱之心、爱民之心”的最好诠释。

爱心中的孺子牛

——记四川省道孚县社会福利中心敬老院院长小热登

小热登是藏族人，曾任四川省甘孜藏族自治州道孚县广播电视局事业股股长，现任道孚县中心敬老院院长。因为义务照顾汉族孤寡老人，小热登被当地传为佳话，并由此踏入敬老爱老事业，通过不懈努力，把当地老龄事业推向了一个新的高度。他谱写了藏汉一家亲的新篇章，以实际行动诠释了中华民族尊老爱幼的美德。

（一）

说起小热登的故事，首先要提到一个位老人。老人名叫陈远达，出生于1916年，老家重庆。由于各种原因，他早早离开家乡，离开父母独自闯荡，结过婚，生有一子。1954年，陈远达在成都又离了婚，孩子随女方远去。从此，他独自在雅安劳动挣钱，修大桥、抬木头，之后进入康藏，在新都桥砍了半年木头，后又去道孚县砖瓦厂做砖。道孚县地处青藏高原的边缘，境内地形复杂，峰峦起伏，平均海拔3245米，隶属甘孜藏族自治州。他在道孚县还烧过炭、背过炭。唐山大地震时需要木材，他又去远离县城的乡镇拉大锯改木板。伴着年龄一天天增长，没办法再干体力活儿，又去给单位当门卫。年岁不饶人，最终他连门卫也干不了，从此断了生活来源，好在片区的人集资为老人修建了一座简单的瓦房。

老人一生坎坷，苦力连着苦力，汗水打湿汗水，不仅如此，老人背井离乡，到老年不仅盼不到叶落归根，身处的异乡还是生存环境艰辛，生活习惯、民俗礼仪乃至思考方式，就连最简单的语言也与家乡不同。没人知道他想什么，也没人能理解他这一生。好在县民政局给他申请了五保户，能满足基本生活。无人照顾，老年的陈远达常年穿着布满各种污渍、已辨不出本色的老式军大衣。他呼吸着高原稀薄的空气，孤独地坐在家门前望着绵延的群山，绝望地等待着命运终止的时刻。

小热登于 1962 年出生于道孚县麻孜乡居日村，担任过麻孜乡广播员，后来到道孚县广播电视局担任广播值机和线路维护工作。他有四个兄弟，曾结过婚，后来双方感情不和离异，他没有孩子，哥哥将女儿过继给他抚养。后来，小热登到县广播电视局干临时工，并在县城置下房子。那以后，小热登与陈远达两个人的命运奇妙地交织在一起了。

小热登的房子买在道孚县菜市场边，刚好与陈远达老人相邻。搬进去没多久，他就遇见了老人。他忘不了第一眼见到老人时的模样，老人坐在门边晒太阳，穿着褴褛肮脏的衣裤，脸上满是皱纹，鼻涕悬吊，嘴角残留着吃过的食物。他冲老人打招呼，对方神情呆滞木讷。只这一眼，有一种痛就在他心里植下了根，这样的疼痛生长于慈悲和爱的土壤中。

那时候，小热登的工作也非常艰辛，五个人负责道孚县方圆 3 公里、3600 多户有线电视用户的收视安装、维护，工作量之大可想而知。无论怎样艰辛、危险和忙碌，那心中的痛却并没有被他轻视或遗忘。他打听到陈远达是孤寡老人，没人照顾后，作出了一个改变两人命运的决定——老人的余生他都将尽心尽力地照顾。

万事开头难。那是 1995 年，当小热登给老人讲要照顾他后，老人瞪着眼睛，怀疑地看他。那时候老人已 79 岁，79 年的风风雨雨使他的心结成了一个硬块，本能地排斥着他。按小热登的话说："最初我要照顾，阿爷不肯哩哦。"

小热登几乎是"硬闯"进了老人的屋子。那屋子看着都已经不太像人住的地方了，四处堆满垃圾，随处可见蜘蛛网。桌上散乱地堆着许久未清洗的锅碗，床上的被子也早失了色。刚进屋子，一大股霉味混合着腐臭迎面袭来，几乎让人无法呼吸。老鼠也在四处奔逃，躲回窝里。小热登屏住呼吸，打开窗子。这样的环境深深地刺激着他柔软的心。他定了定神，开始整理房间，许多陈年污垢难以清洗，只有用小刀慢慢地刮。就这样，小热登一点一点地刮，一点一点地洗，擦窗子、拖地板、清理蜘蛛网，在自来水龙头下洗肮脏的锅碗。陈远达老人看着他，浑浊的眼睛里全是不信任、不明白。整整忙了一天，把房间里里外外都打扫干净了，小热登又跑到街上，买来崭新的衣裤。他在老人的屋里烧了许多水，他替老人脱下肮脏破烂的衣服时，老人眼睛里的不信任在减少，只是越来越不明白。他拿着温热的毛巾慢慢地给老人擦洗身体，老人久未洗澡，身体散发的气味像房间中的气味一样刺鼻，身上的污垢经毛巾一抹，就像黑面条一般落下来。小热登仔细而耐心地给老人擦洗了两遍后，再为他换上新买来的衣裤，把老人重新安顿坐在椅子上。彻底清洗之后的陈远达与之前判若两人，他的脸上泛起红润。小热登又煮饭烧菜。看着清新整洁的屋子，可口的饭菜，老人第一次体会到家的感觉。小热登将热饭递给老人，“吃吧，阿爷，以后我会照顾你一辈子。”陈远达端饭的手微微颤抖，浑浊的眼睛不停地掉着眼泪，他那颗板结的心终于松动了。从此，小热登忙完工作就照顾老人。为更好地料理老人的饮食起居，索性和老人住到了一块儿，用他那不多的工资支撑起这个小家，这一照顾就是整整19年。

19年也就是6935天，一天挨着一天，一年接着一年，没任何松懈的时候。无法想象这样长的日子里，照顾一个老人有多琐碎和劳累，也无从计算他为老人搓过多少次背，洗过多少次澡，毅力和坚持这样的词已远远不能概括小热登的艰辛。没有那充满爱怜、柔软滚烫的初心，这些事皆不可能。

有一次，老人拉肚子脱肛了，直肠混合着黄色的稀屎，带着恶臭悬吊在肛门外。没别的办法，小热登只能用手指一点点将直肠塞入肛门，再将药用食指抵进去。小热登说最初做这样的事，自己也恶心，许久吃不下饭，那手在背着老人时洗了又洗，怎么洗都感觉手上有异味。后来习惯了，这样的事太多，比如老人便秘，几天解不出大便，他就一点一点把老人肛门里像羊粪一样干燥的颗粒慢慢用手指掏出来。老人脸上难受的表情消失了，他才放心。老人96岁的时候，道孚县周边的山林着了山火，单位职工、军警、居民都前去山上灭火，小热登也去了。在烟熏火灼中，众人把火扑灭，带着倦意、疲惫地回到城里。小热登满身都是烟火味，脸上也黑一块白一块地向家走去。半路上，他看见老人正在街上走着，路人都远远地回避开。他奔上前去，才知老人吃了便秘药，没法控制，拉了满满一裤子。虽然脑袋迷糊，但他本能地知道有事了得找小热登。他迷迷糊糊来到街上，黄色黏稠的屎尿顺着裤脚滴滴答答地掉落在地上和鞋子里，走一路臭一路。在看到老人这个模样后，小热登愤怒地盯着那些回避的路人，怎么能眼睁睁看老人这样走，不说照管一下，还回避得远远的？愤怒是短暂的，他很快就谅解了那些路人，不是他们太冷漠，而是他们真应付不了这样麻烦的局面。小热登将老人领回家，把老人的鞋袜和衣裤脱下清洗干净，帮老人换上干净的衣服。许多时候，老人在家拉肚子，遇上他不在，总拉得一屋都是，整个家像厕所一样臭气熏天，地板上、床上，甚至墙上都糊着黄色的屎。就这样，小热登一次次洗干净老人，拖干净地，搓干净被子衣服，点燃檀香熏干净空气，时时刻刻把这个家打扫得温馨甜蜜。

陈远达快满90岁时，生病住了院。小热登尽心在医院服侍，待老人病好回家时，他仍不放心。那一夜，老人睡得很安稳，他看见老人静静躺在被子里，他也躺下，却怎么也睡不着，老人毕竟 90 岁高龄了，他担心阿爷就这样逝去。电灯已经拉灭，要拉亮电灯，又怕惊醒好不容易睡着的老人，他蹑手蹑脚地起床，悄悄摸到一把电筒，照亮老人的腹部。光线很暗，他怎么也看不清那里有没有起伏，他在黑暗中拍着脑袋想办法，用小热登自己的话说："笨的人，办法笨的一个总肯哩哦。"他找到一张白纸，平平地放到老人腹部，然后蹲下来，打着手电照，终于看见纸在微微起伏，这才放下心上床去了。睡不到一会儿，又觉得不踏实，又再爬起来，把纸放上看了个仔细。

照顾老人还有别的麻烦事，随着陈远达老人年岁越来越高，脑袋也开始有些糊涂起来。老人喜欢机械手表，小热登给他买了一块，老人整日戴在手腕上，非常喜欢。到脑袋有些糊涂时，老人总拿着表说坏了。最初，小热登以为表真坏了，拿去修，别人一检查，完好无损，他拿回家，老人又高兴了。有一段时间，小热登无论在单位再忙再累，一回家，老人就拿着手表说坏了。小热登说表是好的，没坏。老人坚持说坏了，一定要修。小热登没法，只好拿着表去街上走一圈再回来，说表已修好，老人拿着表又高兴了。那以后，刚进门，老人就说表坏了。他也不解释，拿起表说我去修，走一圈再回来，他尝到了用善意的谎言带给老人快乐的滋味。这算是容易对付的，还有一段时间，老人总说电炉坏了，不亮。这可麻烦了，不是街上走一圈的问题，就在老人眼皮下。他说，"阿爷，你看嘛，电炉亮着，好的。"老人却说："不，电炉坏了。"他哭笑不得，跑出去买一根电炉丝，拿尖嘴钳换炉丝，换好以后，老人才高兴起来。不过，没两天，老人又说电炉坏了，小热登也不再解释，蹲下去把换掉的炉丝再换上。

小热登工资低，生活也比较拮据。大哥过继的女儿在 2001 年考上康定民族师范学校和成都职业技术学校。考上学校原本是高兴的事，但昂贵的学费让小热登没了办法，他自己做了一个决定，不让女儿去学习，而是出门打工，贴补家用。当听到这个决定时，女儿不理解，伤心地哭了。小热登对哭泣的女儿说，"我的工资也只能维持家里的基本生活和阿爷的药费，阿爷这一生都苦，到现在没一个亲人照顾，年岁又越来越大，基本生活和医疗费就把工资花掉了，再没多的钱。你现在的生活比阿爷那个年代的生活已经好了很多倍，不能因为自己上学而对阿爷不管不顾。"说到阿爷，女儿不再抱怨。这些年来，父亲每一天尽心照顾老人的事都在她眼前发生，她深知父亲的心，同时也深知父亲一边忙工作，一边照顾陈远达阿爷，已经够辛苦的了。她擦掉眼泪，默默做了决定，以后，要出去打工，替父亲分担一点责任。她先去海螺沟景区打工，后来又远赴北京打工，打工所挣的钱，每月都要寄一部分回家给阿爷当生活费和药费。

在传统的藏族人生活中，一般不过生日。但汉族人却非常重视生日，有许多讲究。自从小热登和陈远达老人住到了一块儿，他也开始学着给老人过生日，召集亲朋好友邻里乡亲一块儿给老人祝寿。特别是老人年满 90 岁时，一贯节俭的他也奢华了一次，大摆宴席，请了许多人。那一天，当人们挨个端着酒杯或茶碗，为老人祝寿时，陈远达老人的嘴就一直没合拢过，眼睛也一直被感动的泪水浸湿。

对于陈远达老人来说，苦过累过，到 79 岁后却享受了 19 年的幸福，活到 99 岁。遇上小热登后，老人特别爱吃糖，手里随时都攥着，追求了一生的甜，如今他尝到了。起初，小热登听说老人还有一个孩子，也曾四处托关系打听，希望老人在有生之年能见见自己的亲儿子，但老人对此很淡漠。小热登见老人年岁越来越大，也曾打算带他回老家看看。提及重庆，老人连连摇头，不愿意回去。有一次，小热登无意中看见老人父亲的照片，他惊异地发现，在那张黑白照片上，老人因不想回重庆，用大头针把父亲的头刺满了窟窿。这是老人的心病，小热登慢慢沟通，了解到老人父亲对母亲一直不好，在他童年的心里蒙上了阴影。打那以后，小热登绝不在老人面前提起重庆。

老人在 99 岁时病倒了，整整 5 天时间，他时而昏迷，时而又清醒。那时候，他对小热登的依赖已经非常严重，无论白天黑夜，当他醒来睁开眼之时，第一件事就是呼唤小热登，小热登也立即来到他身边。他一把紧紧地抓住小热登的手，生怕小热登再离开，抓住手，老人又安定了，脸上呈现出幸福满足的神色。那 5 天时间里，小热登寸步不离，时刻准备着阿爷一醒来就能抓住自己的手，脸上现出安定的表情。直至 2014 年 1 月 2 日，老人醒了，他的状态好像比平时好许多，脸上有了笑容。那会儿，小热登也非常高兴，他还对老人说，照这样下去，要不了两天就能出院回家了。阿爷点点头，把小热登的手抓得更紧。精神了一会，阿爷又躺下了。这一次躺下，陈远达老人永远地闭上了双眼，他的遗容非常平静，嘴角微微上翘，整张脸看上去带着笑意。老人去世之后，小热登一手操办后事，帮老人清洗身体，穿上寿衣，安葬老人。

（二）

照顾陈远达老人仅仅是小热登做过的一件事。1997 年，道孚县新修菜市场，一位大邑的汉族孤寡老人流浪到此，当时正值严冬，老人睡在冰冷的水泥地上，冻得全身颤抖。小热登遇到老人后，只恨自己能力有限，不能把这位老人也接回家去养着。不过他立即送去厚厚的棉被和衣服，每天都给老人端饭菜。老人去世后，他和民政局的干部一块儿帮忙料理了后事。1991 年，一对汉族夫妻到道孚县做生意，由于生意不好，丈夫只能外出打工，留下妻子和 5 岁的女儿继续经营。后来，5 岁的女孩忽然生病，不幸在道孚县医院去世，因通信和交通不便，丈夫没能及时赶回道孚。看着泣不成声的女人和孩子冰冷的尸体，小热登那颗软软的心又承受不住了，托朋友借来一辆人力三轮车，拉着女人和孩子，去县城三公里外的地方，进行了水葬。

多年来，小热登资助着麻孜乡菜籽坡村的五保户、麻孜乡居日村特困户甲戈、亚玛巴姆、青孜等农牧民群众，给青孜捐赠电视机一台，又常为敬老院五保户便巴翁姆送去米、油、肉、药等物品。他也为村上修磨坊捐资，同时还捐助过很多失学儿童，帮他们重返校园。

青海玉树大地震发生以后，道孚县各界人士纷纷为灾区捐款捐物。小热登自己捐不说，还奔走于各个乡镇、村社，动员广大群众捐款捐物。两天时间里，他走遍 30 个村社，一共募集善款近 12 万元，酥油、糌粑、面条等合计 2000 余斤。他还多次向县委宣传部、县总工会等相关部门申请到灾区前线去。组织上考虑他年龄偏大，为他身体着想，谢绝了他的请求。小热登说："我虽然去不了灾区，但我的心却没法离开那里，我必须做点什么，能让玉树的人们早一点走出灾难的阴影。"他这样说的，也是这样做的。道孚县是成都、绵阳、自贡等地救援队的必经之路，小热登自发组织一些热心居民，每天早晨四五点起床，为过往的救援人员，烧水做饭，提供免费的矿泉水、方便面、牛奶、面包和各类药物。连续 8 天，他都坚守在抗震救灾服务点，为往返灾区的救援人员提供咨询服务 1300 余次，发放简易卡片 736 张，提供矿泉水 968 瓶、方便面等食品 7 件、药品 24 盒。

小热登当县广电局的临时工时，经常下乡安装、维护线路。由于条件有限，小热登没有专用的车，远的地方仅靠自己的一辆摩托，既要载人，还要搭载电线和工具。就这样，他常年奔波在乡间小路上，晴天一身土，雨天一身泥。到冬天，就披一身的白雪和冰凌。这工作不仅艰辛，还很危险。有一次，在道孚汽车站安装居民的有线电视放大器时，因电线老化裸露的线头与电视拉线相碰，他在半空中触电了，不省人事地在空中悬挂了十多分钟后才送医抢救。在抢救治疗的过程中，处于半昏迷状态的他仍口齿不清地问，线路通了没有？事后，他晚上在家输液，白天坚持上班。2000 年 8 月，为了让道孚沟儿户群众看上闭路电视，他顶着烈日带大家运杆、架线、安装、检查。因那儿地势坎坷，梯子没搭稳，他从十几米高的悬崖上摔下来，好在那次没伤着哪，虽然疼痛难忍，仍不顾同事们的劝阻，咬牙坚持工作，保证了安装任务的顺利完成。好运不常有，2009 年上半年，小热登在与同事外出对线路进行维护的过程中，不慎从工作车上跌落，身体多处受伤，还造成了脑震荡，由于伤势过重，被送往成都治疗。康复后，单位领导和同事们都劝他在家多休养一段时间，但他却说，“现在网络维护工作量大，工作人员严重不足，我要尽快回到工作岗位上。”就这样，他又投入到了网络维护的第一线。参加工作以来，像这样因公受伤的事，连他自己也说不清有多少次了，但是每次他总是以最快的速度回到工作岗位上，迅速投入到繁忙的工作中，他用心工作用情服务的工作精神，深深感动着身边的每一个人。

（三）

小热登最爱说的话是：“我阿妈说……”小热登回忆，儿时的家里生活特别困难，连床也没有一张。冬天时母亲睡在地上，怕他冷着，整夜整夜地把他放在肚子上。小热登这颗心就是那时被暖了出来。

小热登的母亲是一位和蔼亲切同时非常尊重和关爱老人的藏族女人，村子里的孤寡老人很多，没有人照顾，生活非常不便，母亲就教育小热登要尽自己所能帮助他们，不要觉得自己年龄小没有什么力量，再小的力量也能够给老人们带去温暖。母亲还带着小热登去周围孤寡老人的家里帮他们打扫卫生、搬运东西、做菜做饭，小热登从小耳濡目染，不仅身体得到了锻炼，思想也似雪山一样洁净，他把关爱老人融入了自己的骨子里，他把做这些事当成了自己的使命，当成了物质生活和精神生活的全部。

许多年来，小热登照顾陈远达老人的事在道孚县广为流传，道孚人都知道陈远达辛苦一生，最终遇上了小热登才幸福起来。他们开玩笑说，陈远达命中有后福，在最困难的时候，捡了个藏族儿子。有的又开玩笑反驳说不是陈远达捡了一个藏族儿子，而是闲不住的小热登主动请了一个父亲回家侍候。玩笑归玩笑，小热登也因工作认真和无私地照顾陈远达老人，获得国家级、省级、州级和县级的各种奖项。他渐渐成为道孚县的名人，县委、县政府在得知他的事迹后，于 2013 年 8 月将他调到了道孚县中心敬老院担任院长，这无疑是将好钢用在了刀刃上。

有了职务，小热登更是严于律己。他洁身自好、克己奉公，把这些作为领导干部的工作之基，更好地服务于更多的老人。

道孚县中心敬老院位于道孚鲜水镇滨河路，由原县医院住院部改建而成，有老人 49 名，管理人员 8 名。小热登刚调至敬老院时，敬老院显得有些破败不堪，老人们在敬老院中也显得有些无精打采。他们或闲坐在阳光下，或各自干各自的事情。虽然衣食有保障，但每个老人都显得有些肮脏，彼此不太亲近，院里显得杂乱无章。从表面上看，工作人员每日上下班，按规章制度办事。但对待工作，像对待自己毕生追求的事业，用情、用心、用生命付出，那结果自然是另一回事。小热登就属于后一种，职业改变了，也当上领导了，他却从没想到让自己比之前轻松。

接到调令时，他感到欣喜，从此可以尽心尽力来照顾老人了，再不用像过去那样，既要担心工作，又要担心老人。工作与爱好相投，只待大展拳脚，创造一个新天地。

来到敬老院，接手了院长一职，眼见略带萧条和破败的院子，眼见虽然活着却了无生气的老人们，他明白，对敬老院工作，之前的想象与现实是有差距的。比如经费薄弱的问题，比如敬老院的环境问题，最重要的莫过于老人们的精神状态问题，等等。一系列问题堆在那里，拨动的却不是他的畏难情绪，不是破罐破摔继续维持现状的思想，反倒是怎样迎难而上！这就是简单工作与毕生事业的根本区别。

小热登确立了工作重点，明白只有创造一个良好的环境，才能让老人们过得更舒心。他着力于基础设施建设，维修大门、粉刷围墙、美化环境、书写标语，在过道和房间里都铺上了地胶。敬老院经费不足，他拿出自己的钱，维修厨房下水道、安装卫生间水管、新修水池。不久以后，院子焕发出了生机，新漆过的大门、粉刷后的围墙、色彩统一的地胶……让整个敬老院色彩斑斓，焕然一新。

解决环境问题虽然有困难，但也迎刃而解。更困难的是面对人，人心的问题才是最复杂也最难得到解决的。

那之前，敬老院对老人的管理不规范，老人们各有各的脾气，所住房间都特别凌乱。最麻烦的事是这些老人之前的生活贫穷清苦，养成了爱捡纸箱、木块、铁皮、废塑料壳等废品的习惯，房间里特别凌乱。有些老人喜欢拾旧衣服，房里总弥漫着一种说不清的气味。如今，敬老院大环境已焕然一新，各个房间的小环境仍一塌糊涂，小热登为此很费心思。好在他有的是耐心和经验，这毕竟是自己喜欢的事，是终生追求的事业。先把每一个老人们的脾气性格摸清楚，再根据各人的特点登门做工作，苦口婆心，打比喻举例子，拉着老人们看外部的环境和房里的小环境。每做通一个老人的工作，他立即与工作人员到老人房间，把垃圾全部清理掉，把房里打扫得干干净净。干活儿的时候，他最积极主动，抱着垃圾跑了一趟又一趟，累得满头满脸都是汗水，毫无院长的架子。收拾完毕，房里清洁整齐，与外面的环境协调一致。老人看着舒适的环境，伸出大拇指，表达了感激的心情。有了一个典型，后面的工作就好做一些，小热登继续一个房间一个房间地登门做工作，把他们带到整理出的房里看。老人们看着别人舒适的屋子，纷纷松动，小热登就带着工作人员，一个房间一个房间地清理打扫，把每个房间都清扫出来，整洁明亮。不过这还不是一次就能解决的问题，老人们的习惯是长时间累积出来的，一段时间后，他们又忍不住去街上拾回各种垃圾。小热登每每看见，会再一次苦口婆心，帮着再把垃圾清理出去。经过了很长一段时间，老人们的习惯终于慢慢改变了。

有几位刚入敬老院的老人，不习惯院里的生活，心里有抵触情绪，火气特别大。他们不是无理取闹，就是无端谩骂。有一个女性工作人员，每次去照顾他们，都被骂哭。还有更甚的，三个老人，装着生活不能自理，一犯脾气就躺上床，吃喝拉撒全在床上，要工作人员侍候。面对这一情况，小热登深知老人们心里的结，就像当初的陈远达老人一样，他们受过太多的苦，经过太多的难，他们不再相信这个世界。在他们眼中，世界比顽石还坚硬，所有对他们的好，他们都深深质疑。小热登用了非常多的时间与老人们沟通，拉家常。他们的脾气犯了，躺床上，小热登亲自接屎接尿，一日三餐一口口喂他们吃。不仅这样，小热登还帮他们洗脸，蹲在他们面前帮他们洗脚、剪指甲。老人们发出感慨，亲生的孩子，也未必能做到这样。在小热登和服务人员坚持不懈地关心照顾下，这几位老人找到了家的感觉，不再为难工作人员。

小热登深深感受到，在敬老院，仅有个人的热情和爱心是不够的，必须形成制度，所有工作才能常规化、长远化。为此，他建立健全了敬老院一整套规章制度，这些规章制度充分根据老人的需要，做到了人性化、爱心化，其目的就是要让老人在安心、幸福的环境中度过余生。仅有规章制度，同样起不到好的效果，规章制度与工作人员必须达成制度与内心一致，才会事倍功半。为此，他专门召开会议，用既生动又质朴的语言，举例子打比方，晓之以理，动之以情。他要求敬老院的所有工作人员对待老人要像对待自己的父母一样，付出爱心的同时，也会收获一种别样的快乐。他传达着这些年自己的付出与心灵的快乐，他把工作人员看成了自己的孩子，就像他把老人当作自己的父母一样。

敬老院的工作人员，在小热登的感染下，每个人都得以改变，对待工作从被动转到了主动，从简单工作转到了一切以自己的情感出发，从爱出发。短时间内，敬老院的各项工作都让他们打理得井井有条。他们常把一个既简单又贴切实用的工作目标挂在口中："让老人们体面舒适，有尊严地活着。"

为丰富老人们的精神生活，小热登在州广电局等单位的支持帮助下，争取

到 12 台电视机，并安装了闭路电视，购置了音响设备。每逢节日，不论中秋、重阳、国庆、元旦还是新春佳节，小热登都会组织老人们开展丰富多彩、形式多样的活动，如歌舞表演、拔河比赛，等等。对于敬老院的老人们来说，“泡温泉”是一种奢望。来到敬老院后，小热登却一直谋划着这件事，这样的活动更能体现家的温暖和幸福。2013 年 9 月 14 日，小热登费尽心思，从亲戚朋友们那里借来车辆，又让工作人员准备了野炊的食物。老人们听说要去泡温泉，也都非常兴奋，一早起来，忙着准备泡澡的工具。到达温泉后，小热登一一安排妥当，煮牛肉的煮牛肉，熬茶的熬茶，他自己则跟着男性老人们泡进温泉里，帮他们搓背搓脚，忙得不亦乐乎。泡完温泉，老人们沐浴在秋日的阳光中，端着茶，喝着牛肉汤，吃着煮得稀软的牛肉，每个老人脸上都泛着红润。

2016 年时，敬老院的一位老人病重卧床，与女儿失散 26 年的他，担心再也见不到女儿最后一面。小热登得知情况后，通过朋友和公安部门四处寻访老人女儿的下落，终于联系上失散了 26 年的女儿。拨通电话之后，新的问题又来了，女儿的生活十分困难，因为没钱，恐怕无法回来看望年老的母亲。放下电话，小热登毫不犹豫地掏出自己的工资，给她寄了 1600 元车费，告知她尽快回来。有了钱老人的女儿连忙赶车回到道孚。老人见到思念了 26 年的女儿，第一句话却是对小热登说的，老人说：“感谢你，我的儿子。”表达感激之情后，老人才与女儿相拥而泣。那一刻，在场的人无不动容掉泪。

2016 年 4 月，老人们组织开展活动，表演民族舞蹈，小热登又自费为老人们置办服装道具，让老人们在敬老院中老有所乐。

有一天，上班途中，小热登接到公安局的电话，说黑桥下有一个被遗弃的婴儿。他连忙赶到黑桥，从警察手中抱起了孩子。因婴儿被遗弃的时间太久，没被及时发现，体力透支严重，他抱着婴儿立即赶往医院。经过几天的观察治疗，孩子恢复了健康，高兴的小热登为孩子取了个扎西多吉的名字，意为“吉祥平安”。此后，他承担起抚养扎西多吉的责任，为孩子买奶粉、买新衣、换尿不湿，彻底成为孩子的父亲和母亲。

（四）

随着时代的发展，随着改革开放的持续深入，民政工作也有着翻天覆地的变化。在州民政局、县委政府领导的关心下，修建了新的敬老院，被命名为道孚县社会福利中心。作为院长的小热登，看着各方面条件都越来越好的福利院，默默流下了热泪，他知道只有更好地照顾老人，才能让大家放心，才是表达感激的最好方式。他每天为老人们编排舞蹈和表演节目，没日没夜地忙于筹备仪式，无法回家。在筹备的过程中，他因劳累过度而昏倒在地，经朋友多次劝说他才同意下班后前往医院检查治疗。

2016 年 10 月 22 日，道孚县社会福利中心顺利完成搬迁仪式，49 位老人搬进了新的家园，在搬迁仪式上，小热登说，“我父母去世早，感谢组织上让我成为 49 位老人的儿子。虽然在照顾老人的生活中有太多的困难和艰辛，但我坚信通过我们共同的努力，我们的家园会越来越美丽，越来越幸福。”49 位老人听到这番话后，捧上圣洁的哈达献给了小热登。在场的所有人都被这幸福而又温暖的场景深深感动。一位老人说：“小热登是我的好儿子，他一切都为我们着想。为了安心筹备仪式及今后更方便更全身心地照顾我们，他特意把在北京打工的女儿叫回了家。搬迁仪式上的节目服装都是他用自己的工资给我们购买的，我们很喜欢。记得 2017 年冬天，他又自费为我们购买了 8000 元的藏装。我们感到很幸福，也很感谢党为我们送来这个好儿子。希望他在今后的工作中多注意身体，因为我们需要他。”

从陈远达老人到敬老院，小热登从未意识到，他的个人行为，已带动了整个道孚尊老爱幼的风尚。在道孚，人人知道他，了解他的故事。小热登在国家的关心和民政部门的大力支持下，他已从个人行为，上升为一个行业的行为。

小热登说，自己这辈子都要这样把好事做下去，直到做不动的一天。

麻风村的“太阳”

——记贵州省三都水族自治县民政局麻风村负责人王胜林

三都，全国唯一的水族自治县，地处月亮山腹地，县境内群山起伏跌宕，溪流延绵纵横，民族文化源远流长、丰富多彩，被誉为“像凤凰羽毛一样美丽的地方”。在美丽的三都县，演绎着一个美丽的大爱传奇——一家三代人守护麻风村。

爷爷王玉春、父亲王开国及孙子王胜林，一家三代人爱心接力，用60年的坚持不懈，做着管理麻风村的一线民政人的工作，用心守护着深处三都县大山之间的麻风村。

王胜林至今仍在这场“爱的接力场上奔跑着”，用他爱的光芒，为麻风村仅剩的5位老人，照耀出一片安享晚年的“艳阳天”。

接过“爱的接力”

麻风病，是由麻风杆菌感染引起的一种慢性传染病，不会遗传，主要通过破损的皮肤黏膜、直接或间接接触麻风杆菌以及呼吸道三种方式传染。在很长一段时间里，人类无法战胜这一病魔。

麻风病，让人闻之胆怯，在旧时社会，麻风病人历来受到歧视，有的患者甚至被惨无人道地打死后焚化，惨不忍睹。新中国成立后，麻风病人才真正摆脱悲惨命运，得到党和政府无微不至的关怀。1954年，三都县的麻风病人陆续进驻海拔1000米左右的三合镇排偷村排燕山中。1956年，县防疫部门对境内麻风病进行初查时发现患者70人。为便于集中治疗和管理，在地处三都与丹寨两个县交界的大山深处建立了苗龙“麻风村”。从此，这个由特殊患者组成的特殊村子开始了与病魔抗争的漫漫历程。

在那个谈“麻”色变的年代，这个特殊的村庄令人望而生畏，避而远之。

四周的高山，离家的悲痛，与世的隔绝，病痛的折磨……让每一个刚被转移到麻风村的病患陷入了绝望的深渊。而“不要命”的王玉春，如黑暗云层里透出的一束光，点亮麻风村的“黑夜”。

排偷村是三都县最边远的村，距麻风村约15公里。王胜林的爷爷王玉春是这里土生土长的苗家人，生于大山长于大山，有着大山一样宽广的胸怀和纯朴性格，很乐于助人，在排偷村是出了名的“老好人”。

在麻风村庄里面的病患无人管理，无法运送粮食、生活用品的情况下，1958年，30多岁的王玉春应民政部门的号召，果断地站出来承担起照顾麻风村病人的工作。他的这一举动，在村里掀起了轩然大波，左邻右舍都觉得他这是在拿命开玩笑，家人和亲戚朋友也纷纷劝阻。然而，王玉春却不为所动，他抛弃世俗眼光、抵住身边亲戚朋友的歧视压力，毅然决然地坚持干着这一平凡而又特殊的工作。

给麻风村运送生活物资，是一件极其烦琐的事。每次运送物资，天没亮王玉春就得出门先进城购买物资。在当时交通不便的情况下，进城的路需从排偷村步行约两个小时到苗龙村，再搭马车前往县城。购买了大米、食盐、煤油等生活物资后，返回的王玉春回到家中也不能安心地吃上几口饭，就得赶紧赶路，因为去麻风村的路途更加艰辛和遥远。刚吃完饭，就得整装出发。路上，所有的物资都得靠王玉春一人肩挑背驮徒步前行，沿着蜿蜒的羊肠小道，依次绕过几个山头，到麻风村已是傍晚时分……

为方便病人领取粮食和物资，王玉春向民政部门提议在通向麻风村的半山腰上建一个粮仓，他和其他三位管理人员自己动手搭建了这座新粮仓，轮流守护。此举极大地方便了麻风病人，受到他们的赞扬。可好景不长，有一年冬天，一场狂风暴雨把粮仓掀翻，存粮也被刮飞，王玉春跪倒在山里，伤心不已。

粮仓没了，王玉春又要一次次、一点点地频繁地干着来回搬运的活儿。时光荏苒，这样的工作周而复始，不论严寒酷暑，王玉春这一走就是30多个年头，从年轻力壮的小伙子变成了步履蹒跚的老翁。

年幼时，王胜林曾跟随着爷爷王玉春，顺着蜿蜒曲折的山间小道，徒步30多里山路，一起去麻风村送粮。一路上翻山越岭，没有停歇的时间，顾不上被露水沾湿的鞋袜，一路前行，那是王胜林年幼时走过的最远的路。当时，年幼的他很不理解爷爷为什么要干这种又苦又累、收入却十分微薄的活儿。见到麻风病人时，王胜林的心里就更加惶恐和疑惑。

“不敢看他们，只觉得他们样子很吓人。”谈起儿时第一次见到麻风病人，王胜林记忆犹新，年幼的他紧张地躲在爷爷王玉春的背后，只是偶尔好奇伸出头，偷偷地观察着这些被麻风病“蚕食”的人，他们或手指蜷缩，或嘴角歪着，或腿脚颠簸……让初次看到他们的人毛骨悚然，不敢直视。

那一次，王胜林一直躲在爷爷的背后，看着爷爷耐心地给每一个人分发物资，帮助腿脚不便的病人干活儿，细问并记录下所有人的生活需求……他们对着爷爷，时不时地展开笑颜，如满山遍野的山花，温暖而娇艳。

麻风村的离别总是比其他的离别要长久和不舍一些，王胜林跟着爷爷一起，爬了近 20 分钟，才到麻风村对岸的山头。站在山头上，向目送他们一路的麻风病人挥手道别，最后边走边看着齐身站在房屋门前伸长脖子眺望着他们的麻风病人，消失在山路的拐角处……

回来的路上，太阳早已落下山去，四周漆黑一片，唯有树荫里透出来的斑驳月色，照着他们缓慢而行。王胜林看着爷爷在朦胧的月光下步履蹒跚，当时年幼的他又没有想到，长大后的自己也会步爷爷的“后尘”，做上这份又苦又累而不被人理解的工作。

1988 年，父亲王开国接下爷爷手中的爱心接力棒，担当起继续照顾麻风村的重任。从此，麻风村的一切需求成了父亲王开国生活中最重要的事。

慢慢长大的王胜林对于父亲的印象，大多都是整装物资、赶马前行，与父亲的交谈不是什么理想、生活和未来，更多的都是如何照顾好麻风病人的吃穿住行，让他们在世人遗忘的角落里，坚强地活下去。

排偷村是麻风村出入的必经之路，尚能自由活动的麻风病人外出赶集、购物以及探亲访友都将排偷村作为旅途的中间驿站。麻风病人常常不经意间与排偷村民共饮一池泉，同沐一河水。王开国参加管理麻风村的事务不久，排偷村有两名村民感染上了麻风病，而且症状日趋明显，这在排偷村引起了极大的恐慌。王开国意识到事情的严重性，向县里如实报告情况并提出应该在排偷村建设人饮工程。县里立即决定在排偷村修建水池，安装了铁水管，从一公里外引来山泉水，将过往麻风病人的饮用水与排偷村的生活用水分离开来。同时，王开国等全力配合县防疫部门加强卫生消毒工作，彻底消除村民的恐慌和顾虑。

这场风波平息后，王开国照常为麻风病人送物资，隔三岔五开展走访，帮助他们修房盖屋，与他们拉拉家常。

为了少受些路途负重的苦，王开国跟亲朋好友借了一些资金，买了一匹马，那是当时家里最值钱也最宝贵的东西。王开国对这匹马关爱备至，照顾有加，从不让它耕田耕地，怕它因伤而影响物资的运送。它唯一的工作，就是陪着父亲一起，给麻风村运送物资，或是帮麻风村的村民驮一些生火煮饭的柴草。

虽然有马的帮忙，但是运送物资的路程多是风里来雨里去。最终，王开国经受不住这一过度繁重的工作，染上了肺结核。怕影响麻风村村民的生活，王开国一直拖着病痛的身体继续为他们运送粮食、衣物、镰刀、锄头等生产生活物资，当送完冬季的必需品后，年仅41岁的王开国终于支撑不住倒下了。

得知王开国去世的消息，麻风病人悲痛不已：“可惜这个好人，一去不回了，我们该怎么办啊？”

他们没想到，时刻牵挂着他们的王开国，已经找好了“接班人”。

“一定要继续照顾好麻风村的老人们！”这是王开国弥留之际给王胜林的叮嘱。即将离世的他，最牵挂的不是妻子儿女，而是一帮和他没有任何血缘关系的麻风病人。

当时，年仅16岁的王胜林含泪答应了父亲的要求，他用稚嫩的双肩继续挑起照顾麻风村老人的重担。他坚定地对自己说，既然接下了这个“接力棒”，就一定要坚持“跑完全程”。

坚持“爱的事业”

“不积跬步，无以至千里；不积小流，无以成江海。”说到坚持，世人的观点大多都是：坚持，是为了走得更远；坚持，是为了达到更高的目标；坚持，是为了实现更好的生活……而王胜林的坚持，是为了一份“爱的事业”，他的坚持，似乎让他在原地踏步，但他无怨无悔，从不退缩。

时间如白驹过隙悄然而逝，王胜林接过父亲的“接力棒”至今已有23个年头。在这23个春夏秋冬里，王胜林的身边发生了翻天覆地的变化，村里有许多青年纷纷外出打工挣钱，有人买上了小轿车，有人盖起了新房子，有人搬迁到县城过上了更好的生活，而王胜林的工作和生活依然如旧，他一直坚守在“民政一线”，干着平凡而繁重的工作，过着并不富裕的生活。

清晨的风，爽朗地吹着，王胜林一大早便起身，开始准备着将头一天上县城采买回来的物资运送到麻风村去。他将马儿喂饱并拴在房前，安上马鞍，然后将一袋袋物资搬到马背上。这几年，村里修通了宽阔的水泥路，小轿车不时地穿行而过，然而王胜林依然要牵着他的马，走着他的“山间小道”。

通往麻风村的道路依然是曲折狭窄，鲜少有人涉足，道路两边的杂草高过人的腰间，夹杂其中的荆棘时不时地“抓扯”王胜林的衣角。脚上的鞋，已沾满了黄泥，被露水浸湿了。前面负重的马儿，四脚走在不足一尺的小道上，偶尔滑一下脚，让人为之担心，生怕它滚下无底的深渊。

走这种路，很伤马，一般一匹马走上几年就走不动了。至今，王胜林已经换了 6 匹马了。

或许是只有一条道路，或许是跟了他多年的马儿熟悉了道路，一路上，王胜林很多时候都不用牵绳子，他只跟在背后，偶尔催促着停下吃草的马儿。

一路上，丛林密布，青山起伏延绵，丝毫不见人的踪迹，唯有马蹄声和虫鸣声交相呼应。这条道，王胜林一个人走了有几千个来回，所以他并不觉得害怕。

走到两山相连的山坳，马儿自动停了下来，那是王胜林常休憩的地方。他坐着的石块，已没有了青苔杂草，和周围的石块相比，光亮许多。

休憩时，王胜林随手摘下一片树叶，吹起他最爱的歌谣，那是静谧的丛林深处，最动听的乐章。

走了几个小时，在一座山的拐角处，看见了那个山间深处的麻风村——一栋宽敞的房屋，三两块田地，还有挥手欢呼的老人。

分发完物资，王胜林帮着老人或磨刀砍柴，或开挖田土，或修葺管道，或晾晒衣服……直至傍晚，他才结束这一天的工作。很多时候，王胜林都选择住一个晚上再走，如果家中有事，他就得赶着回去，而每一次返回的路，他永远赶不上夕阳下山的脚步，所以每次他都带着手电筒，照着回去……

牵着一匹马儿，走上一条山路，照顾一村子的病患……王胜林日复一日、年复一年地踏着爷爷和父亲走过的路，干着爷爷和父亲曾经的工作，拿着每月一千多元的工资。

王胜林的家还是父亲遗留下来的破旧老房子，家里唯有的电器是一台 17 英寸电视机和一台二手冰箱，总共花了 1400 多元。每月政府补贴的 1000 多元钱对于已娶妻生子的王胜林来说，是远远不够家庭生活开支的。

看着村里的变化，妻子吴光云有时候会对王胜林发发脾气："你看看你，别人现在都开上轿车了，你还在这里窝着，你出去打工都要比干这个强。"

每次面对妻子的抱怨，王胜林总是表面顺从，拖上几天，看妻子的怨气消了，又继续做他认为值得做的事情。

王胜林一直觉得对不起妻子，亏欠她太多。直到现在，妻子都没有一部手机，"一个月话费加上其他七七八八的要 50 多元呢，还不如省下来给在读小学二年级的儿子买点学习用品。"

家中的大小事情，也全部落在 60 多岁的老母亲和妻子身上。有一次，为了照顾生病的麻风村老人，王胜林连续几天住在麻风村里。半夜里才刚满一岁的儿子突发高烧不退，妻子独自一人背着儿子摸黑步行到苗龙村，再找摩托车才送往县医院治疗，这件事成为王胜林心中永远的愧疚。

尽管生活不尽如人意，但是王胜林却从未动过外出打工的念头，也没有想过放弃，他怕他一走就没有人给麻风病人送粮食，违背了爷爷和父亲的遗愿。他说，要等彻底消除了麻风村，才会外出打工，否则还会让儿子接替他的工作，为麻风病人送粮食。

王胜林一直坚守这样的信念，继续年复一年行走在崎岖的山间小路上。"我会一直为麻风村送物资，直到送走村里的最后一位老人。"他说。

尽管没有人问过王胜林为什么还在坚持送粮，"王胜林不做，村里的几个老人就会饿死。"这是村里人都知道的道理。

看着丈夫王胜林一路的坚持，妻子吴光云也从最开始的抱怨到后来的理解和支持，还经常帮着丈夫一起整装物资、给马上鞍……农闲时，也会跟着丈夫一起去看望麻风村的老人们，陪着他们聊聊天，或是种种地……

"多年相处下来，老人们都是我们的亲人，我们就是他们的子女、亲人。"王胜林说。

现如今，照顾麻风村病人的工作已发展成为王胜林夫妇俩的"共同事业"，他们共同赶着马儿，走在山间的小道上，唱着最爱的山歌，过着平淡无奇的生活，继续着上两代亲人未走完的爱的故事。

王胜林对待工作一直尽心尽力，他是民政干部，也是一名民政政策宣传员。

他文化水平较低，就多次主动向民政局的业务骨干请教学习各种民政政策，他记不住就拿本子抄或拿宣传资料，读给麻风村的村民及身边的群众听，力所能及地将各项民政政策带到群众身边。

平时的生活和工作中，王胜林也时刻牢记“民政为民、民政爱民”工作理念。有一次，在苗龙村街上发现一名流浪老人，衣服穿得很少，他马上自己出钱给老人买来棉衣和食品，后来又自己骑摩托车带老人去民政局的救助站，让救助站安置老人并帮忙寻找老人的家属。

他是一位民政人，坚持做着他的民政事业，守护着麻风村的几位老人，也用他的“光芒”，温暖着身边的每一个人。

撑起“爱的蓝天”

16 岁的王胜林，遵循了父亲的遗愿，挑起照顾麻风村老人的重担，成为一名普普通通的一线民政工作者。失去了父爱的他，把村里的每一位老人都当成自己的亲人。

在三都县民政局的大力支持下，23 年来，王胜林任劳任怨，坚持站岗一线，为麻风村的老人做过无数件“大事”，一点一滴地改变着麻风村村民的生活。

看到老人居住的房屋年久失修，四处漏风漏雨，王胜林努力申请相关扶持资金，并拉着家中的亲戚朋友，花上一个月的时间帮助老人修建了一栋两层吊脚楼新居，老人们的居住环境得到大大改变；安上太阳能发电机、太阳能路灯，让麻风村的夜晚灯光璀璨；为老人装上无线电视接收器和电视，圆了老人一辈子想看电视的梦想；有老人身体不舒服，王胜林到县里买药请来医生，烧水喂药无微不至地照顾好老人；看到村里用水不方便，他又自己动手为村里接通了山泉自来水……

现在，麻风村仅剩下 5 位病人，平均年龄在 70 岁以上，王胜林的每一次到来都是他们期待的日子。他们经常站在房屋门前，翘首期盼，遥望着对岸的山头，是否会出现那个熟悉的身影。

每次进麻风村，老人们都将王胜林团团围住，像小孩子一样欢呼雀跃。王胜林每一次去也都会跟老人聊聊山外的新鲜事，或是带上几张报纸，跟他们讲述着外面世界的发展和变化。

当然，作为一线民政干部，宣传相关民政政策是王胜林义不容辞的事。2018 年，三都县决定在全县范围内分步分区域实施集中治丧、遗体火化和生态安葬“三位一体”殡葬改革工作。王胜林便带上相关宣传资料，第一时间将这一项惠民利民政策，向麻风村的老人们宣传。通过多次做工作，老人们现在已改掉传统旧观念土葬等思想，主动提出去世后愿意去县殡仪馆火化安葬，支持生态安葬、绿色环保、文明治丧。

帮着老人干一些体力活儿，也是王胜林每一次去必做的事。

有一次，送完物资的王胜林夫妇俩决定留下来，帮老人干活儿。

楼梯道正对着的屋顶，前几天大风把上面的几片瓦吹落了下来，怕老人受雨淋，王胜林决定上屋顶加补瓦片。他借着房屋的木架结构上了屋顶，并叫上一个手脚较好的老人站在楼面上帮他传递瓦片。老人手持着瓦片专注地看着屋顶上的王胜林，一再地叮嘱他要小心，而王胜林也小心翼翼，生怕瓦片坠落伤到老人。那一幕，就像一对父子在修补着自家的房子。

妻子吴光云也不闲着，扛起锄头，邀上三两个老人下到田地间，给田里的庄稼除草。田地里的黄豆，是她月前带着种子给老人种下的，因为其中的一个老人说很想吃年轻时自己亲手做的豆腐。但是由于老人体力不支，管理不善，田地里大多都是“草盛豆苗稀”。看到这一光景，吴光云摇头直笑，“早知道就直接带一包黄豆来”。

夕阳西下时，田地里所有的杂草都已锄完，他们提锄而归，被夕阳的余晖拉长的身影，映照在蜿蜒的田埂边上。

接通了自来水管后，王胜林便在老人的房屋旁开了一个鱼塘，给老人们买来了鱼苗，放在里面喂养，让老人随时都有新鲜的鱼吃。

傍晚时分，他们一起合力做晚饭，王胜林和两个老人卷着衣袖，脱下鞋袜，下鱼塘抓鱼。灵动的鱼儿，用尾巴拍打着水面，淋湿了他们一脸，这样的场景，引得在旁围观的老人“哈哈”大笑。妻子吴光云在旁边就着水龙头洗菜，清清泉水哗哗地流淌着。

吃过晚饭，他们打开灯，一起围坐在房屋的走廊里，拉着家常，嬉笑声回荡在黑暗的山野。

生老病死是人生的常事，但是将自己当作是几个老人儿子的王胜林，在老人病重时，还是拼尽全力地想挽救，以尽孝道。

“全身被汗水浸透，就算要晕倒了也不敢停下脚步，一定要撑到最后，把他背进医院。”回想起麻风村的一位老人病重，花上整整一天的时间将老人背出山外就医的经历，王胜林至今记忆犹新，感慨万千。

狭长的山间小道，王胜林背着和自己体重差不多的老人，低头前行。他不敢抬头，因为抬头看着遥远而看不到头的小路，他怕自己坚持不住。山路湿滑，王胜林多次滑倒，双膝跪在路面上，但他都坚持爬起来。他告诉自己，走完这条狭长的山间小道，是老人活下去的唯一出路。

黄昏夜下，在山的远方，看见了点点灯火，王胜林欣喜若狂，他坚持下来了。到了村子里，他叫上几个年轻人一起，开着面包车，紧急将老人送往医院进行治疗。

因他的坚持，老人坚强地活了下来。在医院治疗了一段时间之后，便又回到了麻风村，过着平淡的生活。

现在，王胜林最担心的就是老人们的身体，偶尔风寒感冒，王胜林都跑到县城买药，并且陪伴照顾着，直至老人痊愈。

“有一年，我生病了，他在我们麻风村住了 17 天，一直在照顾我，中间只去县城帮我买过两次药。要不是他，我可能坚持不到现在了。”说到王胜林，老人周古才含着泪花，夸赞不已。

现今的医疗条件较为发达，麻风病已经能被治愈，很多人也消除了对麻风病的芥蒂。但是，在麻风村生活了大半辈子的病患，却不愿意走出大山。“不回去了，有他在，这里就是我们的家。”他们已经习惯了麻风村的生活，只要有王胜林在，他们就觉得很安心。

崇山环绕的地方，王胜林仍坚持来回行走在崎岖的山间小路上，唱着他最爱的《草原上的景色最美》。他说，自己会一直为麻风村送物资，直到送走村里的最后一位老人。

成为“爱的负担”

“我们看见的，前几天他来我们麻风村时摔下坡断脚了，现在他怎么样了？”

“我们看见那天晚上有十几个人来抬他，他脸上全都是血，我们喊他，他也听不到了。”

“可怜他，为了我们有电用，摔下来受伤了。他们一家三代人照顾了我们麻风村的病人几十年，他就像我们的亲人一样。”

……

谈到王胜林摔伤的事，麻风村的老人都潸然泪下。

2018 年 10 月 26 日，下午 3 点钟左右，王胜林像往常一样，运送 60 斤大米到麻风村。刚把大米放到房间，老人们便跟他说太阳能发电机坏了，叫他去看一下能不能修理好。王胜林先是去看了一位正在感冒的老人，并给她送药，叮嘱她按时吃药。之后，便去检查太阳能发电机。

王胜林试着修理了 20 多分钟，已满头大汗，但是太阳能发电机的某些零部件已经老化了，无法修理，只能等到第二天去县城买新的零部件来换才能正常使用。

想着已是黄昏，不能让老人们又黑灯瞎火地过着晚上的生活，王胜林决定用水泵来发电，但是要先找到合适的水源。

王胜林跟老人交代几句之后，便匆匆到工具房找来水泵和电线等材料，去附近找水源发电去了。

老人像往常一样，生火煮饭，等着王胜林回家吃饭，但是等来的，却是他摔下悬崖的噩耗。

“直到晚上七八点钟，我们才看见有十多个人拿着火把和手电筒在坡脚喊他的名字。当时我们不知道发生了什么事，大约半个小时后，才看见王胜林他们寨子的人用担架抬着王胜林上到小路边来，我们走上前去看见王胜林满脸都是干了的血；满身都是泥巴，衣服和裤子都烂了，我们喊他好几声，他已没有了知觉。抬他上来的人说，他是在找水源发电时不慎摔下山崖了，腿已断了，头和胸口的伤不知严重不，已打‘120’急救了，要抬去排偷村通车的地方等‘120’的车来接。一个小伙子把在山坡脚捡到的已摔坏的水泵交给我们后就急忙抬着王胜林走了。”老人们一边描述着当天的场景，一边抬手拭泪。如果时间能倒流，老人宁愿在黑夜里度过，也不愿这唯一的“亲人”受半点伤。

麻风村四面环山，有水源的地方，必是悬崖峭壁，王胜林并没有多想，他只想着要赶在天黑前，给老人们接上电。

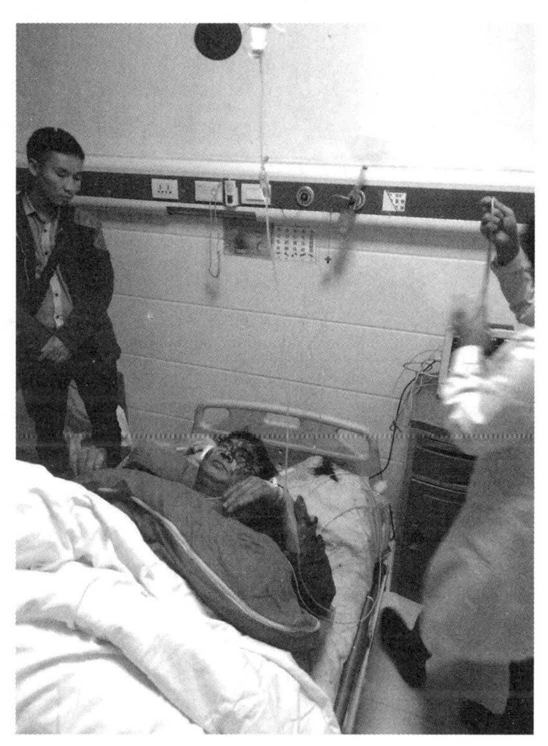

他一边拿着水泵和电线，一边抓着山上的树枝艰难地往上攀爬，山林里发出潺潺的水声，吸引着王胜林加快脚步。

在一处布满青苔的岩石上，王胜林脚一滑，不慎摔下山崖，造成重伤。王胜林赶紧掏出包里面的手机，向邻村群众求救。在山上等了两个多小时，才等来救援的人。此时，王胜林已失去了知觉。

发现王胜林后，村民们合力将他抬出山，紧急送至医院进行救治。

醒来时，王胜林已躺在了病床上，头部被包扎着，双腿绑上了绷带，疼痛感蔓延全身，无法动弹，手上也挂着吊瓶。

经医院诊断，王胜林右股骨多段骨折、右髌骨粉碎性骨折、右腕关节半脱位、右桡骨远端骨折、右侧腓骨骨折、右膝关节积液、头皮撕裂、闭合性胸外伤、双肺挫伤、胸腔少量积液、胸骨骨折、纵骨积液、左侧第 11 肋骨骨折、胸 3—5 椎体骨折、胸 3—4 棘突骨折。看着病床上的王胜林，在一旁的妻子心如刀绞，撑着他们一家的“脊梁”，差一点儿，就倒下了。

深山里的老人，那几天一直惶恐不安，脑海里满是王胜林血迹模糊的脸。

“求求你们一定要救救他！”老人一遍一遍地说着他们的诉求，他们害怕，或者说，经受不住王胜林的离开。

终于，王胜林脱离生命危险。躺在医院的他，时不时地看着窗外，喃喃自语，“不知道他们是否还好，是否已经用上了电……”麻风村的老人，是病床上的他最大的牵挂。

“伤筋动骨一百天”。王胜林知道，受伤的自己暂时没法给山里的老人运送物资了，也不能去照看他们了。天气渐凉，他们如何过冬，王胜林最是牵挂。

他叮嘱妻子不用管他，一定要先保证麻风村里老人们的生活。

王胜林受了这次重伤，根据他的伤情，他再也不适合干重体力的工作，三都县民政局计划着，等麻风村的老人们都过世了，就安排王胜林到县敬老院工作，因为敬老院里有老人，他平时也很喜欢和习惯了跟老人们在一起。

听到消息的王胜林以为领导要现在安排他离开麻风村的老人，他立即表示不同意，他说："那些老人离不开我的，只有我才熟悉每一位老人的性格和习惯，我请求伤好后就回麻风村工作，现在很想念那些老人了。"所有来看望他的人，都被他的这一番话深深感动。

"山随水转，水绕山环"。王胜林和麻风村的老人们如三都县的青山绿水，相互依存，相互交融，并成为相互"爱的负担"。

兼顾"爱的扶贫"

三都，贵州省 14 个深度贫困县之一，黔南州唯一的深度贫困县。面对"贫困面大、贫困程度深"的艰难现状，三都县的干部群众始终秉持着"自信自强、苦干快赶"的新时代三都精神，迎难而上、凝心聚力，迎战脱贫攻坚硬仗。作为三都县万千扶贫包保干部中的一员，王胜林在做好管理麻风村工作的同时，对待扶贫工作，他一点儿也不马虎，继续发挥着他一线民政干部吃苦耐劳、任劳任怨的工作精神，用心、用爱、用情，做着扶贫包保工作。

王胜林从 2016 年 10 月 1 日开始包保扶贫，他的包保对象分别住在打鱼乡盖赖村 4、6、7 组，共 7 户 34 人。长期以来，他一直坚持定期下村，积极开展扶贫工作。深入群众家中，了解贫困群众所需，听取贫困群众诉求，尽职尽责地帮扶那些需要帮助的贫困群众。

在麻风村，王胜林也经常跟老人们聊起外面贫困群众的生活，聊起他的帮扶工作。

麻风村里的老人也非常支持王胜林的工作，每次运送完物资，老人们都催促他快点回去，去做他的扶贫包保工作。老人们总认为，那些为穷困生活所迫的贫困家庭，比他们更需要王胜林的帮扶。

通过多年的努力，王胜林的扶贫工作也是成绩斐然。近年来，他共为贫困户申请到了 500 只野鸡、5 头黄牛、16 头猪的扶贫项目，使贫困户开始通过养殖业发展经济。

作为一个民政干部，遇到再大的困难，王胜林也绝不退缩，自己想方设法地去克服，从不向上级组织提要求，全心全意为人民服务。

打鱼乡盖赖村7组的贫困户杨正方家，由于超生等原因，其中一个小孩儿6岁了一直都上不了户口，王胜林包保他家之后，自己主动跑了公安局、卫计局等多个部门，历时1个多月，终于帮助贫困户杨正方家的这个6岁的小孩儿上了户口，小孩儿至今再也不是“黑人口”，有了身份证号，可以开心地去报名上学了。

当现场走访看到打鱼乡盖赖村6组贫困户杨正标家房屋破烂后，王胜林积极向村、乡和住建等部门反映，为该户争取到危改项目，于2018年11月开工修建新房。在此期间，受重伤躺在病床上的王胜林也没忘记此事，天天打电话去问情况，并催促着施工单位尽快帮助杨正标修建新房，让他们一家人在入冬前住上新房。

都说“鱼与熊掌不可兼得”。平时管理麻风村这一繁重的工作已让人自顾不暇，但是王胜林用他一线民政工作者的工作热忱，同时兼顾着将扶贫工作做好、做出色，为三都县广大干部立下“标杆”。

永铸“爱的丰碑”

“春蚕到死丝方尽，蜡炬成灰泪始干”。他们无私给予，在水乡的大山里无怨无悔地挥洒青春汗水；他们坚守信念，60年坚定不移地为老人服务；他们永葆爱心，用实实在在的行动为麻风村撑起爱的蓝天。王胜林一家三代人的无私奉献，在三都麻风村铸就了“爱的丰碑”。

他们的事迹，在现今已是广为传颂，并屡获各级政府部门的表彰。

2014年，王胜林被授予贵州省第四届“文明知耻·崇德向善”道德模范提名奖，2015年，王胜林被授予“贵州省劳动模范”荣誉称号；2015年，王胜林被授予“‘黔南骄傲’十大人物”荣誉称号……

一张张金灿灿的荣誉证书，一面面鲜红的锦旗，挂满了王胜林家的堂屋，这是王胜林家最绚丽夺目的地方。

随着岁月的侵蚀，麻风村的空房子越来越多，那起灰的房间、紧闭的房门、生锈的铁锁，似乎预示着麻风村即将消逝。

麻风病渐行渐远，麻风村终将不复存在。王胜林至今继续走在那蜿蜒的山路上，唱着他喜欢的歌谣，用他的爱送走村里的每一位老人。

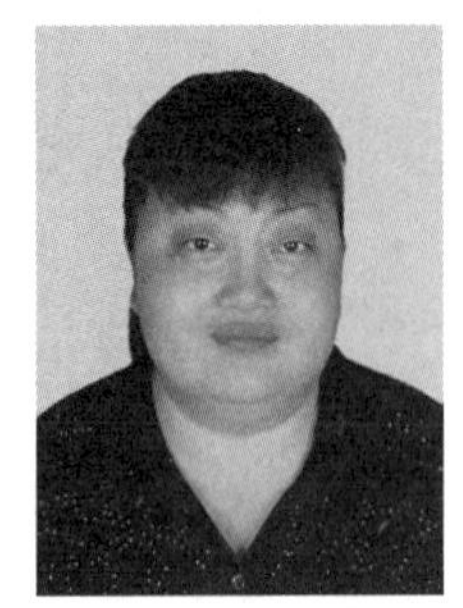

谁是最可敬的人

——记云南省禄丰县殡仪馆馆长李春萍

（一）

2018年9月16日星期天，受台风山竹影响，夜里下了一场大雨，天亮后云遮雾罩，从早到晚一直淅淅沥沥下着小雨。自从2017年6月1日禄丰县推行殡葬改革以来，禄丰县殡仪馆的业务量大幅增加，几乎是以前的几倍甚至是十几倍。已不知多少个星期天了，李春萍从来没有休息过，她也想去照顾一下年迈的父母，也想和家人一起享受天伦之乐。可是，这对于李春萍来说简直就是一种奢望。作为殡仪馆馆长，她必须以身作则，无论大事小事率先垂范。

早晨大概六点多钟，天蒙蒙亮，李春萍接到勤丰镇马街村委会一位丧属打来的电话，请求是否可以在中午11点之前把逝者拉到殡仪馆，当天安排火化。李春萍几乎没多说什么，一口应承了下来。虽然李春萍答应了逝者家属，心中依旧没底。从禄丰县殡仪馆到勤丰镇马街村委会大概有60多公里路程，很长一段是土路，道路十分难走，加上雨天道路泥泞，一个来回没几个小时是绝对不可能的，这还没算上途中是否会发生突发事件。可是，从事殡葬工作近30年的李春萍心里清楚，既然逝者家属提出这样的要求，一定有难言之隐。无微不至、竭尽所能为逝者家属做好服务，尽量满足他们的心愿，这是李春萍始终不变的信条。

早上七点钟，李春萍没来得及吃一口早点，就和同事们一起匆匆踏上了征程。

在泥泞的道路上颠簸了几个小时后，终于在中午11点前把人拉到了殡仪馆。满脸憔悴、一身疲惫的李春萍多想休息一下呀，可是她还不能休息，还有很多工作等着她去做呢。还要给逝者化妆，下午两点半要准时召开遗体告别仪式，然后进行火化。这一连串的工作千头万绪，压得李春萍几乎喘不过气来。

但无论再苦再累，李春萍都得挺住。好在这些年来，李春萍已经习惯了在这种高负荷下工作。

到食堂匆匆吃过午饭后，李春萍立刻赶到化妆间，亲手给逝者化妆。经过几十年的磨炼，李春萍的化妆技艺炉火纯青，在禄丰县殡仪馆无人能及。

李春萍是一个不服输的人，无论做什么事她都是精益求精，力求尽善尽美。

第一次化妆的情形至今李春萍仍难以忘怀，那是一段刻骨铭心的经历。

刚参加工作不久，李春萍就被安排到化妆岗位，一个十七八岁的少女，别说是化妆了，就连看到死人都会胆战心惊，特别是那些在交通事故、火灾中死亡的人，令人恐怖。可想而知，李春萍第一次给逝者化妆是多么难堪。

第一次经历给李春萍留下了深刻的印象，她决定从头学起，世上无难事，只怕有心人。李春萍从书本上学，跟着前辈学，在前辈的指点下不断地磨炼。经过几十年学习和积累，李春萍练就了一身绝活儿，成为殡仪馆名副其实的“化妆师”。如今当了馆长，依旧在第一线，不仅自己亲自动手，还带出了一批又一批徒弟。在殡仪馆同事们的眼中，李春萍是好领导、好大姐、好师傅，她从不以领导自居，时常和同事们吃在一起，工作在一起，大家就像兄弟姐妹，整个殡仪馆其乐融融，就像一个大家庭一样。

夜里十点多钟，天空依旧在下着小雨，黑沉沉的天空仿佛用墨汁染过一样，伸手不见五指。走在回宿舍的路上，寒风冷雨打在李春萍疲惫不堪的身上，她紧紧地裹着衣服，几步一个趔趄。经过一天的忙碌，李春萍实在太累了，好几次她都差点被寒风吹倒在湿漉漉的路上。

回到宿舍，李春萍一屁股坐到沙发上，就再也动弹不得，她实在太累了，头靠在沙发上不停地喘气。时间已经很晚了，整个殡仪馆静悄悄的，虽然她有家有亲人，可李春萍时常一个人过这种孤独的生活，她早已经习以为常了。李春萍一个人静静地坐在沙发上，忽然感到腰间剧烈地疼痛起来，她弯下腰，双手紧紧地掐着疼痛的腰部，不一会儿额头上就渗满了密密麻麻的汗珠。李春萍实在太痛了，有时她真想大声呻吟，可是她不能影响同事休息，更不能让同事知道自己正承受着巨大的病痛折磨。这个时候李春萍才记起来，因为工作忙碌，她竟然把吃药的事给忘记了。

2014 年，李春萍被检查出 lga 肾病三级，从那时候起病痛就像恶魔一样，日日夜夜折磨着她，让她痛苦不堪。李春萍不仅要承受着每天繁重的工作，还要和病魔作顽强斗争，她硬是挺过来了。同事和家人都称她为“女汉子”，但对于李春萍来说，只有她自己心里清楚其中的酸甜苦辣。

医生曾经多次告诫李春萍：不能太劳累，一定要注意多休息。在殡仪馆干了大半辈子，李春萍完全可以躺着享享清福了。可李春萍从来没有这样想过，也从来没有这样做过，她甚至没有把自己当作一个病人。在家里，她是一个孝敬公婆的儿媳妇。在单位，作为殡仪馆的馆长，她事事亲力亲为，抬尸、运尸、化妆、火化……哪一样都是亲自上阵。有人和李春萍开玩笑说："你这个馆长和职工没啥区别。"李春萍却说："和职工有区别的话就有问题了。"虽然是一句简单的玩笑话，足以见得李春萍的敬业和奉献精神，在她的心目中，领导要带领职工创业做事，一定不能高高在上，颐指气使。

经常超负荷的工作，让李春萍的身体严重透支，就像一部磨损严重的机器，再也经不起太大的折腾了。

此时，剧烈的疼痛像千万只虫子噬咬着她的心，李春萍摸索着从口袋里掏出随身携带的止痛药，然后静静地躺在沙发上。李春萍平时也经常带病工作，实在痛得忍受不了的时候，就掏出随身携带的止痛药吃两片。

吃过药后，李春萍躺在沙发上迷迷糊糊地睡着了。不知过了多久，手机铃声骤然响起。李春萍就像一位军人听到嘹亮的号声一样，习惯性地一下子从沙发上坐了起来。

电话是上级领导打来的，要求李春萍派人立刻到一平浪镇舍资村委会大草坪村拉人。挂了电话后，李春萍看了看表，已是凌晨两点多钟了。对于这样的电话，李春萍并不感到意外，这些年她接了多少已记不清楚了，深夜出车拉人，对于殡仪馆来说是一件稀松平常的事情。

此时的李春萍还生着病，她完全可以不去，即使不生病，作为领导她也完全可以安排别人去。可李春萍没有这样的念头，她挣扎着从沙发上站起身，围上围巾，提起公文包，毅然决然地向门外走去。门外还下着雨，当李春萍拉开门的一刹那，一股凛冽的寒风夹杂着冰冷的雨丝向她单薄的身体猛然袭来，她的全身禁不住打了一个寒战……

顶风冒雨，运尸车轰鸣着。雨水不停地砸在车前窗玻璃上，啪啪作响，雨刷呼呼地左右摇动着，令人躁动不安。李春萍和她的同事们带着一身的疲倦，带着睡意又一次上路了。

车子出了一平浪镇后，从舍资村委会前往大草坪村有很长一段路是土路，那段路被当地人形容为"晴天一身灰，雨天一身泥"，路况之差可想而知。那天晚上，李春萍和她的同事在那段路上吃尽了苦头，车轱辘不断陷在泥潭里，即使油门踩到底，车子依旧无法从泥潭里挣扎出来。除了驾驶员外，李春萍带着其他同事，冒着刺骨的寒风，冒着漫天飞舞的纷纷细雨下去推车。每次下去推车，飞转的车轮把泥浆卷得满天飞舞。有时，泥浆中还夹杂着小石子，像子弹一样不停地四射开来，射在人身上直痛得龇牙咧嘴。要不是以前李春萍和她的同事吃过雨天的亏，准备了雨衣作为防备，他们都得变成名副其实的“泥人”。每次车子陷在泥潭里，李春萍和她的同事都要费九牛二虎之力才能把车子从泥潭里弄出来。那时每个人都筋疲力尽，对于身患疾病的李春萍来说，更是不堪重负。每次推完车后，她的身体都会疼痛不已，但她却装出若无其事的样子和同事们开玩笑。

不到 10 公里的路程，要是平时的话半个小时足够了，可是那天晚上他们足足走了将近两个小时，单单下去推车就用了一个多小时，可想而知行进之艰难。

这样的事情对于李春萍他们来说已经司空见惯。

记忆最深刻的最近一次是在 2017 年秋天，他们去高峰乡一个彝族山寨里拉人。那天晚上，秋雨绵绵，接连下了一个多星期的雨，全县多处发生泥石流，乡村公路塌方十分严重。李春萍接到去高峰乡一个彝族山寨拉人的电话后，立刻马不停蹄地带人驱车赶了过去，紧赶慢赶，直到天黑时才赶到高峰乡。那个彝族山寨距离高峰乡还有十多公里的山路，山高路险，而且都是土路，雨水一冲千疮百孔。要是不下雨的话还勉强可以走，下雨天的话根本无法通车。高峰乡民政办的人听说李春萍他们要连夜去那个寨子，赶忙摇头，连连劝李春萍一行说：“不能去！那条路下雨天根本通不了车。”其他人听了都开始打退堂鼓，驾驶员也面露难色。面对困难，李春萍没有丝毫犹豫，斩钉截铁地说：“今晚，我们必须去。”

李春萍心里也害怕，生命诚可贵，谁不怕呢？谁都是血肉之躯，谁都有家人。但李春萍心里清楚，今天晚上要是不把人抬下来的话，将会出大问题。逝者家属一直不同意火化，民政执法大队做了几天的工作才让那家人点头同意，但有一个要求，必须在当天晚上 12 点之前把人拉走，要不然他们就抬去土葬。这样阴雨连绵的天气，车上不去，人也很难上去，明显就是故意刁难。面对刁难，李春萍并不以为意，只要不违反殡葬改革的大原则，再苦再累，哪怕脱几层皮，都会尽量满足每一位逝者家属的要求。既然已经答应晚上 12 点前把人拉下来，对家属的承诺他们就必须做到；更不能因为他们工作不到位而影响了殡葬改革工作，那样的话将会给全县的殡葬改革工作带来很大的阻力。所以，无论从哪个方面讲，无论克服多大的困难，他们当天晚上 12 点前都必须把人拉下来。

高峰乡民政办的人见劝不了李春萍一行，主任普连全叹着气说：“如果一定要去的话，那就吃了晚饭再去吧。”李春萍抬头看了看渐渐暗下来的天，婉言谢绝了普主任的盛情，说：“不用了，还是趁着天没完全黑赶路吧。”李春萍在商店买了一点干粮分给大家，让大家先垫垫肚子，就匆匆上路了。

两个多小时后，当李春萍一行风尘仆仆地赶到那家人院子里时，见人已经装殓，正准备连夜抬上山去土葬。当丧属看到李春萍一行出现在眼前时，怎么也不敢相信这会是真的。这么漆黑的夜晚，又加上风雨交加，道路几乎都被雨水冲断了，他们是怎么上来的？逝者家属看着满身泥巴的李春萍一行，张口结舌，竟然半天说不出话，被李春萍他们的敬业精神深深地打动了，竟然没有阻拦，任凭他们把人抬走了。其实逝者家属并不清楚，李春萍他们刚刚经历了一场生死考验。

车子刚刚离开高峰乡政府，行驶了大约四五里的路程，就出问题了。在一段险坡上，车子失去了控制，冲向了路旁。大家一声惊呼，都觉得这次在劫难逃了。万幸的是，路旁有一棵粗壮的大树，挡住了车没有掉下万丈深渊，大家算是捡了一条命。这次事故并不严重，只是把车灯撞坏了，人并没有受伤，但大家都被吓出了一身冷汗。出了这次事故后，大家弃车徒步而行，硬是靠双脚艰难地赶到了山寨。

李春萍和她的同事抬着尸体下山时，更是吃尽了苦头，不时滑倒在泥地上，然后又爬起来接着走，等到把尸体抬到车面前时，每个人摔得满脸满身都是泥。返回去的时候，因为车灯被撞坏了，只能用手电筒照着往回赶，更是险象环生。后来，李春萍和职工开玩笑说：“那一次真是九死一生啊！”

去舍资村委会大草坪村的那天晚上，当李春萍一行赶到村子时，只见在忽明忽暗的灯光下，村前的路上聚了好多人。原来那家人想趁着夜晚偷偷地把人抬上山埋了，被人举报后，镇上和县民政执法大队的人都赶去劝阻，做了一晚上的思想工作才勉强做通了，虽然同意火化了，却撂下一句话：“人就在棺材里，你们要自己去抬！”

在揭棺抬人时，没人敢上前帮忙。死者的家属和亲人一大帮人围在一旁，手中都持着木棍锄头虎视眈眈。李春萍却毫不畏惧，第一个抬起铁钎走上前去，用力去撬已经钉起来的棺材盖。最后在同事们的帮助下，终于撬开了棺材盖，把已经腐烂的尸体从棺材里抬了出来……

在殡葬岗位上工作近 30 年来，李春萍总是用周到的服务和娴熟的业务技术，以女性特有的热心、细心、耐心、爱心和恒心，让逝者安详地走完人生的最后一站；用金子般赤诚的心温暖告慰逝者的亲属和朋友。她爱岗敬业、廉洁奉公、勇挑重担，没有豪言壮语，没有惊天动地的业绩，而是在平凡且被多数人所忌讳的岗位上一步一个脚印地挥洒自己的热血，把青春和全部精力都奉献在了殡葬事业上。

1992 年和 1998 年，李春萍两次被禄丰县妇联表彰为“巾帼建功”先进个人；2006 年，被楚雄州委、州政府评为第七届“劳动模范”、被禄丰县委表彰为“精神文明先进个人”；2007 年，被云南省人民政府表彰为“殡葬工作先进个人”；2011 年，被楚雄州妇女联合会授予“巾帼建功民政工作先进个人”，被云南省人民政府授予“云南省劳动模范”称号；2012 年 12 月，被禄丰县精神文明建设指导委员会评为“爱岗敬业先进个人”；2014 年，被民政部表彰为“全国殡葬工作先进个人”；2015 年，被国务院表彰为“全国先进工作者”。

2015 年 8 月，当李春萍和全国劳模一起迈进庄严的人民大会堂，接受习近平总书记亲切问候时，她的心情万分激动，这是党和政府对她工作的肯定和认可，在那一刻，李春萍感到无比光荣和自豪……

而在这诸多荣誉的背后，更多的是风雨交加的艰辛历程。

（二）

1991 年 1 月参加工作时，李春萍才十八岁。十八岁，对于一个人来说，是多么值得留念和珍惜的日子，而对于李春萍这样一个青春年华的女孩子来说，同样憧憬着自己的美好未来和梦想。走出学校，以李春萍当时的条件，她完全可以谋求到一份体面的工作，过着衣食无忧的生活。然而，受父亲这位老殡仪馆馆长的影响，她不顾世俗的偏见和众人的非议，毅然踏入这条让人退避三舍的殡葬之路。

上班第一天，李春萍就碰到了非常棘手的事，当时送来一具尸体，由于交通事故，身上几乎是体无完肤，血肉模糊，加上停放时间过长，尸体的异味使人恶心难忍，就连在场的几个殡仪馆老职工见了也心生畏惧，何况是一个平时见点血就会头晕的女孩子，但父亲却偏偏把这具尸体交给她来处理。听到这话时，李春萍几乎昏了过去，抹着眼泪说：“爸，我做不了。”在场的几名老同志也觉得这对于一个刚进殡仪馆工作的新人来说，确实太过苛求，但父亲却严厉地批评她说：“作为一名殡葬工作者，这是你的职责，你不干谁干？”在父亲一再要求下，李春萍胆战心惊地走上了化妆台，也不知做了多久，吐了多少次，流了多少眼泪，在其他前辈的指导下终于给逝者做完了遗体整容。但是，在接下来的几天，李春萍每当想起那具尸体就想吐，吃不下也睡不着，还做噩梦。

其间，李春萍曾想过逃避，想辞职。父亲语重心长地开导说："春萍啊，殡葬事业同样也是党的事业，必须有人去做，如果你不去，我不去，那工作由谁来完成，人生没有过不去的坎，时间一久就适应了。"后来，发生的一件事情彻底打消了李春萍逃避的想法。

那是一个风雨交加的夜晚，殡仪馆接到一具尸体，死者是一名在交通事故中身亡的厂矿工人，双腿没了，内脏大部分悬于体外，头也被撞得不成人形。逝者的父母妻儿伤心欲绝，哭得肝肠寸断，场面异常悲凉，李春萍偷偷站在一旁不敢多看。就在这时，一位前辈安慰逝者亲属后毫不犹豫地接了尸体，一连几个小时耐心给逝者化妆、缝合。遗体经整容后，竟像个安详熟睡的活人。逝者家属见到后感激涕零，含着眼泪一口一个"谢谢"。这一刻，躲在一旁的李春萍被深深感动了，眼中不禁涌出了热泪，她突然意识到自己之前是多么无知，她决心不再逃避，要像前辈们一样做一名优秀的殡葬人。

然而，她选择的毕竟是一条荆棘之路，近三十年来所遇到的困境和艰辛难以想象。身心的疲倦、旁人的白眼，使弱者丧失信心和勇气的同时却能让强者变得更加坚强。

虽然殡仪馆离家里仅有 2 公里的路程，但由于工作性质特殊，需要昼夜值班，加上馆内人手不足，李春萍经常一个星期也回不了一次家，有时逢年过节都要坚守岗位，甚至连家人生病也无法顾及。不知有多少次，孩子哭着对李春萍说："妈妈，你能不能换个工作，小朋友们都不跟我玩了，说你是跟死人打交道的。"听到这样的话，李春萍心中的滋味就不言而喻了。作为一个母亲，谁不是时刻牵挂着自己的孩子？作为一个妻子，谁不想分享小家的甜蜜与温馨？作为一个女儿，谁不想多在父母面前尽孝？可是，她只能把这一切深深地埋在心里，把工作放在第一位。她知道，"既然选择了这条荆棘之路，困难和眼泪就会伴随着自己成长，如果自己不首先学会坚强，又怎么能面对生活的波折？人活着总要有所追求，有人追求索取，有人追求奉献，作为殡葬人，我选择后者。"这是李春萍常与其他同事互相勉励的一句话，也是支撑她克难奋进的人生信念。

其实，更大的压力还是殡葬工作本身。当时的禄丰县火葬场在远离城市的荒山野岭中，夜晚常常一个人当班到凌晨一两点，工作条件又差，尸体臭味冲天，有的情形还让人毛骨悚然，那种感觉常人实在无法忍受。

晚上下班后，李春萍经常看电视或看书到很晚才能进入梦乡。由于当时工作人员不足，她经常一个人当班。除了司炉，李春萍还认真学习美容、冰冻防腐等技术。

几年后，很多同事都纷纷找门路调到其他单位去了，李春萍的母亲和丈夫也劝她换个工作。但李春萍却像吃了秤砣似的铁了心，坚决不调走。渐渐地，家人由不理解到理解，由理解到全力支持。在李春萍的影响下，2016 年，儿子毕业后也主动要求到殡仪馆工作，为李春萍全身心投入到工作中去增加了强大的动力。

由于工作成绩突出，2008 年，李春萍被组织部门任命为禄丰殡葬管理所副所长兼任殡仪馆馆长。

在领导岗位上，李春萍善于团结领导班子成员，做到大事讲原则，小事讲风格，把整个班子拧成一股绳，形成了坚强的中坚力量。她在平时工作生活中带头执行廉政法纪，坚持实行政务公开，主动接受干部职工的监督。她还充分发挥党支部的战斗堡垒作用，加强组织建设，加强对党员干部的政治思想教育，发展了一批政治素质和业务素质过硬的新党员。通过发挥党员的先锋模范作用，促进了全体干部职工服务质量的提高。作为领导干部，李春萍始终身体力行，处处起到模范带头作用。无论是司炉，还是收殓、化妆等，哪个岗位人手不够，她就亲自顶班，从不叫苦叫累。

（三）

殡葬改革是推进社会主义精神文明建设、造福子孙后代的事业。然而，不少群众由于受“入土为安”的传统观念影响，总是不执行，给这项工作带来了相当大的难度。每个对违法土葬行为进行强行起棺的执法行动，李春萍都带着殡改监察队员走在最前面。

2001 年 10 月，某镇一村民去世，殡仪车因雨天路滑不能进村，她就带着工人来回抬棺走了 20 多公里的路，一直干到第二天凌晨 3 点……像这样的事例不胜枚举。

李春萍还非常重视对殡仪馆的全体员工进行职业道德教育和狠抓专业技能的提高。近年来，她主持完善了各类规章制度 10 多项，达到了以制度规范各种行为的目的。两年多来，还输送了多名干部职工到院校进行专业技能培训，并有效地组织本单位业务骨干对职工进行示范辅导，不断提高干部职工的业务水平和操作技能。

李春萍始终把为逝者家属提供文明优质服务作为在全社会树立殡葬新风的重要工作来抓。她经常在干部职工大会上要求大家，要做到急丧主之所急，想逝者家属之所想，体谅逝者家属的悲痛心情，尽量满足逝者家属的合理要求；工作态度和蔼诚恳，服务周到热情，语言文明规范；绝不允许搞不正之风，损害和败坏殡葬行业的声誉，影响殡葬事业的发展。

搞好服务，必须有相应的职工管理制度。在严格要求自己的同时，李春萍对职工实行“一日化服务行为规范”管理，对逝者家属办理丧事、群众咨询等，均实行严格的“首问责任制”，要求使用文明用语，推行行业忌语，对设备每天进行消毒处理……

不少人对殡仪馆这个地方有些忌讳，对在这里工作的人“敬而远之”。“最初选择这一行，是觉得虽然社会还不太接受，算是特殊行业，但其实并不像想象的那么恐怖，做这行会更加感受到生命的可贵。”李春萍如是说。

几年前，一次严重的爆炸事故夺去了许多鲜活的生命。殡仪馆接到通知后来到事发现场。现场的烧焦味和烟气让人喘不过气来，负责搬运遗体的工作人员几乎被呛昏。为了使逝者恢复生前容颜，工作人员全体上阵，对遗体进行包扎、缝合、整形、整容。经过大家夜以继日、废寝忘食的工作，一天一夜后，遗体摆放在逝者家属面前。死者的亲属中有不少目睹过事故惨状，看着死者表情宁静，安详地躺在那里，激动得不知怎么表达感谢才好，扑通跪在他们面前。

也许是见惯了生离死别的场景，李春萍说：“死亡，让我更加明白了生命的可贵，我会好好珍惜活着的每一天。”

殡仪馆大厅的服务窗口有这样一块牌子格外引人注意，左边是文明用语，右边则是禁忌用语，“再见”“欢迎下次再来”……这些在其他场合的文明用语在这里是“不文明”的。“在我们这里，即使要表达这种含义，也要想尽办法换一种形式表达，比如‘请节哀’等等。”李春萍说，“工作人员都很注意自己的言行，也都养成了这样的一种习惯。”

“我们和普通人一样，也是有感情的，我们陪逝者家属一起流泪，是一种关爱的体现，不仅是对家属的慰藉，也是对逝者的尊重。”李春萍说。

“我总希望员工对工作认真一些、投入一些，但有时要是过于投入了，也不是一件好事情。”李春萍说，“这样特殊的工作，也会带来一些‘副作用’。除了情感上的调整和克制，作为一名合格的殡葬工作者，还需要做好自我防护，例如有的人是病逝的，必须要求工作人员做好自我防护。”

近三十年来，李春萍视逝者为亲人，视逝者家属为朋友，工作态度和蔼诚恳，服务周到热情。每一次给逝者做遗体整容时，李春萍总是一次不行就两次，两次不行就三次，一直到逝者家属满意为止。有些尸体腐烂了，每做一次手术都是意志的考验，但李春萍总能以意想不到的整容效果，让逝者家属感到欣慰。

真情拉近距离，服务树立口碑，经过不懈的努力，李春萍以熟练的遗体整容技术、人性化的优质服务获得了广大干部群众的高度评价和认可，为全县殡葬改革事业树立了良好的窗口服务形象。

在李春萍的工作经历中，最触目惊心的是一次煤矿事故，死亡 13 人，尸体拉到殡仪馆时已经严重腐烂了，家属情绪非常激动，强烈要求对腐烂严重的尸体化妆整容，否则就不准火化。从尊重逝者的角度来说，逝者家属的要求并不过分，但对于殡仪馆来说确实是一个难以克服的困难，不仅仅是遗体整容技术问题，更重要的是时间问题。因为第二天就要火化，要对 13 具腐烂严重的尸体进行化妆整容，这么短的时间根本不可能完成。

李春萍和她的同事们正在想办法的时候，情绪激动的丧属以为殡仪馆不给化妆，就砸烂了殡仪馆的大门，把尸体抢了出去。李春萍理解逝者家属的心情，谁家死人不伤心呢？见此情景，李春萍不顾个人安危，急忙赶去做逝者家属的工作。情绪激动的逝者家属什么事情都可能做得出来，在那种情况下，李春萍冒着随时都可能被打伤的风险，以心换心进行劝说。在李春萍的真诚感化下，最终逝者家属又把尸体抬回了殡仪馆。

李春萍答应逝者家属第二天一定把逝者都化妆好，她从来都是一个一诺千金的人，既然答应的事就一定要做到，更何况这是他们的职责，责无旁贷。

第二天，当逝者家属们来到告别厅，又重睹亲人昔日的容颜时，一个个都激动得潸然泪下。几个逝者亲属上前紧紧地握着李春萍的手，一把鼻涕一把眼泪，感激涕零地说：“李馆长，你真是我们的恩人啊！”可他们哪里知道，李春萍带领殡仪馆全体职工挑灯夜战，想尽各种办法，才把 13 个人连夜化妆好，一整夜都没有合眼。但当大家看到逝者家属们满意的样子，心里又很欣慰。

（四）

2008年8月，李春萍因工作突出，被任命为殡仪馆馆长。当上殡仪馆馆长后，李春萍感到工作千头万绪，肩上的责任重大。不仅要带领全体职工做好殡仪馆的日常工作，还要为殡仪馆的发展殚精竭虑。火化炉严重老化，已经不适应工作需要，急需更新；车辆严重不足，需要购置新车；告别厅破旧不堪，急需装修改造；办公楼、职工宿舍、食堂，需要重新建盖；馆内绿化面积不足20%……这一切的一切让李春萍夜不能寐。巧妇难为无米之炊，这一切都需要钱啊，钱从哪里来呢?

李春萍没有等着天上掉下馅饼，而是积极行动起来，开始了她的宏伟计划。资金问题，她采取馆内筹一点，上边要一点，一年又一年，逐步进行馆内基础设施的更新改造工作。

截至2018年10月，殡仪馆共投资500多万元，把告别厅整修一新，还新购置了火化炉和几辆新车，新盖了职工宿舍、职工食堂和停车场，馆内绿化面积达到80%以上。如今，走进殡仪馆，让人感觉耳目一新，更像是一个私家园林。这些成绩的取得，和李春萍这些年的努力是分不开的。在李春萍的心中，能为逝者服务好最后一站，让他们安详地离去，能让逝者家属有一个良好的环境，让他们有一种宾至如归的感觉，始终是她不懈的追求。

别看李春萍平时总是笑呵呵的，有时她也是一个极其严厉的人，一个严于律己、清正廉洁的模范。

随着馆内工程的增多，许多老板为了让李春萍在工程中提供方便，经常给李春萍送钱送物；在殡葬改革中，有的逝者家属想把骨灰盒悄悄地拿出去土葬，也给李春萍送礼……这时候，李春萍就表现得非常严厉，经常声色俱厉地斥责那些送礼的人。在任殡仪馆馆长的这些年，李春萍始终坚持一个原则：不该拿的东西坚决不拿，不该吃的饭坚决不吃，清清楚楚做人，明明白白做事，守住底线。

在很多人看来，殡仪馆是个“独一家”的买卖，油水肯定不少，又因为是馆长，馆里大大小小的事情都得她“点头”。为此，认识的、不认识的供货商、朋友都来找李春萍。

李春萍上任不久，一位外地供货商送来的骨灰盒有质量问题，李春萍立即通知有关部门停止收货。这位供货商找上门来，悄悄留下了2000元钱离开了。

李春萍发现后，如数把钱上交了财务，还吩咐大家，今后凡是这个供应商的产品一律不再使用，预订的货全部退回。

为了防止此类事件发生，馆里多了一项规定：凡殡葬用品进货时，必须在民政局领导下，召开由各部门主任参加的议标会，采取议标的形式决定。

结合党员先进性教育活动的开展，李春萍要求殡仪馆的全体党员一律实行挂牌上岗服务。收费标准上墙公布，接受群众监督。设立投诉电话，24 小时接受检举投诉，接到群众投诉后立即落实，按制度严肃处理。

有一次，三位殡葬工人到某地收殓时，索要了 50 元的红包，李春萍接到举报后对此作出了严肃处理，除了勒令他们给逝者家属退还红包、赔礼道歉外，还给予他们停岗 1 个月和扣罚半月奖金的处罚。这件事使殡葬工人接受逝者家属吃请、索收红包的歪风得到了根治。据不完全统计，几年来该馆全体干部职工共拒收红包 1300 多人次，从而树立了文明服务的新形象。

随着社会不断进步，殡葬基础设施、设备一时跟不上需要，收殓和火化时间不及时的矛盾非常突出。对此，李春萍积极向上级反映实际情况，并多方筹资 100 多万元新购置了两台高档火化炉，最大限度地缓解了矛盾。投资 20 万元新建起了一个约 420 平方米的休息棚。同时，取消了 250 元的收殓费和 300 元的出殡绕路费。近年来，还投入 30 多万元对殡仪馆进行道路、坪地的美化绿化，极大地改善了火葬场环境，为逝者家属与亲人诀别提供了一个优美的环境。

《谁是最可爱的人》是著名作家魏巍在 20 世纪 50 年代写的一篇关于抗美援朝志愿军战士可歌可泣的报告文学，至今传颂。如今是和平年代，李春萍为了国家的殡葬工作，30 年如一日，兢兢业业，默默奉献……她和同事们同样是在战斗，和几千年的封建思想作殊死搏斗，为了给子孙后代多一片蓝天、多一个家园、多 片净土而战斗。像李春萍这样的人，在平凡的岗位上作出了不平凡的业绩，同样是最值得敬佩的人！

全心为民做实事
力做人民好公仆

——记西藏自治区那曲市民政局党组成员、副局长扎西边巴

扎西边巴是西藏自治区那曲市民政局党组成员、副局长，从事民政工作28年如一日，勤勤恳恳、兢兢业业，践行“踏石留印、抓铁有痕”的工作干劲，刻苦钻研民政业务，践行“民政为民、民政爱民”工作理念，通过组织培养和自己努力，一步一个脚印地做好民政工作。历经28个春秋，无怨无悔。他没有什么豪言壮语，只有一颗为民的赤诚之心。他用自己点点滴滴的行动和真诚，赢得了广大人民群众的交口称赞，用行动诠释着民政人该有的“爱心”。问到他本人有什么遗憾时，他说：“我欠家人太多、太多，但我不后悔，这是我作为一名共产党员、作为一名民政人该做的。”简短的一句话包含多少艰辛、多少沧桑。2008年至今，除了身体原因住院和轮休外（轮休只请了20天假），由于自己分管领域工作任务重，扎西边巴主动放弃休假机会，全身心投入业务工作中，发扬奉献精神，与同事们一道加班加点，从来没有怨言。

不因成长环境自弃　只为奋发图强奉献

扎西边巴出生在西藏自治区那曲县（现那曲市色尼区）色雄乡大庆村的一名普通牧民家庭，家庭成员有12人，他排行老三。20世纪80年代末90年代初，那曲地区（现那曲市）基础教育条件差，乡镇以下没有基础教育场所。由于家庭贫困，上不起学，扎西边巴从七八岁开始就帮着放牧增补家用，在放牧的同时不忘自学。当时的乡村根本找不到学校的书本，父母没有文化不识字，扎西边巴就自己找会藏文的老年人，请求他们给自己教藏文，藏族老人都很热心，一有时间和机会都很愿意教他。经过较长时间的自学，扎西边巴学会了简单用藏文写书信，在村里成了一名会识字的青年。

1986 年，扎西边巴已经成为青壮年。在他经常听去过城市里的人讲，金珠玛米（藏语的意思是解放军）对老百姓好，能打仗保家卫国。所以，当一名人民解放军成了他的最大梦想。1986 年，扎西边巴响应党的号召应征入伍，在军队刻苦训练的同时加强自学文化知识。在参军前，扎西边巴一句汉语都不会说。来部队以后，战友中除了自己全是其他民族的人，因语言问题，在训练、工作、学习等方面还出现过很多笑话，在作战训练、日常工作、生活交流、学习等方面存在诸多不便。扎西边巴深刻认识到不会汉语不行，因此下定决心，要克服重重困难，从零开始自学，真正融入大部队的生活中。

参加新兵训练非常艰苦，特别是前四个月属于基础性强训，体力消耗非常大。但是扎西边巴仍然利用每次训练休息期间，跟其他战友有事没事地一句一句比画着学习汉语，尽可能地解决沟通上的问题。就这样，热心亲密的战友们就一个两个成了扎西边巴的老师，新兵集训快结束时连队百号人都成了他学习汉语的老师。有一次训练完休息期间，扎西边巴私自跑到离部队 2 公里远的书店，在书店里买了从一年级到六年级的所有语文课本，回到部队迟到了十分钟。为此事训练班长狠狠地训了他，还罚他 5 公里拉练跑步。班长看见拉练跑步完成后他汗水淋漓的手里还抱着教材书本，非常同情并要求全班战友都要当扎西边巴的文化老师。从此，扎西边巴更加刻苦学习，一字一句地学，日复一日、年复一年地学，在 6 年军队生涯中，他的文化水平、理论素养有了长足的进步，再加上刻苦训练，扎西边巴终于成长为一名熟悉军事技能、素质过硬的合格军人。在部队期间，他担任过高炮操作员、指挥副班长和班长、炮班班长等职务，参加过 1989 年拉萨事件的平息执勤任务，当过地方与部队的联络员（与群众间的沟通翻译员）工作，在边境执勤过任务，在部队里荣获三等功 1 次、多次团以上的嘉奖，3 次被评为优秀士兵，1989 年被自治区党委政府授予“拉萨卫士”荣誉称号。

主攻民政难点问题　发挥民政应有职能

1991 年，扎西边巴从部队转业到那曲地区民政局工作。他发现要干好工作，首先要学习，并且要在学习中提高素质，增强党性锻炼。通过学习，扎西边巴的党性不断增强，明确了努力方向，增强了信心，时时处处都以党员的标准严格要求自己，努力做到遵纪守法，保持艰苦朴素的优良作风，能坚定不移地贯彻执行党在各个时期的路线、方针、政策，自觉地遵守各项规章制度，自觉服从组织的需要和安排，勤奋工作。

扎西边巴深知民政工作的政策性很强，而自己作为一个门外汉，要适应新环境的需要，做好本职工作，必须加强学习，提高各方面素质。在认真学习民政工作业务的同时，他注重学习党中央国务院和自治区党委、政府以及地区党委、行政公署的重大决策部署，注重找到民政工作服务地区中心工作的结合点，为领导决策当好参谋。在积极工作的同时，他从不放松学习文化知识，以严谨勤奋的态度，怀着对民政事业的热爱和执着追求，充分展现人生的价值和创造生命的价值。为了更好地服务民政工作，服务党的伟大事业，他在工作中科学合理利用时间学习科学文化知识，3 年后，在科室里成了独当一面的业务骨干。

由于工作表现突出，扎西边巴于 1997 年被提拔为副科长，协助科长负责全市行政区划管理工作。当时，全国全面推进县以上行政区划勘界工作，从粗放的行政区划管理模式转变为依法治界的规范管理工作。那曲地区地处青藏高原腹地，行政区划界线点多线长，涉及多个省级、地界、县级等，所辖区划面积 43 万多平方公里、全线长近 3000 公里。勘界工作大多为野外作业，条件十分艰苦，平均海拔 4500 米。有时，实地踏勘需要跋山涉水，最高的地方有 6000 多米，极度高寒缺氧；有时，工作环境的温度达零下 30 摄氏度、大风 12 级，寒冷、雨雪更是家常便饭。艰苦条件没能让具有坚定信念和责任心的扎西边巴屈服，他发扬不怕吃苦的老西藏革命精神，克服重重困难，一件接一件地完成工作。

1999 年底，那曲地区的全面勘界野外作业基本结束，此时地区民政局成立儿童福利院，由于工作表现突出，扎西边巴被提任为儿童福利院院长。那曲地区经济社会发展比较落后、条件比较艰苦，各项社会福利事业尚在基础阶段，到内地经济发达城市学习取经的渠道和机会很少。欠缺儿童福利院管理工作经验的他，在新的工作岗位上重新开始学习。

他发扬吃苦耐劳精神，拿起书本教材开始学习相关社会福利事业的政策理论，不懂的向上级业务部门请示指教，边学习边组织实施。儿童福利院的各项职能工作涉及面广、工作量大、政策性强，从组建机构、制订工作人员配置方案、采购设备、建立制度、招收儿童等业务工作，到考虑吃、住、穿、学、健康等，各个方面的事情都是摸石头过河。碰到一个问题，就攻克一个问题；碰到一个难点，就攻克一个难点，那曲地区儿童福利院在扎西边巴的精心组织下，渐渐有了起色。

扎西边巴深刻认识到，儿童福利院是党和政府关心关爱困难群体的一件民心工程，也是一项政治任务，肩上扛的任务有多么的重要他自己心里明白。他深知，在儿童福利院工作，既要有父母般的爱心、耐心及无私奉献精神，也要有严格的管理和较高的能力素质。对待儿童福利院的孩子，需要扮演严父慈母两种身份。他想尽一切办法，学习接触儿童的办法和本事，慢慢地与小孩接触，让孩子们接纳自己，从而走进他们的心里。在儿童福利院工作了四年多，他与孩子们建立了父子般的感情，单位进入了正常运转的轨道。

2000 年，那曲地区的经济发展基础相对落后，地方财政收入低，将儿童福利院的运转经费纳入财政年度预算比较困难，院里靠着临时救助资金维持着，保障和管理工作面临资金上的困难。由于机构编制限制，福利院里 90% 的工作人员是临时工身份，工资没有财政预算、没有资金来源，曾一度面临工作人员的工资都发不起的地步。为解决资金困难，扎西边巴跑东跑西想办法找门路，通过到各部门主动申请募捐资金等方式筹措资金。经过一番努力，最终筹集到 10 多万元的运转资金，利用有限的资金依靠社会上的技术力量，开办了汽车修理、汽车运输、小型水泥预制砖厂等营利性经营。在此过程中，他自己以驾驶员、汽车修理工、水泥预制砖技术工等身份参与工作。在同事们的共同努力下，经过半年多的不懈奋斗，所创办的实体有所收获，不但使儿童福利院的职工工资能够正常发放，还使奖励机制的资金有所保障，稳定了职工的情绪，贴补了儿童福利院的生活，每年创收 40 万元，彻底解决了儿童福利院的资金困难。

在抢险救灾领域，扎西边巴主动接受任务，冒着风险，跋山涉水、风餐露宿、风雨无阻，克服艰辛困难，那曲市每一个抢险救灾任务当中都能看到他的身影，每一次他都是第一时间赶赴抢险救灾一线，组织开展救援工作，深入基层走村入户调查灾情、掌握第一手准确数据，为群众排忧解难，进行核灾报灾，把救灾款物等及时地发放到受灾群众手中，确保受灾群众有吃、有穿、有住，为党和政府科学决策提供可靠的依据。

在开展救灾工作的同时，也不免发生意外。2017 年 1 月 4 日，那曲市索县境内发生地震，根据市委、市政府安排，扎西边巴凌晨 2 点连夜前往受灾一线。由于降雪路面结冰，途经 317 国道江古拉段时，车子翻滚到道路边，扎西边巴的头皮、手肘多处挫伤。为了及时完成抢险救灾工作，他不顾身体上的不适，改换其他车子继续前往受灾现场。

2017 年开始，扎西边巴分管社会救助科工作。社会救助工作涉及面广、政策性强、社会关注度高，特别是党的十九大以来，各级党委政府高度重视社会救助工作。此项工作关系到特殊困难群体的切身利益，是实现保障兜底的关键所在，是扶贫和低保两项政策的基础所在，是广大城乡居民最受关注的民政工作之一。从分管社会救助工作以来，扎西边巴精心打造“低保民心工程”，进一步加强与社会救助工作人员的联系沟通，安排部署业务工作，检查督促各项政策落实情况。他将国家和自治区出台的社会救助领域的各项政策办法，结合那曲市的实际，协同科室负责人和工作人员，共同参与那曲市城乡居民低保、临时救助、医疗救助、特困人员供养、“救急难”、民政领域内政府购买社会服务等政策的制定工作。目前，基本形成了符合那曲市实际、科学规范的社会救助政策体系，安全有效精准地落实城乡低保、医疗救助、临时救助等惠民资金 3.5 亿多元。

扎西边巴自转业任公务员以来，先后 13 次被所在单位评为优秀公务员，8 次被评为优秀共产党员，4 次被评为主题教育和驻村工作队先进个人。2006 年，被自治区民政厅评为全区民政工作先进个人。

为公不忘继往开来　用心培养民政初苗

扎西边巴在发挥自身优势、苦干民政基层工作的同时，主动担起“传帮带”的职责，对每年新生分配、干部遴选到那曲市民政局工作的新同志，没有一丝架子，和蔼可亲、耐心地讲解工作当中碰到的困难和问题，讲述自己以前碰到类似问题是怎么解决的、怎么钻研的，为民政新鲜血液及时融入民政工作起到了促进作用。

目前，那曲市民政局的年轻干部都经历了扎西边巴的培养和教育。扎西边巴经常下基层蹲点、调研工作，并带领青年干部先后两次参加驻村工作队。2008 至 2010 年，参加过社会主义主题教育三次及先进性主题教育、“三讲”教育等宣传教育活动。按照教育实践的要求，从群众中来、到群众中去，走村入户、谈心交心，拉近群众与干部的距离，开展各项学习教育，出色地完成了各项教育活动任务，也增添了他的基层工作经验。年轻干部同志在他的身上学到了一切以大局为重，兢兢业业、踏踏实实的工作态度和工作作风。

2011 年担任局领导以来，扎西边巴分管过社会救助、救灾、行政区划地名管理（勘界）、基层政权建设、老龄办、家庭经济状况核对、优抚安置等业务领域的工作，他平时人虽然和气，但是说起工作却很严肃认真，对分管领域要求高、管理严。为进一步推进民政事业项目和提升困难群体服务质量，扎西边巴在前期充分调研的基础上，了解基层民众最迫切、最需要的同时，扑下身子跑办项目、衔接项目，积极向市委、市政府汇报，结合市委总体规划部署，制定和实施项目建设工作，并对在建实施的项目进行跟踪问效和实时监督，确保已落地项目能够按时并保质保量完成建设。累计完成落实救灾体系建设项目约300多个，总投资2.5亿余元，有效提升了那曲市灾害救助快速反应能力，降低了受灾群众的损失，加快和完善防灾减灾体系建设，为防灾减灾工作打好坚实基础；落实社会福利体系建设项目约50多个，总投资2亿余元，夯实了那曲市社会公共服务基础性建设，为进一步提升对特殊困难群众特别是福利保障对象的服务水平打下了坚实的基础。

人生驿站的芳华人生

——记陕西省西安市殡仪馆副主任石小红

50岁的石小红一头短发，身材纤巧，戴着一副黑边眼镜，文静、传统中不乏时尚；精明、强干中透着坚韧。

就是这样一个执着得近乎倔强的女子，抱着“为了每个生命都能有一个美丽的告别”的信念，坚守殡葬一线岗位30年，从普通员工到中层领导，直到当上殡仪馆的副主任，恰若一个人从不懂五线谱到现在指挥交响乐。她是殡仪馆的“活字典”，是同行叹服的“石老师”，全国业界也有她一席之地——中国殡葬协会监事、殡仪委员会副主任兼秘书长。谈及她的成长，她总是爽朗一笑，“就是要实干呀”“幸福都是奋斗出来的”。熟悉她的人都知道，她的理想，她的奋斗，她的人生，都在她对殡葬事业至臻至美的不懈追求中。

初心难忘：从饿肚子到满口的“我们殡仪馆”

1988年春天，20岁的石小红成为西安市殡仪馆的一名普通职工。那时的殡葬行业文明度、透明度还很低，不少人对殡葬行业心存芥蒂，大都望而远之。母亲劝她：“你要考虑清楚，干这行以后找对象都难！”天生泼辣性格的石小红想得倒很乐观：“我干的是财务工作，又不接触死人，况且殡仪馆是事业单位，自己谋生为重。”但她这种一厢情愿的乐观，很快被现实来了个迎头痛击。

第一次走进殡仪馆的场景至今令石小红记忆犹新。她捂着鼻子，心里充满了恐惧，连那里的空气都不敢正常呼吸，更不要说去有遗体的地方。因为恐惧，石小红上班第一天没敢去职工食堂吃饭，一整天都饿着肚子。此后，又遇到了一些让她未曾想到的尴尬事。有一次参加联谊会，当时一位领导与大家一一握手，当得知她在殡仪馆上班的身份后，领导原本伸出的手竟然又缩了回去。还有一次，她和爱人参加朋友聚会，爱人的一位朋友礼节性地询问她的工作，当得知她的身份后竟忙不迭地说："对不起，对不起……"仿佛不小心触碰到了别人的"隐私"一样很不自然；给单位购买东西开具发票时，当对方听到"殡仪馆"三个字时，甚至把发票本递过来让她自己写单位名称；乘坐出租车时，当司机听说要去殡仪馆，被撵下车也是常有的事。殡仪馆同行告诉她，逢年过节不能去朋友家串门，不能主动打电话问候亲戚朋友……

"要想大家正确看待殡葬职工，就一定要把殡葬工作干出个样子。"自从消除了思想上的恐惧、习惯了自己的身份认同，石小红就结下初心、立下志向，一定要把殡葬最美、最神圣的东西做出来。30 年来，石小红没有被生活的琐碎淹没，没有做一天和尚撞一天钟的随波逐流，而是守住了这份初心，像春蚕吐丝一样积累着能量，在干中学、在学中悟，把最美好的年华全部奉献给了她选择并热爱的这份事业。

2012 年，当她听到习近平总书记那句"人民对美好生活的向往就是我们的奋斗目标"后激动万分。是的，她找到了初心，她再一次觉得，自己的初心竟那么美好。她庆幸自己，初心如我。回想着总书记的话语，联系自己的职业，自己反复咀嚼：殡葬是对人生的最后礼仪，如果做不好，人生就缺少圆满的句号，这种美好生活也是不完美的。在石小红心里，殡葬事业是崇高的，是博大的。她清楚地记得一句话："让每一个逝去的亲人得以安息，就会让一个家庭得到安宁！"

每一次，石小红都能从这些发人深思的哲理中陶冶初心，一种永不退却的激情推动着她一路向前。用她自己的话说就是："干工作仅靠热情远远不够，还要靠持久的激情。"在西安市殡仪馆迁建的一次政府专题会议上，石小红充满激情地介绍殡仪馆区域功能时，多次用到"我们殡仪馆"这个词，在场的一位领导当场打断她："请不要用'我们'这样的词，'我们'和你不是一个单位。"石小红却自然而然地说："我早已和殡葬工作融为一体了，再说这也是给我们西安人建的殡仪馆。"

让石小红高兴的是，随着社会的进步和殡仪馆自身建设的完善，公众思想观念越来越文明开放，越来越进步包容，对殡葬工作也不再像以前那样抵触了。走出传统观念、愿意了解殡葬这个行业的人越来越多了。每年清明节前后，越来越多的社会各界群众被邀请到石小红和她的团队策划组织的"便民、惠民、绿色殡葬""西安市殡仪馆清明节公祭典礼暨社会公众开放日""清明社区公祭"等主题宣传活动现场。特别是 2018 年，石小红他们在全国首次采取时下流行的"融媒体"传播方式，开展"我是一名殡葬工"——走进殡仪馆体验活动，吸引了陕西省电视台“陕西新闻”“都市热线”“都市快报”，西安市电视台“零距离”“第一新闻”“好好生活”，《华商报》《西安日报》《西安晚报》《三秦都市报》，陕西头条、华商头条、今日头条、腾讯、网易、搜狐、西部网、陕西传媒网等各类媒体宣传报道，累积 300.4 万人次浏览，1.2 万余人次参与讨论。火化师张荣，遗体整容师袁军强、张宝花，金牌礼仪师颜雯等 10 多名殡葬职工也成为焦点，他们的日常生活和工作事迹也被多家媒体宣传报道。在石小红和她的团队推动下，殡葬职工走近了大众，文明殡葬走进了社区，殡葬事业发展引起了广泛关注。

创新思路：火化礼棺开先河

自收自支事业单位的属性，如何放大社会效益，掌握社会效益和经济效益的平衡，是检验殡葬职工能力和水平的试金石。2006 年，石小红竞聘到西安市殡仪馆业务科，相继担任副科长、科长，一直负责业务工作，只是工作内容越来越多也越来越细。业务科主管殡仪车辆调度、遗体防腐整容、遗体存放、遗体守灵、遗体告别、遗体火化、殡葬礼仪、殡葬花艺、殡葬用品、国际运尸、医院太平间管理等，这个部门是殡仪馆的核心所在，也是殡仪馆实现“两个效益”双赢的关键所在。

随着市场的激烈竞争，导致殡仪馆骨灰盒销售量连年下滑，最低时竟下滑到只占火化量的 4%，骨灰盒大量积压。没有经济效益，职工不满意；市场漫天要价，群众不满意。解决骨灰盒积压的难题，自然而然就落在了上任不久的石小红身上。

石小红心里很清楚，光是库存积压的骨灰盒整个翻检一遍就得他们几个人耗去数天时间。盛夏酷暑，库房里闷热难耐，石小红和工作人员的衣服湿了一身又一身，一遍遍将积压盒子翻检整理，最终摸清了库底、盘清了数量、捋清了账目。

对骨灰盒销售这个难题，石小红采用了“一破一立”的办法。“破”，就是将能销售的降价销售，有小问题的送去维修，不能销售的报废处理。为了做好“立”的文章，石小红带领工作人员深入开展市场调查，就骨灰盒的材质、制作、漆艺、雕刻、营销方式等一系列工艺和程序进行探讨和学习，几乎成了半个专家。在充分调研的基础上，石小红制定出从 30 元起售、特困人口免费赠送骨灰盒等科学合理的惠民营销方案，并且提供性价比较高的 200 多个骨灰盒品种，明码标价供逝者家属自主选择，满足不同层次需求。骨灰盒销售“起死回生”，逐步得到广大逝者家属认可。

与此同时，石小红主动学习先进殡仪馆的经验和做法，在征得领导同意和支持后，引进了顺应传统理念、增强卫生防护、符合当地习俗和消费水平的环保火化礼棺。从120元到上千元不等，多达30几个品种，明码标价供逝者家属自愿选择，这样既符合中国民间“盖棺定论”的传统殡葬文化，也使火化环节更加人性化，得到了逝者家属的普遍接受，使用率达到了100%。骨灰盒销售的改革和火化礼棺销售的首创，使殡仪馆真正实现了社会效益和经济效益双赢。

作为业务科长，“陈年积尸”这个更加棘手的问题也必须尽快处理。当时，冷冻间一共有冷藏位112个，但68个却被陈年积尸占用，有的尸体甚至已经存放了30余年无人问津，致使殡仪馆常常面临“无位可存”的严重问题。而且长存遗体消耗大量电能，这个“疑难杂症”，对内让殡仪馆背负沉重的经济负担，对外不能满足群众基本治丧需求，这也是国内许多殡仪馆共同的“难疾顽疾”。

必须解决！目睹那些变形萎缩、发黑发紫的陈尸，石小红和她的团队克服重重困难，对长存遗体进行了清点和信息核对，对一些变形的尸体进行了技术修复处理。有些长存遗体牵扯到某些积案，或是亲属之间对死因有重大争议而久拖未决的，需要根据原始记录和一些蛛丝马迹的线索去寻找其亲属。石小红一班人不辞辛劳、费尽口舌，千方百计与家属取得联系，耐心给他们做说服工作。同时，积极联系公安、司法等部门寻求支持。功夫不负有心人，68具长存遗体全部得到妥善处理，为日后这项工作积累了丰富的经验，使西安市殡仪馆长存遗体处理工作走在了全国前列。

培养人才：精英团队来自“一穷二白”

十多年前，西安市殡仪馆基础差、底子薄，“一穷二白”特征明显，职工队伍存在着年龄偏大、观念陈旧、缺乏创新、安于现状等问题，与快速发展的殡葬事业不相适应，难以满足人民生活水平不断提高后对治丧活动的需求。石小红看在眼里，急在心里，特别是当她考察了很多国内先进殡仪馆之后，就越发坐不住了，一个着力提升员工新理念、新技能、新境界的全员培训计划在脑海里越来越清晰、明确。

在上级领导的大力支持下，石小红干劲十足。谁来培训？培训什么？怎么培训？为此，她做足了功课。根据西安市殡仪馆现状，她结合行业发展趋势制订出一揽子培训计划，以“开眼界、拓思路、提境界、强素质”为主题，将培训重点放在员工服务意识的提升和岗位技能的提高上。作为培训工作的组织者和管理者，石小红做了大量的基础工作，师资的遴选、师资单位的协调、老师的接送、食宿的安排、教具的提供、场地的布置等，事无巨细，她都要一一落实到位。她邀请了当时行业内具有领先地位的上海地区专家名师，其中包括国内国际防腐保全专家、上海复旦大学教授、资深殡葬文化研究专家朱金龙和诸华敏，时任上海殡葬服务中心主任、管理专家王宏阶，龙华殡仪馆馆长徐俊彪，有丰富基层管理经验的宝兴接殡车队队长等，整整培训了 22 天。这次培训是一次高精尖的培训，是一次全员洗脑、开眼界、拓思路、谋创新的培训。这次培训在西安市殡仪馆的管理史上开了先河，具有重要的里程碑意义。

从学习中获取了能量的人，越发重视学习。石小红管理的业务部门一直学在新处、走在前列，日本防腐专家伊藤茂、中国台湾殡葬专家邓文龙以及业界负有盛名的长沙民政学院教授王夫子、卢军、熊英、沈宏格、刘荣军，防腐整容大师许康飞，国内现代殡葬“故人沐浴第一人”吴津娜等，都是她的座上宾。

除了“请进来走出去”，石小红还注重学用结合、学以致用，经常在单位内部开展学习竞赛和技能培训活动。以“假如我是逝者家属希望得到什么样的服务”为主题，开展换位思考大讨论；以“强化团队意识、增强协助精神”为主题，组织班组之间开展竞赛；以“认识自我、提升自我、突破自我、超越自我”为主题，开展员工才艺展示活动；以“内修素质、外塑形象”为主题，开展形体形态专项培训；以“讲规矩、守纪律、强体能、重协作”为主题，组织开展具有专业性的军训活动；以“开眼界、拓思想、学先进、勇追赶”为主题，开展全方位的殡仪知识培训；以“学习民间殡葬习俗，传承优秀殡葬文化”为主题，组织专人学习关中民间丧事礼仪。

石小红在学习中引入考核机制，边学边考、边学边赛，强化学习效果。拟定 A、B、C 三种试卷对职工进行严格考试，对学习成绩优秀的员工，不仅有精神和物质奖励，而且还计入年终考核。根据工作需要，有针对性地组织开展了“新馆、新貌、新意识，高质、高量、高服务”的综合服务能力大赛，采用笔试综合题、专业题和实际操作，结合日常表现，由科长打分、组长打分、组员相互打分，奖优罚劣，评选先进，在单位内部形成了比、学、赶、帮、超的浓厚氛围，员工的整体素质在短期内有了显著提升。

在全馆职工这个大队伍中，有一支小队伍，石小红倾注了更多心血，因为他们肩负着更重要的使命，这就是让石小红最引以为豪的殡葬礼仪服务组。2008 年，一次外出学习的机会，让石小红看到了一场殡葬礼仪的演示，她顿时眼前一亮，当即认定提供内容丰富、形式多样的丧葬礼仪服务将是未来行业发展的重头戏。回单位后，石小红在馆领导的大力支持下，挑选形象气质佳、表达能力强、普通话标准的年轻人成立了最初只有 3 个人的礼仪小组。没有仪程，他们自己设计；没有教材，他们自己编写。围绕如何把殡葬礼仪打造成西安市殡仪馆的品牌服务，石小红带领大家集思广益，“好点子”不断被挖掘出来，先后增加和完善了起灵、迎灵、入炉、纳骨、骨灰安放及下葬等 16 个殡葬礼仪项目，人员也增加到 28 人。礼仪小组采取“一周一考评、一月一评比”的激励和管理方式，她要求每个礼仪人员每月背诵 50 个好词好句，20 段优美文字；她对礼仪人员的站姿、坐姿、走姿等进行全方位形体训练；对礼仪人员从个人的仪容仪表到言谈举止，进行了一整套训练培养。

2014 年，在首届全国殡仪馆建设与管理研修班期间，这支队伍在全国殡葬舞台上小试牛刀，演示了一场大型丧葬礼仪。这场演示集影子舞、朗诵、形体、影像为一体，分别从陕西传统丧葬礼仪和现代殡葬礼仪展示对殡葬文化的全新诠释，取得圆满成功，得到同行高度赞赏。2016 年，这支礼仪团队受邀参加第七届中国国际殡葬设备用品博览会，以一场“秦风汉韵”为主题的关中家祭礼在同行中引起轰动，展现传统殡葬文化的魅力，把素来沉闷和悲伤的传统遗体告别仪式升华到了艺术的高度。此外，2017 年参加中国殡葬协会首届殡仪年会礼仪演示、2018 年参加了第八届中国国际殡葬设备用品博览会礼仪演示，都在业内引起强烈反响。

“桃李不言，下自成蹊”。随后，他们又推出全程引导、陪同抚慰、人生电影、钢琴礼仪等 16 种殡仪服务，从不同角度阐释孝道、解读人生，给受众以全新的生命教育体验。2016 年，引进了当今国际国内最高品质的殡仪服务项目——“故人沐浴”，并于当年 4 月 21 日策划组织“故人沐浴”现场观礼演示，现场受邀来宾和媒体凝神屏气、聚精会神，用心体会了一场尊重生命的感动之旅。从此，拉开了西安市殡仪馆此项业务的序幕。

新馆迁建：有一种工作方式叫“上访”

新建的西安市殡仪馆位于秦岭北麓凤栖山下，青灰色的主体建筑错落有致，一派汉代雄风，恬静肃穆。每每踏上脚下的灰白石板，石小红都情不自禁驻足眺望，拂过每一座建筑和目光所及的一窗一门、一石一景。每一次，她都觉得无比踏实和满足。

总投资7亿多元建设的集“殡”和“葬”于一体的综合型新殡仪馆是一项庞大的工程。作为实施这项工程的“主将”之一，石小红倾注了巨大的心血，霜染了黑发，累垮了身体！回想起迁建的那些日日夜夜，这个拼命三郎的“女汉子”禁不住泪眼婆娑。

“为什么我的眼里常含泪水？因为我对这土地爱得深沉……”

2009年底，西安市委、市政府立足城市长远发展，决定启动市殡仪馆迁建项目。市政府要求当年12月31日必须进行奠基仪式，随即同步展开迁建手续和工程建设，时间紧、任务重、要求高。当时，殡仪馆的建设在建筑布局、功能设置和设备需求等方面都没有统一的现行标准作为参考，设计院也没有设计这类场馆的先例，这意味着一切要靠他们自己完成。

“建就建成行业的金字招牌，要集全国殡仪馆之精华，别人有的，新馆要有；别人没有的，新馆也要有；将来需要的，新馆也要具备。要大胆地开展有前瞻性的设想设计，确保30年不落后……”迁建小组的定位，让大家感到了责任的重大。

作为迁建小组成员，石小红在抓好日常业务管理的同时，负责迁建涉及的土地、规划、环保、水、电、气等手续申办；负责迁建过程外部涉及职能部门的协调推进；新馆的设计风格、装饰理念、功能划分、业务流线、文化域名、价格审定，等等。这样的工作任务，本应是一个团队的工作量，但由于人员紧缺，她只能带两名助手艰难推进。在感受到前所未有的压力的同时，她并未有丝毫退却，而是信心满满，要把自己20多年的历练和所思所学无私地奉献给新馆建设。带着对新馆的美好憧憬，“5+2”“白加黑”和“上访式”工作成为石小红在迁建时期的工作常态。

征地要稳妥。面对一些村民的不理不睬和百般阻拦，石小红和区、镇、村干部常常披星戴月，不知多少次敲开乡亲们的大门，不知多少次迎着北风、冒着雨雪到野外实地勘察。她听取群众合理诉求、积极宣传失地农民社保政策，毫无差错地完成了1200余名群众上万条数据的收集、整理、录入、汇总工作。为了抢时间，她等不起、坐不住，“上访式”奔赴公安、人社、财政、规划、土地等部门，哪里不合适拿回来立即调整，哪里有漏洞拿回来立即补充，以雷厉风行的作风推进工作进度。石小红常说：“我们之所以采取‘上访式’的工作方式，就是为了群众不上访！”由于工作细致到位，群众与政府之间、群众与施工方之间、群众与群众之间未发生大的矛盾纠纷。

规划设计不能有丝毫马虎。石小红带领设计院南下北上，先后奔赴上海、南京、广州、长沙、贵阳、北京、沈阳、长春等地殡仪馆考察学习。考察中辗转奔波、深入一线、取经调研、借鉴经验、吸取教训，白天实地参观，晚上汇总情况，节奏之紧张令随团的男同事都叫苦不迭。经过反复研究思考，石小红坚决反对新建殡仪馆一味追求高端现代的声音，提出新建殡仪馆不能脱离西安十三朝古都的历史文化底蕴，要携古虑今、承旧启新，要集追思怀念、生命教育、释解悲伤、绿色文明、现代科技于一体。这个想法很快得到广泛支持和响应。

不能放过任何一个细节。对接设计院的时候，石小红从内部的遗体存放区、业务洽谈区、告别厅、火化车间、候灰大厅、骨灰存放等业务主要功能区域，再到外部的流线循环、家属通道及办公综合区域、后勤保障区域、配套服务区域等，和设计师们一个一个研究，尽一切可能不忽略每个环节、不放过任何细节。比如，设置“一对一拣灰休息室”“保护逝者隐私的独立遗体整容间”“告别厅的两条绿色疏散通道”“公共突发事件的遗体集体冷藏间”“针对公共疫情的遗体独立处理空间和火化设备”“对特需服务的专属火化炉”，等等。同时，对通道的宽窄、进门的高低、水池的设置等逐一具体确定，她深知，这些都事关后期服务的保障和职工的劳动保护……参与设计的设计师们对石小红非常敬佩，“这个甲方太敬业了，连殡葬用品的摆放位置和顺序都考虑周到。有这样一位甲方把控设计，殡仪馆设计必然是完善的！”

新建成的西安市殡仪馆标志性建筑——安灵苑（骨灰寄存楼）就是石小红当年给设计院提出的设计构思。由于骨灰寄存业务的特殊性，对寄存方位等制约因素较多，而采用圆形建筑就从根源上解决了这个问题。她建议设计院以福建土楼为原型，在充分考虑人流疏散的同时，根据地形地貌特点，设计成地下一层半、地上两层半的覆土建筑，平层楼顶绿化美化，应天圆地方、取回归大地、入土为安之意……她还自告奋勇，查阅大量资料，邀请陕西师范大学专家团队，共同为告别厅、守灵堂、安灵苑及内部道路起名寓意：咸宁厅、苍梧厅、御风堂、菩提堂、梅颂阁、兰逸阁、凤颐路、凤藻路等名称，无一不具有浓郁的文化韵味，体现出人们对生命的崇敬和热爱。

殡葬行业十分特殊，也非常敏感，任何地方都不能掉以轻心。石小红白天研究，晚上思索，连做梦都在想。常常是突然想起什么就赶紧起床开灯记录下来。“明天要到规划局跑哪一项手续，牵扯到哪个部门、找哪些负责人”“告别厅的门不能用玻璃门，要改成与建筑配套的有文化品位的铜质门”“火化车间与除尘车间要有一定距离，否则噪声会影响职工身体健康……”

石小红逐渐养成了这样的习惯，凡是遇到新鲜事物，总要和工作对接。比如入住酒店，她都要留心研究一番。有一次，她和同事途经一个古镇，看到一处悬挂的灯笼，她立刻拿手机拍了下来，“我们可以按照这个布置灵堂！”对工作的执着和激情使她的思维时刻与她的事业联系在一起。朋友们常说，石小红三句话不离本行，啥事都能和殡葬拉扯起来。

新馆远离城市，通气、通路都是大难题。石小红一遍又一遍往天然气公司跑，连公司门卫都认识她了。“你不给我办，我就不停来找你。”最终，感动了天然气公司的领导，同意为殡仪馆铺设天然气管道。没有专门的路，她和项目负责人许惜民主任提出修殡葬专用路的设想。修这样一条殡葬专用路需要从村庄通过，资金、拆迁安置等难度极大，就连上级领导心里都没底，可他们俩坚信“天道酬勤”，踏上漫漫的“求路”之路。经多方奔波、四处协调，终于将这条殡葬专线修通了。实践证明，当时的设想是多么正确，当时的坚持是多么重要，当时的辛苦是多么值得。

新馆终于要正式启用了。2013 年，市政府下达命令于当年底启用。白天，石小红负责老馆正常业务和新馆迁建手续；晚上和周末，她又转战新馆实战化模拟训练。石小红和工作人员一起调设备、走流线、练程序。在接待大厅，她和工作人员一起研究接待细节，“我们的服务流程得改改”“你的位置应该再往前两步”“我来当逝者家属，大家全程模拟一遍！”“错了错了，这个环节有问题”……在整容间，“遗体接到后应先查看遗体状态，再办理存放手续”“每个冷藏柜面插一朵粉色的花儿会不会显得温暖一些”……在火化车间，“气压重新调节一下，保证燃烧更充分”“拣灰炉和平板炉的遗体要分开停放”……2013 年 11 月 30 日，运行了 60 年的老殡仪馆完成了它的历史使命，新的殡仪馆正式启用。

新馆凝结着石小红和众多同事们的心血和汗水。石小红视新馆为自己的“孩子”，提起新馆她神采飞扬、滔滔不绝。迄今为止，新馆已接待全国各地

400 多批次同行和社会各界参观学习，其中不乏市长、副市长、民政局局长。新馆的落成，为全国殡仪馆建设树立了标杆。

石小红心里清楚，把殡仪馆打造成金字招牌绝不是建几栋楼那么简单。传统的殡葬文化必须和时代发展相结合，符合现代人的审美时尚和文化修养。她还花了更多的心思，为新馆装上一颗强劲的“心”：在殡仪馆设立咖啡馆；通往火化车间设立开放式往生大道；男女分置整容间；设置专属定制涅化炉（黄金炉）；将粉色、紫色、绿色等亮色作为告别厅装点主色，等等。他们这支颇有名气的礼仪团队的礼仪服饰都是由她亲自设计的，受到广泛赞誉。

以往殡仪馆招工多在职工子女中考虑，它的缺点是面窄、素质低，非常不利于吸引人才。石小红打破这一传统，在馆领导的大力支持下，面向社会招录。有人对此议论纷纷，甚至有人直言不讳对她说：“你不要逞能！”石小红顶住压力，多次前往长沙民政职业技术学院招兵买马，细致入微了解应聘人员的政治素质、思想品质、学习成绩和家庭环境。几年来，先后有三四十名德才兼备的业务骨干补充进来，为殡仪馆注入了新鲜的血液和活力。

石小红立足自身部门，强力推行“首问负责制”“引导服务制”“意见反思制”三项制度，谁出现差错就打谁的板子，谁出现问题就追究谁的责任。群众对殡仪服务的满意率逐年攀升。根据新馆特点和业务发展需要，石小红及时调整人员配置，对班组该合并的合并，该分离的分离，充实火化、整容等一线班组，弥补人员不足的短板。同时，建立交接制度和杜绝太平间遗体外流管理制度等，使业务部门的运行机制更加顺畅。许多职工感叹：“以前大家慵懒涣散，出现问题相互推诿扯皮，现在明显感觉个人责任心强了、团队意识提高了、服务技能也提升了。”

应急处突：剑胆琴心冲在前

石小红既敢想敢干、雷厉风行，又具备女性特有的耐心缜密、善解人意、温婉细腻。

近年来，西安市社会公众人物和突发事件等需要重大治丧殡仪的工作都由石小红负责筹划安排和组织实施。她深知，这些殡仪工作的意义早已超出治丧本身，事关社会和谐、舆情走向甚至社会稳定，容不得半点差错。

2011 年 1 月 15 日，西安市公安局灞桥分局灞桥派出所民警王高勇、辅警曹攀攀在追击嫌疑人车辆时以身殉职，此事社会关注度很高。广大干警义愤填膺、牺牲民警家属悲痛愤慨，情绪波动很大。石小红立刻带领最强的服务团队帮助布置会场，拿出最高标准的仪式方案告慰英雄、安慰家属，弘扬社会正能量。她提出“四个一”：一场声势浩大的氛围营造；一次较高规格的英雄洗礼；一场简洁庄重的告别仪式；一次长街送英灵的感人场面。1 月 23 日上午，许多市民早早赶到现场送别英雄，不少人哽咽抽泣，大家纷纷高举横幅、悬挂挽联向英雄致敬。一名年老的拾荒者缓缓走上前，面对遗像深深鞠躬，颤颤巍巍从兜里掏出皱巴巴的十几元钱塞进英雄捐款箱，在场的公安干警、英雄家属和群众顿时泣不成声。灵车所到之处，越来越多的群众自发赶来，“英雄走好”的泣声连成一片。两位英雄送别仪式的成功举办，让逝者得到慰藉，让正义得到弘扬。

2017 年 8 月 10 日，京昆高速西汉段发生特大交通事故，造成 36 人死亡，现场惨烈。石小红带领她的团队，全力配合政府做好善后工作，整容师精心缝合修整遗体，花艺师搭设灵堂布置现场，礼仪师现场引导告慰逝者，火化师调试设备随时待命。逝者中有一名藏族同胞，来了很多送别的藏族亲友且情绪不稳。当逝者父母翻开盖布看到儿子着装整齐、表情自然，悲痛躁乱的情绪瞬间平息许多。为了避免不必要的矛盾，石小红及时了解藏族风俗习惯，多次与逝者家属协商，满足他们提出的所有要求，逝者家属和亲友非常感动，情绪平稳。在凌晨 4 点，逝者家属抱着骨灰盒离开殡仪馆时，用略显生疏的汉语对她和她的团队连说：“谢谢，谢谢！”

石小红和她的团队还成功处置了灞桥滑坡事件、某空军部队试飞坠落事故、小峪口山洪事件等善后工作，承办了最美女孩熊宁、见义勇为英雄戴俊、因公殉职延长集团董事长张林森、革命前辈董继昌、文坛泰斗霍松林、当代著名作家茅盾文学奖获得者陈忠实、著名导演西部电影之父吴天明、秦岭救援英雄黄忠文、英雄保安李国武、人民好警察王辉以及魂归故里的华侨、戎马一生的老革命、为党的事业英年早逝的社会精英等公众人物的葬礼，达到了家属满意、群众满意、社会满意的良好效果。许多逝者家属为石小红办事认真、安排周密和策划精心的作风所感动，有的还和她交上了朋友。

2010 年 5 月的一天，石小红接到了一个电话，电话那边一位中年男性语气悲伤地述说：孩子舅妈刚刚去世不久，自己的爱人又撒手人寰。女儿从殡仪馆回来后常常痛哭不止，夜夜被噩梦惊醒。原来，女儿不知道从哪里道听途说，遗体是要被绞成肉块儿才能火化的……痛失母亲和舅妈的女儿稚嫩的心灵无法承受，几近崩溃！孩子眼看就要高考，实在没办法只有给殡仪馆打电话请求帮助。

作为一位母亲，石小红完全能理解这位父亲的心情，更担心那个女孩儿的状态。于是，她从百忙中抽出时间，带领同事赶到女孩儿家里，耐心为女孩儿做心理抚慰。整整一下午，孩子的情绪终于稳定下来。第二天，她亲自带着这个孩子参观了殡仪馆的整个服务流程，特别是火化环节，并且详细介绍了遗体从进入殡仪馆到火化的人性化服务过程，女孩儿终于舒展了眉头，扫去心头的阴霾。

后来，女孩儿的父亲打来电话，高兴地告诉石小红，女儿完全从母亲去世的阴影中走出来了，高考成绩优异，已经被一所重点大学录取，他要带着孩子当面道谢！石小红悬着的一颗心终于落地，放下手中电话，满满的成就感和收获感油然而生，她竟像一个孩子一样手舞足蹈，兴奋不已。“我们殡葬人的责任不就是为了逝者安息、生者释怀吗？”

温情总是让人感动，但也必须承受打掉牙往肚子里吞的委屈。一个星期天的早晨，正在家中休息的石小红突然接到馆里电话。当她气喘吁吁地赶到馆里时，发现一群人围堵在接待大厅情绪激动、大喊大叫，还扬言要打砸大厅。石小红立即制止：“请大家冷静冷静，有什么事给我说吧！”但失去理智的逝者家属们不听劝阻，石小红立即向逝者家属深深鞠躬以示歉意。逝者家属们仍然不肯谅解，不仅谩骂推搡，还要让石小红向逝者磕头下跪才肯罢休。石小红强忍泪水，向逝者深深鞠了三个躬，稳住了现场，但义正词严拒绝了磕头下跪的无理要求。石小红忍住委屈，动之以情，晓之以理，以真诚和宽容的态度浇灭了丧属心中的火焰，逝者家属们情绪渐渐平息。在逝者“头七”的日子，石小红按照当地传统习俗，虔诚地燃起一炷香向逝者鞠躬，逝者家属们彻底被感动，后悔他们的不理智和谩骂，连说：“对不起，对不起！”

石小红也曾用自己的爱心化干戈为玉帛。曾经有一位年轻的父亲花光了所有积蓄却未能保住孩子的生命，意欲上访，使医院造成了严重的秩序混乱。当殡仪馆工作人员赶到现场时，失去幼子的父亲正蜷缩在医院的门口，怀里紧紧抱着逝去孩子的遗体，情绪极不稳定。同行的工作人员欲强行上前将孩子带走，石小红拦住他们说：“这样不能解决问题，只会激化矛盾。”她上前轻声劝说这位父亲：“你坐在地上太冰，孩子也冷，我们把孩子抱去暖和一点的地方。”孩子父亲失神地点了点头，“来，我也是一个孩子的母亲，你要信得过我，先把孩子交给我抱。”石小红小心翼翼地接过孩子。但很快那位父亲又夺过孩子痛哭起来，她赶忙蹲下，轻抚这位父亲因剧烈啜泣不断颤抖的后背，经过 3 个多小时的心理抚慰，这个经历了丧子之痛的年轻爸爸终于同意将孩子交给殡仪馆火化。后来，石小红得知这位父亲来自陕西的一个偏远贫困村庄，为了孩子的病情辗转多个城市，花光了家里所有积蓄且负债累累，她立即将这个情况上报。经过批准，减免了孩子遗体火化的所有费用，并经过技术处理保留了孩子的全部骨灰。石小红自己还拿出500元给悲伤的父亲和奶奶作路费，让他们感受到殡葬人的温暖和爱。她还给这位父亲在城里介绍了工作，年轻的爸爸终于振作了起来，只是难过想孩子时，还会给他的这位“知心大姐”打电话。

大爱无言：春风化雨润物无声

2017年底，石小红被上级任命为西安市殡仪馆副主任。任命大会上，当石小红站在台上那一刻，全馆干部职工掌声不断。

“我要不断加强学习，提高政治素质和业务能力！”

“我要恪尽职守，坚决完成各项工作任务！”

“我要以身作则，廉洁从政，做到自重、自省、自警、自励！”

不到800字的就职演说被大家4次掌声打断。这掌声代表全馆干部职工对她的认可、对她的敬佩、对她的期盼。殡仪馆主任许惜民感慨道：“这么多年来，小红苦干实干，为殡仪馆建设呕心沥血，不计得失。无论思想政治、道德修养，还是业务技能、工作作风都是全馆的表率。升任副主任一职，小红当之无愧，实至名归！”

党务工作者李文不会忘记，作为党员，石小红始终践行党的宗旨，时刻体现党员的先进性，不管业务工作多忙多累，她都按时参加组织生活，过党日，和大家促膝长谈，沟通思想，带头向贫困群众捐款捐物。带领党员学党章、学讲话、学习近平新时代中国特色社会主义思想，带领大家参观红色革命遗址，带领大家筹建党员之家、党建工作室。

职工蒋宁宁不会忘记，为了新殡仪馆早日开工建设，石小红带着她“上访式”前往市发改、国土、规划和水电气等相关部门办理手续时，为一个章子、一个批复往往一等就是几个小时甚至几天。常常满怀希望而去，失望沮丧而归，手续繁杂之难，她自己都泄了气，但石小红却鼓励她：“没关系，跑手续就要像打仗一样，我们就要把这些困难当作一个个堡垒去攻破！”

职工洪济安不会忘记，由于石小红兼任中国殡葬协会监事和殡仪委员会副主任、秘书长，除了干好殡仪馆的工作，还要完成殡葬协会赋予的各项任务，她以高度负责的精神和扎实严谨的工作作风配合完成五次殡仪委员会主任会议和四期全国殡仪馆建设与管理研修班培训，得到中国殡葬协会和同行的一致好评。

大家更清楚，不知有多少次，石小红强忍着不适，脸色苍白，拖着虚弱的身体坚守在自己的岗位上！她就像充满激情的斗士，肩膀超负荷承载却永远保持向前冲锋的姿态，她纤弱的身体里究竟储存着多少潜能，谁也说不清楚。繁重的工作严重透支她的身体，忙起来常常顾不上吃饭，身体渐渐变得虚弱，经常出现恶心、干呕、精力难以支撑等症状。特别是头疼，不得不服用头疼粉减轻疼痛，剂量由最初的每次 1 包增加到每次 6 包。当大家都忙着养生保健时，她却为工作把黑发累成白发。医生多次告诫她："再这样下去，你的身体会出大问题的。"

她知道医生的话绝不是危言耸听——忙了一天，精疲力竭地回到家，她感觉到自己从里到外极度虚弱。她曾经有多少次对家人说："太累了，真不想干了！"可是第二天一早，她又像打了鸡血一样爬起来，精神抖擞地出现在了工作岗位上。

有一次，她实在撑不住了，感冒、发烧、低血压……几种病一起向她袭来，被医生强制要求挂上吊瓶，可她牵挂着迁建工作还有几件事需要去处理，便偷偷地把点滴的频率调得很快。即使这样，一瓶液体还没输完，接到一个电话后，她又丝毫没有犹豫地便拔掉针头匆匆离去。

石小红父母身体都不好，父亲患有股骨头坏死症，多次住院治疗；母亲患有高血压、冠心病、糖尿病，多病缠身。作为女儿，她对父母尽孝太少。由于爱人工作也十分繁忙，他们的孩子从小由长辈照顾。她常常顾不上孩子的生活，更顾不上孩子的学习。记得有一次，孩子要去相距十几公里的地方补课，下雪路远车不顺。当孩子打电话要妈妈送她时，石小红还在单位忙碌，在讲清车次和路线之后，她狠心拒绝了孩子的请求。忐忑不安中，她猛然接到孩子带着哭腔的电话，一声"妈妈"，叫得她心里隐隐作痛，孩子说自己坐过站了，身上的小钱包也丢了，没办法回家。石小红心急如焚，可她还是没有离开工作岗位，只是告诉了孩子奶奶家的方向，让孩子冒着雪、踏着泥泞，走了四五站路才摸到奶奶家。事后，石小红挨了家人好一顿埋怨，女儿也好几天没有理她。石小红心里很难受，可工作一忙起来，就把自己给孩子表态的承诺全忘了。

对孩子是有些"狠心"，可对同事、对逝者家属她却是一团火。当同事家里遇到困难时，石小红总是亲赴家中，嘘寒问暖，提供帮助；当同事生病时，她总是前去探望，照顾关心；面对逝者家属，她总是细致周到，用心用情。尽管她查处积弊“刀子利”，严格管理“不手软”，同事们还是有什么心里话都愿意向她说，遇到困难愿意向她寻求帮助。

职工老牛对石小红没齿难忘。老牛 16 岁的孩子因脑肿瘤不幸离世，“人生之悲，莫过于中年丧子”，两口子顿时觉得天塌了下来，悲痛不已，神情恍惚，觉得失去孩子活着没有什么意义。老牛性格内向，不善言谈，石小红总放心不下，告诉同事们要关心照顾他、宽容帮助他，给他送去安慰的书籍，和他谈心聊天、开导劝慰。后来，在石小红的建议下，他们收养了一个孩子，可喜的是两年后他们又生下了一个宝宝。逢年过节，石小红总是牵挂着他们，给孩子送去过年新衣。直到有一天，老牛很真诚地说：“你别再花钱给孩子买东西了，我真的已经走出来了。当年多亏了你的帮助，我这辈子没有感激佩服过谁，但我感激佩服你。”

由于殡葬行业的特殊性，加之社会上有一部分人对殡仪人“另眼相看”，职工们多多少少会出现自卑心理，分心走神在所难免。每到这个时候，石小红总是耐心细致地做他们的思想工作。有一次，礼仪组一名职工因受到委屈提出辞职。石小红情真意切地与她交谈：“我知道你很努力，也受了委屈，了解你的想法。行业有不同，职业无贵贱，都是为社会作贡献，我们是为了让逝者有尊严地离开这个世界、让生者释然悲痛的情怀，什么叫生如夏花般灿烂、逝如秋叶般静美？我们殡葬行业也是阳光下崇高的行业，我建议你多考虑考虑，希望你能正确认识，谨慎抉择，与大家共同进步。”一席长谈入情入理，沉默不语的员工将辞职报告又装了回去。随后，在石小红的关心和鼓励下，她不断进步成长，积极向党组织靠拢，成为入党积极分子，还被评为西安市委十佳宣讲员，并在第八届全国民政行业职业技能殡仪服务员竞赛中获得一等奖，她就是西安市殡仪馆的金牌礼仪师颜雯。

从业 30 年，石小红始终如一尽职尽责，生动诠释了一名共产党员和一名新时代殡葬人情系事业、不忘初心的情怀，充分展示出殡葬人崇高的精神风貌和优良品行。如今，石小红在业内小有名气，曾有多个殡葬公司高薪聘请她做职业经理，但都被她婉言谢绝。石小红觉得殡葬行业博大精深、魅力无穷，她喜欢这个行业，热爱这份事业，更忠于这份责任。

“零落成泥碾作尘，只有香如故。”石小红的故事每天都在更新，但她恪守“民政为民、民政爱民”的信仰不会变，“孺子牛”般坚韧不拔的作风不会变，她在朝着殡葬行业更高目标迈进，她正带着她的团队不断把殡葬事业推向新的高度！

初心有爱　民政有情

——记甘肃省金昌市金川区民政局党组书记、局长潘秀玲

悠悠祁连，贯通新欧亚大陆桥的现代文明之路；

巍巍龙首，谱写中国有色冶金工业的华彩乐章。

这里，坐落着“全国文明城市”“祖国的镍都”——金昌。

1982 年建市之前，这里曾是“地上不长草，风吹石头跑”的大漠戈壁，曾是“鸟不拉屎，兔子不搭窝”的荒凉边地。一块孔雀石的发现，开启了祖国镍都的建设之路。西部的开拓者们，踩着改革开放的鼓点，以背冰化雪、风餐露宿、不怕牺牲、可歌可泣的开拓精神，一举甩掉了中国贫镍的帽子，将这里建设成了一座丝路古道上的新兴工业城市。西部的创业者们，和着新时代的旋律，与时俱进、开拓创新，以敢为天下先的勇气和胆识，将这里成功转型建设成了一座美丽的、现代的宜居宜游城市。如今，这里被老百姓自豪地称为“祖国镍都”“西部花城”和“中国的普罗旺斯”。

潘秀玲，就是这千千万万开拓者中的一员，她将闪光的青春无私奉献给了金昌的发展，她将爱心和才华奉献给了自己所挚爱的基层事业。

潘秀玲，甘肃省金昌市金川区民政局局长、“全国优秀党务工作者”。一名扎根基层 30 年，视群众为父母、被群众称为贴心人的基层工作者。

关爱困难群众，用爱心尽好孺子之责

民之疾苦，国之要事。社会救助事关困难群众的柴米油盐、安危冷暖，也是党的温暖最直接的体现。无论是曾经当社区书记，还是现在担任民政局局长，每个困难家庭都是潘秀玲放不下的牵挂。她说：“干民政工作心里觉得踏实，每做一件善事，心里就充实一分。”平时无论工作多忙，潘秀玲都挤时间到困难群众家里走一走，看一看，唠一唠。她深知，作为一名基层工作者，如果没有

和群众拉家常的习惯，不能时刻沉到老百姓当中，是做不好群众工作的；她深知，作为一名基层民政工作者，如果不能牢记使命，时刻和群众肩并肩、心连心，是不可能成为一名合格共产党员的；她深知，作为一名民政局局长，如果心里没有困难群众，不能掌握第一手资料，是没有资格当民政局局长的。

多年来，潘秀玲养成了每天提前半小时到单位的习惯。利用这雷打不动的半个小时，她认真学习习近平新时代中国特色社会主义思想和党的十九大报告，认真学习研究民政各项业务。坚持不懈的学习和积累，不仅锤炼了她坚定的信念，造就了过硬的本领，更是学出了一份情怀——树立以人民为中心的发展思想，时刻把困难群众的安危冷暖放在心上，怀着大爱之心，做好民政工作，真正把“民政为民、民政爱民”工作理念铭刻进脑海，牢记在心中，体现于政策，落实到行动。

潘秀玲深深知道，及时解决困难，对于急需帮助的群众是多么重要，各项民生政策的有效落实，没有一个作风硬、服务强的民政团队是不行的。工作中，她常常以上率下，以严谨的工作作风，务实的工作态度，潜移默化地影响着身边的每一个人。她还结合省市开展的“转变作风改善发展环境建设年”活动，健全完善了制度机制，采取了行之有效的措施，使干部职工把心思放在了工作上，把精力用在了落实上。

2018 年春节前夕，西伯利亚寒流来袭，气温骤降，街上的行人都裹紧了大衣匆匆忙忙往家里赶。看到这一幕，潘秀玲想，那些困难家庭的老人们，他们的窗户漏不漏风，他们的被褥薄不薄，他们的衣服保不保暖，如果过冬的东西准备不好，这些困难群众该怎么挨过这个寒冷的冬天啊。为此，她挨门逐户走访了西坡村 21 户人家，尤其是对那些低保户、空巢老人、残疾人格外关注。为了确保困难群众温暖过冬、祥和过节，她积极向领导汇报，和财政部门协调，提前将各类困难群众救助资金发放到户。之后，她又立即召开会议研究部署，分组深入各村、各社区对分散供养特困人员、低保户、留守儿童、残疾人等困难群众开展生活困难问题排查，摸清底数，制定相应措施解决问题。整整一个多星期，没白天没黑夜，她始终以身作则，走村入户，走访了 200 多户人家，了解研究了 4 类 30 多个问题，嘴皮干裂了，腿脚僵硬了，但潘秀玲丝毫不觉得累，她自豪地说:“再过些年退休了，想想干过的这些工作，熬过的日日夜夜，穿过的街街巷巷，我永远会感到骄傲，感觉幸福。真的，一个字，值！”

特困供养人员张立国，因下肢残疾，长期坐轮椅造成褥疮久治不愈。潘秀玲得知这一情况后，立即把他送往医院治疗，帮他办理了医疗保险、医疗救助、临时救助，及时解决了医疗费用。不久，张立国褥疮复发，再次住院治疗，又查出了结节性甲状腺肿瘤，医疗费用发生过多，医院怕费用没法解决要求他转院。在工作人员多次协调无果的情况下，潘秀玲前往医院，以个人担保的方式让医院继续治疗。后来，区民政局又接到了张立国的电话，说是因为头疼在金昌治疗无效已到兰州治疗，门诊治了一个星期，准备的钱已用完。在外地出差的潘秀玲得知这一情况后，立即安排工作人员给他办理了临时救助，并于当天将 4000 元救助金汇到张立国的银行账户上。

这样的例子还有很多。

2017 年 12 月，金川区民政局接到金昌市救助站通知，原金川区居民常建已从外地遣送回来，要求金川区接收。经核实，常建现年 60 岁，未婚，原来是八冶建设公司职工，1998 年 5 月被公司除名后长期外出，父母双亡，无兄弟姐妹，公安机关查找不到本人遂将其户口注销，现不知什么原因患精神病到处流浪，被外地救助站遣送回原籍。金川区民政局接收后，因为没有专门的养护机构，治病、护理、监管、生活都成了大问题。面对这样的情况，潘秀玲说："无论常建过去做过什么，现在的情况有多么糟糕，但他还是我们金川区的居民，这儿始终是他的家，如果我们不管，就真的没人管了。"于是，她东奔西走，先将常建安排进市人民医院治疗，协调公安机关为他恢复了户口，协调残联办理了残疾证，协调人社部门补缴了居民基本医疗保险，又为其申请办理了特困人员供养待遇。至此，常建的问题基本得到了解决，该享受的救助政策都得到了落实。

在精准扶贫工作中，金川区民政局联系的是宁远堡镇西湾村。潘秀玲带领全局干部职工，对全村逐户开展入户调查，反复与村两委召开座谈会，详细了解西湾村的经济发展状况和群众生活状况。在此基础上，制定了《西湾村脱贫攻坚帮扶计划》，将每一户困难群众都登记在册，组织干部结对帮扶。调研工作中，面对西湾村耕地少、大部分青壮年外出务工、留守老人较多且生活无人照顾等情况，她积极发挥行业优势，为西湾村争取省级福利彩票公益金支持社会组织参与社会服务项目，落实扶老助老项目资金 20 万元，为老年人配送生活用品，提供养老照料服务。

入户中，潘秀玲了解到西湾村女童赵雪，父母离异多年，后来父亲离家出走，母亲改嫁，寄养在二爷爷家，生活困难，缺少亲人的呵护和关爱。看到孩子无助的眼神、瘦弱的身体、破旧的衣着，潘秀玲的心都碎了，她暗下决心，一定要解决好赵雪的生活问题。回单位后，她立即号召全局职工按月为赵雪捐款，帮助赵雪办理了低保，之后又找到了赵雪的生母，多次上门做思想工作。在不懈的努力下，赵雪生母终于同意把孩子接走，到城里上学。看着赵雪的生活有了着落，潘秀玲的一块心病也好了。

为帮助更多的困难家庭，潘秀玲充分发挥慈善事业在社会保障体系中的补充作用，组织开展了“情暖花城·心系希望”慈善募捐和干部职工“爱心一日捐”等活动，为困难户、重症患者解决实际困难。2018年的一天，一名学生患有再生障碍性贫血，需要进行骨髓移植，前后花费70多万元，又面临二次骨髓移植，家庭无力负担。听到这个消息，她跑前跑后为这个孩子申请困难补助，积极筹措资金。经多方协调沟通，最终为孩子筹集了10万元的慈善救助金，帮助他们解了燃眉之急。孩子家长流着眼泪，感激地说：“谢谢你们在我最困难的时候伸出援助之手，帮我解决了困难，让我重新看到了希望，真是太感谢你们了！”

有一名留守儿童，父母早逝，由姑姑抚养，孩子想要一个篮球和一些课外读物，但因家境比较困难，无力购买。潘秀玲了解情况后，立即给孩子买了篮球和书籍，她说：“孩子的梦想其实很简单，我所能做的就是让他感受到温暖。”她知道，与这个孩子有类似情况的还有很多，以一人之力无法兼顾，她带头动员机关党员开展“一元钱爱心党费”“先锋圆梦微心愿”等活动，通过上门走访、发放心愿卡、开通热线等方式，重点针对困难家庭、孤寡老人、留守儿童以及病残家庭征集“微心愿”，组织党员干部、志愿者认领，帮助居民“圆梦”，引导激励更多的党员干部加入到献爱心队伍中。

来访群众多，是民政工作的一大特点。从担任民政局局长的第一天起，潘秀玲就在局里设立了群众信访登记簿，对群众来信、来电、来访逐一登记，对反馈的信息都作出妥善处理，并结合实际情况，给予满意答复。在工作中，她严格要求自己和工作人员，认真接待每一位来访群众，做到来有迎声，去有送语。她自己也养成了做来访记录的习惯，哪个人、什么事、啥困难、咋帮助……一一记录在册。困难解决的，就在后面用红笔画一个大大的对号；没有解决的，就想方设法为群众提供帮助。

接待来访群众，无论工作有多忙，潘秀玲总是放下手中的活儿，端茶倒水，热情接待。即使遇上个别态度蛮横的上访户，她也从不动怒，始终笑脸相迎，轻声细语，耐心解释，直到把他们说得心服口服。有时接待的来访对象是残障人员，她更是让座、倒水，耐心问，认真听，用真情和温情给他们关爱和帮助。她说：“群众办的每一件事，在我们看来也许是微不足道的小事，但在群众眼里就可能是天大的事，只有专注地倾听，耐心地解释，真心地帮助，才能拉近我们与群众的关系。”

在一个中雨沙沙的早上，潘秀玲听到办公室外面传来一阵急促的声音，好像还带着吵嚷。不一会儿，只见一个浑身湿透、光着脚的女人冲进她的办公室，在地板上留下一串串湿湿的脚印。她是潘秀玲在金水里社区担任书记时的“老熟人”侯凤蓉，精神有点失常，说话絮絮叨叨、颠三倒四。她告诉潘秀玲，房管所取消了她的住房补贴，交不起房费，能不能帮她解决一下。她还说：“别人都不愿意跟我说话，只有找你了。”潘秀玲虽然当时很忙，有很多事要处理，但看到侯凤蓉的这种情况，便将其他工作稍做安排。经向房管所了解，侯凤蓉不符合补助条件。侯凤蓉当即在办公室又哭又闹，说社区的干部做事不公平，一会儿又拿起拖布来来回回拖办公室的地。有人过来要阻止，但潘秀玲抬手制止了他们。潘秀玲耐心地和侯凤蓉说话，一问一答过了两三个小时。潘秀玲也毫不恼怒，始终面带微笑。潘秀玲耐心地向侯凤蓉讲政策、摆道理，并帮她申请了临时救助。临走时，又送给侯凤蓉一把雨伞，把她送上了出租车。

几天后，侯凤蓉穿着一双拖鞋又来了。她告诉潘秀玲，已经收到了救助金。又过了几天，侯凤蓉第三次来访，这次她穿着一双花布鞋。她说：“潘书记，你现在当局长了，上次我给你丢人了，我好几天没吃饭，省下钱买了一双鞋，今天专门来看你。”

潘秀玲在工作中既有柔情的一面，也有硬朗的一面。她常和干部们说：“我们要为困难群众负责，带着爱心和真情为他们解难事、办实事，把困难群众的事当作自己家的事来办。同时，我们也要为党和政府负责，工作中讲原则、讲政策，替政府把好关、管好钱，认真落实好每一项救助政策，符合条件的一个不落，不符合条件的坚决不批。”

潘秀玲在社区工作的时候，每一个低保家庭都坚持入户调查，每一次低保评议会她都参加，力求低保户认定工作的准确性和公正性。到民政局工作后，虽然管的事情更多了、工作更忙了，但她仍旧挤时间参加低保入户调查和低保评审会议。其他女人的包里装的是化妆品，可她的包里装的却是厚厚的低保花名册，平时下乡镇、社区，随时抽查低保户已经成了她的习惯。她说：“我平时没时间，下来了，能多了解一户是一户。”

低保对象公示是审批过程中的一个重要环节。刚开始，低保对象名单只是在社区张贴公示，许多居民不到社区就看不到，公示效果不明显。为了方便居民看到，她要求社区将低保对象名单在本人居住楼栋进行公示，让低保对象周围的邻居来监督，使一些骗保、瞒保人员无处遁形。她说："我们的低保工作只有做到不怕查，不怕告，不怕别人知道，不怕别人比较，才算是把工作做好了。"

在社会救助审批工作中，各类档案资料，她总是看得很细，问得很多。别人都说，"你一名局长，每天有那么多工作去抓，对每个人的救助这类小事盯那么细干吗，不累吗？"她说："群众的事没小事，只要我盯得紧了，看得细了，问得多了，下面的工作人员也就不敢马虎了，对工作才能更加负责，更加认真。"

潘秀玲担任民政局局长不久的一天早上，她的办公室来了一位老人，怒气冲冲地说："听说民政局来了一个新局长，低保管得严，我家里也困难，别人能吃低保，我为什么不能？"潘秀玲详细询问了老人家庭的情况后，明确告诉他不符合低保条件，并认真地给他讲解低保政策，耐心地做思想工作，还顺手拿起低保人员名册说："您看一下，这是低保人员名单，只要您能说出哪一户不符合条件，哪一户是关系户、人情户，我立即查。"老人看了一会儿说："只要你们工作做公平了，我也就满意了，我不符合条件享受不上也就没什么意见了。"

在潘秀玲的严格要求下，金川区民政系统工作作风有了很大转变，服务意识变强了，工作效率提高了，赢得了社会各界的好评。

情系孤苦老人，用孝心奉献赤子之情

双湾镇位于甘肃省金昌市东郊，距金昌市区 20 公里，是金昌市重要的蔬菜、瓜果、商品粮生产基地之一，也是首批全国农村幸福社区建设示范单位。随着经济的发展，双湾镇的农民大都在城里买了房，带着孩子进了城，村里剩下的大多数是一些生活困难的孤寡老人。

薛菊香是双湾镇龙源村的一位留守老人，为了孙子上学方便，儿子儿媳在城里买了房，一边打工一边照顾孩子，家里只留老人一人独自生活。2017 年 9 月，潘秀玲在一次精准扶贫入户走访时来到了薛菊香家里，当时已是下午三点多钟，看到老人端着一碗几乎没有热气的面条一口一口地吃着。潘秀玲看到老人这么晚才吃午饭，就关切地询问老人的生活状况，得知，老人患有类风湿性关节炎，腿疼的毛病随着天气渐凉愈加严重，当天中午因腿疼实在起不了身，无法准备午饭，只好等到腿疼稍微好一点才强撑着煮了一碗面条。老人很要强，不想拖累儿女，在儿女面前从来都是报喜不报忧。听到这些话，潘秀玲流下了眼泪。这眼泪不只为薛菊香老人流，更是为成百上千的生活不能自理的孤寡老人流，老人的冷暖是她心头的痛。

大西北的天气，一过中秋节，大雁南飞，黄叶凋零，天气逐渐转凉。遇到阴雨天，就有些冬天的感觉了。潘秀玲牵挂着那些留守老人，特别是农村老人，他们有些可能吃不上一口热饭，穿不上一件新衣。快到重阳节时，潘秀玲就筹划着为老人们集体过节，给老人一点安慰，最终为老人们办了一场生日宴。重阳节当天的双湾敬老院，处处洋溢着温馨和喜悦，老人们吃上了生日蛋糕，戴上了生日帽，收到了水果、豆奶粉等慰问品。老人们一边吃着水果、蛋糕，一边欣赏文艺节目，脸上流露出幸福的笑容。最后，潘秀玲还和孤寡老人们一起包饺子，气氛祥和融洽。

敬老院的老人都是一些无儿无女的特困供养人员，平时生活起居有人管，但老人们的内心依然孤独、寂寞，精神比较空虚，一个难忘的节日让老人们感受到了党和政府的关爱。

一位老人说，他今年 72 岁，无儿无女，这两年腿脚不便利，生活起居日益成为问题。双湾镇政府了解到情况后，便把他接到敬老院。现在，老人的饮食起居问题得到了解决。“这里吃得好、睡得好，生病了有卫生院的大夫治疗，我们这些无依无靠的老年人也有一个家了。”老人满怀激动地告诉潘秀玲。

潘秀玲提倡人性化管理，每年有高龄老人过生日，她都专门组织工作人员为老人准备生日餐，使老人感受到生日的快乐。逢年过节，她还会组织敬老献爱心活动，去看望那些生活困难的孤寡老人，为他们送去保暖内衣，送去棉衣棉被，送去党和政府的关怀，保证他们温暖过冬。

双湾镇徐家沟村四组的村民焦多书患有糖尿病，又因为脑梗完全丧失了劳动能力，妻子薛玉香患有智力残疾，儿子早年去世，老两口相依为命，生活困难。潘秀玲了解情况后，将他们夫妻纳入特困供养人员，积极和双湾镇联系，把他们送到了敬老院，让他们的生活得到了有效的照料和护理。

城市日间照料中心和农村互助老人幸福院是解决养老服务问题的一个重要平台。敬老院经改造升级后，入住特困供养老人 50 多人。除了让老人的基本生活有保障，还有生活照料、卫生保健、康复训练、文化娱乐、精神慰藉和临终关怀等功能。潘秀玲忽然萌生了扩建农村互助老人幸福院的想法，为更多的孤寡、空巢、独居老人解决养老问题。她积极协调筹措资金，利用城乡闲置学校、办公用房等公共服务设施及各种可利用的资源，采取新建和改建等方式，积极建设城市社区日间照料中心和农村互助老人幸福院，为日常生活需要照料的老年人，特别是空巢、孤寡和独居老人提供生活照料、康复保健、膳食供应、文化娱乐、精神慰藉等日间照料服务。现已建成城市日间照料中心 16 所，农村互助老人幸福院15所，并积极推行经济困难老年人补贴和居家养老服务，逐步健全了养老服务体系。

功夫不负有心人。目前，金川区城市日间照料中心和农村互助老人幸福院各项设施齐备，功能齐全，已经成为老年人集生活、娱乐、健身、康复于一体的多功能服务中心。老人们三五成群地坐在一起，打扑克、下象棋，有说有笑。他们都说："在这里安度晚年，我们很幸福。"老人们一直没什么娱乐生活，生活非常孤单，潘秀玲就经常组织开展老年人"围老虎"大赛、"中秋百家宴"、老年文化艺术节等活动，既调动了老人们的积极性，也丰富了老人们的精神世界，老人们笑得合不拢嘴。潘秀玲坚持寓教于乐、宽严相济，设立一系列管理制度，让老人们养成良好的生活习惯。除了改善硬件设施，她倡导老人们要互相照顾、团结友爱，年纪小一点的要帮忙照顾年老的，老人们也一改往日斤斤计较、吵吵闹闹的习惯，成为其乐融融的一家人。

自从互助老人幸福院和日间照料中心建成后，潘秀玲几乎每月都要去看望老人们，还时常组织为老服务队和青年志愿者，帮老人们理发、按摩、量血压，还陪老人们聊天、散步。2017年中秋前夕，她来到日间照料中心看望老人，看到一位老人神情有些木讷，也不怎么同别人交流。这引起了她的注意，她走过去握住这位老人的双手，问她是不是哪里不舒服。交谈中了解到老人是想念在外打工的儿女了。老人告诉她，儿子一家在外地务工，工作忙，没时间回来看她，她已经有大半年没见过儿子了，很想念他们。潘秀玲赶快掏出自己的手机，拨通了老人儿子的电话，隔着千里万里，老人关切地询问着孩子的情况，平时言语不多的老人瞬间变成了"话痨"，幸福的微笑如冬日的暖阳一般。

潘秀玲悉心安慰着老人，告诉她："你还有我们，我们都是你的亲人。"通过一番安慰，老人脸上慢慢露出了久违的笑容。

虽然老人笑了，但是潘秀玲认识到这并不能解决老人的长期问题，况且类似的情况还有很多。她忽然想到虽然老人与亲人不能时常见面，但现在通信这么发达，电话通信还是可以实现的。潘秀玲积极协调，多方争取资金，为老人们配上了老人机，方便操作还实用，想孩子们了就打个电话唠唠嗑，儿女们也方便了解老人们在家的生活状况，可以放下心中的牵挂安心工作。老人机还接通了12349为老服务热线，当老人们需要农政服务时，当老人们生病需要陪护时，当老人们遇到突发困难时，只要拨通电话，就可享受上门服务。

潘秀玲说："我个人的力量非常渺小，就像大海里的一滴水，即使照顾一位生活不能自理的老人都会让人焦头烂额，更何况有这么多的老人需要照顾。"

她常常思考如何引进专业的居家养老服务团队，为老人们提供更多更优质的服务。为此，她先后带领相关工作人员到成都、重庆、上海等地考察学习养老服务先进经验做法。回来后，结合实际积极探索居家养老服务新模式，建立健全居家养老服务信息平台，组织工作人员对困难老人进行摸底、建档、评估、审核，全面掌握老年人的基本情况，形成了通过政府购买服务实现居家养老的工作模式，为全区 304 名失能、失智、高龄等老年人提供健康护理、助购助浴、心理咨询、日间照料等服务，并利用金川区居家养老服务信息平台，为困难老年人提供更为细致全面的服务，初步构建了“居家为基础，社区为依托，机构为补充”的养老服务体系。

有人问她：“基层工作这么辛苦，这么多年你是怎样坚持下来的？这背后究竟是什么力量在支撑着你？”

潘秀玲回答：“是老人们的期盼！是群众的希望！是领导们的厚爱！还有我心中的梦想！所有这些，都是我乐此不疲的动力和支撑。一切困难挫折、风险压力同人的生命相比，真的都不算什么……所以，无论我遇到多么大的困难和挫折，想到身上肩负的责任，我就来劲了。”

面对一个个在夕阳中渴望关爱的老人，她用实际行动不断影响和带动着更多的人，一起用爱和责任陪伴老年人享受生活，用爱和责任陪伴他们安享晚年。

热爱老人、热爱养老事业已经融进潘秀玲的血液和生命，她用娇弱的肩膀扛起重担，用爱撑起老人们的“家园”，让每一位老人享受到尊严，用生命影响生命、用生命感动生命！

心牵拥军优属，用深情共叙鱼水之谊

翻开潘秀玲的一本本双拥记事本，那一行行隽秀的文字、一个个圈点勾画的笔迹清晰可见。一年下来，潘秀玲的笔记本比其他人的都要厚，往往是别人记了一本，她已经记了好几本，密密麻麻地写着双拥工作的点点滴滴。她经常对工作人员说：“退役军人来自人民，回归人民，服务人民。无论形势千变万变，对人民军队的感情不能变；工作千难万难，不能让军队退役人员难。”潘秀玲是这样想的，也是这么要求大家的，她自己更是这样做的。

自担任民政局局长以来，潘秀玲就始终把退役军人和重点优抚对象放在自己的心坎上，只要一有空闲时间，就深入社区和退役军人家中，同他们拉家常、叙情谊，了解他们的身体情况、生活状况和思想动态。53 岁的社区居民张文和，

是一名退役老兵，退役后被安置在金昌市毛纺厂工作。“天有不测风云”，没想到原本效益红火的毛纺厂，在他工作没几年便倒闭了，张文和成了一名失业工人，全家三口都没有工作，家庭生活困难。潘秀玲带着工作人员慰问张文和的时候，看到他的手指甲全部是黑的，而且指甲盖全都塌陷了，腿上是一片一片发褐的色斑，一种怜惜之情涌上心头。她暗自想，这些英雄为了国家的安全付出了青春年华，付出了身体健康，付出了家庭幸福，作为从事民政工作的干部，决不能让英雄流血又流泪。于是，她积极跑市国资委找领导说明张文和的经历和生活情况，陪着他去医院做体检，又多次跑到有关单位为他办理病退手续。大家都说，潘秀玲是把张文和当成了自己的亲人一样。但熟悉潘秀玲的人都知道，她对每一个服务对象都是这样耐心细致！当张文和的病退手续办下来的时候，他激动地说：“哎呀，太谢谢你们了！我终于又可以拿工资了。领导没有忘记我，党和政府也没有忘记我。”看着张文和脸上的笑容，潘秀玲满意地笑了。

像这样的情况还有很多很多。

无论是在社区工作，还是担任民政局局长，潘秀玲都心系退役军人，她没有忘记这些将青春洒在部队的人，没有忘记这些将热情奉献给祖国的人，更没有忘记自己肩上的使命。她常常告诫自己，这个岗位是党和政府联系人民群众的纽带和桥梁，心里要时刻装着群众，想他们之所想，解他们之所急。每年八一、春节等重大节日和退役士兵待安置期间，潘秀玲都以不同形式对辖区内的部队官兵和优抚对象进行走访慰问，帮助他们解决实际问题，把党和政府的关怀送给他们。

2018 年 7 月 31 日下午，在八一建军节来临之际，潘秀玲陪同区领导一起，先后到驻区部队和优抚对象家中进行走访慰问，向部队官兵及优抚对象送上节日的问候和祝福。在走访慰问老兵刘仲尔时，打开门的瞬间，老人就激动地握着她的手说："丫头，你又来了。工作那么忙，就别来了，我很好！"刘仲尔是抗美援朝的一位老战士，如今已是 90 多岁高龄了。由于年龄变大，子女又都不在身边，刘仲尔生活上得不到很好的照顾。得知这些情况后，潘秀玲积极协调社区为老人打扫卫生、收拾家务，一有空闲时间就上门看望老人，陪老人唠唠嗑、询问询问身体状况，叮嘱老人时刻注意天气变化，及时增减衣服，保重身体。她对老人说："您的儿女不在身边，就把我当作您的女儿，我会经常来看您的。"老人连连点头。

潘秀玲曾对工作人员说："优抚对象应该得到党和人民的关怀和照顾，这不仅是党的政策，也应该成为各级党政干部的自觉行动。"

参战人员李桦退役后被安置到八冶公司上班，由于 2006 年八冶公司改制，他被公司买断下岗，老婆没有正式工作，孩子又在上大学，家庭一度陷入困境。正在李桦一家愁眉不展的时候，潘秀玲去了。她说："军人是战争时期的利剑，和平时期的保护伞，退伍了党和政府不会忘记你们，我们的今天是无数个你们造就的！一想到你们现在的生活状况，我就感觉特别地难受，有时候连饭都不想吃。"随后，潘秀玲积极协调社区，跑前跑后，为李桦申请了低保、临时救助和公租房，并协调上级部门帮助李桦到公益性岗位上班，解决了李桦的燃眉之急。事后，李桦说："我们全家特别感激潘局长。没想到潘局长会到我家，更没想到她会跑前跑后为我一家解决难题，我们打心底里感激她，一辈子都忘不了她……"

看着一位位退役军人面对困难时的无措，潘秀玲眉头紧皱，陷入了沉思。潘秀玲认为，与其等退役军人陷入困境时再伸出援助之手，不如从源头上解决问题。她说："让退役军人有一技之长，靠自己的本事生存，才是解决问题的根本。"为此，她利用闲暇时间，走访退役军人了解他们的需求，还跑了驾校、电脑学校、电子商务等培训机构，并洽谈培训项目、培训费用等。经过多次沟通，谈妥了几个培训机构后，她立即着手签订合同事宜，一笔落下后，她的脸上终于露出了笑容，紧皱的眉头也舒展开来了。

悠悠拥军情，拳拳爱民心。2010 年 4 月 14 日，青海省玉树市发生 7.1 级地震，全国各地纷纷驰援，再次上演众志成城的场面。地震发生时，驻金某部队在第一时间奔赴灾区，执行抢险救灾任务。救灾结束后，部队官兵返回金昌，时任昌文里社区书记的潘秀玲组织居民精心编排了文艺节目到部队进行慰问演出，处处细心的她还带上了居民亲手缝制的850多双拥军鞋垫送给了官兵，为那些奔赴在救灾一线的官兵送去了温暖。

戈壁滩的8月是一年里最热的时候，气温高达40摄氏度，即使不走路也会汗流满面。而在部队的子弟兵仍然在坚持训练。他们的苦和累，潘秀玲都看在眼里、疼在心上，她主动组织工作人员及时为战士们送去绿豆汤、茶水等消暑饮品，还组织文艺演出队为子弟兵带去丰富多彩的文艺节目，共叙军民鱼水深情。潘秀玲说："双拥工作承载着百姓的期望和政府的重托，是构建和谐社会的减压阀，我的心中永远装着优抚对象，虽然没有惊天动地、轰轰烈烈的事迹，但所做的每件事都无愧于民政事业，无愧于人民群众。"

倾力社区治理，用担当创新改革之举

群众利益无小事，民生问题大于天。潘秀玲常说："要当好民政局局长，不光要为居民群众解决好生活困难，还要把居民群众的街道社区建设好。街道社区的服务能力强了，社区服务居民的水平提升了，就能把更多群众的困难解决好，救助养老这些工作才能上一个大台阶。"她是这么说的，也是这么做的。

在社区工作的20多个年头，潘秀玲始终将居民群众的呼声作为第一信号，将群众的需求作为第一选择，将群众的满意作为第一标准，养成了"一看二会三本账"的习惯，每天提早半个小时上班，到网格看一看，与居民聊一聊，了解社情民意；每天召集网格长开个"短会"互通信息，每周召开工作例会集中梳理问题，制定具体措施。

有一次，有居民反映，金冠花园小区因物业公司撤离，基础设施得不到维护，卫生清洁无人负责，发生下水管道堵塞、污水四溢等问题，严重影响了居民生活，这个问题谁来解决。

潘秀玲得知后，认为必须从根本上解决这个急难问题。于是，她拿起电话打给金水里社区常生武书记，和常书记一起商量解决问题的办法，尽快解决因物业撤离给居民生活带来的不便。她知道，像金水里社区这样的问题，在全区16个社区也是普遍存在的，既要解决点上的，还要解决面上的，真正推进社区的微自治和微治理。

潘秀玲来到社区，邀请人大代表以及建设、房管等相关职能部门，一起到

金冠花园进行现场办公，与小区居民共同商量解决管道堵塞、污水四溢的问题，问题很快得到了彻底解决，小区居民的生活也恢复了正常。金水里社区干部孔慧笑着说：“潘局长，你现在都已经到民政局工作了，对社区居民的事还这么操心，全区这么多居民的事，您操心得过来吗？”潘秀玲笑了笑，说：“今天，我解决的是一个个案，说明我们社区在自我管理、自我服务、协商民主方面还存在短板，社区工作还需要向这个方面加强。”就在这时，潘秀玲正好接到了区委组织部通知，近期要在全区开展城市社区基层党建工作巡检。她想，这正好为推进社区治理提供了很好的平台。

在巡检工作中，潘秀玲与各社区就物业管理、协商民主、居民自治等方面进行交流探讨，群策群力，把各社区典型做法在全区进行推广。在她的积极引导和推进下，各社区纷纷组织干部职工利用双休日、节假日走访小区居民，广泛征求意见，大大小小的居民议事会、协调会开了 10 多次，在老旧小区成立起了业主委员会，积极引入了物业公司，彻底解决了居民的烦心事，得到了居民的一致好评，进一步提升了社区规范化管理水平。

很快，这个做法在全区产生了“蝴蝶效应”，各社区更加深刻地认识到畅通社情民意的重要性。随后，各社区积极创新党组织设置方式，设立了楼栋党小组、网格党支部，建立网格员入户走访制度，收集社情民意，通过建立民情接待室、居民议事厅，开通民情热线电话、设立意见箱、发放连心卡等，进一步畅通了民情收集渠道。通过召集党员、居民代表、网格长和辖区“两代表一委员”等，集中倾听居民心声，进行民主协商，将“居民有投诉，社区才议事”转变为“居民有需求，社区就议事”，真正做到了民事民提、民事民议、民事民决、民事民评，落实基层科学民主决策制度，在城市社区提炼形成了“一征三议两公开”（征求社区建设意见，社区党支部委员会和居委会提议、相关单位商议、居民代表会议决议，决议内容公开、实行情况公开）工作法，进一步提升了金川区民主决策制度化、程序化和规范化水平。

有一天早晨刚上班，潘秀玲的办公室来了几位社区居民，情绪很激动，满脸怒气，一进办公室门就质问：“你是民政局局长，你给我们说说，我们家租住在河雅路，现在需要开贫困证明，孩子在学校要申请助学金，先后去了几个社区，都不给出具证明，都说河雅路不是自己的辖区，你们民政局给明确一下，我们到底是哪个社区的居民？”是啊，居民群众跑了几个社区，都没有拿到一个证明，能不生气吗？潘秀玲赶紧让居民们坐下，倒上茶水，耐心地解释：“因为河雅路旁多是车辆维修商铺，而且经营者大多数为本地居民，在市区内也有房子，忽略了外来人口租住在这里后的社会事务管理，这是我们工作的不到位，请理解，我立刻协调解决。”鉴于河雅路地处东区管委会，是广州路街道管理未延伸到位，暂时由宝晶里社区来代管。考虑再三，潘秀玲拨通了宝晶里社区马恒元书记的电话，商量代管东区社会事务的事。在她的协调下，马恒元答应了，但是提出要求尽快解决管辖区域的问题，代管也不是长久之计。

送走了办事居民，潘秀玲坐在桌前陷入了沉思。近年来，随着经济社会的快速发展和城乡一体化建设的推进，城区规模不断扩大，城市扩增的部分区域在社区管理权责划分上未进一步明确，导致各项社会管理服务工作未能同步到位。特别是新开发的区域人口剧增，尚未建立服务机构，社区服务与管理没有做到全面覆盖。同时，在社区实际运行中，突显出部分社区人少事繁、管辖区域过大服务跟不上，还有部分社区人员迁移到新区，社区基本没有服务事项等问题。社区布局已不能适应城市管理与居民服务的要求，科学合理划分社区区划范围迫在眉睫。

多年社区工作经验的积累，使潘秀玲深深感到社区改革势在必行，如何完善社区建设体系、提升为民服务水平、创新工作载体方法，让社区治理更精细、更到位，这是亟待解决的问题。于是，她多次向区委、区政府主要领导汇报，分析当前社区建设的趋势，以及金川区社区建设的现状，积极争取区委、区政府的鼎力支持，组织开展了社区调研活动，并组织相关部门进行座谈。经过多方酝酿论证，梳理汇总社区建设存在的困难和问题，为社区改革的顺利推进做了大量而又充分的准备工作。2018 年 7 月，完成了龙岗里、昌华里、宝运里等社区的迁址更名和区划调整工作，进一步强化城市社会管理职能，增强社区服务功能，提升为民服务水平，实现了社区网格化、无缝隙管理目标，做到服务与管理全面覆盖。

近两年，金川区各社区时有工作人员辞职，社区无法留住人才。鉴于这种情况，潘秀玲又积极行动起来，组织社区管理中心干部到社区进行调研，找出问题的症结，提出解决问题的有效措施。社区工作人员的岗位大多是公益性岗位，而社区工作头绪多，肩上责任重，工资待遇低是不争的事实，人员待遇与经济社会发展水平存在差距，而且社区考核奖励机制也不够健全完善，存在干得久与干得短、干得好与干得差都一样的现状，没有充分调动发挥社区工作人员的潜能和积极性。

潘秀玲意识到，按照党的十九大关于建设高素质专业化社区工作者队伍的要求，必须建立完善社区队伍建设机制，从源头上解决社区工作者队伍不稳定的问题，确保社区“留得住人、暖得了心、干得起劲”。她多次向有关部门建议，并向市里呈报了《关于建设高素质专业化社区工作者队伍的几点建议》，得到了市委组织部的高度重视，并由她执笔代拟了《金昌市关于建设高素质专业化社区工作者队伍的实施意见》，有效发挥了民政部门在社区建设的职能作用。

此外，潘秀玲还积极组织开展社区减负增效治理工程，按照“职能分类、事务回收、清单定责、准入审批、购买服务”的社区去行政化改革思路，制定《金川区社区工作任务清单》，全面清理规范在社区设立的工作机构和加挂的各种牌子，减少各职能部门针对社区的各类台账和材料报表，社区工作由 700 多项压减到 400 项左右，清理规章制度 57 个，牌匾 296 块，切实减轻了社区的工作负担，优化了基层组织工作环境，让社区工作人员以主要精力服务群众，为区委、区政府出台社区减负政策提供了科学依据。建立社区工作准入制，区直部门凡有事项进入社区的，须经区委、区政府研究同意，未经批准的一律不得进入社区。

经过不懈努力，金川区在城乡社区治理方面取得了显著成效。2017 年 12 月，被定为“全国农村社区治理实验区”。但潘秀玲并没有在成绩面前停下脚步，而是着力研究解决社区自治不足、服务功能不强、自治内容单一、参与活力不强等问题。为了有效推动农村社区治理深入开展，她多次协调发改、建设、计生、教育等部门，争取多个部门的支持，把农村社区建设由“条”统一成

“块”，形成齐头并进的局面，按照“七个一”建设标准（一个活动阵地、一个健身广场、一个卫生室、一个文化活动中心、一个图书室、一个小超市、一个互助老人幸福院），积极筹措建设资金，着力实施乡村振兴战略计划，不断加强综合服务和基础设施建设，进一步提升服务居民水平。

看着民政工作不断完善，潘秀玲欣慰地笑了。但多年养成的工作习惯，她从来不曾闲下来。熟悉她的同事和群众，每天看到的仍是她匆忙的脚步和身影。她常说：“以后，凡是我该做的，我都要带领全体干部职工积极去做，只要我在民政局工作一天，就要为民政对象服务一天，做好民政系统的‘孺子牛’，绝不愧对‘全国优秀党务工作者’这一崇高称号。”

潘秀玲，这名成长于基层的党员干部，始终不忘初心，牢记使命，满怀共产党人的赤子之心，秉持共产党人的高尚情操，以一颗为民之心，践行一名共产党员的崇高誓言。

潘秀玲，这名成长于基层的民政局局长，她俯首为民，砥砺前行，始终践行以人民为中心的发展思想，在工作中发扬钉钉子的精神，以抓铁有痕的韧劲，谱写基层工作的光辉篇章。

潘秀玲，扎根基层30年，服务基层30年，她呕心沥血、无怨无悔，她勤政爱民、情系百姓，她以从群众中来为荣，以在群众中工作为豪。30年来，她把自己最美的青春默默地奉献给了基层工作，用心血和汗水诠释着党的宗旨，展示了一名基层工作者无私奉献的卓然风采。

潘秀玲先后荣获“甘肃省优秀党务工作者”“金昌市优秀思想政治工作者”“金昌市精神文明建设先进工作者”“双拥工作和残疾人工作先进个人”等荣誉称号。2016 年 7 月，作为“全国优秀党务工作者”，更是受到了习近平总书记的亲切接见。

30 年来，潘秀玲从一名街道工作人员，到一名社区党员干部，再到金川区民政局局长，岗位变了，但是为民服务的心始终没变，依然将“群众利益无小事”视为自己的工作信条。她牢固树立“民政为民，民政爱民”工作理念，忠实履行为民惠民责任，用实际行动当好困难群众的贴心人。

站在新时代新起点，面对新目标新征程，潘秀玲豪情满怀，她说：“做基层工作，让我感到心里踏实。每天和老百姓打交道，让我感到幸福。每一天都是新的，就像每天冉冉升起的太阳。我一定把党的嘱托，切切实实转化为老百姓的平安和健康；一定把组织的信任，切切实实转化为老百姓的温暖和幸福。”

牢记使命　初心前行

——记青海省民政厅社会福利和慈善事业促进处副处长窦强

“作为一名民政人、一名普通共产党员，做好本职工作，真诚服务于国家和人民，才是最幸福的人生。”这是一位从事民政工作近二十年的国家公务员窦强的人生信条。

2010 年 4 月 14 日 7 时 49 分，地震如恶魔般突然而至，使原本宁静的青藏高原笼罩上了一层灰暗的阴影。当地震发生时，青海省民政厅救灾救济处主任科员窦强，正在海北藏族自治州门源回族自治县检查民政工作。确认玉树发生强震后，他立即请示救灾处领导中止了检查工作，当天中午前即返回了西宁。随着青海省救灾应急预案的启动，他顾不上照顾仍在重症监护室抢救的母亲，匆匆嘱咐哥哥、妹妹和妻子几句后，就立刻投入到了紧张而忙碌的抗震救灾工作中。

主动作为，忠实履行使命

民生是大事，工作无小事，救灾工作比想象的要困难得多。气候恶劣，海拔高，工作基础薄弱，加之突如其来的地震，玉树高原看不到一丝春来的气息。作为一名民政救灾干部，面对突击任务，收集灾情信息，统计灾情数据，核查灾情，做好上传下达工作，这是窦强的职责和使命。

窦强从事救灾工作近十年，长期负责自然灾害发生后的应急救助、灾情核查统计等工作，积累了丰富的抗灾救灾实际工作经验，是救灾处的业务骨干，更是全省自然灾害统计的“活字典”，熟悉和了解窦强的人都称他是救灾工作的“百科全书”。

依据工作职责，窦强立即向省救灾物资储备中心发出了物资调运预告；积极建议在第一时间启动自然灾害一级响应；不间断地向民政部报告灾情最新进展情况，协调民政厅机关在飞机场、火车站建立物资接收站，接收调运民政部紧急调拨和社会捐赠的救灾物资。他充分发挥“老救灾”干部的优势，主动请缨，负责与民政部、四川省政府、青海省抗震救灾指挥部及玉树州、县民政部门上下通联，同时与四川省民政厅取得联系，主动借鉴汶川地震救灾工作经验。正是有了窦强这些骨干力量的辛勤工作，使得救灾处做到了保证救灾应急组与外界联系的畅通，保证省民政厅办公室、救灾款物接收组、省救灾物资储备中心信息数据及时传递，保证省抗震救灾指挥部的统一部署和灾区紧急转移安置工作需要的各类应急救灾物资，及时、高效调配和调拨。

在灾害发生后的六天时间里，窦强一直没有睡过一个安稳觉，有时几乎整夜不能合一下眼，他的双眼布满了血丝，声音也嘶哑了，接打电话耳朵疼痛，身体严重透支。但他牢记自己的使命，坚守着一名救灾干部的使命，迅速、细致地落实好每一项需要处理的业务，有的同事劝他稍微休息一下，他说：“救灾上的各种数据我比较清楚，业务上的事情我掌握得比较翔实，在这个紧急关头，哪能休息，我挺得住。”

作为“老救灾”，窦强意识到全面、及时掌握灾害造成损失的真实情况和准确数据对救灾极为重要，因此他在落实应急救援工作的同时，主动做好灾害评估工作。在上级有关灾害评估要求还没下达的情况下，就提前通报 29 个相关部门做好震灾损失评估准备，指导灾区民政部门做好灾情上报工作。在上级部门的灾害评估指令下达后，他主动协助国土、地震、交通、通信、水利、农牧等部门核实相关基础数据。窦强带领应急组的其他同事，以对救灾工作高度的责任感和对灾区人民的热爱，克服种种困难，连续 4 个昼夜不停地工作，完成了灾害统计的报告，为省抗震救灾指挥部和上级部门及时掌握灾害损失，提供了第一手资料。

窦强的身体健康状况较差，患有风湿性关节炎、慢性胃炎、颈椎病等多种疾病。但这些病痛在灾难来临的时候，都被他遗忘了。完成应急阶段性工作后，他又两次深入海拔 4000 米以上的玉树灾区，进行实地灾情核查工作。在灾区的 40 多天里，窦强每天坚持工作近 20 个小时，在道路和车辆极差、余震不断、基础数据极其薄弱的情况下，他顶着风沙雪雨，跑遍了灾区的每一个乡镇。在认真调查研究的基础上，冷静分析基层民政部门在抗震救灾工作中遇到的难题和存在的问题，硬是在较短的时间里设计出一套科学合理的灾害损失统计表，作出了翔实的灾情统计报告。这个报告实事求是地反映了地震损失情况，为党和政府在受灾群众救助、灾后重建规划等方面提供了决策依据。

救灾人群中始终能看到窦强忙碌的身影，满身尘土，眼里布满了血丝，忙碌之余时不时用手掌安抚一下刺痛的膝盖关节，顾不得自己的这点“小痛”就又消失在了忙碌的人群中。玉树八一孤儿学校的尼玛校长语重心长地说：“窦主任是一个好人啊！他是真正用心做事情的国家干部，他的妈妈还在医院里，医生下了病危通知书，他却顾不上自己的家，为了我们藏族人民的安危，舍小家顾大家，真正的好干部！”正因为窦强这颗真诚做事的心，尼玛校长从此把他当成了自己的朋友。这也再次印证了那句话，若要走进别人的心里，必然要付出自己的真心。

在灾区，无论救灾职责之内的事也好，职责之外的事也罢，只要有人需要的地方必然有窦强忙碌的身影。渐渐地大家都熟悉了他，所到之处，无不受到藏族人民的尊重和称赞。藏族老阿妈步履蹒跚地端来一碗热腾腾的奶茶，小扎西稚嫩的小手递给他一口糌粑，身强力壮的藏族小伙捧上一口热身的奶酒，这些都一一被他委婉地谢绝了。正如他自己所说：“我是一名共产党员，这是我的工作职责。面对灾难，我们只要齐心协力拿出自己的真心做事，就一定能帮助受灾群众渡过难关。”一句朴实的话语，是他的人格所在，更是一名共产党员对党忠诚的写照。

“哥，妈又浮肿了，医生说让我们做好心理准备……”妹妹哭泣着打来电话。窦强深知日趋心衰的母亲病情又恶化了，但面对一片狼藉的灾区和流离失所的受灾群众，权衡之下他只给病重的母亲打了一个电话。母亲虚弱地嘱咐道：“妈没事，这里有你哥哥、姐姐、妹妹们呢！你好好上班，多帮帮人家！”“妈，您放心，我一定不给您丢脸，这是我的工作……”挂了电话，他强忍内心的痛楚，想着可怜的受灾群众和病重的母亲，决心化一切悲痛为力量，坚守自己的职责，和灾区人民共克时艰，同心协力渡过难关。就这样，他忙碌的身影再一次被人群淹没。

作为一名民政工作者、一名共产党员，窦强因在玉树地震中出色的工作成绩，被党中央、国务院、中央军委授予“玉树抗震救灾模范”荣誉称号。救灾工作继续数月后的一天，窦强突然收到一条短信，信息上写道：“窦强，祝贺你啊！你被评为‘全国抗震救灾模范’。这是你个人的荣誉，也是全民政系统的荣誉啊！”一段民政厅厅长的祝贺话语，一个突如其来的最高荣誉，让窦强感到欣喜，又有些许的惭愧。面对众多受苦的受灾群众，面对无数从事救灾工作的同人志士，他觉得自己做得还远远不够，这份荣誉既是对自己的鼓励，更是对自己的一种鞭策。他默默地在内心深处立下了奋斗的誓言：“一定不能辜负党和国家对我的信任，用我毕生的精力服务于人民，做人民的好公仆！”

隆重的表彰仪式在青海省会议中心举行。身着正装的窦强和所有被表彰的模范庄严地站在领奖台上，这个表彰仪式将激励他向更高的目标迈进。

重症监护室里的母亲，被再一次下了病危通知书。窦强来到母亲病床前，手拿证书和奖牌，轻轻地举给母亲看。母亲颤抖的手指触摸着鲜红的证书封面，透过氧气罩露出了欣慰的笑容，虚弱地说：“好，好，我儿子有出息了……”深冬时节，窗外飘着雪花，窦强陪在母亲身边，紧握母亲瘦弱的双手，送走了年仅 64 岁的生命。满腹的愧疚深深埋在了他的内心深处……

若干年之后再次回忆起那段往事，依然能从窦强深邃的眼眸中读懂那份遗憾，他说：“自古忠孝不能两全，在那个特殊的时期，只能顾大家舍小家，这是每个共产党员义不容辞的责任，母亲能理解，她不会怪我……”

是啊，顾大家舍小家！当国家危难之时、人民有难之日，作为一名共产党员，一名普通的民政干部，窦强用自己的实际行动谱写了“民政为民、民政爱民”的真实篇章！他以自己的忠诚和责任，践行了共产党员全心全意为人民服务的铮铮誓言。

解民之忧，体民之本

2006 年，窦强积极响应组织号召，来到青海省果洛藏族自治州玛多县进行为期两年的挂职锻炼，担任县民政局副局长。玛多县是果洛气候恶劣、条件最差的一个县，海拔 4200 米以上。初到玛多，因高寒缺氧，窦强出现了高原反应，但是他克服身体的种种不适，立刻和县民政局的同事们一起投入到民政工作中。初春的大雪覆盖了茫茫草原，牧草短缺，牧民牲畜受灾。窦强和民政局工作人员一起奔赴草原，检查牧民受灾情况。厚厚的积雪没过脚踝，窦强只穿着一双运动鞋的双脚已经失去知觉，膝盖又开始隐隐作痛，民政局的工作人员看他蹒跚的步履，劝解道：“窦副局长，你去车上坐着吧，太冷了，我们去就行了！”他严肃地说道：“我来就是干这个的，怎么能站在一边呢？走，一起去！”在了解了牧民冬粮短缺的情况后，他立即向省民政厅、州民政局汇报，积极争取救灾资金和物资，将省民政厅调拨的救灾面粉及时运往灾区，连夜和县民政局的同事们一起将救灾面粉发放到牧民手中。忙完回到宿舍时已是凌晨，宿舍里的炉火早已熄灭，窦强来不及洗漱就沉沉地和衣睡去。2006 年 8 月 15 日下午，玛多县野牛沟村突降大雨，致使十几户牧民的房屋浸在水中，须紧急转移安置。接到灾情报告后，由于缺少装卸搬运人员，窦强就和民政局的干部职工一起将十几顶救灾帐篷装上车，紧急运往野牛沟村，在牧民的帮助下，他们共同搭起了救灾帐篷，直到凌晨1点将受灾牧民安置妥当，他们才泡了几袋方便面充饥。

在玛多县挂职的日子，最难的就是与藏族牧民之间的语言交流，无法沟通就不能取得牧民的信任，更听不到他们的心声。焦虑忧心的窦强开始尝试学习简单的藏语，实在听不懂了就让同事翻译。渐渐地，他的身影被当地的牧民所熟悉，他们不再排斥他，也不再用陌生的眼光看待他，甚至主动让家里懂汉语的孩子当起了翻译。有困难找窦强，一个电话准能得到答复。哪家的孩子是先天性心脏病，哪家想申请低保，哪里还有几户五保户等等问题都在他细心、认真地了解中被一一统计、记录。数日后，藏族孩子踏上了免费医治心脏病的治疗之路，藏族阿妈拿到了自己的低保金，五保户得到了政府的生活补助金，他们从窦强真切的关心中看到了他的真心，更体会到了党和政府的关怀和重视。一条条洁白的哈达被恭敬地送到了窦强面前，一碗碗香喷喷的奶茶被送到了窦强嘴边。看到眼前的情景，窦强心里油然而生一种从事民政工作的职业幸福感！

一个寒冬的下午，窦强接到了四岁女儿打来的电话："爸爸，你啥时候回来呀？我生病了，医生说是哮喘……妈妈哭了。"听到女儿稚嫩的声音，窦强心里像打翻了五味瓶，突发的感冒加上过敏体质，女儿被医院确诊为"儿童性支气管哮喘"。妻子一个人带着孩子，既要照顾孩子又要上班，忙不过来。同事们劝窦强回去照顾孩子，可他说："我是挂职干部，怎么能因为一点家里的小事就请假回去呢？于公于私都说不过去。没事，困难是暂时的，总能过去。"妻子和他反复沟通后，他还是决定留下来，继续和民政局的同事们一起商定申请修建玛多县救灾物资储备仓库、玛多县中心敬老院等事宜。他知道，一旦请假回去，仓库和敬老院修建的事都要被搁置，冬天就没办法完成物资贮备，一旦大雪封山，牧民们就不能及时得到救助；生活在破旧敬老院中的五保老人就可能得不到很好的安置。经过向省民政厅领导的多次汇报，在民政厅的大力支持下，窦强和玛多县民政局的同事们一起完成了县级救灾物资储备仓库和中心敬老院的修建。察民情，办实事，作为一名下基层锻炼的挂职干部，他始终明确自己的工作职责，认真听取，虚心采纳，积极协调。在他挂职的短短两年中，玛多县的民政基础设施建设得到了有效改善。

每年只有在春节放假才能与家人团聚的窦强，在家的日子就陪孩子一起做脱敏治疗和锻炼身体。医生说，只有提高孩子的身体素质，增加肺活量，肺功能才能慢慢趋于正常。如果孩子身体素质好，会减少哮喘的发病频率，过了青春期也许儿童性哮喘就能慢慢自愈了。身在挂职工作岗位上的他，很难做到家庭工作兼顾两全，妻子的理解和支持也给了他坚定工作的信心。挂职工作并不是走过场，无论身在何处，他都愿意和大家站在一起，用行动来诠释一个民政人的职业价值。

在经历的工作中，有一件事让窦强更加坚定了对民政工作的敬畏之心。记得那是一个雨天，他跟随省民政厅救灾处的领导到贵德县查灾。由于道路被冲毁，车辆只能绕道行驶，且要通过一个农户的一块轮息的耕地。为了保护这块耕地，这家农户用自制的闸门拦住了路口，任何人或车辆不得通行。当省民政厅的车辆停在了路口，说明了来历后，该农户立刻拉开闸门，摆着手说道："别人不行，但你们民政人一定要给过，你们是真正的好人！"听了这番话，窦强心里升起了丝丝暖意，对民政工作充满了深深的敬仰。

淡泊名利，清正廉洁

2012年，窦强服从组织安排，担任青海省救灾物资储备仓库负责人。对窦强来说，这是人生面临的第一次挑战。没有管理经验就首先从规范自身做起，不以公事谋私利，不搞干部特殊化，不吃请，不收礼，不合规定的事不办，律己做人，清正做事。

管理仓库，免不了和有求之人打交道，仓库物资投标、仓库修缮等等事宜都有来自亲朋好友直接或间接地求情帮忙。面对工作，窦强一视同仁，好言劝朋友，友情归友情，工作归工作，互不相干。

作为党员领导干部，面对组织和群众的重托，他始终牢记做人的根本和底线，怀感恩之心，修为政之德。窦强说："我们要对得起自己的良心，对得起手里拿着的这份工资，要踏实做事，安心做人。"注重生活小节，守好精神家园。谨记"勿以善小而不为，勿以恶小而为之"。守住言行，保住名节，知足常乐，为人不贪，一身轻松，这才是一个国家干部对党该有的忠诚。窦强，就是这样一名清廉的国家干部。

担任管理工作的他始终用一名合格共产党员的标准严格要求自己，做好自己的本职工作，踏踏实实做人，勤勤恳恳做事。他深深感到，要做好一个单位的各项工作，需要明确各项规章制度。他努力学习管理知识，制定、修改和完善仓库各项管理制度，为仓库的规范化管理打下了坚实的基础。同时，他也不忘对人才的严格要求和培养，针对救灾物资仓库工作较为单一，新考录人员易从思想上放松对自己的要求等问题，他及时与员工谈心谈话，鼓励年轻干部多读书，加强业务能力学习。经过一段时间的努力，这些年轻干部很快成为业务骨干。在救灾仓库工作的三年来，窦强严把救灾物资检查验收关，确保救灾物资的质量，积极做好民政部中央级代储救灾物资和省级储备救灾物资接收、发放和调拨工作，圆满完成了给西藏、安徽、湖北、重庆等外省份及省内各灾区的救灾物资紧急调运工作。

继续前行，扎根社会福利事业

2015 年 11 月，窦强因工作需要调回青海省民政厅社会福利和慈善事业促进处工作。初到福利处，他便找来相关文件、资料，学习了解处室工作职能、工作范围，虚心向同事请教。没多久，他就对福利工作了然于心，接下来的工作就是落实好各项政策。

他主动到州县下乡，深入养老机构和困难老人、残疾人、困境儿童家中，了解全省各项福利政策的落实情况，把优点记下来，把建议写下来，把存在的困难和问题找出来，把今后工作的打算和工作措施及时向厅领导和处长汇报，采纳后付诸实施。

三年来，他不仅参与草拟制定《青海省政府关于全面放开养老服务业提升服务质量的实施意见》《青海省人民政府关于贯彻落实〈国务院关于加快发展康复辅助器具产业的若干意见〉的实施意见》等社会福利政策文件，而且不断深入基层，指导各地开展政府购买居家养老服务、农牧区困难老年人代养服务，养老院服务质量提升，困境儿童生活保障、残疾人两项补贴等工作，为青海省推进社会福利工作作出了应有的贡献。

知无涯，生有涯，活到老、学到老、干到老

窦强说，当今社会飞速发展，知识更新的速度日益加快，人要适应变化的世界，就必须努力做到活到老、学到老，要有终身学习的态度。他始终坚持政治理论学习，做到了真学、真信、真懂、真用。同时，在工作中，憨厚、朴实的他深知不断加强业务知识的学习，才能使工作思路有创新，才会谋求新的发

展，才能用科学理论指导工作实践。一方面，他用心向单位领导、业务骨干和基层民政干部群众虚心请教业务知识；另一方面，他利用空闲时间，积极通过书本、报纸、网络等方面学习。艰苦努力的学习，不仅提高了自身素质，而且很快使自己从门外汉成为单位业务骨干，同时也帮助基层民政工作人员解决了工作中遇到的问题。

翻开窦强的日记时，看到了他写下的这样一段话：

“岁月荏苒，时光如梭，转眼我已经四十五岁了。细细回想，我也只是尽我所能做了自己该做的事。我们无法改变生命的长度，但我们可以充盈生命的宽度。在我生命经历过的每一个新的出发点，我都会坚守住自己的信念，踏踏实实做实事，不虚度，不虚荣。我是一名共产党员，我选择了自己的人生信仰，就要忠于我的信仰，并为此而坚持奋斗，这是我人生永远不变的航向标。我要做真实的自己，因为人生只有一次。我要用自己有限的生命去帮助更多需要帮助的人，不忘初心，方得始终！”

巧匠仁心

——记宁夏回族自治区银川市殡仪馆干部马中贵

古人云，死生亦大矣。

亡者苦，生者痛。在生死的两边，苦痛的深渊，有一双巧手温柔抚慰着人们的心。

一

数九寒天，六七点的银川笼罩在深沉的夜色中，天气冷得出奇。

马中贵照常从玄关取下钥匙，拿上手机，走出温暖的家，他要去一个更冷的地方，开始一天的工作。

一到办公室，他就立即换上工作服。白大褂、卫生口罩、橡胶外科手套……俨然一位外科医生。然而，他的工作，并不似外科医生那样光鲜好听，甚至让人感到有些惊悚和不适。他是银川殡仪馆的整容组组长，他的工作，就是社会上流传着的一个更“入耳”的名字——“入殓师”。

上午8时到11时，是殡仪馆最为忙碌的时间。马中贵首先来到工作间，检查工具的状态：化妆颜料和化妆品是不是已经调配好，是不是因天气冷而被冻住，化妆刷和手术刀剪是否齐备，消毒用的一整套设备是否正常，工作间的温度是否合适……这些“例行公事”，马中贵做了大半辈子，仍旧事无巨细，不差分毫。他说，磨刀不误砍柴工，一旦开始干活儿了，工具不到位，就会出很多岔子，这对逝者来说，是很不敬的。

当天，银川市殡仪馆恰好接收一位因病去世的老年逝者。他因突发疾病，在医院里抢救无效逝世，遗容比较整洁，但仍旧要处理一些细节，保证老人干净体面地离去。化妆前，马中贵去征求逝者家属的意见，看看有什么需求。“干久了，遇到形形色色的人，你会发现有各种各样的讲究。治丧是人家的大事，我们尽量考虑逝者家属的心情和需求。”一说起他的工作，平时少言少语的马中贵，一下子话多了起来，“不同年龄的逝者，化妆的手法也不一样。这需要在工作中多探索、多积累经验。”说着话，马中贵带领徒弟迅速投入工作，今天他来主刀，徒弟在一旁搭把手，观摩学习。他先进行了清洗和常规消毒。消灭细菌病菌，这是必不可少的过程，消毒做不好，入殓工作会给入殓师和逝者家属都带来风险。尽管重复了很多次，他仍旧耐心地跟徒弟强调重要性。重病抢救留下的痕迹被一点点清洗掉，斑驳的药水痕迹化解在水中，遗体略变得柔软些。之后，他开始给逝者刮胡子，因为人去世后身体僵硬，所以脸部操作要格外轻柔小心，稍有不慎就会留下伤口。他神情凝重，动作轻柔小心，仿佛雕琢一件精工巧做的雕塑。刮了胡子的老人，一下子显得精神年轻。马中贵又开始为他修剪手脚指甲，耐心温柔。他稍微给老人画了一下妆，还原一点气色。细节处理完毕后，马中贵和徒弟一起给老人穿上家人备好的寿衣，他们互相搭配，速度很快。老人穿戴整齐，面容整洁，看着就像睡着一般，慈祥、宁静。马中贵说，给僵硬的遗体穿衣服并不像看着那么容易，他自己是真的做了太多次，熟能生巧。收拾好一切，逝者家属们见到了老人最后的样子，围着老人，泣不成声。一些家属瞻仰完老人遗体，不住地向马中贵和徒弟道谢。

马中贵开始收拾工作台上的工具。工作间很冷，但他有些斑白的鬓角却还缀着几粒透明的汗珠。他已过知天命之年，数小时的工作确实让人备感疲惫。收尾完成，做好登记，马中贵有了短暂的休息时间，但他没有停下。回到办公室，倒杯热茶，打开电脑，登上中国殡葬协会的网页，开始浏览。“这个网站办得不错，我觉得能学到很多东西。”他说，“这个上面有全国各地的先进案例，最新的新闻，甚至还有世界上其他国家的殡葬信息，可看的东西太多了。很多人想不到殡葬也有这么多门道，不过，一般人也不愿意了解这些……”说到这里，马中贵脸上流露出遗憾的表情：“说起来，这也正常，咱们国家的传统，很忌讳这些和死相关的事。很早之前，我们干这行的，出去都会被人躲着走呢，现在好多了。”马中贵想起了刚进入银川殡仪馆不久发生的一件小事。“1996 年，我刚到银川市殡仪馆工作，和同事在饭馆吃饭时，周围的人听我们聊天，知道了我们在殡仪馆工作，撂下饭碗就走了。”过去二十多年了，马中贵对那天的场景仍记忆犹新。

他说，提起“殡葬”这两个字，人们会有所忌讳，但是要想让社会大众尊重和理解殡葬工作者也不难。“人们认可了你的技能，就会接纳你的职业。”

二

说起接纳他的特殊职业，马中贵又回忆起一开始入行，与家人之间发生的摩擦。家人也和普通大众一样，对殡葬行业并不了解，甚至有偏见。马中贵没有办法一下子改变家人的看法，他深爱着家人，却没办法顺他们的意，在误解和偏见的夹缝中一坚持就是十几年，“和家里人意见相悖的感觉，很让我难受，我没办法不在意他们的看法。”马中贵陷入了回忆……

1967 年 2 月，马中贵出生在甘肃省天水市张家川回族自治县一个贫穷的农户家里，排行老四。

童年，对于马中贵来说，既艰苦又温馨。成长期的男娃每天有用不尽的精力，攀上跳下，摸爬滚打，胃口自然也大。马中贵回忆，从记事起，似乎他就没有吃饱过。家境贫寒，一家七口人的温饱问题是巨大的难题，光靠孱弱的父亲和多病的母亲，是无法解决的。因此，他们兄弟几个自小就要参加劳动，春种时，锄地、播种不在话下；秋收时，更可能旷课待在地里搬麦草，背土、拉粪车也是常有的事。

春天，大地解冻，漫山遍野的嫩草冲破柔软的土壤，长及两三寸，马中贵的母亲就带上年幼的几个孩子，拎着大小参差的竹篮上山采野菜。苜蓿、苦苣菜、灰灰菜、马齿菜……各种各样，现在的大部分年轻人很难想象，那些叫不上名字的野草，曾经填补了多少贫寒人家的餐桌。在马中贵家，新鲜的野菜吃完，还要留一些晒干储存，等到没菜的时候吃。西北地区讲究沤制浆水，马中贵家人口多，就得沤几大缸浆水存着，而浆水里的菜，也只能是这些野菜。马中贵说苦苣菜浆水的味道几乎是自己童年的味道，也酸也苦也甜，现在回忆起来，仍旧余味深长。

“吃饭穿衣量家当”，嘴都顾不上的马中贵家，穿衣也是大问题。男娃们每天到处摸爬滚打更费衣料，但家里不可能给每个孩子都做衣服。马中贵从小就是穿哥哥们穿小的衣服长大的，不仅穿哥哥的旧衣，还要穿宽裕的亲戚邻居接济的旧衣服。因为穿了别人家孩子的旧衣服，马中贵曾被那个孩子堵在学校里当面嘲笑，那时候已经稍微懂事的马中贵羞得面红耳赤，没法辩解，带着一肚子委屈匆匆逃出学校，回家大哭了一场后才慢慢平息。

从这样艰难的生活里走出来的马中贵如今也保留着艰苦朴素的作风，不讲究吃穿排面，衣服常常穿到边角磨损到破烂还舍不得扔，直到妻子看不下去，强行给他扔了换上新的。他爱惜衣物、爱惜家具，家里至今用着20年前结婚时置办的碗碟。“用着用着，都用出感情来了。”马中贵笑着说，“不过说实在的，这些东西都是身外之物，能用就行。我年轻的时候没讲究过这些，现在更没心思讲究了。比起吃穿，还是工作更能带给我满足感。在我2015年入党以后，这个信念更牢固了，大半辈子就这么过来了。”

回忆着童年往事，马中贵吐露，自己有一个一辈子也忘不掉的场景。

在他上小学的时候，一次在课上跑神，盯着窗外发呆，突然看到父亲单薄的身影出现在校门口，背后跟着家里的黄牛。马中贵心里一惊，默默观察父亲要干什么。在校门口踟蹰一阵后，父亲走向高年级的教室，趴在窗口向内张望，又摆了摆手。马中贵知道了，父亲是在叫大哥。大哥走出教室，和父亲交谈了一阵又回到教室，再出来时，手里拎着破旧的黄书包。大哥跟在父亲和黄牛的背后，一步一挪，走出了校门。这以后，大哥再也没有回到学校，他开始负责放牛，跟着父亲一起下地劳动。回忆到这里，马中贵有些哽咽：“大哥为我们这个家付出了太多，他的恩情，我们几个弟弟难以偿还。”

这个事情在年幼的马中贵心里引发极大的震动。他知道，如果当天父亲来找的是自己，那他就要离开教室去做放牛娃了。大哥作出了牺牲，他就要好好学习，对得起这份牺牲。于是，他开始努力学习，再不敢在课上闲玩。一直到高中毕业，他的成绩都在班上名列前茅。“我高考前成绩一直很好，自己也自信满满，想着高考就能出人头地了，结果考试当天没发挥好，心里太遗憾了，感觉对不起家里人。硬着头皮又复读一年，压力更大了，比第一次还紧张，结果还是没考上理想的学校。”于是，马中贵彻底放弃了上大学的念头，将书本抛入家附近的河里，决心出来工作，挣钱贴补家用。

刚进入社会的几年，马中贵到处碰壁。“20世纪80年代的小县城，除了务农、做小生意，实在没有什么出路。我清楚，这么窝着不是办法。”1990年，他离开家，跑到宁夏银川投奔已经工作的哥哥，经人介绍接触了殡葬，一踏入这行，就干了一辈子。

三

马中贵参加工作的第一个岗位是贺兰山榆树沟回民公墓管理员。

“那时的公墓只有一条崎岖山路和外界相通，我一个人守陵，山下的人隔几个月给我送点儿粮，一年到头都难见新鲜菜。”马中贵回忆着。

说是公墓，其实就是一片无际的荒滩，了无人烟，连树都没几棵，最恐怖的是刮风。风从贺兰山的阙口掀起，横冲直撞，似乎要刮走大地的一层皮。漫天黄沙，洗劫一切，真如末日一般。荒原上破碎锋利的石块裹杂在大风中，敲得马中贵的小屋和心脏一齐砰砰作响。在山坳里长大的马中贵第一次见这样的场景，心想：这就是末日来临吧！

因为交通不便，给马中贵的供给常常是几个月一次，主要送些米面和粮油，很少见到新鲜菜。马中贵开始下厨做饭，没有师傅教，家当又有限，全靠自己摸索。一开始，做不好饭，饿了几次肚子，后来饿急了，不管生熟都囫囵吞下。慢慢地，他摸索出了门道，才吃上了热乎饭。

“那时候，条件艰苦，吃饭什么的，我都能忍受，慢慢也就适应了。但是一个人待着这件事，真的能把人逼疯。”马中贵一个人守陵，不常见到人，没人说话解闷，也没电视看，一刮风收音机也用不了。这对一个年轻小伙子来说，实在煎熬难忍。工作时间之外，马中贵每天就在荒滩上溜达，能走多远就走多远，有时候走到忘了时间和饥饿。蓝色无垠的天际，旷野的沙土、荆棘、石块，被西北风刮进他的眼睛，种进他的心里，和孤独一起肆意生长。“我太无聊了，能见到的活物就是野兔，偶尔抓到几只，没舍得吃，做了一个圈，把它们养起来了，也算是个解闷的活物。”

慢慢地，马中贵的心沉淀下来，他开始读书解闷。每次山下的人来送供给，或是哥哥前来探望，就会给他带一两本书。马中贵闲暇时间就全部用来看书，小说、报纸、杂文……一册册、一页页地反复翻看，磨得毛了边。他最爱不释手的是关于革命战争的小说，至今还能回忆起那时候如痴如醉的情景。《黎明的河边》里的交通员小陈，就像他一样年纪轻轻，却已经饱经战火的考验，看到小陈一家牺牲，他也心痛得像被剜去一块肉，一个人捧着书痛哭不止。三册《红旗谱》，他看了无数遍，熟悉到能复述细节，豪爽正直、刚毅不屈的朱老忠更成了他当时的精神偶像。“将军作家”谢良的《铁流后卫》《独脚将军传》《狱中怒火》等书都曾是他的枕边读物。也正是从这个时候，他开始接触了真正的共产主义思想，种下一颗做共产党员的种子。

时间，让人适应一切。马中贵在贺兰山的狂风洗礼下，也慢慢成熟起来，安心管理墓葬。

他在工作上踏实肯干，表现出色，为人又老实，接触的人都很欣赏他，便相继热情地给他介绍女朋友，这时候他就认识了现在的妻子焦凤琴。两个年轻人第一次接触，便认准了对方。可是马中贵的工作，让焦凤琴和她的家人心里有疙瘩。再加上马中贵独居在荒滩，见一面都是奢侈，这段恋情一萌芽便波折重重。那段时间他愈加煎熬，苦苦思念恋人却无法保持密切的联络，于是开始写信。信写了一封又一封，每一个字都被热情灼烧得发烫。焦凤琴收到的信慢慢累积起来，心里的疙瘩慢慢消散下去。最终，她答应嫁给马中贵。

1992 年 4 月，马中贵不再是孤独一人，他在榆树沟的荒滩上真正地安了家。1995 年 12 月，他们拥有了一个女儿，一家三口在荒郊野岭抱团取暖。回忆到这里，马中贵眼睛湿润了。他说：“我至今都觉得对不起爱人和孩子，孩子一直到五个月大的时候，都住在荒野里，别说人了，连点绿色都看不到……”也是在这个阶段，马中贵迎来新的考验，他可以带老婆孩子搬下山住了，不过条件是进银川市殡仪馆，从事遗体整容工作。

这个新工作对马中贵来说，有两大难。一是，遗体整容，马中贵从未接触过。虽说在贺兰山榆树沟回民公墓做了几年管理员，但是和亡者“打交道”的工作并不那么多。这下，真要接触遗体，马中贵心里有些怕。二是，马中贵是一个回族，因为宗教习俗的差异，汉族的殡葬习俗和回族有很大差别。家里的亲戚朋友得知这个消息，也明着暗着表达了不支持。马中贵苦涩一笑，“我没办法改变他们的偏见，我自己想的是信任我，我就去做。等我做好了，别人就会慢慢懂我的。”马中贵接下工作，从榆树沟搬回城市，一边开始安置小小的家庭，一边开始跟师傅学习遗体整容。真的进了这行，他才知道，自己之前想得还是太简单。

四

刚接下工作时，马中贵心中的遗体整容就是“给亡故的人画个好看的妆”，等跟上师傅进了工作间，他才知道遗体整容是多么复杂严肃的工作。

“头一次出了工作间，我一连几天睡不着觉。”马中贵说。遗体整容师所要面对的不只是正常死亡的遗体，一些不幸的人因事故遇难，肢体有时残缺不全或者高度腐败，需要大量的修整恢复工作。遗体整容师的第一要务就是克服恐惧心理。

最初面对遗体时，紧张和害怕支配着马中贵，他站在工作间缩手缩脚，不能投入。师傅见他状态不对，每次工作后，都会花时间安慰开解他。回到家，体贴的妻子也主动问长问短，抚慰他的情绪。渐渐地，他能平和地面对各种各样的遗体了。

“那时候，我真的很害怕接到任务。一听到有任务，就头疼紧张。”马中贵激动地说：“但每次工作结束，看着逝者安详的遗容和逝者家属满意的神情，我感觉到自己工作的重要性，可以说不能缺少。”

心理障碍克服之后，马中贵在师傅的培养下，开始系统学习美容、防腐、解剖等多门类知识，几年打磨下来，逐渐成为银川殡仪馆遗体整容组的骨干。

在这个特殊的岗位上，马中贵见到太多生离死别和人间悲剧。“没有比医生和干我们这行的更见惯生死了。干了这份工作，我才懂得了生活的复杂，现实的残忍……”马中贵沉吟道，“古人说‘死生亦大矣’。没错，人就两件大事，生和死，我们殡葬工作真的很重要，没有理由不干好。”因为有这样的觉悟，他义无反顾地为患有传染性疾病的逝者整理仪容；忍着难闻的气味，仔细清洗逝者身上的粪便等污物；用手一点点地清除掉腐烂遗体表面的水疱和污渍……

过硬的遗体整容技术和踏实肯干的工作态度，让马中贵在殡葬行业里出了名。一旦接受有疑难、需要整容的遗体，或是高难度的修复工作，他们就会通知马中贵过去帮忙。不论什么时间、什么地点，只要他接到通知，一定会毫不犹豫地赶去。“殡葬的事不同于别的事，不能等，不能拖，更不能拒绝。”马中贵严肃地说。

一年冬天，石嘴山某厂发生锅炉爆炸事故，有四位工人因严重烫伤当场去世。电厂急需殡仪馆派人去给遗体整容整形更衣，任务量巨大。马中贵接到通知时，已是晚上 9 点多钟。当时在家休息的他二话不说，穿起棉衣就往外跑，甚至来不及给妻子解释。他带着工具连夜赶到石嘴山，在一间寒冷的车间里，见到了四位逝者。“真的是惨不忍睹，我不愿意回想。”那时候，他的心也像是被滚水烫了一样疼，不住地在心里痛喊：“这些人正是家里的顶梁柱啊！”马中贵一边揪着心，一边开始工作。他先清洗工人遗体烫伤的表皮，那些表皮一碰就随着水流流掉，马中贵轻柔地整理，以尽力保证遗体的完整。清洗完毕，他又进行细致的善后处理，尽量使伤口不那么触目惊心。这中间，他连喘气的时间也没有，等四具遗体全部修整得当，已经是第二天早晨的八点，马中贵的棉衣都被汗水湿透了，他只觉得眼前发黑，双手颤抖，两腿无力。四位工人的家属瞻仰遗体时痛不欲生，哭天抢地，尽管已经尽了自己的最大努力，马中贵的心里仍不是滋味，他多想自己能做得更好，做到完美。

2013 年的某天，发生了一场惨烈的意外事故。一个年轻男子不幸遭遇车祸，被几辆汽车接连碾压，遗体破损极其严重，头颅破碎，双耳缺失，四肢不同程度受损。当时，逝者白发苍苍的老父亲找到马中贵，他几乎哀求似的拜托马中贵想想办法，让他的儿子完完整整、体体面面地离开。看到老人在噩耗冲击下颤颤巍巍的身体，马中贵想到了自己孱弱的父亲，二话不说就答应下来，立即进殓房工作。经过数小时的清理、缝合、整形，遗体基本复原，但还缺一双耳朵。马中贵看着年轻人心里实在不落忍，又花了数小时，想尽办法做了一双耳朵安装上去。当老人看到整容后基本恢复的遗体，涕泪横流，感动得非要给马中贵磕头致谢，马中贵连忙阻拦安抚。

还有一位逝者由于遭受雷管爆炸伤害，遗体除了头颅比较完整外，肢体支离破碎。经过马中贵一整天的细致缝合和整理，最终呈现在家属面前的是一具着装整齐、宛如熟睡的遗体。面对着疲惫不堪的马中贵，家属泪流满面，连声道谢。“干殡葬工作要有三心，即仁爱心、同情心和责任心，这样才能干好每一样工作。”他是这样说的，也是这样做的。他经常教育徒弟说：“要想给遗体整好容，我们就要换位思考，要把逝者当亲人。假如是我的亲人走了，在整容中我想达到什么样的效果，这样才能整好容，才能给逝者以尊严。”正是带着这一份责任心，马中贵把遗体整容这份事业做到了极致。

马中贵不仅在遗体整容技术上追求进步，在服务上也严格要求自己，不断改造条件，给逝者家属更多人性关怀。他常常叮嘱徒弟：“殡葬就是给人服务，既要服务好逝者，也要服务好生者。”每次接到逝者家属的咨询时，马中贵都会耐心地告知如何办理丧事，需要哪些证明材料，并详细了解逝者的情况。2013 年 8 月，有一位逝者家属在咨询时，强烈要求按照家乡习俗治丧，要殡仪馆早上 7 点举行告别仪式，8 点将逝者运回老家安葬，而殡仪馆正常的上班时间是 9 点。为了满足家属的心愿，马中贵劝说同事变通：“这是逝者的最后一程，尽量满足丧属的意愿吧，大家辛苦点儿加个班，早点儿来吧。”最终，告别仪式按逝者家属的心愿圆满完成。

为更好体现“让逝者安息、使生者慰藉”的工作宗旨，体现殡仪馆人性化服务理念，马中贵想了很多点子。比如，逝者家属在遗体更衣、尸殓服务过程中等待时间较长，马中贵就建议馆里在整容室外面的空地上建一座遮雨棚，安装座椅，供逝者家属休息。在实际工作中，遇到那些家庭困难的逝者家属，如有缝合手术等服务，马中贵都会对手术费用适当减免，一些举手之劳的事，他都会免费做了。因为服务好，真心为逝者家属着想，时常有家属送来红包和礼品，马中贵每每都婉言谢绝，二十多年来无一例外。

生活，不如意十之八九，永远不知道明天和意外，哪一个会先来。社会新闻中的突发伤亡事件在普通人听来，不过是一则短短的播报，对于马中贵等殡葬工作者来说，是每天要面临的真实又具体的工作。作为遗体整容师，随时都要有整装待发的思想准备。尤其临近节假日和年关时，事故多发，马中贵和同事有时候在零下十几度的殓房内一干就是一整夜。逢年过节，马中贵总是主动和同事调休，让他们回去和家人团圆，自己一个人值班站岗。“我家过的是回族的习俗，不像汉族同胞这么讲究过年，他们和家人热热闹闹地过节挺好的。”马中贵憨厚地笑了。

每逢节假日，在别人享受与家人朋友团聚的欢乐时，马中贵却在殡仪馆的工作间里高度紧张地做着遗体整容工作。马中贵说：“这么多年，我最感谢的人，就是我的妻子，没有她的支持理解，我干不了这份工作。”有一年五一国际劳动节，马中贵早早答应女儿和妻子，带她们去中山公园玩，孩子为那一天已经期待很久，妻子也想和丈夫好好散散心。结果，临出门时，单位电话通知他立即赶到陕西省定边县为一位逝者整容。逝者是一位工人，为了保护国家石油，被偷油贼用车撞死，头颅和身体多部位被压碎撕扯，需要一位技术高超的师傅缝合修整。马中贵二话不说，立即动身去几百里之外的定边。孩子的哭闹和妻子遗憾的表情，在他心中挥之不去，可他没有别的选择。当马中贵再次回到家时，已是凌晨，妻子看到他回来，一句抱怨的话也没有，倒了一杯热水递到他手里，就挽起袖子走进厨房做饭。“端起那碗热腾腾的臊子面，我眼里的泪水止不住地往下淌。”回忆起那一幕，马中贵的眼睛又湿润了。由于工作的特殊性，马中贵常年没有休息日，“孩子从上幼儿园到高中毕业，我没接送过一次，家长会也都是她妈妈去参加，我这个父亲做得不称职。”马中贵对女儿一直心存愧疚，女儿如今已经大学毕业，马中贵失去了陪伴她成长的很多机会。即便如此，他对当初的选择也从没后悔过，“再让我选一次，我还做这个。别的工作我不一定做得来，但这份工作我一定做得比别人好。”马中贵很有底气地说。

确实，马中贵在殡葬整容领域已经成为一个小有名气的专家。他爱学习，爱记录，爱琢磨，每次有新发现时，他都会立即记录下来，工作一有闲暇就去做实验，反复测试推敲。多年的实操积累下来，马中贵在遗体整容方面有了许多开创性的技术。为了把在非正常事故中死亡的逝者破损、变形、腐败的遗体恢复形状，他向资历深厚的法医拜师，不断钻研人体解剖知识，摸索出一套骨钻打眼定位技术，运用特殊材料还原人体完整骨骼，使得缝合后的遗体表面更加平整自然。通过多年经验积累，反复实验，他配制出特殊遗体化妆专用的新颜料，使得遗体肤色均匀，妆容更加自然美观，在使用后赢得了逝者亲属的赞扬。诸如此类的宝贵经验，在马中贵二十余年的从业经历中比比皆是。作为遗体整容事业上的有心人，他把这些技术、案例全部总结、记录下来，编写出一本遗体整容教材，毫无保留地传授给了殡葬整容行业的年轻人，得到了同行的认同和赞扬。

近些年，考虑到马中贵年事已高，殡仪馆领导将他调到了办公室，但马中贵的心还紧紧记挂着一线，最终变成了两头跑。在办公室的岗位上，马中贵带头作出不少成绩。为了更好地完成遗体整容工作，马中贵率先在殡仪馆各班组间提出并制定了遗体整容组工作标准、服务流程及注意事项，详细规范了遗体整容工作中的注意事项及服务标准，查找出工作中容易出现差错和漏洞的地方，并印刷成册，殡仪馆里人手一本，做到了人人心中有数，在工作中知道该干什么和不该干什么。他还制定了整容组“安全隐患排查制度”，对整容室的安全措施提出了严格的管理模式，坚持每天下班前检查整容间的安全隐患。

2008 年，银川市殡仪馆迁入新址后工作条件有了显著变化。遗体接运、整容、殡仪服务、火化等各个环节实现无缝对接，殡仪馆的人员构成也发生了变化。“殡葬行业以前大多子承父业，现在有了大学生。这些大学生在学校里经过系统的训练，有的还参加过全国性技能大赛，都是人才。有这些年轻人跟我一块儿打拼，我工作更有信心了。”在年轻血液的影响下，马中贵最近把视野拓展到了新的时髦领域——3D 打印技术，“现在很多外地殡仪馆在遗体整容时采用 3D 打印技术。遗体整容技术也在与时俱进，真希望我们银川也快点儿开始做这个！”现在，马中贵一有闲暇，就开始琢磨这个事。

五

从 1990 年到 2018 年，28 年间，马中贵一直在和死亡“打交道”。他以精湛的技术、谦卑的姿态、悲悯的情怀，为 5 万多名逝者摆渡人生最后一程。无论面对什么身份的逝者，恭恭敬敬鞠上一躬是马中贵工作程序的最后一个步骤。

“我们的工作是让逝者保持最后的尊严和体面，这是抚慰逝者家属的大事，值得去坚守。”

“有什么事能比失去亲友更悲痛呢？面对情绪激动的逝者家属，多体谅、多理解、多安慰。”

“不要太在意世俗偏见，做好自己的本职工作，偏见自然会改变。”

……

二十多年来，马中贵带领着银川市殡仪馆整容组的全体职工，坚守在殡葬一线，认真工作，踏实办事。因为工作成绩突出，马中贵连续多年被银川市民政局和殡仪馆评为先进工作者、优秀共产党员。2014 年，他被评为全国殡葬工作先进个人、银川市总工会劳动竞赛优秀个人，他所带领的遗体整容组在劳动竞赛中被评为优秀班组；2015 年，他被评为全国劳动模范；2016 年，他被评为全国优秀共产党员；2017 年，他当选为党的十九大代表；2018 年，他被授予感动宁夏 60 周年人物提名奖……纷至沓来的荣誉从未让他自满，他说："尊重生命更大的意义在于珍惜生活。对我来说，珍惜生活最好的形式就是更好地为人民群众服务，体现一名共产党员应有的价值。"

如今，马中贵的一个工作重心是带徒弟。"遗体整容是一门技术活儿，什么时候都少不了，我们的社会越来越文明，殡葬事业也不能拖后腿。必须培养年轻人，以他们的创造力，肯定会比我干得更出色！"说完这个，马中贵爽朗地笑了。

一辈子 一件事

——记新疆生产建设兵团第六师五家渠市养老院院长王俊

在祖国西北边陲新疆，160 万平方公里的广袤土地上，有一支不穿军装、不拿军饷、永不换防、永不转业的 280 余万人的特殊部队，这就是新疆生产建设兵团。60 多年来，几代兵团人在塔克拉玛干沙漠和古尔班通古特沙漠周围，在长达 2000 多公里的边境线上，艰苦创业、维稳戍边，创造了人类开发史上的奇迹。

而今，他们有的已长眠于大漠边关，还有许多人垂垂老矣！与此相对应的是，兵团也进入了断崖式的养老时代，老龄化程度远高于全国平均水平，养老现状堪忧。兵团地广人稀，点多、面少，养老设施简陋、专业人才稀缺，资源整体匮乏，这些为祖国作出贡献的饱经风霜的老人，该如何安度晚年？

彼时，新疆兵团一位叫王俊的女青年，在养老行业中探索着、思考着这些问题，期待着养老事业春天的来临。

为了加快兵团养老服务业的改革和发展，兵团将养老服务纳入《“十三五”时期兵团基本公共服务均等化规划》，提出加快养老服务机构建设，推进医养结合设施建设，积极推动养老服务业发展，通过公建民营等方式鼓励社会资本参与建设和运营，满足老年人养老服务需求；创新政府购买养老服务等体制机制，推动多元力量广泛参与养老服务。

彼时，王俊已经在养老行业工作了 10 个年头。2015 年，王俊担任了兵团第六师五家渠市养老院院长。在她的推动下，养老院建成了集养老服务、老年健康管理、医疗护理、康复训练、临终关怀等为一体的养老服务综合体。之后，她又担任了五家渠吾家乐宝养老总院院长。在第六师五家渠市党委、政府的支持下，短短 3 年间，第六师五家渠市成立了养老产业集团，整合师域内所有团场养老院，由吾家乐宝养老总院进行品牌化、连锁化经营。到 2018 年，“吾家乐宝”已成为立足兵团、面向新疆、走向全国的养老服务品牌。

2015年10月，兵团率先于自治区成立了完全由一线院长组成且非政府部门牵头的兵团养老行业协会，王俊担任会长。

2017年，五家渠市养老院申请了国家服务业标准化试点项目，并通过了兵团养老服务业标准化试点创建。五家渠市养老院覆盖面全、操作性强、具有服务特色“五家渠模式”的实操版养老服务标准体系，为兵团标准体系的全面实施打下坚实基础，发挥了兵团试点单位“辐射效应”。

2018年，王俊荣获自治区“开发建设新疆奖章”殊荣。在获此奖项的全疆各行业领域中，王俊是唯一代表养老行业的获奖者！她还荣获兵团“三八红旗手”、五家渠市“劳动模范”“准噶尔奖章”“为老服务先进个人”等殊荣。

王俊，是怎样一个人？她和她的“吾家乐宝”又有着怎样的故事？

标准化不是统一化　是细节化、个性化

今年43岁的王俊比实际年龄看上去年轻许多，高挑的身材、简洁的短发、说话时一双明亮清澈的眼睛总是充满善意地安静地看着你，让人感到温暖。

在五家渠市养老院，大堂、走廊、房间，来来往往都是微笑服务的工作人员，医务室、心理咨询室、棋牌室、阅览室等配套设施一应俱全。这里看起来像一个星级宾馆，更像一个温暖的大家庭。可别小看这个养老院，虽然只有300个床位，却已是百分之百入住率。入住的老人，来自天南地北。来这里排队申请等候入院的人也非常多，呈现出了一床难求的局面。

姜旭萍老人和老伴曾经一起入住养老院夫妻间，老伴2018年7月去世后，她随女儿去美国暂时居住。临走时，老人恋恋不舍地对王俊说，过一段时间还要回养老院。一位旅居瑞士的六师子弟回家探亲，参观五家渠市养老院后赞不绝口，赶忙替母亲和残疾弟弟预交了定金，等候五家渠市养老院二期扩建项目竣工后入住。

王俊深刻地认识到，只有加强标准化创建工作，才能使老人得到更加专业、系统的服务。

什么是标准？在王俊看来，标准化不是统一化，标准化是个性化，是细节化；标准就是每一个理念、每一次服务、每一步建设都能够让入住老人真实感受到，吾家乐宝“一切源于适老”的理念就是最好的答案。

在五家渠市养老院，“适老”细节无处不在，从窗帘的选择、房间的布置、桌椅的选择……王俊都要精心考虑，让老人感受到家的方便和温暖。

家具配置“适老化”。针对老年人普遍存在行动迟缓、身体平衡能力下降等特点，五家渠市养老院从施工设计到二次装修，采用了超宽楼道、实施了无障碍通道，定制了会说话、会服务的“适老化”家具。床铺、柜体圆角化处理，防止老人跌倒摔（碰）伤；桌子边角呈梅花形；椅子扶手的高度根据老人起身的最佳支撑用力点定制；为了方便老人用餐时入座和交流，餐厅的椅子采用四腿固定，中轴旋转方式，解决老人入座难、移动难的问题。

配餐服务“适老化”。老年人肠胃功能退化，味觉感应差，为了打造健康饮食文化，五家渠市养老院的团队在膳食、环境上做足了功课，注重科学配餐，推出了“三餐两点”，受到了老人及子女们的一致好评，为兵团养老机构探索出一条可复制的餐饮服务标准。五家渠市养老院厨师长李建民清晰地记得，有一天，他早早做好饭菜，恰巧王俊来抽查饭菜质量，她尝了尝做好的饭菜，神情变得严肃起来：“菜咸了！怎么还有点凉！老人的饮食一定要清淡。你们要多听听老人的意见。”从那之后，养老院成立了膳食管理委员会，由各层楼长担任委员，每周召开会议，听取老人意见，制定每周食谱，接受老人监督。

娱乐活动“适老化”。针对不同老人自身的差异性，五家渠市养老院成立了兵团首家社工部，设立专职社工人员，为老人组织丰富多彩的文体活动，不断挖掘老人潜力，提升老人价值存在感。对于能够自理的老人，制定“每日晨间一小时”活动；对于身患残疾，卧床不起，生活不能自理的老人，制定“康复锻炼一小时”，将身体康复与精神慰藉相结合。注重个性化需求的满足，举办老人入住欢迎仪式，成立了老人自我管理委员会，并引导老人们按照各自的兴趣爱好组建 13 个兴趣小组，极大地调动了入住老人的积极性。

五家渠市养老院的护理标准非常严格，比如对失能老人，几点更换尿垫、擦洗，几点翻身，几点叩背，几点吃饭都有严格标准。养老院入住了几位完全失能的老人，入住时已呈现植物人状态，身体非常瘦弱。在养老院的精心护理下，一个月后，老人的脸色红润多了。

王俊经常提醒护理人员说，从事养老行业，首先要有大爱。没有一颗爱心，是做不好养老护理工作的。“一味两脸”是鉴别养老院服务质量的基本方法。一味，就是养老院不能有异味，要及时清理、打扫卫生，保持清洁。两脸，是指服务人员的脸，老人的脸。如果老人目光呆滞、面无表情，服务人员表情冷淡，就说明这个养老院的服务有严重问题。

兵团养老服务人才队伍建设滞后。存在年龄偏大、专业知识不足、护理技能不高等问题，一些养老护理人员对养老服务的认知仅停留在日常生活服务层面，对老年人医疗服务、精神文化服务知之甚少，远不能满足老年人日益增多的服务需求。

王俊首先从人才队伍的培养抓起。只要有时间，她都要参加护理人员的面试。她说，一个人适不适合从事养老行业，有没有爱心可以看出来。通过交谈，有的人先问待遇如何，有的人听到护理很脏很累就打起退堂鼓。在家照顾过父母的人，基本都能做好护理工作。

养老院护理部主任张君丽最初在家养鸡。王俊发现这个姑娘善良、能干，就选派她到上海等地学习护理技术。回来后，张君丽成为养老院的护理骨干，带动和影响了一批护理人员。他们优质、暖心的服务，深受老人们的信任和喜爱。

五家渠市养老院的成功建设，得益于王俊坚持用梦想去组建一个团队，并且通过团队去实现一个梦想。在王俊和她的团队的共同努力下，五家渠市养老院多次受到上级表彰，申请入院的人也越来越多，各种养老机构也纷至沓来。

2017 年，五家渠市养老院成功申报了国家级服务业标准化试点项目，并通过了兵团养老服务业标准化试点创建。同年 8 月 2 日，兵团推进服务业暨养老服务标准化现场会在六师隆重召开，五家渠市养老院迎接了来自国家、兵团，各师市民政局、质监局领导、养老机构负责人 100 余人现场观摩。

为了改善目前专业护理人才少、护理人员素质偏低的现状，2017 年，在王俊的大力推动下，五家渠市养老院实行养老服务与管理人员免费培训制度，不断加强养老服务教育培训力量和师资力量，加强养老服务从业队伍建设。第六师人社局联合五家渠职业技术学校在五家渠市养老院设立养老护理员职业技能培训基地，连续两年组织开展了养老护理员培训，形成了养老人才培训长效机制。

长者的信任让她坚定自己的选择

“爷爷、奶奶，早上好！今天气色真不错啊！”每天清晨，只要王俊有时间，她都要到每个老人的房间问候。这已经是她多年的习惯了。暖暖的一声早安，开启了老人们一天的好心情。

2007 年 9 月，王俊被组织任命为五师综合福利服务中心主任，那年她 32 岁，开始了她的养老服务之路。

2008 年 4 月 11 日，一对入住的老人把一张 6 万元的存折和 4200 元现金及月收入 2300 元的工资卡交到了王俊的手中。他们告诉王俊，他们虽有儿女但更相信组织相信党。那一刻，王俊体会到了肩上所承担的使命和责任，从那时起，她开始不断思索，如何将“一切为了老人，为了老人的一切”服务理念根植于每位员工心中，怎样更好地创新养老模式？2013 年，公寓入住率已达 100%，老人和员工、老人和老人之间都能够相互体谅、相互照顾、友好相处。她也带领团队荣获了全国“敬老文明号”。

2014 年 10 月，王俊来到五家渠市养老院担任院长。如果说五师综合福利服务中心是她踏入养老行业的“青春期”，那么五家渠市养老院就是她深入养老产业的“成熟期”。她将如何适应时代要求创新思路，推动养老工作向主动应对转变，向统筹协调转变，向加强人们全生命周期养老准备转变，向同时注重老年人物质文化需求、全面提升老年人生活质量转变，探索出了属于自己的养老思路。

王俊善于学习和思考。这些年，她先后前往北京、上海、天津、青岛等 20 多个省市调研学习，多次邀请全国养老界知名专家学者进行深入学习、交流，将最新的养老理念、最适合的养老模式引入五家渠。通过团队的落地实践，五家渠市养老院“一切源于适老”的服务模式，不仅在全兵团养老服务行业起到了引领示范作用，在新疆也得到了推广，尤其去宾馆化、去医院化、去机构化，打造“家”的举措，为全兵团的老人打造了无数个幸福的家。

为了使老人感受到社会各界的关心与关爱，王俊作为第六师五家渠青联委员深入各单位，联系街道、社区、学校等单位进行共建，积极打造“青年志愿者服务基地”“青少年孝文化传播基地”，致力于传播“孝文化”，吸引许多青年志愿者来到院里参加“珍惜爱，孝先行”为老志愿服务。

2017 年 1 月 8 日，第六师青联首次志愿服务活动，就是来到五家渠市养老院里，陪老人们过生日，当时场面十分温馨感人，青联委员们给寿星戴寿冠、喂蛋糕、唱生日歌，还陪老人玩游戏。活动结束后，寿星尚大志老人感动地说：“这辈子，哪有这样过过生日，我真是太激动了……”老人还把活动的照片洗出来放到床头，说让孩子们来了都看看，在这里生活得多幸福！青联委员撒玉香在参加完生日会后，又为老人们捐赠了 50 盆绿萝。

王俊对老人们细致入微的关心有目共睹。她常对工作人员说：“我们要让老人们躺着的能坐起来，坐着的能站起来，站起来的能跑起来，让老人一天天好起来。”

对老人们来说，每天早晨坐在养老院的大厅里，等待王俊迎着阳光向他们走来，和他们亲切地问好，已经成为一种习惯。几天见不着王俊，他们的心里就牵挂得不行，就像牵挂他们自己的女儿一样。

养老院里的谭有为老人是南京大屠杀的幸存者，虽然已是90多岁高龄，却很喜欢上网。得知老人喜欢上网，王俊专门在老人房间对面设置了网上冲浪室，为老人购置电脑，连接了网络。老人说："感谢王俊院长给我提供了这么好的环境。"这两年，老人处于半失能状态，工作人员曾经考虑将谭有为老人安排到半失能区。王俊却说，"虽然老人90多岁了，生活处于半失能状态，但是他的思维很活跃，对生活充满了热情，我们尽量不要更换他的住处，改变他既有的生活习惯，让他保持愉悦的心情，对生活保持希望，让他的生命尽可能地得到延续。"如今，谭有为老人虽然坐在轮椅上，但是院里举办的活动他从来不落下，主持、唱歌、朗诵，幸福地生活着。他和王俊还有一个约定，每年的大年三十，请王俊一起喝杯酒，一起辞旧迎新。

五家渠市养老院的前方就是市老年活动中心、老年大学。王俊积极和有关部门协调，让养老院里有学习需求的老人参加老年大学的学习，把养老院、大学、体协、老年活动中心整合使用，努力实现资源最大化。王俊说，这样做的目的，就是充实老人们的生活，让他们对明天充满希望，不能让他们闲着，人闲了，就容易生闷气、生病。

养老院社工部部长顾建新介绍说，老年大学开班的时候，是她带的队，当她宣布"养老院第一批大学生，上课去喽！"老人们排着整齐的队伍，朝老年大学走去，一个个兴奋得像个孩子。朗咸琴老人半身不遂，退休前是一名老师，喜欢读书。听说老年大学开班的消息，她想报名，又怕坐轮椅去不方便，王俊了解老人的心愿后说："阿姨，您别担心，我们的护理人员推您去上课。"听了王俊这句话，朗阿姨激动得当场落了泪。

在工作人员的记忆中，每年春节、中秋、重阳节等重要节日，王俊都是在养老院里度过的。王俊说："越是过节，我们越要热闹起来，让老人感受到大家庭的温暖。"

每年大年初一，王俊和工作人员都要为每一位老人准备新年礼包，到每一个房间给老人拜年，送上新年祝福。收到礼包的老人，像孩子一样欣喜不已。在他们的心目中，这时候的王俊就是他们的"家长"。

进入深秋季节，北方还未到供暖时间。王俊怕老人冷着，就和后勤部商量，给每一个老人买热水袋，睡觉时放到脚下暖着，陪着老人度过长夜。老人特别感动，赞叹王俊想得真周到。

2018年春节，五家渠市文化中心上演了感人的一幕：几十位平均年龄82

岁的老人穿着婚纱缓步向舞台中央走来，美妙的音乐，漂亮的婚纱，梦幻般展现在大家眼前，台上台下掌声雷动。有些老人的儿女一边激动地流泪，一边不停地拍照。他们对王俊说："王院长，太感谢你们了，圆了我爸妈的梦。我们这些当儿女的，没有做到，你们都做到了。我们太感动了！"对老人来说，"穿婚纱"是一个遥不可及的梦想，而王俊圆了老人们的梦。她说："幸福是什么？对老人们来说，他们为兵团的建设献了青春献终身，献了终身献子孙，这是幸福。我们的幸福，就是了解他们的愿望，帮助他们共同完成梦想后的喜悦。"

养老院的老人也会出现黄昏恋的现象。院里有一位80岁的老人，刚到养老院时闹情绪，想回家。院里有一位几近失明的老太太行走不便，老人就经常搀扶老太太，牵着老太太的手走路，渐渐地彼此有了感情，也不闹着走了。有一天，老人高兴地对工作人员说："我想结婚。"可是女方子女同意，男方子女却表示反对。王俊却很开明。她说："老人的晚年很孤单，虽然不能结婚，但是天天在一起晒晒太阳，说说话，做个伴，未尝不可。以后，如果咱们院里有老人愿意结婚的，咱们养老院就给他们准备一间婚房。"王俊说到做到，在五家渠市养老院二期项目建设上，真的为老人设计了一间婚房。

王俊常说："我们怎么做，做了多少事，不重要，重要的是老年人能得到什么，感受到什么。"为了解决失智老人给家庭带来的困难，王俊一手打造了兵团首家"记忆照护之家"，因为她了解越来越多的老人患失智症，因照护方法的不当使得情况越来越恶化。为了这部分老年人得到专业照护，减轻家庭的负担，让这部分老人活得有尊严，她为他们打造了一所忘忧乐园。用专业的照护团队、医疗团队、社工团队挖掘老人们最深刻的记忆，唤起他们对于美好生活的认知；用安全、舒适、宁静的生活环境，让老人们的内心不再焦虑、抑郁、狂躁；用精致的餐点、合理的膳食，守护老人们的健康。为预防老人们失智症状恶化，她与团队多次前往北京、上海，学习最先进的专业知识，自己购置专业书，常常白天参观、晚上学习。就这样，通过不断努力，她再一次完成了一项壮举，为失智家庭解决了难题。

王俊还主动承担起社会责任，在民政相关部门的支持下，设立了第六师特困救助中心，将照顾"三无""五保"老人当作自己的责任。

一生只做一件事——为老服务

2015年11月，新疆生产建设兵团养老行业协会成立，年轻的王俊担任了会长。兵团养老行业协会有一个特点，协会的理事都是由一线院长组成，用的是建立规范养老行业标准，搭建养老服务体系，为全兵团养老资源提供共享平台，用行业的力量去帮助更多机构发展得更稳定、更具有方向性，促进全兵团养老行业的健康发展。

2017 年 11 月，五家渠市养老院于彩云老人将一封充满爱的“家书”寄到了第六师党委书记、政委的手中。在信里，老人表达了对现在美好生活的赞美，也提出了对五家渠市养老院二期扩建工程的期待。老人的心愿，得到了师、市党委和政府的重视，并把它列入师、市惠民工程。

为了更好地实现为老服务，让老人住得安心，王俊联合乌鲁木齐市中医院打造“医养结合”模式。为了让第六师的老人都能够感受到家的氛围、享受到贴心的为老服务，王俊积极向上级部门争取政策，并与专业的养老产业咨询公司达成协议，拟订《五家渠市养老产业发展实施方案》。在王俊的辛勤努力下，五家渠市幸福养老城逐步形成规模。

说起五家渠市养老院二期扩建项目，王俊的眼里闪着兴奋的亮光。王俊说，她计划把五家渠市养老院二期项目命名为“趣玩小镇”。

为了打造趣玩小镇，她专程飞往上海迪士尼乐园考察，借鉴那里的设计风格和理念。王俊思考着，怎么让老人度过惊喜而又充满希望的一天。比如，将趣玩小镇每层楼都设定不同的主题。

有海洋乐园主题：新疆是离海最远的城市，当年的兵团战士进疆以后，有很多人都没有离开过新疆。王俊希望能给老人打造一个海洋空间主题，让这些辛苦一辈子的兵团老人也能感受蓝天、白云、大海、沙滩。

有农家小院主题：设计农家风情，悬挂玉米、辣椒、蒜头，摆放锅台土灶、长条桌椅、自流井，等等，让老人们仿佛回归到充满田园气息的农家小院。

有大漠胡杨主题：旨在体现兵团人当年艰苦创业、维稳戍边的精神。

有都市时尚主题：在这里，老人们可以制作各种手工蛋糕、沙拉、果汁，喝一杯咖啡，听一曲轻音乐，听一听新闻播报，享受新时代的幸福生活。

王俊说，时光匆匆，兵团的老人一辈子曾有许多未尽的梦想，老了就去住趣玩小镇吧。圆少年玩乐之梦，圆青年学艺之梦，圆中年颐身之梦。

王俊还有一个梦想：在党委和政府的大力支持下，通过大家的共同努力，深挖城市文化内涵，链接全市资源，提供全城联动的养老服务，建设大健康养老服务体系，探索医养结合路径，打造五家渠幸福养老城。第六师五家渠市养老业态发展的成熟模式，将成为兵团养老可复制可推广的模式。通过打造五家渠一个幸福养老城的成功经验，去带动兵团 13 个师的养老城，真正让兵团 30 万老人在幸福城里“老有所养、老有所依、老有所为、老有所乐”！

有人问王俊，养老行业是一个夕阳产业，和老人相伴，会不会觉得没有朝气？而王俊却说，“养老行业是一个有温度的行业，上可为政府分忧，下可为老人解愁。我每天都在幸福地工作，我为我从事的事业感到自豪。我这一生，就只干这一件事——为老服务，能让老人活得舒心，给员工带来希望，这就是我的价值所在！”

中华人民共和国民政部
最高荣誉奖——“孺子牛奖”
历年获得者名单

1986 年

钟宝祺　辽宁省辽阳县小屯镇民政助理员

1987 年

蔡建设　福建省晋江县第二福利厂厂长
赵　俭　黑龙江省双鸭山市殡葬管理所所长
钮国山　河南省新野县城郊乡民政助理员
童秀清（女）湖北省社会福利院院长
吴曰生　江西省民政厅副厅长

1992 年

李宽淑　美国华美医疗技术交流中心董事长、美国假肢与矫形器专家

1993 年

曾志伟　香港演艺界知名人士

1994 年

韩淑珍（女）河北省固安县光荣院院长
杨凤歧　河南省林州市石板岩乡民政所所长
徐升莲（女）陕西省丹凤县大峪乡敬老院院长

祁连忠　宁夏回族自治区石嘴山市军队离退休干部休养所所长
陈建平　安徽省宣州市民政局局长
刘乃兰（女）天津市东丽区华明实业公司总经理
王军友　黑龙江省牡丹江市殡葬管理处处长
魏成光　四川省内江市资阳精神病院院长
刘爱珍（女）山东省昌邑县殡葬管理所火化工
阿吉·沙吾提（维吾尔族）新疆维吾尔自治区博乐市乌图布拉格乡民政办公室副主任
刘太生　山西省曲沃县里村乡民政助理员
马胜武（回族）青海省大通回族土族自治县药草乡民政助理员

1996年

赛普·海姆　德国假肢专家

2002年

庞瑞林　北京市东城区民政局局长
王坤明　天津市安宁医院院长
张绍青　河北省盐山县民政局局长
郝颂琴　山西省荣军医院康复科护士长
金　良　内蒙古自治区乌兰浩特市民政局社会救济股股长
江秀忱　辽宁省盘锦市收容遣送站站长
王　彦　吉林省洮南市民政局局长
刘清礼　黑龙江省牡丹江市社会福利院院长
高祖明　上海市奉贤区邬桥镇民政助理员
黄梦飞　江苏省无锡市社会福利院洗衣班班长
林春玲　浙江省温岭市松门镇民政助理员
张武杰　安徽省祁门县民政局局长
杨进成　福建省厦门市社会福利中心主任
廖长春　江西省宁都县田头乡民政所所长
范维琴　山东省泰安市复退军人精神病院护理部主任
张守忠　河南省固始县民政局局长

王贤田　湖北省黄石市阳新县民政局党委书记
赵纯华　湖南省邵阳市社会福利院院长
徐凤娇　广东省丰顺县民政局局长
方英梅　广西壮族自治区武鸣县殡葬管理所党支部书记
陈徽娥　海南省琼海市民政局局长
凯悦新　重庆市璧山县马坊镇民政办公室主任
蔡绍福　四川省射洪县民政局局长
张有顺　贵州省遵义市民政局局长
曹新贵　云南省宁蒗县民政局副局长
王元盛　西藏自治区林芝地区民政局局长
黄祥水　陕西省西安市新城区民政局局长
邓玉枝　甘肃省天水市复退军人精神病疗养院副院长
鲁国义　青海省民政厅海东社会福利院院长
张素梅　宁夏回族自治区银川市殡葬管理所所长、殡仪馆馆长
吾吉买买提·帕孜力　新疆维吾尔自治区皮山县民政局局长

2005 年

海尔姆特·库廷　国际 SOS 儿童村组织主席

2006 年

何忠林　北京市昌平区民政局殡仪馆党支部书记、馆长
郭雅云（女）　天津市和平区小白楼街道民政科科长
高全新　河北省乐亭县民政局副局长兼殡仪馆馆长
温桂花（女）　山西省太原市永安殡仪馆党支部书记兼工会主席
吕慧卿（女）　内蒙古自治区民政厅城市居民最低生活保障处处长
段玉珍（女，满族）　辽宁省抚顺市东洲区民政局局长
姜莹（女）　吉林省通化市民政局党委书记、局长
王国黎　黑龙江省福利彩票发行中心主任
张宏伟　上海市龙华殡仪馆化妆工
朱洪顺　江苏省盐城市盐都区义丰镇民政助理员
殷顺民　浙江省荣军医院荣军病区护理员

刘春英（女） 安徽省马鞍山市福利院院长
陈建霞（女） 福建省仙游县福利院院长
张儒初　江西省吉水县水南镇民政所所长
张九绪　山东省莱芜市军队离退休干部休养所所长
王万民　河南省郑州市救助管理站站长
鲁素珍（女） 湖北省武汉市第二社会福利院副院长
廖友军　湖南省长沙市明阳山殡仪馆火化班班长
韩锡江　广东省中山市民政局局长
梁启波　广西壮族自治区兴业县民政局副局长
豹爱芳（女，黎族） 海南省昌江黎族自治县十月田镇敬老院专职管理员
李和芳（女，土家族） 重庆市忠县忠州镇民政办主任
周光荣　四川省泸州市殡仪馆党支部书记、馆长
刘贵平　贵州省贵阳市白云区殡葬管理所职工
赵锦云（女） 云南省昆明市儿童福利院院长
洛松麦郎（藏族） 西藏自治区昌都地区民政局局长
刘春秀（女） 陕西省荣康医院党委书记、院长
尹寿永　甘肃省兰州市殡仪馆业务班班长
李永莲（女） 青海省西宁市社会（儿童）福利院院长
丁丽萍（女，回族） 宁夏回族自治区平罗县老年服务中心客房部负责人
茹先·艾力（塔吉克族） 新疆维吾尔自治区喀什地区社会福利院院长

2007 年

曹道云　上海市普陀区民政局党委书记、局长
金止一（朝鲜族） 吉林省延边朝鲜族自治州汪清县民政局副局长

2010 年

陈声伟　湖南省衡阳县民政局原局长

2012 年

阎立杰（女） 北京市第一社会福利院颐养区副主任
张会起　天津市滨海新区大港殡仪馆馆长

夏长黑　河北省容城县民政局党组成员、慈善协会秘书长
刘文继　山西省忻州市光荣院院长
张润爱（女）　内蒙古自治区荣誉军人康复医院康复科护士长
代常安（满族）　辽宁省开原市民政局局长
朴范镇（朝鲜族）　吉林省延边朝鲜族自治州民政局局长
尹小平　黑龙江省大庆市民政局局长
陆仁龙　上海市奉贤区老年活动中心主任
陈巧云（女）　江苏省扬州市江都区双拥工作领导小组办公室副主任
李　涛　浙江省丽水市莲都区民政局纪检组长
许先梅（女）　安徽省安庆市社会（儿童）福利院院长
林华珍（女）　福建省永定县光荣院院长
刘焕荣（女）　江西省弋阳县社会福利院职工
吕绪兰（女）　山东省淄博市博山区八陡镇民政办主任
王忠洲　河南省新乡市殡仪馆馆长
贺梅安（女）　湖北省潜江市殡仪馆副馆长
许月华（女）　湖南省湘潭市社会福利院保育员
洪佩贤（女）　广东省广州市老人院院长
刘杰兰（女）　广西壮族自治区梧州市社会福利医院总护士长
张跃美（女）　海南省琼海市民政局局长
谢运才　重庆市石桥铺殡仪馆火化车间组长
苟红霞（女）　四川省巴中市殡仪馆火化车间主任
刘　直　贵州省景云山殡仪馆馆长
白　艳（女，彝族）　云南省开远市殡仪馆副馆长
巴桑德吉（女，藏族）　西藏自治区林周县民政局局长
王东鹏　陕西省宝鸡市儿童福利院院长
任　平　甘肃省文县民政局副局长
洛　阳（藏族）　青海省玉树藏族自治州民政局局长
刘学花（女）　宁夏回族自治区石嘴山市惠农区中心敬老院护理员
波拉提江·白孜力别克（哈萨克族）　新疆维吾尔自治区巩留县民政局局长
张新玲（女）　新疆生产建设兵团农六师一〇二团养老院院长

2016 年

许　帅　河南省安阳市救助管理站站长

2019 年

李绍纯　北京市民政局办公室主任
徐宝宏（女）　天津市听力障碍康复中心副主任
袁建军　河北省邯郸市殡仪馆馆长
马建军　山西省大同市殡仪馆馆长
包石头（蒙古族）　内蒙古自治区兴安盟民政局局长
于素玲（女）　辽宁省盘锦市双台子区社会福利院党支部书记
李艳梅（女）　吉林省假肢康复中心主任
高　环（女）　黑龙江省绥化市殡仪馆馆长
王　刚　上海市龙华殡仪馆业务科副科长
李银江　江苏省盱眙县桂五镇敬老院院长
陈亚萍（女）　浙江省复员退伍军人精神病疗养院院长、党支部书记
孙国平　安徽省合肥市军休四所党委书记、所长
徐小萍（女）　福建省龙岩市新罗区殡葬管理所所长
魏中山　江西省南昌市殡葬管理处火化机械维修工兼火化工
辛沙沙（女）　山东省济南市殡仪馆入殓师
李　燕（女）　河南省郑州市儿童福利院院长
刘德芬（女）　湖北省公安县麻豪口镇农村福利院原院长
唐江萍（女）　湖南省长沙市第三社会福利院主任医师
费英英（女）　广东省深圳市宝安区社会福利中心保育部副部长
李明英（女）　广西壮族自治区钦州市儿童福利院护理部副主任
项忠红　重庆市第二社会福利院护理员
小热登（藏族）　四川省道孚县社会福利中心敬老院院长
王胜林（苗族）　贵州省三都水族自治县民政局麻风村负责人
李春萍（女）　云南省禄丰县殡仪馆馆长
扎西边巴（藏族）　西藏自治区那曲市民政局党组成员、副局长
石小红（女）　陕西省西安市殡仪馆副主任

潘秀玲（女） 甘肃省金昌市金川区民政局党组书记、局长

窦　强 青海省民政厅社会福利和慈善事业促进处副处长

马中贵（回族） 宁夏回族自治区银川市殡仪馆干部

王　俊（女） 新疆生产建设兵团第六师五家渠市养老院院长

图书在版编目（CIP）数据

孺子牛奖获得者事迹报告文学集. 2019/ 民政部机关党委（人事司）编 .-- 北京：中国社会出版社，2018.12

ISBN 978-7-5087-6091-9

Ⅰ.①孺…　Ⅱ.①民…　Ⅲ.①报告文学－作品集－中国－当代　Ⅳ.① I25

中国版本图书馆 CIP 数据核字（2019）第 001327 号

书　　名：孺子牛奖获得者事迹报告文学集（2019）
编　　者：民政部机关党委（人事司）

出 版 人：浦善新
终 审 人：李　浩
责任编辑：王秀梅　朱永玲　杨春岩

出版发行：中国社会出版社　　**邮政编码：**100032
通联方式：北京市西城区二龙路甲 33 号
电　　话：编辑部：（010）58124829
邮购部：（010）58124829
销售部：（010）58124845
传　真：（010）58124829
网　　址：www.shcbs.com.cn
shcbs.mca.gov.cn
经　　销：各地新华书店

中国社会出版社天猫旗舰店

印刷装订：中国电影出版社印刷厂
开　　本：185mm × 260mm　1/16
印　　张：26.5
字　　数：461 千字
版　　次：2019 年 3 月第 1 版
印　　次：2019 年 3 月第 1 次印刷
定　　价：98.00 元

中国社会出版社微信公众号